文/白/对/照

太平廣記

一

〔北宋〕李昉 等 编纂

谦德书院 译

團结出版社

图书在版编目（CIP）数据

文白对照太平广记 / (北宋) 李昉等编纂 ; 谦德书院译. -- 北京 : 团结出版社, 2022.10

ISBN 978-7-5126-9290-9

Ⅰ. ①文… Ⅱ. ①李… ②谦… Ⅲ. ①笔记小说—小说集—中国—北宋②《太平广记》—译文 Ⅳ. ①I242.1

中国版本图书馆CIP数据核字(2022)第001044号

出版：团结出版社

（北京市东城区东皇城根南街84号 邮编：100006）

电话：（010）65228880　65244790（传真）

网址：www.tjpress.com

Email：65244790@163.com

经销：全国新华书店

印刷：北京天宇万达印刷有限公司

开本：145×210　1/32

印张：286.75

字数：8200千字

版次：2022年10月　第1版

印次：2022年10月　第1次印刷

书号：978-7-5126-9290-9

定价：880.00元（全十四册）

出版说明

《太平广记》是宋代的李昉奉命主持编修的一部文言小说总集,因为它编成于太平兴国三年(978),所以取名《太平广记》。全书五百一十卷(正文五百卷,目录十卷),九十余大类,一百五十多个小类。各类的体量不一,最少的一卷,最多的达数十卷,全书以神仙、女仙开篇,以传记、杂录终结,所录篇目七千余则,堪称中国古典文学中的一座宝藏。

李昉(925—996),字明远,深州饶阳(今河北饶阳)人。北宋初年名相、文学家。后汉乾祐时期,进士及第,授秘书郎,累迁右拾遗、集贤殿修撰。后周时,任集贤殿直学士、翰林学士。宋初,任中书舍人、给事中,知衡州。宋太宗时,官至参知政事、同平章事。至道二年(996)去世,获赠司徒,谥号"文正"。李昉工诗,《宋史》称其"为文章慕白居易,尤浅近易晓",是"白体"的代表人物之一。著有文集五十卷,已佚。李昉最大的功绩是奉命先后主持编修了《太平广记》《太平御览》《文苑英华》三部巨著。它们与《册府元龟》合称"宋代四大书"。

《太平广记》的内容主要采录自汉代至宋初的小说、笔记、稗史及杂著,保存了相当数量的古小说资料。其中所引用的书籍多达数百种,通常在每篇末尾标注其来源,不过偶尔也有错漏,出现同书异名或异书同名的情况。

《太平广记》对后世的影响非常深远。首先，它所引用的数百种书，半数已经散佚或者残缺，已经散佚的可以依据它重新进行复原，而那些有传本的也可以用它来进行校勘。唐代及以前的很多小说，就是靠《太平广记》被保存下来的。我们熟悉的很多唐传奇，例如《李娃传》《柳氏传》《长恨传》《无双传》《霍小玉传》《莺莺传》等，最早都见于《太平广记》。因此，《太平广记》对研究古代小说的人来说是一部非常重要的典籍。鲁迅在编辑《古小说钩沉》和《唐宋传奇集》这两部书时就充分利用了《太平广记》。他在《破〈唐人说荟〉》一文中说："我以为《太平广记》的好处有二：一是从六朝到宋初的小说几乎全收在内，倘若大略地研究，即可以不必别买许多书；二是精怪、鬼神、和尚、道士，一类一类的分得很清楚，聚得很多，可以使我们看到厌而又厌，对于现在谈狐鬼的《太平广记》的子孙，再没有拜读的勇气。"其次，《太平广记》对后世的文学艺术也产生了很大的影响。宋代之后的话本、曲艺、杂剧、诸宫调等，很多都是从《太平广记》中取材改编的，一些人甚至以"幼习《太平广记》"为标榜。再次，除了小说之外，《太平广记》还广泛辑录了有关博物、地理、文物、医药等方面的内容，保存了大量的社会风俗、自然科学等珍贵资料。

《太平广记》成书后，"言者以《广记》非后学所急，收板藏太清楼"，因此宋元之间罕有版本流布。目前流传的主要有明谈恺刻本、明许自昌刻本、明沈氏野竹斋钞本、清黄晟刻本及清四库全书本，各个版本之间存在少许差异。此次出版，我们原文以谈恺刻本为底本，并参照其他几个版本进行整理，译文力求通俗流畅，以便现代读者阅读。需要说明的是，一些缺字严重的篇目，鉴于已经不能明确其旨意，遂不做翻译。囿于水平，整理中难免有不当之处，恳请读者不吝赐教。

《太平广记》表

李昉、扈蒙、徐铉等

臣昉等言：臣先奉敕撰集《太平广记》五百卷者，伏以六籍既分，九流并起，皆得圣人之道，以尽万物之情。足以启迪聪明，鉴照今古。伏惟皇帝陛下，体周圣启，德迈文思。博综群言，不遗众善。以为编秩既广，观览难周，故使采摭菁英，裁成类例。惟兹重事，宜属通儒。臣等谬以谀闻，幸尘清赏，猥奉修文之寄，曾无叙事之能，退省疏芜，惟增靦冒。其书五百卷、并目录十卷，共五百十卷。谨诣东上阁门奉表上进以闻，冒渎天听。臣昉等诚惶诚恐，顿首顿首，谨言。

太平兴国三年八月十三日。

将仕郎守少府监丞臣吕文仲、臣吴淑。

朝请大夫太子中赞善柱国赐紫金鱼袋臣陈鄂。

中大夫太子左赞善直史馆臣赵邻幾。

朝奉郎太子中允赐紫金鱼袋臣董淳。

朝奉大夫太子中允紫金鱼袋臣王克贞、臣张洎。

承奉郎左拾遗直史馆臣宋白。

通奉大夫行太子率更令上柱国赐紫金鱼袋臣徐铉。

金紫光禄大夫上柱国陈县男食邑三百户臣汤悦。

朝散大夫充史馆修撰上柱国赐紫金鱼袋臣李穆。

翰林院学士朝奉大夫中书舍人赐紫金鱼袋臣扈蒙。

翰林院学士中顺大夫户部尚书知制诰上柱国陇西县开国男食邑三百赐紫金鱼袋臣李昉。

八月二十五日奉敕送史馆。

六年正月奉圣旨雕印板。

按：宋太平兴国间，既得诸国图籍，而降王诸臣皆海内名士。或宣怨言，尽收用之。置之馆阁，厚其廪饩，使修群书。以《修文御览》《艺文类聚》《文思博要》、经史子集一千六百九十余种，编成一千卷，赐名《太平御览》。又以野史传记小说诸家，编成五百卷，分五十五部，赐名《太平广记》。诏镂板颁行。言者以《广记》非后学所急，收板藏太清楼。于是《御览》盛传，而《广记》之传鲜矣。《崇文总目》不及《广记》，夹漈郑樵乃谓《太平御览》别出《广记》，专记异事。樵自谓博雅，不知于《实录》《会要》诸书曾考订否。余归田多暇，稗官野史，手抄目览。匪曰小道可观，盖欲贤于博奕云尔。近得《太平广记》观之，传写已久，亥豕鲁鱼，甚至不能以句，因与二三知已秦次山、强绮塍、唐石东互相校雠，寒暑再更，字义稍定。尚有阙文阙卷，以俟海内藏书之家，慨然嘉惠，补成全书。庶几博物洽闻之士，得少裨益焉。嘉靖丙寅正月上元日都察院右都御史致仕十山谈恺书。

《太平广记》引用书目

《史记》 《汉书》 范晔《后汉书》 《魏书》 《吴书》 《魏志》 《蜀志》 《蜀记》 《吴志》 《三国志》 《晋书》 《宋书》 《齐纪》 《唐书》 《唐史》 《晋史》 《后魏书》 《唐历》 《国语》 《史系》 《南史》 《北史》 《史隽》 《晋阳秋》 《晋春秋》 《齐春秋》 《三国典略》 《唐统纪》 《唐年补录》 《年号历》 《华阳国志》 《赵书》 《野史》 《越绝书》 《朝野佥载》 《明皇杂录》 《开天传信记》 《大唐新语》 《国史补》 《逸史》 《阙史》 《南楚新闻》 《妖乱志》 《中朝故事》 《会稽录》 《谭宾录》 《王氏闻见集》 《玉堂闲话》 《耳目记》 《北梦琐言》 《唐会要》 《汉武故事》 《唐年小录》 《御史台记》 《翰林故事》 《三辅决录》 《柳氏史》 《潭氏史》 《大业拾遗》 《国史异纂》 《国朝杂记》 《大唐奇事》 《大唐杂记》 《西京杂记》 《前秦录》 《传载》 《三齐要略》 《论衡》 《长沙传》 《皇览》 《建康实录》 《益都耆旧传》 《王子年耆旧传》 《闽川名士传》 《简文谈疏》 《补录记传》 《魏文典论》 《宋明帝自序》 《梁四公记》 《汝南先贤传》 《会稽先贤传》 《孝子传》 《孝德传》 《东方朔传》 《尚书故实》 《说文》 《书断》 《法书要录》 《图书会粹》 《书评》 谢赫《画品》 《名画记》 《画断》 王僧虔《名书录》 羊欣《笔阵图》 《八朝画录》 《韵对》

《列女传》《妒记》《杜兰香别传》《邺侯外传》《太公金匮》《颜氏家训》《古文琐语》《说题辞》《文枢竟要》《神异经》《宣验记》《应验记》《冥祥记》《冥报拾遗》《阴德传》《感应传》《列异传》《甄异传》《述异记》《异苑》《志怪》《齐谐记》《续齐谐记》《搜神记》《续搜神记》《灵鬼志》《幽明录》《洞冥记》《旌异记》《冥报记》《报应录》《报冤记》《穷神秘苑》《还魂记》《离魂记》《地狱苦记》《灵怪集》《集异记》《纂异记》《独异志》《博异志》《玄怪录》《续玄怪录》《宣室志》《潇湘录》《纪闻》《辨正论》《广异记》《通幽记》《祥异集验》《原化记》《洽闻记》《摭异记》《奇事记》《闻奇录》《祥异记》《续异记》《卓异记》《妖怪录》《稽神录》《八朝穷怪录》《甘泽谣》《录异诫》《神鬼传》《虬髯客传》《王子年拾遗记》《惊听录》《杜阳杂编》《异闻记》《前定录》《定命录》《警诫录》《续定命录》《感定录》《广古今五行记》谢蟠《杂说》张璠《汉记》《两京新记》《十道记》《成都记》《南雍州记》《九江记》 盛宏之《荆州记》《渚宫故事》《三秦记》《三吴记》《南齐记》《三齐记》《燉煌新录》《陈留风俗传》《湘中记》《河东记》《寻阳记》《襄沔记》《十洲记》《山河别记》《林邑记》《桂林风土记》《周地图记》《河洛记》《南越志》《三峡记》《扶南记》《南康记》《河洛记》《汉沔记》《建安记》《新津县图经》《渝州图经》《陇州图经》《建州图经》《歙州图经》《黎州图经》《通望县图经》《朗州图经》《陵州图经》《交州记》《武昌记》《豫章古今记》《洞林记》《梁京寺记》《塔寺记》《顾渚山记》《广人物志》《山海经》《水经》《异物志》《洞天集》《投荒杂录》《南海异事》《海陆碎事》《外荒记》《江表异同录》《玉歆始兴

记》《庄子》《墨子》《淮南子》《管子》《抱朴子》《贾子》《说苑》《金楼子》《符子》《玉泉子》《神仙传》《续神仙传》《列仙传》《集仙传》《洞仙传》《墉城集仙录》《仙传拾遗》《神仙感遇传》《武陵十仙传》《十二真君传》《真诰》《列仙谭录》《传仙录》《汉武内传》《玄门灵妙记》《原仙记》《三宝感通记》《玉匣记》《道家杂记》《郭氏玄中记》扬雄《琴清英》曹植《恶鸟论》《艺文类聚》《太原事迹》《太原故事》《真陵十七史》《本事诗》《杼情诗》《白居易集》《顾云文集》《郑谷诗集》元稹《长庆集序》韩愈《欧阳詹哀辞序》郑处诲撰《刘琢碑》《李琪集序》《皮日休集》《贾逵碑》《续江氏传》《吴兴掌故事》《崔龟从自叙》《中兴间气集》《羯鼓录》《中兴书》《蔡邕别传》《郑德璘传》《曹景宗传》《罗昭威传》《贺若弼传》《赵延寿传》司空图《段章传》《樊英列传》《女仙传》《张氏传》《崔少玄本传》《高僧传》《洛阳伽蓝记》《法苑珠林》《三教珠英》《金刚经》《观音经》《灵保集》《风俗通》《博物志》崔豹《古今注》《语林》《笑林》《笑苑》《世说》《世说新语》《郭颁世语》《笑言》《启颜录》《说林》《剧谈录》《云溪友议》《幽闲鼓吹》《三水小牍》《卢氏杂说》《桂苑丛谈》《会昌解颐录》《松窗录》《集话录》《嘉话录》《戎幕闲谈》《因话录》《芝田录》《乾䉤子》《酉阳杂俎》《谈薮》《摭言》《玉溪编事》《野人闲话》《辨疑志》《妖乱志》《穷愁志》《殷芸小说》《刘氏小说》《梦书》《梦隽》《梦系》《梦记》《梦苑》

总 目

第一册

第二册

第三册

第四册

第五册

第六册

第七册

第八册

第九册

第十册

第十一册

第十二册

第十三册

第十四册

目录

卷第五　神仙五

卷第六　神仙六

卷第七　神仙七

卷第八　神仙八

卷第九　神仙九

卷第十　神仙十

卷第十一 神仙十一

卷第十二 神仙十二

卷第十三 神仙十三

卷第十四 神仙十四

卷第十五 神仙十五

卷第十六 神仙十六

卷第十七　神仙十七

卷第十八　神仙十八

卷第十九　神仙十九

卷第二十　神仙二十

卷第二十一　神仙二十一

卷第二十二　神仙二十二

卷第二十三　神仙二十三

卷第二十四 神仙二十四

卷第二十五 神仙二十五

卷第二十六 神仙二十六

卷第二十七 神仙二十七

卷第二十八 神仙二十八

卷第二十九 神仙二十九

卷第三十 神仙三十

卷第三十一 神仙三十一

卷第三十二　神仙三十二

卷第三十三　神仙三十三

卷第三十四　神仙三十四

卷第三十五　神仙三十五

卷第三十六　神仙三十六

卷第三十七　神仙三十七

卷第三十八　神仙三十八

卷第三十九　神仙三十九

卷第四十　神仙四十

卷第四十一　神仙四十一

卷第一——卷第四十一

卷第一　神仙一

老子　木公　广成子　黄安　孟岐

老子

老子者，名重耳，字伯阳，楚国苦县曲仁里人也。其母感大流星而有娠。虽受气天然，见于李家，犹以李为姓。或云，老子先天地生。或云，天之精魄，盖神灵之属。或云，母怀之七十二年乃生，生时，剖母左腋而出。生而白首，故谓之老子。或云，其母无夫，老子是母家之姓。或云，老子之母，适至李树下而生老子，生而能言，指李树曰："以此为我姓。"或云，上三皇时为玄中法师，下三皇时为金阙帝君，伏羲时为郁华子，神农时为九灵老子，祝融时为广寿子，黄帝时为广成子，颛顼时为赤精子，帝喾时为禄图子，尧时为务成子，舜时为尹寿子，夏禹时为真行子，殷汤时为锡则子，文王时为文邑先生。一云，守藏史。或云，在越为范蠡，在齐为鸱夷子，在吴为陶朱公。皆见于群书，不出神仙正经，未可据也。

葛稚川云："洪以为老子若是天之精神，当无世不出，俯尊就卑，委逸就劳，背清澄而入臭浊，弃天官而受人爵也。夫有天地则有道术，道术之士，何时暂乏？是以伏羲以来，至于三代，显名道术，世世有之，何必常是一老子也。皆由晚学之徒，好奇尚异，苟欲推崇老子，故有此说。其实论之，老子盖得道之尤精者，非异类也。

"按史记云：老子之子名宗，事魏为将军，有功，封于段。至宗之子汪、汪之子言、言之玄孙瑕，仕于汉。瑕子解，为胶西王太傅，家于齐。则老子本神灵耳，浅见道士，欲以老子为神异，使

老子

老子，名重耳，字伯阳，楚国苦县曲仁里人。他的母亲偶遇大流星划落，感而受孕，胎气虽源于自然，但一切在李家发生，就以李为姓。有人说，老子在天地之前诞生。有人说，他是上天的精神魂魄，大抵属神灵一类。有人说，他的母亲怀孕七十二年才生下他，出生时，剖开母亲左腋才得以出来，一出生就满头白发，所以称他“老子”。有人说，他的母亲未曾有过丈夫，他随母家的姓。有人说，老子的母亲，恰巧在李树下生出老子，刚出生就会说话，手指李树说：“用这个作为我的姓。”有人说，在上三皇时他是玄中法师，下三皇时他是金阙帝君，伏羲时他是郁华子，神农氏时他是九灵老子，祝融时他是广寿子，黄帝时他是广成子，颛顼时他是赤精子，帝喾时他是禄图子，帝尧时他是务成子，帝舜时他是尹寿子，夏禹时他是真行子，殷汤时他是锡则子，周文王时他是文邑先生。又说，他是守藏史。有人说，他是越国范蠡，齐国鸱夷子，吴国陶朱公。以上传说摘于群书，绝非源自神仙传记的正经记载，无凭无据。

葛洪说：“我想老子若是上天的精灵神仙，自然世代存在于人世间，纡尊降贵舍安逸务劳苦，远离清澄之境栖身浊世，丢弃神职接受人间禄位。天地伊始道术就存在，修道术士未有断代。自伏羲到三代，以道术闻名的层出不穷，何必总提老子？这都归咎于后学之人，追求新奇崇尚怪异，企图推崇老子，所以才有这些说法。事实上，老子只是修道精深的人，绝非奇人异士。

“按《史记》上记载，老子的儿子名宗，在魏国任将军，因功封邑于段干。李宗的儿子李汪，李汪的儿子李言，李言的玄孙李瑕都在汉朝做官，李瑕的儿子李解任胶西王太傅，家在齐国。老子本就聪灵，见识短浅的道士将他神化，后世学者亦步亦趋，却不知如此一后代学者从之，而不知此更使不信长生之可学也。何者？若谓老子是得道者，则人必勉力竞慕；若谓是神灵异类，则非可学也。或云：老子欲西度关，关令尹喜知其非常人也，从之问道。老子惊怪，故吐舌聃然，遂有‘老聃’之号。亦不然也。今按《九变》及《元生十二化经》，老子未入关时，固已名聃矣。老子数易名字，非但一聃而已。所以尔者，按《九宫》及《三五经》及《元辰经》云：‘人生各有厄会，到其时，若易名字，以随元气之变，则可以延年度厄。’今世有道者，亦多如此。老子在周，乃三百余年，二百年之中必有厄会非一，是以名稍多耳。

“欲正定老子本末，故当以史书实录为主，并老仙经秘文，以相参审。其他若俗说，多虚妄。洪按《西升中胎》及《复命苞》及《珠韬玉机》《金篇内经》，皆云：‘老子黄白色，美眉，广颡长耳，大目疏齿，方口厚唇；额有三五达理，日角月悬；鼻纯骨双柱，耳有三漏门；足蹈二五，手把十文。以周文王时为守藏史，至武王时为柱下史。时俗见其久寿，故号之为“老子”。’夫人受命，自有通神远见者，禀气与常人不同，应为道主，故能为天神所济，众仙所从。是以所出度世之法，九丹八石，金醴金液，次存玄素守一，思神历藏，行气炼形，消灾辟恶，治鬼养性，绝谷变化，厌胜教戒，役使鬼魅之法。凡九百三十卷，符书七十卷，皆《老子本起》中篇所记者也，自有目录。其不在此数者，皆后之道士，私所增益，非真文也。老子恬淡无欲，专以长生为务者，故在周虽久，而名位不迁者，盖欲和光同尘。内实自然，道成乃去，盖仙人也。”

孔子尝往问礼，先使子贡观焉。子贡至，老子告之曰：“子之来世人更不信长生之道了。为什么这么说呢？若说老子只是修得道法的凡人，世人定会尽力效仿；若说他是神仙异人，世人则会望而生畏无心向道。有人说：老子想要出关前往西方，关令尹喜得知老子并非常人，便向他求问道术。老子听后惊异吐舌，就有了'老聃（聃：吐舌的，伸出舌头状）'这个称号。但事实却非如此，如今按《九变》及《元生十二化经》上记载，老子未入关时已有了"老聃"的称号。老子曾多次改名，并非仅用过一个"聃"字而已。老子之所以多次更名，是因为根据《九宫》《三五经》《元辰经》上所说：'人生各个节点都会遭遇厄运，时逢厄运，若变更名字，来适应时运变换，就能平稳过渡延年益寿。'如今个别修道者，也常这样做。老子在周朝三百多年，其间二百年中肯定不止一次遭逢厄运，所以更改过的名字很多。

"想确定老子生平，应当以史书记载的事实为蓝本，并参考神仙经传秘籍，两相参审。剩下的关于老子的世俗传闻，大都荒诞无稽。葛洪查考《西升中胎》《复命苞》《珠韬玉机》《金篇内经》等书，其上都说：'老子肤色黄白，眉宇俊美，宽额长耳，大眼齿疏，口方唇厚；额上有十五道横纹，天庭左方的左额隆起如日状，天庭右方的右额隆起如月牙，两根鼻骨通直端正，耳朵有三个洞，一步能踏出去一丈（一丈等于十步），手上有十道贵人纹路。周文王时任守藏史，周武王时任柱下史，世人看他长寿，便称他为"老子"。'他受命于天，自然是通灵远见之人，周身禀气异于常人，理当成为修道者的代表，所以受到天神庇佑，又有众仙相随。老子济世之道为九丹八石、金醴金液；其次还要淳朴守一，凝神冥想，练气修身，消灾避难，除魔养性，辟谷幻化，驱邪祈吉，谨遵戒规，以及修习驱使妖邪之术。阐释老子思想的著作共九百三十卷，符咒七十卷，都收录在《老子本起》里，有独立的目录，剩下不在其中的，都是之后的道士私自添加，并非老子亲撰。老子淡泊无欲，致力于修习长生之道，所以虽效力周朝良久，但名利地位并无变动，只求和光同尘。他遵循自然，修成后羽化升仙。"

孔子曾向老子求教《礼》学，先遣子贡拜访老子。子贡到后，老师名丘，相从三年，而后可教焉。”孔子既见老子，老子告曰：“良贾深藏若虚，君子盛德若愚。去子之骄气与多欲淫志，是皆无益于子也。”

孔子读书，老子见而问之曰：“何书？”曰：“《易》也，圣人亦读之。”老子曰：“圣人读之可也，汝曷为读之？其要何说？”孔子曰：“要在仁义。”老子曰：“蚊虻噆肤，通夕不得眠。今仁义惨然而汩人心，乱莫大焉。夫鹄不日浴而白，乌不日染而黑，天之自高矣，地之自厚矣，日月自明矣，星辰固自列矣，草木固有区矣。夫子修道而趋，则以至矣，又何用仁义！若击鼓以求亡羊乎？夫子乃乱人之性也。”

老子问孔子曰：“亦得道乎？”孔子曰：“求二十七年而不得也。”老子曰：“使道可献人，则人莫不献之其君；使道而可进人，则人莫不进之其亲矣；使道可告人，则人莫不告之兄弟矣；使道可传人，则人莫不传之其子矣；然而不可者，无他也，中无主而道不可居也。”孔子曰：“丘治《诗》《书》《礼》《乐》《易》《春秋》，诵先王之道，明周、召之迹，以干七十余君而不见用，甚矣，人之难说也。”老子曰：“夫六艺，先王之陈迹也，岂其所陈哉？今子所修者，皆因陈迹也。迹者履之出，而迹岂异哉？”孔子归，三日不谈。子贡怪而问之。孔子曰：“吾见人之用意如飞鸟者，吾饰意以为弓弩射之，未尝不及而加之也；人之用意如麋鹿者，吾饰意以为走狗而逐之，未尝不衔而顿之也；人之用意如渊鱼者，吾饰意以为钩缗而投之，未尝不钓而制之也。至于龙，乘云气，游太清，吾不能逐也。今见老子，其犹龙乎？使吾口张而不能翕，舌出而不能缩，神错而不知其所居也。”

子告诉他："你的老师名丘，他若能跟随我三年，我便可教他。"孔子见到老子后，老子告诉他："善于经营的商人深藏名利就好像身无分文，高风亮节的君子操行高尚就好像愚笨无知。摒除骄气和过多的欲求，这些于你无益。"

孔子正在读书，老子见了问："读的是什么书？"孔子答："《周易》，圣人也读此书。"老子说："圣人可以读，你为何要读它？这书的要旨是什么？"孔子答："要旨为仁义。"老子说："所谓仁义犹如蚊虻叮咬，使人彻夜难眠。如今仁义只会扰乱人心令人迷茫，为祸很大啊。鸿鹄无须每日梳洗自然雪白，乌鸦无须每日浸染自然漆黑。天本来就高，地本来就厚，日月本来就明亮，星辰原本就有自己的顺序，草木生来就不相同。修道应顺应自然，自然本就是道，何须刻意去求仁义？那不和敲鼓寻羊一样了吗？夫子你如此做是违背人的天性的。"

老子问孔子："你得道了吗？"孔子说："我苦求二十七年，仍未有所成。"老子说："倘若道能献与他人，世人无不将其献给君王了；倘若道能送与他人，世人无不将其送给亲人了；倘若道能说与他人，世人无不将其说给兄弟了；倘若道能传与他人，世人无不将其传给子女了；但是不能，不因为别的，只因世人道心不坚定，道在世人心中无处安放啊。"孔子说："我研读《诗》《书》《礼》《乐》《易》《春秋》。颂咏先王的道义，明晰周召（亦作"周邵"，周公旦和召公奭的并称）的所作所为，此后又拜谒了七十多位国君，但我的主张始终未被采用，可见世人难以说服啊。"老子说："六艺都是先王的旧调，重弹有什么意义？你现在所修的，也都是些陈旧的东西。'迹'只是人的鞋印，鞋印之间还会有什么不同吗？"孔子回去后，三天不言。子贡感到奇怪就问老师怎么了，孔子说："当遇见思绪如飞鸟般放达的人，我将用我如弓弩般的观点去射中并制服他，没有不成功的；若对方的思绪似麋鹿般不羁，我将用我如猎犬般的观点去追逐并制服他，没有不成功的；若对方思绪似游鱼般畅快，我将用我如钓钩般的观点去诱捕它，没有不成功的。但若对方的思绪似飞龙，腾云驾雾，驰骋苍穹，我就无计可施了。如今见到老子，他那如飞阳子见于老子，老子告之曰："虎豹之文，猿猱之捷，所以致射也。"阳子曰："敢问明王之治。"老子曰："明王之治，功盖天下而以不自己，化被万物而使民不恃，其有德而不称其名，位乎不测而游乎无有者也。"

老子将去而西出关，以升昆仑。关令尹喜占风气，逆知当有神人来过，乃扫道四十里，见老子而知是也。老子在中国，都未有所授，知喜命应得道，乃停关中。老子有客徐甲，少赁于老子，约日雇百钱，计欠甲七百二十万钱。甲见老子出关游行，速索偿不可得，乃倩人作辞，诣关令，以言老子。而为作辞者，亦不知甲已随老子二百余年矣，唯计甲所应得直之多，许以女嫁甲。甲见女美，尤喜，遂通辞于尹喜。得辞大惊，乃见老子。老子问甲曰："汝久应死，吾昔赁汝，为官卑家贫，无有使役，故以太玄清生符与汝，所以至今日。汝何以言吾？吾语汝到安息国，固当以黄金计直还汝，汝何以不能忍？"乃使甲张口向地，其太玄真符立出于地，丹书文字如新，甲成一聚枯骨矣。喜知老子神人，能复使甲生，乃为甲叩头请命，乞为老子出钱还之。老子复以太玄符投之，甲立更生。喜即以钱二百万与甲，遣之而去。并执弟子之礼，具以长生之事授喜。喜又请教诫，老子语之五千言，喜退而书之，名曰《道德经》焉。尹喜行其道，亦得仙。

汉窦太后信老子之言，孝文帝及外戚诸窦皆不得不读，读之皆大得其益。故文景之世，天下谧然，而窦氏三世保其荣宠。太子龙般的境界使我张口结舌，神思恍惚，不知他究竟是人还是神。”

阳子见到老子，老子对他说：“虎豹身上的花纹，猿猴敏捷的行动，都是招致射杀的诱因。”阳子问：“请问明君治世是何种局面？”老子说：“明君治世，应该是有盖世之功但老百姓却不知道。他使万物都井井有条，而老百姓认为本来就应该是那样。他德行很高但老百姓却并不歌颂他的名字。他使自己处于不可测度的境地、遨游于没有隔碍的境域。”

老子将出关西行，去登昆仑山。守关的令尹喜卜算神人将至，洒扫道路四十里出来相迎，他看到老子前来便知神人已至。老子在中原不曾传授过什么，他知令尹喜命中注定将会得道，便在关中驻足停留。有位徐甲，从少时起便受雇于老子，约定每日百钱佣金，老子共欠他七百二十万钱。徐甲见老子将远游关外，就想尽早讨回工钱又怕不成，就请人写了状书将老子告到令尹喜那里。写状书的人不知徐甲受雇于老子已有二百多年了，只知他要索取的是笔巨资，便答应将女儿嫁给他。徐甲见那女子貌美，尤为高兴，便把状书交给关令尹喜。令尹喜看过状书大为吃惊，就去见老子。老子问徐甲：“你早该死去，我过去雇你，因我官小家穷无人驱使，便将《太玄清生符》给你，你才得以活到今天，你为什么要告我呢？我曾对你说过，待他日你去了安息国，我自会将你的工钱折算成黄金尽数还你。你怎么就等不及了呢？”言罢便让徐甲张嘴向地，只见那太玄真符立刻出现在地上，上面的朱砂字迹竟如刚写成一般，徐甲则立时变成一堆枯骨了。令尹喜知道老子是神人，可令徐甲起死回生，就磕头替徐甲求情，请求出钱为老子还债。老子又将太玄符抛向那堆白骨，徐甲立刻复活了。令尹喜给了徐甲二百万钱打发他离去，又向老子行了弟子之礼，老子将长生之术尽数传授给他。令尹喜又求问诫规，老子口述了五千字，令尹喜告退后记录下来，就是有名的《道德经》了。令尹喜遵照老子的教诲修行，也得道升仙了。

汉代窦太后深信老子所言，要求孝文帝及外戚窦氏家族人人都要读老子的著作，读后都获益颇丰，于是有了文景之治，天下河清海晏，窦氏三代荣宠不衰。太子太傅疏广父子通晓道义，深谙功成身退太傅疏广父子，深达其意，知功成身退之义，同日弃官而归，散金布惠，保其清贵。及诸隐士，其遵老子之术者，皆外损荣华，内养生寿，无有颠沛于险世。其洪源长流所润，洋洋如此，岂非乾坤所定，万世之师表哉！故庄周之徒，莫不以老子为宗也。（出《神仙传》）

木公

木公，亦云东王父，亦云东王公。盖青阳之元气，百物之先也。冠三维之冠，服九色云霞之服，亦号玉皇君。居于云房之间，以紫云为盖，青云为城。仙童侍立，玉女散香。真僚仙官，巨亿万计，各有所职，皆禀其命，而朝奉翼卫。故男女得道者，名籍所隶焉。

昔汉初，小儿于道歌曰："著青裙，入天门，揖金母，拜木公。"时人皆不识，唯张子房知之。乃再拜之曰："此乃东王公之玉童也。盖言世人登仙，皆揖金母而拜木公焉。"或云，居东极大荒中，有山焉，以青玉为室，深广数里。僚荐真仙时往谒，九灵金母一岁再游其宫，共校定男女真仙阶品功行以升降之，总其行籍，而上奏元始，中开玉晨，以禀命于老君也。天地劫历，阴阳代谢，由运兴废，阳九百六，举善黜恶，靡不由之。或与一玉女，更投壶焉。每投一投十二百枭。设有入不出者，天为嚱嘘；枭而脱悟不接者，天为之嗤。儒者记而详焉。

所谓"王"者，乃尊为贵上之称，非其氏族也。世人以"王父""王母"为姓，斯亦误矣。（出《仙传拾遗》）

的道理，二人同日辞官回家，布施钱财，以清白高洁自守。隐士中遵循老子道术的，都抛弃世俗浮华，致力修生益寿，远离险恶尘世中的颠沛流离。老子的学说和道术博大精深、源远流长、润物无声，有如此巨大的成就，难道不是乾坤所定的万世师表吗？所以庄周的门徒，无不以老子为宗师。（出《神仙传》）

木公

木公，也称“东王父”“东王公”。他生在春和景明元气正盛的时节，是万物的始祖。头上顶着寓意天、地、人三界的珠冠，身披九色云霞袍服，也称“玉皇君”。他住在九霄云天，以紫云作伞盖，用青云筑城。仙童侍立左右，玉女散发芳香，亿万仙君受其统领，各司其职，都遵奉他的命令，朝拜护卫着他，人间男女得道者的仙籍都隶属于他。

旧时汉初，一幼童在路旁唱道：“着青裙，入天门。揖金母，拜木公。”当时世人都听不懂，唯独张子房明白，他向幼童拜了两次说：“这是东王公的玉童啊，唱的是世人升仙，向金母作揖拜见木公的场景。”又有一种说法，是说极东的荒原中有座山，用青玉建成高堂广室，长宽都达几里。仙君们时常来此朝拜木公，九灵金母每年在这儿考核仙君们的等级功绩，评定众仙升降，汇总功过奏报元始天尊，同时上报玉晨宫，听候太上老君裁决。天地劫难、阴阳更迭、运势兴衰、灾难厄运、激浊扬清等事无不经由此处。有时换成一位玉女投壶的方式，向猫头鹰口中投掷特制的箭羽，每轮投一千二百次，如果投中，箭羽没有从猫头鹰口中掉落，天神就会开口大笑，如果没投中，天神就会撇嘴讥笑。一些大儒将这些记得很详细。

所谓的“王”，是对尊贵之人的称谓，并不代表神人的姓氏和宗族，世人用王父、王母为姓，也是犯了很大的错误啊。（出《仙传拾遗》）

广成子

广成子者，古之仙人也。居崆峒之山，石室之中。黄帝闻而造焉，曰："敢问至道之要。"广成子曰："尔治天下，禽不待候而飞，草木不待黄而落，何足以语至道？"黄帝退而闲居三月，后往见之，膝行而前。再拜请问治身之道。广成子答曰："至道之精，杳杳冥冥，无视无听。抱神以静，形将自正。必净必清，无劳尔形，无摇尔精，乃可长生。慎内闭外，多知为败。我守其一，以处其和，故千二百岁，而形未尝衰。得我道者上为皇，失吾道者下为土。将去汝入无穷之门，游无极之野，与日月参光，与天地为常。人其尽死，而我独存矣。"（出《神仙传》）

黄安

黄安，代郡人也。为代郡卒，云卑猥不获，处人间执鞭。推荆读书，画地以记数，一夕地成池。时人谓安舌耕。年可八十余，强视若童子。常服朱砂，举体皆赤，冬不著衣。坐一龟，广长三尺，时人问此龟有几年矣，曰："昔伏羲始造网罟，得此龟以授吾，其龟背已平矣。此虫畏日月之光，二千年则一出头，我生，此虫已五出头矣。"行则负龟而趋，世人谓安万岁矣。（出《洞冥记》）

孟岐

孟岐，清河之逸人，年可七百岁。语及周初事，了然如目前。岐时侍周公升坛上，岐以手摩成王足。周公以玉笏与之，岐常宝执，每以衣裾拂拭。笏厚七分，今锐欲折。恒饵桂叶，闻汉武帝好

广成子

广成子，是古时候的仙人，住在崆峒山的一处石室中，黄帝听说后前去拜访，向广成子请教："请问得道的关键是什么？"广成子答："你治理天下，飞禽不到季候就飞走，草木没有枯黄就凋落，我如何与你谈至道？"黄帝告退后闲居三个月不理朝政，又去拜见广成子，膝行来到广成子面前，数次跪拜以求修身之道。广成子说："修道的境界是登峰造极杳渺玄妙的，不看不听，凝神静气，自能修身，恪守清净，保养身体，保持精力，方可长生。审慎内心，规避干扰，劳心为败。我能抱元守一，以达平和，所以一千二百年来，容貌不曾衰老，遵循我的道术上可为天皇，违背我的道术只能下化为尘土。我的道术将你带进无尽之门，让你畅游无边的四野，与日月同辉，与天地常存。他人寿尽，唯得我道者独存。"（出《神仙传》）

黄安

黄安，代郡人，在郡衙里做役卒。上司认为他卑贱庸俗，又没什么本事，就让他拿着荆条鞭子赶马。但他常把荆条别在腰间刻苦读书，在地上画着记数。一天晚上，他画字的土地竟变成了水池，当时人们都说他是勤奋好学的"舌耕者"。黄安八十岁时，眼力还宛如少年般锐利。他常年服用朱砂，全身赤裸，冬天也不穿衣服，坐在一个长宽均为三尺的大龟背上。当时有人问他这乌龟在此几年了，黄安答道："昔日伏羲开始织网时，捕了这龟送我。如今龟背已被磨平了。这龟害怕日月的光芒，两千年才伸一次头。我出生时，这龟已伸了五次头了。"黄安出门时就会依靠龟前行。世人皆说黄安有一万岁了。（出《洞冥记》）

孟岐

孟岐，是清河的隐士，已经七百岁了。提及周朝初期的事情，他仍历历在目，宛如昨日之事。他当时侍奉周公姬旦登上拜相的神坛，还用手摸过周成王的脚，周公赠他一个玉制笏板，他异常珍爱，常用

仙，披草莱而来，武帝厚待之。后不知所之。（出《洞冥记》）

衣襟擦拭。玉笏有七分厚，历经沧海桑田，如今已被他擦拭得越来越薄，几乎要断掉了。他一直以桂叶为食，听说汉武帝喜好仙术，便身披草编的斗篷去拜见，汉武帝对他很是优待。后来便不知他去到哪里了。（出《洞冥记》）

卷第二　神仙二

周穆王　燕昭王　彭　祖　魏伯阳

周穆王

周穆王名满，房后所生，昭王子也。昭王南巡不还，穆王乃立，时年五十矣。立五十四年，一百四岁。

王少好神仙之道，常欲使车辙马迹，遍于天下，以仿黄帝焉。乃乘八骏之马奔戎，使造父为御。得白狐玄貉，以祭于河宗。导车涉弱水，鱼鳖鼋鼍以为梁。逐登于春山，又觞西王母于瑶池之上。王母谣曰："白云在天，道里悠远。山川间之，将子无死，尚能复来。"王答曰："余归东土，和洽诸夏，万民平均，吾顾见汝。"

比及三年，将复而野。又至于雷首、太行，遂入于宗周。时尹喜既通流沙，草栖于终南之阴，王追其旧迹，招隐士尹辄、杜冲，居于草栖之所，因号楼观。从诣焉。祭父自郑圃来谒，谏王以徐偃之乱。王乃返国，宗社复安。

王造昆仑时，饮蜂山石髓，食玉树之实，又登群玉山，西王母所居，皆得飞灵冲天之道。而示迹托形者，盖所以示民有终耳。况其饮琬琰之膏，进甜雪之味，素莲黑枣，碧藕白橘，皆神仙之物，得不延期长生乎？又云，西王母降穆王之宫，相与升云而去。（出《仙传拾遗》）

周穆王

周穆王名满，是房太后所生，周昭王的儿子。周昭王南巡意外殒命，于是便立周穆王为国君，周穆王继位时已经五十岁了，在位五十四年，享年一百零四岁。

周穆王年少时喜欢修习神仙之术，总想如黄帝般行遍天下，四处游历。于是乘上八匹骏马拉的车子，奔赴西北戎族聚居的地方，他让周朝当时最有名的御手造父为他驾车。途中得到白狐黑貉，便用它们祭祀河神。他的车子行到险恶难渡的弱水时，竟有鱼、鳖、鳄鱼主动搭桥相助。周穆王又登上春山，与西王母对饮瑶池之上。西王母唱道："白云在天边，道路很遥远，山川间阻，然而你将长生不老，相信以后还能重逢。"周穆王答道："待我回归故土，融洽各国关系，使万民平等富庶，到那时我自会来此见您。"

三年后，周穆王又出行四野，行至山西的雷首山和太行山，然后便回到周朝的王都镐京（今西安市西南）。当时令尹喜已跋涉流沙穿越荒草地在终南山北面定居，周穆王追随令尹喜走过的旧路前行，邀请隐士尹辄、杜冲，他俩都住在草地树上搭的屋子里，周穆王也来和他们同住，他们的住处被称为"楼观"。后来祭父从郑圃来拜谒周穆王，进谏说徐偃谋反作乱。周穆王这才归国平乱，终于国泰民安。

周穆王造访昆仑山时，饮蜂山石缝中的甘泉，食玉树上的果实。又登上西王母所居的群玉山，尽数习得灵敏的腾云驾雾道术。但周穆王依然以普通人的面貌留在世间，大概是想现身说道，告诉人们修炼的结果。更何况周穆王饮琼浆玉液，食昆仑山的甜雪，以及素莲、黑枣、碧藕、白橘等仙果，又怎能不延年益寿长生不老呢？传说后来西王母降临周穆王的宫中，二人一道驾云飞升至天界。（出《仙传拾遗》）

燕昭王

燕昭王者，哙王之子也。及即位，好神仙之道。仙人甘需臣事之，为王述昆台登真之事，去嗜欲，撤声色，无思无为，可以致道。王行之既久，谷将子乘虚而集，告于王曰：“西王母将降，观尔之所修，示尔以灵玄之要。”

后一年，王母果至。与王游燧林之下，说炎皇钻火之术。然绿桂膏以照夜，忽有飞蛾衔火，集王之宫。得圆丘砂珠，结而为佩。王登握日之台，得神鸟所衔洞光之珠，以消烦暑。

自是王母三降于燕宫，而昭王狥于攻取，不能遵甘需澄静之旨，王母亦不复至。甘需白：“王母所设之馔，非人世所有，玉酒金醴，后期万祀，王既尝之，自当得道矣。但在虚疑纯白，保其遐龄耳。”甘需亦升天而去。

三十三年，王无疾而殂，形骨柔耎，香气盈庭。子惠王立矣。（出《仙传拾遗》）

彭祖

彭祖者，姓篯讳铿，帝颛顼之玄孙也。殷末已七百六十七岁，而不衰老。少好恬静，不恤世务，不营名誉，不饰车服，唯以养生治身为事。王闻之，以为大夫。常称疾闲居，不与政事。善于补导之术，服水桂、云母粉、麋角散，常有少容。然性沉重，终不自言有道，亦不作诡惑变化鬼怪之事。窈然无为，少周游，时还独行，人莫知其所诣，伺候竟不见也。有车马而常不乘，或数百日，或数十日，不持资粮，还家则衣食与人无异。常闭气内息，从旦至中，乃危坐拭目，摩搦身体，舐唇咽唾，服气数十，乃起行言笑。其体中或瘦倦不安，便导引闭气，以攻所患。心存其体面九窍，五脏

燕昭王

燕昭王，是燕王哙的儿子，即位后喜好仙术。仙人甘需是他的大臣，为他讲述了登昆仑山修道成仙的故事，告诉他只有摒弃私欲，远离歌舞女色，无欲无求，恬淡无为方可得道。燕昭王按此要求执行了很久，谷将子腾云而来对他说："西王母即将降临，来考察你的修行，为你展示仙道的玄理要义。"

一年后，西王母果然来了，与燕昭王同游燧林，告诉他炎帝钻木取火的技巧。然后点燃桂膏照亮黑夜，忽然有很多飞蛾口衔火球聚集到燕昭王宫中，火球变成了圆丘形的砂珠，燕昭王将它们串上绳子制成了佩饰。燕昭王登上距太阳最近的高台，得到神鸟衔来的明亮通透的宝珠来消解炎热。

后来西王母又三次降临到燕昭王的宫中，但燕昭王却醉心于攻城徇地，不再遵照甘需所言静心清修，王母也就不再降临了。甘需说："西王母宴席上的菜品绝非凡尘所有，玉酒金液是耗时万年才制得的，您既然已经吃了，自是可以得道了。只需心无杂念地修道，自会保持高寿的。"后来甘需也得道升天离开了。

三十三年后，燕昭王无疾而终，尸体柔软，香气四溢，他的儿子燕惠王继位。（出《仙传拾遗》）

彭祖

彭祖，姓篯名铿，是颛顼帝的玄孙，到殷商末年时已经七百六十七岁了，但容貌却不曾衰老。年少时喜好清静，无心世事，不慕名利，不追求车马服饰，专注修养身心。君王听说他的事后，就让他任大夫一职，他称病推辞，无心朝政。彭祖长于采补导引的方术，服食水桂、云母粉、麋角散等丹方，保有少年容貌。他心性内敛沉稳，从不宣扬自己已经得道，也不故弄玄虚惑乱人心。他超然独处、恬淡无为，甚少游历，即使外出也是独行，人们不知他去往何处，就连他的仆从也不知他到何处去了。他有车马但却鲜少乘坐，出门几百或几十天不带盘缠口粮，但到家后衣食却与平日无异。他日常修习闭息法术，从清晨到正午一直端坐，以手轻拂双目，按摩身体，以舌舐四肢，至于毛发，皆令具至。觉其气云行体中，故于鼻口中达十指末，寻即体和。王自往问讯，不告。致遗珍玩，前后数万金，而皆受之，以恤贫贱，无所留。

又采女者，亦少得道，知养性之方，年二百七十岁，视之如五六十岁。奉事之于掖庭，为立华屋紫阁，饰以金玉。乃令采女乘辎軿，往问道于彭祖。既至再拜，请问延年益寿之法，彭祖曰："欲举形登天，上补仙官，当用金丹，此九召太一，所以白日升天也。此道至大，非君王之所能为。其次当爱养精神，服药草，可以长生。但不能役使鬼神，乘虚飞行。身不知交接之道，纵服药，无益也。能养阴阳之意，可推之而得，但不思言耳，何足怪问也。吾遗腹而生，三岁而失母，遇犬戎之乱，流离西域，百有余年。加以少枯，丧四十九妻，失五十四子，数遭忧患，和气折伤。冷热肌肤不泽，荣卫焦枯，恐不度世。所闻浅薄，不足宣传。大宛山有青精先生者，传言千岁，色如童子，步行日过五百里，能终岁不食，亦能一日九食，真可问也。"

采女曰："敢问青精先生是何仙人者也？"彭祖曰："得道者耳，非仙人也。仙人者，或竦身入云，无翅而飞；或驾龙乘云，上造天阶；或化为鸟兽，游浮青云；或潜行江海，翱翔名山；或食元气，或茹芝草，或出入人间而人不识，或隐其身而莫之见。面生异骨，体有奇毛，率好深僻，不交俗流。然此等虽有不死之寿，去人情，远荣乐，有若雀化为蛤，雉化为蜃，失其本真，更守异气。余唇吞咽唾液，吞服自然精华之气数十次，然后起身言谈行动。他偶尔感觉身体不适或疲惫不安时，便会导引闭息，将精力集中在患处，让胸中所运之气传导到身体各部，大到面部九窍，五脏四肢，小到毛发，都有气流通过，感受气流如云般在体内运行，从口鼻开始，直到十指的末端，没过一会儿就觉得通体和畅了。君王亲自前往拜访时，也不事先告知彭祖，只是悄悄留下些珍宝玩物赠与他，然后就回去了，前后所赠价值数万金，彭祖尽数接纳，用以抚恤穷困，自己却毫无保留。

还有采女，也是少时便得道的，通晓修身养性的方法，二百七十岁时，看起来就像五六十岁一样。她被奉养在掖庭，那里有为她修建的华美的殿阁，以金玉装点。君王请采女乘上车子，去向彭祖问道。采女到后拜过彭祖，便请教延年益寿之法，彭祖说，“若想飞升，位列仙班，须服食金丹。九召、太一都是因为常服金丹才得以白日飞升的。这种道术很是繁杂，君王难以做到。其次要爱惜精神，常服药草，方可长生。但还不能驱使鬼神、腾云驾雾。若自身不知阴阳交合之道，纵然服药也是无益。欲明阴阳交合之道，只可意会自行体悟，而不能言传，而你却在这里询问，岂不奇怪？我是遗腹子，三岁丧母，遭遇犬戎之乱，流落西域一百多年。我年少时便失去双亲，后来又有四十九位妻子先后亡故，失去了五十四个儿子，屡遭忧患，元气大伤。不论环境温度如何，我的肌肤始终黯淡无光，荣卫（泛指气血、身体）二气枯萎，只怕没多少时日了。加上我的见闻本就浅薄，不值得四处宣扬。大宛山有位青精先生，据传已有千岁，貌如童子，日行五百多里，能终年不食，也可一日吃九餐，你大可去向他求教。”

采女问道：“敢问青精先生是哪位神仙呢？“彭祖答道：“得道之人，并不是什么仙人。凡是仙人，有的能耸身入云，无翅而飞；有的能驾龙腾云，直达天庭；有的能化作鸟兽，畅游在青云之间，潜行于江海之中，翱翔在名山之上。有的吸食天地精华，有的吃灵芝仙草，有的穿行于人世间却与常人无异，有的隐藏身形常人肉眼无法看见。他们面相非凡，毛发奇异，喜好独居，傲然不群。然而这些仙人虽寿数无穷，但他们却摒弃人情，与世隔绝，远离荣华享乐，好似鸟之愚心，未愿此已。入道当食甘旨，服轻丽，通阴阳，处官秩耳。骨节坚强，颜色和泽，老而不衰，延年久视。长在世间，寒温风湿不能伤，鬼神众精莫敢犯，五兵百虫不可近，嗔喜毁誉不为累，乃可贵耳。

"人之受气，虽不知方术，但养之得宜，常至百二十岁。不及此者，伤也。小复晓道，可得二百四十岁。加之可至四百八十岁。尽其理者，可以不死，但不成仙人耳。养寿之道，但莫伤之而已。夫冬温夏凉，不失四时之和，所以适身也；美色淑资，幽闲娱乐，不致思欲之惑，所以通神也；车服威仪，知足无求，所以一志也；八音五色，以悦视听，所以导心也。凡此皆以养寿，而不能斟酌之者，反以速患。

"古之至人，恐下才之子，不识事宜，流遁不还，故绝其源。故有上士别床，中士异被，服药百裹，不如独卧。五音使人耳聋，五味使人口爽。苟能节宣其宜适，抑扬其通塞者，不以减年，得其益也。凡此之类，譬犹水火，用之过当，反为害也。不知其经脉损伤，血气不足，内理空疏，髓脑不实，体已先病。故为外物所犯，因气寒酒色以发之耳，若本充实，岂有病也？

"夫远思强记伤人，忧喜悲哀伤人，喜乐过差，忿怒不解伤人，汲汲所愿伤人，阴阳不顺伤人。有所伤者数种，而独戒于房中，岂不惑哉？男女相成，犹天地相生也，所以神气导养，使人不失其和。天地得交接之道，故无终竟之限；人失交接之道，故有伤残之期。能避众伤之事，得阴阳之术，则不死之道也。天地昼分而夜合，一岁三百六十交，而精气和合，故能生产万物而不穷。

雀变成蛤蟆，山鸡变成海蜃，已经失去天性，只是固守一个怪异的自己罢了。以我的愚见，则不愿修成那种仙人。修道理应食美味佳肴，着轻柔华服，通晓阴阳相交之道，也可在朝为官。修道之人应康健躯体，光泽肤色，年长不衰，经年目明。长久处于人世却不被寒温风湿所伤，不被鬼神精怪侵犯，兵器毒虫都不能近身，宠辱不惊，这才是难能可贵的。

“世人禀受天地精气，即使不懂方术，但若能正确修养，一般也可活到一百二十岁，没活到这个年岁的就是伤了身体。略懂道术，能活二百四十岁，懂得更多能活四百八十岁，尽知个中真理则可长生不死，只是还未成仙罢了。修身养性延年益寿之道的根本是不要损伤身心：冬暖夏凉适应四季变化，便可修身；不被歌舞美色、悠闲娱乐扰乱心智，便可养性；对车马仪仗以及服饰知足不贪，便可守一；以音乐绘画愉悦视听，便可启迪心智。以上这些皆可修身养性延年益寿，但若不能斟酌把握分寸就会反受其害。

“古代的至人（道家指超凡脱俗，达到无我境界的人），担心愚人做事时不懂分寸，一味耽于享乐，便从根源上杜绝此患。因此才有一些非常高洁的雅士们不与妻子同床，其次的一些士人们则不和妻子同被。就是吃上一百副药，也不如一个人独自静卧修养。过多赏乐损人耳力，饕餮盛宴坏人胃口，若能有所节制恰到好处，趋利避害扬长补短，不仅寿数不减，还会受益无穷。凡此种种犹如水火，过分使用就会反受其害。世人常不明白，若是经脉损伤，血气不足，内理亏空，髓脑有虚时，身体已经患病了，所以才被外界损伤，因为冻寒、酗酒、纵欲恰好引发病痛。若本来康健，怎会得病？

“忧思过虑，悲欢过度，心怀愤懑，心有执念，阴阳不调都能伤人。伤人之事无数，其中房事最需警戒。这乍看起来令人困惑，其实却不然。男女结合相得益彰宛若天成，更要讲究以气养神摄身养性，恰如其分又不失和谐。天地遵循阴阳交接规律就可永无终止；人若违逆交接规律定有损伤之日。若能规避伤害，修得阴阳和合之术，就是长生之道。天地昼分夜合，一年三百六十次交接，精气和合，所以万物才会生生不息。人若符合天道，便可长存。其次就是服人能则之，可以长存。次有服气，得其道则邪气不得人，治身之本要。其余吐纳导引之术，及念体中万神有舍影守形之事一千七百余条，及四时首向、责己谢过、卧起早晏之法，皆非真道，可以教初学者，以正其身。

“人受精养体，服气炼形，则万神自守其真，不然者，则荣卫枯悴，万神自逝，悲思所留者也。人为道，不负其本而逐其末，告以至言而不能信，见约要之书，谓之轻浅，而不尽服诵，观夫《太清北神中经》之属，以此自疲，至死无益，不亦悲哉？

“又人苦多事，少能弃世独往山居穴处者，以道教之，终不能行，是非仁人之意也，但知房中闭气，节其思虑，适饮食则得道也。吾先师初著《九都》《节解》《指教》《韬形》《隐守》《无为》《开明》《四极》《九灵》诸经，万三千首，为以示始涉门庭者。”采女具受诸要以教王，王试之有验。

殷王传彭祖之术，屡欲秘之，乃下令国中，有传祖之道者诛之，又欲害祖以绝之。祖知之乃去，不知所之。其后七十余年，闻人于流沙之国西见之。王不常行彭祖之术，得寿三百岁，气力丁壮，如五十时。得郑女妖淫，王失道而殂。俗间言传彭祖之道杀人者，由于王禁之故也。

后有黄山君者，修彭祖之术，数百岁犹有少容。彭祖既去，乃追论其言，以为《彭祖经》。（出《神仙传》）

魏伯阳

魏伯阳者，吴人也，本高门之子，而性好道术。后与弟子三气，修得这种法术的人可使邪气不侵，这是摄身养性的根本所在。其他像吐纳导引，以及念体中万神、舍影守形等方法，共有一千七百多条，还有一年四季睡觉时头的朝向、自省检讨过错、起卧迟早等方法，都算不上真正的修道，但是可以教给初学者，让他们端正自身。

“人禀受天地精气摄身养性，服气炼形，那么万神自会守其本真。否则，荣卫两气枯竭，万神自会消逝，到时就追悔莫及了。世人修道，常会舍本逐末，有得道之人告知至理却不肯相信，看那些讲解要义的书又觉得内容浅显，走马观花，不会认真习诵；一看到讲述天界、北神之类的经书，就嫌深奥而不去读诵，这样的人只会至死无益，不也很可悲吗？

“也有人苦于事务繁杂，却很少能远离尘世到山洞中独居。教授这些人道法终究是不可行的，因为他们道心不坚，没有仁人志士的真诚之意，以为只要在房中闭气清心，适量饮食就能得道了。我的先师曾著《九都》《节解》《指教》《韬形》《隐守》《无为》《开明》《四极》《九灵》等关于道术的经典，共一万三千篇，用来教导初学乍练的修道之人。”采女将从彭祖那里习得的全部要领传授给君王，君王实践后确实有效。

殷王习得彭祖的道术，想要秘而不宣。于是下令诛杀国内所有传授彭祖道术的人，又想杀害彭祖以绝了他的道术。彭祖知道后就离开了，不知所终。七十多年后，听闻有人在流沙国西部见到彭祖。殷王虽未能坚持修习彭祖的道术，但也活到了三百岁，身强体壮好似五十岁。后来他得了一位妖冶放荡的女子郑氏，终于失去道术而身亡。坊间流传的宣扬彭祖道术就会被杀之事，正是指殷王的禁令。

后来有位黄山君修习彭祖道术，几百岁时仍是少年的容貌。彭祖升仙后，世人将他的言论追述下来，就是《彭祖经》了。（出《神仙传》）

魏伯阳

魏伯阳，是吴国人，原是高门大户的公子，天性喜欢道术。后来人，入山作神丹。丹成，知弟子心怀未尽，乃试之曰：“丹虽成，然先宜与犬试之，若犬飞，然后人可服耳；若犬死，即不可服。”乃与犬食，犬即死。伯阳谓诸弟子曰：“作丹唯恐不成，既今成而犬食之死，恐是未合神明之意，服之恐复如犬，为之奈何？”弟子曰：“先生当服之否？”伯阳曰：“吾背违世路，委家入山，不得道亦耻复还，死之与生，吾当服之。”乃服丹，入口即死。弟子顾视相谓曰：“作丹以求长生，服之即死，当奈此何？”独一弟子曰：“吾师非常人也，服此而死，得无意也。”因乃取丹服之，亦死。余二弟子相谓曰：“所以得丹者，欲求长生者，今服之即死，焉用此为？不服此药，自可更得数十岁在世间也。”遂不服，乃共出山，欲为伯阳及死弟子求棺木。二子去后，伯阳即起，将所服丹内死弟子及白犬口中，皆起。弟子姓虞，遂皆仙去。道逢入山伐木人，乃作手书与乡里人，寄谢二弟子，乃始懊恨。

伯阳作《参同契五行相类》，凡三卷。其说是《周易》，其实假借爻象，以论作丹之意。而世之儒者，不知神丹之事，多作阴阳注之，殊失其旨矣。（出《神仙传》）

与三位弟子进山炼丹。丹炼成后，他心知有弟子心不太诚，便试探道："丹虽炼成，但最好先用狗试一下，若狗飞升了，人便可服用；若狗死了，人就不能吃。"于是就给狗服下丹药，狗即刻便死了。伯阳对弟子们说："炼丹时唯恐炼不成，现在炼成，狗服下后却死了，只怕是违背了神灵的意旨，人服下后怕是会同狗一个下场，这要怎么办呢？"一位弟子说："您吃这丹药吗？"伯阳说："我背离世俗，弃家进山，若是不得道的话也无颜回家了，无论生死，我都应该服用。"言罢便服下丹药，一入口便死了。弟子相互看着说："炼丹是为了求得长生不死，如今服下便死了，要怎么办呢？"只有一个弟子说："老师并非常人，服丹药致死，绝非他的本意。"言罢取来丹药服下，也死了。剩下的两个弟子互相说道："炼丹只是为了求得长生不死，如今入口即死，还服它做什么？不服此药，还可在世上活几十年。"于是二人都没服丹药，共同出山了，准备为伯阳及已死的同门寻求棺木。两位弟子走后，伯阳就起来了，把自己服下的丹药放到死去的弟子及白狗口中，弟子和白狗都起死回生了。这位弟子姓虞，师徒二人便一同升仙而去了。途中偶遇进山砍柴的人，便写信让打柴人转告其余两位弟子，二人追悔莫及。

魏伯阳所著《参同契五行相类》一书，共三卷，表面上是论述《周易》的，其实是假借卦象来论述炼丹要义的。后来有儒生不懂炼丹之道，把这书看成议论阳阴八卦的书来注解，这与此书原本的意旨相差太远了。（出《神仙传》）

卷第三　神仙三

汉武帝

汉武帝

汉孝武皇帝，景帝子也。未生之时，景帝梦一赤彘从云中下，直入崇芳阁，景帝觉而坐阁下。果有赤龙如雾，来蔽户牖。宫内嫔御，望阁上有丹霞蓊蔚而起。霞灭，见赤龙盘回栋间。景帝召占者姚翁以问之。翁曰："吉祥也。此阁必生命世之人，攘夷狄而获嘉瑞，为刘宗盛主也，然亦大妖。"景帝使王夫人移居崇芳阁，欲以顺姚翁之言也，乃改崇芳阁为猗兰殿。旬余，景帝梦神女捧日以授王夫人，夫人吞之，十四月而生武帝。景帝曰："吾梦赤气化为赤龙，占者以为吉，可名之吉。"至三岁，景帝抱于膝上，抚念之，知其心藏洞彻，试问："儿乐为天子否？"对曰："由天不由儿。愿每日居宫垣，在陛下前戏弄，亦不敢逸豫，以失子道。"景帝闻而愕然，加敬而训之。他日复抱之几前，试问："儿悦习何书？为朕言之。"乃诵伏羲以来，群圣所录，阴阳诊候及龙图龟策数万言，无一字遗落。至七岁，圣彻过人，景帝令改名彻。及即位，好神仙之道，常祷祈名山大川五岳，以求神仙。

元封元年正月甲子，登嵩山，起道宫。帝斋七日，祠讫乃还。至四月戊辰，帝闲居承华殿，东方朔、董仲君在侧。忽见一女子，著青衣，美丽非常，帝愕然问之，女对曰："我墉宫玉女王子登也。向为王母所使，从昆仑山来。"语帝曰："闻子轻四海之禄，寻道求生，降帝王之位，而屡祷山岳，勤哉有似可教者也。从今日清斋，不闲人事，至七月七日，王母暂来也。"帝下席跪诺。言讫，玉

汉武帝

汉孝武皇帝刘彻，是汉景帝之子。汉武帝出生前，汉景帝梦到一赤猪从云中降下，落入崇芳阁，汉景帝惊醒赶到崇芳阁下，果然有赤龙腾云驾雾，遮蔽了崇芳阁的门窗。宫中嫔妃远见崇芳阁上丹霞蓬勃腾起，霞光消散后，现出赤龙盘踞在梁柱间。汉景帝召占者姚翁求解，姚翁说："这是吉兆，命世之才将诞生于此阁，他抵御异族，承天之祐，是刘氏一脉的明主，但这位明主也会生出很多奇闻怪事。"汉景帝安排王夫人移居崇芳阁，意图顺应姚翁所言，将崇芳阁更名为猗兰殿。十几日后，他又梦到神女手捧太阳交予王夫人，王夫人将太阳吞下，十四个月后诞下汉武帝，汉景帝说："我梦到赤气化作龙，占者判断为吉兆，可命名为'吉'。"汉武帝三岁时，汉景帝将他抱在膝上，爱抚他，知道他心底明白通透，问："你可愿做天子？"答："这事听从天意，由不得我做主。我愿久居皇宫，在陛下身边戏耍陪伴，决不敢耽于享乐有失孝道。"汉景帝听后深感惊异，越发严谨地教导他。又一日，汉景帝又抱着汉武帝来到桌前，问："你爱读何书，可说与朕听。"汉武帝将伏羲以来圣贤著述中的阴阳五行学说、养生诊断之法、帝王驭权之术、占卜吉凶之法等几万字尽数背出，不差毫厘。汉武帝七岁时，圣明通透非凡，汉景帝下令为其更名为"彻"。汉武帝即位，仰慕神仙之道，常祈祷于名山大川五岳四渎，以求成仙。

元封元年，正月甲子，汉武帝登临嵩山，修筑道观，斋戒七日，祭祀后回宫。到四月戊辰，汉武帝闲居承华殿，东方朔、董仲君（君原作舒，据明抄本改）作陪。三人忽然看到一女子，身着青衣，貌美非常，汉武帝惊异，问她是谁，女子答："我是墉城（传说中西王母的住所）玉女王子登，受西王母之命，从昆仑山前来。"对汉武帝说："听闻你无心江山社稷，一心修道渴求长生，虽得帝位，但多次祈祷于山女忽然不知所在。帝问东方朔:“此何人?”朔曰:“是西王母紫兰宫玉女,常传使命,往来扶桑,出入灵州,交关常阳,传言玄都。阿母昔出配北烛仙人,近又召还,使领命禄,真灵官也。”帝于是登延灵之台,盛斋存道,其四方之事权,委于冢宰焉。到七月七日,乃修除宫掖,设坐大殿。以紫罗荐地,燔百和之香,张云锦之帏,燃九光之灯,列玉门之枣,酌蒲萄之醴,宫监香果,为天宫之馔。帝乃盛服,立于阶下,敕端门之内,不得有妄窥者。内外寂谧,以候云驾。到夜二更之后,忽见西南如白云起,郁然直来,径趋宫庭,须臾转近,闻云中箫鼓之声、人马之响。半食顷,王母至也。县投殿前,有似鸟集。或驾龙虎,或乘白麟,或乘白鹤,或乘轩车,或乘天马,群仙数千,光耀庭宇。

既至,从官不复知所在,唯见王母乘紫云之辇,驾九色斑龙。别有五十天仙,侧近鸾舆,皆长丈余,同执彩旄之节,佩金刚灵玺,戴天真之冠,咸住殿下。王母唯挟二侍女上殿,侍女年可十六七,服青绫之袿,容眸流眄,神姿清发,真美人也。

王母上殿东向坐,著黄金褡襡,文采鲜明,光仪淑穆。带灵飞大绶,腰佩分景之剑,头上太华髻,戴太真晨婴之冠,履玄璚凤文之舄。视之可年三十许,修短得中,天姿掩蔼,容颜绝世,真灵人也。下车登床,帝跪拜问寒暄毕立。因呼帝共坐,帝面南。

王母自设天厨,真妙非常:丰珍上果,芳华百味;紫芝萎蕤,芬芳填樏;清香之酒,非地上所有,香气殊绝,帝不能名也。又命侍女更索桃果。须臾,以玉盘盛仙桃七颗,大如鸭卵,形圆青色,以呈王母。母以四颗与帝,三颗自食。桃味甘美,口有盈味。帝食岳间，勤恳虔诚是值得传授的人。从今日起，清心斋戒，不问世事，直到七月七日。王母将短暂地降临此地。”汉武帝离席跪地应允，言罢，玉女消失不见。汉武帝问东方朔：“来人是谁？”东方朔答：“来人是西王母紫兰宫玉女，常为西王母传令，来往于扶桑、灵州间，传达玄都（传说中神仙的住所）旨意。西王母曾将她许配给北烛仙人，近日又将她召回，差她管理禄食运数，是天界仙官。”汉武帝依言登上延灵高台，斋戒修道，将朝政委托宰相。到七月七日，汉武帝下令打理宫中陈设，大殿设西王母专座，紫罗铺地，焚百和香（多种香料制成的香，焚烧以除秽），挂云锦帏帐，燃五光十色的灯烛。供奉玉门贡枣，酌葡萄美酒，设宫禁香果，以此为天人设宴。汉武帝盛装，静候玉阶下，严令端门内不得窥视，宫内外静谧肃穆，以恭候天人大驾。直至夜间二更后，汉武帝忽然看到西南方有如白云升腾，浓云径直飘向宫中，顷刻间逼近，其间传出箫鼓音乐、人言马踏等声响。约半顿饭工夫，西王母降临。随行的仙君，如飞鸟聚集在殿前，有的驾龙虎，有的乘白麟，有的乘白鹤，有的乘马车，有的乘天马，数千仙人光耀宫殿。

王母到后，随行的仙君消失不见，只见王母乘紫云车，驾九色斑龙，另有五十天仙侍候銮驾近前，天仙都身长一丈有余，手执彩色旄节，佩金刚宝印，戴仙人高冠，停在殿下。王母仅携两侍女上殿，侍女大概十六七岁，身穿青丝长袍，顾盼生辉，仙姿昳貌，实乃绝色。

王母上殿面向东坐，身着金线披肩，流光溢彩，端庄典雅。身系灵飞绶带，腰佩分景宝剑，发髻绾成太华髻，戴太真晨婴宝冠，脚踩玄玉凤纹鞋。西王母看起来大概三十岁，身材适中，风姿艳丽超群，容貌举世无双，真是神仙。西王母下辇上榻，汉武帝跪拜行礼寒暄后，她邀汉武帝同坐，汉武帝面朝南坐下。

西王母自带天宫御厨，呈上的餐食精妙非同寻常，天界果品丰盛珍奇，各式珍馐，馨香四溢，色泽晶莹。满樏（食器，像盘，中有隔档）繁茂芬芳的木芝，清香的琼浆玉液，绝非凡间所有，香气超绝，汉武帝叫不出这些珍馐美馔的名字。西王母又命侍女更换果品，很辄收其核，王母问帝，帝曰："欲种之。"母曰："此桃三千年一生实，中夏地薄，种之不生。"帝乃止。

于坐上酒觞数遍，王母乃命诸侍女王子登弹八琅之璈，又命侍女董双成吹云和之笙，石公子击昆庭之金，许飞琼鼓震灵之簧，婉凌华拊五灵之石，范成君击湘阴之磬，段安香作九天之钧。于是众声澈朗，灵音骇空。又命法婴歌玄灵之曲。歌毕，王母曰："夫欲修身，当营其气，《太仙真经》所谓行'益、易'之道。'益'者益精；'易'者易形。能益能易，名上仙籍；不益不易，不离死厄。行益易者，谓常思'灵宝'也。'灵'者神也；'宝'者精也。子但爱精握固，闭气吞液，气化为血，血化为精，精化为神，神化为液，液化为骨。行之不倦，神精充溢。为之一年易气，二年易血，三年易精，四年易脉，五年易髓，六年易骨，七年易筋，八年易发，九年易形。形易则变化，变化则成道，成道则为仙人。吐纳六气，口中甘香。欲食灵芝，存得其味，微息揖吞，从心所适。气者水也，无所不成，至柔之物，通致神精矣。此元始天王在丹房之中所说微言，今敕侍笈玉女李庆孙，书录之以相付。子善录而修焉。"

于是王母言语既毕，啸命灵官，使驾龙严车欲去。帝下席叩头，请留殷勤，王母乃止。王母乃遣侍女郭密香与上元夫人相问云："王九光之母敬谢。比不相见，四千余年矣。天事劳我，致以愆面。刘彻好道，适来视之，见彻了了，似可成进。然形慢神秽，脑血淫漏，五脏不淳，关胃彭孛，骨无津液，脉浮反升，肉多精少，瞳子不夷，'三尸'狡乱，玄白失时。虽当语之以至道，殆恐非仙才也。吾久在人间，实为臭浊，然时复可游望，以写细念。庸主对坐，快，七颗仙桃被装在玉盘呈上，鸭蛋大小，圆润色青，侍女献给西王母，西王母拿出四颗送汉武帝，自己留下三颗。桃子味道甘甜鲜美，吃完后口中余味悠长。汉武帝留存了仙桃的果核，王母问他为何留果核，汉武帝答："想在人间种植此果。"王母说："这仙桃三千年结一次果，人间土地贫瘠，种了也无法发芽。"汉武帝作罢。

汉武帝在席间饮酒数巡，西王母命侍女王子登奏响八琅（美玉）之璈（乐器），又命侍女董双成吹奏云和之笙，石公子敲击昆庭之金，许飞琼吹动震灵之簧，婉凌华拍击五灵之石，范成君敲击湘阴之磬，段安香奏响九天之钧。乐器合奏齐鸣，乐声清澈响亮，空灵悠扬，又命法婴随乐吟唱玄灵之曲。一曲毕，西王母说："若想修身养性，须得炼气，就是《太仙真经》中所谓的'益易之道'，其中'益'是增益精气，'易'是换易形态，融会贯通益易之道，方可位列仙班，否则，难以摆脱生老病死。修行益易之道，关键在心中常念'灵宝'，'灵'是养神，'宝'是宝精，你须得养精握固，闭气吞津，气化为血，血化为精，精化为神，神化为液，液化为骨，周而复始，生生不息，以达精力充沛。以此方法修行，一年易气，两年易血，三年易精，四年易脉，五年易髓，六年易骨，七年易筋，八年易毛发，九年易形，形态换易则可应物变化，变化生即为得道，得道便可升仙，呼吸吐纳间，六气甘甜醇香。服用灵芝时，口中存留其清香，轻微行气吞咽，顺从心意。气就是水，无所不成，是至柔之物，可保精养神。此精深微妙的秘术是元始天王在丹房中透露的机密，我现在亲命管理书箱的玉女李庆孙，将秘术记录在书中，望你仔细研读好生修行。"

西王母言罢，高声命令灵官，驾龙严车离去。西王母离席，汉武帝殷勤挽留，西王母作罢。西王母差侍女郭密香向上元夫人带话，道："王九光之母（九光之母是西王母的别称）特来致歉，我们已四千余年不曾相见，天宫事务劳顿，致使我们久不见面。刘彻仰慕道术，我刚见过他，他似是可塑之才，但神形散漫精气污浊，脑中精血因荒淫缺漏，五脏污秽，肠胃胀满，骨无津液（中医对人体液的总称），脉相虚浮，肉多精少，双目无神，体内三尸（在人体内作祟的神）作祟，昼夜颠倒，我传授他修道的真谛，但恐怕他不是成仙的材料。我久悒悒不乐，夫人可暂来否？若能屈驾，当停相须。”

帝见侍女下殿，俄失所在。须臾，郭侍女返，上元夫人又遣一侍女答问云：“阿环再拜。上问起居，远隔绛河，扰以官事，遂替颜色，近五千年，仰恋光润，情系无违。密香至，奉信承降尊于刘彻处。闻命之际，登当命驾，先被太帝君敕，使诣玄洲，校定天元。正尔暂住，如是当还，还便束带，愿暂少留。”帝因问王母：“不审上元何真也？”王母曰：“是三天上元之官，统领十万玉女名箓者也。”

俄而夫人至，亦闻云中箫鼓之声。既至，从官文武千余人，并是女子，年皆十八九许，形容明逸，多服青衣，光彩耀目，真灵官也。夫人年可二十余，天姿精耀，灵眸绝朗，服青霜之袍，云彩乱色，非锦非绣，不可名字。头作三角髻，余发散垂至腰，戴九云夜光之冠，曳六出火玉之佩，垂凤文林华之绶，腰流黄挥精之剑。上殿向王母拜，王母坐而止之，呼同坐，北向。

夫人设厨，厨亦精珍，与王母所设者相似。王母敕帝曰：“此真元之母，尊贵之神，汝当起拜。”帝拜问寒温，还坐。夫人笑曰：“五浊之人，耽酒荣利，嗜味淫色，固其常也。且彻以天子之贵，其乱目者倍于凡焉，而复于华丽之墟，拔嗜欲之根，愿无为之事，良有志矣。”王母曰：“所谓有心哉。”夫人谓帝曰：“汝好道乎？闻数招方术，祭山岳，祠灵神，祷河川，亦为勤矣。勤而不获，实有由也。汝胎性暴，胎性淫，胎性奢，胎性酷，胎性贼，五者恒舍于荣卫之中，五藏之内，虽获良针，固难愈也。暴则使气奔而攻神，是故神扰而气竭；淫则使精漏而魄疲，是故精竭而魂消；奢则使真离而魄秽，是故命逝而灵失；酷则使丧仁而自攻，是故失仁而眼乱；贼则使心斗而口干，是故内战而外绝。此五事者，皆是留人间，沾染污浊秽气，但常望眼欲穿，以求细述别情，在刘彻这里作客，郁郁寡欢，上元夫人您可愿屈驾来此暂聚？我在此相候。”

汉武帝见侍女郭密香下殿，即刻消失不见，很快返回，上元夫人差一侍女前来答话：“阿环行礼，上元夫人向您问安。夫人说与您远隔天河，又公务缠身，以致形容憔悴。近五千年来，受您光芒的润泽，时刻惦念着您。郭密香来此，说您屈尊降临刘彻宫中，邀我相聚，我听闻此言，本想即刻前往，但我此前奉太帝君命，出使玄洲（神话中十洲之一），校定天宫的历法，我现暂留玄洲，如此理当返回，更衣束带，望您再稍作停留。”汉武帝问西王母：“不知上元夫人是哪位神仙？”王母说：“她是三天上元仙官，统领十万玉女。”

很快，上元夫人到，听到云中传来箫鼓乐音，上元夫人降临，随行文武仙君千余人，都是女子，十八九岁，明艳飘逸，身着青衣，光彩夺目，真是仙姿映貌。上元夫人二十多岁，天姿超绝，双瞳剪水，身着青霜之袍，其上点缀五彩云霞，质地绝非寻常锦绣，不知由何物织造。头绾三角髻，余发垂至腰间，戴九云夜光宝冠，坠六出火玉禁步，系凤纹林华绶带，佩流黄挥精宝剑。上元夫人上殿向西王母行礼叩拜，西王母赶快让她免礼，邀她同坐，上元夫人面向北坐下。

上元夫人带御厨前来，烹饪仙珍佳肴，与西王母御厨呈上的菜品类似。西王母对汉武帝说：“这是真元之母，尊贵的天神，你当起身叩拜。”汉武帝行礼问安，又入座。上元夫人笑道：“五浊恶世中人，耽于酒肉名利，贪嘴好色，是其常态。且刘彻贵为天子，乱其心智的外物数倍于寻常人，刘彻在浮华的宫殿中，摈除贪欲私嗜之根，愿清修无为，颇有志向。”王母说：“正所谓有志者。”上元夫人对汉武帝说：“你崇尚道术吗？我听闻你屡次招集术士，祭祀山岳，向神灵、河川祷告，很是勤奋。你勤奋却一无所获，是有原因的。你生性暴虐、荒淫、奢靡、残酷、乖戾，这五种弊病凝结在你荣卫二气之间，五脏之内，即便得到有效的针砭，也无济于事。暴虐使得气息奔涌进而心神动荡，心神被扰乱进而精气衰竭。荒淫消磨精气灵魂萎靡，奢靡隔离至道沾污魂魄，最终生命流逝灵魂失所。残酷不仁伤及自身，仁义丧失眼神混沌，乖戾劳损心力使得津液干涸，最终劳心截身之刀锯，刳命之斧斤矣，虽复志好长生，不能遣兹五难，亦何为损性而自劳乎？然由是得此小益，以自知往尔。若从今已，舍尔五性，反诸柔善，明务察下，慈务矜冤，惠务济贫，赈务施劳，念务存孤，惜务及爱身，恒为阴德。救济死厄，旦夕孜孜。不泄精液，于是闭诸淫，养汝神，放诸奢，从至俭，勤斋戒，节饮食，绝五谷，去膻腥，鸣天鼓，饮玉浆，荡华池，叩金梁。按而行之，当有异耳。今阿母迁天尊之重，下降于蟪蛄之窟，霄虚之灵，而诣狐鸟之俎。且阿母至诚，妙唱玄音，验其敬勖节度，明修所奉。比及百年，阿母必能致汝于玄都之墟，迎汝于昆阆之中，位以仙官，游于十方。信吾言矣，子励之哉；若不能尔，无所言矣。”帝下席跪谢曰：“臣受性凶顽，生长乱浊，面墙不启，无由开达。然贪生畏死，奉灵敬神。今日受教，此乃天也。彻戢圣命以为身范，是小丑之臣，当获生活，唯垂哀护，愿赐上元。”夫人使帝还坐。

王母谓夫人曰：“卿之为戒，言甚急切，更使未解之人，畏于志意。”夫人曰：“若其志道，将以身投饿虎，忘躯破灭，蹈火履水，固于一志，必无忧也；若其志道，则心凝真性。嫌惑之徒，不畏急言，急言之发，欲成其志耳。阿母既有念，必当赐以尸解之方耳。”王母曰：“此子勤心已久，而不遇良师，遂欲毁其正志，当疑天下必无仙人。是故我发阆宫，暂舍尘浊，既欲坚其仙志，又欲令向化不惑也。今日相见，令人念之。至于尸解下方，吾甚不惜。后三年，吾必欲赐以成丹半剂，石象散一具，与之则彻不得复停。当今匈奴未弥，边陲有事，何必令其仓卒舍天下之尊，而便入林岫？但当问笃向之志，必卒何如。如其回改，吾方数来。”王母因拊帝伤神进而亏空身体。以上五种弊病，都是损伤身体的刀锯，掏空性命的利斧，即便你有志求长生，若不能摒除这五种弊病，又何必费尽心力修行？但愿此次传授能稍有补益，让你寻得修道的方向。若你从今往后，摒除五种天性上的弊病，待人平和良善，政治清明，体察百姓，仁慈公正，扶困济贫，协助劳苦，体恤孤寡，关心政务爱民如子，积德行善，挽救垂死挣扎之人，夜以继日孜孜不倦，不外泄精气体液，杜绝荒淫，修身养神，追求俭朴，常斋戒，节制饮食，辟谷，不食膻腥，奏鸣天鼓，饮玉液琼浆，在华池沐浴清洁，向天宫叩拜，按此行事，自然有变化发生。今日西王母纡尊降贵，亲临蝉窟，九天云霄一众仙灵降至狐鸟洞穴，且西王母谆谆告诫，将高深的道义巧妙地传授与你，你当谨遵她的教诲克制自己，勤加修炼坚守道心。如此坚持百年，西王母定将指引你登上玄都，在昆阆（昆仑山阆苑，传说中神仙的居所）相迎，让你位列仙班，遨游天地。你要信我所言，勉力修行，否则，我多说无益。”汉武帝离席拜谢道：“臣生性凶狂难驯，生于混沌污浊的人世间，就像对着白墙难受启发，无法开化。我因贪生怕死，敬奉神灵。今日受仙人点拨教导，此乃天意垂怜，谨遵圣命，以身殉道，我不过是区区小臣，渴求长生之术，望上神哀悯庇护，赐我得道升仙。”上元夫人请汉武帝入座。

王母对上元夫人说：“卿刚才的教诲，稍有些急切，反倒让他这种不了解修行的人，望而生畏。”上元夫人说：“若他立志修道，愿舍身饲虎，将生死置之度外，赴汤蹈火在所不辞，道心坚定誓死不二，也无惧前路坎坷；若修道真是他心中所求，只需抱定信念便可。他心中游移不定的部分，无需担心受言语刺激，急切的言辞能坚定他的信念。西王母您既有心助他得道，理当传授他尸解（得道后遗弃肉体仙去，或遗留某物后升天）之法。”西王母说：“刘彻虔诚求道许久，一直没遇到良师指引。若打压他的念想，定会让他误以为世间并无神仙存在。所以我离开天宫，暂居尘世，既想坚定他修仙的志向，又想化解他的疑惑。今日见他的虔诚，令人感动。至于尸解之法，我定不吝赐教，三年后赐给他半剂炼好的仙丹，与完备的石象散，此后刘彻修炼之事不可中断。当下匈奴之乱尚未平息，边陲战事背曰："汝用上元夫人至言，必得长生，可不勖勉耶？"帝跪曰："彻书之金简，以身模之焉。"

帝又见王母巾笈中有一卷书，盛以紫锦之囊。帝问："此书是仙灵方耶？不审其目，可得瞻盼否？"王母出以示之曰："此《五岳真形图》也，昨青城诸仙，就吾请求，今当过以付之。乃三天太上所出，文秘禁重，岂汝秽质所宜佩乎？今且与汝《灵光生经》，可以通神劝心也。"帝下地叩头，固请不已。王母曰："昔上皇清虚元年，三天太上道君，下观六合，瞻河海之长短，察丘山之高卑，立天柱而安于地理，植五岳而拟诸镇辅，贵昆陵以舍灵仙，尊蓬丘以馆真人，安水神于极阴之源，栖太帝于扶桑之墟。于是方丈之阜，为理命之室，沧浪海岛，养九老之堂。祖瀛玄炎，长元流生。凤麟聚窟，各为洲名，并在沧流大海玄津之中。水则碧黑俱流，波则震荡群精。诸仙玉女，聚居沧溟，其名难测，其实分明。乃因山源之规矩，睹河岳之盘曲，陵回阜转，山高陇长，周旋逶迤，形似书字，是故因象制名，定实之号。书形秘于玄台，而出为灵真之信，诸仙佩之，皆如传章，道士执之，经行山川，百神群灵，尊奉亲近。汝虽不正，然数访仙泽，扣求不忘于道。欣子有心，今以相与。当深奉慎，如事君父。泄示凡夫，必祸及也。"

上元夫人语帝曰："阿母今以琼笈妙韫，发紫台之文，赐汝八会之书。《五岳真形》，可谓至珍且贵，上帝之玄观矣。子自非受命合神，弗见此文矣。今虽得其真形，观其妙理，而无五帝六甲左紧迫，何必让他仓促舍下君王政事归隐山林？只需确定他心意笃定的程度。若他能恪守自己痛改前非，我再来几次无妨。”西王母轻抚刘彻脊背说：“你依上元夫人教诲，定能得以长生，何不勉励自己好生修行？”汉武帝跪下说：“我将上元夫人的教导记在金版中，躬行实践。”

汉武帝又见西王母巾箱中有一卷书，在紫锦之囊中，汉武帝问：“此书可是仙界灵丹秘方？我不知其上的内容，可否借我一探究竟？”西王母拿出书卷展示道：“这是《五岳真形图》，昨日青城诸仙向我求取此书，今日我理当将此书送去。此书出自三天太上元君之手，属于机密卷宗，岂是你这等凡夫俗子可以看的？今日我先给你《灵光生经》，读此书可沟通天神激发进取之心。”汉武帝下地叩首，再三请求翻阅《五岳真形图》。西王母说：“旧时上皇清虚元年，三天太上道君，降临世间探察四海，丈量山川湖海的高低长短，立起天柱支撑大地，竖立五岳使八方平衡，请群仙住在尊贵的昆仑山，请真人住在宏伟的蓬莱山，将水神安置在极阴之源，请太帝住在扶桑之墟，由此方丈仙山成为恭顺天命之所，沧浪海岛（沧浪洲）成为休养生息之所。祖、瀛、玄、炎、长、元、流、生、凤麟、聚窟，都是仙洲的名字，这些仙洲都处于八方大海中，海水碧黑涌动，水波震荡着精灵。群仙玉女，聚居海中，不知居处的名字，但确有其实。太上道君依山脉河流的走势流向，看着河道蜿蜒、山路盘旋，交织绵延的景观，仿照其外形创造出文字，以形象命名，核证事物的存在。这些书形秘藏于玄台，作为得道真人交往的凭据，群仙随身佩戴，有如传扬道法的印章，道士带着书形云游名山大川，受神灵尊重亲近。你虽未走上修行的正轨，但多次拜访仙泽，一心向道孜孜求索，你有心问询，我不吝赐教，你当谨慎供奉，如侍奉君王、生父一般，若肆意泄密给凡人，定惹祸上身。”

上元夫人对汉武帝说：“西王母给你道籍仙书，启发你紫台（神仙所居）典籍，赐你道家阐述最高教义的经书。《五岳真形图》可谓尊贵无上，乃是天帝亲自审阅过的。你尚未受天神之命，本不该阅读此书。如今即便得见其中内容，了解其间奥义，但没有五帝六甲左右右灵飞之符、太阴六丁通真逐灵玉女之箓、太阳六戊招神天光策精之书、左乙混沌东蒙之文、右庚素收摄杀之律、壬癸六遁隐地八术、丙丁入火九赤班符、六辛入金致黄水月华之法、六已石精金光藏景化形之方、子午卯酉八禀十诀六灵威仪、丑辰未戌地真素诀、长生紫书、三五顺行、寅申巳亥紫度炎光内视中方，凡缺此十二事者，当何以召山灵，朝地神，摄总万精，驱策百鬼，束虎豹，役蛟龙乎？子所谓适知其一，未见其他也。”帝下席叩头曰：“彻下土浊民，不识清真，今日闻道，是生命会遇。圣母今当赐以《真形》，修以度世。夫人云今告彻，应须五帝六甲六丁六符致灵之术。既蒙启发，弘益无量，唯愿告诲，济臣饥渴，使已枯之木，蒙灵阳之润，焦炎之草，幸甘雨之溉，不敢多陈。”

帝启叩不已。王母又告夫人曰：“夫《真形》宝文，灵宫所贵，此子守求不已，誓以必得，故亏科禁，特以与之。然‘五帝六甲’，通真招神，此术眇邈，必须清洁至诚，殆非流浊所宜施行。吾今既赐彻以《真形》，夫人当授之以致灵之途矣。吾尝忆与夫人共登玄陇朔野，及曜真之山。视王子童、王子立就吾求请太上隐书。吾以三元秘言，不可传泄于中仙。夫人时亦有言，见助于子童之言志矣，吾既难违来意，不独执惜。至于今日之事，有以相似。后造朱火丹陵，食灵瓜，味甚好，忆此未久，而已七千岁矣，夫人既以告彻篇目十二事毕，必当匠而成之，缘何令人主稽首请乞，叩头流血耶？”上元夫人曰：“阿环不苟惜，向不持来耳。此是太虚群文真人赤童所出，传之既自有男女之限禁，又宜授得道者，恐彻下才，未应得此耳。”

王母色不平，乃曰：“天禁漏泄，犯违明科，传必其人，授必知真者。夫人何向下才而说其灵飞之篇目乎？妄说则泄，泄而不灵飞之符、太阴六丁通真逐灵玉女之箓、太阳六戊招神天光策精之书、左乙混沌东蒙之文、右庚素收摄杀之律、壬癸六遁隐地八术、丙丁入火九赤班符、六辛入金致黄水月华之法、六己石精金光藏景化形之方、子午卯酉八禀十诀六灵威仪、丑辰未戌地真素诀、长生紫书（紫书，道经）、三五顺行、寅申巳亥紫度炎光内视中方，你缺少这十二件法宝，无法召集山灵，朝见地神，控制数万精灵，驱策上百鬼魅，制服虎豹蛟龙。正所谓只知其一，不知全貌。”汉武帝离席伏地叩首说：“臣刘彻不过一介凡夫俗子，不知道家真谛，今日闻道，三生有幸。请圣母今日赐我道家真经，度我出浊世。上元夫人今日对我提及的法宝，我应当最需五帝六甲灵飞之符、六丁六符与致灵之法。您的启蒙，我受益无穷，只愿您多加教诲，满足我渴慕之心，润泽已枯之木，使其沐浴灵阳，以甘霖灌溉焦黄之草，臣不敢再有其他奢求。”

汉武帝叩谢不已。西王母又对上元夫人说：“道家真谛典籍，是天界无上珍宝，既然刘彻诚心求教，志在必得，我们理当破例，给他特权。但五帝六甲灵飞之符，可通灵招神，玄妙高深，须得清修斋戒，不适合凡夫俗人修习。如今我传授他道术真谛，请上元夫人传授他致灵之法。我忆起旧日与您同登仙山，漫游北荒旷野，登临曜真洞天的仙山，遇上王子童、王子立求教《太上隐书》，我因三元秘言不可向中仙外泄拒绝了他们。上元夫人您替他俩说情，说他二人赤诚求教，我也难驳二人虔诚之心，不吝赐教，今日之事与当日相似。之后我们前往朱火丹陵，食用灵瓜，味道甘美，往事历历在目，却已过去七千年。您既已告诉他十二件法宝，理当助他修成，怎能让人界君主再三叩首乞求，直至头破血流？”上元夫人说：“不是我吝啬不愿相授，是这次我没有带来。致灵之法出自太虚群文真人赤童之手，传授时男女间受限，且仙法应授予得道之人，刘彻乃下界凡人，不应修习。”

西王母面色不悦道：“天条严禁泄露，不可知法犯法，传道应传给良人，将仙法授予得道之人，那夫人又何必向下界凡人透露《灵飞经》中《上清琼宫灵飞六甲左右上符》一篇，如此何来不可外泄之传，是炫天道，此禁岂轻于传耶？别敕三官司直，推夫人之轻泄也。吾之《五岳真形》太宝，乃太上天皇所出，其文宝妙而为天仙之信，岂复应下授于刘彻耶？直以彻孜孜之心，数请川岳，勤修斋戒，以求神仙之应，志在度世，不遭明师，故吾等有以下眄之耳。至于教仙之术，不复限惜而弗传。夫人且有致灵之方，能独执之乎？吾今所以授彻《真形》文者，非谓其必能得道，欲使其精诚有验求仙之不惑，可以诱进向化之徒；又欲令悠悠者，知天地间有此灵真之事，足以却不信之狂夫耳，吾意在此也。此子性气淫暴，服精不纯，何能得成真仙，浮空参差十方乎？勤而行之，适可度于不死耳。明科所云：'非长生难，闻道难也；非闻道难，行之难；非行之难也，终之难。'良匠能与人规矩，不能使人必巧也。何足隐之耶？"夫人谢曰："谨受命矣。但环昔蒙倒景君、无常先生二君，传灵飞之约，以四千年一传，女授女，不授男，太上科禁，已表于昭生之符矣。环受书以来，并贤大女即抱兰，凡传六十八女子，固不可授男也。伏见扶广山青真小童，受六甲灵飞于太甲中元，凡十二事，与环所授者同。青真是环入火弟子，所受六甲，未闻别授于人。彼男官也，今止敕取之，将以授彻也。先所以告篇目者，意是愍其有心，将欲坚其专气，令且广求。他日与之，亦欲以男授男，承科而行。使勤而方获，令知天真之珍贵耳。非徒苟执，炫泄天道，阿环主臣，愿不罪焉。阿母《真形》之贵，愍于勤志，亦已授之，可谓大不宜矣。"王母笑曰："亦可恕乎？"

上元夫人即命侍女纪离容，径到扶广山，敕青真小童，出六说？透露却不传授，这是在炫耀仙法，与违禁传授仙法的情节相比又轻多少？三官大帝订正您的错失，责问您轻易泄漏天机。我的《五岳真形图》是天界至宝，出自太上天皇之手，书尽玄妙，受天仙信奉，岂能传给凡人刘彻？但刘彻一心向道孜孜求取的态度值得我破例传授，他数次在山岳间祷告，勤修斋戒以求神仙显灵，致力于超脱尘世得道升仙，但一直没有名师指点，所以我才下界赐教，修仙方术上，不应有所保留。夫人身怀致灵之法，怎能独享？我今日之所以传授他真经道术，原因不是断定他能得道成仙，而是想他的赤诚祈祷能有所应验，化解他求仙途中的疑惑，引导开化他。并让心念不坚的修行者，通过他的事迹明白世间真的有神灵存在，劝诫心存疑虑的俗世狂徒，这才是我的本意。刘彻其人生性暴虐荒淫，精气不纯，怎能修得成仙，凌行天界遨游十方？即便他刻苦修行，至多修成不死之身。法令有言："长生之道不难修成，难在领会道法真谛；道法真谛不难领会，难在依言践行；践行不难，难在坚持善终。好的师傅尽心传授方法规矩，也无法保证徒弟变成能工巧匠。如此，何须再隐瞒？"上元夫人答谢道："阿环受教谨遵您的教诲，但我昔日承蒙倒景君、无常先生二位仙君传授《灵飞经》，当时我们立约，每次传授须间隔四千年，女子只能传授女子，不可传授男子，这是天帝亲自定下的禁令，记载于昭生之符上。我修习此经以来，只传授过抱兰那样贤德的女仙，共传六十八位女仙，我绝对不能传授男子。我曾看到扶广山青真仙童于太甲中元习得《灵飞六甲经》，共十二卷，与我修习的相同，青真仙童是我门下弟子，他习得《灵飞六甲经》后，尚未传授过别人，青真仙童是位男仙，现在我派人取来，便可授予刘彻。此前我告诉刘彻《灵飞经》的篇目，也是念在他一片赤诚，想稳固他求道的志向，开拓他的眼界。若到了传授之时，也应寻男子来传授，依律行事。刘彻须得明白精诚所致，金石为开，知道典籍宝贵，来之不易。我并非独享仙法，有意泄露天机，我一直忠诚奉公，望不因此招致罪责。您的《五岳真形图》尊贵至极，因怜悯刘彻道心赤诚，将其授予，实为不妥。"西王母笑道："虽不妥但可以宽恕。"

上元夫人随即命侍女纪离容，径直往扶广山，向青真仙童求甲左右灵飞致神之方十二事，当以授刘彻也。须臾侍女还，捧五色玉笈，凤文之蕴，以出六甲之文曰："弟子何昌言：'向奉使绛河，摄南真七元君检校群龙猛兽之数，事毕授教。承阿母相邀诣刘彻家，不意天灵至尊，乃复下降于臭浊中也，不审起居比来何如？'侍女纪离容至云：'尊母欲得金书秘字六甲灵飞左右策精之文十二事，欲授刘彻。'辄封一通付信，曰：'彻虽有心，实非仙才，讵宜以此传泄于行尸乎？'昌近在帝处，见有上言者甚众，云山鬼哭于丛林，孤魂号于绝域；兴师旅而族有功，忘赏劳而刑士卒；纵横白骨，烦扰黔首，淫酷自恣。罪已彰于太上，怨已见于天气，嚣言互闻，必不得度世也。奉尊见敕，不敢违耳。"王母叹曰："言此子者诚多，然帝亦不必推也。夫好道慕仙者，精诚志念，斋戒思愆，辄除过一月；克己反善，奉敬真神，存真守一，行此一月，辄除过一年。彻念道累年，斋亦勤矣，累祷名山，愿求度脱，校计功过，殆已相掩。但今以去，勤修至诚，奉上元夫人之言，不宜复奢淫暴虐，使万兆劳残，冤魂穷鬼，有被掘之诉，流血之尸，忘功赏之辞耳。"

夫人乃下席起立，手执八色玉笈凤文之蕴，仰帝而祝曰："九天浩洞，太上耀灵。神照玄寂，清虚朗明。登虚者妙，守气者生。至念道臻，寂感真诚。役神形辱，安精年荣。授彻灵飞，及此六丁。左右招神，天光策精。可以步虚，可以隐形。长生久视，还白留青。我传有四万之纪，授彻传在四十之龄。违犯泄漏，祸必族倾。反是天真，必沉幽冥，尔其慎祸。敢告刘生，尔师主是真青童小君，太上中黄道君之师真，元始十天王入室弟子也。姓延陵，名阳，字庇华，形有婴孩之貌，故仙宫以青真小童为号。其为器也，玉朗洞照。圣周万变，玄镜幽览。才为真俊，游于扶广。权此始运，馆于玄圃。治仙职分，子在师居，从尔所愿。不存所授，命必倾沦！"言毕，夫人一一手指所施用节度，以示帝焉。

经，取来《灵飞六甲经》的十二部经文，交予刘彻。很快侍女返回，手捧玉饰书箱，其上点缀着凤纹，拿出十二卷《灵飞六甲经》说：“您的弟子何昌有言，他刚奉命往绛河，代南真七元君核对群龙猛兽的数目，事了后教授道法。蒙您相邀到刘彻宫中，想不到尊贵如您也会降于浊世，不知您近来在人界日常起居可还习惯？侍女纪离容到后说，您要十二卷《灵飞六甲经》，想授予刘彻，于此事我修书一封，信中云，刘彻虽有道心，但无成仙才，不应将此经传泄露给行尸庸才，我近来在天帝处，碰到不少上书控告刘彻的人，说是拜刘彻所赐，山鬼在丛林中哀泣，孤魂在荒原野中悲鸣，好战征伐，诛杀功臣，僭赏滥刑，深文峻法，尸横遍野，屠戮百姓，荒淫无度，罪名昭彰，世人对他的怨言直冲天际，谩骂控诉人尽皆知，此人定不能超脱尘世为仙，这是天意，不可违抗。”西王母感叹道：“看来上诉刘彻之人甚多，但天帝也无需把刘彻拦在仙门之外，好道慕仙之人，精诚之至，斋戒自省，可偿还一月的罪恶，克己向善，供奉真神，抱元守一，持戒一月，偿还一年的罪恶。刘彻求道多年，斋戒勤恳，屡次在名山祷告，望超脱尘世为仙，衡量他的功过，应可相互抵消。今后，刘彻持戒勤修，遵奉上元夫人教导，不可再骄奢淫逸残暴无度，劳民害命，滥用刑赏，被百姓控诉。”

上元夫人起身离座，手执凤纹装饰的八色玉制书箱，看着汉武帝祝告道：“九天浩洞，太上耀灵。神照玄寂，清虚朗明。登虚者妙，守气者生。念刘彻慕道之心真挚，有感于他的真诚。役神形辱，安精年荣。授刘彻《灵飞六甲经》，习得五帝六甲灵飞之符、六丁六甲符与致灵之法，可招唤神明，驱策精灵，可以步虚，可以隐形，可长生久视，还白留青。我习得此经四万年，于刘彻四十岁时授予他。犯天界泄漏之罪，祸事定株连族人。如果违背天真，必将沉入幽冥，刘彻你自当慎行。我告知刘彻，你的师主乃是青真仙童，他是太上中黄道君的师真（明抄本师真作司直），元始十天王的入室弟子，姓延陵名阳，字庇华，样貌似孩童，所以仙宫称他青真小童。他颇具仙才，玉朗洞照，能做万千变化，玄镜幽览，是仙界真才俊，游于扶广山，权此始运，居于玄圃（昆仑山顶的神仙居处）。治仙职分，子在师居，随了你凡十二事都毕，又告帝曰："夫五帝者，方面之天精，六甲六位之通灵，佩而尊之，可致长生。此书上帝封于玄景之台，子其宝秘焉。"王母曰："此三天太上之所撰，藏于紫陵之台，隐以灵坛之房，封以华琳之函，韫以兰茧之帛，约以紫罗之素，印以太帝之玺。受之者，四十年传一人；无其人，八十年可顿授二人。得道者四百年一传，得仙者四千年一传，得真者四万年一传，升太上者四十万年一传。非其人谓之泄天道；得其人不传，是谓蔽天宝；非限妄传，是谓轻天老；受而不敬，是谓慢天藻。泄、蔽、轻、慢四者，取死之刀斧，延祸之车乘也。泄者身死于道路，受上刑而骸裂；蔽者盲聋于来世，命凋枉而卒殁；轻者钟祸于父母，诣玄都而考罚；慢则暴终而堕恶道，弃疾于后世。此皆道之科禁，故以相戒，不可不慎也。"王母因授以《五岳真形图》，帝拜受俱毕。夫人自弹云林之璈，歌步玄之曲。王母命侍女田四非，答歌。歌毕，乃告帝从者姓名，及冠带执佩物名，所以得知而纪焉。至明旦，王母与上元夫人同乘而去，人马龙虎，导从音乐如初，而时云彩郁勃，尽为香气，极望西南，良久乃绝。

帝既见王母及上元夫人，乃信天下有神仙之事。其后帝以王母所授《五真图》《灵光经》，及上元夫人所授六甲灵飞十二事，自撰集为一卷，及诸经图，皆奉以黄金之箱，封以白玉之函，以珊瑚为轴，紫锦为囊，安著柏梁台上。数自斋洁朝拜，烧香洒扫，然后乃执省焉。

帝自受法，出入六年，意旨清畅，高韵自许，为神真见降，必当度世。恃此不修至德，更兴起台馆，劳弊万民，坑降杀服，远征夷狄，路盈怒叹，流血膏城，每事不从。

的心愿。你若不能保存我授予的经书，定有性命之忧。”言罢，上元夫人用手指经，向汉武帝讲解施行的分寸。

将十二卷尽数讲完，又对汉武帝说：“所谓五帝，是各司一方的天神，六甲是六个方位的通灵，你须供奉尊敬，他们可助你修得长生。此经天帝封存于玄景之台，你要好生收藏。”西王母说：“此经出自三天太上之手，收在紫陵之台，隐于灵坛秘室，装在华琳（美玉）之函，包着兰茧锦缎，束着紫罗素带，印着太帝玉玺。收受此经之人，隔四十年才能再传，若无良人相传，八十年后再传。得道之人隔四百年再传，成仙者隔四千年再传，修得真人者隔四万年再传，升为太上者隔四十万年再传。所传非人是泄露天道，隐瞒不传是埋没天宝，肆意滥传是轻视天老，收受后不敬道经是侮慢天藻（天藻即天仙所书文字），犯泄、蔽、轻、慢四罪，将死在刀斧之下，受车裂之刑。犯泄露罪将横尸街头，受天谴死无全尸，犯隐瞒罪来世将眼盲耳聋最终枉死，犯轻视罪会连累父母被押入天界拷打责罚。犯侮慢罪将暴毙堕入恶道，并遗留疾病给子孙后代。这都是修道的禁令，说出来警示你，你不能不审慎行事。”西王母授予刘彻《五岳真形图》，他叩谢接受。上元夫人亲手弹奏云林之璈，吟唱步玄之曲，西王母命侍女田四非对唱一曲，曲终，告诉汉武帝随行仙人的名姓，及穿戴点缀之物的名称，汉武帝这才得以了解并记录。第二日天明，西王母与上元夫人一同乘车离去，随行侍从、车马、龙虎等架起仪仗奏响音乐，后拥前驱与来时一样，漫天浓云，芳香四溢，远眺西南方，许久才不见踪迹。

汉武帝见过西王母与上元夫人后，坚信天下有神仙存在。此后汉武帝亲自将西王母授予的《五岳真形图》《灵光经》，与上元夫人授予的十二卷《灵飞六甲经》编纂成一卷，以及诸多经图，封存在黄金箱中，套着白玉函，用珊瑚作卷轴，包裹着紫锦囊，安放在柏梁台上，常斋戒清洁后朝拜，焚香洒扫，执经持戒修行。

汉武帝自从受教后，修行六年，自觉精神舒畅，高雅绝尘，觉得自己受天神降临教导，定将超脱尘世为仙。恃才矜己不再克己修行，大兴土木，劳民伤财，兴师动众，征伐异族，屠戮战俘，怨声载道，流至太初元年，十一月乙酉，天火烧柏梁台，《真形图》《灵飞经录十二事》《灵光经》，及自撰所受，凡十四卷，并函并失。王母当知武帝既不从训，故火灾耳。其后东方朔一旦乘龙飞去。同时众人，见从西北上冉冉，仰望良久，大雾覆之，不知所适。

至元狩二年二月，帝病，行盩厔西，憩五柞宫。丁卯，帝崩，入殡未央宫前殿；三月，葬茂陵。是夕，帝棺自动，而有声闻宫外，如此数遍，又有芳香异常。陵毕，坟埏间大雾，门柱坏，雾经一月许日。帝冢中先有一玉箱、一玉杖，此是西胡康渠王所献，帝甚爱之，故入梓宫中。其后四年，有人于扶风市中买得此二物。帝时左右侍人，有识此物，是先帝所珍玩者，因认以告。有司诘之，买者乃商人也，从关外来，宿郿市。其日，见一人于北车巷中，卖此二物，青布三十匹，钱九万，即售交度，实不知卖箱杖主姓名，事实如此。有司以闻，商人放还，诏以二物付太庙。

又帝崩时，遗诏以杂经三十余卷，常读玩之，使随身敛。到元康二年，河东功曹李友，入上党抱犊山采药，于岩室中得此经，盛以金箱，卷后题东观臣姓名，记月日，武帝时也。河东太守张纯，以经箱奏进。帝问武帝时左右侍臣，有典书中郎冉登，见经及箱，流涕对曰："此孝武皇帝殡殓时物也，臣当时以著梓宫中，不知何缘得出？"宣帝大怆然惊愕，以经付孝武帝庙中。按《九都龙真经》云："得仙之下者，皆先死，过太阴中炼尸骸，度地户，然后乃得尸解去耳。且先敛经杖，乃忽显出，货于市中，经见山室，自非神变幽妙，孰能如此者乎？"（出《汉武内传》）

血漂橹，没有一件事遵循了仙人的教诲。

太初元年十一月乙酉，天火烧毁柏梁台，《真形图》《灵飞经录十二事》《灵光经》，及武帝自己编撰的经书，共十四卷，连同存放经书的匣子都消失不见了。应当是西王母得知汉武帝不遵从训诫，降下天火。此后东方朔某日清晨乘龙飞升，当时很多人目睹他从西北方徐徐升起，受众人仰视良久，被云雾遮掩，消失不见。

元狩二年二月，汉武帝患病，到盩厔（周至县）西，歇在五柞宫。丁卯，汉武帝驾崩，停柩未央宫前殿，三月，葬于茂陵。当晚，汉武帝的棺椁自己发出震动，声音传到陵宫外，如此多次，棺中散发异香。丧礼后，墓道云雾弥漫，门柱断裂，云雾月余后消散。汉武帝陵宫中原有一玉箱，一玉杖，都是西胡康渠王进献的贡品，汉武帝生前很喜欢，就将其随葬了。汉武帝驾崩后四年，有人在扶风集市上买到玉箱和玉杖，汉武帝近侍中一人认出这两件东西，就是先帝珍爱的玩物，将此事报官，专司审讯买者，买者是关外行商，投宿郿市（街市）。那日，见一人于北面的车巷中售卖这两件东西，售价青布三十匹加九万钱，二人一手交钱，一手交货，商人着实不知卖箱子和玉杖的人姓甚名谁，事情经过就是这样。专司了解后，放了商人，收回两件宝物送往太庙。

汉武帝驾崩前，遗诏中有各种经书三十余卷，都是他日常品读的，要求将其随葬。元康二年，河东功曹李友，进上党抱犊山采药，偶然间于岩洞中发现那些经书，装在一金箱中，卷末题着东观臣子的姓名，看其上记载的年月日期，知是汉武帝时的经书。河东太守张纯将发现经书一事奏报，汉宣帝询问汉武帝近臣有关经书的事，典书中郎冉登看到金箱与经书后，痛哭流涕道："此乃孝武皇帝随葬之物，臣当时亲手将其放入陵宫，不知何故此物竟不在陵宫中。"汉宣帝悲怆惊愕交织，将经书送往孝武帝庙。依《九都龙真经》所述：凡是修得仙道的下品之人，须得先身死，在太阴（极阴之地，极北之地）中炼其尸骸，过地户（通往地府的门户），再经尸解后成仙。汉武帝随葬的玉杖和玉箱忽然现世，在市集售卖，经书出现在岩洞中，自然是天神玄妙的旨意，否则谁能做到此事？（出《汉武内传》）

卷第四　神仙四

王子乔

王子乔者，周灵王太子也。好吹笙作凤凰鸣。游伊洛之间，道士浮丘公，接以上嵩山，三十余年。后求之于山，见桓良曰："告我家，七月七日待我于缑氏山头。"果乘白鹤，驻山岭。望之不到，举手谢时人，数日而去。后立祠于缑氏及嵩山。（出《列仙传》）

凤纲

凤纲者，渔阳人也。常采百草花，以水渍封泥之。自正月始，尽九月末止，埋之百日，煎九火。卒死者，以药内口中，皆立活。纲常服此药，至数百岁不老。后入地肺山中仙去。（出《神仙传》）

琴高

琴高者，赵人也，以鼓琴为宋康王舍人。行涓、彭之术，浮游冀州涿郡间，二百余年。后辞入涿水中取龙子，与弟子期之曰："皆洁斋，候于水旁，设祠屋。"果乘赤鲤来，坐祠中，且有万人观之。留一月余，复入水去。（出《列仙传》）

鬼谷先生

鬼谷先生，晋平公时人，隐居鬼谷，因为其号。先生姓王名利，亦居清溪山中。苏秦、张仪，从之学纵横之术。二子欲驰骛诸

王子乔

王子乔，是周灵王的太子。爱好吹笙，能吹奏出凤凰啼叫之音。一日他在洛阳伊水、洛水一带戏游，遇浮丘公，将他接到嵩山上，一去三十余年。后来人们到山中寻他，他遇到桓良，对桓良说："请转告我的家人，七月七日在缑氏山头等我。"到了那日果真见他驾白鹤停在山巅，远望着人们，并不上前，挥手向人们示意，几日后才驾鹤飞去。后人在缑氏山与嵩山上为他建祠庙。（出《列仙传》）

凤纲

凤纲，渔阳人。常采集各类花草，用水渍后用泥封存。从正月起到九月末，深埋土中百日，取出后火煎九次。已死之人，将此药放入口中，都能即刻起死回生。凤纲日常服用此药，到几百岁未见衰老。后在地肺山成仙而去。（出《神仙传》）

琴高

琴高，赵国人，因善于弹琴，在宋康王家做舍人。修习涓子、彭祖的仙术，漫游于冀州、涿郡一带二百多年。之后说要潜入涿水探取小龙，与弟子相约："尔等沐浴斋戒，在涿水旁设祠庙静候。"果真等到他驾红色鲤鱼浮出河面，坐于祠庙间，河边数万人观瞻。他停留一月有余，又潜入水中。（出《列仙传》）

鬼谷先生

鬼谷先生，晋平公时人，因隐居鬼谷，称鬼谷先生。他姓王名利，也住过清溪山。苏秦、张仪追随他研习纵横术。二人打算奔走侯之国，以智诈相倾夺，不可化以至道。夫至道玄微，非下才得造次而传。先生痛其道废绝，数对苏、张涕泣，然终不能寤。苏、张学成别去，先生与一只履，化为犬，北引二子即日到秦矣。先生凝神守一，朴而不露。在人间数百岁，后不知所之。秦皇时，大宛中多枉死者横道，有鸟衔草以覆死人面，遂活。有司上闻，始皇遣使赍草以问先生。先生曰："巨海之中有十洲，曰祖洲、瀛洲、玄洲、炎洲、长洲、元洲、流洲、生洲、凤麟洲、聚窟洲，此草是祖洲不死草也。生在琼田中，亦名养神芝。其叶似菰，不丛生，一株可活千人耳。"（出《仙传拾遗》）

萧史

萧史不知得道年代，貌如二十许人。善吹箫作鸾凤之响。而琼姿炜烁，风神超迈，真天人也。混迹于世，时莫能知之。秦穆公有女弄玉，善吹箫，公以弄玉妻之。遂教弄玉作凤鸣。居十数年，吹箫似凤声，凤凰来止其屋。公为作凤台。夫妇止其上，不饮不食，不下数年。一旦，弄玉乘凤，萧史乘龙，升天而去。秦为作凤女祠，时闻箫声。今洪州西山绝顶，有萧史石仙坛石室，及岩屋真像存焉。莫知年代。（出《神仙传拾遗》）

徐福

徐福，字君房，不知何许人也。秦始皇时，大宛中多枉死者横道，数有鸟衔草，覆死人面，皆登时活。有司奏闻始皇，始皇使使者赍此草，以问北郭鬼谷先生。云是东海中祖洲上不死之草，生琼田中，一名养神芝，其叶似菰，生不丛，一株可活千人。始皇于是谓可索得，因遣福及童男童女各三千人，乘楼船入海。寻祖洲不游说诸侯国之间，借智谋互相竞争，而非以道家学说教化君王。道家真理深远微妙，不是庸才可以轻易传习的。他因道学日渐衰绝深感悲痛，数次面对苏秦、张仪涕泗横流，但二人终不得悟。后来二人学成离去，他脱下一只鞋变作一只犬向北引领二人，当日抵达秦国。鬼谷先生守一于道，朴实内敛。在世间数百年，后不知去向。秦始皇时，大宛国很多冤死者横尸街头，有鸟衔仙草覆在死者面部，死者转而复生。官府将此事上奏，秦始皇派人带仙草求问鬼谷先生。先生说："沧海中有十仙洲，祖洲、瀛洲、玄洲、炎洲、长洲、元洲、流洲、生洲、凤麟洲、聚窟洲，这仙草是祖洲的不死草，它长在琼田中，又名养神芝，它的叶似菰，不聚集生长，一株可救千人。"（出《仙传拾遗》）

萧史

萧史，不知他何时得道，容貌宛如二十来岁之人。长于吹箫，能吹出鸾凤和鸣之声。身姿瑰丽光彩闪耀，神态飞逸不同凡俗，实乃仙人。混迹尘世，无人知晓他是仙人。秦穆公有女儿名唤弄玉，善于吹箫，秦穆公将她许给萧史。萧史教弄玉吹奏鸾凤和鸣之声。相伴十几年，箫声似凤鸣，引得凤凰飞来，停于二人屋内。秦穆公专建凤凰台，夫妻二人久居台上，经年无需饮食。一日，弄玉驾凤、萧史驾龙，飞升而去。秦国人为此建凤女祠，祠内偶然能听到箫声。现在洪州（河南辉县）西山绝顶，还留存萧史的仙坛石屋及萧史本人画像。不知何年何月所留。（出《神仙传拾遗》）

徐福

徐福字君房，不知出生于何地。秦始皇时，大宛国很多冤死者横尸街头，多次有鸟衔仙草覆在死者面部，死者即刻复生。官府将此事上奏，秦始皇派人带仙草求问隐士鬼谷先生。说是这仙草是东海上祖洲的不死草，长于琼田，又名养神芝，叶似菰，不聚集生长，一株可救千人。始皇听后欲求取仙草，派徐福带童男童女各三千人，乘楼船出海找寻祖洲。徐福一去不返，不知所终。后来沈羲得道飞升，黄返，后不知所之。逮沈羲得道，黄老遣福为使者，乘白虎车，度世君司马生乘龙车，侍郎薄延之乘白鹿车，俱来迎羲而去。由是后人知福得道矣。

又唐开元中，有士人患半身枯黑，御医张尚容等不能知。其人聚族言曰："形体如是，宁可久耶？闻大海中有神仙，正当求仙方，可愈此疾。"宗族留之不可，因与侍者，赍粮至登州大海侧，遇空舟，乃赍所携，挂帆随风。可行十余日，近一孤岛，岛上有数百人，如朝谒状。须臾至岸，岸侧有妇人洗药，因问彼皆何者。妇人指云："中心床坐，须鬓白者，徐君也。"又问徐君是谁。妇人云："君知秦始皇时徐福耶？"曰："知之。""此则是也。"顷之，众各散去，某遂登岸致谒，具语始末，求其医理。徐君曰："汝之疾，遇我即生。"初以美饭哺之，器物皆奇小，某嫌其薄。君云："能尽此，为再飧也，但恐不尽尔。"某连啖之，如数瓯物致饱，而饮亦以一小器盛酒，饮之致醉。翌日，以黑药数丸令食，食讫，痢黑汁数升，其疾乃愈。某求住奉事。徐君云："尔有禄位，未宜即留，当以东风相送，无愁归路遥也。"复与黄药一袋，云："此药善治一切病，还遇疾者，可以刀圭饮之。"某还，数日至登州，以药奏闻。时玄宗令有疾者服之，皆愈。（出《仙传拾遗》及《广异记》）

王母使者

汉武帝天汉三年，帝巡东海，祠恒山，王母遣使献灵胶四两，吉光毛裘。武帝以付外库，不知胶、裘二物之妙也，以为西国虽远，而贡者不奇，使者未遣之。帝幸华林苑，射虎兕，弩弦断，使者时随驾，因上言，请以胶一分，以口濡其胶，以续弩弦。帝惊曰："此异物帝、老子派徐福为使者乘白虎车，度世君司马生乘青龙车，侍郎薄延之乘白鹿车，三人一齐迎沈羲。由此后人才知徐福已得道成仙。

唐开元年间，有个读书人患病半身枯槁黢黑，御医张尚容等人束手无策。患者聚集家人商议："我已病入膏肓，时日无多。听闻沧海间有神仙，应求一仙方，便可药到病除。"家人劝不住他，只能派侍从相随，带着粮食行至登州海边，恰逢一空船，便带着随身物品挂帆乘风，航行十多天后靠近一孤岛，岛上数百人正在朝拜。一会儿抵达岸边，见岸边有妇人在洗药草，借机向她打听那些人是什么人。妇人指向远处："坐在床当中的白发老翁，就是徐君。"士人又问徐君是谁。妇人问："你知道秦始皇时的徐福吗？"士人答："知道。"妇人说："徐君就是徐福。"过了一会儿，众人散去。士人上前拜谒，详细讲述病情，求问疗法。徐福说："你的病，遇到我就有了生机。"起初用美食喂养，但盛饭器皿奇小无比，士人嫌被薄待。徐福说："你能吃尽碗中餐食，我会再添，只怕你连这都吃不完。"士人埋头大口吃饭，如同吃下几大盆但很快就饱了。饮酒的酒器也极小，但刚喝一点就会醉。第二日，徐福又将几粒黑色丸药交给士人让他服用，服后，排出黑水数升，平复如旧。士人请求在徐福这里做事。徐福说："你在尘世任有官职，不宜久留，我以东风送你归去，不必担心路远。"徐福又给他黄药一袋，说："此药包治百病，再遇患者，可以用刀圭（中药的量器名）量着服用。"士人踏上归途，不日便至登州，将药上奏。唐玄宗将药给患者服用，都药到病除。（出《仙传拾遗》及《广异记》）

王母使者

汉武帝天汉三年，武帝巡游东海，祭祀恒山，西王母派使者进献灵胶四两、吉光毛裘。武帝将其交予外库收存，他不知灵胶、毛裘的妙用，误以为西方仙国虽遥远，但贡品并无稀奇，并未对使者以礼相待，也没有打发使者回国。武帝临幸华林苑，射杀虎和犀牛，突然也。”乃使武士数人，对牵引之，终日不脱，胜未续时也。胶青色，如碧玉。吉光毛裘黄白，盖神马之类。裘入水终日不沉，入火不焦。帝悟，厚赂使者而遣去。集弦胶出自凤驎洲，洲在西海中，地面正方，皆一千五百里，四面皆弱水绕之。上多凤驎，数万为群。煮凤喙及驎角，合煎作胶，名之“集弦胶”，一名“连金泥”。弓弩已断之弦，刀剑已断之铁，以胶连续，终不脱也。（出《仙传拾遗》）

月支使者

汉延和三年春，武帝幸安定。西胡月支国王，遣使献香四两，大如雀卵，黑如桑椹。帝以香非中国所乏，以付外库。又献猛兽一头，形如五六十日犬子，大如狸，其毛黄色。国使将以呈帝，帝见使者抱之以入，其气秃悴，尤怪其所贡之非。问使者曰：“此小物，何谓猛兽？”使者对曰：“夫威加于百禽者，不必计其大小。是以神驎为巨象之王，凤凰为大鹏之宗，亦不在巨细也。臣国此去三十万里，常占东风入律，百旬不休；青云干吕，连月不散者。中国将有好道之君矣。我国王将仰中土而慕道风，薄金玉而厚灵物。故搜奇蕴而索神香，步天林而请猛兽，乘肥车而济弱水，策骥足以度飞沙。契阔途径，艰苦蹊路，于今十三年矣。神香辟夭残之死疾，猛兽却百邪之魍魉。夫此二物者，实济众生之至要，助至化而升平。岂图陛下，乃不知贵乎！是臣国占风之谬也。今日仰鉴天姿，乃非有道之君也。眼多视则贪恣，口多言则犯难，身多动则注贼，心多节则奢侈，未有用此四多，而天下成治者也。”帝默然不平。帝乃使使者敕猛兽发声，试听之。使者乃指兽，令发一声，兽舐唇良久，忽如天雷霹雳之响。又作，两目如礠磹之炎光，久乃止。帝登时颠蹶，掩耳振动，不能自止。侍者及武士皆失仗。帝忌之，因以此兽付上林苑，令虎食之。虎见兽，皆相聚屈迹如也。帝弓弦断裂，使者恰好伴驾，上前说："请取灵胶一分，用嘴浸湿，可用来续弓弦。"武帝惊异："此乃奇货异物。"命数名武士从两面使劲拽弓弦，整日未断，强过未断之时。灵胶色青，宛如碧玉。吉光毛裘呈黄白色，大抵属神马一类，放置水中整日不沉，投入火中整日不焦。武帝幡然明白，重赏使者厚礼送他归去。灵胶产自凤麟洲，此洲在西海中，呈正方形，长宽都为一千五百里，四面环弱水。洲上凤麟成群，熬煮凤喙、麟角制成灵胶，命名"集弦胶"，又称"连金泥"。弓弩的断弦和刀剑的折刃，都可用此胶相连，永不断裂。（出《仙传拾遗》）

月支使者

汉延和三年春，汉武帝临幸安定。西胡月支国王进献香料四两，此香料大小如麻雀蛋，色如桑椹。汉武帝觉得中国不缺香料，就交由外库保管。月支国又献猛兽一头，外形如出生五六十天的幼犬，只有狸猫般大小，毛色黄。使者将其呈给武帝，武帝看他抱着这样一物件入殿，又看小兽形容憔悴，暗怪月支的贡品差，就问使者："这小兽，凭什么称猛兽？"使者答："威压百禽不必计较大小，所以麒麟可做巨象之王，凤凰可做大鹏之宗，也不在形体大小上。我月支国距此三十万里，东风入律万事和顺，经年不休；阴气调和祥云笼罩，数月不散。中国出现了崇尚道法的国君，我国国君久慕中原昌盛、敬仰道家风范，轻视金银珠玉看重神灵宝物。想方设法搜寻神香，踏遍天林请来了猛兽，乘宝马香车涉弱水，骑高头骏马跨荒漠，一路辛勤，艰苦卓绝，历经十三年。神香能让患绝症的病人起死回生，猛兽能驱散各路魑魅魍魉，这两件宝物是治世济民至关重要的东西。怎料您竟不觉得它们珍贵！莫非我月支国卜算失误？如今我瞻仰您天神之姿，您绝非治世明君。看得多了会心生贪念，说得多了会招惹是非，身体好动会招致伤害，心事多就会奢侈，未曾听闻君王占这四项能治理好天下的。"汉武帝听后闭口不言却心有不服。命使者让那小兽叫一声来听，使者指着小兽命它出声，小兽舔唇良久，突然出声如惊雷。又吼几声，目光如闪电，很久才停。汉武帝顿时跌倒，掩耳颤抖，不能自持。侍从武士吓得丢了仪仗武器。武帝忌惮这小兽，命人将恨使者言不逊，欲罪之。明日，失使者及猛兽所在。

至始元元年，京城大疫，死者太半，帝取月支神香烧之于城内，其死未三日者皆活。香气经三月不歇，帝信神香，乃秘录余香。一旦函检如故，而失神香也。此香出于聚窟洲人鸟山，山上多树，与枫树相似，而香闻数里，名为返魂树。亦能自作声，如群牛吼，闻之者心振神骇。伐其木根，于玉釜中煮取汁，更以微火熟煎之，如黑粘状，令可丸，名为惊精香，或名振灵丸，或名返生香，或名振檀香，或名却死香，一种六名。斯实灵物也。（出《仙传拾遗》）

卫叔卿

卫叔卿者，中山人也。服云母得仙。汉仪凤二年，八月壬辰，孝武皇帝闲居殿上，忽有一人乘云车，驾白鹿，从天而下，来集殿前。其人年可三十许，色如童子，羽衣星冠。帝乃惊问曰：“为谁？”答曰：“吾中山卫叔卿也。”帝曰：“子若是中山人，乃朕臣也，可前共语。”叔卿本意谒帝，谓帝好道，见之必加优礼。而帝今云是朕臣也，于是大失望，默然不应。忽焉不知所在。帝甚悔恨，即遣使者梁伯至中山，推求叔卿，不得见。但见其子名度世，即将还见。帝问云：“汝父今在何所？”对曰：“臣父少好仙道，尝服药导引，不交世事，委家而去，已四十余年。云当入太华山也。”帝即遣使者与度世共之华山，求寻其父。

到山下欲上，辄火，不能上也。积数十日，度世谓使者曰：“岂不欲令吾与他人俱往乎？”乃斋戒独上。未到其岭，于绝岩之下，望见其父，与数人博戏于石上。紫云郁郁于其上，白玉为床，又有数仙童执幢节，立其后。度世望而载拜。叔卿曰：“汝来它送往上林苑喂虎。老虎一见这小兽，都屈着身子团聚一处。武帝埋怨月支使者出言不逊，想治罪。第二天却找不到使者与小兽了。

始元元年，京城瘟疫肆虐，病死过半，武帝在城中燃起月支进贡的神香，死后不超三天的都起死回生了。香气三月不散，武帝才相信神香是珍宝，把剩余神香私藏在盒子里。某天打开检验，神香却不翼而飞。传闻神香出于聚窟洲人鸟山，这山上大量生长着一种与枫树相近的树，香气飘散数里，名叫"返魂树"，这树自己能出声，声如牛群吼叫，听后让人心神震荡。将它的根砍下，放在玉锅中煮出汁液，再转小火煎熬至如黑糖稀状，就能制成丸药，名叫"惊精香"，或叫"振灵丸"，或叫"返生香"，或叫"振檀香"，或叫"却死香"，共六个名字。这香确实是灵宝。（出《仙传拾遗》）

卫叔卿

卫叔卿是中山郡人。因长期服云母得道成仙。汉仪凤（有误，汉武帝统治期间无此年号）二年八月壬辰，汉武帝悠闲安居殿上，忽然有一人乘着云车驾着白鹿从天降到殿前。这位仙人看着三十多岁，面色红润如孩童，披羽衣戴星冠。汉武帝诧异地问："您是？"答说："我是中山郡卫叔卿。"武帝说："倘若你真是中山郡人，那你就是我的臣民，可以上前讲话。"卫叔卿原本听闻武帝好道所以来拜谒，以为武帝见他定会厚礼相待。如今武帝却拿他当臣子，心中大失所望缄默无言，顷刻远去。汉武帝追悔莫及，派遣使者梁伯到中山郡，探寻卫叔卿，没有结果，只见到他儿子卫度世，带他见武帝。武帝问："你父亲现在在哪？"卫度世答："我父亲少时好修仙术。曾服丹药导引行气，不理世事，离家远行，四十多年。他曾言将来要进太华山修行。"武帝派使者和卫度世一同到华山找卫叔卿。

到山下即将上山，就起了火，无法上山。等了几十天，卫度世对使者说："大抵是不愿我与你们同去。"就独自斋戒上山。还没到山顶，卫度世在断崖下望见他的父亲，正与几人在石上斗棋。他头顶紫云缭绕，坐在白玉床上，身后几位仙童拿着仪仗符节，卫度世望着父亲行礼叩拜。卫叔卿问："你来做什么？"卫度世答："皇上因为之前何为？”度世曰：“帝甚恨前日仓卒，不得与父言语，今故遣使者梁伯，与度世共来，愿更得见父也。”叔卿曰：“前为太上所遣，欲诫帝以大灾之期，及救危厄之法，国祚可延。而强梁自贵，不识真道，而反欲臣我，不足告语，是以去耳。今当与中黄太乙共定天元，吾终不复往耳。”度世曰：“不审向与父并坐是谁也？”叔卿曰：“洪崖先生、许由、巢父、火低公、飞黄子、王子晋、薛容耳。今世向大乱，天下无聊，后数百年间，土灭金亡。汝归，当取吾斋室西北隅大柱下玉函，函中有神素书，取而按方合服之，一年可能乘云而行。道成，来就吾于此。勿得为汉臣也，亦不复为语帝也。”

度世于是拜辞而去，下山见梁伯，不告所以。梁伯意度世必有所得，乃叩头于度世，求乞道术。先是度世与之共行，见伯情行温实，乃以语之。梁伯但不见柱下之神方耳。后掘得玉函，封以飞仙之香，取而饵服。乃五色云母，遂合药服之，与梁伯俱仙去。留其方与子，而世人多有得之者。（出《神仙传》）

张 楷

张楷字公超，有道术，居华山谷中，能为五里雾。有玉诀金匮之学，坐在立亡之道。人学其术者，填门如市，故云雾市。今华山有张超谷焉。（出《仙传拾遗》）

阳翁伯

阳翁伯者，卢龙人也，事亲以孝。葬父母于无终山，山高八十里，其上无水。翁伯庐于墓侧，昼夜号恸，神明感之，出泉于其墓侧。因引水就官道，以济行人。尝有饮马者，以白石一升与之，令翁伯种之，当生美玉。果生白璧，长二尺者数双。一日，忽有青童与您见面太仓促，没能与您长谈深感遗憾，就又派使者梁伯与我一同来找您。希望与您再见一面。”卫叔卿说：“之前奉天帝之命，想提醒武帝大灾将至，告诉他消灾解难的办法，让其国运得以延长。但他蛮横自负，不知治世之道，反而与我论君臣。不值得相告，所以才离去。现在我将与中黄太乙神共定时岁运行之法，我一定不再见他。”卫度世又问：“不知与您同坐的是谁呢？”卫叔卿说：“他们是洪崖先生、许由、巢父、火低公、飞黄子、王子晋和薛容。如今尘世将有大乱，天下无所依赖，之后百年五行中土和金都将衰亡。你回去，立即取我斋室西北角立柱下的玉匣，匣里有天神的书信，你按上面的方子用药，一年就能驾云飞行。得道后来这找我。不要做汉室臣子，也不要给武帝讲。”

卫度世辞去，下山见到梁伯，什么也没说。梁伯猜卫度世上山定有收获，就向卫度世磕头，乞求道术。卫度世和梁伯一道而来，觉得梁伯为人温润诚实，就告诉他了。梁伯只是没看到柱下的神方。之后卫度世挖出玉匣，封着用来飞升的神香，取出做药饵服用。这神香是五彩云母，于是与药同服，与梁伯一道成仙而去。卫度世把方子留给儿子，世上有不少人得到那个方子。（出《神仙传》）

张　楷

张楷字公超，身怀道术，住在华山山谷中。张楷能作法兴起五里云雾，会咒语、秘诀、医术，懂“坐在立亡”的幻化术（据称能在一刹那隐去人形，令他人不能见）。向他学习道术的人聚在他家，门口像市集，就称为雾市。如今华山存有张超谷。（出《仙传拾遗》）

阳翁伯

阳翁伯，卢龙人，侍奉双亲特别孝顺。将父母葬在无终山，山高八十里，上面没有水源。阳翁伯在墓旁建庐舍，整天痛哭，感动神明，在墓旁出现清泉。就又引水入官道，供行人取用。曾有喂马的人给他一升白石，让他种在田里，就会长出美玉。果真生出白玉，二尺乘虚而至，引翁伯至海上仙山，谒群仙，曰："此种玉阳翁伯也。"一仙人曰："汝以孝于亲，神真所感，昔以玉种与之，汝果能种之。汝当夫妇俱仙，今此宫即汝他日所居也。天帝将巡省于此，开礼玉十班，汝可致之。"言讫，使仙童与俱还。翁伯以礼玉十班，以授仙童。北平徐氏有女，翁伯欲求婚。徐氏谓媒者曰："得白璧一双可矣。"翁伯以白璧五双，遂婿徐氏。数年，云龙下迎，夫妇俱升天。今谓其所居为玉田坊。翁伯仙去后，子孙立大石柱于田中，以纪其事。（出《仙传拾遗》）

长的白璧有好几双。一天，忽然有一仙童乘云而来，领着阳翁伯到海上仙山，拜谒群仙。并说："这是种玉的阳翁伯。"一仙人说："你孝敬双亲，感动天神，就将玉石种子给你，你果真种出了玉。你们夫妻都该成仙，现在这宫殿就是你将来的居所。天帝即将来此巡察，分十块瑞玉作为信物，你可以将它献给天帝。"说罢，让仙童与阳翁伯一同归去。阳翁伯将十块瑞玉送给仙童。北平徐氏有个女儿，阳翁伯想求亲。徐氏对媒人说："一对白璧做聘礼就能娶。"阳翁伯送徐氏五对白璧，娶了徐氏的女儿。几年后，云中有龙相迎，阳翁伯夫妻一同升天。如今管他们居住的屋宅叫玉田坊。阳翁伯成仙后，他的子孙在田间立柱记载他的事迹。（出《仙传拾遗》）

卷第五 神仙五

王次仲 墨 子 刘 政 孙 博 天门子 玉 子 茅 濛
沈 羲 陈安世

王次仲

王次仲者，古之神仙也。当周末战国之时，合纵连衡之际，居大夏小夏山。以为世之篆文，功多而用寡，难以速就。四海多事，笔扎所先，乃变篆籀之体为隶书。始皇既定天下，以其功利于人，征之入秦，不至。复命使召之，敕使者曰："吾削平六合，一统天下，孰敢不宾者！次仲一书生而逆天子之命，若不起，当杀之，持其首来，以正风俗，无肆其悍慢也。"诏使至山致命，次仲化为大鸟，振翼而飞。使者惊拜曰："无以复命，亦恐见杀，惟神人悯之。"鸟徘徊空中，故堕三翮，使者得之以进。始皇素好神仙之道，闻其变化，颇有悔恨。今谓之落翮山，在幽州界，乡里祠之不绝。（出《仙传拾遗》）

墨 子

墨子者，名翟，宋人也，仕宋为大夫。外治经典，内修道术，著书十篇，号为墨子。世多学者，与儒家分途，务尚俭约，颇毁孔子。有公输般者，为楚造云梯之械以攻宋。墨子闻之，往诣楚。脚坏，裂裳裹足，七日七夜到。见公输般而说之曰："子为云梯以攻宋，宋何罪之有？余于地而不足于民，杀所不足而争所有余，不可谓智；宋无罪而攻之，不可谓仁；知而不争，不可谓忠；争而不得，不可谓强。"公输般曰："吾不可以已，言于王矣。"墨子见王曰："于今有人，舍其文轩，邻有一弊舆而欲窃之；舍其锦绣，邻有

王次仲

王次仲，古时神仙。时值周末战国，各诸侯国合纵连衡之际，王次仲居于大夏山小夏山中，他认为世人所书写的篆文，费时烦琐，多是无用之功，难以快速写成。天下正处多事之秋，用得上书写的地方还有很多。王次仲就将大篆改为隶书，秦始皇统一天下后，认为王次仲所为有利于人民，请他为秦效力，王次仲拒绝了。秦始皇又命使者召见他，下令说："我摆平六国联合，统一天下，谁敢不臣服？王次仲一介书生，敢违抗天子命令，他若不来，理当杀了他，提其头来见，以正风纪，不能放任他傲慢无礼。"使者到山里宣告诏命，王次仲化身成一只大鸟振翅而飞。使者惊恐跪拜说："我们无法复命，也怕被杀，望上神怜悯。"大鸟盘旋空中，故意飘落三根翎毛，使者拿着羽毛复命。秦始皇一向好求仙问道，听闻王次仲幻化成仙，颇具悔意。如今称那山为"落翮山"，在幽州界，附近百姓一直祭祀他。（出《仙传拾遗》）

墨　子

墨子，名翟，宋国人，任宋国大夫。于外他整理经学典籍，于内修习道术，著书十篇，号称"墨子"。世上诸多学子追随墨子，他的观点不同于儒家，墨家崇尚节俭节约，他对孔子意见很深。公输般为楚国造了云梯攻打宋国。墨子听后急忙赶到楚国，脚磨破，撕破衣裳包脚，七天七夜后终于到了楚国。他见到公输般后劝道："你造云梯攻打宋国，宋国犯了什么罪？楚国地广却人稀，损失不足的人民而去争夺多余的土地，这不能说聪明。宋国没罪却攻打它，这不能说仁义。你明知这种做法不对却不向楚王进诤言，这不能说忠诚。进谏言了却不得采用，这不能说强大。"公输般说："我无可奈何，对大短褐而欲窃之；舍其粱肉，邻有糟糠而欲窃之，此为何若人也？”王曰：“若然者，必有狂疾。”翟曰：“楚有云梦之麋鹿，江汉之鱼龟，为天下富，宋无雉兔鲋鱼，犹粱肉与糟糠也；楚有杞梓豫章，宋无数丈之木，此犹锦绣之与短褐也。臣闻大王更议攻宋，有与此同。”王曰：“善哉，然公输般已为云梯，谓必取宋。”于是见公输般。墨子解带为城，以幞为械，公输般乃设攻城之机。九变而墨子九拒之，公输之攻城械尽，而墨子之守有余也。公输般曰：“吾知所以攻子矣，吾不言。”墨子曰：“吾知子所以攻我，我亦不言。”王问其故。墨子曰：“公输之意，不过杀臣，谓宋莫能守耳。然臣之弟子禽滑釐等三百人，早已操臣守御之器，在宋城上而待楚寇矣，虽杀臣，不能绝也。”楚乃止，不复攻宋。

墨子年八十有二，乃叹曰：“世事已可知，荣位非常保，将委流俗，以从赤松子游耳。”乃入周狄山，精思道法，想像神仙。于是数闻左右山间，有诵书声者，墨子卧后，又有人来，以衣覆足。墨子乃伺之，忽见一人，乃起问之曰：“君岂非山岳之灵气乎，将度世之神仙乎？愿且少留，诲以道要。”神人曰：“知子有志好道，故来相候。子欲何求？”墨子曰：“愿得长生，与天地相毕耳。”于是神人授以素书，朱英丸方，道灵教戒，五行变化，凡二十五篇，告墨子曰：“子有仙骨，又聪明，得此便成，不复须师。”墨子拜受合作，遂得其验，乃撰集其要，以为《五行记》。乃得地仙，隐居以避战国。至汉武帝时，遣使者杨违，束帛加璧，以聘墨子，墨子不出。视其颜色，常如五十许人。周游五岳，不止一处。（出《神仙传》）

王有言在先。”墨子又去见楚王说：“现在有个人，舍弃文饰车马，却想偷邻居的破车；舍弃锦绣绸缎，却想偷邻居的粗布短衫；舍弃美食佳肴，却想偷邻居的粗糠野菜，如此行事的是什么样的人？”楚王说：“若真有此人，那一定是个疯子。”墨子说：“楚国有云梦泽的麋鹿，长江汉水的鱼、龟，是天下最富庶的国家。而宋国连山鸡、野兔、鲋鱼都没有，就好比美食佳肴和粗糠野菜。楚国有杞树、梓树和豫章树，而宋国连几丈高的树都没有，就好比锦绣绸缎和粗布短衫。我听闻大王意图攻打宋国，跟那疯子有什么不同？”楚王说：“你说得有理。但是公输般已经造好云梯，他说定能攻下宋国。”墨子又去见公输般。墨子解下衣带假设为宋都城，摘下头巾假设为宋军械，公输般设置他攻城的机关。九次应变都被墨子挡住，公输般攻城的机关用尽，而墨子守城的战略绰绰有余。公输般说：“我知道怎么攻破你，但是我不说。”墨子说：“我知道你想用什么方法攻我，我也不说。”楚王问为什么。墨子说：“公输般的意思不过是杀了我，宋国就无力守城。然而我的弟子禽滑厘等三百人，早就带着我设置的守城机关在宋都城上等待楚军，就算杀了我，我的战术机关仍然存在，楚国也不可能取胜。”楚王只好作罢，不再攻打宋国。

墨子活到八十二岁，感叹说：“我已参透世事，荣宠地位不能长久稳固，将委弃流俗，追随赤松子一同周游四方。”于是墨子遁入周狄山，潜心道法，欲要得道成仙。他常听山间有读书声，睡下后有人用衣服裹住他的脚。他暗自窥视，突然看到一个人，立刻起身问：“您是山间灵气幻化而来引渡世人的吗？可否稍作停留，点悟我修道成仙的关窍？”神人说：“我知道你一心求道，所以前来等候。你想要什么？”墨子答：“我想求长生，与天地共存亡。”于是神人将绢书和朱英药丸的秘方给了他，道教真理戒律、阴阳五行变化规律，共二十五篇，告诉墨子：“你生来有仙骨，又聪慧，有这些就够了，无须再拜师。”墨子拜谢后依循仙人所言操作，果然灵验，将关窍集合编纂成书，书名《五行记》。墨子修成了地仙，隐居起来躲避战国动荡。到汉武帝时，皇帝派使者杨违，带锦缎美玉聘请墨子，墨子拒不出山。使者看墨子面容，就像五十多岁的人。后来墨子在五岳周游，

刘政

刘政者，沛人也。高才博物，学无不览。以为世之荣贵，乃须臾耳，不如学道，可得长生。乃绝进趋之路，求养生之术。勤寻异闻，不远千里。苟有胜己，虽奴客必师事之。复治墨子《五行记》，兼服朱英丸，年百八十余岁，色如童子，能变化隐形，以一人分作百人，百人作千人，千人作万人。又能隐三军之众，使成一丛林木，亦能使成鸟兽，试取他人器物，易置其处，人不知觉。又能种五果，立使华实可食。坐致行厨，饭膳俱数百人。又能吹气为风，飞砂扬石。以手指屋宇山陵壶器，便欲颓坏；复指之，即还如故。又能化生美女之形，及作水火。又能一日之中，行数千里。能嘘水兴云，奋手起雾，聚土成山，刺地成渊。能忽老忽少，乍大乍小，入水不沾，步行水上，召江海中鱼鳖蛟龙鼋鼍，即皆登岸。又口吐五色之气，方广十里，直上连天，又能跃上，下去地数百丈，后去不知所在。（出《神仙传》）

孙博

孙博者，河东人也。有清才，能属文，著书百余篇，诵经数十万言。晚乃好道，治墨子之术。能令草木金石皆为火，光照数里；亦能使身成火，口中吐火，指大树生草则焦枯，更指还如故。又有人亡奴，藏匿军中者，捕之不得。博语奴主曰："吾为卿烧其营舍，奴必走出，卿但谛伺捉之。"于是博以一赤丸子，掷军门，须臾火起烛天，奴果走出，乃得之。博乃复以一青丸子掷之，火即灭，屋舍百物，如故不损。博每作火有所烧，他人以水灌之，终不可灭，须臾自止之，方止。行水火中不沾灼，亦能使千百人从己蹈之，俱不沾灼，又与人往水上，布席而坐，饮食作乐，使众人舞于

不在一处停留。（出《神仙传》）

刘政

刘政，沛县人，才高八斗，博古通今，无所不知。他觉得世间荣华富贵好比过眼烟云，不如修习道法，以求长生。他断绝仕途，钻研修身养性的方法。时常不远万里搜寻奇闻。倘若遇到强过自己的人，就算是仆人或门客都会向他学习。他遵照墨子《五行记》修行，并服用朱英丸，活到一百八十多岁面容还像少年人。能化形隐身，一人分身百人，百人分身千人，千人分身万人。还能隐匿千军万马化形成丛林，也能化形成鸟兽，拿取转移他人器物而不被人察觉。还能种植果树，果子即刻成熟，还能坐着一动不动就能做几百人的餐饭。还能吹气成风飞沙走石。手轻轻一指，房屋、山陵、器具就土崩瓦解，再一指又恢复如初。还能凭空变出貌美女子，引发水灾火灾。还能日行千里，吐水生云，挥手生雾，刺地就能成潭，聚土就能成山。他的面容可以乍老乍少，身体忽大忽小。他涉水不沾湿，在水面上行走如常。能召集江河湖海中龟鳖虾蟹和蛟龙，让它们顷刻上岸。又能口吐五色云气覆盖方圆十里，连接天际，可以跃身在上，向下距地面数百丈。后来不知所终。（出《神仙传》）

孙博

孙博，河东郡人。品行高洁才华横溢，善作文章，著书百篇有余，背诵经书几十万字。晚年喜好道学，研习墨子道法。他能让草木、金属、石头都起火，火光照耀数里，也能让自身起火，口中吐火，手指草树顷刻焦枯，再指，恢复如初。有个逃跑的奴仆藏在军营中，抓不到他。孙博对奴仆主人说："我能帮你在营房放火，那奴仆必定逃出营房，你仔细看好将他抓住。"于是孙博将一枚红丸扔到营门，片刻起弥天巨火，果然奴仆逃出营房后被抓。孙博又扔出一青丸火即刻灭了，军营房舍和其余事物丝毫没有损毁。孙博作法兴起的大火，他人无法用水浇灭，只有孙博才能将其熄灭。孙博只身在水火中行走，丝毫不被沾湿或灼伤，跟随他的脚步千万人都能在他的庇佑下水上。又山间石壁，地上盘石，博入其中，渐见背及两耳，良久都没。又能吞刀剑数千枚，及壁中出入，如孔穴也。能引镜为刀，屈刀为镜，可积时不改，须博指之，乃复如故。后入林虑山，服神丹而仙去。（出《神仙传》）

天门子

天门子者，姓王名纲，尤明补养之道。故其经曰："阳生立于寅，纯木之精；阴生立于申，纯金之精。天以木投金，无往不伤，故阴能疲阳也。阴人所以著脂粉者，法金之白也。是以真人道士，莫不留心注意，精其微妙，审其盛衰。我行青龙，彼行白虎，取彼朱雀，煎我玄武，不死之道也。又阴人之情也，每急于求阳，然而外自收抑，不肯请阳者，明金不为木屈也。阳性气刚燥，志节疏略。至于游宴，言和气柔，辞语卑下，明木之畏于金也。"天门子既行此道，年二百八十岁，犹有童子之色。乃服珠醴得仙，入玄洲山去也。（出《神仙传》）

玉 子

玉子者，姓韦名震，南郡人也。少好学众经，周幽王征之不出。乃叹曰："人生世间，日失一日，去生转远，去死转近。而但贪富贵，不知养性命，命尽气绝则死，位为王侯，金玉如山，何益于灰土乎？独有神仙度世，可以无穷耳。"乃师长桑子，具受众术。乃别造一家之法，著道书百余篇。其术以务魁为主，而精于五行之意，演其微妙，以养性治病，消灾散祸。能起飘风，发屋折木，作雷雨云雾。能以木瓦石为六畜龙虎立成，能分形为百千人。能涉水火不侵。与人行水路在水面上铺开席褥宴饮作乐，能让众人在水面上起舞。他还能遁入山间石壁和地上石板中，起初还能看见后背和双耳，再后完全隐没。还能吞几千刀剑，穿梭墙壁间就像在洞穴中出入。他能将镜子扯拉成刀剑，又能弯曲刀剑成镜子，可长时间不变化，只有他亲自用手指，才能恢复如初。后来孙博进入林虑山间，服用神丹升仙离去。（出《神仙传》）

天门子

天门子，姓王名纲，深谙滋补身体之道。他著书说："寅时阳气旺盛，纯木的精华。申时阴气旺盛，纯金的精华。'金'位在西方属秋，所以'金'有肃杀之气。天道将木投金，没有不破损的，所以阴能消耗阳。女子用脂粉，效法金属的光泽，所以真人道长须留心注意，把握其中奥义，慎重对待阴阳之间的盛衰。修道者走青龙星，对方走白虎星（龙虎被借用为道家炼丹的术语。龙是铅，虎就是汞），利用朱雀星来补充我方玄武星（朱雀属火，玄武属水），就能长生不老。且女子情感取向，寻常是偏好阳性，但表面上收敛抑制，不愿主动，说明金不会屈从于木。阳气刚烈，志向气节远大，到了游玩宴饮时，却故作讨好言语温和，说明木怕金。"天门子依循上述道法，活到二百八十岁容貌还如孩童。后来服用珍珠酒成仙，隐入玄洲山。（出《神仙传》）

玉　子

玉子，姓韦名震，南郡人。年少好研习各种经书，周幽王曾召他做官被拒绝。曾叹："人生在世，日复一日，越来越远离生接近死。有人贪图富贵，不知修身养性，寿命到了气绝身亡，位及王侯，金玉成山，又与土灰何异？唯有神仙在这世间，可以永不消亡。"于是拜师长桑子，修习各种仙术，又自成一家，著书百余篇。他的术法主要以魁星为主，钻研五行规律，究其变化，来修身养性，消灾解难。他能呼风掀毁房屋折断树木，也能唤雷雨布云雾。他能顷刻将木头瓦石化作龙、虎、六畜，能一人分身成百上千人。能在江海上行走如常。嘴江海，含水喷之，皆成珠玉，亦不变。或时闭气不息，举之不起，推之不动，屈之不曲，伸之不直，或百日数十日乃起。每与子弟行，各丸泥为马与之，皆令闭目，须臾成大马，乘之日行千里。又能吐气五色，起数丈，见飞鸟过，指之即堕。临渊投符，召鱼鳖之属，悉来上岸。能令弟子举眼见千里外物，亦不能久也。其务魁时，以器盛水，着两肘之间，嘘之，水上立有赤光，辉辉起一丈。以此水治病，病在内饮之，在外者洗之，皆立愈。后入崆峒山合丹，白日升天而去。（出《神仙传》）

茅濛

茅濛，字初成，咸阳南关人也，即东卿司命君盈之高祖也。濛性慈悯，好行阴德，廉静博学。逆睹周室将衰，不求进于诸侯。常叹人生若电流，出处宜及其时。于是师北郭鬼谷先生，受长生之术，神丹之方。后入华山，静斋绝尘，修道合药，乘龙驾云，白日升天。先是其邑歌谣曰："神仙得者茅初成，驾龙上升入太清。时下玄洲戏赤城，继世而往在我盈。帝若学之腊嘉平。"秦始皇闻之，因改腊为"嘉平"。（出《洞仙传》）

沈羲

沈羲者，吴郡人，学道于蜀中。但能消灾治病，救济百姓，不知服食药物。功德感天，天神识之。羲与妻贾共载，诣子妇卓孔宁家还，逢白鹿车一乘，青龙车一乘，白虎车一乘，从者皆数十骑，皆朱衣，仗矛带剑，辉赫满道。问羲曰："君是沈羲否？"羲愕然，不知何等，答曰："是也。何为问之？"骑人曰："羲有功于民，心不忘道，自少小以来，履行无过。寿命不长，年寿将尽。黄老今遣仙官来下迎之。侍郎薄延之，乘白鹿车是也；度世君司马生，青能喷水成珠玉，恒久不变。有时可以长久屏息，举不起也推不动他，也不能让他的身躯弯曲或伸直，能持续十几天甚至上百天。每与弟子同行，他给每人一匹泥做的马，让弟子闭上眼，弹指间变作高头大马，骑上日行千里。还能口吐五彩云气，有几丈高。看到飞鸟掠过，用手一指能让鸟即刻坠落。在潭边扔一道符纸即可召集鱼鳖之类尽数上岸。能让弟子抬眼看到千里外的事物，但时间有限。他专修魁星时，在器皿中盛上水，放在两肘间，吹气，水面立刻泛起红光，光焰熠熠有一丈高。用这水治病，病源在体内就内服，在体外就外用，都能即刻治愈。后来进入崆峒山炼丹，在白天飞升而去。（出《神仙传》）

茅濛

茅濛，字初成，咸阳南关人，是东卿司命茅君盈的高祖。茅濛天性慈悲良善，好默默行善，谦逊沉静，博学多闻。他预知周朝衰败，不在诸侯处谋事。常感叹人生苦短，做事要把握时机切合时宜。于是师从北郭鬼谷先生，学习长生术与神丹配方。后来隐入华山，静心斋戒超绝尘路，修道炼丹，最终乘龙驾云，白日飞升。早先城里有歌谣唱道："神仙得者茅初成，驾龙上升入太清。时下玄洲戏赤城，继世而往在我盈。帝若学之腊嘉平。"秦始皇听后，就将腊月改称"嘉平"。（出《洞仙传》）

沈羲

沈羲，吴郡人，在蜀中研习道法。他消灾解难悬壶济世，不用服药就能治好病人。他的功德感动上天，得到天神赏识。沈羲和妻子贾氏共乘一车从儿媳卓孔宁处回家，路遇白鹿车一辆、青龙车一辆和白虎车一辆，每辆车都有几十骑随从，统一着红袍，持长矛配刀剑，光彩盈道。这些人问他说："您是沈羲先生吗？"沈羲惊愕，不知他们是什么人，答道："我是沈羲。不知你们问我有什么事？"骑马的人说："你对苍生有功，心怀道家的经义，从幼时至今没有过错，但你大限将至。现在黄帝、老子派仙官下人间迎接你。侍郎薄延龙车是也；迎使者徐福，白虎车是也。”须臾，有三仙人，羽衣持节，以白玉简、青玉介、丹玉字，授羲，羲不能识。遂载羲升天。升天之时，道间锄耘人皆共见，不知何等。斯须大雾，雾解，失其所在，但见羲所乘车牛，在田食苗。或有识是羲车牛，以语羲家。弟子恐是邪鬼，将羲藏山谷间，乃分布于百里之内，求之不得。

四百余年，忽还乡里，推求得数世孙，名怀喜。怀喜告曰：“闻先人说，家有先人仙去，久不归也。”留数十日，说初上天时，云不得见帝，但见老君东向而坐。左右敕羲不得谢，但默坐而已。宫殿郁郁如云气，五色玄黄，不可名状。侍者数百人，多女少男。庭中有珠玉之树，众芝丛生，龙虎成群，游戏其间，闻琅琅如铜铁之声，不知何等。四壁熠熠，有符书着之。老君身形略长一丈，披发文衣，身体有光耀。须臾，数玉女持金按玉杯，来赐羲曰：“此是神丹，饮者不死。夫妻各一杯，寿万岁。”乃告言：“饮服毕，拜而勿谢。”服药后，赐枣二枚，大如鸡子，脯五寸，遗羲曰：“暂还人间，治百姓疾病。如欲上来，书此符，悬之竿杪，吾当迎汝。”乃以一符及仙方一首赐羲。羲奄忽如寐，已在地上。多得其符验也。（出《神仙传》）

陈安世

陈安世，京兆人也，为权叔本家佣赁。禀性慈仁，行见禽兽，常下道避之，不欲惊之，不践生虫，未尝杀物。年十三四，叔本好道思神，有二仙人，托为书生，从叔本游，以观试之。而叔本不觉其仙人也，久而意转怠。叔本在内，方作美食，而二仙复来诣门，问安世曰：“叔本在否？”答曰：“在耳。”入白叔本，叔本即欲出，之乘白鹿车，度世君司马生乘青龙车，使者徐福乘白虎车。”不一会儿，三位仙人着羽衣持旌节，将白玉简、青玉介、丹玉字给沈羲，沈羲不认识这些东西。三位神仙载着沈羲升天，当时在田间耕作的人都看到了，但不知他们是什么人。天上云雾弥漫，雾散后，不见天上人踪迹，只见为沈羲拉车的牛在田里吃禾苗。有人认出沈羲的牛车，去告诉沈羲家，沈羲弟子担心是鬼邪带走沈羲并藏匿在山谷间，就分散方圆百里内寻找，并未找到。

四百多年后，沈羲突然还乡，推算找到他好多代之后的孙子，名怀喜。怀喜告诉沈羲：“祖上传言家中有先人飞升成仙，久去不归。”沈羲逗留十天，说起初升上天界并没有见到天帝，只见太上老君面向东坐着，左右命沈羲不必跪拜，只静静坐着。宫殿云遮雾绕，涌起五色云或黄色、黑色的云，难以言说。老君周围侍从百人，多女少男。庭中有结着珠玉的树，各种灵芝丛生，成群的龙虎嬉戏，听得到叮叮当当的铜铁相撞的声音，全然不知为何。四壁熠熠生辉，覆着神符。太上老君大概一丈高，长发披散，着纹饰华服，周身散发光芒。不一会儿，几名玉女端着金盘玉杯送来沈羲的赏赐说：“这是神丹，喝了可永生。你们夫妻各一杯，福寿万年。”还告诉他，喝完行礼，不必言谢。服仙丹后获赐了两枚枣子，如鸡蛋大，又被赏了五寸大的果脯并说：“你先返回人间，医治百姓。若想到天宫居住，就将这符挂在竿头，我自会接你。”说完就将一符纸和一仙方赠与沈羲。沈羲忽然像睡去一般，醒后已在地上。后来他多次使用仙符，十分灵验。（出《神仙传》）

陈安世

陈安世，京兆人，被权叔本家雇佣，天性仁义慈善，路上遇见禽兽，他常在道旁避让，不想惊动它们，不踩踏小虫，不曾杀生。他十三四岁时，主人权叔本爱好修道意图成仙，有两位神仙假托成书生，跟随叔本漫游，借机审查他。但叔本不觉得这二位是神仙，时间久了就怠慢了。一次，叔本在家刚做得佳肴，两位仙人又来叩门，问：“叔本可在家？”陈安世答：“在。”进入转告叔本，叔本打算出其妇引还而止曰："饿书生辈，复欲来饱腹耳。"于是叔本使安世出答："言不在。"二人曰："前者云在，旋言不在，何也？"答曰："大家君教我云耳。"二人善其诚实，乃谓："叔本勤苦有年，今适值我二人，而乃懈怠，是其不遇，几成而败。"乃问安世曰："汝好游戏耶？"答曰："不好也。"又曰："汝好道乎？"答曰："好，而无由知之。"二人曰："汝审好道，明日早会道北大树下。"安世承言，早往期处，到日西，不见一人，乃起欲去，曰："书生定欺我耳。"二人已在其侧，呼曰："安世汝来何晚也？"答曰："早来，但不见君耳。"二人曰："吾端坐在汝边耳。"频三期之，而安世辄早至。知可教，乃以药二丸与安世，诫之曰："汝归，勿复饮食，别止于一处。"安世承诫，二人常来往其处。叔本怪之曰："安世处空室，何得有人语？"往辄不见。叔本曰："向闻多人语声，今不见一人，何也？"答曰："我独语耳。"叔本见安世不复食，但饮水，止息别位，疑非常人，自知失贤，乃叹曰："夫道尊德贵，不在年齿。父母生我，然非师则莫能使我长生。先闻道者，即为师矣。"乃执弟子之礼，朝夕拜事之，为之洒扫。安世道成，白日升天。临去，遂以要道术授叔本，叔本后亦仙去矣。（出《神仙传》）

门相迎，他老婆拦拉住他说："两个吃不上饭的饿书生，又来家里蹭饭。"于是叔本派安世出门推辞："就说我不在"。二人问："刚才你说他在，转头又说不在，这是怎么回事？"陈安世答："主人教我这样说。"二人欣赏安世的诚实，就说："权叔本勤苦修行多年，如今正逢我二人审查他，他却多有怠慢，是他自己错失机会，几近成仙却失败了。"又问陈安世："你贪图玩乐吗？"答："不喜欢。"又问："你喜欢修道吗？"答："喜欢但不知如何修习。"二人说："你若真的爱好道术，明天清早相约路北大树下。"安世依约，第二天早早地在树下相候，等到太阳西斜，未曾见到一个人，就想转身归去，说："书生定是诓骗我。"其实二人已经在他身侧，喊他说："安世你来晚了。"安世答："我早就来了，但没见到二位。"二人说："我们就坐在你身边。"二人约了安世三次，安世每次都早早地来等着。二人便知安世值得教授，将两药丸给安世，告诫说："回去后，切不可再吃饭，睡觉也单个儿睡在另一个地方。"安世遵照诫言，二人常往来于安世住处。权叔本觉得奇怪，就问："安世独居在空房子中，为何有交谈声？"权叔本进屋探寻却不见人影，便问道："我刚才听到好几个人的声音，现在看却一个人都没有，是怎么回事？"陈安世答："我在自言自语。"叔本发现安世不再吃饭只是喝水，而且换了休息的地方，疑心他已不是常人，反思自己过去失德，感叹道："一个人修行品德如何，不在年纪大小。父母给我生命，但不从师我就无法长生。先修得道术的人，就是我的老师。"于是叔本以弟子的礼节侍奉安世，每天跪拜求教，为安世洒扫屋舍。安世得道成仙，白日飞升，临走前，将修道关窍教授给叔本，叔本后来也得道成仙。（出《神仙传》）

卷第六　神仙六

张子房　东方朔　王乔　周隐遥　刘商

张子房

张子房，名良，韩国人也，避地于南阳，徙居于沛，后为沛国人焉。童幼时，过下邳圯桥，风雪方甚，遇一老叟，着乌巾，黄单衣。坠履于桥下，目子房曰："孺子为我取之。"子房无倦色，下桥取履以进。老叟引足以纳之，子房神意愈恭。叟笑曰："孺子可教也。明旦来此，当有所教。"子房昧爽至，叟已在矣。曰："期而后至，未可传道。"如是者三，子房先至，亦无倦怠。老叟喜，以书授之曰："读此当为帝王师。若复求吾，乃谷城山下黄石也。"子房读其书，能应机权变，佐汉祖定天下。后人谓其书为《黄石公书》。修之于身，能炼气绝力，轻身羽化。与绮里季、东园公、角里先生、夏黄公，为云霞之交。

汉初，遇四五小儿路上群戏，一儿曰："着青裙，入天门，揖金母，拜木公。"时人莫知之，子房知之，往拜之曰："此东王公之玉童也。所谓金母者，西王母也；木公者，东王公也。此二元尊，乃阴阳之父母，天地之本源，化生万灵，育养群品。木公为男仙之主，金母为女仙之宗。长生飞化之士，升天之初，先觐金母，后谒木公，然后升三清，朝太上矣。此歌乃玉童教世人拜王公而揖王母也。"子房佐汉，封留侯，为大司徒。解形于世，葬于龙首原。赤眉之乱，人发其墓，但见黄石枕，化而飞去，若流星焉。不见其尸形衣冠，得素书一篇及兵略数章。子房登仙，位为太玄童子，常从

张子房

张子房，名良，韩国人，在南阳躲避战乱，移居沛国，后更作沛国人。幼年时，他行经下邳圯桥，风雪正猛，偶遇一老人，戴着黑头巾、穿着黄单衣，鞋掉在桥下，看着张子房说："小伙子帮我把鞋捡回来。"张子房没有表现出丝毫的不愿意，下桥取鞋递给老人。老人伸脚示意张子房给他穿鞋，张子房神色越发恭敬。老人笑着说："孺子可教，明早你到此处，我有东西教你。"张子房第二日拂晓到桥上，老人早已到了。老人说："约定却迟到，不值得教授。"这样反复了三次，终于这次张子房先到，他仍无任何不情愿。老人欣喜，给他一本书说："读这书可给帝王当军师。若还有求于我，我是谷城山下的黄石公。"张子房研读那本书，习得随机应变、权谋争斗之术，辅佐汉高祖平定天下。后人称此书为《黄石公书》，在修身养性方面，此书能指导人炼气增力，使人身轻如羽毛。张子房与绮里季、东园公、甪里先生、夏黄公结为云霞之交（有共同爱好潜心修道，以飞升成仙为目的的朋友）。

汉初，张子房偶遇四五个小孩儿在路边玩耍，一小孩儿唱道："着青裙，入天门，揖金母，拜木公。"人们当时不明白这歌谣的含义，张子房知道，上前行礼说："我知道你是东王公的玉童，你所唱金母是西王母，木公是东王公。这两位元始天尊是阴阳的父母，天地的起源，化生出世间生灵，养育万物。木公主管男仙，金母统领女仙。长生不老飞升成仙的人，刚入天界，先觐见金母，后拜谒木公，然后才能登三清殿，朝见太上天尊。这歌谣就是玉童教化世人礼拜东王公和西王母的。"张子房辅佐汉室，位封留侯，任大司徒，在尘世尸解，葬于龙首原。汉末赤眉之乱，有人挖出他的棺椁，只见棺中一黄石枕流星般突然飞远，没有他的尸骸衣帽，只得到一本记载了几

老君于太清之中。其孙道陵得道，朝昆仑之夕，子房往焉。（出《仙传拾遗》）

东方朔

东方朔，小名曼倩。父张氏，名夷，字少平，母田氏。夷年二百岁，颜若童子。朔生三日而田氏死，死时汉景帝三年也。邻母拾朔养之，时东方始明，因以姓焉。年三岁，天下秘识，一览暗诵于口，恒指挥天上空中独语。邻母忽失朔，累月暂归，母笞之。后复去，经年乃归。母见之大惊曰："汝行经年一归，何以慰吾？"朔曰："儿暂之紫泥之海，有紫水污衣，仍过虞泉湔浣，朝发中还，何言经年乎？"母又问曰："汝悉经何国？"朔曰："儿湔衣竟，暂息冥都崇台，一寤眠，王公啖儿以丹栗霞浆，儿食之既多，饱闷几死，乃饮玄天黄露半合。即醒，还遇一苍虎息于路，初儿骑虎而还，打捶过痛，虎啮儿脚伤。"母便悲嗟，乃裂青布裳裹之。朔复去家万里，见一枯树，脱布挂树，布化为龙，因名其地为"布龙泽"。

朔以元封中，游鸿濛之泽，忽遇母采桑于白海之滨。俄而有黄眉翁，指母以语朔曰："昔为我妻，托形为太白之精。今汝亦此星之精也。吾却食吞气，已九十余年，目中童子，皆有青光，能见幽隐之物。三千年一返骨洗髓，二千年一剥皮伐毛，吾生来已三洗髓五伐毛矣。"朔既长，仕汉武帝为太中大夫。武帝暮年，好仙术，与朔狎昵。一日谓朔曰："朕欲使爱幸者不老，可乎？"朔曰："臣能之。"帝曰："服何药？"曰："东北地有芝草，西南有春生之鱼。"帝曰："何知之？"曰："三足乌欲下地食此草，羲和以章兵法的素书。张子房成仙，居太玄童子位，常跟随太上老君遨游天界。他的孙子张道陵也修得道法，昆仑山朝拜时，张子房探望了他。（出《仙传拾遗》）

东方朔

东方朔，小名曼倩。父亲张氏，名夷，字少平；母亲田氏。张夷二百岁时面容仍如童子，东方朔出生三日后田氏亡故，正值汉景帝三年。邻居一女子将东方朔抱养，当时东方逐渐明亮，便用“东方”作为他的姓。东方朔三岁时，天下机密书藏，看一遍能通篇默背，时常指着天空自言自语。一次养母忽然找不到东方朔，几月后他自己回来，养母鞭笞了他。后来东方朔再次离去，多年后才回来。养母见他回来，震惊道：“你离去多年才回来一次，怎能让我心安？”东方朔说：“我行经有紫泥的海域，紫水沾污衣服，就到虞泉清洗，早上去中午就回来了，为何说我去了多年？”养母又问：“你都途经哪些地方？”东方朔说：“我清洗完衣服，暂歇在冥都崇台，睡了一觉后，王公给我红色的栗子、霞浆（仙露），我吃了很多，几近撑死，喝了半杯玄天黄露，即刻清醒，归途还遇上一只在路边休息的苍虎，起初我骑着苍虎回家，因为我着急赶路使劲捶打那苍虎，苍虎咬伤我的脚。”养母听后悲叹，撕青布为他包扎伤口。东方朔又离家万里，看见一枯树，将包扎伤口的布拆下挂在树上，布幻化成龙，因此将那处称作“布龙泽”。

东方朔于元封年间游历鸿蒙大泽，偶遇他的母亲在白海边采桑叶。不久出现一黄眉翁，指着他母亲对他说：“她曾是我的妻子，是太白之精在世间寄托的形体。如今你也是太白星的精气。我辟谷吞气九十多年，双眼瞳仁有青光，能看到幽暗处隐匿的事物。我三千年更换洗涤骨髓，两千年蜕换皮肤毛发，从我出生至今已换骨三次蜕皮五次了。”东方朔长大后，在汉武帝朝中任太中大夫。汉武帝晚年，爱好仙术，与东方朔亲近。一日汉武帝对东方朔说：“我想让我宠幸的人长生不老，能做到吗？”东方朔说：“臣可帮陛下如愿。”汉武帝问：“需要服哪种药呢？”东方朔说：“东北方的灵芝草，西南方生于春日手掩乌目，不许下，畏其食此草也。鸟兽食此，即美闷不能动。”问曰：“子何知之？”朔曰：“小儿时掘井，陷落井下，数十年无所托。有人引臣往取此草，乃隔红泉不得渡。其人与臣一只履，臣乃乘履泛泉，得而食之。其国人皆织珠玉为簟，要臣入云韨之幕，设玄珉雕枕，刻镂为日月云雷之状，亦曰‘镂空枕’，亦曰‘玄雕枕’。又荐蚳毫之珍褥，以百蚳之毫织为褥，此毫褥而冷，常以夏日舒之，因名‘柔毫水藻之褥’。臣举手拭之，恐水湿席，定视乃光也。”其后武帝寝于灵光殿，召朔于青绮窗绨纨幕下，问朔曰：“汉年运火德统，以何精何瑞为祥？”朔对曰：“臣常游昊然之墟，在长安之东，过扶桑七万里，有云山。山顶有井，云从井中出。若土德则黄云，火德则赤云，金德则白云，水德则黑云。”帝深信之。

太初二年，朔从西那邪国还，得声风木十枝，以献帝。长九尺，大如指。此木出因洹之水，则《禹贡》所谓“因桓是来”，即其源也，出甜波，上有紫燕黄鹄集其间，实如细珠，风吹珠如玉声，因以为名。帝以枝遍赐群臣，年百岁者颁赐。此人有疾，枝则有汗，将死者枝则折。昔老聃在周二千七百年，此枝未汗；洪崖先生，尧时年已三千岁，此枝亦未一折。帝乃赐朔，朔曰：“臣见此枝三遍枯死，死而复生，何翅汗折而已？语曰：‘年末年，枝忽汗。’此木五千岁一湿，万岁一枯也。”帝以为然。

又天汉二年，帝升苍龙馆，思仙术，召诸方士，言远国遐乡之事。唯朔下席操笔疏曰：“臣游北极，至镜火山，日月所不照，有龙的鱼。"汉武帝问："你如何得知？"东方朔说："三足金乌曾想落地吃那芝草，羲和氏用手遮住三足乌的双眼，不准它飞落，怕它吃灵芝草。因为鸟兽吃了灵芝草，会被美味迷惑不能动弹。"汉武帝问："你如何得知此事？"东方朔说："臣幼时挖井，掉落井底，数十年没有寻得助力不能上去。有人带着臣取灵芝草，受红泉阻隔不能到彼岸，那人给臣一只鞋，臣乘着鞋渡过泉水，摘得灵芝草服下。那个国家的人用珍珠白玉织成席子，邀臣进入云霞制成的帐幕中，备下墨玉雕枕，枕上刻着日月云雷的图纹，此枕亦称'镂空枕'，亦称'玄雕枕'，又铺好珍贵的蜓毫褥子，此褥由上百蜓毫毛织成，体感清凉舒爽，常用于夏日解暑，因此称其为'柔毫水藻之褥'。臣用手抚摸，以为水沾湿了褥子，细看原来是毫毛的光泽。"此后汉武帝在灵光殿就寝，召东方朔到青绮（纹饰丝织品）窗绨纨（厚薄丝织物的统称）幕下，问道："汉朝气运火德（以五行中的火来附会王朝历运）为主宰，供奉什么精灵、祥瑞合适？"东方朔答："臣曾游历昊然之墟，此地处长安之东，距扶桑七万里，那里有一云山，山顶有一井，云从井中升腾而出，若为'土德'云呈黄色，若为'金德'云呈白色，若为'火德'云呈红色，若为'水德'云呈黑色。"汉武帝听后对他很是信服。

太初二年，东方朔从西方那邪国归来，得到十枝声风木（传说中木名），献给汉武帝。此木长九尺，粗如手指，产自因洹之水，《禹贡》中记载的"西倾因桓是来"，就是说此水发源西倾山。河水甘甜，紫燕黄鹄聚集声风木上。声风木的果实如细小的珍珠，风吹过发出珠玉碰撞声，因此得名"声风木"。汉武帝将声风木的树枝赐予群臣中年过百岁的几位。若大臣患病，树枝会渗水珠；若大臣将死，树枝会折断。古时老聃在周朝生活二千七百年，树枝未曾渗水。洪崖先生在尧帝时已三千岁，树枝未曾折断。汉武帝将其赐予东方朔，东方朔说："我曾见此树枝枯死三次，死而复生，何止渗水与折断？传言道'年末年，枝忽汗。'此树应是五千年渗水一次，一万年枯死一次。"汉武帝深以为然。

天汉二年，汉武帝升登苍龙馆，思慕仙道，召集方士，请他们讲述远方国家的奇闻异事，其中唯独东方朔离席提笔写奏疏道："臣曾衔火，以照山四极。亦有园囿池苑，皆植异草木。有明茎草，如金灯，折为烛，照见鬼物形。仙人甯封，尝以此草然于夜，朝见腹内外有光，亦名‘洞腹草’。帝剉比草为苏，以涂明云之观，夜坐此观，即不加烛，亦名‘照魅草’。采以籍足，则入水不沉。”朔又尝东游吉云之地，得神马一匹，高九尺。帝问朔何兽，曰：“王母乘云光辇，以适东王公之舍，税此马于芝田，东王公怒，弃此马于清津天岸。臣至王公坛，因骑而反，绕日三匝，此马入汉关，关门犹未掩。臣于马上睡，不觉还至。’帝曰：“其名云何？”朔曰：“因事为名，名‘步景驹’。”朔曰：“自驭之如驽马蹇驴耳。”朔曰：“臣有吉云草千顷，种于九景山东，二千年一花，明年应生，臣走往刈之，以秣马，马立不饥。”朔曰：“臣至东极，过吉云之泽。”帝曰：“何为吉云？”曰：“其国常以云气占凶吉，若有喜庆之事，则满室云起，五色照人。着于草树，皆成五色露，露味皆甘。”帝曰：“吉云五露可得否？”曰：“臣负吉云草以备马，此立可得，日可三二往。”乃东走，至夕而还，得玄白青黄露，盛以青琉璃，各受五合，授帝。帝遍赐群臣，其得之者，老者皆少，疾者皆除也。又武帝常见彗星，朔折“指星木”以授帝，帝指彗星，应时星没，时人莫之测也。朔又善啸，每曼声长啸，辄尘落漫飞。朔未死时，谓同舍郎曰：“天下人无能知朔，知朔者唯太王公耳。”朔卒后，武帝得此语，即召太王公问之曰：“尔知东方朔乎？”公对曰：“不知。”“公何所能？”曰：“颇善星历。”帝问：“诸星皆具在否？”曰：“诸星具，独不见岁星十八年，今复见耳。”帝仰天叹曰：“东方朔生在朕傍十八年，而不知是岁星哉。”惨然不乐。其余事迹，多散在别卷，此不备载。（出《洞冥记》及《朔别传》）

游历北极，行至镜火山，那是日月光辉照耀不到的地方，有龙口中衔着烛火照亮四境，山上也有园林池塘，都生长着奇异的草木，如明茎草，此草形如金灯，折下可做灯烛，能照见鬼魅，仙人宁封子曾在夜间点燃明茎草，照得腹部里外通透，亦称其为‘洞腹草’。陛下您将此磨碎，涂于明云之观，夜间坐在观内，无需灯烛，亦可称为‘照魅草’。采此草垫在足底，涉水不会下沉。”东方朔曾东游吉云之地，得了匹神马，九尺高。汉武帝问那是什么神兽，东方朔答：“西王母乘云光辇前往东王公住所，将马散放在芝田（传说中仙人种灵芝的地方），东王公不悦，将马赶到清津天岸。恰逢臣前去朝拜东王公，顺势骑着那马返回，绕太阳跑了三圈后奔入汉关，城门还没关上。我睡在马上，不知不觉回了家。”汉武帝问：“马叫什么名字？”东方朔答：“依马的事迹命名为‘步影驹’。”又说：“自从将此马带来，它好似劣马跛驴。”又说：“臣有千顷吉云草，种在九景山东面，两千年开一次花，明年当到了花期，我去把草割下，用来喂马，马便可不再挨饿。”又说：“臣曾前往东极，途经吉云之泽。”汉武帝问：“何为吉云？”东方朔说：“此国常用云气占卜吉凶，若有喜事，满室升腾起祥云，光彩照人。将云气附着在花草树木上，就能凝成五色露，露水味道甘甜。”汉武帝问：“能得到吉云与五色露吗？”东方朔说：“臣割来吉云草备好马，便可立即动身将其取来，一日可往返两三趟。”随即东方朔东行，夜间返回，带回玄、白、青、黄露水，装在青琉璃瓶中，各色分出五杯，献给汉武帝。汉武帝将露水赏赐群臣，得到露水的大臣，年迈的都变年轻了，患病的也痊愈了。汉武帝曾看到彗星，东方朔折下一枝指星木献给汉武帝，汉武帝指向彗星，彗星即刻消失，当时的人不知为何会这样。东方朔擅长呼啸，每当他放声呼啸时，声音震得尘土飞扬。东方朔还未去世时，对同僚说：“天下无人了解我东方朔，知我者唯有太王公。”东方朔去世后，汉武帝听闻此言，召太王公问道：“你了解东方朔吗？”太王公说：“不了解。”汉武帝问：“你有何能耐？”太王公说：“对星宿历法有所研究。”汉武帝问：“诸星都各在其位吗？”答：“诸星都在，唯独岁星（木星）消失了十八年，如今再次出现。”汉武帝仰天叹息道：“东方朔伴朕身边十八年，朕竟不知他是

王乔

王乔，河东人也，汉显宗时为叶令，有神术，每月朔望，常诣京朝。帝怪其来数，而不见车骑，密令太史伺望之。言临至，必有双凫从东南飞来。于是候凫至，举罗张之，但得一舄焉，乃四年时所赐尚书官属履也。每当朝时，叶县门下鼓，不击自鸣，闻于京师。后天忽下玉棺于庭前，吏人推排，终不摇动。乔曰："天帝欲召我耶。"乃沐浴服饵，卧棺中，盖便立复。宿昔乃葬城东，土自成坟。其夕，县中牛羊皆流汗喘乏，人莫知之。百姓为立庙，号"叶君祠"，祷无不应，远近尊崇。帝诏迎取其鼓，置都亭下，略无复声。或云："即古仙人王乔也，示变化之迹于世耳。"（出《仙传拾遗》）

周隐遥

周隐遥，洞庭山道士，自云甪里先生之孙。山上有其祖甪里庙甪里村。言其数世得道，尝居焦山中，学太阴炼形之道，死于崖窟中。嘱其弟子曰："检视我尸，勿令他物所犯。六年后，若再生，当以衣裳衣我。"弟子视之，初则臭秽虫坏，唯五脏不变，依言闭护之。至六年往看，乃身全却生。弟子备汤沐，以新衣衣之。发鬒而黑，髭粗而直，若兽鬣焉。十六年又死如前，更七年复生。如此三度，已四十年余，近八十岁，状貌如三十许人。隋炀帝闻之，征至东都，颁赐丰厚，恩礼隆异。而恳乞归山，寻还本郡。真观中，召至长安，于内殿安置，问修习之道。对曰："臣所修者，匹夫之

岁星。”汉武帝悲不自胜。东方朔的其余事迹零散地收录在其他书卷中，在此不多赘述。（出《洞冥记》及《朔别传》）

王乔

王乔，河东人，汉显宗时任南阳郡叶县县令。王乔身怀神术，每月初一与十五，他会进京面圣。皇帝好奇他来得频繁却没见过他的车马，密令太史官暗中观察。太史官回禀道：“王乔即将抵达京城前，定有两只野鸭从东南飞来。”皇帝等着野鸭飞来，张网捕捉，只网到了鞋子，是汉显宗四年皇帝赏赐尚书官的鞋。每次王乔面圣，叶县衙门前的堂鼓，无人敲击自行鸣响，鼓声传到京城。后来空中忽然降落一玉棺在庭前，衙吏拖拽那玉棺，玉棺纹丝不动。王乔说：“天帝召我返回。”随即沐浴服药，躺入棺中，棺盖自行盖好，很快众人将其葬在城东，泥土自行垒成坟墓。当晚叶县的牛羊都流汗气喘疲乏不堪，大家不知何事发生。百姓为王乔建寺，命名“叶君祠”，在此祈祷无不应验，受远近百姓尊崇敬奉。皇帝下诏取来衙门前的堂鼓，安置在京城都亭（都邑中的传舍，京城驿站供行人休息处）中，鼓不再出声。有人说，此王乔即是古时仙人王乔，降世向世人展现神仙变化身形的仙法。（出《仙传拾遗》）

周隐遥

周隐遥，洞庭山道士，自称是角里先生的孙子，洞庭山上有祖上留下的角里庙和角里村。说他自己几世都修得道法，曾居于焦山，修习太阴炼形之道，死于山洞，嘱咐弟子道：“好生看护我的尸身，切勿被外物伤害，六年后，我若复活，请为我穿好衣裳。”他的弟子为他守尸，起初尸体腐烂受蛆虫啃食，唯独五脏安然无恙，弟子依旧遵遗嘱看护。六年到了再看，尸身完整复活重生，弟子为他备水沐浴，替他换上新衣，此时他的须发黑直浓密，有如野兽鬃毛。十六年后他如之前一般再次去世，七年后复活。如此三次，经过四十余年，周隐遥年近八十，容貌如三十多岁。隋炀帝听闻此事，召他到东都，给他丰厚的奖赏，对他礼敬尊重，周隐遥请命放他归山，不久他返回家乡。

志，功不及物，利唯一身。帝王修道，一言之利，万国蒙福。得道之效，速于人臣。区区所学，非九重万乘之所修也。”恳求归山，寻亦遂其所适。（出《仙传拾遗》）

刘商

刘商者，中山靖王之后。举孝廉，历官合淝令，而笃好无为清简之道，方术服炼之门，五金八石，所难致者，必力而求之。人有方疏，未合炼施效者，必资其药石，给其炉鼎，助使成之，未尝有所觊觎也。因泛舟苕霅间，遂卜居武康上强山下。有樵童药叟，虽常草木之药，诣门而售者，亦答以善价。一旦，樵夫鬻樵，有术一把，商亦厚价致之。其庭庑之下，篱落之间，草木诸药，已堆积矣。忽闲步杖策，逍遥田亩蹊隧之傍，聊自怡适，闻蘩林间，有人相与言曰：“中山刘商，今日已赐真术矣，盖阴功笃好之所感乎。”窥林中，杳无人迹。奔归取术，修而服之。月余，齿发益盛，貌如婴童；举步轻速，可及驰马；登涉云岩，无复困惫。又月余，坐知四方之事，验若符契，乃入上强洞中。咸通初，有酒家以樵叟稍异，尽礼接之。累月复一至，因谓酒家曰：“我中山刘商也，夙攻水墨，愿留一图，以酬见待之厚。”使备缯素，而约以再来。一日果至酒家，援毫运思，顷刻而千山万水，非世工之所及。将去，谓酒家曰：“我祖淮南王，今为九海总司，居列真之任，授我以南溟都水之秩，旬日远别，不复来矣。”如是十许日，天色晴霁，香风瑞云，弥布山谷，樵者见空中骑乘，飞举南去。（出《仙传拾遗》）

唐贞观年间，他受召入长安，皇上将他安置在宫中，向他请教修道之法。他答道：“臣修炼的道法，只符合平民百姓的志向，无益于他人，只利于自身。帝王修习的道法，一言使万国受益，得道的效率也比常人高数倍，您身为九五之尊不该修习我微薄的道法。”周隐遥恳求放他归山，皇帝随了他的心愿。（出《仙传拾遗》）

刘商

刘商，中山靖王的后代，经举孝廉后任职于合淝。他仰慕清静无为之道，热衷于服气修炼之术，五金（金、银、铜、铁、锡）八石（朱砂、雄黄、云母、空青、硫黄、戎盐、硝石、雌黄）中难以寻得的材料，他定设法尽力求得。如果有人得到炼丹的秘方却没法实验炼制时，刘商定用自己的药石资助他们，赠予他们炼丹炉，助他们炼成，他自己不曾觊觎任何好处。刘商泛舟游赏苕溪、霅溪一带，选择隐居于武康县上强山。此处有砍柴少年与采药翁，虽然只是售卖寻常草药，但只要有人登门销售，刘商都会以好价钱买下。有日清晨，一樵夫卖柴，还有白术一把，刘商高价买下，他庭院廊屋下的篱笆前已堆积了诸多草药。随后他拄杖信步，逍遥在田间小路上，悠然自得，忽然听到林间传来谈话声：“中山刘商，今日已赐予他仙草白术，应是他积德行善道心坚定感动上仙。”刘商查探林中并无人影，跑回家拿出那把白术，炼成丹药后服下。月余后，他牙齿坚实，头发浓密，貌若孩童，步履轻快，比得上飞驰的骏马，登岩爬坡毫不困乏。再过月余，不出门就可得知天下事，灵验如符节，于是他隐入上强山岩洞修行。咸通初年，有酒家见到一奇异的砍柴翁，厚礼相待。几月后，砍柴翁又来，对酒家说：“我是山中刘商，擅长水墨丹青，愿赠画给你，以酬谢你的款待。”刘商请酒家备下白绸，约定再来作画的日期。约定之日刘商果然来到酒家，执笔构思，很快千山万水跃然纸上，当时画工无人能出其右。临走前他对酒家说：“我祖上是汉代淮南王刘安，现任九海总司，位居仙班。授我南溟都水之职，十日后我将远行，不能再来探望。”十多日后，天朗气清，香风浮动，祥云翻腾，弥散山谷，樵夫见空中有人乘坐骑往南飞去。（出《仙传拾遗》）

卷第七　神仙七

白石先生　皇初平　王 远　伯山甫　马鸣生　李八百　李 阿

白石先生

白石先生者，中黄丈人弟子也，至彭祖时，已二千岁余矣。不肯修升天之道，但取不死而已，不失人间之乐。其所据行者，正以交接之道为主，而金液之药为上也。初以居贫，不能得药，乃养羊牧猪，十数年间，约衣节用，置货万金，乃大买药服之。常煮白石为粮，因就白石山居，时人故号曰“白石先生”。亦食脯饮酒，亦食谷食。日行三四百里，视之色如四十许人。性好朝拜事神，好读《幽经》及《太素传》。彭祖问之曰：“何不服升天之药？”答曰：“天上复能乐比人间乎？但莫使老死耳。天上多至尊，相奉事，更苦于人间。”故时人呼白石先生为“隐遁仙人”，以其不汲汲于升天为仙官，亦犹不求闻达者也。（出《神仙传》）

皇初平

皇初平者，丹溪人也。年十五，家使牧羊，有道士见其良谨，便将至金华山石室中。四十余年，不复念家。其兄初起，行山寻索初平，历年不得。后见市中有一道士，初起召问之曰：“吾有弟名初平，因令牧羊，失之四十余年，莫知死生所在，愿道君为占之。”道士曰：“金华山中有一牧羊儿，姓皇，字初平，是卿弟非疑。”初起闻之，即随道士去，求弟遂得，相见悲喜。语毕，问初

白石先生

白石先生是中黄丈人的弟子，到了古代仙人彭祖时期，白石先生已经活了两千多岁了。他并不愿意修炼得道成仙的法术，只是希望能长生不死罢了，他还不想放弃人间的种种乐趣。白石先生所修炼的方法，以节制男女交合之事为主，服用最多的是以金石炼成的丹液。起初因为贫穷没钱买药，他就靠着养羊喂猪，十几年来节衣缩食，节省费用，攒下一大笔钱，然后买了许多药服用。他还常煮白石当饭吃，又因住在白石山中，所以当时的人们都称他为“白石先生”。但白石先生也吃肉干喝美酒，也吃五谷杂粮。他可以一天走上三四百里路，看他的面容神色，就像四十多岁的人。他生性喜好朝拜神仙，还喜欢读仙人浮丘公著的《相鹤经》和《太素传》。彭祖曾向白石先生请教：“您为什么不服用可以得道成仙的药呢？”白石先生回答：“天上的乐趣怎能比得上人间呢？我只求长生不死就满足了。再说天上有那么多的神仙，身份都是极为尊贵的，我上天还要去侍奉他们，比在人间还苦得多。”所以当时人们都称白石先生为“隐居世间的神仙”，因为他并不急切地追求升天当仙官，正如凡人不追求在世间的功名利禄。（出《神仙传》）

皇初平

皇初平是丹溪人。十五岁时，家里让他去放羊，遇见一位道士，道士见他善良谨愿，便把他带到浙江金华山的山洞中，一去就是四十多年，他也不再想家。他的哥哥皇初起，进山寻找他，找了好几年也没找到。后来皇初起在街市上见到一位道士，就叫住他打听：“我有个弟弟名叫皇初平，家里让他去放羊，到现在已走失四十多年了。不知他是死是活，也不知他身在何处，恳求道君您给算一算。”道平羊何在，曰："近在山东耳。"初起往视之，不见，但见白石而还，谓初平曰："山东无羊也。"初平曰："羊在耳，兄但自不见之。"初平与初起俱往看之。初平乃叱曰："羊起。"于是白石皆变为羊数万头。初起曰："弟独得仙道如此，吾可学乎？"初平曰："唯好道，便可得之耳。"初起便弃妻子留住，就初平学。共服松脂茯苓，至五百岁，能坐在立亡，行于日中无影，而有童子之色。后乃俱还乡里，亲族死终略尽，乃复还去。初平改字为赤松子，初起改字为鲁班。其后服此药得仙者数十人。（出《神仙传》）

王远

王远，字方平，东海人也。举孝廉，除郎中，稍加中散大夫。学通五经，尤明天文图谶河洛之要，逆知天下盛衰之期，九州吉凶，如观之掌握。后弃官，入山修道。道成，汉孝桓帝闻之，连征不出。使郡国逼载，以诣京师，远低头闭口，不答诏。乃题宫门扇板四百余字，皆说方来之事。帝恶之，使削去。外字适去，内字复见，墨皆彻板里，削之愈分明。

远无子孙，乡里人累世相传供养之。同郡太尉陈耽，为远营士说："金华山中有个放羊的小孩儿，姓皇字初平，就是你弟弟没错了。"初起听后，马上就跟着道士来到金华山，果然找到了想念已久的弟弟，兄弟相见悲喜交加。寒暄过后，初起就问初平羊现在都哪儿去了，初平说："就在附近山坡的东边。"初起就到山坡东边去找，没看见羊，只看见一堆白石头，只得回去，对初平说："山坡东边哪里有羊啊？"初平说："羊就在那儿，只是哥哥你看不见罢了。"初平就和哥哥一起到山坡东边去看。初平吆喝了一声："羊快起来！"于是那些白石头一下子都变成了羊，足有几万头。初起说："弟弟你已经得道成仙了，我能学成吗？"初平说："只要你诚心诚意专注修道，便能学成。"初起就离开了妻子儿女，留在金华山中，跟着弟弟学道。和他一起服用松脂和茯苓，活到了五百岁，修炼得能坐在那里一切如常，站起身来就忽然消失，在大白天走路，谁也看不见他的影子，面容也变得像孩童一样。后来兄弟俩一起回乡，见亲族都已死亡殆尽，就又回了山。初平改字为赤松子，初起改字为鲁班。后来服用他们的药得以成仙的有好几十人。（出《神仙传》）

王远

王远，字方平，是东海人。曾被举荐为孝廉，任过郎中一职，后来升为中散大夫。熟读《春秋》《诗经》《尚书》《周易》《礼记》等五部儒家经典，对天文、符命、河图、洛书等深奥理论尤为精通，可以预知天下兴盛和衰败的日期，九州将发生什么吉凶祸福，他都了如指掌。后来他辞去官职，入山专心修道。王远修成得道之后，汉孝桓帝刘志听说了他的事情，连着几次召他进宫，他始终不肯出山。桓帝又派地方上的官吏去找他，强行把他带上车，载他到京城。他见了桓帝后，始终低着头闭口不言，也不回复桓帝所下的诏书。后来他在宫门的门板上题了四百多字，说的都是将来的事。桓帝十分厌恶他，命人用刀削去宫门上的字。表面上的字刚削掉，门板里的字就重新显现出来，因为墨迹早已渗透到门板里了，越削字就越清楚。

王远没有子孙后代，乡里人世代供养他。同郡有个太尉名叫陈耽，专门为他建了用来修道的房室，早晚向他行礼朝拜，只是向他祈道室，旦夕朝拜之，但乞福，未言学道也。远在陈家四十余年，陈家曾无疾病死丧，奴婢皆然。六畜繁息，田桑倍获。远忽语陈耽曰：“吾期运当去，不得久停，明日日中当发。”至时远死，耽知其仙去，不敢下着地，但悲啼叹息曰：“先生舍我，我将何怙？”具棺器烧香，就床衣装之。至三日夜，忽失其尸，衣冠不解，如蛇蜕耳。远卒后百余日，耽亦卒。或谓耽得远之道化去；或曰，知耽将终，故委之而去也。

初远欲东入括苍山，过吴，住胥门蔡经家。蔡经者，小民耳，而骨相当仙。远知之，故住其家。遂语经曰：“汝生命应得度世，欲取汝以补官僚耳。然少不知道，今气少肉多，不得上去，当为尸解，如从狗窦中过耳。”于是告以要言，乃委经而去。经后忽身体发热如火，欲得冷水灌之。举家汲水灌之，如沃焦石。如此三日，销耗骨立，乃入室，以被自覆，忽然失之。视其被内，唯有皮，头足具如蝉蜕也。去十余年，忽还家，容色少壮，鬓发鬒黑。语家人曰：“七月七日，王君当来，其日可多作饮食，以供从官。”至其日，经家乃借瓮器，作饮食百余斛，罗列布置庭下。是日，王君果来。未至，先闻金鼓箫管人马之声，比近皆惊，莫知所在。及至经舍，举家皆见远。冠远游冠，朱衣，虎头鞶囊，五色绶，带剑，黄色少髭，长短中形人也。乘羽车，驾五龙，龙各异色，前后麾节，幡旗导从，威仪奕奕，如大将军也。有十二伍伯，皆以腊封其口，鼓吹皆乘龙，从天而下，悬集于庭。从官皆长丈余，不从道衢。既至，从官皆隐，不知所在，唯独见远坐耳。

福，从来不说要跟他学道。王远在陈耽家住了四十多年，陈家从来没有一个人生病死亡，就连奴仆婢女们都安然无恙。陈家一直六畜兴旺，五谷丰登。一天，王远忽然对陈耽说："我的大限将要到了，不能再在你这里久留，明天中午我就要走了。"果然第二天中午王远就死了，陈耽知道王远已经成仙而去，不敢让他的尸体接触到地面，只是悲啼并叹息道："先生舍我而去，我将来还能依靠谁呢？"就准备了棺材、冥器，烧上香烛祭拜王远，并用床单包裹他的尸体。到了三天后的夜晚，王远的尸体忽然不见了，但他的衣帽并没有解开，就像蛇蜕一样。王远去世一百多天后，陈耽也死了。有人说陈耽是得到了王远的道术也飞升成仙了；也有人说王远已经知道陈耽就要死了，所以才舍弃他先离开了。

起初王远想去浙江东部的括苍山，经过江苏吴郡，住在苏州胥门（今江苏苏州城西门）的蔡经家。蔡经只是个普通百姓，然而从骨相上看却能得道成仙，王远看出来了，所以住到他家。王远于是对蔡经说："你命中该超脱尘世得道成仙，上天打算选你去补充仙宫的空缺官职，然而你年少时没有修炼道术，所以你现在精气太少而又过于肥胖，不能成仙飞升。只有遗弃肉体才能成仙，尸解成仙的过程就像钻狗洞一样简单，你不要害怕。"于是王远就把尸解成仙的修炼要诀传授给蔡经，然后就离蔡经而去了。后来蔡经的身体忽然热得像火一样，实在受不了就想拿冷水浇在身上。全家人都打来水往他身上浇，就像浇在一块燃烧的煤炭上。就这样一直浇了三天，蔡经被消耗得只剩骨头架子了。于是蔡经便进到屋里，在床上躺下，用被子把自己捂了个严严实实，忽然间人就不见了。家人掀开被子一看，里面只留下蔡经的皮，从头到脚都像蝉蜕一样。蔡经离开十几年后，忽然回到家里，容貌神色还像年轻时一样，身体强壮，头发胡须乌黑浓密。蔡经对家里人说："七月七日王远要来家里做客，那天可要多做些饭菜，好好招待他和随行的官员。"到了七月七日那天，蔡经家借了不少锅碗瓢盆，做了好几百斗的饭菜，整齐地摆放在院子里。当天，王远果然来了。王远还没到之前，人们就先听到了敲打着四金六鼓、吹奏着排箫大管的音乐声和人马的嘶喊声，住在周围的亲朋好友须臾，引见经父母兄弟，因遣人召麻姑，亦莫知麻姑是何人也。言曰："王方平敬报，久不到民间，今来在此，想姑能暂来语否？"须臾信还，不见其使，但闻信语曰："麻姑载拜。不相见忽已五百余年，尊卑有序，拜敬无阶。烦信承来在彼，食顷即到。先受命当按行蓬莱，今便暂往，如是当还，还便亲觐，愿未即去。"如此两时，闻麻姑来，来时亦先闻人马声。既至，从官半于远也。麻姑至，蔡经亦举家见之。是好女子，年可十八九许，于顶上作髻，余发散垂至腰。衣有文采，又非锦绮，光彩耀目，不可名状，皆世之所无也。入拜远，远为之起立。坐定，各进行厨，皆金盘玉杯无限也，肴膳多是诸花，而香气达于内外。擘脯而食之，云麟脯。麻姑自说云："接侍以来，已见东海三为桑田。向到蓬莱，又水浅于往日会时略半耳，岂将复为陵陆乎？"远叹曰："圣人皆言海中行复扬尘也。"麻姑欲见蔡经母及妇等，时经弟妇新产数日，姑见知之，曰："噫，且立勿前，即求少许米来。"得米掷之堕地，谓以米祛其秽也。视其米皆成丹砂，远笑曰："姑故年少也，吾老矣，不喜复作如此狡狯变化也。"远谓经家人曰："吾欲赐汝辈美酒，此酒方出天厨，其味醇醲，非俗人所宜饮，饮之或能烂肠，今当以水和之，汝辈勿怪也。"乃以斗水，合升酒搅之，以赐经家人，人饮一升许，皆醉。良久酒尽，远遣左右曰："不足复还取也。"以都十分震惊，不知仙人到底在哪里。等王远到了蔡经家，全家人才看到他。只见王远头戴远游冠，身穿大红衣服，腰挂虎头形装印绶的革囊，披挂着五色绶带，佩带宝剑。看他脸上胡须不多，肤色偏黄，中等身材。他坐在羽车上，由五条颜色各异的龙拉着，车的前后都是手执旌旗、符节的仪仗随从，宛如大将军一样威风。又有十二个差役负责开道，他们的嘴都用腊封着。鼓吹手都是骑着龙从天而降，他们悬集在庭院的半空中。还有一些随行官员有一丈多高，都不是从道路上走过来的，而是从空中飞来的。王远到了之后，所有的随从都不见了，不知他们去了哪里，只看到王远一个人坐在那里。

过了片刻，蔡经为王远引见自己的父母兄弟，之后王远又派人去请麻姑来这儿，大家都不知道麻姑是谁。王远派去请麻姑的人对麻姑说："王方平恭敬地向麻姑禀报，说他很久没到人间。现在他来到人间，想问问麻姑您能否赏脸暂时来人间叙叙话。"过了片刻信使就回来了，人们看不见使者，只听见他在读麻姑的回信："麻姑我向王远行礼了。转眼间我们一别已有五百年了，因为尊卑有序，想去拜访您，但一直没有门径。烦劳使者来我这里，听说您在蔡经家，当时就该尽快赶来。先前已接受命令要去巡视蓬莱仙山，所以现在必须暂时离去，办完事后就会回来，回来后我便亲自到您那儿去拜访，希望您那时还未离开人间。"两个时辰后，人们便听说麻姑来了。麻姑降临之前，人们也是先听到人马的声音，等到了蔡经家后，只见麻姑所带的随从只有王远的一半。麻姑到了蔡经家里后，蔡经也是领着全家人上前拜见。只见麻姑是个美丽的女子，看起来只有十八九岁，头顶上梳了个发髻，其余的头发披散下来垂到腰间。衣服上有错杂艳丽的图案，却并非丝绸锦缎，散发出的光彩让人睁不开眼睛，无法用语言来形容，都是人间所没有的。麻姑进屋拜见王远，王远也起身还礼。二人坐下后，双方都把带来的各种佳肴呈送上来，所用的器具都是金杯玉盘，不计其数，带来的菜肴大多是用各种花做的，香气传遍了屋子内外。宾主们吃着盘里切分开的肉干，说这是用天上的麒麟肉做的。这时麻姑自言自语道："自从上次接待以来，已经看见东海三次变为桑田了。刚才到了蓬莱仙山，看见山周围的水，比往日千钱与余杭姥，乞酤酒。须臾信还，得一油囊酒，五斗许。使传余杭姥答言："恐地上酒不中尊饮耳。"麻姑手爪似鸟，经见之，心中念曰："背大痒时，得此爪以爬背，当佳也。"远已知经心中所言，即使人牵经鞭之，谓曰："麻姑神人也，汝何忽谓其爪可爬背耶？"但见鞭着经背，亦莫见有人持鞭者。远告经曰："吾鞭不可妄得也。"

经比舍有姓陈者，失其名，尝罢县尉，闻经家有神人，乃诣门叩头，求乞拜见，于是远使引前与语。此人便欲从驱使，比于蔡经。远曰："君且向日而立。"远从后观之曰："噫，君心邪不正，终未可教以仙道，当授君地上主者之职司。"临去，以一符并一传，著以小箱中，与陈尉。告言："此不能令君度世，止能存君本寿，自出百岁向上。可以禳灾治病者，命未终及无罪者，君以符到其家，便愈矣。若邪鬼血食作祟祸者，便带此符，以传敕吏，遣其鬼。君我们会见时浅了差不多一半，难道是蓬莱仙山又要变为陆地了吗？”王远感叹道：“圣人都说海中将要再次扬起灰尘了。”这时麻姑想要见见蔡经的母亲和妻子，正好当时蔡经的弟媳刚生下孩子没几天，麻姑一看就知道她刚生过孩子，说道：“哎哟，你先站在那里，不要上前，立即去取些米来。”拿到米后便撒在地上，说米能除掉她身上不干净的东西。再看撒在地上的米，都变成丹砂了。王远笑着说：“麻姑你还是这么年轻啊。我已经老了，早就不喜欢再施展这些狡狯的法术了。”王远又对蔡经的家人说：“我要赐你们些美酒，这酒是刚从天上的厨房带来的，酒味浓厚甘美，但却不是世间凡人能喝的，就这样喝下去肠子可能都会烂掉，现在我必须用水把酒稀释一下，还请你们不要怪罪。”说完就用一斗水兑了一升酒赐给蔡经的家人，每人约饮了一升就都醉了。过了很久酒才喝光，王远对左右随从说：“酒不够的话就再去取。”说着就让随从拿了一千钱到余杭城里的一个老太太那里去买酒。过了片刻，派去买酒的人就回来了，买回来一油袋子的酒，有五斗多。随从替余杭城老太太传话给王远说：“我还担心人间的酒你们喝不习惯呢。”麻姑的手指生得像鸟爪子一样，蔡经看见后，就在心里暗自念道：“如果我的后背特别痒时，用她那爪子给我挠一挠，肯定会特别舒服吧。”蔡经在心里说的话，被王远知道了，马上命随从把蔡经抓过来鞭打了一顿，呵斥道：“麻姑是天上的神仙，你怎会忽然胡思乱想让她为你挠痒痒呢？”蔡经挨打时，人们只看见鞭子抽打在蔡经背上，却看不见拿鞭子的人。之后王远对蔡经说：“我这鞭子可不是随便什么人都打的。”

蔡经有个姓陈的邻居，不知道叫什么名字，曾做过县尉但被罢免了，听闻蔡经家有神仙做客，就登门叩头请求拜见神仙。王远知道后就让人把陈某带到面前来答话。见面后，陈某就恳求王远留他在身边当差，和蔡经一样。王远说：“你且面朝太阳站着。”王远从后面观察他后说：“哎呀，你这人心术不正，我终究不能教你成仙得道的方法。这样吧，我授你执掌地上之职吧。”陈某临走时，王远授给他一张符和一本书，放在一个小箱子里。交给陈某后告诫他说：“这些东西并不能让你超脱尘世，只能使你延年益寿，活到百岁以上。还心中亦当知其轻重，临时以意治之。”陈以此符治病有效，事之者数百家。寿一百一十岁而死。死后子弟行其符，不复验矣。

远去后，经家所作饮食，数百斛皆尽，亦不见有人饮食也。经父母私问经曰：“王君是何神人，复居何处？”经曰：“常在昆仑山，往来罗浮、括苍等山，山上皆有宫室。主天曹事，一日之中，与天上相反覆者十数过。地上五岳生死之事，皆先来告王君。王君出，城尽将百官从行，唯乘一黄麟，将十数侍人。每行常见山林在下，去地常数百丈，所到则山海之神皆来奉迎拜谒。”其后数十年，经复暂归家，远有书与陈尉，其书廓落，大而不工。先是人无知方平名远者，因此乃知之。陈尉家于今世世存录王君手书，并符传于小箱中。（出《神仙传》）

伯山甫

伯山甫者，雍州人也。入华山中，精思服食，时时归乡里省亲，如此二百年不老。到人家，即数人先世以来善恶功过，有如临见。又知方来吉凶，言无不效。其外甥女年老多病，乃以药与之。女时年已八十，转还少，色如桃花。汉武遣使者行河东，忽见城西有一女子，笞一老翁，俯首跪受杖。使者怪问之，女曰：“此翁乃妾子也，昔吾舅氏伯山甫，以神药教妾，妾教子服之，不肯，今遂衰老，行不及妾，故杖之。”使者问女及子年几，答曰：“妾已二百三十能替人消灾治病，那些命不该绝和没有什么罪过的人，你可以拿着这符到他的家中，他们的灾难病痛自会消除。如果谁家有邪鬼享受血食又作祟害人的，你可以拿着这符，把阴曹的官吏招来，让他把鬼遣送回去。你的心中也应知道事情的轻重，要根据所遇到的具体情况，随机应变地使用这符。”陈某用这道符给好几百家人消灾除病，他本人也活到一百一十岁才去世。他死后子侄们又拿出他的符使用，却不再如往日那样灵验了。

王远离开后，蔡经家所准备的几百斛美食美酒都被吃光饮尽了，当时也没见有哪个神仙吃饭。蔡经的父母私下问蔡经：“王远到底是什么神，又住在哪里呢？”蔡经答道：“王远经常住在昆仑山，往来于罗浮、括苍等山，每个山上都有他居住的宫室。他主管天上官府的事情，一天之中要在天上地下反复往来十几次。地上三山五岳和人世间的生死之事，都要先来报告给王远。他每次出行，并不把随从百官都带上，有时只骑着一头黄色麒麟，带上十几个侍从。每次腾空飞行时都会看到山林就在脚下，离地常有几百丈的距离，所到之处山海之神都来奉迎拜见。”几十年后蔡经短暂地回了一趟家，王远有封信要给陈某，内容空泛，字大而不工整。从前的人都不知道王方平就是王远，就是因为这封信才知道的。陈某家到现在还世代保存着王远当年亲笔写的信和那道符，就收藏在王远当初给陈某的那个小箱子里。（出《神仙传》）

伯山甫

伯山甫是古代九州中的雍州人氏。他到华山精心修炼道术，服食灵丹妙药，也时常回到家乡探望父母和其他尊亲，这样过了二百年还不见老。伯山甫每次到别人家做客，就历数这家人祖辈的善恶功过，好像他亲眼所见似的。他还能预测别人未来的吉凶祸福，说的话没有不灵验的。伯山甫的外甥女年老多病，伯山甫就给了她一些药。外甥女当时已经八十岁了，服药之后，马上变年轻了，面如桃花。有一次，汉武帝派使者到河东，忽然看见城西有一女子正用棍子抽打一老翁，老翁低头跪在那里，老老实实地挨打。使者感到很奇怪，

岁，儿八十矣。”后入华山去。（出《神仙传》）

马鸣生

马鸣生者，临淄人也，本姓和，字君贤。少为县吏，捕贼，为贼所伤，当时暂死，忽遇神人以药救之，便活。鸣生无以报之，遂弃职随神。初但欲治金疮方耳，后知有长生之道，乃久随之，为负笈，西之女几山，北到玄丘，南至庐江，周游天下，勤苦历年，及受《太阳神丹经》三卷归。入山合药服之，不乐升天，但服半剂，为地仙，恒居人间。不过三年，辄易其处，时人不知是仙人也。架屋舍，畜仆坐车马，并与俗人皆同。如此展转，经历九州，五百余年，人多识之，悉怪其不老。后乃白日升天而去。（出《神仙传》）

李八百

李八百，蜀人也，莫知其名。历世见之，时人计其年八百岁，因以为号。或隐山林，或出市廛。知汉中唐公昉有志，不遇明师，欲教授之。乃先往试之，为作客佣赁者，公昉不知也。八百驱使用意，异于他客，公昉爱异之。八百乃伪病困，当欲死，公昉即为迎就上前问那女子是怎么回事，女子说："这个老翁是我儿子呢，昔日我的舅舅伯山甫教给我一些神药仙方，我想让儿子也吃些，他却不肯，以致现在衰老成这个样子，走路慢得连我都追不上，所以我才用棍子打他。"使者问女子和她儿子都多大岁数了，女子答道："我已经二百三十岁了，儿子才八十岁。"后来这女子也到华山专心修道去了。（出《神仙传》）

马鸣生

马鸣生是山东临淄人，原本姓和，字君贤。他年轻时在县衙里当衙役，后来因为追捕盗贼，被盗贼所伤，本来当时已经陷入假死状态，十分危险，忽然遇见一位神仙用仙药救活了他。马鸣生觉得无以为报，于是便辞去官职跟随神仙。开始时，他只想学习医治刀剑伤的药方，后来知道神仙还有长生不死的法术，于是就长期跟在神仙身边，为神仙背书箱。他跟随神仙一路向西到了河南宜阳县的女几山，向北到了玄丘，向南到了安徽庐江，与仙人一同周游天下，他勤苦侍奉神仙很多年，神仙终于给了他三卷《太阳神丹经》，让他带回去。马鸣生得到经卷回家后，进山按书上说的方法调配药物服用。因为他不愿飞升成仙，只吃了半剂药，所以成了地上的神仙，能够永远住在人间。之后马鸣生每三年就会搬一次家，所以当时的人们都不知道他是神仙。他也修建屋舍，也备有仆人和车马，和普通人完全一样。他就这样不停辗转，走遍了九州大地，五百多年后，人们大多都认识他了，都对他的年轻不老感到奇怪。后来他终于在大白天成仙，飞升而去。（出《神仙传》）

李八百

李八百，四川人，不知道他的本名叫什么。由于好几个朝代都有人见过他，所以当时的人推算他已活了八百岁，便叫他李八百。他有时隐居在山林之中，有时又来到城镇市井。李八百听说陕南汉中有个叫唐公昉的人有志于修道，但苦于没有明师指点，就想把修炼的方术教给他。李八百打算先试探一下唐公昉，就装成一个外地人，到医合药，费数十万钱，不以为损，忧念之意，形于颜色。八百又转作恶疮，周遍身体，脓血臭恶，不可忍近。公昉为之流涕曰："卿为吾家使者，勤苦历年，常得笃疾，吾取医欲令卿愈，无所吝惜。而犹不愈，当如卿何！"八百曰："吾疮不愈，须人舐之当可。"公昉乃使三婢，三婢为舐之。八百又曰："婢舐不愈，若得君为舐之，即当愈耳。"公昉即舐。复言无益，欲公昉妇舐之最佳。又复令妇舐之。八百又告曰："吾疮乃欲差，当得三十斛美酒，浴身当愈。"公昉即为具酒，着大器中。八百即起，入酒中浴，疮即愈，体如凝脂，亦无余痕。乃告公昉曰："吾是仙人也，子有志，故此相试。子真可教也，今当授子度世之诀。"乃使公昉夫妻，并舐疮三婢，以其浴酒自浴，即皆更少，颜色美悦。以《丹经》一卷授公昉。公昉入云台山中作药，药成，服之仙去。（出《神仙传》）

李阿

李阿者，蜀人，传世见之不老。常乞于成都市，所得复散赐与贫穷者。夜去朝还，市人莫知所止。或往问事，阿无所言。但占阿颜色，若颜色欣然，则事皆吉；若容貌惨戚，则事皆凶；若阿含笑唐公昉家受雇当仆人，唐公昉并不知道实情。李八百办事细心周到，总能充分领会唐公昉的意图，不同于其他仆人，唐公昉对他特别喜爱，对待他与其他仆人大为不同。一次李八百装病，看起来病得都快死了，唐公昉马上为他请大夫抓药诊治，花了几十万钱也不心疼，而且对李八百忧虑担心的样子也是溢于言表。李八百又让自己生了恶疮，而且全身都是，又是化脓又是流血，散发出很大的臭味，使人不忍靠近。唐公昉为他流着泪说："你到我家来做仆人，辛勤劳苦了好几年，现在又患上这样重的病，我想尽办法给你请大夫医治，想要让你康复，花多少钱我也不吝惜。但就是这样你的病还是不好，叫我怎么办才好啊！"李八百说："如果有人用舌头舔我的疮，病就能好了。"唐公昉就让三个丫环给李八百舔恶疮。李八百又说："丫环舔后还是无法痊愈，如果你给我舔的话，我的疮马上就能痊愈了。"唐公昉当即就用嘴给他舔疮。但李八百又说，你舔还是不见好，若能让你夫人舔就好了。于是唐公昉又让妻子给他舔疮。李八百又说："我的疮要想完全治好，必须用三十斛美酒沐浴才行，浴后就能痊愈了。"唐公昉立即买了三十斛酒装在一个大桶中，李八百起身进到酒桶中沐浴，全身的恶疮果然即刻痊愈了，而且身上的皮肤白得像凝脂一般，也没留下疤痕。这时李八百才告诉唐公昉说："我是神仙，听说你有志于修道，所以才来故意试探你，看来你确实可以教授，现在我就将成仙的秘诀传授给你。"李八百就让唐公昉夫妻以及那三个为他舔过疮的丫环都用他洗过澡的酒沐浴，他们立刻都变得更年轻了，而且容貌也变得很漂亮。随后李八百又授给唐公昉一本炼丹的经书。唐公昉来到云台山中炼制丹药，等到仙药炼成，服用后便成仙升天而去了。（出《神仙传》）

李阿

李阿，四川人，传说有好几代人都见过他不衰老。李阿经常在成都街上乞讨，但却把乞讨所得又都分给了穷苦的人。他每到夜晚就离开成都，第二天早上又回来，街上的人都不知他住在什么地方。有时去问李阿一些事情，他也不回答，但只要看他脸上的表情就能者，则有大庆；微叹者，则有深忧。如此候之，未尝不审也。有古强者，疑阿异人，常亲事之，试随阿还，所宿乃在青城山中。强后复欲随阿去，然身未知道，恐有虎狼，私持其父大刀。阿见而怒强曰："汝随我行，那畏虎也！"取强刀以击石，刀折坏。强忧刀败。至旦随出，阿问强曰："汝愁刀败也？"强言实恐父怪怒。阿则取刀，左手击地，刀复如故。强随阿还成都，未至，道逢人奔车，阿以脚置其车下，轹脚皆折。阿即死，强怖，守视之。须臾阿起，以手抚脚，而复如常。强年十八，见阿年五十许，强年八十余，而阿犹然不异。后语人被昆仑山召，当去，遂不复还也。（出《神仙传》）

知道所问事情的吉凶，如果李阿露出欣然之色，那么所问的事都是吉利的；如果李阿露出悲伤的表情，那么所问的事就不吉利了；如果李阿面露微笑，那么就一定会有大喜事；如果李阿轻声叹气，那么就一定会有忧心的愁事。人们就这样向李阿问事，结果没有不灵验的。当时有个叫古强的人，认为李阿异于常人，就常到李阿身边侍候，并试着跟李阿回去，才知道他住在青城山中。古强后来又打算跟随李阿去山中，但自己没有修炼道术，怕有虎狼，就偷偷带上父亲的一把大刀。李阿见后生气地对古强说："你跟着我一起走，还用害怕山中的虎狼吗？"说罢抢过刀摔在石头上，刀登时便折断坏掉了。古强为刀坏了而发愁。到了第二天早上古强跟着李阿出山时，李阿问古强："你在为刀坏了发愁吧！"古强说其实是怕回去后父亲会责怪动怒。李阿就取来断刀，用左手拿刀在地上敲了一下，刀就恢复原样了。古强跟着李阿回成都，还未到时，在路上遇见一辆飞奔的马车，李阿把脚放在车轮下，结果车轮从李阿的脚上碾过，把两只脚都压断了，李阿倒地而死。古强吓坏了，守着李阿的尸体。过了片刻，李阿忽然爬了起来，用手轻抚着压断的脚，脚立刻恢复如初了。古强十八岁时，见李阿有五十多岁了，等古强八十多岁时，李阿仍然是五十岁时的样子，一点儿都没改变。后来李阿对人说他被昆仑山的神仙召唤，马上就去了。之后李阿就再也没回来过。（出《神仙传》）

卷第八　神仙八

刘 安　阴长生　张道陵

刘 安

汉淮南王刘安者，汉高帝之孙也。其父厉王长，得罪徙蜀，道死。文帝哀之，而裂其地，尽以封长子，故安得封淮南王。时诸王子贵侈，莫不以声色游猎犬马为事，唯安独折节下士，笃好儒学，兼占候方术，养士数千人，皆天下俊士。作《内书》二十二篇，又中篇八章，言神仙黄白之事，名为《鸿宝》。《万毕》三章，论变化之道，凡十万言。武帝以安辩博有才，属为诸父，甚重尊之。特诏及报书，常使司马相如等共定草，乃遣使，召安入朝。尝诏使为《离骚经》，旦受诏，食时便成，奏之。安每宴见，谈说得失，乃献诸赋颂，晨入夜出。乃天下道书及方术之士，不远千里，卑辞重币请致之。

于是乃有八公诣门，皆须眉皓白。门吏先密以白王，王使阍人，自以意难问之曰："我王上欲求延年长生不老之道，中欲得博物精义入妙之大儒，下欲得勇敢武力扛鼎暴虎横行之壮士。今先生年已耆矣，似无驻衰之术，又无贲、育之气，岂能究于《三坟》《五典》《八索》《九丘》，钩深致远，穷理尽性乎？三者既乏，余不敢通。"八公笑曰："我闻王尊礼贤士，吐握不倦，苟有一介之

刘安

汉代淮南王刘安，是汉高帝的孙子，他的父亲是厉王，叫刘长。刘长因获罪被流放到四川，在流放的路上就去世了。汉文帝听说后非常难过，就重新划分刘长的封地，将其全部封给了刘长的儿子们，所以刘安得以封为淮南王。当时王子们都自恃贵宠而奢侈挥霍，无不沉迷于游玩狩猎和美酒女色等荒淫享乐之中，只有刘安坚守节操，不惜降低身份礼贤下士，他还喜好儒学，能根据天象变化来预测吉凶，擅长求仙炼丹的方术，招纳了几千名有才学的门客，都是天下才智出众的人士。刘安写了《内书》二十二篇，还有中篇八章，都是讲述神仙修行以及用黄金白银炼丹的文章，名为《鸿宝》，又作《万毕》三章，是论述变化之道的，共有十几万字。汉武帝见刘安博学多才，并且按辈分又是自己的叔父，便对他特别敬重。有时汉武帝下达特别的诏书或给大臣写报书，都让司马相如等人共同斟酌起草，然后才派使者召刘安入朝一起定稿。一次皇帝下诏让刘安写一篇注释屈原《离骚》的文章，刘安早上接到诏命，到吃饭时便写成奏报给皇帝了。皇帝经常在闲暇之时召见刘安，听他谈论朝政得失，或是看他献上新作的赋、颂等文章，他常常早上就进宫，一直和皇帝谈到夜晚才出宫。刘安常会不远千里去搜集天下修炼仙道的书籍、招揽懂得修道的方士，为此，他不惜说尽好话，花费重金。

于是就有八位老人一起登门来见刘安，他们须发皆白。门官见他们来敲门，就先暗地里报告给了刘安，刘安就让门官故意按照他的意思向那八位老人提问："我们淮南王要求的是三种贤人。上等贤人是要懂得延年益寿长生不老术的人，中等贤人是要见识广博并精通儒学的大儒，下等贤人是要孔武勇猛、力能扛鼎、可以徒手打虎的壮士。我看八位老先生年纪都在六十岁以上，好像没什么驻颜之术，善，莫不毕至。古人贵九九之好，养鸣吠之技，诚欲市马骨以致骐骥，师郭生以招群英。吾年虽鄙陋，不合所求，故远致其身，且欲一见王，虽使无益，亦岂有损，何以年老而逆见嫌耶？王必若见年少则谓之有道，皓首则谓之庸叟，恐非发石采玉、探渊索珠之谓也。薄吾老，今则少矣。”言未竟，八公皆变为童子，年可十四五，角髻青丝，色如桃花。门吏大惊，走以白王。

王闻之，足不履，跣而迎登思仙之台。张锦帐象床，烧百和之香，进金玉之几，执弟子之礼，北面叩首而言曰：“安以凡才，少好道德，羁镖事务，沉沦流俗，不能遣累，负笈山林。然夙夜饥渴，思愿神明，沐浴滓浊，精诚浅薄。怀情不畅，邈若云汉。不期厚幸，道君降屈，是安禄命当蒙拔擢，喜惧屏营，不知所措。唯愿道君哀而教之，则螟蛉假翼于鸿鹄，可冲天矣。”八童子乃复为老人，告王曰：“余虽复浅识，备为先学。闻王好士，故来相从，未审王意有何所欲？吾一人能坐致风雨，立起云雾，画地为江河，撮土为山岳；一人能崩高山，塞深泉，收束虎豹，召致蛟龙，使役鬼神；一人能分形易貌，坐存立亡，隐蔽六军，白日为暝；一人能乘云步虚，越海凌波，出入无间，呼吸千里；一人能入火不灼，入水也没有像孟贲、夏育那种勇士的英雄气概，也不会对《三坟》《五典》《八索》《九丘》等古代经典有什么深刻的研究，不会探索出深奥的意义，更不要说穷究天地万物之理了。上面的三种才能你们都不具备，我可不敢去向淮南王通报。”八位老人笑着说：“我们听说淮南王特别尊重礼敬贤德之士，如周公吐哺握发般为了招揽贤士不停奔忙，简直操碎了心。所以凡是有一技之长的人，无不踊跃投奔淮南王。古代帝王诸侯连只会九九之术的人都尊重，像战国时的孟尝君，连会鸡鸣狗叫的人都收留，诚如买来千里马的骨头以招来千里马一般。燕昭王因为收留了才能并不突出的郭隗，于是比郭隗更有才能的人才会不远千里前来投奔。我们虽然年老又见识浅薄，不合乎淮南王的要求，但我们从远地来投奔他，只想见淮南王一面，就算对他没什么好处，也不会给他造成什么损害，为什么因我们年老就嫌弃不见我们呢？如果淮南王认为年轻人都是有学问懂得道术的人，老年人则是昏庸无能的老头子，这恐怕已没了开采顽石寻找美玉、潜入深渊寻找明珠的诚意和决心了。淮南王不是嫌我们老吗？那我们就变年轻些吧！”话还没说完，八位老人都变成了童子，看起来只有十四五岁，头发漆黑，扎着牛角般的发髻，脸色像桃花般红润。门官不禁大惊，赶快跑去向刘安禀报。

刘安听后，连鞋都顾不上穿，光着脚出来将八公迎到思仙台上。挂起华美的帷帐，摆好象牙装饰的床，燃上百和香，放上金玉小几，行弟子拜师之礼，面朝北向八公磕头并说道：“我刘安是个平凡普通的人，从小就喜好修身养性之事。然而因日常琐事缠身，一直在世俗中沉沦，始终不能从这些牵累中解脱出来，背上书箱到山林中去向仙师们学习修道。然而我对神灵的思念无时无刻不如饥似渴，希望有一天能洗掉身上的污秽，以精诚的修道之心去掉我身上的浅薄。我怀有真情却得不到抒发，神灵如在天边一样遥远，使我无法接近。真没想到今天我能有这么大的荣幸，竟亲眼看到道君屈尊降身来到我的寒舍，这是我刘安命中该蒙受神灵的提拔，使我不禁既喜又惊却也十分惶恐，竟不知如何是好。只愿各位道君能哀悯我把修炼的仙术传授给我，使我这个如螟蛉般的小虫能借助天鹅的力不濡，刃射不中，冬冻不寒，夏曝不汗；一人能千变万化，恣意所为，禽兽草木，万物立成，移山驻流，行宫易室；一人能煎泥成金，凝铅为银，水炼八石，飞腾流珠，乘云驾龙，浮于太清之上。在王所欲。”

安乃日夕朝拜，供进酒脯，各试其向所言，千变万化，种种异术，无有不效。遂授《玉丹经》三十六卷，药成，未及服。而太子迁好剑，自以人莫及也。于时郎中雷被，召与之戏，而被误中迁，迁大怒，被怖，恐为迁所杀，乃求击匈奴以赎罪，安闻不听。被大惧，乃上书于天子云："汉法，诸侯壅阏不与击匈奴，其罪入死，安合当诛。"武帝素重王。不咎，但削安二县耳。安怒被，被恐死。与伍被素为交亲，伍被曾以奸私得罪于安，安怒之未发，二人恐为安所诛，乃共诬告，称安谋反。天子使宗正持节治之，八公谓安曰："可以去矣，此乃是天之发遣王。王若无此事，日复一日，未能去世也。"八公使安登山大祭，埋金地中，即白日升天。八公与安所踏山上石，皆陷成迹，至今人马迹犹存。八公告安曰："夫有藉之人，被人诬告者，其诬人当即死灭，伍被等今当复诛矣。"于量，一飞冲天。”八位童子听完刘安的话就又变成了老人，对刘安说：“我们的道术虽然也很浅薄，但毕竟比您先学了一段时间。听闻您喜欢结交有识之士，所以特地来追随您，也不知您心里究竟有什么愿望。我们八人中，一人能坐着呼风唤雨，站着喷云吐雾，在地上划一下就成了江河，把土撮起来就成了高山；一人能使高山崩塌，让深渊变为平地，驯服虎豹，召来蛟龙，役使鬼神；一人能分身改变相貌，坐在那里人们可以见到他，站起后便顿时消失，能隐藏千军万马使敌军无法看到，可以把白天变成黑夜；一人能腾云驾雾，飞越江河湖海，随心所欲地出入于天地任何地方，呼吸之间便可达千里之外；一人能进入火中却不被灼伤，下到水里却不湿衣，任何兵器伤害不了他，冬天冰冻不觉寒冷，夏天暴晒也不出汗；一人能千变万化，想做什么就做什么，能在顷刻间便造出禽兽草木以及世间万物，能搬走山岳，阻断河流，让宫室随意移动；一人能把泥土熔炼成金子，把铅水凝固成银子，用水把云母硝石等八种石料炼成仙丹，能让飞起的水花变成珍珠，能乘云驾龙浮游于九天之上。对于这些，您想学什么，我们就教您什么。”

刘安便日夜向八位仙翁叩拜，用美酒肉干来款待他们，并试验他们所说的本领，结果他们千变万化，种种神奇的法术层出不穷，没有一个不灵验的。后来八公授给刘安《玉丹经》三十六卷，刘安按照经书所载方法炼成了仙丹，但还未来得及服用就出事了。那时太子刘迁喜欢舞剑，自认为剑法天下无双。一次，刘迁召见当时任郎中的雷被与他一起舞剑，雷被失手，不小心误伤了刘迁，刘迁勃然大怒，雷被也很害怕，怕刘迁会因此杀了自己，就请求领兵讨伐匈奴来赎罪，刘安听说后不同意这么做。雷被十分害怕，就上书对皇帝说：“按照汉朝的法律，诸侯中若有人阻止讨伐匈奴，那就是犯了死罪，刘安应当被处死。”汉武帝素来器重刘安，没有追究他的过错，只是把他的封地削去两个县罢了。刘安对雷被更加怨恨了，雷被怕被刘安杀掉，终日惶惶不安。雷被和伍被平素就是好朋友，交情很深，伍被曾因奸诈营私得罪了刘安，刘安忍下怒气没有发作，雷被和伍被二人都怕被刘安杀掉，就一起向皇帝诬告刘安，说他要造反。皇帝就派了是宗正以失安所在，推问云，王仙去矣。天子怅然，乃讽使廷尉张汤，奏伍被，云为画计，乃诛二被九族，一如八公之言也。汉史秘之，不言安得神仙之道，恐后世人主，当废万机，而竞求于安道，乃言安得罪后自杀，非得仙也。按左吴记云，安临去，欲诛二被，八公谏曰："不可，仙去不欲害行虫，况于人乎？"安乃止。又问八公曰："可得将素所交亲俱至彼，便遣还否？"公曰："何不得尔，但不得过五人。"安即以左吴、王眷、傅生等五人，至玄洲，便遣还。吴记具说云，安未得上天，遇诸仙伯，安少习尊贵，稀为卑下之礼，坐起不恭，语声高亮，或误称"寡人"。于是仙伯主者奏安云："不敬，应斥遣去。"八公为之谢过，乃见赦，谪守都厕三年。后为散仙人，不得处职，但得不死而已。

武帝闻左吴等随王仙去更还，乃诏之，亲问其由。吴具以对。帝大懊恨，乃叹曰："使朕得为淮南王者，视天下如脱屣耳。"遂掌管王室亲族事务的宗正官带着文书去惩治刘安。这时八仙翁对刘安说："你可以远离尘俗了，这是上天让你脱离尘世的机会。您若没有这件被诬告的事，日子还会如往常一样一天天过下去，是不能脱离凡俗的。"八仙翁让刘安登上高山郑重地祭拜神灵，并把金子埋在地里，刘安即刻便白日升天成仙了。八仙翁和刘安踏过的山石上都留下了很深的脚印，直到今日还有人马的足迹留在山上。八仙翁对刘安说："凡是成仙为官的人被诬告，那诬告者就会被处死，所以现在伍被、雷被也应该快死了。"宗正官来调查刘安被告谋反一案，却不知刘安到底在哪里，一打听，才知道刘安已经成仙离开了。皇帝听说后怅然若失，就暗中指使朝中掌管刑狱的廷尉张汤，让他以筹划阴谋的罪名参奏伍被，于是便诛杀了伍被、雷被和他们的九族，正应了八仙翁对刘安所言。《汉史》中对于刘安成仙得道之事秘而不宣，没有记载，怕后世皇帝都不理朝政，而去竞相学习刘安以求成仙，只记载刘安获罪后自杀，而不是成了仙。按照左吴的记载，说刘安成仙即将离去时，想要杀掉雷被、伍被，八仙翁劝谏道："不可这么做。成仙而去的人连一只小虫都不伤害，更何况是人呢。"刘安于是便放弃了这个想法。刘安又问八仙翁："可否将我的亲朋好友都带到仙界，游历一番后再让他们回来？"八仙翁说："倒没什么不行的，但不能超过五人。"于是刘安就带着左吴、王眷、傅生等五个好友到了仙界的玄洲，便打发他们回来了。左吴的文章中详细记载了此事，刘安还没到天界就遇到几位神仙，但由于刘安从小就地位尊贵，对遇见的那几位神仙不愿降低自己的身份去行礼，言谈举止间对那几位神仙都不太恭敬，说话声音响亮，有时不小心还自称"寡人"。结果那几位神仙中地位较高的就将此事奏报给了天帝，说刘安对神仙大不敬，应把他赶回人间。幸亏有八仙翁为刘安解释开脱表达歉意，天帝这才赦免了他的罪过，但仍让他谪守天都城中的厕所三年。三年期满后，只能当个一般的散仙，不得在仙界任职，只是让他长生不死罢了。

后来汉武帝听说左吴等人跟随刘安去了仙界又被送了回来，就召见他们，亲自向他们询问事情的详细经过，左吴把详情一一说了，便招募贤士，亦冀遇八公，不能得，而为公孙卿、栾大等所欺。意犹不已，庶获其真者，以安仙去分明，方知天下实有神仙也。时人传八公、安临去时，余药器置在中庭，鸡犬舐啄之，尽得升天，故鸡鸣天上，犬吠云中也。（出《神仙传》）

阴长生

阴长生者，新野人也，汉皇后之亲属。少生富贵之门，而不好荣贵，唯专务道术。闻马鸣生得度世之道，乃寻求之，遂得相见，便执奴仆之役，亲运履之劳。鸣生不教其度世之法，但日夕别与之高谈，论当世之事，治农田之业，如此十余年，长生不懈。同时共事鸣生者十二人，皆悉归去，唯长生执礼弥肃。鸣生告之曰：“子真能得道矣。”乃将入青城山中，煮黄土为金以示之，立坛西面，乃以《太清神丹经》授之，鸣生别去。长生乃归，合之丹成，服半剂，不尽，即升天。乃大作黄金十数万斤，以布惠天下贫乏，不问识与不识者。周行天下，与妻子相随，一门皆寿而不老。在民间三百余年，后于平都山东，白日升天而去。著书九篇，云：“上古仙者多矣，不可尽论，但汉兴以来，得仙者四十五人，连余为六矣。二十人尸解，余并白日升天。”《抱朴子》曰：“洪闻谚书有之曰：‘子不夜行，则安知道上有夜行人？’今不得仙者，亦安知天下山林间不有学道得仙者？”

武帝大为懊悔，感叹道："要能像淮南王刘安那样遇到神仙，我就会把这天下看作鞋子，就是脱掉也毫不可惜。"从此汉武帝就招募贤士，希望也能遇到八仙翁那样的仙人，却始终没有招募到，反而被公孙卿、栾大等冒充得道仙人的江湖术士所骗。然而他仍然不甘心，一心想找到真正的仙人，刘安成仙而去的情况大家都一清二楚，因此便知天下真有神仙了。相传刘安和八仙翁成仙升天时，剩下的仙药放在院子里让家里的鸡狗啄食，吃后它们也都升了天，所以天上也有鸡鸣狗吠的声音。（出《神仙传》）

阴长生

阴长生，河南新野人，是汉朝皇后的亲属。虽然他年少时生在富贵人家，却不贪图荣华富贵，只是一心钻研道家方术。阴长生听闻马鸣生知道飞升修仙的方法，就四处寻找他，找到后心甘情愿做了他的仆人，为他做一些脱鞋扫地这样的卑贱之事。然而马鸣生并没有教授他成仙之法，却整天与他高谈阔论，谈论的都是当下的时事以及怎样种好农田等事，就这样过了十多年，阴长生还在坚持没有厌倦。和阴长生一同来向马鸣生学道的共有十二人，先后都回去了，只有阴长生对马鸣生愈加恭敬地执持弟子之礼。马鸣生对他说："你确实是能得道的人啊！"于是就把他带到青城山中，将黄土变成黄金示现给他看。马鸣生立于神坛之上，面向西方，把一部《太清神丹经》授给阴长生，然后便告别离开了。阴长生回来后，按照经上的方法配药炼成了仙丹，只服下半剂就成仙升天了。后来阴长生又按马鸣生教授的方法大规模地把黄土变为黄金，总共变出了十几万斤的金子，他用这些金子救济天下穷苦之人，也不管是否相识。后来阴长生又带上妻儿一起周游天下，他们一家都长寿不老。阴长生在人世间住了三百多年，后来在平都山（位于重庆丰都县城东北隅，亦称丰都山、酆都山）的东面白日飞升而去。阴长生写了九篇文章，文章中说："古代的神仙太多了，无法详细介绍，但自从汉代以来，成仙的却只有四十五人，加上我也就四十六人。其中二十人把肉身留在人间而魂魄升了天，其余的都是大白天连肉身带魂魄一起升天成仙的。"晋阴君已服神药，未尽升天，然方以类聚，同声相应，便自与仙人相集。寻索闻见，故知此近世诸仙人数耳。而俗民谓为不然，以己所不闻，则谓无有，不亦悲哉。夫草泽间士，以隐逸得志，以经籍自娱，不耀文采，不扬声名，不修求进，不营闻达，人犹不能识之，况仙人亦何急急，令闻达朝阙之徒，知其所云为哉。阴君自叙云："汉延光元年，新野山北子，受仙君神丹要诀。道成去世，付之名山，如有得者，列为真人，行乎去来。何为俗闻？不死之要，道在神丹。行气导引，俯仰屈伸，服食草木，可得延年，不能度世，以至乎仙。子欲闻道，此是要言。积学所致，无为合神，上士为之，勉力加勤，下愚大笑，以为不然，能知神丹，久视长安。"

于是阴君裂黄素，写《丹经》一通，封一文石之函，置嵩高山。一通黄栌之简，漆书之，封以青玉之函，置太华山。一通黄金之简，刻而书之，封以白银之函，置蜀绥山。一封缣书，合为十篇，付弟子，使世世当有所传付。又著诗三篇，以示将来。其一曰："惟余之先，佐命唐虞，爰逮汉世，紫艾重纡，余独好道，而为匹夫，高尚素志，不仕王侯。贪生得生，亦又何求。超迹苍霄，乘龙代葛洪在他所著的《抱朴子》上说：“我听闻谚语说：‘如果人们不在夜晚走路，又怎会知道路上还有走夜路的人呢？’如今那些凡夫俗子没有成仙，又怎会知道天下山林中有修道成仙的人呢？”

现在阴长生已经服食了仙丹，就算他还未升天，也已有了仙气，俗话说物以类聚人以群分，同声相应同气相求，阴长生自是要与其他仙人相聚的。由于他通过自己的耳闻目睹，在仙人们谈论介绍的基础上循迹探索，所以也就知道了近代成仙者的人数。对此，那些凡夫俗子总是不以为然，因为他们没有见过神仙，就认为这世上根本没有神仙，这些人不也很悲哀吗！有些居住在荒野之地的隐士，以远离尘俗作为他们的志向，把每日研究经书典籍作为自娱自乐的途径，从不炫耀自己的文采，不显扬自己的名声，不追名逐利，不追求为官的功名利禄，也不追求被称扬荐拔，这些隐士尚且不为人所知，更何况那些成仙得道的人，就更没必要急切地夸耀自己了，何必让世上的达官显贵们知道他们这些神仙呢！阴长生自己也说：“东汉安帝延光元年，新野山北子被仙君授予炼仙丹的秘诀，得道升天离开人世后，要把这秘诀留在名山。如果谁能得到，就会名列真人，成为仙人来去自如。又怎是世俗间的传闻呢？长生不死的秘诀，就在于服用神丹。以行气之法修炼内功作为导引，使自己能自由俯仰屈伸。服食草药可以延年益寿，但却不能超脱尘世成为神仙。如果有人想要修道，这是最根本的一条。要长期学习积累道术，清净无为才与其玄妙相符，真心修道的人必须刻苦勤勉，让那些不以为然的愚昧之人去尽情笑话吧，只要能得到灵丹妙药，便可长生不老，永葆安康。”

于是阴长生就撕了一块黄绢，在上面写下一部《丹经》，把它装到一个有纹理的石匣中，放到嵩山之上。又在黄栌木简上用漆写了一部《丹经》，将其装进青玉匣中，放到华山之中。又在黄金板上刻了一部《丹经》，将其装进白银匣中，放到四川绥山之中。还有一部写在丝绢上的《丹经》，合起来一共十篇，将其交给弟子，让他们世代传递下去。阴长生又写了三首诗，预示未来之事。第一首诗的大意是：“我的祖先早在唐尧虞舜时就接受了辅佐他们的天命，一直到了驾浮，青要承翼，与我为仇。入火不灼，蹈波不濡，逍遥太极，何虑何忧，傲戏仙都。顾愍群愚，年命之逝，如彼川流，奄忽未几，泥土为俦，奔驰索死，不肯暂休。”其二章曰：“余之圣师，体道之真，升降变化，乔、松为邻。唯余同学，十有二人，寒苦求道，历二十年，中多怠堕，志行不坚，痛乎诸子，命也自天，天不妄授，道必归贤。身没幽壤，何时可还？嗟尔将来，勤加精研，勿为流俗，富贵所牵。神道一成，升彼九天，寿同三光，何但亿千。”其三章曰：“惟余束发，少好道德，弃家随师，东西南北，委放五浊。避世自匿，三十余年。名山之侧，寒不遑衣，饥不暇食，思不敢归，劳不敢息。奉事圣师，承欢悦色，面垢足胝，乃见褒饰，遂受要诀，恩深不测。妻子延年，咸享无极。黄白已成，货财千亿，使役鬼神，玉女侍侧。今得度世，神丹之力。”阴君处民间百七十年，色如女子，白日升天而去。（出《神仙传》）

汉代，代表地位尊贵的紫青色绶带又重新佩戴到我身上。我从小只喜好修道，虽为平凡之人，但志向纯朴高洁，不想在王侯手下为官。如果只是眷恋生命，那么长生不死后就不会再有所追求了。我希望能飞升云天，乘龙浮游，青要、承翼（青要、乘弋，传说中的仙女）与我举杯互敬。我希望能入火不被灼伤，入水不打湿衣襟。在仙宫中逍遥，整日无忧无虑，在仙界的都城中遨游嬉戏。那时我回头再看人间那些愚昧之人，他们的年华如川流般逝去，短暂的生命一晃即逝，随后就与泥土为伴了，可他们仍然不停奔波劳累，终归还是不免一死，却不肯暂停下来休息一会儿，这是多么可悲啊！”第二首诗的大意是：“教我得道的老师，是对道术体悟极深的真人，他可以升天入地随心变化，其道术可与著名仙人王子乔、赤松子相媲美。我还有十二位一起学道的同学，在贫穷困苦的情况下一心修炼，经过二十年苦学，其间有很多人因怠惰而放弃，志向不坚半途而废，真为他们感到痛惜，但这也是他们的天命，因为道术不是随便传人的，只会传给那些意志坚定的圣贤之人。那些凡人死后身处冥冥的阴间，不知道什么时候才能轮回归来。所以我希望后世之人在修道时一定要刻苦勤奋精心钻研，千万不要如世俗之人一般，贪恋人间的荣华富贵而动摇了修道之心。一旦你们修炼成仙，就会飞到九天之上，寿命就和日、月、星辰一样，何止亿万年，而是长存永在了。”第三首诗的大意是：“我从少年时就喜好道术，抛弃了家人，跟随老师四方遨游，脱离了五浊（劫浊、烦恼浊、众生浊、见浊和命浊）之世，避开喧嚣的凡尘隐居山林三十多年。为了修道，我居住在名山旁边，寒冷时忘记添衣，饥饿时忘记吃饭，想家却不敢回去，劳累也不敢休息。我侍奉仙师，顺从其意使他欢欣愉悦，不顾自己满脸污垢，双脚长茧，终于得到仙师的褒奖，这才传授给我修炼秘诀，这个恩情真是深不可测啊。我的妻子儿女也因此得以延长寿命，将永享天年。我炼成了黄金白银，价值千亿的钱财货物都给了穷人，我还能役使鬼神为我服务，玉女在我身旁侍奉。现在我得以成仙，完全是神丹的效力啊！”阴长生在人间活了一百七十岁，容貌如年轻女子般俊秀，后来在大白天成仙飞升而去。（出《神仙传》）

张道陵

张道陵者，沛国人也，本太学书生，博通五经。晚乃叹曰："此无益于年命。"遂学长生之道，得黄帝"九鼎丹法"，欲合之。用药皆糜费钱帛，陵家素贫，欲治生，营田牧畜，非己所长，乃不就。闻蜀人多纯厚，易可教化，且多名山，乃与弟子入蜀，住鹄鸣山，著作道书二十四篇，乃精思炼志。忽有天人下，千乘万骑，金车羽盖，骖龙驾虎，不可胜数。或自称柱下史，或称东海小童。乃授陵以新出正一盟威之道，陵受之，能治病，于是百姓翕然，奉事之以为师，弟子户至数万。即立祭酒，分领其户，有如官长。并立条制，使诸弟子，随事轮出米绢器物纸笔樵薪什物等，领人修复道路，不修复者，皆使疾病。县有应治桥道，于是百姓斩草除溷，无所不为，皆出其意。而愚者不知是陵所造，将为此文从天上下也。陵又欲以廉耻治人，不喜施刑罚，乃立条制：使有疾病者，皆疏记生身已来所犯之罪，乃手书投水中，与神明共盟约，不得复犯法，当以身死为约。于是百姓计念，邂逅疾病，辄当首过，一则得愈，二使羞惭，不敢重犯，且畏天地而改。从此之后，所违犯者，皆改为善矣。

张道陵

张道陵，沛国（今江苏省沛县）人，原本是太学中的书生，精通《诗》《书》《礼》《易》《春秋》等五经。他在晚年时感叹道：“虽然精通儒家经典，却对延年益寿没有一点儿益处啊！”于是便开始研究长生之术。他得到了黄帝的九鼎炼丹秘法，就想照着秘方调制炼丹。但炼丹所需的药石特别昂贵，张道陵家一直以来都很穷，便想自营生计，但是种田放牧又不是他所擅长的，于是便放弃了这个想法。他听说四川人生性淳朴，容易接受教化，而且四川有很多名山，于是便带着弟子来到四川，住在鹄鸣山（一作鹤鸣山）中潜心修炼，写了二十四篇论述道法的文章，都是他潜心思索修炼真谛的体会。一天，忽然有群仙人从空而降，大概有一千乘车上万匹马，车子都用黄金做成，上面是各种鸟羽做成的车盖，还有驾龙骑虎的神仙，数都数不过来。神仙中有的自称柱下御史，有的自称东海小童。他们把太上老君新出的《正一盟威秘箓》和《正一法文》传授给张道陵。张道陵收下经书后，便能按照这两部经卷中的仙方为人治病，百姓听说后纷纷聚到他的身边，都来侍奉他并以他为师，他的弟子一时之间达到了几万人。张道陵便在弟子中设立了“祭酒”一职，让他们分别管理众弟子，就如政府中的长官一样。同时还设立了相应的规章制度，让弟子们按照需要轮流交纳粮食、衣物、器具、纸笔、木柴等物，带领人修整道路，不参与修路的弟子，就让他们生病以示惩戒。县里原本就有许多需要修治的桥梁道路，却一直无人过问，通过张道陵的管教，百姓争先恐后地清除道路上的杂草，清理堵塞的河道，无论什么活都抢着去做，这都出自张道陵的授意。而有些愚昧之人却不知这些是在张道陵的授意下做的，还以为都是上天下达的旨意呢。张道陵还想唤起人们的廉耻之心，以此来治理百姓，他不喜欢动用刑罚，就设立了一条制度：凡是有疾病者，都要把自己有生以来所犯的罪过逐条写在纸上，然后投入水中，共同向神明发誓以后永不再犯，如果再犯就遭天谴而死。于是百姓们都牢记不犯罪，偶有生病者，就会首先反省自己是否有了过错，一是为了使病痊愈，二是因为有了羞惭之心，不敢再犯，还因惧怕天地神灵而改过自新。自此以陵乃多得财物，以市其药，合丹。丹成，服半剂，不愿即升天也，乃能分形作数十人。其所居门前水池，陵常乘舟戏其中，而诸道士宾客，往来盈庭巷。座上常有一陵，与宾客对谈，共食饮，而真陵故在池中也。其治病事，皆采取玄素，但改易其大较，转其首尾，而大途犹同归也。行气服食，故用仙法，亦无以易。故陵语诸人曰："尔辈多俗态未除，不能弃世，正可得吾行气导引房中之事，或可得服食草木数百岁之方耳。"其有九鼎大要，唯付王长。而后合有一人从东方来，当得之。此人必以正月七日日中到，其说长短形状。至时果有赵昇者，从东方来。生平未相见，其形貌一如陵所说。

陵乃七度试昇，皆过，乃受昇《丹经》。七试者：第一试，昇到门不为通，使人骂辱，四十余日，露宿不去，乃纳之；第二试，使昇于草中守黍驱兽，暮遣美女非常，托言远行，过寄宿，与昇接床。明日又称脚痛不去，遂留数日。亦复调戏，昇终不失正；第三试，昇行道，忽见遗金三十瓶，昇乃走过不取；第四，令昇入山采薪，三虎交前，咬昇衣服，唯不伤身。昇不恐，颜色不变，谓虎曰："我道士耳，少年不为非，故不远千里，来事神师，求长生之道，汝何以尔也？岂非山鬼使汝来试我乎？"须臾，虎乃起去；第五试，昇于市买十余匹绢，付直讫，而绢主诬之，云未得。昇乃脱己衣，买绢而偿之，殊无吝色；第六试，昇守田谷，有一人往叩头乞食。衣裳破弊，面目尘垢，身体疮脓，臭秽可憎。昇怆然，为之动容，解后，凡是以前犯过罪的，都弃恶从善了。

张道陵也因此获得了很多财物，他用这些钱财买来炼制仙丹所需的草药和金石，准备调制仙丹。终于，仙丹炼成了，因为不愿马上升天，所以张道陵只服了半剂，即便这样，他也能用分身术把自己变成几十人了。张道陵家门前有个水池，他常乘着小舟在水中游玩，而与他往来的道友和宾客多到挤满了庭院和街巷。他就化出一个自己的分身在座上与宾客们谈话吃喝，而真身还在池中游玩呢。张道陵治病时，大都采用《玄女经》与《素女经》中的阴阳之法，根据病人的具体情况对药方进行大致改动，灵活调整药方的首尾次序，但总的大方向还是与仙人所传授的药方一致。他常对众人说："你们中的大部分人对于世俗的欲望还没消除，所以不能超脱凡俗，正可用我的炼气、导引和房中之术，有的还可服食草木，这样就可活到几百岁了。"张道陵有一个关于九鼎炼丹的重要诀窍，只传给了王长一人。一天，他说会有一个从东面来的人，也应学到这个诀窍。这人定在正月初七正午时分到来，张道陵事先就说了这人的身材样貌。到了那个时候，果然来了一个叫赵升的人，是从东面来的，他平生从未见过张道陵，但是样貌身材却与张道陵事先说的完全一致。

张道陵就对赵升进行了七次考验，七次都通过后，才把《丹经》传授给他。第一次考验，是赵升来到张道陵门前，门人不为其通报，还让人辱骂赵升。一直骂了四十多天，赵升就在门外露宿了四十多天，也不离开，张道陵这才让他进门。第二次考验，是让赵升在田里看守庄稼，驱逐野兽，到了晚上，张道陵让一个美女去见赵升。那女子假托是远行的过客，想要在赵升这儿借宿一夜，并和赵升在同一张床上紧挨着睡觉。第二天那美女又谎称脚痛赖着不离开，赵升只好留她住了几天。那女子经常调戏赵升，赵升始终行为端正没有受到她的诱惑。第三次考验，赵升走在路上时，突然看见路上扔着三十罐金子，他分文不取地走了过去。第四次考验，张道陵让赵升进山砍柴，安排了三只老虎撕咬他的衣服，但却不伤及他的身体。赵升一点儿也不害怕，脸色丝毫未变，还对老虎说："我是学道之人，从少年起就没做过坏事，所以不远千里来拜师学道，以求掌握长生不衣衣之，以私粮设食，又以私米遗之；第七试，陵将诸弟子，登云台绝岩之上，下有一桃树，如人臂，傍生石壁，下临不测之渊，桃大有实。陵谓诸弟子曰："有人能得此桃实，当告以道要。"于时伏而窥之者三百余人，股战流汗，无敢久临视之者，莫不却退而还，谢不能得。昇一人乃曰："神之所护，何险之有？圣师在此，终不使吾死于谷中耳。师有教者，必是此桃有可得之理故耳。"乃从上自掷，投树上，足不蹉跌，取桃实满怀。而石壁险峻，无所攀缘，不能得返。于是乃以桃一一掷上，正得二百二颗。陵得而分赐诸弟子各一，陵自食，留一以待昇。陵乃以手引昇，众视之，见陵臂加长三二丈，引昇，昇忽然来还。乃以向所留桃与之。昇食桃毕，陵乃临谷上，戏笑而言曰："赵昇心自正，能投树上，足不蹉跌，吾今欲自试投下，当应得大桃也。"众人皆谏，唯昇与王长嘿然。陵遂投空，不落桃上，失陵所在。四方皆仰，上则连天，下则无底，往无道路，莫不惊叹悲涕。唯昇、长二人，良久乃相谓曰："师则父也，自投于不测之崖，吾何以自安！"乃俱投身而下，正堕陵前。见陵坐局脚床斗帐中，见昇、长二人笑曰："吾知汝来。"乃授二人道毕，三日乃还。归治旧舍，诸弟子惊悲不息。后陵与昇、长三人，皆白日冲天而去。众弟子仰视之，久而乃没于云霄也。初，陵入蜀山，合丹半剂，虽未冲举，已成地仙。故欲化作七试，以度赵昇，乃知其志也。（出《神仙传》）

老之术，你们为何要这样呢？莫非是山神让你们来试探我的？”三只老虎待了片刻就起身离去了。第五次考验，张道陵让赵升到街上买十几匹绢，付完钱后，老板却诬蔑他没付钱，赵升就脱下自己的衣服卖掉，用所得之钱买了绢还给那老板，没有一点儿吝惜之色。第六次考验，张道陵让赵升看守粮仓，让一人去向赵升磕头讨要吃的。这人身着破烂的衣衫，面目肮脏，身上生满了脓疮，又臭又脏，令人嫌恶。赵升看见后生起了哀悯之心，为之动容。他脱下自己的衣服给那人穿上，又拿出自己的粮食做饭给那人吃，那人临走时，赵升又把自己的米送了一些给他，让他带在路上吃。第七次考验，张道陵带着众弟子登到云台绝壁之上，下面有一棵桃树，树干如人的手臂那般粗，倚傍着石壁而生，桃树下就是万丈深渊，树上结着大桃儿。张道陵对众弟子说：“如果有人能摘下那桃子，我就把修道的秘诀传给他。”这时有三百多个弟子都趴在崖边窥视桃树，全都吓得双腿打战汗流浃背，不敢长时间站在崖边看那桃树，最后竟都吓得退了回去，抱歉地说不敢去摘那桃子。只有赵升说：“这里有神灵护佑，会有什么危险？何况我们的仙师还在这里，他总不能眼看着我摔死在山谷中吧！既然仙师让我们去摘这桃子，就说明桃子必有可以摘到的道理。”说罢，纵身一跳，落到了桃树上，根本没有失足，摘了满怀的桃子。然而石壁险峻，竟没有可以攀缘之处，无法回到崖上。于是赵升就在下面把摘的桃子一个个扔了上去，正好二百零二颗。张道陵把接到的桃子给众弟子每人分了一颗，自己也吃了一颗，又留了一颗等赵升上来。张道陵伸手去拉赵升，众人看去，只见张道陵的手臂突然加长了两三丈，拉着赵升，将赵升一下拉了上来。然后便把刚才留的桃子给了赵升，赵升吃完桃子，张道陵就站在悬崖边上笑嘻嘻地说：“赵升因为心术端正，所以跳到桃树上不会失足，现在我也要跳下去，定会摘到最大的桃子。”弟子们都劝张道陵，只有王长和赵升二人沉默不语。张道陵便纵身往下一跳，却没有落到桃树上，不知落到何处了。四面望去，都是需要仰视的崇山峻岭，山顶高耸入云，往下看则是无底深渊，根本没有道路。此时弟子们无不惊呼痛哭，只有赵升和王长二人思索良久，然后相互说道：“老师就如我们

的父亲一般，现在他自己跳下了深不可测的悬崖，我们这样活着怎么能安心啊！”说罢二人也都跳下了悬崖，却正好落在张道陵面前。只见张道陵盘腿坐在一个小帐中，见到赵升和王长，就笑着说：“我知道你们二人一定会来。”接着就向他们传授了修道的秘诀。三天后，师徒三人一同回到家中。等他们回到原来的住处，弟子们又惊又喜。后来，张道陵与赵升、王长三人都在白日成仙飞升而去，弟子们都仰头观看，只见他们过了很久才飞入云中不见了。起初张道陵进入四川崇州鹄鸣山炼成仙丹后，只吃了半剂，虽然没有飞升上天，但已成了地上的神仙。他并不急于升天，就是想对赵升进行七次考验，以点化他，从这些事上可以看出赵升修道的志向是端正坚定的。（出《神仙传》）

卷第九 神仙九

李少君 孔元方 王烈 焦先 孙登 吕文敬 沈建

李少君

李少君者，齐人也。汉武帝招募方士。少君于安期先生得神丹炉火之方，家贫，不能办药，谓弟子曰："老将至矣，而财不足，虽躬耕力作，不足以致办。今天子好道，欲往见之，求为合药，可得恣意。"乃以方上帝，云："丹砂可成黄金，金成服之升仙。臣常游海上，见安期先生，食枣大如瓜。"天子甚尊敬之，赐遗无数。少君尝与武安侯饮食，座中有一老人，年九十余，少君问其名，乃言曾与老人祖父游夜，见小儿从其祖父，吾故识之。时一座尽惊。又少君见武帝有故铜器，因识之曰："齐桓公常陈此器于寝座。"帝按言观其刻字，果齐之故器也，因知少君是数百岁人矣。视之如五十许人，面色肌肤，甚有光泽，口齿如童子。王公贵人，闻其能令人不死，莫不仰慕，所遗金钱山积。少君乃密作神丹，丹成，谓帝曰："陛下不能绝骄奢，遣声色，杀伐不止，喜怒不胜，万里有不归之魂，市曹有流血之刑，神丹大道，未可得成。"乃以少药方与帝，少君便称疾。是夜，帝梦与少君俱上嵩高山，半道，有使者乘龙持节云中来，言太乙请少君。帝遂觉，即使人问少君消息，且告近臣曰："朕昨梦少君舍朕去。"少君乃病困，帝往视之，并使人受其方，事未竟而卒。帝曰："少君不死，故化去耳。"及敛，忽失尸所在，中表衣悉不解，如蝉蜕也。帝犹增叹，恨求少君不勤也。

李少君

李少君，是齐国（今山东）人。汉武帝因追求长生不老而招募天下懂道术的方士。李少君从著名方士安期先生那里得到了炼制仙丹的秘方，但因家里贫穷，买不起炼制仙丹的金石和草药等原料，就对弟子们说："我已经老了，而且钱财也不足，即使竭尽全力种田耕地，也凑不够买药石炼丹的钱。听说当今天子喜好道术，我想去朝见他，以求圣上支持我调制丹药，那时我就可以随心所欲炼丹了。"于是李少君便把安期先生的炼丹秘方上奏给汉武帝，说："丹砂可以炼成金丹，服食金丹后就能飞升成仙。我曾在海上游览时，遇到仙人安期先生，他在吃一种像瓜一样大的枣子。"汉武帝对李少君很是尊敬，赐予他的东西无法计数。李少君曾与武安侯一起宴饮，座上有位老人，已经九十多岁了。李少君问老人叫什么名字，老人说了姓名后，李少君说："我曾与你祖父一起在夜里游历，那时跟随在祖父身边的你还是个小孩子，所以我才认识你。"当时在座的人听后都感到无比震惊。一次，李少君见汉武帝有一件旧铜器，因为认出了这件器物就对武帝说："我识得这件铜器。春秋战国时的齐桓公常把它摆放在自己的卧榻旁。"汉武帝依照李少君所言，仔细察看铜器上刻的字，果然是春秋时齐国的旧物，从而知道李少君已活了几百岁了。但李少君看起来却像五十来岁的样子，面色红润皮肤富有光泽，牙齿像少年的牙齿般整齐。汉朝的王公贵族听说李少君能让人长生不死，都对他无比仰慕，送给他的金钱堆积得像小山一样。李少君便用这些钱偷偷买了药石开始炼丹，仙丹炼成后，对汉武帝说："陛下若不能戒除骄奢，远离美色，依然四处征战杀伐不止，喜怒无常，致使万里之外有流落荒野的冤魂，市井之中常有杀头的重刑，那就无法炼成仙丹修得大道。"说罢，李少君便把自己返老还童的秘方给了汉武初少君与朝议郎董仲躬相亲爱。仲躬宿有疾，体枯气少。少君乃与其成药二剂，并其方，用戊巳之草，后土脂，黄精根，兽沉肪，先莠之根，百卉花酿，亥月上旬，合煎铜器中，使童子沐浴洁净，调其汤火，使合成鸡子，三枚为程。服尽一剂，身体便轻；服三剂，齿落更生；五剂，年寿长而不复倾。仲躬为人刚直，博学五经，然不达道术，笑世人服药学道，频上书谏武帝，以为人生则命，衰老有常，非道术所能延。意虽见其有异，将为天性，非术所致，得药竟不服，又不问其方。少君去后数月，仲躬病甚。常闻武帝说前梦，恨惜少君，仲躬忆少君所留药，试服之。未半，乃身体轻壮，其病顿愈；服尽，气力如年少时，乃信有长生不死之道。解官，行求道士，问其方，竟不能悉晓。仲躬唯得发不白，形容盛甚，年八十余乃死。嘱其子道生曰："我少得少君方药，初不信，事后得力，无能解之，怀恨于黄泉矣。汝可行求人间方术之事，解其方意，长服此药，必度世也。"

帝，然后便称病告辞了。这天夜里，汉武帝梦见与李少君一起登上河南的嵩山，行至中途，有位神仙手持旌节骑着龙从云中降下，说是太乙天尊来请李少君。汉武帝便醒了过来，立刻派人去打听李少君的情况，并且告诉亲近之臣说："我昨夜梦到李少君离我而去了！"李少君病得快不行的时候，武帝前往探视，并让人把李少君炼仙丹的秘方都记下来，哪知还没说完，李少君就死了。武帝说："李少君不会死，他只是登上仙界了！"等到要入殓时，李少君的尸体忽然找不到了，里外衣服的扣子都没解开，有如蝉蜕一般。武帝更是后悔叹息，只恨自己未能勤于向李少君求教更多道术。

李少君生前与任朝议郎的董仲躬是好友，董仲躬一直有病，身体瘦弱气血不足。李少君就给了他两副成药，连带着把药方也一并给了他，让他搜集戊巳年长出的草、当地的油脂、黄精根、野兽脂膏，秋季最先枯死的根、春季百花的膏汁，在十二月上旬把它们一起放到铜器中煎熬，让一个童子沐浴洁净，看好药汤的火候。然后把熬好的药再制成鸡蛋大的药丸，三枚药丸为一个疗程。服一副药后，身体就会变得轻快；服三副药后，旧牙脱落长出新牙；吃五副药后，会使人寿命延长而不会死亡。董仲躬为人刚直，精通儒家五经，但对道术却不甚了解，经常嘲笑世人服食丹药学习道术，常常上书劝谏汉武帝，认为人的寿命是天定的，衰老是自然规律，并不是学了道术就能延长生命。李少君知道董仲躬对修道有不同见解，他的性格原本如此，不能用道术说服他。董仲躬得到李少君给的药后根本不吃，对李少君给的药方更是不闻不问。李少君成仙几个月后，董仲躬的病更重了。他曾听闻汉武帝诉说之前的梦境，对李少君成仙离去很是遗憾后悔，就想起了李少君留给他的药。董仲躬试着服下那药，还没服够半副，就觉身轻体壮，沉疴立刻好了；待服完一副药后，只觉如年少时那般精力充沛，这才相信真有长生不死之道。于是便辞去官职，向道士们求教李少君给的药方，竟无法得到圆满的答案。后来，董仲躬虽然头发不白精力旺盛，但也只是活到八十多岁就死了。死前叮嘱他的儿子董道生说："我年轻时曾得到李少君的仙药，起初并不相信，后来服药见效，却不了解药效来源以及修道之法，只能怀恨于九时有文成将军，亦得少君术。事武帝，帝后遣使诛之，文成谓使者曰："为吾谢帝，不能忍少日而败大事乎？帝好自爱，后三十年，求我于成山，方共事，不相怨也。"使者还，具言之。帝令发其棺视之，无所见，唯有竹筒一枚。帝疑其弟子窃其尸而藏之，乃收捕，检问其迹，帝乃大悔诛文成。后复征诸方士，更于甘泉祀太乙，又别设一座祀文成，帝亲执礼焉。（原缺出处，查出《神仙传》）

孔元方

孔元方，许昌人也。常服松脂、茯苓、松实等药，老而益少，容如四十许人。郄元节、左元放，皆为亲友，俱弃五经当世之人事，专修道术。元方仁慈，恶衣蔬食，饮酒不过一升，年有七十余岁。道家或请元方会同饮酒，次至元方，元方作一令，以杖拄地，乃手把杖倒竖，头在下，足在上，以一手持杯倒饮，人莫能为也。元方有妻子，不畜余财，颇种五谷。时失火，诸人并来救之，出屋下衣粮床几，元方都不救，唯箕踞篱下视火。其妻促使元方助收物，元方笑曰："何用惜此。"又凿水边岸，作一窟室，方广丈余，元方入其中断谷，或一月两月，乃复还，家人亦不得往来。窟前有一柏树，生道后棘草间，委曲隐蔽。弟子有急，欲诣元方窟室者，皆莫能知。后东方有一少年，姓冯名遇，好道，伺候元方，便寻窟室得见。曰："人皆来，不能见我，汝得见，似可教也。"乃以素书泉之下了。你可以四处寻访这世间懂得道术的人，向他们学习修道之术，解开这药方的含义，常服此仙药，定会羽化成仙的。”

当时有位文成将军，也得到了李少君传授的道术。文成将军在汉武帝身边侍奉，后来得罪了武帝，武帝便派使者去杀他。文成将军对使者说：“请替我转告皇上，为何不能稍微忍耐几日而毁了大事呢？若是皇上仍然热衷修道，可在三十年后到成山去找我，我会同他一起探讨成仙之道，定不会令彼此不满的。”使者最终还是杀了文成将军，回到都城向汉武帝转告了文成将军的话。武帝听后命人打开文成将军的棺材查看，棺中根本没有他的尸体，只有一枚竹筒。武帝怀疑是文成将军的弟子将他的尸体偷走藏了起来，就拘捕了他的弟子，查问他到底去了哪里。武帝最终还是相信了文成将军是成仙而去的，十分后悔杀了他。后来武帝又征召其他方士，还建了甘泉宫祀奉道家始祖太乙天尊，又另外建了庙宇祀奉文成将军，每次举行祭礼，武帝都会亲自主持。（原缺出处，查出《神仙传》）

孔元方

孔元方，是河南许昌人。他经常服食松脂、茯苓、松实等药，等到年老时竟显得更加年轻了，容貌看起来就像四十多岁的人。郄元节、左元放都是他的亲友，他们都是不读四书五经，不问世事，一心修炼道术之人。孔元方非常仁慈，穿粗布衣服吃素食，喝酒从不超过一升。当时孔元方已经七十多岁了。一次，几位道士邀请孔元方一起饮酒，轮到元方时，他行了一个酒令：他把拐杖拄在地上，手扶拐杖，头朝下脚朝上地倒立着，用另一只手拿着酒杯倒酒喝，其他人都无法做到如他那般饮酒。孔元方家中有妻儿，但平时从不存积蓄，只是种了很多谷物。一次，家里失火，众人都来救火，从屋里往外搬运衣物粮食以及家具，但孔元方却不赶紧救火，反而两腿舒展席地而坐，竟在篱笆前看起火来。他的妻子催他赶快帮忙往外搬运财物，孔元方笑着说：“这些身外之物，有什么可惜的！”孔元方又在水边岸上凿了一个石室，方圆一丈多。凿成后便进到洞中不吃不喝，过了一两个月才回家，其间也不让家人到洞中来。洞前有棵柏树，长二卷授之曰："此道之要言也，四十年得传一人。世无其人，不得以年限足故妄授。若四十年无所授者，即八十年而有二人可授者，即顿接二人。可授不授为'闭天道'；不可授而授为'泄天道'，皆殃及子孙。我已得所传，吾其去矣。"乃委妻子入西岳。后五十余年，暂还乡里，时人尚有识之者。（出《神仙传》）

王 烈

王烈者，字长休，邯郸人也。常服黄精及铅，年三百三十八岁，犹有少容。登山历险，行步如飞。少时本太学书生，学无不览，常以人谈论五经百家之言，无不该博。中散大夫谯国嵇叔夜，甚敬爱之，数数就学，共入山游戏采药。后烈独之太行山中，忽闻山东崩圮，殷殷如雷声。烈不知何等，往视之，乃见山破石裂数百丈，两畔皆是青石，石中有一穴口，经阔尺许，中有青泥流出如髓。烈取泥试丸之，须臾成石，如投热蜡之状，随手坚凝。气如粳米饭，嚼之亦然。烈合数丸如桃大，用携少许归，乃与叔夜曰："吾得异物。"叔夜甚喜，取而视之，已成青石，击之琤琤如铜声。叔夜即与烈往视之，断山以复如故。烈入河东抱犊山中，见一石室，室中白石架，架上有素书两卷。烈取读，莫识其文字，不敢取去，却着架上。暗书得数十字形体，以示康，康尽识其字。烈在道路后面的荆棘丛中，曲折隐蔽。有时弟子有急事想找孔元方住的那个洞，却怎么都找不到。后来从东面来了一位少年，名叫冯遇，喜好道术，想随侍在孔元方身边学道。他一来就找到了孔元方隐居的洞室。孔元方说："别人来找我，却见不到我，你一来就找到我了，看来你是可以得我真传的人。"于是孔元方就把两卷写在白绢上的经文给了冯遇，对他说："这上面记载的是修道的要点，四十年才可传一人。如果过了四十年还找不到可以传授之人，也不能因年限到了就胡乱传授。若是四十年内没有可传授之人，那就等八十年时，若有两人可传授，就直接传给那两个人。如果遇到可以传授的人却没有传给他，那就犯了'闭天道'之罪，不该传授的人却传给了他，那就犯了'泄天道'之罪，这两种罪都会殃及子孙。现在我已把道术的精要传给了你，我也可以走了。"于是孔元方就离开妻子儿女到了西岳华山。五十多年后，孔元方短暂地回过一次故乡，当时还有人认识他。（出《神仙传》）

王烈

王烈，字长休，河北邯郸人。他经常服用黄精和铅，活到三百三十八岁时面容还像少年一样。他在高山历险时健步如飞。王烈年少时本是太学中的书生，博览群书，常与人谈论四书五经等儒家经典以及诸子百家的著作，学识非常渊博。当时任中散大夫的谯国人嵇叔夜（即"竹林七贤"中的嵇康）对王烈很是敬重，多次向他请教，并与他一同进山游玩采药。后来，王烈独自进到山西太行山中，忽然听到东边山体发生崩塌的声音，隆隆的轰鸣声好似打雷一般。王烈不知发生了什么事，急忙赶过去察看，只见山体崩塌了几百丈，两边都是青石，石中有个直径宽约一尺的洞口，从洞中流出像骨髓一样的青泥。王烈试着把那青泥抟成丸状，不一会儿泥丸就变成了石头，就像把热蜡抟成球状一般，刚一抟好就凝固了。那泥丸散发出粳米饭的香味儿，放在嘴里咀嚼香气犹存。王烈就将一些泥丸合在一起，抟成桃子大小，带在身上回了家，之后对嵇康说："我得到一种奇怪的东西。"嵇康很是高兴，王烈就把泥丸拿出来给他看，没想喜，乃与康共往读之。至其道径，了了分明，比及，又失其石室所在。烈私语弟子曰："叔夜未合得道故也。"又按《神仙经》云，神山五百年辄开，其中石髓出，得而服之，寿与天相毕。烈前得者必是也。

河东闻喜人多累世奉事烈者。晋永宁年中，出洛下，游诸处，与人共戏斗射。烈挽二石弓，射百步，十发矢，九破的。一年复去，又张子道者，年九十余，拜烈，烈平坐受之。座人怪之，子道曰："我年八九岁时见，颜色与今无异，吾今老矣，烈犹有少容。"后莫知所之。（出《神仙传》）

焦先

焦先者，字孝然，河东人也，年一百七十岁。常食白石，以分与人，熟煮如芋食之。日日入山伐薪以施人，先自村头一家起，周而复始。负薪以置人门外，人见之，铺席与坐，为设食，先便坐。亦不与人语。负薪来，如不见人，便私置于门间，便去，连年如此。及魏受禅，居河之湄，结草为庵，独止其中。不设床席，以草褥衬坐，其身垢污，浊如泥潦。或数日一食，行不由径，不与女人交游。衣弊，则卖薪以买故衣着之，冬夏单衣。太守董经，因往视之，又到泥丸已变成青石丸了，敲起来发出像击铜一样的声音。嵇康立即让王烈带他到山崩处察看，只见那崩塌的山体已恢复成了原来的样子。后来王烈又进到河东的抱犊山中，看到一处石室，室内有个白石架子，上面有两卷写在白绢上的经文。王烈取下来研读，竟不认识上面的文字，又不敢把经卷拿走，只得将其放回到白石架上。他暗自记下经卷上的几十个字，回去后写出来给嵇康看，没想到嵇康竟然全都认识。王烈大喜，就领上嵇康到石室中去读经。去石室的路原本记得清清楚楚，可是到了附近，却怎么也找不到了。后来，王烈私下对弟子说："这是嵇康不该得道的缘故，所以那石室才找不到了。"又按《神仙经》里的说法，神山五百年才会开放一次，其中会有石髓流出，如果得到并服食了石髓，就可与天地齐寿。王烈之前得到的石丸，定是这石髓了。

河东地区闻喜县的人，大都世代供奉王烈。晋代永宁（西晋惠帝司马衷年号）年间，王烈到陕西洛南县的洛川一带游历，与人比赛射箭。王烈用的是需要二石力气才能拉开的弓，在百步之外射靶，十箭九中。一年后，王烈又到洛川，有位叫张子道的老者，已经九十多岁了，恭敬地向王烈行礼，王烈只是坐着接受。同座的人感到很奇怪，张子道说："我七八岁时见他，他的容貌就是现在这个样子，现在我已是九十多岁的老人了，他仍然保持着少年的容貌。"后来，人们便不知王烈去哪里了。（出《神仙传》）

焦先

焦先，字孝然，河东人，已经一百七十岁了。他经常食用白石，还把白石分给他人，煮熟后就像芋头那样食用。焦先每日都进山砍柴，然后就把柴分给他人，先从村头第一家开始，一家一家分发木柴，周而复始，不停循环。焦先每次把木柴背到人家门外放下，那家人看到后，都会铺上席子请他坐下，为他备好饭菜，焦先便坐在那里，也不与人说话。焦先把木柴背来时若没见到这家人，就把木柴放到门外，转身就走，年年如此。曹魏政权接受汉献帝禅让后，魏文帝即位，焦先在河边盖了一间草屋，独自一人住在那里。屋内没有摆不肯语。经益以为贤。彼遭野火烧其庵，人往视之，见先危坐庵下不动，火过庵烬，先方徐徐而起，衣物悉不焦灼。又更作庵，天忽大雪，人屋多坏，先庵倒。人往不见所在，恐已冻死，乃共拆庵求之，见先熟卧于雪下，颜色赫然，气息休休，如盛暑醉卧之状。人知其异，多欲从学道，先曰："我无道也。"或忽老忽少，如此二百余岁，后与人别去，不知所适。所请者竟不得一言也。（出《神仙传》）

孙登

孙登者，不知何许人也。恒止山间，穴地而坐，弹琴读《易》。冬夏单衣，天大寒，人视之，辄被发自覆身，发长丈余。又雅容非常，历世见之，颜色如故。市中乞得钱物，转乞贫下，更无余资，亦不见食。时杨骏为太傅，使传迎之，问讯不答。骏遗以一布袍，亦受之。出门，就人借刀断袍，上下异处，置于骏门下，又复斫碎之。时人谓为狂，后乃知骏当诛斩，故为其象也。骏录之，不放去，登乃卒死。骏给棺，埋之于振桥。后数日，有人见登在董马坡，因寄书与洛下故人。嵇叔夜有迈世之志，曾诣登，登不与语。叔夜乃扣难之，而登弹琴自若。久之，叔夜退，登曰："少年才优而识寡，劣于保身，其能免乎？"俄而叔夜竟陷大辟。叔夜善弹琴，于放床席等家具，只铺着一个草垫子，焦先满身污垢，脏得就像在泥里打过滚似的。有时他几天才吃一顿饭，外出时也不刻意选择道路，从不与女人来往。他的衣服已经破旧不堪，就卖了柴买件别人的旧衣服穿上，无论冬夏都是一身单衣。当时的太守董经听说后就来拜访他，焦先却不肯说话。董经便愈发觉得他是个大贤人了。后来，焦先的草屋被野火烧毁，人们跑去围观，只见他正襟危坐，在草屋下一动不动，大火烧过后草屋已变成了灰烬，焦先这才慢慢起身，但他身上的衣物却没有烧着。后来焦先又把草屋重新盖了起来，一天忽然下了场大雪，很多人的房子都被大雪压塌，焦先的草屋也倒了。人们去看的时候已经找不到焦先了，大家担心焦先已被冻死，就扒开草屋寻找，只见他还躺在雪下熟睡，面色红润，气息均匀，好似在盛夏醉卧一般。人们都认为焦先异于常人，很多人想向他学习道术，焦先说："我可不会什么道术。"焦先有时看起来年迈，有时看起来又很年轻，就这样一直活到二百多岁，后来就与大家告别离开了，不知究竟去了什么地方。那些向他请教，想要学习道术的人，就连一句话都没从他那里得到。（出《神仙传》）

孙登

孙登，不知是哪里人，常住在山间的地洞里，弹琴、读《易经》。他冬夏都穿着单衣，一个寒冷的日子，人们去看望他，只见他披散着一丈多长的头发覆在身上。他的行为举止非常优雅，几代人都没看见他有衰老的迹象，面容依然年轻。他常到街市上乞讨，讨得的财物转手就分给了穷人，自己一点儿也不留，人们也不见他吃饭。当时的太傅杨骏命人把孙登请去，无论问什么他都不回答。杨骏赠他一件布袍，孙登接受了。一出门，孙登就向人借了把刀，把袍子割成上下两半，扔到杨骏门前，又把袍子剁个粉碎。当时人们都说孙登是狂士，然而后来杨骏因罪被斩，大家才明白孙登剁碎杨骏的袍子就是一种征兆。当时杨骏因袍子一事大怒而把孙登抓了起来，无论如何都不放孙登离开，后来孙登突然死了。杨骏为孙登准备了一口棺木，把他埋在振桥。几天后，有人却在董马坡看到了孙登，于是孙登就请

是登弹一弦之琴，以成音曲。叔夜乃叹息绝思也。（出《神仙传》）

吕文敬

吕恭，字文敬，少好服食。将一奴一婢，于太行山中采药。忽见三人在谷中，问恭曰："子好长生乎，乃勤苦艰险如是耶？"恭曰："实好长生，而不遇良方，故采服此药，冀有微益耳。"一人曰："我姓吕字文起。"次一人曰："我姓孙字文阳。"次一人曰："我姓王字文上。"三人皆太清太和府仙人也。"时来采药，当以成新学者。公既与我同姓，又字得吾半支，此是公命当应常生也。若能随我采药，语公不死之方。"恭即拜曰："有幸得遇仙人，但恐暗塞多罪，不足教授耳。若见采收，是更生之愿也。"即随仙人去二日，乃授恭秘方一首，因遣恭去曰："可视乡里。"恭即拜辞，三人语恭曰："公来二日，人间已二百年矣。"恭归家，但见空宅，子孙无复一人也。乃见乡里数世后人赵辅者，问吕恭家人皆何所在。辅曰："君从何来，乃问此久远人也。吾昔闻先人说云，昔有吕恭者，持奴婢入太行山采药，遂不复还，以为虎狼所食，已二百余年矣。恭有数世子孙吕习者，居在城东十数里，作道士，民多奉事之。推求易得耳。"恭承辅言，到习家，扣门问讯。奴出，问公从何来，恭曰："此是我家，我昔随仙人去，至今二百余年。"习闻之惊喜，跣出拜曰："仙人来归，悲喜不能自胜。"公因以神方授习而去。习已年八十，服之即还少壮，至二百岁，乃入山中。子孙世世不他捎信给洛阳的朋友。嵇康有超脱世俗的志向，曾去拜访孙登，孙登没理他。嵇康就提出一些刁钻的问题，故意诘难孙登，但孙登竟毫不在意，依然神色自若地弹着琴。过了很久，嵇康才回去，孙登说："嵇康这年轻人虽然天赋很高，但却缺少见识，不善于保护自己，若是灾祸到来时又怎能幸免呢？"过了不久，嵇康果然因罪被判死刑。嵇康擅长弹琴，而当时孙登却能弹奏一根弦的琴，并且能弹出完整的乐曲了。嵇康表示赞叹的同时，又觉得不可思议。（出《神仙传》）

吕文敬

吕恭，字文敬，年少时就喜好服用益寿延年的丹药。一次，他带着一个仆人和一个婢女在太行山中采药。忽然看见山谷中有三个人，他们问吕恭："你是因为喜好长生之术，才这样不辞辛苦地爬山越岭的吧？"吕恭答道："我确实喜好长生之术，但一直没有遇到好的仙丹药方，只好采点儿这类草药服用，希望能有些补益。"三个人开始自我介绍，一人说："我姓吕字文起。"另一人说："我姓孙字文阳。"第三个人说："我姓王字文上。"三人都是天界太和府里的仙人。吕文起对吕恭说："我们有时会来此采药，也是想成全那些刚开始学道的人。您既与我同姓，表字中又都有一个'文'字，这也是你命中注定应该得到长生。你若能跟着我一起采药，我就告诉你长生不死的仙方。"吕恭立即跪拜说："今天能遇见仙人真是幸运，只怕我愚笨无知会在不经意间得罪了仙人，做不好仙人的弟子。若能被仙人收留点化，便是我此生最大的愿望了。"吕恭便跟随仙人采了两天药，仙人传给他一个仙药秘方让他带回去，对他说："你可以回家乡看看亲人们。"吕恭立即向三位仙人辞别，仙人们说："你虽然只跟我们采了两天药，但世上已经过了二百年了。"吕恭回到家乡，只见自家只余下一座破旧的空宅，连一个子孙后代都没有。后来遇到一位乡亲的几世后人名叫赵辅，就问他吕恭家后代现在都在何处。赵辅说："先生是从哪儿来的啊？竟向我打听这么久远的人。我曾听家中长辈说过，当年有个叫吕恭的人，带着一个仆人一个婢女，进到太行山里采药，却再也没回来，都以为被虎狼吃掉了，至今已二百多年了。

复老死。（出《神仙传》）

沈 建

沈建，丹阳人也，世为长吏。建独好道，不肯仕宦，学导引服食之术，还年却老之法。又能治病，病无轻重，治之即愈。奉事之者数百家。建尝欲远行，寄一婢三奴、驴一头、羊十口，各与药一丸。语主人曰："但累屋，不烦饮食也。"便去。主人大怪之曰："此客所寄十五口，不留寸资，当若之何？"建去后，主人饮奴婢，奴婢闻食气，皆逆吐不用；以草饲驴羊，驴羊避去不食，或欲抵触，主人大惊愕。百余日，奴婢体貌光泽，胜食之时，驴羊皆肥如饲。建去三年乃还，各以药一丸与奴婢驴羊，乃饮食如故。建遂断谷不食，轻举飞行，或去或还，如此三百余年，乃绝迹不知所之也。（出《神仙传》）

听说吕恭有个几世后的子孙叫吕习，住在城东十几里的地方，在那里当道士，很多百姓都供奉他。先生可以去那里打听一下，很容易找到的。”吕恭按赵辅的话找到吕习家，敲门询问。仆人出来问他从何处来，吕恭说：“这是我家，我昔日跟随仙人采药，至今已有二百多年了。”吕习听后惊喜交加，光着脚就跑了出来，跪拜道：“仙祖今天回家，我真是激动到连悲喜都不能控制了！”吕恭把仙方传授给吕习后就离开了。吕习当时已经八十岁了，服药后立刻变得年轻力壮了，活到二百岁时进山修炼，他的后世子孙也不再老死。（出《神仙传》）

沈建

沈建，丹阳人，家里世代为长吏。唯独沈建喜爱研究道术，不肯做官，学习道家导引服食之术，以及返老还童的方法。他还会医术能替人治病，无论病情轻重，经他一治立即痊愈，因而有好几百家都甘愿奉事他。一次沈建要出远门，就把一名婢女、三名仆人、一头驴和十只羊寄存在别人家里，无论人还是动物，都给吃了一枚药丸。沈建对那家主人说：“我把他们寄留在你这里，只占用你的房子，不用劳烦你给他们准备吃的。”说完就走了。那家主人很是奇怪，说：“这位外出的客人在我家寄留了男女仆人加动物共十五口，却一文钱也没留下，这该怎么办啊？”沈建离去后，主人给沈建的仆人们吃饭，但他们一闻到食物的气味，都呕吐不止根本不吃；主人又拿草喂驴和羊，驴、羊也都躲着不吃，有的还对主人又顶又踢，主人感到十分震惊奇怪。就这样过了一百多天，仆人们都身体健壮面色红润，比以前吃饭时还要健康，驴和羊也是膘肥体壮，和精心喂养的一样。沈建三年之后才回来，又给奴仆和驴、羊各吃下一枚药丸，他们才又开始恢复正常饮食。沈建开始断绝饮食，却依然可以健步如飞。他时来时去，就这样过了三百多年，后来竟不知去了哪里，再无踪迹可寻。（出《神仙传》）

卷第十　神仙十

河上公　刘 根　李仲甫　李意期　王 兴　赵 瞿　王 遥

河上公

河上公者，莫知其姓字。汉文帝时，公结草为庵于河之滨。帝读老子经，颇好之，敕诸王及大臣皆诵之。有所不解数事，时人莫能道之。闻时皆称河上公解老子经义旨，乃使赍所不决之事以问。公曰："道尊德贵，非可遥问也。"帝即幸其庵，躬问之。帝曰："普天之下，莫非王土；率土之滨，莫非王臣。域中'四大'，王居其一。子虽有道，犹朕民也，不能自屈，何乃高乎？"公即抚掌坐跃，冉冉在虚空中，去地数丈，俯仰而答曰："余上不至天，中不累人，下不居地，何民臣之有？"帝乃下车稽首曰："朕以不德，忝统先业，才小任大，忧于不堪。虽治世事而心敬道，直以暗昧，多所不了，唯愿道君有以教之。"公乃授素书二卷与帝曰："熟研之，此经所疑皆了，不事多言也。余注此经以来，一千七百余年，凡传三人，连子四矣，勿以示非其人。"言毕，失其所在。须臾，云雾晦冥，天地泯合。帝甚贵之。论者以为文帝好老子之言，世不能尽通，故神人特下教之。而恐汉文心未至信，故示神变。所谓圣人无常心，以百姓心为心耶。（出《神仙传》）

刘 根

刘根者，字君安，京兆长安人也。少明五经，以汉孝成皇帝绥

河上公

河上公这个人，不知姓甚名谁，汉文帝时，在河边结草搭屋，故称“河上公”。汉文帝读过《道德经》后很是喜欢，命诸王及大臣诵读，《道德经》中部分内容汉文帝不懂，当时无人能解。汉文帝听传闻说河上公精通《道德经》的奥义，就派人带着问题去请教。河上公说：“道法、德行无上尊贵，怎可隔得这么远求问？”汉文帝驾临草屋，亲自求问道：“普天之下，莫非王土；率土之滨，莫非王臣。域中四大（出自《道德经》，宇宙间四大，道大、天大、地大、王亦大），您虽身怀道法，但仍是朕的臣民，您为何不能放低身段，有什么骄傲的呢？”河上公拍手坐着凌空，离地数丈，低头俯视答道：“向上我够不到天，在天地间我不劳烦百姓民众，向下我碰不到地，何来臣民一说？”汉文帝下车跪拜说：“朕无德无才，勉强继承先帝的大业，知小谋大，担心难当大任。虽管理天下事，但一心向道，但实在蒙昧，在道学上多有不懂，望道君指点教化。”河上公授予汉文帝二卷素书，对汉文帝说：“熟读研习这两卷书，《道德经》中的疑问便可明晰，其余不再多言。我注解《道德经》至今，已有一千七百多年，只传三人，你是第四人，切勿将它借阅给不合适的人。”说罢，消失不见，很快，云遮雾绕，天地模糊分不清界线，汉文帝很是珍视那两卷经书。世人议论汉文帝喜欢研究老子的学说，但不能理解透彻，所以天神特意下凡解惑。天神又担心文帝道心不坚，所以展示了神通。正所谓圣人无常心，以百姓心为心（出自《道德经》，圣人没有固定不变的意志，而是以百姓的意志为意志）。（出《神仙传》）

刘　根

刘根，字君安，京城长安人，自幼精通五经。汉成帝绥和二年，

和二年，举孝廉，除郎中。后弃世学道，入嵩高山石室，竫嵘峻绝之上，直下五千余丈。冬夏不衣，身毛长一二尺，其颜色如十四五岁人，深目，多须鬓，皆黄，长三四寸。每与坐，或时忽然变著高冠玄衣，人不觉换之时。衡府君自说，先祖与根同岁者，至王莽时，频使使者请根，根不肯往。衡府君使府掾王珍问起居，根不答。再令功曹赵公，往山达敬，根唯言谢府君，更无他言。

后颍川太守高府君到官，郡民大疫，死者过半，太守家大小悉得病。高府君复遣珍往求根，请消除疫气之术。珍叩头述府君之言，根教言于太岁宫气上，掘地深三尺，以沙着其中，及酒沃之。君依言，病者悉愈，疫气寻绝，每用有效。后太守张府君，以根为妖，遣吏召根，拟戮之。一府共谏府君，府君不解。如是诸吏达根，欲令根去，根不听。府君使至，请根。根曰："张府君欲吾何为耶？间当至耳。若不去，恐诸君招咎，谓卿等不敢来呼我也。"根是日至府，时宾客满座，府君使五十余人，持刀杖绳索而立，根颜色不怍。府君烈声问根曰："若有何道术也？"答曰："唯唯。"府君曰："能召鬼乎？"曰："能。"府君曰："既能，即可捉鬼至厅前，不尔，当大戮。"根曰："召鬼至易见耳。"借笔砚及奏按，铃铃然作铜铁之声，闻于外。又长啸，啸音非常清亮，闻者莫不肃然，众客震悚。须臾，厅上南壁忽开数丈，见兵甲四五百人。传呼赤衣兵数十人，赍刀剑，将一车，直从坏壁中入来，又坏壁复如故。根敕下车上鬼，其赤衣便乃发车上披。见下有一老翁老姥，大绳反缚囚之，悬头厅前。府君熟视之，乃其亡父母也。府君惊愕流涕，不知所措。鬼乃责府君曰："我生之时，汝官未达，不得汝禄养。我死，汝何为犯神仙尊官，使我被收，困辱如此，汝何面目以立人间？"府君下阶叩头，向根伏罪受死，请求放赦先人。根敕五百兵将囚出，散遣之。车出去南壁开，后车过，壁复如故。既失刘根被举荐孝廉，任命郎中。后来刘根出世修习道法，隐入嵩山高处石洞，住在悬崖绝壁上，五千多丈高处。刘根冬夏都不穿衣服，体毛有一二尺长，面容如十四五岁的人，眼眶深邃，胡须茂密，都为黄色，三四寸长。他与人对坐，有时衣着忽然变成高帽黑袍，他人无法察觉他何时换的衣服。衡府君说，他的先祖与刘根同岁，西汉王莽新朝时，屡次派人请刘根，刘根不肯去。衡府君派参谋王珍问候刘根起居，刘根没有答话。又派赵姓公曹进山向刘根表达敬意，刘根只答谢太守，再没有多说。

后来颍川太守高府君到任，瘟疫四起，死伤者过半，高太守家上下都感染疫病。高府君又派王珍进山求助刘根，请他传授消除瘟疫的方术。王珍叩首后转述了府君的话，刘根教他道，请府君在太岁（木星）方位下的宫气（三十度为一宫）处，掘地三尺，用沙子填满，再用酒浇灌。太守依刘根所言，病患尽数痊愈，瘟疫不再传播，以后只要碰上疫情，用这个办法都有效。后来张姓太守认为刘根修习妖道，派人召见刘根，计划铲除他。全府上下劝谏张太守，张太守不听劝阻，有些官吏找到刘根想让他暂避，刘根拒绝了。张太守的人请刘根到府上，刘根问："张太守想我怎么做呢？看来我势必得去一趟了。若不去，恐怕要牵累诸位，太守可能要怪罪你们不敢来请我。"刘根当日抵达太守府，府中宾客满堂，张太守派五十余人持刀棍绳索站在堂上，刘根毫无畏缩，面色平常。张太守厉声问刘根："你身怀道术？"刘根答："是，是。"张太守问："你能召鬼来此吗？"刘根说："能。"张太守说："既然能，即刻捉鬼到厅中，否则，我杀了你。"刘根说："召鬼来此容易。"随后借来笔砚与桌案，大厅响起锵锵的铜铁撞击声，声音传到外面，刘根又大声呼啸，声音非常清亮，闻者无不严谨恭敬，宾客震惊。顷刻间，大厅南墙忽然裂开数丈，走入四五百名披甲将士。刘根又传来数十名赤衣兵，带着刀剑，推一囚车，从裂开的墙壁走入，然后墙壁恢复原状。刘根命鬼下车，赤衣兵掀开车帘，其中有一对老翁老太，都被绑着，抓到厅前。张太守定睛细看，原是自己故去的父母，张太守惊愕痛哭，不知所措。鬼斥责张太守道："我们活着时，你官小尚未发达，未能赡养我们。如今我们已车所在，根亦隐去。府君惆怅恍惚，状若发狂，妻登时死，良久乃苏。云：“见府君家先捉者，大怒，言汝何故犯神仙尊官，使我见收，今当来杀汝。”其后一月，府君夫妇男皆卒。

府掾王珍，数得见。数承颜色欢然时，伏地叩头，请问根学仙时本末。根曰：“吾昔入山精思，无所不到。后如华阴山，见一人乘白鹿车，从者十余人，左右玉女四人，执采旄之节，皆年十五六。余载拜稽首，求乞一言。神人乃告余曰：‘尔闻有韩众否？’答曰：‘实闻有之。’神人曰：‘我是也。’余乃自陈曰：‘某少好道，而不遇明师。颇习方书，按而为之，多不验，岂根命相不应度世也？有幸今日得遇大神，是根宿昔梦想之愿，愿见哀怜，赐其要诀。’神未肯告余，余乃流涕自挞，重请。神人曰：‘坐，吾将告汝，汝有仙骨，故得见吾耳。汝今髓不满，血不暖，气少脑减，筋息肉沮，故服药行气，不得其力。必欲长生，且先治病，十二年，乃可服仙药耳。夫仙道有升天蹑云者，有游行五岳者，有服食不死者，有尸解而仙者。凡修仙道，要在服药，药有上下，仙有数品。不知房中之事，及行气导引并神药者，亦不能仙也。药之上者，有九转还丹、太乙金液，服之皆立登天，不积日月矣。其次，有云母、雄黄之属，虽不即乘云驾龙，亦可役使鬼神，变化长生。次乃草木诸药，能治百病，补虚驻颜，断谷益气，不能使人不死也。上可数百岁，下即全其所禀而已。不足久赖也。’余顿首曰：‘今日蒙教，乃天也。’神人曰：‘必欲长生，先去三尸。三尸去，即志意定、嗜欲除也。’乃以神方五篇见授，云：‘伏尸常以月望晦朔上天，白人罪过，司命夺人算，使人不寿。人身中神，欲得人生，而尸欲得人死，死，你为何触怒神仙，使我们被抓受辱，你有什么脸活在人世？”张太守下阶叩首，向刘根认罪，求他释放父母。刘根命五百兵将带鬼返回，车从南壁出去，车过去后，墙壁恢复原状。车不知去往何处，刘根也消失不见。张太守惆怅恍惚，状若癫狂，他的妻子当即吓死，许久后又复活，她说，自己见到了张府君的父母，二老震怒，责问她与张太守为何冒犯仙君，害二老被抓，二老有意杀死她。一个月后，张太守夫妇与儿子都死了。

府掾王珍，见过刘根数次，他趁刘根面色愉悦时，跪伏在地磕头求问修仙的经过，刘根说：“我隐入山中精进修为，又四处游览无所不往。后来我隐入华阴山，见一人乘白鹿车，随行十几人，左右玉女四人，手执彩色旄节，都是十五六岁。我行礼叩首，求神人指教，神人对我说：‘你听说过韩众吗？’答：‘确有耳闻。’神人说：‘我是韩众。’我自陈道：‘我自幼仰慕道法，但未得明师指点，研读过不少方术方面的书籍，按书上的指点操作，但没有灵验，曾想难道是我命中不该超脱尘世为仙？今日有幸遇到神人，圆我一生的夙愿，望您悲悯，赐我诀要。’但神人并未指点，我悲泣再三请求，神人说：‘请坐，我告诉你，你有仙骨，才能遇见我。现今你骨髓不足，血不够热，精气少头脑迟缓，筋肉松懈，所以即便服药行气，也没有效果。你若求长生之道，需先治病，十二年后，再服用仙药。成仙得道之人，有的升天凌云，有的游览山岳大泽，有的服食仙药长生不老，有的尸解升仙，凡是修习仙道，最重要的是服仙药，药分上下，仙分品级，不懂房中术、行气导引之术及服食仙药之法，无法成仙。上乘的仙药有九转还丹、太乙金液，服用后可即刻升天成仙，无需日积月累。再下有云母、雄黄一类，服后虽不能乘龙驾云，也能驱使鬼神，变化长生。再下是各种草木，能治疗百病，补虚养颜，辟谷益气，但不能使人长生不死，服此药最好的情况可延长寿数到百岁，最低也能保你安然活到寿终正寝，但不是长久之计。’我叩首说：‘今日承蒙您指点，实乃天意。’神人说：‘若想长生，先除去你体内的三尸（道家称人体内的三种害虫）。三尸去除后，道心坚定，摒弃欲念。’神人说罢授我五篇神药仙方，并说：‘伏尸常在每月十五及月末到月初上人死则神散，无形之中而成鬼。祭祀之则得歆飨，故欲人死也。梦与恶人斗争，此乃尸与神相战也。’余乃从其言，合服之，遂以得仙。”

珍又每见根书符了，有所呼召，似人来取。或数闻推问，有人答对，及闻鞭挞之声，而悉不见其形，及地上时时有血，莫测其端也。根乃教珍守一行气存神，坐三纲六纪，谢过上名之法。根后入鸡头山仙去。（出《神仙传》）

李仲甫

李仲甫者，丰邑中益里人也。少学道于王君，服水丹有效，兼行遁甲，能步诀隐形，年百余岁，转少。初隐百日，一年复见形，后遂长隐。但闻其声，与人对语，饮食如常，但不可见。有书生姓张，从学隐形术，仲甫言卿性褊急，未中教。然守之不止，费用数十万，以供酒食，殊无所得。张恚之，乃怀匕首往。先与仲甫语毕，因依其声所在，腾足而上，拔匕首，左右刺斫。仲甫已在床上，笑曰：“天下乃有汝辈愚人，道学未得，而欲杀之。我宁得杀耶？我真能死汝。但恕其顽愚，不足间耳。”使人取一犬来，置书生前曰：“视我能杀犬否？”犬适至，头已堕地，腹已破。乃叱书生曰：“我能使卿如犬行矣。”书生下地叩头，乃止，遂赦之。仲甫有相识人，居相去五百余里，常以张罗自业。一旦张罗，得一鸟，视之乃仲甫也，语毕别去。是日，仲甫已复至家。在民间三百余年，后入西岳山去，不复还也。（出《神仙传》）

李意期

李意期者，本蜀人，传世见之，汉文帝时人也。无妻息。人欲天，控告世人的罪过，司命减少人的寿数，使人短命。人体内的神，想让人活，但三尸想让人死，人死后体内的神消散，无形化作鬼。祭祀的东西被鬼享用，鬼想让人死。若梦到与坏人搏斗，便是体内神灵与三尸搏斗。'我便依言治病、服药，得以成仙。"

王珍常见刘根画符，对空召唤，像是有人来。多次听到刘根审案，与人交谈，又听到鞭打声，虽看不到有人出现，但地上有时有血迹，不知原由。刘根教王珍抱元守一行气养神，坚守三纲六纪，以及答谢上名的方法。刘根后来隐入鸡头山升仙离去。（出《神仙传》）

李仲甫

李仲甫，丰邑中益里人。少年时跟随王君学习道法，服用水丹颇有成效，同时掌握奇门遁甲，会掐诀隐身，在一百多岁后返老还童。起初能持续隐身一百日，一年后现形，后来维持时间渐长，他人只能听到他的声音，与人交谈、饮食一如往常，只是不见其人。有个姓张的书生跟随李仲甫学隐身术，李仲甫觉得他性情急躁，没有尽数传授。但书生态度坚定，消耗几十万供奉李仲甫酒食，但一无所获。书生心生不满，暗藏匕首与李仲甫见面。他先与李仲甫交谈，闻声确定李仲甫的位置，再跳起来拔刀左右砍刺，李仲甫却已经在床上笑着说："天下竟有你这样的蠢人，没修成道就要杀了老师。你有本事杀我？我是真能要你的命。只是念在你愚钝不值得动手。"说罢命人牵来一只狗放在书生面前说："你看我能不能杀了这只狗。"狗刚牵来，头就落地了，腹腔也被破开。李仲甫训斥书生："我能让你跟这条狗下场一样。"书生跪地磕头，李仲甫才饶他不死。李仲甫有个认识的人，两人住处相隔五里多，那人捕鸟维生，一次张网捕获一鸟，细看原来是李仲甫，二人交谈后分别，李仲甫当天就能到家。李仲甫在人间三百多年后隐入西岳山，不再出来。（出《神仙传》）

李意期

李意期，四川人，相传好几世的人都能看到他，本是汉文帝时远行速至者，意期以符与之，并丹书两腋下，则千里皆不尽日而还。或说四方国土，宫观市鄽，人未曾见，闻说者意不解。意期则为撮土作之，但盈寸，其中物皆是，须臾消灭。或行不知所之，一年许复还。于是乞食得物，即度与贫人。于城都角中，作土窟居之，冬夏单衣，饮少酒，食脯及枣栗。刘玄德欲伐吴，报关羽之死，使迎意期。意期到，甚敬之，问其伐吴吉凶。意期不答，而求纸，画作兵马器仗十数万，乃一一裂坏之，曰："咄。"又画作一大人，掘地埋之，乃径还去。备不悦，果为吴军所败，十余万众，才数百人得还，甲器军资略尽。玄德忿怒，遂卒于永安宫。意期少言，人有所问，略不对答。蜀人有忧患，往问之，凶吉自有常候，但占其颜色。若欢悦则善，惨戚则恶。后入琅琊山中，不复见出也。（出《神仙传》）

王兴

王兴者，阳城人也，居壶谷中，乃凡民也。不知书，无学道意。汉武上嵩山，登大愚石室，起道宫，使董仲舒、东方朔等，斋洁思神。至夜，忽见有仙人，长二丈，耳出头巅，垂下至肩。武帝礼而问之，仙人曰："吾九嶷之神也，闻中岳石上菖蒲，一寸九节，可以服之长生，故来采耳。"忽然失神人所在。帝顾侍臣曰："彼非复学道服食者，必中岳之神以喻朕耳。"为之采菖蒲服之。经二年，帝觉闷不快，遂止。时从官多服，然莫能持久。唯王兴闻仙人教武帝服菖蒲，乃采服之不息，遂得长生。邻里老少，皆云世世见之，竟不知所之。（出《神仙传》）

生人。并无妻儿。有谁行远路想快速抵达，意期就给他一道符，并在那人两腋下写朱砂字，那人千里之行不需一日就可归还。意期还能讲四方国事，描述当地宫殿街道，由于听者没亲眼见过，多少有点不解其意。意期就用土捏模型，尺寸很小，但期间大小事物跟真的一般无二，片刻就消失了。人们常不知李意期人在何处，有时消失一年多会回来。他在街上乞讨食物和东西，转手送给穷人。他在城墙脚下挖了土洞住在里面，冬夏都穿一件单衣。平时只喝少量酒，吃点干肉和枣子、栗子。三国时，刘备打算攻打东吴为关羽报杀身之仇，派人将李意期接来。意期到后，刘备对他厚礼相待，十分敬重，请教他攻打东吴的凶吉。意期不作回答，只求纸一张，在纸上画武器兵马十几万，却尽数破裂，呵斥说："咄。"又画了一个很大的人，挖地埋了后扬长而去。刘备不高兴，后来果然被东吴打败。十几万人只几百人生还，武器辎重尽失。刘备心怀愤懑，在永安宫故去。李意期话很少，别人发问，他不会回答。蜀地人有什么忧患疑虑去咨询他，凶吉已定观察他的脸色便能知道，如果他神色欢愉就是吉，神色凄苦就是凶。后来他隐入琅琊山，不再现世。（出《神仙传》）

王兴

王兴，阳城人，住在壶谷，是个平常人。不识字，也没有修习道法的想法。汉武帝进入嵩山，登上大愚石窟，修建道宫，让董仲舒、东方朔等人斋戒沐浴，清心静修。到了晚上，忽然看到一位神仙，身长两丈，双耳上端高过头顶下端垂到肩上。汉武帝行礼后问："尊驾是何方神圣？"仙人说："我是九嶷山神，听闻中岳嵩山岩石上的菖蒲，有一寸九节，服后可以长生，所以来采一些。"说完就忽然消失了。武帝回身对侍臣说："那位神仙绝不是为修道来采药的，肯定是嵩山神暗示朕。"于是武帝命人采菖蒲服用。两年后，武帝觉得自己气闷不畅，就不再服用。当时汉武帝的属臣也多有服用菖蒲，但都没能坚持。唯独王兴听闻仙人教武帝服菖蒲，采摘服用坚持不休，终于修得长生。乡亲邻里男女老少都说世世代代能见到他，后来却不知所踪。（出《神仙传》）

赵瞿

赵瞿者，字子荣，上党人也。得癞病，重，垂死。或告其家云："当及生弃之，若死于家，则世世子孙相蛀耳。"家人为作一年粮，送置山中，恐虎狼害之，从外以木寨之。瞿悲伤自恨，昼夜啼泣。如此百余日，夜中，忽见石室前有三人，问瞿何人。瞿度深山穷林之中，非人所行之处，必是神灵。乃自陈乞，叩头求哀。其人行诸寨中，有如云气，了无所碍。问瞿："必欲愈病，当服药，能否？"瞿曰："无状多罪，婴此恶疾，已见疏弃，死在旦夕。若刖足割鼻而可活，犹所甚愿，况服药岂不能也。"神人乃以松子松柏脂各五升赐之，告瞿曰："此不但愈病，当长生耳。服半可愈，愈即勿废。"瞿服之未尽，病愈，身体强健，乃归家，家人谓是鬼。具说其由，乃喜。遂更服之二年，颜色转少，肌肤光泽，走如飞鸟。年七十余，食雉兔，皆嚼其骨，能负重，更不疲极。年百七十，夜卧，忽见屋间光有如镜者，以问左右，云不见。后一日，一室内尽明，能夜书文。再见面上有二人，长三尺，乃美女也，甚端正，但小耳，戏其鼻上。如此二女稍长大，至如人，不复在面上，出在前侧，常闻琴瑟之声，欣然欢乐。在人间三百余年，常如童子颜色，入山不知所之。（出《神仙传》）

王遥

王遥者，字伯辽，鄱阳人也，有妻无子。颇能治病，病无不愈者。亦不祭祀，不用符水针药，其行治病，但以八尺布帕，敷坐于地，不饮不食，须臾病愈，便起去。其有邪魅作祸者，遥画地作狱，因召呼之，皆见其形，入在狱中，或狐狸鼍蛇之类，乃斩而燔烧之，病者即愈。遥有竹箧，长数寸，有一弟子姓钱，随遥数十年，

赵瞿

赵瞿，字子荣，上党人。身患癞病，病入膏肓。有人对他家人说："应当趁他活着弃出家门，若死在家中，恐怕要蛀蚀后世子孙。"家人给他准备了一年粮食，将他送走安置在山中，怕有虎狼伤害他，就在外用木头围护。赵瞿悲痛万分，昼夜哭泣。过了一百多天，一夜，石室前来了三个人，问他是谁。赵瞿忖度深山老林中不是常人会来的地方，一定是神仙。就自述经历，叩头哀求相助。三个人轻而易举走进木制围挡，仿佛围挡如云气般。问赵瞿是否一定要治病，治病要吃药，是否能配合服药。赵瞿答："我此生罪孽深重，重病缠身，已经被家人抛弃，时日无多。倘若砍掉腿割掉鼻子能救命，我也愿意，何况是服药呢。"神人就给了他松子和松柏脂各五升，并告诉他："这药不但能治病，还能长生不老。吃一半就能痊愈，病好了也别浪费。"赵瞿还没吃完，病就痊愈了，身体康健，就回了家，家人说他是鬼，后来听他详细讲述经过，家人大喜。赵瞿又继续服了两年药，面容也变得年轻，肤色亮泽，步履轻快。到了七十多岁，吃山鸡野兔连骨头都能嚼碎，背着重物也不累。到了一百七十岁，某日夜里睡觉，忽然看到屋子里有像镜子一样的光，问身边人，但没人看到。一天后，整间屋子都是明亮的，夜间也能读书写字了。再看他脸上有两个三尺长的小人，是行为端庄的美女，只是太小了，在他鼻子上嬉戏。这两女子稍长大后，宛如常人，不用再在他的脸上，相伴在他身侧，常弹琴鼓瑟，其乐融融。赵瞿在人间三百多年，容貌一直如童子，后来隐入山中不知所踪。（出《神仙传》）

王遥

王遥，字伯辽，鄱阳人，娶了妻子但无儿女。他医术高超，经他医治都会痊愈。他行医不祭祀鬼神，不用符咒药水，不用施针开药。只在地上铺张八尺大的手巾坐在上面，也不吃不喝，很快就能治好，治好后就离开。如果有妖邪作怪他能画地为牢，将妖邪召出，妖邪原形毕露困在牢中，有时是些狐狸、乌龟、蛇之类，他就将它们斩杀后烧掉，病人就能痊愈。王遥有只几寸长的竹箱，他有位钱姓未尝见遥开之。一夜，大雨晦暝，遥使钱以九节杖担此篋，将钱出，冒雨而行，遥及弟子衣皆不湿。所行道非所曾经，又常有两炬火导前。约行三十里许，登小山，入石室，室中有二人。遥既至，取弟子所担篋发之，中有五舌竹簧三枚。遥自鼓一枚，以二枚与室中二人，并坐鼓之。良久，遥辞去，收三簧，皆纳篋中，使钱担之。室中二人出送，语遥曰："卿当早来，何为久在俗间。"遥答曰："我如是当来也。"遥还家百日，天复雨，遥夜忽大治装。遥先有葛单衣及葛布巾，已五十余年未尝着，此夜皆取着之。其妻即问曰："欲舍我去乎？"遥曰："暂行耳。"妻曰："当将钱去不？"遥曰："独去耳。"妻即泣涕曰："为且复少留。"遥曰："如是还耳。"因自担篋而去之，遂不复还。后三十余年，弟子见遥在马蹄山中，颜色更少，盖地仙也。（出《神仙传》。按目录，此下应尚有《陈永伯》一篇，今佚。）

弟子追随他几十年未曾见他打开过竹箱。某夜阴雨连绵天昏地暗，王遥让钱某用九节杖担竹箱随他冒雨出行，他与弟子衣裳都不曾沾水。他们走了条未曾走过的路，前面有两火把引路。大约走了三十多里，登上一座小山，进了石洞，洞中有两个人。王遥进洞后，打开弟子担着的竹箱，里面有五个簧片的竹笙三支。王遥自己吹奏一支，其余两支石洞中的两人各一支。吹了许久，王遥辞去，收起竹笙装在竹箱中，还是钱姓弟子担着，洞中二人出洞送别。对王遥说：“你该早些来的，何必在人间逗留。”王遥答：“我自然会来。”王遥回家百天，又下大雨，王遥忽然在夜间整装。他先前有件葛布衣和葛布头巾，已经五十多年没穿过了。都在这晚拿出穿好。他的妻子问他：“你这是要舍弃我离开了吗？”王遥说：“只是暂时离开。”妻子又问：“你带钱姓弟子去吗？”王遥说：“我独自前去。”妻子哭着说：“再多留几天吧。”他说：“会回来的。”就独自挑着竹箱离去，再没回来。三十多年后，他弟子在马蹄山看见他，面容愈发年轻，大抵已修成地仙。（出《神仙传》。按目录，此下应尚有《陈永伯》一篇，今佚。）

卷第十一　神仙十一

泰山老父　巫炎　刘凭　栾巴　左慈　大茅君

泰山老父

泰山老父者，莫知姓字。汉武帝东巡狩，见老翁锄于道傍，头上白光高数尺，怪而问之。老人状如五十许人，面有童子之色，肌肤光华，不与俗同。帝问有何道术。对曰："臣年八十五时，衰老垂死，头白齿落。遇有道者，教臣绝谷，但服术饮水。并作神枕，枕中有三十二物。其三十二物中，有二十四物以当二十四气，八毒以应八风。臣行之，转老为少，黑发更生，齿落复出，日行三百里。臣今一百八十岁矣。"帝受其方，赐玉帛。老父后入岱山中，每十年五年，时还乡里。三百余年，乃不复还。（出《神仙传》）

巫炎

巫炎字子都，北海人也，汉驸马都尉。武帝出，见子都于渭桥，其头上郁郁紫气高丈余。帝召问之："君年几何？所得何术，而有异气乎？"对曰："臣年已百三十八岁，亦无所得。"将行，诏东方朔，使相此君有何道术。朔对曰："此君有阴道之术。"武帝屏左右而问之。子都对曰："臣年六十五时，苦腰痛脚冷，不能自温。口干舌苦，渗涕出。百节四肢疼痛，又痹不能久立。得此道以来，七十三年，今有子二十六人。身体虽勇，无所疾患。气力乃如壮时，无所忧患。"帝曰："卿不仁，有道而不闻于朕，非忠臣也。"子都对曰："臣诚知此道为真，然阴阳之事，宫中之利，臣子之所难言。又行之皆逆人情，能为之者少。故不敢以闻。"帝曰："勿谢，戏君耳。"遂受其法。子都年二百岁，服饵水银，白日升天。武帝颇行其

泰山老父

泰山老父，不知他姓甚名谁。汉武帝东巡，看见一老者在路旁锄地，老者头顶白光数丈高，汉武帝觉得白光惊异便请教老者，老者看样貌大概五十多岁，面色如孩童，肌肤光泽莹润，与寻常人不同。汉武帝问老者修习什么道术。老者答："臣八十五岁时，衰老将死，白发苍苍牙齿脱落。偶遇得道高人，教臣辟谷，只服白术饮水，并制成神枕，枕中包含三十二种东西，这三十二种东西中有二十四种对应二十四节气，八种毒物对应八风（八种季候风）。我坚持修行，返老还童，重新长出黑发与牙齿，日行三百里。臣如今一百八十岁了。"汉武帝采纳了他的修行方法，赐美玉布帛给老者。老者后来隐入泰山，隔十年五年回乡一次。三百多年后不再出世。（出《神仙传》）

巫炎

巫炎，字子都，北海人，汉朝驸马都尉。汉武帝出巡，在渭水桥上遇到子都，见子都头顶萦绕的紫气有数丈高。汉武帝召他来问他多大年纪了，修习什么道术才使得头顶有非同寻常的紫气。子都答："我已经一百三十八岁了，但并没修得什么。"说完就要走。汉武帝又把东方朔召来，让他看看子都有什么道术。东方朔回答："这人懂得房中术。"汉武帝屏退左右，向子都请教。巫炎说："臣到六十五岁时，受腰痛脚凉之苦，体寒难以自暖，口舌干燥发苦，鼻涕不断，关节四肢疼痛，腿部麻痹不能久站。自从修得房中之术，又活了七十三年，现在已经有二十六个孩子，身强体壮，没有疾病，精力如少年时一样，心中没有烦忧。"汉武帝说："你不够仁义，有道术不与我分享，不算忠臣。"子都回答："我知道这道法确实有效。但阴阳交接等事，宫中有专人研究，我作为臣民很难向皇上进言。况且我所修道

法，不能尽用之，然得寿最长于先帝也。（出《神仙传》）

刘凭

刘凭者，沛人也，有军功，封寿光金乡侯。学道于稷丘子，常服石桂英及中岳石硫黄，年三百余岁而有少容，尤长于禁气。尝到长安，诸贾人闻凭有道，乃往拜见之。乞得侍从，求见祐护。凭曰："可耳。"又有百余人随凭行，并有杂货，约直万金。乃于山中逢贼数百人，拔刃张弓，四合围之。凭语贼曰："汝辈作人，当念温良。若不能展才布德，居官食禄，当勤身苦体。夫何有靦面目，豺狼其心。相教贼道，危人利己。此是伏尸都市，肉飧乌鸢之法。汝等弓箭，当何所用。"于是贼射诸客，箭皆反着其身。须臾之间，大风折木，飞沙扬尘。凭大呼曰："小物辈敢尔，天兵从头刺杀先造意者。"凭言绝，而众兵一时顿地，反手背上，不能复动，张口短气欲死。其中首帅三人，即鼻中出血，头裂而死。余者或能语，曰："乞放余生，改恶为善。"于是诸客或斫杀者，凭禁止之，乃责之曰："本拟尽杀汝，犹复不忍。今赦汝，犹敢为贼乎？"皆乞命曰："便当易行，不敢复耳。"凭乃敕天兵赦之，遂各能奔走去。

尝有居人妻病邪魅，累年不愈。凭乃敕之，其家宅傍有泉水，水自竭，中有一蛟枯死。又有古庙，庙间有树，树上常有光。人止其下，多遇暴死。禽鸟不敢巢其枝。凭乃敕之，盛夏树便枯死，有法，实行起来都违逆人情，很少有人能坚持修行，所以不敢将这种方术上奏。”汉武帝说：“你不用告罪，我刚才只是开玩笑。”于是汉武帝采纳了子都的道法。子都二百岁时，服用水银，白日飞升。汉武帝实行子都道法颇多，虽没有尽数使用，但寿命比以往的帝王长很多。（出《神仙传》）

刘凭

刘凭，沛县人。因军功被封寿光金乡侯。跟随稷丘子修习道法，经常服用石桂英和中岳嵩山的石硫黄，三百多岁还是少年人容貌，擅长闭气。他曾在长安，很多商人听说他身怀道术，前去拜见，有的请求追随修习，有的请他佑护。刘凭说“可以”，又有百余人追随刘凭，带着各类东西，大概价值万金。于是在山中遇见强盗数百人，强盗们拔刀张弓从四面包抄。刘凭对强盗说：“你们该做正直的人，心向温良，如果做不到发挥才学布施德行，做官食俸，也该辛勤劳作，你们怎么好意思，心如豺狼，互传贼术，害人利己？告诉你们，这样做只能使你们变成一具具死尸去喂乌鸦老鹰，你们的弓箭一点也派不上用场！”强盗气急挽弓搭箭射杀刘凭一行，结果射出去的箭调转方向射伤自己。刹那间狂风大作，折木扬沙。刘凭大呼：“你们这等小人竟敢如此，天兵们先将造孽者的头目铲除！”刘凭说罢，强盗们都倒在地上，双手反绑在背后，不能再动，张大嘴呼吸，气短几近死亡。其中三名头目，鼻子中流血，头颅开裂致死。剩下的强盗中还有能说话的哀求不断，保证今后定改恶向善。追随刘凭的人打算将强盗全部铲除，被刘凭制止了，他斥责强盗们说：“本该将你们全部铲除，但又不忍心。现在放你们一条生路，你们还敢再做强盗吗？”强盗们都哀求饶命：“定将改过自新，不敢再作恶了。”刘凭就命令天兵赦免他们，强盗们就各自逃散。

有次，一人的妻子被妖邪缠住，经年不治，刘凭前来施法相助，发现他家房子旁有口泉，泉水已经枯竭，其中有条蛟龙已经渴死在泉中。有间古庙，庙中有树，树上常有光散出，行人停在树下，常会暴毙。禽鸟不敢在树上栖息。刘凭又施了道术，盛夏时节那树就枯死大蛇长七八丈，悬其间而死，后不复为患。凭有姑子，与人争地，俱在太守坐。姑子少党，而敌家多亲助，为之言者四五十人。凭反覆良久，忽然大怒曰："汝辈敢尔。"应声有雷电霹雳，赤光照耀满屋。于是敌人之党，一时顿地，无所复知。太守甚怖，为之跪谢曰："愿君侯少宽威灵，当为理断，终不使差失。"日移数丈，诸人乃能起。汉孝武帝闻之，诏征而试之，曰："殿下有怪，辄有数十人，绛衣，披发持烛，相随走马，可效否？"凭曰："此小鬼耳。"至夜，帝伪令人作之。凭于殿上，以符掷之，皆面抢地，以火淬口无气。帝大惊曰："非此鬼也，朕以相试耳。"乃解之。后入太白山中，数十年复归乡里，颜色更少。（出《神仙传》）

栾巴

栾巴者，蜀郡成都人也。少而好道，不修俗事，时太守躬诣巴，请屈为功曹，待以师友之礼。巴到，太守曰："闻功曹有道，宁可试见一奇乎？"巴曰："唯。"即平坐，却入壁中去，冉冉如云气之状。须臾，失巴所在，壁外人见化成一虎，人并惊。虎径还功曹舍。人往视虎，虎乃巴成也。后举孝廉，除郎中，迁豫章太守。庐山庙有神，能于帐中共外人语，饮酒，空中投杯。人往乞福。能使江湖之中，分风举帆，行各相逢。巴至郡，往庙中，便失神所在。巴曰："庙鬼诈为天官，损百姓日久，罪当治之。以事付功曹，巴自行捕逐，若不时讨，恐其后游行天下，所在血食，枉病良民。"责以重祷，乃下所在，推问山川社稷，求鬼踪迹。此鬼于是走至齐郡，化为书生，善谈五经，太守即以女妻之。巴知其所在，上表请解郡守往捕，其鬼不出。巴谓太守："贤婿非人也，是老鬼诈为庙神。今走至此，故来取之。"太守召之不出。巴曰："出之甚易。"请太了，有条七八丈的大蛇盘在树上死去，此后这棵树不再为祸人间。刘凭姑母的儿子与人争夺土地，几人都被抓进太守府，姑家亲友少，对家亲友多，为他们说话的有四五十人。刘凭与他们争论良久，忽然大怒："你们仗着人多竟敢如此！"话音未落，惊雷漫天，赤光映满屋堂，对家亲友们顿时倒地不省人事。太守惶恐，跪地央求："求您收起神威，我一定秉公断案，绝不会有差池。"过了很久，晕倒在地的人们才苏醒。汉武帝听闻后，传诏刘凭，想试他道术，便对刘凭说："我这金殿之中有妖怪，多达数十只，穿着红衣，披发持烛，在大殿上骑着马游荡。你有办法解决吗？"刘凭说："这不过是群小鬼。"当天夜里，皇帝命人假扮妖怪在殿内转悠。刘凭来到殿内，掷出一道符纸，妖怪都一头栽倒，用灯一照，都断气了。武帝慌忙解释："他们不是鬼，只是我用来试验你的。"刘凭这才解除法术。后来刘凭隐入太白山，数十年后回乡，容貌却越发年轻。（出《神仙传》）

栾巴

栾巴，蜀郡成都人，年少时爱好道术，不问世事，当时太守亲见栾巴，请他屈就功曹之职，以师友之礼相待，栾巴受命。有天太守对栾巴说："听闻功曹身怀道术，我能见识一下吗？"栾巴答："可以。"说罢端坐着隐入墙壁中，像云气一般飘渺，片刻不知所终。墙外的人看到栾巴化作一只老虎，心生恐惧。那老虎一直跑回功曹府，人们也随之看老虎，虎却已变回栾巴。后来栾巴被举为孝廉，任职郎中，又官升豫章太守。当时庐山庙里有神仙，能在帐中与帐外人交谈，喝酒时只见空中出现酒杯。人们都去庙中求福。这仙能刮起方向相反的风，鼓动船帆，使两只船逆向而行相遇。栾巴到任后，去往庙中，却不见那神仙踪影。栾巴说："庙中鬼怪冒充天神，欺瞒百姓多时，理应惩治。我将公事托付功曹，亲自捉拿鬼怪，若不及时铲除鬼怪，只怕他日后四处流窜，享受祭品，祸害无辜百姓。"栾巴诚心祈祷，推测全国各处，搜寻鬼怪踪迹。那鬼怪逃往齐郡，变成书生，由于他精通五经，齐郡太守竟将女儿嫁给了他。栾巴知道鬼怪所在，于是上表请求解除豫章太守的职位，赶去齐郡捉鬼，那鬼怪不敢露守笔砚设案，巴乃作符。符成长啸，空中忽有人将符去，亦不见人形，一坐皆惊。符至，书生向妇涕泣曰："去必死矣。"须臾，书生自赍符来至庭，见巴不敢前。巴叱曰："老鬼何不复尔形。"应声即便为一狸，叩头乞活，巴敕杀之，皆见空中刀下，狸头堕地。太守女已生一儿，复化为狸，亦杀之。

巴去还豫章，郡多鬼，又多独足鬼，为百姓病。巴到后，更无此患，妖邪一时消灭。后征为尚书郎，正旦大会，巴后到，有酒容，赐百官酒，又不饮而西南向噀之。有司奏巴不敬。诏问巴，巴曰："臣乡里以臣能治鬼护病，生为臣立庙。今旦有耆老，皆来臣庙中享，臣不能，早饮之，是以有酒容。臣适见成都市上火，臣故漱酒为尔救之。非敢不敬，当请诏问，虚诏抵罪。"乃发驿书问成都。已奏言："正旦食后失火，须臾，有大雨三阵，从东北来，火乃止，雨着人皆作酒气。"后一旦，忽大风雨，天地晦冥，对坐不相见，因失巴所在。寻闻巴还成都，与亲故别，称不更还。老幼皆于庙中送之，云："去时亦风雨晦冥。莫知去处也。"（出《神仙传》）

左慈

左慈字元放，庐江人也。明五经，兼通星气，见汉祚将衰，天下乱起，乃叹曰："值此衰乱，官高者危，财多者死。当世荣华，不足贪也。"乃学道，尤明六甲，能役使鬼神，坐致行厨。精思于天面，栾巴对齐郡太守说：“你的女婿不是人类，而是冒充庙神的鬼怪。现在逃亡到你家，所以我来铲除他。”齐郡太守叫他女婿出来，那鬼怪躲着不出。栾巴说：“让他出来也很容易。”让齐郡太守准备笔砚桌案，栾巴写了一道符咒，写成后栾巴仰天长啸，空中忽然有人将符拿走，也看不到是谁拿走的，在场的人都十分惊讶。那道符出现在假书生面前，书生向他妻子哭求：“我这一去非死不可了。”片刻后，假书生自己拿着符来到院中，看见栾巴不敢靠近。栾巴大声呵斥：“老鬼还不现出原形来！”书生应声变作狸猫，叩头求栾巴留它一命。栾巴下令将狸猫处死，众人见空中落下铡刀将狸猫的头砍落在地。齐郡太守的女儿已生下儿子，也现了原形变作狸猫，栾巴也将它处死。

豫章郡里鬼怪成群，独脚鬼居多，残害百姓，栾巴一返回本郡，就再没有灾祸，妖邪鬼怪尽数消失。后来栾巴被征召为尚书郎。正月初一设宫筵，栾巴赴宴时已有醉意，皇帝又赐百官御酒，栾巴没喝却将酒向西南方喷出。司礼同衔以栾巴对圣上不敬为由上奏。皇帝召栾巴询问，栾巴说：“臣家乡百姓因臣能驱鬼治病，为臣立生祠。今晨几位德高望重的老者到臣的庙中约臣喝酒，臣实在不能推脱，才不得已在宴会之前饮酒，所以面带醉意。臣刚才看见成都街市走水，才喷酒救火，绝非对皇上不敬。皇上可下诏询问成都火情，如果有假臣愿抵罪。”于是皇帝经驿站发文书到成都查问。奏报说：“正月初一食时过后失火，不久便下了三阵大雨，雨从东北来，火就灭了。雨落到人身上有股酒味。”后来有天，忽然风雨大作，天昏地暗，相对而坐却看不到人，栾巴也消失了。传闻栾巴回到成都，与亲友告别，说不再回来。家乡男女老少都到庙中送他。传言道：“他离去时风雨交加天地昏暗，不知所终。”（出《神仙传》）

左慈

左慈字元放，庐江人。精通五经，也懂占星术，预见汉朝国运衰颓，天下纷乱将至，就感叹：“在这乱世中，身居高位的更难自保，堆金积玉的更容易死。所以世间的荣华富贵不值得贪图。”于是左慈修习道法，精通五行方术，能驱策鬼神，坐着不动便能烹饪佳肴。他在柱山中，得石室中《九丹金液经》，能变化万端，不可胜记。魏曹公闻而召之，闭一石室中，使人守视，断谷期年，乃出之，颜色如故。曹公自谓生民无不食道，而慈乃如是，必左道也，欲杀之。慈已知，求乞骸骨。曹公曰："何以忽尔？"对曰："欲见杀，故求去耳。"公曰："无有此意，公却高其志，不苟相留也。"乃为设酒，曰："今当远旷，乞分杯饮酒。"公曰："善。"是时天寒，温酒尚热，慈拔道簪以挠酒，须臾，道簪都尽，如人磨墨。初，公闻慈求分杯饮酒，谓当使公先饮，以与慈耳，而拔道簪以画，杯酒中断，其间相去数寸。即饮半，半与公。公不善之，未即为饮，慈乞尽自饮之。饮毕，以杯掷屋栋，杯悬摇动，似飞鸟俯仰之状，若欲落而不落，举坐莫不视杯，良久乃坠，既而已失慈矣。寻问之，还其所居。曹公遂益欲杀慈，试其能免死否。乃敕收慈，慈走入群羊中，而追者不分，乃数本羊，果余一口，乃知是慈化为羊也。追者语主人意，欲得见先生，暂还无怯也。俄而有大羊前跪而曰："为审尔否？"吏相谓曰："此跪羊，慈也。"欲收之。于是群羊咸向吏言曰："为审尔否？"由是吏亦不复知慈所在，乃止。后有知慈处者，告公，公又遣吏收之，得慈。慈非不能隐，故示其神化耳。于是受执入狱。狱吏欲拷掠之，户中有一慈，户外亦有一慈，不知孰是。公闻而愈恶之，使引出市杀之。须臾，忽失慈所在，乃闭市门而索。或不识慈者，问其状，言眇一目，著青葛巾青单衣，见此人便收之。及尔，一市中人皆眇目，著葛巾青衣，卒不能分。公令普逐之，如见便杀。后有人见知，便斩以献公，公大喜，及至视之，乃一束茅，验其尸，亦亡处所。

天柱山静心精修，在石洞中得到《九丹金液经》，习得千变万化的方术，他会的法术不可胜记。三国时魏国曹操听闻后，召见左慈，在封闭石屋内，派人监视，一年没给他吃饭，过了一年才将他放出，却见他神色如常。曹操自以为世上的人没有不吃饭的可能，而左慈竟能一年不吃饭，定是身怀邪术，想铲除他。左慈已经知道曹操有意杀他，就向曹操请求回乡。曹操说："为什么急着走呢？"左慈答："我预感你要杀我，所以我请求你放我一条生路。"曹操说："我并无此意，既然你另有想法，我就不强留你了，以酒饯行。"左慈说："我就要远行，请求与你分杯喝酒。"曹操说："好。"当时天寒地冻，酒正在火上浸着，左慈拔下头上的道簪搅和酒，片刻后道簪溶进酒中就像人在磨墨时墨溶入水中一样。起初，曹操听左慈要求分杯饮酒，以为是自己先喝半杯再给左慈，没想到左慈用道簪将酒杯划成两半，中间相隔几寸。左慈先喝一半，另一半给了曹操。曹操为此不悦，没有马上饮酒，左慈就向曹操要过来自己都喝了。喝完将杯子扔上房梁，杯子在房梁上悬空摇动，像飞鸟上下翻飞，将落不落，在座的人都关注着酒杯，杯子过了很久才落地，再看左慈已经消失了。一打听，左慈已回到自己的居处。曹操因此事更想杀左慈，想试试左慈能不能保全自己性命。曹操下令逮捕左慈，左慈走进羊群中，让追捕他的官吏无法分辨，查羊的原数，果然多出一只，才知道左慈变作羊。追捕的官吏转达曹操意思，说曹操想见左慈，请左慈现身切勿害怕。这时一只大羊走上前跪着说："你们看看我是不是。"官吏们讨论说："这个跪着的羊定是左慈。"就想将这只羊抓走。但这时所有羊对官吏说："你们看看我是不是。"如此追捕的官吏更分不清哪只是左慈，只好作罢。后来有知道左慈所在的人密告曹操，曹操又派官吏去抓，果真抓到了。左慈并非不能隐遁脱逃，而故意要给曹操见识一下他的变化之术。于是左慈被捕入狱。典狱官打算拷问左慈，却发现狱中有个左慈，狱外也有个左慈，不知哪个是真的左慈。曹操听闻后越发嫌恶，就命令将左慈绑到刑场处死。但一会儿，左慈却突然消失，于是曹操下令关闭城门大肆搜捕。有人说不认识左慈，问他样貌，说是单眼失明，戴青色葛布头巾，穿青色单衣，见到这样的人就逮捕。不后有人从荆州来，见慈。刺史刘表，亦以慈为惑众，拟收害之。表出耀兵，慈意知欲见其术，乃徐徐去，因又诣表云："有薄礼，愿以饷军。"表曰："道人单侨，吾军人众，安能为济乎？"慈重道之，表使视之，有酒一斗，器盛，脯一束，而十人共举不胜。慈乃自出取之，以刀削脯投地，请百人奉酒及脯，以赐兵士。酒三杯，脯一片，食之如常脯味，凡万余人，皆周足，而器中酒如故，脯亦不尽，坐上又有宾客千人，皆得大醉。表乃大惊，无复害慈之意。数日，乃委表去，入东吴。有徐堕者，有道术，居丹徒，慈过之。堕门下有宾客，车牛六七乘，欺慈云："徐公不在。"慈知客欺之，便去。客即见牛在杨树杪行，适上树即不见，下即复见行树上。又车毂皆生荆棘，长一尺，斫之不断，推之不动。客大惧，即报徐公，有一老翁眇目，吾见其不急之人，因欺之云："公不在。"去后须臾，牛皆如此，不知何等意。公曰："咄咄，此是左公过我，汝曹那得欺之，急追可及。"诸客分布逐之，及慈，罗布叩头谢之。慈意解，即遣还去。及至，车牛等各复如故。慈见吴主孙讨逆，复欲杀之。后出游，请慈俱行，使慈行于马前，欲自后刺杀之。慈在马前，着木履，挂一竹杖，徐徐而行，讨逆着鞭策马，操兵逐之，终不能及。讨逆知其有术，乃止。后慈以意告葛仙公，言当入霍山，合九转丹，遂乃仙去。（出《神仙传》）

一会儿，全城的人都单眼失明，戴青色葛布头巾，穿青色单衣，兵卒分辨不清。曹操下令全面搜查，逮捕就地处决。后来有人见到左慈，杀了献给曹操，曹操大喜，检验尸体竟是一捆茅草，再到杀左慈的地方找尸体，这个地方也不见了。

后来有人从荆州来，说是看到了左慈。当时荆州刺史刘表也认为左慈妖言惑众，打算将他铲除。刘表炫耀兵威，左慈知道刘表意图试探他的道术，就慢慢走到刘表面前说："我有些微薄之礼想犒赏将士。"刘表说："你作为道士孤身一人，我人马众多，你犒赏得过来吗？"左慈重说了一遍，刘表派人去看是什么礼物，有一斗酒，装在酒器中，一扎肉干，但十人一起抬也没抬动。左慈就自己取出，用刀将肉削落在地，请一百人拿酒和肉分发给士兵，每个士兵三杯酒一片肉，肉吃起来和寻常的味道一样。这数万士兵都吃饱喝足，但酒器中的酒与之前一样多，肉干也没吃光，座上一千多宾客酩酊大醉。刘表惊异，打消了杀害左慈的念头。几日后，左慈离开刘表去了东吴。有个人名徐堕，身怀道术，住在丹徒，左慈登门拜访。徐堕门前有宾客，停着六七辆牛车。宾客骗左慈说："徐公不在家。"左慈知道宾客骗他，就离开了。之后，宾客就看见牛在杨树细梢上走，爬到树上再看牛却不见了。下了树牛又走在树梢上。而且车轮长出一尺长的荆棘，砍不断，推不动。宾客惶恐，立即报告徐堕，说有一单眼失明的老头来访，我们以为他是凡俗之辈，合谋骗他说主人不在，老头走后不久，牛就发生了这种怪事，不知是怎么回事。徐堕听后厉声道："这是左慈来拜访我，你们哪能骗得了他？快点追兴许追得回来。"于是宾客分头去追，追上左慈后都磕头道歉。左慈怒气消散，就让宾客回去，牛和车都恢复原样。左慈与吴国君主孙策相见，孙策也有意杀他。一次出游，孙策请左慈同游，让左慈走在马前，想从身后刺杀他。左慈穿着木鞋拎着竹杖慢慢地走，孙策在后面手持兵器追赶却总也追不上，这才知道左慈身怀道法，不再想着杀他。左慈用意念转告葛仙公，说他要隐入霍山炼九转丹，后来就升仙而去。（出《神仙传》）

大茅君

大茅君盈，南至句曲之山。汉元寿二年，八月己酉，南岳真人赤君、西城王君及诸青童并从王母降于盈室。顷之，天皇大帝遣绣衣使者冷广、子期赐盈神玺玉章，大微帝君遣三天左宫御史管修条赐盈八龙锦与紫羽华衣，太上大道君遣协晨大夫叔门赐盈金虎真符流金之铃，金阙圣君命太极真人、正一止玄、王郎、王忠、鲍丘等赐盈以四节咽胎流明神芝。四使者授讫，使盈食芝佩玺，服衣玉冠，带符握铃而立。四使者告盈曰："食四节隐芝者，位为真卿；食金阙玉芝者，位为司命；食流明金英者，位为司禄；食长曜双飞者，位为司命真伯；食夜光洞草者，总主在左御史之任。子尽食之矣，寿齐天地，位为司命上真、东岳上卿，统吴越之神仙，综江左之山源矣。"言毕，使者俱去。五帝君各以方面车服降于其庭，传太帝之命，赐紫玉之版，黄金刻书九锡之文，拜盈为东岳上卿、司命真君、太元真人，事毕俱去。

王母及盈师西城王君，为盈设天厨酣宴，歌玄灵之曲。宴罢，王母携王君及盈，省顾盈之二弟，各授道要。王母命上元夫人，授茅固、茅衷《太霄隐书》《丹景道精》等四部宝经。王母执《太霄隐书》，命侍女张灵子执交信之盟，以授于盈、固及衷。事讫，西王母升天而去。其后紫虚元君、魏华存夫人请斋于阳洛之山隐元之台，西王母与金阙圣君降于台中，乘八景之舆，同诣清虚上宫，传《玉清隐书》四卷，以授华存。是时三元夫人冯双珠、紫阳左仙公石路成、太极高仙伯、延盖公子、西城真人、王方平、太虚真人、南岳真人、赤松子、桐柏真人王乔等三十余真，各歌太极阴歌之曲。王母为之歌曰："驾我八景舆，欻然入玉清。龙群拂霄上，虎旆揖朱兵。逍遥玄津际，万流无暂停。哀此去留会，劫尽天地倾。当寻无中景，不死亦不生。体彼自然道，寂观合太冥。南岳拟贞干，玉英耀颖精。有任靡其事，虚心自受灵。嘉会降河曲，

大茅君

大茅君，名盈。曾南行至句曲山，汉哀帝元寿二年八月己酉，南岳真人赤君、西城王君及诸青童伴驾西王母降临茅盈家。不久，天皇大帝派绣衣使者冷广、子期赐茅盈神玺玉章，大微帝君派三天左宫御史管修条赐茅盈八龙锦与紫羽华服，太上大道君派协晨大夫石叔门赐茅盈金虎真符流金之铃，金阙圣君命太极真人、正一上玄、王郎、王忠、鲍丘等赐茅盈四节咽胎流明神芝。四位使者授赏完毕，让茅盈服下灵芝，戴上玉玺，穿上紫羽华服戴上玉冠，带金虎真符持金铃站好，并转告茅盈道："服下四节灵芝，列位真卿；服下金阙玉芝，列位司命；服下流明金英，列位司禄；服下长曜双飞，列位司命真伯；服下夜光洞草，可久任左御史。上述仙草丹药您已全部服用，将寿与天齐，列位司命上真、东岳上卿，统率吴越众神仙，管辖江左山河。"说罢使者一同离去。五帝君又将各式车马服饰降在庭院，传太帝命，赐紫玉笏板、黄金篆刻的九锡名录，拜茅盈为东岳上卿、司命真君和太元真人，安排妥当后离去。

西王母和茅盈的仙师西城王君为茅盈设天界仙厨盛宴，席间仙曲相辅。宴后，王母带着王君和茅盈探望茅盈的两个弟弟，向两人传授修习道法的关窍。王母命上元夫人授予茅固、茅衷《太霄隐书》《丹景道精》等四部宝经。王母手执《太霄隐书》，命侍女张灵子拿着表明道心坚定的盟约交给茅盈、茅固、茅衷弟兄三人，事罢西王母升天离去。之后紫虚元君、魏华存夫人在阳洛山隐元台设斋宴邀请茅盈，西王母和金阙圣君乘八景舆降临台上，同往清虚上宫，将《玉清隐书》四卷授予魏华存夫人。当时三元夫人冯双珠、紫阳左仙石路成、太极高仙伯、延盖公子、西城真人、王方平、太虚真人、南岳真人、赤松子、桐柏真人王乔等三十余位仙人各自吟唱太极太阴歌。西王母也唱道："驾我八景舆，欻然入玉清。龙群拂霄上，虎旆掛朱兵。逍遥玄津际，万流无暂停。哀此去留会，劫尽天地倾。当寻无中景，不死亦不生。体彼自然道，寂观合太冥。南岳拟贞干，玉英耀颖精。有任靡其事，虚心自受灵。嘉会降河曲，相与乐未央。"西王母唱相与乐未央。”王母歌毕，三元夫人答歌亦毕，王母及三元夫人、紫阳左公、太极仙伯、清灵王君，乃携南岳魏华存同去。东南行，俱诣天台霍山，过句曲之金坛，宴太元真人茅升申于华易洞天，留华存于霍山洞宫玉宇之下。众真皆从王母升还龟台矣。（出《集仙传》）

罢，三元夫人也答唱了一首。西王母和三元夫人、紫阳左公、太极仙伯、清灵王君带着南岳魏华存夫人一道向东南行去，行至天台山、霍山，途经句曲山金坛，在华易洞天宴请太元真人茅升申。将魏华存夫人留在霍山洞宫玉宇下，众仙跟随西王母返回龟台。（出《集仙传》）

卷第十二　神仙十二

壶　公　蓟子训　董　奉　李常在

壶　公

壶公者，不知其姓名也。今世所有召军符、召鬼神治病玉府符，凡二十余卷，皆出自公，故总名“壶公符”。时汝南有费长房者，为市掾，忽见公从远方来，入市卖药。人莫识之，卖药口不二价，治病皆愈。语买人曰：“服此药必吐某物，某日当愈。”事无不效。其钱日收数万，便施与市中贫乏饥冻者，唯留三五十。常悬一空壶于屋上，日入之后，公跳入壶中，人莫能见。唯长房楼上见之，知非常人也。长房乃日日自扫公座前地，及供馔物，公受而不辞。如此积久，长房尤不懈，亦不敢有所求。公知长房笃信，谓房曰：“至暮无人时更来。”长房如其言即往，公语房曰：“见我跳入壶中时，卿便可效我跳，自当得入。”长房依言，果不觉已入。入后不复是壶，唯见仙宫世界，楼观重门阁道，公左右侍者数十人。公语房曰：“我仙人也，昔处天曹，以公事不勤见责，因谪人间耳。卿可教，故得见我。”长房下座顿首曰：“肉人无知，积罪却厚，幸谬见哀悯，犹入剖棺布气，生枯起朽。但恐臭秽顽弊，不任驱使。若见哀怜，百生之厚幸也。”公曰：“审尔大佳，勿语人也。”公后诣长房于楼上曰：“我有少酒，相就饮之。”酒在楼下，长房使人取之，不能举盎，至数十人莫能得上。乃白公，公乃下，以一指提上。与房共饮之，酒器如拳许大，饮之至暮不竭。告长房曰：“我某日当去，卿能去乎？”房曰：“欲去之心，不可复言，欲使亲眷不觉知去，当有何计？”公曰：“易耳。”乃取一青竹杖与房，戒之曰：“卿以竹归家，便可称病，以此竹杖置卿所卧处，默然便来。”房如公言。去后，家人见房已死，尸在床。乃向竹杖耳，乃哭泣葬之。

壶公

壶公，不知姓甚名谁。当今世上所有的召军符及召鬼神、治疾病的玉府符共二十多卷，都出自壶公之手，所以总称壶公符。当时汝南有人名费长房，任市掾（市场管理官），忽然看见壶公从远方走来，入市卖药。人们不认识壶公，他卖药一口价，疗效很好，药到病除。壶公嘱咐买药人说："服药后会吐东西，来日定会痊愈。"事事都依他所言。他日入过万钱，将钱布施给街上饥寒贫困的人，只留下三五钱。经常将一空壶挂在屋檐，太阳落山后，他就跳入壶中。没人看见这事，唯独费长房在楼上目睹，由此知道壶公非寻常人。费长房此后每日清扫壶公门前，进贡吃食，壶公并不推辞。长此以往，费长房不曾懈怠，也不敢向壶公提出请求。壶公心知费长房道心坚定，对他说："晚间无人时分你到这来。"费长房依言前往，壶公对他说："你看我跳入壶中时，你像我一样跳，便能进去。"费长房依言，果然不知不觉已进入壶中。进去后才发觉眼前景象不再是壶，而是仙宫世界，周围遍布宫阙楼阁，壶公左右侍者几十人。壶公对费长房说："我是神仙，在天宫任职，由于懈怠公事被贬到人间。你值得教化，我才让你接触我。"费长房离座叩头下拜说："鄙人愚昧，罪孽深重，侥幸承蒙眷顾，好似开棺布气，复生枯骨起死朽尸。我唯恐才智愚钝，无法为您驱策。若不见弃，实乃百年难遇的幸事。"壶公说："我觉得你人不错才带你修行，切勿泄露天机。"壶公后来到楼上拜访费长房，说："我这儿有点酒，我们对饮几杯。"酒在楼下，费长房让人取来，数十人却不能将坛子举起，只好来告诉壶公，壶公下楼去，仅一个手指就把酒坛子拎上来了。二人对饮，酒器大概拳头大小，但喝到天黑也喝不尽。壶公告诉费长房："我某日将返回天界，你愿与我同去吗？"费长房说："渴求同去之心溢于言表，但不愿家人知晓，可有什么办房诣公，恍惚不知何所，公乃留房于群虎中，虎磨牙张口欲噬房，房不惧。明日，又内于石室中，头上有一方石，广数丈，以茅绹悬之，又诸蛇来啮绳，绳即欲断，而长房自若。公至，抚之曰："子可教矣。"又令长房啖屎，兼蛆长寸许，异常臭恶。房难之，公乃叹谢遣之曰："子不得仙道也，赐子为地上主者，可得寿数百岁。"为传封符一卷付之，曰："带此可主诸鬼神，常称使者，可以治病消灾。"房忧不得到家，公以一竹杖与之曰："但骑此，得到家耳。"房骑竹杖辞去，忽如睡觉，已到家。家人谓是鬼，具述前事，乃发棺视之，唯一竹杖，方信之。房所骑竹杖，弃葛陂中，视之乃青龙耳。初去至归谓一日，推问家人，已一年矣。房乃行符，收鬼治病，无不愈者。每与人同坐共语，常呵责嗔怒，问其故，曰："嗔鬼耳。"

时汝南有鬼怪，岁辄数来郡中，来时从骑如太守，入府打鼓，周行内外，尔乃还去，甚以为患。房因诣府厅事，正值此鬼来到府门前。府君驰入，独留房。鬼知之，不敢前。房大叫呼曰："便捉前鬼来。"乃下车伏庭前，叩头乞曰改过。房呵之曰："汝死老鬼，不念温良，无故导从，唐突官府，自知合死否？急复真形。"鬼须臾成大鳖，如车轮，头长丈余。房又令复人形。房以一札符付之，令送与葛陂君，鬼叩头流涕，持札去。使人追视之，乃见符札立陂边，鬼以头绕树而死。房后到东海，东海大旱三年。谓请雨者曰："东海神君前来淫葛陂夫人，吾系之，辞状不测，脱然忘之，遂致久旱，吾今当赦之，令其行雨。"即便有大雨。房有神术，能缩法？”壶公说：“这很容易。”他取了支青竹杖给费长房，告诫说：“你带竹杖回家，对家人说你病了，将竹杖放在床上，再悄悄过来。”费长房按照壶公的话做了，离开家后，家人见费长房病死在床上，床上的尸首其实是竹杖，家人悲痛流涕将他埋葬了。

费长房跟着壶公，恍恍惚惚不知去往何方，壶公将他留在群虎中，老虎张牙舞爪要吞食他，他面无惧色。第二天，壶公又把他困在石洞里，头顶有块几丈宽的大石头，用茅草绳挂着，很多蛇啃咬茅草绳，茅草绳几近断裂，而他泰然自若。壶公到后安抚说：“你可以受教学道了。”又让费长房吃屎，屎中夹杂许多一寸多长的蛆，奇臭无比，费长房难以从命，壶公哀惋让他回去，对他说：“你仙道难成，赐你做人间官吏，能得几百年寿数。”给了他一卷封着的符箓，说：“带着这符能驱使鬼神，常被尊称为使者，还可治病解难。”费长房担心无法回到家中，壶公将一支竹杖给他说：“骑着它就能到家了。”费长房骑上竹杖离去，宛如做了场梦，睁眼就到家了。家里人以为他是鬼魂，他详细解说来龙去脉，家人开棺检验，只见一支青竹杖，这才相信他所言。带费长房回家的竹杖被扔在草滩，细看原来是青龙。从离去到回家过了一天，费长房问家人，却发现已经过去一年了。此后费长房利用符箓收鬼治病，没有治不好的。他与人同坐交谈，时常厉声呵斥，客人问他缘由，他解释是在呵斥鬼怪。

当时汝南有个鬼怪，一年来郡里几回，来时带着骑马的随从装作太守模样，进入太守府敲动堂鼓，在府内外转悠，然后离开，时人以此鬼怪为大患。一日费长房到太守府，那鬼怪恰好也来到府门前。太守跑进府内，只留费长房一人。鬼怪知道费长房在不敢往前，费长房大呵，将这鬼抓住。鬼怪惊恐下车伏身庭前，叩首乞求活命的机会，保证改过自新。费长房呵斥：“该死的老鬼，心无良善，无故生事，唐突官府，该当以死谢罪，快现出原形。”假太守顷刻化作大乌龟，车轮大小，头长一丈多。费长房又命它换回人形，将一道符纸给他，命他将符转交葛陂君，那鬼叩首感激涕零，拿着符纸离去。费长房派人跟在后面看，只见符纸在陂边，鬼将脖子缠在树上死了。费长房后来到东海郡，东海已大旱三年。费长房对求雨人说：“东海神

地脉，千里存在，目前宛然，放之复舒如旧也。（出《神仙传》）

蓟子训

蓟子训者，齐人也。少尝仕州郡，举孝廉，除郎中。又从军，除驸马都尉。人莫知其有道。在乡里时，唯行信让，与人从事。如此三百余年，颜色不老，人怪之。好事者追随之，不见其所常服药物也。性好清澹，常闲居读《易》，小小作文，皆有意义。见比屋抱婴儿，训求抱之，失手堕地，儿即死。邻家素尊敬子训，不敢有悲哀之色，乃埋瘗之。后二十余日，子训往问之曰："复思儿否？"邻曰："小儿相命，应不合成人，死已积日，不能复思也。"子训因出外，抱儿还其家。其家谓是死，不敢受。子训曰："但取之无苦，故是汝本儿也。"儿识其母，见而欣笑，欲母取之，抱，犹疑不信。子训既去，夫妇共往视所埋儿，棺中唯有一泥儿，长六七寸。此儿遂得长成。

诸老人须发毕白者，子训但与之对坐共语，宿昔之间，明旦皆黑矣。京师贵人闻之，莫不虚心谒见，无缘致之。有年少与子训邻居，为太学生。诸贵人作计，共呼太学生谓之曰："子勤苦读书，欲规富贵，但召得子训来，使汝可不劳而得矣。"生许诺。便归事子训，洒扫供侍左右数百日。子训知意，谓生曰："卿非学道，焉能如此？"生尚讳之，子训曰："汝何不以实对，妄为虚饰，吾已具知卿意。诸贵人欲见我，我岂以一行之劳，而使卿不获荣位乎？汝可还京，吾某日当往。"生甚喜，辞至京，与贵人具说。某日子训当到，至期未发，生父母来诣子训。子训曰："汝恐吾忘，使汝儿失信不仕邪？吾今食后即发。"半日乃行二千里。既至，生急往拜迎，子君对葛陂君的夫人无礼，被我羁押了，没有核查他的口供，无意间竟将此事遗忘，导致此处久旱，我即刻释放他，令他施雨。”接着大雨如注。费长房有神术，能缩小土地，将千里之外的景貌移至眼前，放开又能恢复如初。（出《神仙传》）

蓟子训

蓟子训，齐人。少时在州、郡任过官，被举孝廉，任郎中。后又从军，任驸马都尉。没人知道他身怀道术。在家乡时，蓟子训待人接物诚信礼让。如此生活三百多年，不曾衰老，世人惊奇。个别好事的人追随在他身边，并未发现他服用药物。他性情淡泊，闲暇时研读《易经》，作短文，自有深意。某次他见邻居抱一婴孩，试问可否一抱，却失手掉在地上，婴孩坠地即死。邻居平常对蓟子训恭敬有加，强忍悲痛之情，将婴孩下葬。二十多天后，子训问邻居还念那孩子吗，邻居说：“那孩子没有长大成人的命，离世多日，不再念着他了。”蓟子训就到外面，抱了孩子回来。邻居以为是死婴，不敢接受。蓟子训说：“放心接着，就是你家孩子。”孩子认得他的母亲，看到母亲欣然微笑，想让母亲过来抱他，可就算抱着，还是心有顾忌。蓟子训走后，邻居夫妇一同前往孩子的坟地，开棺发现棺中只有一泥娃娃，六七寸长。这孩子后来安康长大。

蓟子训常与一众须发皆白的老者同坐闲谈，一宿过后，第二日满座老者须发转白为黑。京城一些达官贵人听闻，都虚心拜谒，但无缘相见。有个年轻人是蓟子训的邻居，现在是太学的学生。一些贵人合谋将那学生找来，说：“你勤学苦读，为得功名利禄。只要你能请蓟子训来，我们让你不费吹灰之力坐拥功名利禄。”书生答应了。返回家乡，在蓟子训左右洒扫侍候数百天。蓟子训了解书生用意，对书生说：“你不修道，何至于如此？”书生心有顾忌吞吞吐吐。蓟子训直言：“你何不据实相告！切莫企图掩饰，我早已知道你的意图。诸位贵人想要见我，我怎会因我不去耽误你锦绣前程？你回京去吧，来日我一定前去。”书生欣喜，辞别回京。将此事告诉贵人们，说蓟子训来日将至。到了约定那天，蓟子训并未动身，书生父母来找训问曰："谁欲见我？"生曰："欲见先生者甚多，不敢枉屈，但知先生所至，当自来也。"子训曰："吾千里不倦，岂惜寸步乎？欲见者，语之令各绝宾客，吾明日当各诣宅。"生如言告诸贵人，各自绝客洒扫，至时子训果来。凡二十三家，各有一子训。诸朝士各谓子训先到其家，明日至朝，各问子训何时到宅，二十三人所见皆同时，所服饰颜貌无异，唯所言语，随主人意答，乃不同也。京师大惊异，其神变如此。诸贵人并欲诣子训，子训谓生曰："诸贵人谓我重瞳八采，故欲见我。今见我矣，我亦无所能论道，吾去矣。"适出门，诸贵人冠盖塞路而来。生具言适去矣，东陌上乘骡者是也。各走马逐之不及，如此半日，相去常一里许，终不能及，遂各罢还。

子训至陈公家，言曰："吾明日中时当去。"陈公问远近行乎，曰："不复更还也。"陈公以葛布单衣一送之。至时，子训乃死，尸僵，手足交胸上，不可得伸，状如屈铁，尸作五香之芳气，达于巷陌，其气甚异。乃殡之棺中。未得出，棺中噏然作雷霆之音，光照宅宇。坐人顿伏良久，视其棺盖，乃分裂飞于空中，棺中无人，但遗一只履而已。须臾，闻陌上有人马箫鼓之声，径东而去，乃不复见。子训去后，陌上数十里，芳香百余日不歇也。（出《神仙传》）

董奉

董奉者，字君异，候官人也。吴先主时，有少年为奉本县长，见奉年四十余，不知其道，罢官去。后五十余年，复为他职，得经蓟子训，蓟子训说："你们怕我忘却，使你们儿子在贵人面前失信得不到官位。我吃过饭就出发。"蓟子训饭后上路，半天走了二千里。到了后，书生急忙相迎，蓟子训问："何人想见我？"书生说："想见您的人很多，不敢委屈您，他们知道您来后，定会前来相见。"子训说："我行千里不觉疲累，怎怕再行几步？你转告想见我的人，让他们各自谢绝家中宾客，我明日亲自登门拜访。"书生将蓟子训所言如是转告贵人们，他们都谢客洒扫，到了第二天，蓟子训果然亲至，共二十三家，每家都迎来一位蓟子训。每位贵人都说蓟子训先到自己家，第二天上朝，互相问蓟子训在什么时辰登门，二十三家都在同一时间迎接一位蓟子训，服饰相貌都一样，只是说的话随着主人疑问不同各有回答。此事震惊京城，人们都感叹蓟子训术法竟这般神奇。诸位贵人又想拜访蓟子训，蓟子训对书生说："那些贵人说我双眼中有四个瞳孔八种颜色，所以想见我。如今亲眼所见传闻有虚，我也无法与他们论道，还有什么再见的必要？我该走了。"蓟子训刚走，贵人们仪仗车马声势浩大，蜂拥而至，连大道都堵塞了。书生告诉贵人们蓟子训刚走，东边路上骑骡子的那位便是。各位贵人又骑马追赶，追了半天也没追到，前后总是相距一里多，只好作罢。

蓟子训到陈公家说："我明天中午离去。"陈公问他此行远近，他说不再回来了。陈公以一套葛布单衣相送，到了第二日中午，蓟子训辞世，尸身已僵硬，手脚叠放胸前不能伸直，好似一块弯曲的铁器，尸体有异香，弥漫至街头巷尾。殓尸入棺，还未出殡，棺中突然发出雷鸣，光耀屋室。守灵的人惊骇，伏身许久，再看棺盖，已经四分五裂散在空中，棺木并无尸体，只剩一只鞋子。不久，路上有车马箫鼓声，声音往东向去，不再出现。蓟子训走后，几十里路上香气百日不散。（出《神仙传》）

董奉

董奉，字君异，候官人。吴先主（三国吴主孙权）时，有一少年人任候官县长，他见董奉只有四十来岁，不知董奉身怀道术，罢官离开候官，五十多年后又任其他职务，途经候官，旧时同僚都已衰老，候官，诸故吏人皆老，而奉颜貌一如往日。问言："君得道邪？吾昔见君如此，吾今已皓首，而君转少，何也？"奉曰："偶然耳。"又杜燮为交州刺史，得毒病死，死已三日，奉时在彼，乃往，与药三丸，内在口中，以水灌之，使人捧举其头，摇而消之。须臾，手足似动，颜色渐还，半日乃能起坐，后四日乃能语。云："死时奄忽如梦，见有十数乌衣人来，收燮上车去，入大赤门，径以付狱中。狱各一户，户才容一人，以燮内一户中，乃以土从外封塞之，不复见外光。忽闻户外人言云：'太乙遣使来召杜燮。'又闻除其户土，良久引出。见有车马赤盖，三人共坐车上，一人持节，呼燮上车。将还至门而觉，燮遂活。"因起谢曰："甚蒙大恩，何以报效？"乃为奉起楼于庭中。奉不食他物，唯啖脯枣，饮少酒，燮一日三度设之。奉每来饮食，或如飞鸟，腾空来坐，食了飞去，人每不觉。如是一年余，辞燮去。燮涕泣留之不住，燮问欲何所之，莫要大船否。奉曰："不用船，唯要一棺器耳。"燮即为具之，至明日日中时，奉死，燮以其棺殡埋之。七日后，有人从容昌来，奉见嘱云："为谢燮，好自爱理。"燮闻之，乃启殡发棺视之，唯存一帛。一面画作人形，一面丹书作符。

后还豫章庐山下居，有一人中有疠疾，垂死，载以诣奉，叩头求哀之。奉使病人坐一房中，以五重布巾盖之，使勿动。病者云："初闻一物来舐身，痛不可忍，无处不匝。量此舌广一尺许，气息如牛，不知何物也。良久物去。"奉乃往池中，以水浴之，遣去，告云："不久当愈，勿当风。"十数日，病者身赤无皮，甚痛，得水浴，痛即止。二十日，皮生即愈，身如凝脂。后忽大旱，县令丁士彦议曰："闻董君有道，当能致雨。"乃自赍酒脯见奉，陈大旱之意。奉曰："雨易得耳。"因视屋曰："贫道屋皆见天，恐雨至何堪。"令而董奉面容一如往日，就问董奉是否修成道法，他说："昔日我见到您时您的面容就是这样，如今我已满头白发，您却变年轻了，为什么呢？"董奉答："巧合罢了。"杜燮任交州刺史，患不治之症而死，病亡三日后，董奉正在交州，听闻此事前去看望，将三粒药丸放入杜燮口中，再灌下水，差人捧着杜燮头摇晃直到药丸溶解，不久杜燮的手脚似有动静，面色稍红润，半日后便能坐起身子，四日后能开口说话。杜燮说，他去世后像在梦中，见十几个黑衣人走近，将他抓上车，进了一扇红色大门，被押入监狱。狱中每人一间囚室，囚室只够容纳一人，有人用土从外面封堵，不漏一点光。他忽然听囚室外有人说，太乙真人派人来召杜燮，又听到铲除泥土声，很久后将他放出。他看见一红伞盖马车，三人坐在车上，一人手持符节叫他上车，他返回家中时才清醒过来。杜燮起死回生，拜谢董奉道："承蒙您相救，我该如何报答您呢？"他在院中为董奉盖了一座楼，董奉不吃其他食物，只吃肉脯和枣，饮少量酒，杜燮按照董奉的习惯一日三次供奉。董奉每次来吃东西时，像是飞鸟，凌空而坐，食罢飞走，人们常无知无觉。如此一年多，董奉辞别杜燮，杜燮哭泣挽留无果，便问董奉去往何处，可以为他提供一只大船。董奉说："船就不必了，只需一具棺材。"杜燮依言备下一具棺木。第二日中午董奉故去，杜燮将他入殓埋葬。七日后，有人从容昌来说是受董奉之托答谢杜燮，带话道："万望自珍。"杜燮听后，开棺查验，里面仅存一块绸子，绸子一面是人形，另一面是丹书（朱文符书）。

此后董奉返回豫章庐山下定居，有人感染疫病，几近病死，被人用车拉着来董奉处求医，叩头哀求董奉救命。董奉让患者坐在一间屋中，将五层布单盖在患者身上，让患者不要动。患者回忆道："起初觉得有个东西不断地舔我的身子，疼痛难忍。估计那物什的舌头有一尺多长，喘息如牛，但不知到底是何物。许久那东西才走。"董奉揭下患者身上布单，在池中清洗患者身体后让患者回家。董奉嘱托患者道："不日就能痊愈，切勿受风。"十几日后，患者全身蜕皮赤裸，疼痛异常，用水沐浴方能止痛。二十日后，新皮长出，病也痊愈了，肤如凝脂。后来忽遭旱灾，县令丁士彦提议道："听闻董奉身怀道术，也解其意，曰：“先生但致雨，当为立架好屋。”明日，士彦自将人吏百余辈，运竹木，起屋立成。方聚土作泥，拟数里取水。奉曰：“不须尔，暮当大雨。”乃止。至暮即大雨，高下皆平，方民大悦。

奉居山不种田，日为人治病，亦不取钱。重病愈者，使栽杏五株，轻者一株。如此数年，计得十万余株，郁然成林。乃使山中百禽群兽，游戏其下。卒不生草，常如芸治也。后杏子大熟，于林中作一草仓，示时人曰：“欲买杏者，不须报奉，但将谷一器置仓中，即自往取一器杏去。”常有人置谷来少，而取杏去多者，林中群虎出吼逐之，大怖，急挈杏走，路傍倾覆，至家量杏，一如谷多少。或有人偷杏者，虎逐之到家，啮至死。家人知其偷杏，乃送还奉，叩头谢过，乃却使活。奉每年货杏得谷，旋以赈救贫乏，供给行旅不逮者，岁二万余斛。县令有女，为精邪所魅，医疗不效，乃投奉治之，若得女愈，当以侍巾栉。奉然之，即召得一白鼍，长数丈，陆行诣病者门，奉使侍者斩之，女病即愈。奉遂纳女为妻，久无儿息。奉每出行，妻不能独住，乃乞一女养之，年十余岁，奉一日竦身入云中去。妻与女犹存其宅，卖杏取给，有欺之者，虎还逐之。奉在人间三百余年乃去，颜状如三十时人也。（出《神仙传》）

李常在

李常在者，蜀郡人也。少治道术，百姓累世奉事。计其年，已许能施法降雨。”于是亲自带酒水肉脯拜见董奉，陈述旱情。董奉说：“求雨不难。”随后抬头看着自己的屋子说：“贫道的屋顶都露天，只怕雨来了经受不住。”县令知其言下之意，便说：“先生只要施法降雨，我保证即刻为您搭建好屋子。”第二日，县令亲自带百余位官吏工匠，搬运竹子木材，立刻将屋舍建成。正准备积土和泥，打算到数里外取水。董奉说：“不必，晚间大雨将至。”大家作罢。到了夜间大雨倾盆，大水抹平高高低低的土丘，老百姓很是欣喜。

董奉住在山间不耕种，日日为人治病也不取分文。重病痊愈的，他让患者种五棵杏树，病轻的种一棵，如此经年累计十万多棵杏树聚成杏林。他让山中鸟兽在林中嬉戏，树下整洁得就像锄过草一样。杏子熟后，他在杏林中盖了茅草仓库，告诉当时的人们：“想买杏子，无需请示我，只需将一罐粮食放入仓中，便可自行取走一罐杏子。有人带来的粮食少，取走的杏子多，杏林中成群的老虎嘶吼着追逐他，那人惶恐万分，捧着杏子仓皇逃窜，一路颠簸撒了不少，到家称剩下的杏子，正好和送去的粮食一样多。有人偷杏子，老虎追赶到那人家中将其咬死，偷杏人的家人知道他偷了杏，将杏子还给董奉，磕头认罪，董奉才使偷杏人复活。董奉每年将杏子换来的粮食救济穷人、供给赶路在外缺少盘缠的人，一年能放出两万斛粮食。县令有个女儿，被妖邪魅惑，求医无果，求董奉施救，县令许诺若董奉将女儿治愈，就让女儿以身相许。董奉应允，施法召来一白色扬子鳄，长数丈，爬行至县令家门口，董奉让侍从将扬子鳄斩杀，县令的女儿随即病愈。董奉迎娶了县令的女儿，婚后很久也没有儿女。董奉每次外出，妻子不愿独居，收养了一个女孩。女孩十多岁时，一日董奉腾空飞入云中离去。妻子养女仍留在他的故居，靠卖杏谋生，若有人敢欺骗她们母女，老虎仍会去追逐啃咬欺诈之人。董奉在人间三百余年才仙去，容貌一直如三十岁的人。（出《神仙传》）

李常在

李常在，蜀郡人。年少时修习道术，百姓世代供奉着他，计算他的年龄，已有四五百岁，但未曾见他衰老，一直像五十多岁的人。

四五百岁而不老，常如五十许人。治病，困者三日，微者一日愈。在家有二男一女，皆已嫁娶，乃去。去时从其弟子曾家孔家，各请一小儿，年皆十七八。家亦不知常在欲何去，即遣送之。常在以青竹杖度二儿，遣归置其家所卧之处。径还，勿与家人语。二子承教，以杖归家。家人了不见儿去，后乃各见死在床上，二家哀泣，殡埋之。百余日，弟子从郫县逢常在，将此二儿俱行，二儿与弟子泣语良久，各附书到。二家发棺视之，唯青竹杖耳，乃知非死。后三十余年，居地肺山，更娶妇。常在先妇儿乃往寻求之。未至十日，常在谓后妻曰："吾儿欲来见寻，吾当去，可将金饼与之。"及至，求父所在，妇以金与之。儿曰："父舍我去数十年，日夜思恋，闻父在此，故自远来觐省，不求财也。"乃止。三十日父不还，儿乃欺其母曰："父不还，我去矣。"至外，藏于草间。常在还语妇曰："此儿诈言如是，当还。汝语之，汝长不复须我，我在法不复与汝相见。"乃去。少顷儿果来，母语之如此。儿自知不复见其父，乃泣涕而去。后七十余年，常在忽去。弟子见在虎寿山下居，复娶妻。有父子，世世见之如故，故号之曰"常在"。(出《神仙传》)

他行医治病，重病者三日痊愈，轻者一日痊愈。他有两儿一女，都已嫁娶，他便离家远行。他离开时从弟子曾某家与孔某家，各求取一十七八岁的孩童，曾、孔两家不知李常在去往何处，将孩子送去，李常在给两个孩子一人一支青竹杖，让他们回家将青竹杖放在卧榻上，然后再回来，切勿告诉家人。两个孩子依言，带着青竹杖回家，家人不见孩子离开，后来发现孩子死在床上。两家人悲泣哀伤，将孩子下葬。百余日后，李常在的弟子在郫县偶遇李常在与两个孩子同行，两个孩子与弟子哭诉良久，各自写书信给家人。孔、曾两家开棺查验，只见到青竹杖，才知孩子没有死。三十年后李常在住地肺山，又娶一房妻室。他与发妻所生的儿子出门寻他，儿子出发十日还没到，李常在对后妻说："我的儿子要来见我，我外出不在，他来后你可将金饼给他。"儿子到后，问父亲在何处，后妻将金饼给他。儿子说："我父亲舍下我离去数十年，我日夜思念，听闻他在此处，不远千里前来探望，不图他的钱财。"儿子留在此处，三十日过去李常在未曾回来，儿子欺瞒后母说："父亲不回来，我便走了。"儿子出门，藏在草丛中，李常在对后妻说："我儿子骗你，他还会回来。你告诉他他已长大，不需要我照拂，我一心修道，不会再与他相见。"李常在离去，不久儿子果然返回，后妻转达了李常在的话。儿子知道再也见不到父亲了，悲泣离去。七十余年后，李常在忽然再次离去。他的弟子见他居于虎寿山，又娶了妻。当地有人父子几代都见过李常在，他的容貌一直如初见时那样，所以称他"李常在"。（出《神仙传》）

卷第十三 神仙十三

茅 君 孔安国 尹 轨 介 象 苏仙公 成仙公 郭 璞 尹 思

茅 君

茅君者，幽州人。学道于齐，二十年道成归家。父母见之大怒曰：“汝不孝，不亲供养，寻求妖妄，流走四方。”欲笞之，茅君长跪谢曰：“某受命上天，当应得道，事不两遂，违远供养，虽日多无益，今乃能使家门平安，父母寿考。其道已成，不可鞭辱，恐非小故。”父怒不已，操杖向之。适欲举杖，杖即摧成数十段，皆飞，如弓激矢，中壁壁穿，中柱柱陷，父乃止。茅君曰：“向所言正虑如此，邂逅中伤人耳。”父曰：“汝言得道。能起死人否？”茅君曰：“死人罪重恶积，不可得生。横伤短折，即可起耳。”父使为之有验。茅君弟在宦至二千石，当之官，乡里送者数百人，茅君亦在座。乃曰：“余虽不作二千石，亦当有神灵之职，某月某日当之官。”宾客皆曰：“愿奉送。”茅君曰：“顾肯送，诚君甚厚意。但当空来，不须有所损费，吾当有以供待之。”

至期，宾客并至，大作宴会，皆青缣帐幄，下铺重白毡，奇馔异果，芬芳罗列，妓女音乐，金石俱奏，声震天地，闻于数里。随从千余人，莫不醉饱。及迎官来，文官则朱衣素带数百人，武官则甲兵旌旗，器仗耀日，结营数里。茅君与父母亲族辞别，乃登羽盖车而去。麾幡蓊郁，骖虬驾虎，飞禽翔兽，跃覆其上，流云彩霞，霏霏绕其左右。去家十余里，忽然不见。远近为之立庙奉事之。茅君在帐中，与人言语，其出入，或发人马，或化为白鹤。人有病者，往请福，常煮鸡子十枚，以内帐中。须臾，一一掷出还之，归破之。若其中黄者，病人当愈。若有土者，即不愈。常以此为候。（出《神

茅君

茅君，幽州人。在齐学道，二十年后学成回家。父母见到他震怒说：“你不孝，不侍奉双亲，追寻妖道，流浪四方。”想鞭打茅君，茅君直身而跪赔罪道：“儿子受天命，理应修道，修道与孝顺难以两全。儿子虽一直未尽孝道，今日回家报平安，助二老长寿。我已得道，不可再鞭打侮辱我，此事非同小可。”其父愈发愤怒，拿着拐杖就要打，刚举起拐杖，拐杖就断成数十截，飞散出去仿佛被弓射出去的箭，射穿墙壁，射断房柱，其父这才停手。茅君说：“我刚才说不可打我，就是担心会发生这样的事，误伤他人。”他父亲说：“你说你得道，可否让人起死回生？”茅君说：“死人积孽深重，不能再活在世上。横死或夭折之人，可令其复生。”他父亲让茅君验证。茅君的弟弟任官俸禄两千石，将赴任，上百乡民送行，茅君也在场。他说：“我虽没有做两千石俸禄的官，但身负神职。某月某日将仙去任职。”宾客都说：“彼时愿送您上任。”茅君说：“若愿意送行，我感谢诸位盛情，诸位空手相送即可，无需破费，我当奉上厚礼。”

到了那日，宾客前来送行，茅君大宴宾客，搭青丝帐幕，铺厚毛白毯，席上罗列珍奇异果，果香四溢，舞姬音乐，钟鼓金石齐备，声震天地，传到数里开外，随行千余人。在座的人无不酒足饭饱。迎茅君升仙的天官到后，百名文官着朱衣素带，武官佩甲兵旌旗，仪仗耀日，绵延数里。茅君与父母亲族辞别，登上羽盖车离去。旗幡蓊郁，天马飞龙、白虎禽鸟翻飞腾跃，祥云缭绕，离家十余里后消失不见，远近百姓为他建庙供奉。茅公常常在庙中神座帐后与人交谈，他出来又进去，有时带着人马，有时化作白鹤。有人患病，去庙中请茅君降福，便煮十个鸡蛋，放入茅公帐内，很快，茅君将鸡蛋一一扔出，返回后打开鸡蛋，若里面是黄色的，患者将痊愈；若里面是泥土，患

仙传》）

孔安国

孔安国者，鲁人也。常行气服铅丹，年三百岁，色如童子。隐潜山，弟子随之数百人，每断谷入室，一年半复出，益少。其不入室，则饮食如常，与世人无异。安国为人沉重，尤宝惜道要，不肯轻传。其奉事者五六年，审其为人志性，乃传之。有陈伯者，安乐人也。求事安国，安国以为弟子。留三年，知其执信。乃谓之曰："吾亦少更勤苦，寻求道术，无所不至，遂不能得神丹八石登天之法。唯受地仙之方，适可以不死。而昔事海滨渔父，渔父者，故越相范蠡也。乃易姓名隐，以避凶世。哀我有志，授我秘方服饵之法，以得度世。则大伍、司诚、子期、姜伯、涂山，皆千岁之后更少壮。吾受道以来，服药三百余年，以其一方授崔仲卿，卿年八十四，服来已三十三年矣，视其肌体气力甚健，须发不白，口齿完坚。子往与相见事之。"陈伯遂往事之，受其方，亦度世不老。又有张合妻，年五十，服之反如二十许人，一县怪之，八十六生一男。又教数人，皆四百岁，后入山去，亦有不度世者，由于房中之术故也。（出《神仙传》）

尹轨

尹轨者，字公度，太原人也。博学五经，尤明天文星气，河洛谶纬，无不精微。晚乃学道，常服黄精华，日三合，计年数百岁。其言天下盛衰，安危吉凶，未尝不效。腰佩漆竹筒十数枚，中皆有药，言可辟兵疫。常与人一丸，令佩之。会世大乱，乡里多罹其难，唯此家免厄。又大疫时，或得粒许大涂门，则一家不病。弟子

者将无法痊愈。人们常用此预测吉凶。（出《神仙传》）

孔安国

孔安国，鲁人，常行气（呼吸吐纳）服铅丹（中药名），三百岁时容貌如孩童，隐居山野，有数百弟子追随他。他常辟谷在静室闭关，一年半后出来，容貌变得更加年轻。他不闭关修炼时，饮食如常，与寻常人无异。孔安国为人老成持重，尤其珍视道家秘术，不肯轻易传人。他会观察弟子五六年，审视清楚其为人心性，才决定是否传道。有个叫陈伯的安乐县人，想侍奉孔安国，孔安国收其为弟子，考察三年，知其志向坚定，就对他说："我少时勤奋苦修，追寻道术，无所不至，却未寻得神丹八石升仙之法，只习得修成地仙的方术，有不死之身。旧时我曾侍奉海滨渔父，渔父就是古代越国宰相范蠡，他改名换姓以躲避乱世，他悲悯我有志修道，传授我服食丹药的秘术，让我得以超脱尘世为仙，大伍、司诚、子期、姜伯、涂山，都是活到千岁后越发年轻力壮。我得道以来服药三百余年，曾授予崔仲卿一仙方，当时他八十四岁，至今服药三十三年，我看他现在身强体壮精力充沛，须发没有变白，口齿完整，你可去寻崔仲卿学道。"陈伯就去寻崔仲卿，学习了仙方，也得以长生不老。还有张合的妻子，五十岁了，服食崔仲卿的药后，样貌竟如二十多岁的人，同县百姓为之惊奇，于八十六岁时生下一儿子。孔安国又传授数人仙方，那些人都活到四百岁，之后隐入山中修炼。也有服药后不能超脱尘世的人，那是因为受了房中之术的影响。（出《神仙传》）

尹轨

尹轨，字公度，太原人。博览五经，尤其擅长观测天文星象，通晓河洛谶纬，他精通其间微妙的奥义。晚年修道，常服食黄精，一日三盒，已活上百岁。尹轨常常预言天下兴衰，他人安危，事情吉凶，没有不灵验的。尹轨腰佩十几个漆饰竹筒，其中装满了药，他说此药可避免战乱和疫病。尹轨曾给他人一丸，令那人随身佩戴，时值战乱，很多乡民罹难，唯独那人安然无恙。瘟疫流行时，有人得几粒尹轨的黄理，居陆浑山中。患虎暴，公度使其断木为柱，去家五里，四方各埋一柱，公度即印封之，虎即绝迹，到五里辄还。有怪鸟止屋上者，以白公度，公度为书一符，着鸟所鸣处。至夕，鸟伏死符下。或有人遭丧，当葬而贫，汲汲无以办。公度过省之，孝子遂说其孤苦，公度为之怆然，令求一片铅。公度入荆山，架小屋，于炉火中销铅，以所带药如米大，投铅中搅之，乃成好银。与之，告曰："吾念汝贫困，不能营葬，故以拯救。慎勿多言也。"有人负官钱百万，身见收缚。公度于富人借数千钱与之，令致锡，得百两。复销之，以药方寸匕投之，成金，还官。后到太和山中仙去也。（出《神仙传》）

介 象

介象者，字元则，会稽人也。学通五经，博览一家之言，能属文，后学道入东山。善度世禁气之术，能于茅上燃火煮鸡而不燋；令一里内人家炊不熟，鸡犬三日不鸣不吠；令一市人皆坐不能起，隐形变化为草木鸟兽。闻有《五丹经》，周旋天下寻求之。不得其师，乃入山精思，冀遇神仙。惫极卧石上，有一虎往舐象额，象寤见虎，乃谓之曰："天使汝来侍卫我，汝且停；若山神使汝试我，即疾去。"虎乃去。象入山，谷上有石子，紫色，光绿甚好，大如鸡子，不可称数，乃取两枚。谷深不能前，乃还。于山中见一美女，年十五六许，颜色非常，被服五彩，盖神仙也。象乞长生之方，女曰："子可送手中物着故处，乃可。汝未应取此物，吾故止待汝。"象送石还，见女子在前处，语象曰："汝血食之气未尽，断谷三年更来，吾止此。"

药涂在门上，保全家不沾染疫病。尹轨弟子黄理，居陆浑山中，受山中老虎危害，尹轨让黄理砍树做柱子，在距家五里处东西南北四个方位上，各埋一根柱子，尹轨施法封印，虎患即刻铲除，老虎行至距此五里处就会返回。有怪鸟停在一家住户的房子上，住户将此事告诉尹轨，尹轨写了一道符，贴在怪鸟鸣叫处，入夜，怪鸟死在符下。有人家逢丧事，理当殡葬但资金不够，尹轨前去探望，孝子告诉他家中窘境，尹轨哀悯悲怆，让孝子求取一小块铅，尹轨带铅进荆山，搭建一小屋，在炉火中将铅熔化，将自己带的米粒大小的药投入铅中搅拌，铅变成质地很好的银子。尹轨把银子给孝子，并告诉他："我怜你家贫不能治丧，施法帮你，切勿向外传扬此事。"有人欠官府百万钱，官府要捉拿他，尹轨从富人处借来数千钱给那人，让他用钱买锡，买得百两，尹轨将锡熔化，将一方寸药投入锡中，锡变成黄金，还给官府。后来尹轨隐入太和山升仙离去。（出《神仙传》）

介象

介象，字元则，会稽人。精通五经，博览百家著作，擅长写文章，后来入东山学道，擅长超脱尘世和闭气之术，能在茅草上点火烧鸡而不烧焦茅草，能让一里内的人家做不熟饭，让鸡狗三日不鸣叫，让全城的人都坐着起不来，能隐身变化成草木鸟兽。他听闻道家有部典籍叫《五丹经》，为求此书寻遍天下。他学道一直找不到仙师，便自己隐居山中冥思苦修，望遇上神仙指点。他疲累至极时歇在山石上，有一老虎靠近舔舐他的额头，他惊醒看到老虎，对老虎说："若天帝派您护卫我，请您留在我身边；若山神派您试探我，请您尽早离开。"老虎离开，介象隐入山中，山谷上有石头，紫色，泛出绿光，鸡蛋大小，数不胜数，介象捡起两枚。谷太深无法前行，只得返回。他在山中遇见一貌美女子，十五六岁，姿容绝艳，身着五彩华服，应该是神仙。介象向仙女请教长生之道，仙女说："你先将手中之物放回原处，再说其他，你不该动这两件物什，我等在此处制止你。"介象将两块石头放回原处，返回后见仙女还在原地。仙女对介象说："你身上的气血污浊，还沾染着血肉味，辟谷三年后再来，我在此象归，断谷三年复往，见此女故在前处。乃以《还丹经》一首投象，告之曰："得此便得仙，勿复他为也。"乃辞归。象常住弟子骆廷雅舍，帷下屏床中，有数生论《左传》义，不平。象傍闻之不能忍，乃忿然为决。书生知非常人，密表荐于吴主。象知之欲去，曰："恐官事拘束我耳。"廷雅固留。吴王征至武昌，甚尊敬之，称为"介君"。诏令立宅，供帐皆是绮绣，遗黄金千镒。从象学隐形之术，试还后宫，出入闺闼，莫有见者。如此幻法，种种变化，不可胜数。后告言病，帝遣左右姬侍，以美梨一奁赐象。象食之，须臾便死，帝埋葬之。以日中时死，晡时已至建业，所赐梨付苑吏种之。吏后以表闻，先主即发棺视之，唯一符耳。帝思之，与立庙，时时躬往祭之。常有白鹤来集座上，迟回复去。后弟子见在盖竹山中，颜色转少。（出《神仙传》）

苏仙公

苏仙公者，桂阳人也，汉文帝时得道。先生早丧所怙，乡中以仁孝闻。宅在郡城东北，出入往来，不避燥湿。至于食物，不惮精粗。先生家贫，常自牧牛，与里中小儿，更日为牛郎。先生牧之，牛则徘徊侧近，不驱自归。余小儿牧牛，牛则四散，跨冈越崄。诸儿问曰："尔何术也？"先生曰："非汝辈所知。"常乘一鹿。先生常与母共食，母曰："食无鲊，他日可往市买也。"先生于是以箸插饭中，携钱而去，斯须即以鲊至。母食去毕，母曰："何处买来？"对曰："便县市也。"母曰："便县去此百二十里，道途径崄，往来遽至，汝欺我也！"欲杖之。先生跪曰："买鲊之时，见舅在市，与我语云，明日来此。请待舅至，以验虚实。"母遂宽之。明晓，舅果等你。”

介象回家后，辟谷三年返回，见仙女仍在原处。仙女给他一卷《还丹经》，告诉他：“得此经便是成仙，不需要再做其他事。”介象辞别仙女回家。介象常借住弟子骆廷雅家，帷幕下屏风遮掩的床榻上，有数名书生议论《左传》的内容，众人争执不休，介象听后忍不住，愤然上前辩论，书生知介象不同寻常，上表密奏将介象推荐给吴主。介象得知此事后打算离开，说：“我最怕做官了，官务缠身便不得自由。”骆廷雅苦苦挽留介象。吴王召介象到武昌，对他礼敬有加，尊他为“介君”，下诏为他建宅，宅中帐幕都是锦绣绸缎，赠他千镒黄金。吴王跟随介象习得隐形术，出入后宫内室无人能看到他。诸如此类的幻术变化，数不胜数。后来介象称病，吴王让侍妾赠予介象一筐品质很好的梨，介象吃后，不久就去世了，吴王将其下葬。介象是中午时去世的，下午已在建业，他将吴王赏赐的梨交给苑吏种下，苑吏将此事奏报。吴王开棺检视，其中只有一符纸。吴王挂念他，为他建庙，常亲自前来祭奠，常有白鹤聚集于此处。后来介象的弟子在盖竹山中遇到他，见他样貌愈发年轻了。（出《神仙传》）

苏仙公

苏仙公，桂阳人，汉文帝时得道。他早年失怙，仁孝的贤名流传全乡，他家住郡城东北，每日奔波劳苦，不管寒暑冷热，饮食也不介意食物粗细。苏仙公家境贫寒，放牛谋生，与邻里的孩童轮班做牧童。苏仙公放牛时，牛行走在他身侧，无须驱赶牛群自己能回家。其他牧童放牛，牛群四散，翻山越岭难以管束。牧童们问苏仙公如何管理牛群，苏仙公说：“这不是你们该知道的。”苏仙公常乘一鹿，一日他与母亲用餐，母亲说：“家中无鲊鱼（一种腌制的鱼），明日你到集市买些。”苏仙公听后将筷子插在饭中取钱走了，很快带着鲊鱼回家。母亲吃后问：“何处买来的鱼？”答：“县城市集。”母亲说：“县城距此一百二十里，路途狭窄险峻，你如何短时间内往返？你在撒谎。”说罢想用棍子打苏仙公，苏仙公跪下说：“我买鱼时看到舅舅在集市上，他对我说，明日要来我们家，待舅舅来后，您向他核实，到。云昨见先生便县市买鲊。母即惊骇，方知其神异。

先生曾持一竹杖，时人谓曰：“苏生竹杖，固是龙也。”数岁之后，先生洒扫门庭，修饰墙宇。友人曰：“有何邀迎？”答曰：“仙侣当降。”俄顷之间，乃见天西北隅，紫云氤氲，有数十白鹤，飞翔其中，翩翩然降于苏氏之门，皆化为少年，仪形端美，如十八九岁人，怡然轻举。先生敛容逢迎，乃跪白母曰：“某受命当仙，被召有期，仪卫已至，当违色养，即便拜辞。”母子歔欷。母曰：“汝去之后，使我如何存活？”先生曰：“明年天下疾疫，庭中井水，檐边橘树，可以代养，井水一升，橘叶一枚，可疗一人。兼封一柜留之，有所阙乏，可以扣柜言之，所须当至，慎勿开也。”言毕即出门，踟蹰顾望，耸身入云，紫云捧足，群鹤翱翔，遂升云汉而去。来年，果有疾疫，远近悉求母疗之，皆以水及橘叶，无不愈者。有所阙乏，即扣柜，所须即至。三年之后，母心疑，因即开之，见双白鹤飞去。自后扣之，无复有应。

母年百余岁，一旦无疾而终。乡人共葬之，如世人之礼。葬后，忽见州东北牛脾山，紫云盖上，有号哭之声，咸知苏君之神也。郡守乡人，皆就山吊慰，但闻哭声，不见其形。郡守乡人，苦请相见，空中答曰：“出俗日久，形貌殊凡，若当露见，诚恐惊怪。”固请不已，即出半面，示一手，皆有细毛，异常人也。因请郡守乡人曰：“远劳见慰，途径险阻，可从直路而还，不须回顾。”言毕，即见桥亘岭傍，直至郡城。行次，有一官吏辄回顾，遂失桥所，堕落江滨，乃见一赤龙于脚下，宛转而去。先生哭处，有桂竹两枝，无风自扫，其地恒净。三年之后，无复哭声，因见白马常在岭上，遂改牛脾山为白马岭。自后有白鹤来止郡城东北楼上，人或挟弹弹便知我所言真假。”母亲没再动手。第二日清晨，舅舅果然到了，说昨日看见苏仙公在县城集市上买鲊鱼。母亲听后惊讶，才知儿子神奇非凡。

苏仙公曾手持一竹杖，当时人说：“苏仙公手中竹杖原是龙。”数年后，一日苏仙公洒扫门厅，修葺墙宇，有朋友问：“邀何人前来？”答：“仙侣即将降临此处。”很快，便见天空西北角紫云弥漫，数十白鹤翱翔其间，飘然降于苏家门前，化作少年，仪态端庄，十七八岁的样子，怡然自若优雅从容。苏仙公端正仪容上前迎接，跪着对母亲说：“儿子受天命升仙，受召的日期到了，接我的仪仗已在家门前，日后不能在您身前尽孝，今日拜别。”母子二人悲泣良久，母亲说：“你走后，让我如何在世上生活？”苏仙公说：“明年天下将流行疫病，院中井中的一升井水，屋旁橘树上的一枚橘叶，都可治愈一人，我已备下一个柜子，若您缺什么，扣柜门告诉它，您需要的东西就会出现，您切勿将柜子打开。”言罢出门，踌躇顾盼，耸身飞入云端，紫云在他足下聚集，鹤群翱翔，随他飞升至天河，然后消失不见。第二年果然暴发疫病，远近患者都来求苏仙公的母亲救治，母亲施予患者井水和橘叶，患者无不治愈。若缺什么东西，母亲就敲柜子，所需之物即刻出现。三年后，苏仙公的母亲实在好奇，打开柜门，见一对白鹤飞出，此后再敲柜子，不再有回应。

苏仙公的母亲活到一百余岁，从未患过病，乡亲按世俗的仪制将她下葬。下葬后，忽然看见州东北处牛脾山上紫云缭绕，其中传出哀号声，人们都知苏仙公在吊唁他的母亲。郡守及乡民都到山下凭吊告慰，众人只听到哭声，没看到人影，众人苦苦求见，空中传来苏仙公的回应：“我脱离俗世许久，样貌与凡人不同，若露面，实在担心你们受惊。”乡亲们坚持请求，苏仙公露出半面，挥手示意，脸上和手上长满细毛，异于常人。苏仙公对郡守与乡民说：“辛苦大家远行至此来安慰我，这一路跋山涉险，大家可沿直路返回，不要回头。”言罢，就见山旁延伸出一座大桥，直通郡城，人们走在桥上，一官吏在桥上回顾，顿时找不到桥的位置，坠落江畔，见一赤龙在众人脚下，盘旋飞去。苏仙公吊唁母亲处，生出两枝桂竹，无风吹拂时它们之，鹤以爪攫楼板，似漆书云："城郭是，人民非，三百甲子一来归，吾是苏君弹何为？"至今修道之人，每至甲子日，焚香礼于仙公之故第也。（出《神仙传》）

又一说云：苏耽者，桂阳人也。少以至孝著称，母食欲得鱼羹，耽出湖州市买，去家一千四百里，俄顷便返。耽叔父为州吏，于市见耽，因书还家，家人大惊。耽后白母，耽受命应仙，方违远供养，以两盘留家中。若须食，扣小盘；欲得钱帛，扣大盘，是所须皆立至。乡里共怪其如此，白官，遣吏检盘无物，而耽母用之如神。先是，耽初去时云："今年大疫，死者略半，家中井水，饮之无恙。"果如所言，阖门元吉。母年百余岁终，闻山上有人哭声，服除乃止。百姓为之立祠。（出《洞仙传》）

成仙公

成仙公者，讳武丁，桂阳临武乌里人也。后汉时年十三，身长七尺。为县小吏，有异姿，少言大度，不附人，人谓之痴。少有经学，不授于师，但有自然之性。时先被使京，还过长沙郡，投邮舍不及，遂宿于野树下，忽闻树上人语云："向长沙市药。"平旦视之，乃二白鹤，仙公异之。遂往市，见二人罩白伞，相从而行。先生遂呼之设食。食讫便去，曾不顾谢。先生乃随之行数里，二人顾见先生，语曰："子有何求而随不止？"先生曰："仆少出陋贱，闻君有济生之术，是以侍从耳。"二人相向而笑，遂出玉函，看素书，果有武丁姓名，于是与药二丸，令服之。二人语先生曰："君当得地仙。"遂令还家。明照万物，兽声鸟鸣，悉能解之。先生到家后，会自动清扫路面，路面一直保持洁净。三年后，云中不再传出哭声，常能看到一白马在山头，大家将牛脾山改称白马岭。此后有白鹤飞停在郡城东北方高楼上，有人用弹弓打那白鹤，白鹤用爪子抓取高楼的隔板，留下爪印好似漆字，上书："城池依旧，故人不在。我三百甲子归来一次，我是苏仙公，你为何用弹弓打我？"至今修道之人每逢甲子日，都会在苏仙公故居焚香礼拜。（出《神仙传》）

又一种说法。苏耽，桂阳人，少时因至孝闻名，他母亲想吃鱼羹，苏耽出门到湖州市集上购买，市集距离家一千四百里，顷刻间返回。他的叔父任州吏，在市集上遇见他，写信到他家，家人大惊。苏耽后来告诉母亲，他受命升仙，身在远处不能亲自尽孝，在家中留下两个盘子，若母亲想吃什么，敲击小盘子，需要钱物，敲击大盘子，敲击后母亲需要的东西立即会出现。乡民都对此事感到奇怪，上报官府，官吏前来查验，盘中空无一物，但苏耽的母亲用盘子如神仙一样。苏耽临走时说："今年将爆发严重的瘟疫，死者过半，家中井水，饮用后可安然无虞。"果然如苏耽所言，全家无恙。苏耽的母亲百岁后去世，有人听闻山上传来哭声，直至守孝期过哭声才停。后来百姓为苏耽建了祠堂。（出《洞仙传》）

成仙公

成仙公名武丁，桂阳临武乌里人。后汉建立时他十三岁，身长七尺，在县衙任小吏，风姿绰约，寡言大度，不趋炎附势，被人说成是痴傻。少时研习六经，未曾受教于人，但他生来聪慧，无师自通。一日受命到京城办差，回来时途经长沙郡，没来得及投宿驿站，只得歇在野外树下。忽然他听见树上传来交谈声："到长沙买药去。"天亮后他看树上，见到两只白鹤，心生好奇，往长沙市集上走，他见两人被白伞遮挡着前行。成仙公唤住二人，备下吃食，邀二人用餐，食罢，二人离去，成仙公随行数里，二人回头看成仙公，对他说："您跟着我们二人一直不停，是为何求？"成仙公说："我出身卑微，听闻您有超脱尘世的道术，所以才追随您二位。"二人相视一笑，拿出玉盒翻看一经书，其上果然有成武丁的名字，于是交给成武丁两枚药县使送饷府君。府君周昕，有知人之鉴，见先生，呼曰："汝何姓名也？"对曰："姓成名武丁，县司小吏。"府君异之，乃留在左右。久之，署为文学主薄。

尝与众共坐，闻群雀鸣而笑之。众问其故，答曰："市东车翻覆米，群雀相呼往食。"遣视之，信然也。时郡中寮吏豪族，皆怪不应引寒小之人，以乱职位。府君曰："此非卿辈知也。"经旬日，乃与先生居阁直。至年初元会之日，三百余人，令先生行酒。酒巡遍讫，先生忽以杯酒向东南噀之，众客愕然怪之。府君曰："必有所以。"因问其故。先生曰："临武县火，以此救之。"众客皆笑。明日司仪上事，称武丁不敬，即遣使往临武县验之。县人张济上书，称："元日庆集饮酒，晡时火忽延烧厅事，从西北起，时天气清澄，南风极烈。见阵云自西北直耸而上，径止县，大雨，火即灭，雨中皆有酒气。"众疑异之，乃知先生盖非凡人也。后府君令先生出郡城西，立宅居止，只有母一小弟及两小儿。

比及二年，先生告病，四宿而殒，府君自临殡之。经两日，犹未成服，先生友人从临武来，于武昌冈上，逢先生乘白骡西行。友人问曰："日将暮，何所之也？"答曰："暂往迷溪，斯须却返。我去，向来忘大刀在户侧，履在鸡栖上，可过语家人收之。"友人至其家，闻哭声，大惊曰："吾向来于武昌冈逢先生共语，云暂至迷溪，斯须当返，令过语家人，收刀并履，何得尔乎？"其家人云："刀履并入棺中，那应在外？"即以此事往启府君。府君遂令发棺视之，不复见尸，棺中唯一青竹杖，长七尺许。方知先生托形仙丸，让他服下。二人对成仙公说："您理当修成地仙。"随后令成仙公回家。此后成仙公能明察世间万物，理解鸟兽虫鸣。成仙公到家后，县里差他为府君送礼品。府君名周昕，知人善任，见到成仙公，问他："您姓甚名谁？"成仙公答："姓成名武丁，在县衙任小吏。"。府君觉得他不同常人，将他留在近前，时间一久，授任文学主薄。

成仙公曾与同僚同坐闲谈，听到麻雀鸣叫后笑了起来。众人问他笑什么，他说："市东面翻了一辆车撒了米，群雀互相招呼着前去吃米。"派人到东街查探，果如成仙公所言。当时郡中官吏都是名门世家，都埋怨府君不应提拔成仙公这等寒门微贱之人，扰乱府衙官职。府君说："这不是你们能知道的事。"十日后，府君直接邀成仙公到府宅同住。直至年初元会（元旦宴会群臣）那日，三百余人与会，请成仙公行酒令，酒令行过一轮，成仙公忽然含着一杯酒喷东南方，满座惊愕怪他无状，府君说："他做此事定有原因。"问成仙公何故如此，成仙公说："临武县失火，我喷酒救火。"宾客嘲笑他，第二日司仪上奏此事，说成仙公在宴会上喷酒实为大不敬，派人到临武县查验此事。县民张济上书："元日（农历正月初一）县中集会宴饮，下午忽然起火，火势蔓延至堂屋，火起西北方。当日天朗气清，南风猛烈，忽然见西北方空中乌云翻腾，径直往县城上方移来，骤降大雨，火顷刻熄灭，雨水中带着酒香。"众人惊异，才知成仙公绝非凡人。后来府君请成仙公搬至县城西边，建宅，安顿了成仙公的母亲、弟弟及两个孩子。

两年后，成仙公告病，四日后病亡，府君亲自将他下葬。两日后，服丧期未满，成仙公友人从临武前来，说他在武昌岗上遇到成仙公骑着白骡西行。友人问成仙公："日暮将至，您往何处去？"成仙公说："先往迷溪去，很快返回。我临行前，将大刀遗忘在门旁，鞋还在鸡窝上，您路过我家可告知家中人代我收好。"友人到成仙公家，听到哭声，惊讶道："我刚在武昌岗遇到成仙公，他说他暂时到迷溪一趟，很快返回，让我路过他家告知家人收起他的刀和鞋，为何说他去世了？"家人说："刀与鞋都在棺中，怎会在外面？"将此事奏报府君，府君下令开棺检视，尸首不见了，只有一青竹杖，七尺多

去。时人谓先生乘骡于武昌冈，乃改为骡冈，在郡西十里也。（出《神仙传》）

郭璞

郭璞字景纯，河东人也。周识博闻，有出世之道鉴，天文地理，龟书龙图，爻象谶纬，安墓卜宅，莫不穷微。善测人鬼之情状。李弘、范林明道论，景纯善于遥寄，缀文之士，皆同宗之。

晋中兴，王导受其成旨，以建国社稷。璞尽规矩制度，仰范太微星辰，俯则河洛黄图，夫帝王之作，必有天人之助者矣。王敦镇南州，欲谋大逆，乃召璞为佐。时明帝年十五，一夕集朝士，问太史："王敦果得天下邪？"史臣曰："王敦致天子，非能得天下。"明帝遂单骑微行，直入姑孰城。敦正与璞食，璞久之不白敦。敦惊曰："吾今同议定大计，卿何不即言？"璞曰："向见日月星辰之精灵，五岳四海之神祇，皆为道从翌卫，下官震悸失守，不即得白将军。"敦使闻，谓是小奚戏马。检定非也，遣三十骑追，不及。敦曰："吾昨夜梦在石头城外江中，扶犁而耕，占之。"璞曰："大江扶犁耕，亦自不成反，反亦无所成。"敦怒谓璞曰："卿命尽几何？"璞曰："下官命尽今日。"敦诛璞。江水暴上市。璞尸出城南坑，见璞家载棺器及送终之具，已在坑侧，两松树间上有鹊巢，璞逆报家书所言也。谓伍伯曰："吾年十三时，于栅塘脱袍与汝，吾命应在汝手中，可用吾刀。"伍伯感昔念惠，衔涕行法。殡后三日，南州市人，见璞货其平生服饰，与相识共语，非但一人。敦不信，开棺无尸。璞得兵解之道，今为水仙伯，注《山海经》《夏小正》《尔雅》《方言》，著《游仙诗》《江赋》《卜繇》《客傲》《洞林云》。《晋书》有传。（出《神仙传》）

长。这才知成仙公脱离肉身升仙离去。当时人说成仙公乘骡经过武昌岗，便将“武昌岗”改名“骡岗”，骡岗在郡城往西十里处。（出《神仙传》）

郭璞

郭璞字景纯，河东人。他博闻强识，身怀超脱人世之道的真谛，天文地理、龟书（神龟负书，洛书）龙图（河图）、卦象占卜、谶纬之学、宅院风水墓地选址，他无不精通，他还擅长探测人与鬼的情况。李弘、范林擅长道论，郭璞擅长属文寄托情感，写文章的人，都以他们为领袖、宗师。

晋朝复兴时，王导接受其学说，用来建设国家稳定社稷。郭璞精通国家的制度规范，他上知星象，下知河图洛书，他深知帝王欲成就霸业，须得天人相助。王敦镇守南州，意图谋反，召郭璞辅佐他。当时晋明帝十五岁，一日晋明帝召集朝臣，问太史说：“王敦真的要称霸天下了吗？”太史说：“王敦挟持天子，但不能坐拥天下。”于是晋明帝单枪匹马换了便衣，径直入姑孰城。当时王敦正与郭璞一同用餐，郭璞许久不语，王敦好奇道：“我请您共商大计，您为何不讲话？”郭璞说：“下官刚看到日月星辰的精灵，五岳四海的神仙，都前导后卫着一人，下官震惊失态，没顾得上与您讲话。”王敦听后问他发生何事，郭璞只说童仆在跑马玩闹，王敦细想觉得其中有问题，于是派三十名骑兵去追，没能追上。王敦又说：“我昨夜梦到，我在石头城外的江中扶犁耕田，请您占卜解梦。”郭璞说：“大江中耕田，说明此次无法事成，就算事成也将无功而返。”王敦震怒对郭璞说：“您寿数多少呢？”郭璞说：“下官今日大限已至。”王敦处死郭璞。江水漫进街市，郭璞的尸体出现在城南一坑中，郭璞家人带着棺木和送终器具，已等在坑旁，两侧松树上有喜鹊巢，这是因为郭璞事先就写信告诉家里，说他某日某时会被杀，将葬在有鸟窝的两棵松树下，所以家人才按他信上说的把棺木运到他指定的地点。郭璞对伍伯（官职名）说：“我十三岁时，在栅塘将自己的袍子脱下送您，那时我已知我的命将葬送在您手中，请用我的刀行刑。”伍伯感念旧日恩情，含

尹思

尹思者，字小龙，安定人也。晋元康五年正月十五夜，坐屋中，遣儿视月中有异物否。儿曰："今年当大水，中有一人被蓑带剑。"思目视之曰："将有乱卒至。"儿曰："何以知之？"曰："月中人乃带甲仗矛。当大乱三十年，复当小清耳。"后果如其言。（出《神仙传》）

泪行刑。殡殓后三天，南州市民见郭璞卖自己在世时穿的衣服，并与认识的人交谈，不仅一人目睹此事。王敦听后不信，开棺并未见到尸首，郭璞习得兵解（尸解的一种，修习之人死于兵刃，借此解脱躯壳而登仙）之道升仙离去。如今郭璞任水仙伯，注解过《山海经》《夏小正》《尔雅》《方言》，撰写了《游仙诗》《江赋》《卜繇》《客傲》《洞林云》，《晋书》编录了他的传记。（出《神仙传》）

尹 思

尹思，字小龙，安定人。晋朝元康五年正月十五日夜，尹思坐于屋中，让他的儿子观察月亮中是否有异物。儿子说："今年将发生严重的洪涝，月中有一人披蓑衣佩宝剑。"尹思看着月亮思索良久道："今年将有战乱。"儿子问："何以见得？"他说："月中人披甲持矛，天下大乱三十年后，才会有短暂的太平。"后来果如尹思所言。（出《神仙传》）

卷第十四　神仙十四

刘子南

刘子南者，乃汉冠军将军武威太守也。从道士尹公，受务成子萤火丸，辟疾病疫气、百鬼虎狼、虺蛇蜂虿诸毒，及五兵白刃、贼盗凶害。用雄黄各二两，萤火、鬼箭、蒺藜各一两，铁槌柄烧令焦黑，锻灶中灰、羖羊角各一分半，研如粉面，以鸡子黄并丹雄鸡冠血，丸如杏仁大者。以三角绛囊盛五丸，常带左臂上，从军者系腰中，居家悬户上，辟盗贼诸毒物。子南合而佩之。

永平十二年，于武威邑界遇虏，大战败绩，余众奔溃，独为寇所围。矢下如雨，未至子南马数尺，矢辄堕地，终不能中伤。虏以为神人也，乃解围而去。子南以教其子及兄弟为军者，皆未尝被伤，喜得其验，传世宝之。汉末，青牛道士封君达得之，以传安定皇甫隆，隆授魏武帝，乃稍传于人间。一名“冠军丸”，亦名“武威丸”，今载在《千金翼》中。（出《神仙感遇传》）

郭　文

郭文字文举，洛阳人也，《晋书》有传。隐余杭天柱山，或居大壁岩。太和真人曾降其室，授以冲真之道。晦迹潜形，世所不知。有虎张口至石室前，若有所告。文举以手探虎喉中得骨，去之。明日，虎衔一死鹿致石室之外，自此虎常驯扰于左右，亦可抚而牵之。文举出山，虎必随焉，虽在城市众人之中，虎俯首随行，不敢肆暴，如犬羊耳，或以书策致其背上，亦负而行。文尝采木实

刘子南

刘子南，东汉冠军将军武威太守，他跟随道士尹公，习得务成子萤火丸的炼制方法，此丸药可驱避疾病瘟疫、虎狼妖魔、毒蛇蜂蝎等诸毒，及各种兵器利刃和盗贼的迫害。需雄黄、雌黄各二两，萤火、鬼箭、蒺藜各一两，将铁椎柄烧至焦黑，炼铁炉中的灰和羖羊角（中药名）各一分半，磨成粉状，加入鸡蛋黄和丹雄鸡（羽毛带红色的公鸡）冠上的血，制成杏仁大小的药丸，用三角绛囊装五粒，寻常出行戴在左臂，当兵之人系在腰间，久居家中之人挂在门上，可驱避盗贼及诸多毒物。刘子南制成丸药后随身佩戴。

东汉明帝永平十二年，刘子南带兵在武威邑边界遭遇敌军，战败，部下逃散，他自己被敌军围困，箭如雨向他射来，箭未及刘子南的战马数尺就坠落地面，并未伤他分毫。敌军以为他是神人，撤兵离去。刘子南将萤光丸炼制方法传给军中的儿子及兄弟，众人也免受伤害，都惊喜于药丸的灵验，当成传世珍宝。东汉末年，青牛道士封君达得此药方，传给安定皇甫隆，皇甫隆献给魏武帝，此药逐渐在民间流传。这药名“冠军丸”，也名“武威丸”，如今收录在《千金翼方》中。（出《神仙感遇传》）

郭　文

郭文字文举，洛阳人，《晋书》中有他的传记。他隐居余杭天柱山，有时住在大壁岩中。太和真人曾降临他的居室，传授他冲真（淡泊纯净本性）的道术。此后郭文隐居匿迹潜心修行，不为世人所知。曾有一老虎张着嘴到他的居室前，若有所求。郭文将手伸到老虎喉中取出一块骨头，老虎离开。第二日，老虎叼着一只死鹿到居室外，此后老虎常伴郭文左右，郭文可随意抚摸带着它出行。郭文若出山，竹叶，以货盐米，置于筐中，虎负而随之。晋帝闻之，征诣阙下，问曰：“先生驯虎有术邪？”对曰：“自然耳。人无害兽之心，兽无伤人之意，何必术为？抚我则后，虎犹民也；虐我则仇，民犹虎也。理民与驯虎，亦何异哉？”帝高其言，拜官不就，归隐鳌亭山，得道而去。后人于其卧床席下，得蒻叶，书《金雄诗》《金雌记》，其言皆当时谶词。其蜕如蛇也。（出《神仙拾遗》）

嵩山叟

嵩山叟，晋时人也。世说云，嵩山北有大穴，莫测其深浅，百姓每岁游观其上，叟尝误堕穴中，同辈冀其傥不死，投食于穴。堕者得而食之，巡穴而行，十许日，忽旷然见明，有草屋一区。中有二仙对棋，局下有数杯白饮，堕者告以饥渴，棋者与之饮。饮毕，气力十倍。棋者曰：“汝欲留此否？”答不愿停。棋者教云：“从此西行数十步，有大井，井中多怪异，慎勿畏之，必投身井中，自当得出。若饥，可取井中物食之。”如其言入井，中多蛟龙，然见叟辄避其路，于是随井而行。井中物如青泥而香美，食之了不饥。半年许，乃出蜀青城山，因得归洛下。问张举，举曰：“此仙馆丈夫，所饮者玉浆，所食者龙穴石髓。子其得仙者乎？”遂寻洞却往，不知所之。《玄中记》云，蜀郡青城山有洞穴，分为三道，西北通昆仑。《茅君传》云，青城是第五洞九仙宝室之天，周回二千里，十洞天之一也，入山十里得至焉。（出《神仙拾遗》）

老虎定相随，郭文虽行走在城中人群间，老虎只低头跟在他身后，不敢暴露兽性，犹如犬羊，有时郭文将书简放在老虎背上，老虎驮着前行。郭文常采集果实竹叶，用来交换盐米，放在筐中，老虎驮着东西跟着他。晋帝听闻此事，召他进宫问："您用什么方法训虎？"郭文答："顺应自然罢了，人无心伤害动物，动物无意伤人，何需什么方法？安抚动物，动物自会相随，老虎犹如百姓；虐待百姓，百姓反抗，百姓犹如老虎。治理百姓与驯服猛虎，有何不同？"晋帝佩服郭文高义，请他入朝为官，郭文推辞，隐入鳌亭山，得道升仙离去。后人在他枕席下发现蒻叶（嫩的香蒲），其上书《金雄诗》《金雌记》，都是谶词（预言）。他蜕下的皮如蛇蜕一般。（出《神仙拾遗》）

嵩山叟

嵩山叟，晋朝人，据说，嵩山北坡有一大岩洞，不知深浅，百姓每年到嵩山游玩会去岩洞口观赏，一老叟失足坠入岩洞，同行人寄希望于他没有摔死，往洞里扔食物，失足老叟吃了食物，沿着洞穴往深处走，十几日后，忽然眼前一片宽敞明亮，见一草屋，两仙人对弈，棋局旁有几杯清水，失足老叟对仙人说他又饥又渴，仙人给他清水，老叟喝下后，力气比之前增长了十倍。仙人问："您可愿留下？"老叟答不愿，仙人指路道："从此往西数十步，有大井，井中聚集众多怪物，您无需害怕，一定要跳到井中，自然能出来。若是饿了，可取井中之物来吃。"老叟依仙人所言，跳入井中，井中有很多蛟龙，看到老叟，都给他让路，于是老叟沿着井前行。井里有像青泥一样的东西芬芳味美，吃下后可充饥。大概半年后，老叟走出大井到了蜀地青城山，然后返回洛阳。老叟问张举他的遭遇，张举说："您遇到的仙人是仙馆丈夫，饮下的是玉浆，吃的是龙穴石髓。您应该已得道升仙。"沿着洞穴再去寻两位仙人，却找不到了。《玄中记》有云，蜀地青城山有洞穴，其间有三条路，西北通昆仑。《茅君传》有云，青城山洞是第五洞天，乃是九仙宝室之天，方圆两千里，是十大洞天之一，进山十里就到了。（出《神仙拾遗》）

许真君

许真君名逊，字敬之，本汝南人也。祖琰，父肃，世慕至道。东晋尚书郎迈，散骑常侍护军长史穆，皆真君之族子也。真君弱冠，师大洞君吴猛，传《三清法要》。乡举孝廉，拜蜀旌阳令，寻以晋室棼乱，弃官东归。因与吴君同游江左，会王敦作乱。真君乃假为符竹，求谒于敦，盖将欲止敦之暴，以存晋室也。一日，真君与郭璞同候于敦，敦蓄怒以见之，谓真君曰："孤昨得一梦，拟请先生圆之，可乎？"真君曰："请大将军具述。"敦曰："孤梦将一木，上破其天，孤禅帝位，果十全乎？"许君曰："此梦固非得吉。"敦曰："请问其说。"真君曰："木上破天，是未字也，明公未可妄动，晋祚固未衰耳。"王敦怒，因令郭璞筮之。卦成，景纯曰："无成。"又问其寿，璞曰："明公若起事，祸将不久；若住武昌，寿不可测。"敦大怒，又问曰："卿寿几何？"璞曰："余寿尽今日。"敦怒，令武士执璞出，将赴刑焉。是时，二真君方与敦饮酒，许君掷杯梁上，飞绕梁间。敦等举目看杯，许君坐中隐身。于是南出晋关，抵庐江口，因召船师，载往钟陵。是时，船师曰："我虽有此船，且无人力乘驾，无由载君。"真君曰："汝但以船载我，我当自与行船。"仍谓船师曰："汝宜入船，闭门深隐，若闻船行疾速，不得辄有潜窥。"于是腾舟离水，凌空入云。真君谈论端坐，顷刻之间，已抵庐山金阙洞之西北紫霄峰顶。真君意欲暂过洞中，龙行既低，其船拽拨林木，戛刺响骇，其声异常，舟师不免偷目潜窥。二龙知人见之，峰顶委舟而去，真君谓船师曰："汝违吾教，惊触二龙，委弃此船万仞峰顶。吾缘贪与众真除荡妖害，暂须离此，游涉江湖。汝既失船，徒返人世，汝可隐此紫霄峰上，游览匡庐。"示之以服饵灵草之门，指之以遁迹地仙之术。由是舟师之船底，遗迹尚存。

许真君

许真君名许逊，字敬之，原是汝南人。他的祖父许琰，父亲许肃，世代仰慕道术。东晋尚书郎许迈，散骑常侍护军长史许穆，都是许真君同族兄弟之子。许真君二十岁时，师从大洞君吴猛，习得《三清法要》，受乡中举孝廉，任蜀旌阳令，后因晋朝政治混乱，许真君辞官东行归乡。途中与吴君同游江左，恰逢王敦谋反，许真君假造官府文书，谒见王敦，意欲制止王敦暴行，维护晋朝皇室。一日，许真君与郭璞等着谒见王敦，王敦忍着怒气接见，对许真君说："孤昨晚做了一个梦，请先生替我圆梦，如何？"许真君说："请大将军详细讲述此梦。"王敦说："孤梦到自己手持一木杆，向上捅破苍穹，孤继任帝位，应是十拿九稳了。"许真君说："此梦并非吉兆。"王敦问何以见得，许真君说："'木'向上刺破'天'，乃是'未'字，您切勿妄为，晋朝国祚尚未衰落。"王敦大怒，令郭璞占卜，占成后郭璞对王敦说："此事不成。"王敦问自己的寿数，郭璞说："您若起兵篡位，将大祸临头；若常留武昌，寿数绵长不可估量。"王敦不悦，又问："您的寿数是多久呢？"郭璞说："我的死期就是今日。"王敦震怒，令武士将郭璞带到刑场。当时，二位真君正与王敦饮酒，许真君将酒杯扔到房梁上，酒杯绕着房梁飞行。王敦等人抬头看着酒杯，许真君在席上隐身，他南行出晋关，抵达庐江口，召唤船工，搭船前往钟陵。当时，船工说："我虽有船，但无人驾驭，无法载您。"许真君说："您只需载我，我自可驾船。"又对船工说："您应当进入船舱，紧闭舱门切勿出来，若您觉得船走太快，不可偷看。"于是船飞离水面腾空飞入云中。许真君谈笑端坐，片刻间，船抵达庐山金阙洞西北紫霄峰顶。许真君打算飞过金阙洞，龙往低处飞，船撞倒扯断林木，响声刺耳吓人，异常的声响惊动船舱中的船工，船工忍不住偷看，二龙知道有人偷看，在山顶弃船离开，许真君对船工说："您违背我的警告，惊动那两条龙，弃舟于万丈高山上。我原是要与诸位真君一同荡平妖魔，需暂时离开此处，漫游江河湖海。您已失去了船，无法返回人间，您可隐居在这紫霄峰上，顺便游赏庐山。"许真君传授他服食灵草的方法，以及隐居避世的地仙方术。至今船的痕迹尚存。

后于豫章遇一少年，容仪修整，自称慎郎。许君与之谈话，知非人类，指顾之间，少年告去。真君谓门人曰："适来年少，乃是蛟蜃之精，吾念江西累为洪水所害，若非翦戮，恐致逃遁。"蜃精知真君识之，潜于龙沙洲北，化为黄牛。真君以道眼遥观，谓弟子施大王曰："彼之精怪，化作黄牛，我今化其身为黑牛，仍以手巾挂膊，将以认之。汝见牛奔斗，当以剑截彼。"真君乃化身而去。俄顷，果见黑牛奔趁黄牛而来，大王以剑挥牛，中其左股，因投入城西井中。许君所化黑牛，趁后亦入井内。其蜃精复从此井奔走，径归潭州，却化为人。先是，蜃精化为美少年，聪明爽隽，而又富于宝货。知潭州刺史贾玉，有女端丽，欲求贵婿以匹之。蜃精乃广用财宝，赂遗贾公亲近，遂获为伉俪焉。自后与妻于衙署后院而居。每至春夏之间，常求旅游江湖，归则珍宝财货，数余万计，贾使君之亲姻僮仆，莫不赖之而成豪富。至是，蜃精一身空归，且云，被盗所伤。举家叹惋之际，典客者报云，有道流姓许字敬之，求见使君。贾公遽见之。真君谓贾公曰："闻君有贵婿，略请见之。"贾公乃命慎郎出与道流相见。慎郎怖畏，托疾潜藏。真君厉声而言曰："此是江湖害物，蛟蜃老魅，焉敢遁形！"于是蜃精复变本形，宛转堂下，寻为吏兵所杀。真君又令将其二子出，以水噀之，即化为小蜃。妻贾氏，几欲变身，父母恳真君，遂与神符救疗。仍令穿其宅下丈余，已旁亘无际矣。真君谓贾玉曰："汝家骨肉几为鱼鳖也，今须速移，不得暂停。"贾玉仓皇徙居，俄顷之间，官舍崩没，白浪腾涌。即今旧迹宛然在焉。真君以东晋孝武帝太康二年八月一日，于洪州西山，举家四十二口，拔宅上升而去。唯有石函、药臼各一所，车毂一具，与真君所御锦帐，复自云中堕于故宅，乡人因于其地置游帷观焉。（出《十二真君传》）

后来许真君在豫章遇见一少年，少年丰神俊朗，自称慎郎。许真君与他谈话，知他不是凡人，一瞥间少年辞去，许真君对门下弟子说："刚才那位少年，是蛟蜃（蛟与蜃，也泛指水族）的精怪，我念及江西常年受洪涝侵扰，若是不将其铲除斩杀，恐怕他逃脱后又要兴风作浪。"蛟蜃精知道许真君识破了它，潜逃到龙沙洲北，化为黄牛。许真君用道眼远观，对弟子施大王说："蛟蜃精化作黄牛，我现在化成黑牛，并将手巾挂在臂上，你凭此辨认，你看到有牛狂奔争斗，就用剑截杀。"随即许真君化身为牛前去，很快，果然看到黑牛赶着黄牛奔来，施大王挥剑砍牛，砍中其左腿，牛掉入城西井中，许真君化成的黑牛，在其后进入井中。蛟蜃精又在井中仓皇逃窜，径直跑回潭州，化成人形。此前，蛟蜃精化作貌美少年，英姿飒爽，衣着华美，他知道潭州刺史贾玉之女端庄秀美，想择一贵婿与女儿结成良缘。蛟蜃精用大量财宝贿赂贾玉近亲，与贾玉之女结成良缘成婚，婚后二人住在衙门后院，每年春夏之间，蛟蜃精常请求外出游历，回家时都会带来不计其数的珍宝。贾玉的亲戚、奴仆无不借此成为富豪。此次，蛟蜃精空手而归，并说，自己被盗贼所伤，全家哀叹惋惜之际，典客者来报道，一姓许字敬之的道士求见刺史，贾玉连忙接见，许真君对贾玉说："我听闻您喜得贵婿，可否让我见见他？"贾玉让女婿慎郎出来与道士相见。慎郎畏惧，假称患病以躲避许真君。许真君厉声呵道："慎郎乃是江湖中的祸害，蛟蜃精你这精怪，怎敢躲着不出？"蛟蜃精化成原形，在堂前辗转，很快被刺史的部下就地正法。许真君又让蛟蜃精的两个儿子出来，用水一喷，两个儿子化成小蜃。妻子贾玉之女，几近变出原形，父母恳求许真君，许真君给她神符相救。许真君让贾玉挖开房子下的地基丈余，房子下已被掏出一看不到边际的大坑，许真君对贾玉说："您家的骨肉亲人几乎都变为鱼鳖，如今须尽快撤离，不可停留。"贾玉仓皇搬走，顷刻间，府衙坍塌，白浪翻涌，至今存留着遗迹。许真君于东晋孝武帝太康二年八月一日，在洪州西山，全家四十二口飞升成仙，独留一石制的匣子、药臼、轮毂，与许真君用的锦帐，从云中落到他的故居，当地人就地建庙，命名为"游帷观"。（出《十二真君传》）

吴真君

吴真君名猛，字世云，家于豫章武宁县。七岁，事父母以孝闻，夏寝卧不驱蚊蚋，盖恐其去而噬其亲也。及长，事南海太守鲍靖，因语至道，将游钟陵。江波浩淼，猛不假舟楫，以白羽扇画水而渡，观者奇之。猛有道术，忽一日狂风暴起，猛乃书符掷于屋上，有一青鸟衔符而去，须臾风定。人或问之，答曰："南湖有遭此风者，其中二道人呼天求救，故以此拯焉。"后人访寻，果如所述。时武宁县令干庆死，三月未殡，猛往哭之，因云："令长固未合死，今吾当为上天讼之。"猛遂卧庆尸旁，数日俱还。时方盛暑，尸柩坏烂，其魂恶，不欲复入，猛强排之，乃复重苏。庆弟晋著作郎宝，感其兄及睹亡父殉妾复生，因撰《搜神记》，备行于世。猛后于西平乘白鹿宝车，冲虚而去。（出《十二真君传》）

万宝常

万宝常，不知何许人也，生而聪颖，妙达钟律，遍工八音。常于野中遇十许人，车服鲜丽，麾幢森列，如有所待，宝常趋避之。此人使人召至前曰："上帝以子天授音律之性，将传八音于季末之世，救将坏之乐。然正始之声，子未备知也，使钧天之官，以示子玄微之要。"命坐而教以历代之乐，理乱之音，靡不周述，宝常毕记之。良久，群仙凌空而去。宝常还家，已五日矣。自此，人间之乐，无不精究。尝与人同食之际，言及声律，时无乐器，宝常以食器杂物，以箸扣之，品其高下，宫商毕备，谐作丝竹，大为时人所赏。历周洎隋，落拓不仕。

开皇初，沛国公郑译，定乐成，奏之，文帝召宝常，问其可

吴真君

吴真君名吴猛，字世云，家住豫章武宁县。他七岁时，侍奉父母孝名远扬，夏日睡觉时不驱赶叮咬他的蚊虫，唯恐蚊虫叮咬他的父母。长大后，在南海太守鲍靖手下做事，渴慕道学，去钟陵游赏，见江波浩荡，他不乘船，用白羽扇划水渡江，看到此事的人大为惊奇。吴猛身怀道术，一日忽然狂风大作，吴猛写了一道符扔到屋上，一青鸟衔符纸飞去，很快风停，有人问他此事，他说："南湖有人受风暴侵害，两位道士呼喊上天求助，所以我写符相救。"后来有人前去查探，果如吴猛所说。当时武宁县令干庆去世，停尸三日没有出殡，吴猛前往吊唁并说："县令不该去世，我要向上天状告此事。"随后吴猛躺在尸体旁，几日后，二人一并回来。当时正值盛夏，尸体在棺中腐烂，县令的魂魄嫌恶尸体，不愿进入肉身，吴猛用力将其推入，县令苏醒。干庆的弟弟晋朝著作郎名干宝，感慨他哥哥的复活，目睹为亡父殉葬的妾室复生，便撰写了《搜神记》，流传民间。吴猛后来在西平乘白鹿宝车，升天成仙而去。（出《十二真君传》）

万宝常

万宝常不知是哪里人，生性聪慧，精通音律，擅长八音（乐器的统称），他曾在野外遇到十几人，衣着车马华美，仪仗井然，好似在等人，万宝常尽快回避。一人差人召他上前说："天帝因您在音乐上有天赋，欲将八音在消亡之际传授与你，但正始之音（纯正的乐声）您不曾听过，便命天界乐官演奏钧天广乐，向您展示仙乐高妙。"随后仙人请他坐下，传他历代音乐，梳理纠正谬误，详细之至，万宝常将教导尽数记下。许久后，仙人凌空离去。万宝常回家后，已是五日之后。此后，人间的音乐，万宝常无不精通。他曾在与人一同用餐时谈及音乐，当时手边没有乐器，万宝常借用餐具杂物，以筷子敲击，细品他敲击出的声音，宫、商、角、徵、羽，五音俱全，可与丝竹之音媲美，当时人大为赞赏。他从北周到隋朝，豪放潇洒没有做官。

隋文帝开皇初年，沛国公郑译，编订乐谱，上奏隋文帝，隋文帝召万宝常，问他郑译编订的音乐的好坏。万宝常说："此乃亡国之音，否。常曰："此亡国之音，哀怨浮散，非正雅之声。"极言其不可。诏令宝常创造乐器，而其声率下，不与旧同。又云："世有周礼旋宫之义，自汉魏以来，知音者皆不能通之。"宝常创之，人皆哂笑。于是试令为之，应手成曲，众咸嗟异。由是损益乐器，不可胜纪。然其声雅澹，不合于俗，人皆不好，卒寝而不行。宝常听太常之乐，泣谓人曰："淫厉而哀，天下不久相杀尽。"当时海内晏安，天下全盛，人闻其言，大为不尔。及大业之末，卒验其事。是时郑译、何妥、卢贲、苏道、萧吉、王令言皆能于雅乐，安马驹、曾妙达、王长通、敦金乐等能作新声，皆心服宝常，言其天假矣。宝常无子，尝谓其友曰："吾不堪，病则孤矣。"因病，妻窃其财物而逃，几至饿殍。忽一夕，先所遇神仙来降其家曰："汝舍九天之高逸，念下土之尘爱，沦没于兹，限将毕矣。须记得云亭宫之会乎？"宝常懵然，良久乃悟。他日，谓邻人曰："吾偶自仙宫谪于人世，即将去矣。"旬日，不知所之。（出《仙传拾遗》）

李筌

李筌号达观子，居少室山。好神仙之道，常历名山，博采方术。至嵩山虎口岩，得黄帝《阴符经》本，绢素书，朱漆轴，缄以玉匣，题云："大魏真君二年七月七日，上清道士寇谦之，藏诸名山，用传同好。"其本糜烂，筌抄读数千遍，竟不晓其义理。因入秦，至骊山下，逢一老母，髽髻当顶，余发半垂，弊衣扶杖，神状甚异，路傍见遗火烧树，因自语曰："火生于木，祸发必克。"筌惊而问之曰："此黄帝《阴符》上文，母何得而言之？"母曰："吾授此符，已三元六周甲子矣，少年从何而得之？"筌稽首载拜，具告哀怨虚浮，不是正统。”他极力反对郑译编订的乐谱，隋文帝下诏令万宝常创作乐曲，他制成的乐曲，不同往常。有传说道，世间早有《周礼》中“旋宫（古代以十二律配七音，每律均可作为宫音，旋相为宫）”的理论，但汉魏以来，懂音乐的人都不能解其意。万宝常做成后，世人都嘲笑他，隋文帝下令让他演奏，万宝常演奏一曲，众人惊叹。此后他对在音乐上的贡献，数不胜数。但他性情淡薄清雅，不同流俗，曲高和寡，他的音乐难以流传，他常听宫中的太常雅乐，哭着对人说：“此乐哀伤淫靡，预示天下不久将战乱四起，民不聊生。”当时海晏河清，天下太平，人们听万宝常所言，不以为然。到了隋炀帝大业末年，应验了万宝常的预言。当时郑译、何妥、卢贲、苏道、肖吉、王会言等人擅长雅乐，安马驹、曾妙达、王长通、敦金乐等人擅长新乐曲，他们对万宝常由衷的佩服，说他有天赐的音乐才能。万宝常膝下无子，曾对朋友说：“我身体不堪重负，病后将孤苦无依。”此后，万宝常患病，妻子盗取财物要逃跑，他几近饿死。忽有一夜，万宝常早年遇到的神仙降临家中，对他说：“您本是九天之上高雅脱俗的仙人，心念下界尘世的情感，沉沦人世，如今期限已到，您还记得云亭宫的盛会吗？”万宝常不明所以，许久明白过来，第二日，他对邻居说：“我偶然从仙宫被贬人间，如今即将离去。”十日后，消失不见。（出《仙传拾遗》）

李筌

李筌号达观子，隐居少室山。他渴慕得道成仙，常游历名山大川，博学各地方术。在嵩山虎口岩，得黄帝《阴符经》，此经写在白绢上，卷着朱漆卷轴，封存在玉匣中，上题：“大魏真君二年七月七日，上清道士寇谦之，藏于名山，以传道友。”此书已腐烂，李筌将其抄读千遍，但不懂其间深义。此后李筌入秦地，行至骊山下，遇上一老妇，老妇将发髻绾在头顶，其余的头发半垂着，身着破旧的衣衫，拄着拐杖，神态相貌奇异，老妇在路旁看到余火灼烧树枝，自言自语道：“火生于木，祸发必克。”李筌听后惊讶地问：“这是黄帝《阴符经》上所言，您如何得知？”老妇说：“我传授此符，已三元六周甲子所得。母曰："少年颧骨贯于生门，命轮齐于日角，血脉未减，心影不偏，性贤而好法，神勇而乐至，真是吾弟子也。然四十五当有大厄。"因出丹书符一通，贯于杖端，令筌跪而吞之。曰："天地相保。"于是坐于石上，与筌说《阴符》之义，曰："此符凡三百言，一百言演道，一百言演术，一百言演法，上有神仙抱一之道，中有富国安民之法，下有强兵战胜之术，皆内出心机，外合人事。观其精微，《黄庭》《内景》不足以为玄；鉴其至要，经传子史不足以为文，孙、吴、韩、白不足以为奇。非有道之士，不可使闻之。故至人用之得其道，君子用之得其术，常人用之得其殃，职分不同也。如传同好，必清斋而授之。有本者为师，受书者为弟子，不得以富贵为重，贫贱为轻，违者夺纪二十。本命日诵七遍，益心机，加年寿。每年七月七日，写一本藏名山石岩中，得加算。"久之，母曰："已晡时矣，吾有麦饭，相与为食。"袖中出一瓠，令筌谷中取水。水既满矣，瓠忽重百余斤，力不能制，而沉泉中。及还，已失老母，但留麦饭数升于石上而已。筌有将略，作《太白阴符》十卷；有相业，著《中台志》十卷。时为李林甫所排，位不显，竟入名山访道，不知所终。（出《神仙感遇传》）

（三元一周，计一百八十年，六周共计一千八十年），年轻人你从何得知此经？”李筌俯首至地再三行礼，详细讲述自己得经的经过，老妇说：“年轻人你的颧骨贯穿生门（《奇门遁甲》里的八门之一，吉门），命数属日角（额骨中央部分隆起，形状如日，富贵相，帝王相），血脉未衰，心术端正，生性贤良渴慕道术，神勇乐观，注定是我的弟子，但你四十五岁时将有大难。”随即拿出一张符纸，挂在拐杖顶端，让李筌跪地将其吞下，并说：“天地将佑护你。”随后坐在一石头上，给李筌讲述《阴符经》的奥义，老妇说：“此经共三百字，一百字讲道，一百字讲术，一百字讲法，上有神仙的‘抱一（专精固守不失其道）’之道，中有富国安民的方法，下有强兵取胜的战术，借助内心的计算谋划，迎合外界事物的发展。了解此经的微妙之处，《黄庭内景经》算不得玄妙，学习其中要义，经史子集算不得文章，孙武、吴起、韩信、白起不足为奇。不能让没有得道的人阅读此经，之所以说至人用此经修得其中至道，君子用此经修得其中术法，常人用此经只能带来灾祸，是因为众人职位和使命不同。若将此经传授道友，须得清心斋戒才能传授。拥有此经之人为师，收受此经之人为弟子，选弟子不可嫌贫爱富，违者损寿二十年。本命年时一日诵经七遍，可增益心力，延年益寿。每年七月七日，抄写一部藏于名山石洞中，也可增加寿数。”许久后，老妇又说：“下午了，我有麦子做的饭，我们吃些东西。”随即老妇从袖中拿出一瓠，让李筌到山谷中取水。水装满后，瓠忽然重达上百斤，李筌无法拿起，瓠沉入泉底。李筌返回后，老妇已消失不见，独留几升麦饭在石头上。李筌有将才，撰写了《太白阴符》十卷，他也有相才，撰写了《中台志》十卷。当时受李林甫排挤，官位并不显赫，隐入名山访道，不知去向。（出《神仙感遇传》）

卷第十五　神仙十五

道士王纂　真白先生　桓闿　兰公　阮基

道士王纂

道士王纂者，金坛人也，居马迹山。常以阴功救物，仁逮蠢类。值西晋之末，中原乱离，饥馑既臻，疫疠乃作，时有毒瘴，殒毙者多，闾里凋荒，死亡枕藉。纂于静室，飞章告玄，三夕之中，继之以泣。至第三夜，有光如昼，照其家庭，即有瑞风景云，纷郁空际，俄而异香天乐，下集庭中，介金执锐之士三千余人，罗列若有所候。顷之，珠幢宝幡，霓旆羽节，红旗锦旆各二，相对前引，幢居其前，节最居后。又四青童执花捧香，二侍女捧案，地舒锦席，前立巨屏，左右龙虎将军，侍从官将，各二十许人，立屏两面，若有备卫焉。复有金甲大将军二十六人，神五十人，次龙虎二君之外，班列肃如也。须臾，笙簧骇空。自北而至，五色奇光，灼烁艳逸。一人佩剑持版而前，告纂曰："太上道君至矣。"于是，百宝大座，自空而下，太上大道君，侍二真人、二天帝。在座之上，道君五色莲花，二真二帝立侍焉。纂拜手迎谒，跪伏于地。

道君曰："子愍念生民，形于章真，刳心投血，感动幽冥。地司列言，吾得以鉴躬于子矣。"纂匍匐礼谢竟，道君告曰："夫一阴一阳，化育万物，而五行为之用。五行互有相胜，各有盛衰，代谢推迁，间不容息，是以生生不停，气气相续。亿劫已来，未始暂辍也。得其生者，合于纯阳，升于天而仙；得其死者，沦于至阴，在地而为鬼。鬼物之中，自有优劣强弱，刚柔善恶，与人世无异。玉皇天尊，虑鬼神之肆横害于人也，常命五帝三官，检制部御之，律令刑章，罔不明备。然而季世之民，浇伪者众，淳源既散，妖诈

道士王纂

道士王纂，金坛人，居马迹山。常积德行善救助生灵，对世间万物仁义良善。时值西晋末年，中原动荡，饿殍遍野，瘟疫肆虐，毒瘴频发，生灵涂炭，十室九空，死亡枕藉（死者众多）。王纂在静室中，迅速向天地奏报人间事，悲泣哀求整整三日。到第三日夜间，忽然出现光亮将夜晚照得如白昼，光亮照到他家，即刻出现瑞风景云，在空中浓密葱郁，很快异香天乐传到院中，三千余武士身披铠甲手持兵器，列队像是在等待贵人。随后，珠帘伞盖、珍宝旗帜、彩虹旌旗、飞羽旌节、红色锦缎旌旗等各有两面开路在前，伞盖在首，旌节收尾，还有四位青童持花捧香，两侍女捧案几，地面铺锦席，前面挡着巨大的屏风，左右随行龙虎将军及侍从各二十余人，立在屏障两侧，像是在护卫谁。又有二十六位金甲大将军，神仙五十人，站在龙虎二将军外侧，排列俨然肃穆。不久，笙箫声响震天空，从北面传来，五色奇光绽放，光艳四射。一人佩剑持笏前来告诉王纂："太上道君降临。"于是，百种宝石点缀的宝座从天而降，太上大道君、随行的两位真人、两位帝君一同降临。太上道君坐于五色莲花上降至宝座，两位真人、帝君侍立身侧。王纂行礼相迎，跪伏在地。

太上道君说："你体恤民生，上奏天地，呕心沥血，感动天界。由土地神提议，我亲自来与你相见。"王纂伏地答谢，太上道君对他说："一阴一阳，孕育世间万物，五行为其所用，五行间相互制约，兴衰往复，新故代谢，间不容缓，万物得以生生不息，万古永存，长久以来，未曾停止。修得长生之术的人，身负纯阳之气，才能升天成仙；死去的事物，沉沦到极阴之地，在地府化作鬼物。鬼物中，自然也有好坏强弱、刚柔善恶之分，与世人无异。玉皇天尊，忧虑鬼神肆虐百姓，常命五帝三官约束节制鬼神，制定律令法规，事无大小都有萌生。不忠于君，不孝于亲，违三纲五常之教，自投死地。由于六天故气，魔鬼之徒，与历代已来，将败军死，聚结为党，亦戕害生民。驾雨乘风，因衰伺隙，为种种病，中伤极多。亦有不终天年，罹其夭枉者。昔于杜阳宫出《神咒经》，授真人唐平，使其流布，以救于物，民间有之。世人见王翦、白起之名，谓为虚诞。此盖从来将领者，生为兵统，死为鬼帅，有功者迁为阴官。残害者犹居魔属，乘五行败气，为瘵为瘥。然以阳为惮，以神咒服之，自当弭戢矣。今以《神化》《神咒》二经，复授于子，按而行之，以拯护万民也。"即命侍童，披九光之韫，以《神化经》及《三五大斋之诀》，授之于纂，曰："勉而勤之，阴功克成，真阶可冀也！"言讫，千乘万骑，西北而举，升还上清矣。纂按经品斋科，行于江表，疫毒镇弭，生灵乂康。自晋及兹，蒙其福者，不可胜纪焉。（出《神仙感遇传》）

真白先生

真白先生陶君，讳弘景，字通明，吴荆州牧濬七世孙，丹阳人也。母初娠，梦青龙出怀，并二天人降，手执香炉。觉语左右，言当孕男子，非凡人，多恐无后。及生，标异，幼而聪识，长而博达，因读《神仙传》，有乘云驭龙之志。年十七，与江斅、褚炫、刘俊，为宋朝"昇明四友"。仕齐，历诸王侍读。年二十余，稍服食，后就兴世观主孙先生咨禀经法，精行道要，殆通幽洞微。转奉朝请，乃拜表解职。答诏优叹，赐与甚厚。公卿祖之于征虏亭，供帐甚盛，咸云："宋齐已来，未有斯事。"遂入茅山，又得杨许真书。遂登岩告静，自称"华阳隐居"，书疏亦以此代姓名。至明帝时，议欲迎往命令规定，但生逢末世的百姓，多是伪善之人，质朴之风萎靡，奸诈鬼魅萌生，他们于主不忠，于亲不孝，违背三纲五常，自寻死路。由于六天（谓人死后所居之六天宫）这种“故气”（刘宋天师道把“六天”作为“故气”来排斥）的存在，邪魔外道已是历代遗留，战败后死去的兵士集结起来，残害世人，驾雨乘风，趁世道衰败横行人间，作恶多端，危害大量百姓，使得很多人不能寿终正寝，受难枉死。旧日我从杜阳宫拿出《神咒经》传授得道真人唐平，让他传扬此经济世，拯救生民，此经得以流传世间。世人看到王翦、白起等人的传说，说那是虚妄的传言。其实自古做将领之人，生来就能统领士兵，死后在冥府做鬼帅，有功之人迁任阴官。残害百姓之人在冥府仍是恶鬼妖魔，他们身负五行中衰败之气，制造疾病灾害，但他们忌惮阳气可被神咒制服，理当被诛杀。今日我传授你《神化》《神咒》二经，你依经文指导行事，去拯救守护万民。”随后太上道君命侍童，打开九色之光的袋子，将《神化经》《三五大斋之诀》传授王纂，并说：“你当勤勉修习，积德行善，成仙有望。”言罢，千乘万骑，往西北方升天而去。王纂按经文斋戒修行，在江表（长江以南地区）一带，救治瘟疫，生灵安定康乐。从晋朝以来，受他福佑者不计其数。（出《神仙感遇传》）

真白先生

贞白先生陶君（“贞”又作“真”），名弘景，字通明，是东吴荆州牧陶濬的七世孙，丹阳人。他的母亲刚怀上他时，梦中见一青龙从她怀中出来，同时从天而降两仙人，手执香炉。他母亲醒后对近侍说，腹中怀的是男孩，不是凡人，恐怕还是等于没有后代。孩子诞生后，不同凡俗，自幼聪慧，长大后博学多闻，拜读《神仙传》后，萌生乘云驾龙升仙的志向。十七岁时，与江斅、褚炫、刘俊，同为刘宋“升明四友”。他又在齐朝（萧齐）做官，任诸位王侯的侍读。二十多岁时，开始少量服食仙药，后来在兴世观观主孙先生门下修行道经和法术，严格修习道术要旨，以洞察其中幽深细微的道义。朝廷给他“奉朝请（以奉朝请名义参加朝会）”的优待，于是他上表辞去官职。皇蒋山，恳辞得止。然敕命饷赉，恒为繁极。乃造三层楼栖止，身居其上，弟子居中，接宾于下，令一小竖传度而已。潜光隐耀，内修秘密，深诚所诣，远属灵人，可谓感而遂通矣。身长七尺八寸，为性圆通谦谨，心如明镜，遇物便了。深慕张良之为人，率性轻虚，飘飘然颇有云间兴。其所通者，皆得于心，非傍识所能及。长于诠正谬伪。地理历算，文不空发，成即为体。造浑天仪，转之，与天相会。其撰《真诰隐诀》，注《老子》等书，二百余卷。至永元三年，深藏向晦。

及梁武帝革命，议国号未定，先生乃引诸谶记，定梁应运之符。又择交禅日，灵验昭著。敕使入山，宣旨酬谢。帝既早与之交游，自此后动静必报。先生既得秘旨妙诀，以为神丹可成，恒苦无药，帝给之。又手敕咨迓，先生因画二牛：一散放于水间；一著金笼，一人执绳，以杖驱之。帝笑曰："此人无所不作，欲效曳尾龟，岂可致邪？"其时每有大事，无不已前陈奏，时人谓之"山中宰相"。以大同初，献二刀，一名"善胜"，一名"成胜"，为佳宝。梁武初未知道教，先生渐悟之，后诣张天师道裕，建立玄坛三百所，皆先生之资也。梁帝《金楼子》云："予于隐士重陶真白，士大夫重周弘正。其于义理，精博无穷，亦一时名士也。"先生尝作诗云："夷甫任散诞，平叔坐谭空。不信昭阳殿，化作单于宫。"其时人皆谈空理，不习武事，侯景之难，亦如所言。

帝下答诏允许，表示很惋惜，赐予厚赏，公卿大臣在征虏亭设宴相送，都说，南朝宋、齐以来，未曾有君主如此厚待臣下。贞白先生隐入茅山，又得到杨羲、许谧的真经，随后登上山岩闭关，自称“华阳隐居”，写信著书以此为代名。到齐明帝萧鸾时，朝臣商议想将他迎到蒋山，贞白先生诚恳辞谢才作罢。但皇帝亲赏他的财物越发丰厚，他觉得烦扰。于是在茅山建一三层宅院，他住上层，弟子住中层，下层会客，命一小僮传递消息，他藏匿光采，在山中深居简出，修身养性，精诚所至，天界神灵，深受感动。贞白先生身长七尺八寸，性情谦逊，谨言慎行，心如明镜，豁达通透。他仰慕张良的为人，欣赏张良率性潇洒，飘飘然有道骨仙风。贞白先生对修习的道术都能烂熟于心，绝非浅薄之人能匹敌的。他擅长纠正谬误，地理、历法、算术等方面从不发表虚无的理论，都有实例验证。他建造“浑天仪”，运转后可与天体吻合。他撰写《真诰》这本道家秘诀，注解《老子》等二百多卷典籍。齐东昏侯萧宝卷永元三年（501年），他深藏若虚。

后来梁武帝造反，国号尚未议定，贞白先生旁征博引诸多谶书，定国号为“梁”逢迎天运，又选出梁武帝登基之日，十分灵验。梁武帝派使臣进山，宣旨答谢贞白先生。梁武帝早年与贞白先生有旧交，登基后政事定会与贞白先生相商。贞白先生得到秘方，本可以制成仙丹，但苦于缺乏原料，梁武帝供给他药材，又亲笔写信邀贞白先生入朝，贞白先生画了两牛作为回复：一牛散养在水中，一牛囚在金笼中被人用绳牵着，用棍棒赶着。梁武帝看后笑道：“此人无所不能，想让他放弃隐居生活，怎么可能呢？”此后朝中大事，他无不事前向梁武帝上奏，当时人称他为“山中宰相”。梁武帝大同初年，贞白先生敬献两宝刀，一名“善胜”，一名“成胜”，都是宝器。梁武帝起初不懂道教，受贞白先生启发逐渐有所感悟，此后梁武帝拜谒天师张道裕，建立玄坛（道教斋坛）三百所，都是受贞白先生指引。梁武帝《金楼子》上书：“隐士中我看重贞白先生，士大夫中我看重周弘正。二人在经义理论上博学精通，乃是当代名士。”贞白先生曾作诗云：“夷甫（王衍字夷甫）任散诞，平叔（何晏字平叔）坐谭空。不信昭阳殿，化作单于宫。”当代人都爱空谈，不注重建立军事，侯景之乱的发生，验先生以大同二年丙辰岁三月壬寅朔十二日癸丑告化，时年八十一，颜色不变，屈伸如常，室中香气，积日不散。以其月十四日，窆于雷平山，同轩辕之葬衣冠，如子乔之藏剑舄，比于兹日，可得符焉。诏追赠中散大夫，谥“贞白先生”，仍敕舍人监护。马枢《得道传》云：“受蓬莱都水监，弟子数百人。有先得道者，唯王远知、陆逸冲、桓清远，嗣先生之德焉。”唐天宝元年，追赠金紫光禄大夫、太保，梁郡陵王萧纶为碑铭焉。（出《神仙感遇传》）

桓闿

桓闿者，不知何许人也，事华阳陶先生，为执役之士，辛勤十余年。性常谨默沉静，奉役之外，无所营为。一旦，有二青童白鹤，自空而下，集隐居庭中。隐居欣然临轩接之，青童曰：“太上命求桓先生耳。”隐居默然，心计门人无姓桓者，命求之，乃执役桓君耳。问其所修何道而致此，桓君曰：“修默朝之道积年，亲朝太帝九年矣，乃有今日之召。”将升天，陶君欲师之，桓固执谦卑，不获请。陶君曰：“某行教修道，勤亦至矣，得非有过，而淹延在世乎？愿为访之，他日相告。”于是桓君服天衣，驾白鹤，升天而去。三日，密降陶君之室言曰：“君之阴功著矣，所修本草，以虻虫水蛭辈为药，功虽及人，而害于物命。以此一纪之后，当解形去世，署蓬莱都水监耳。”言讫乃去。陶君复以草木之药可代物命者，著《别行本草》三卷，以赎其过焉。后果解形得道。（出《神仙感遇传》）

兰公

兖州曲阜县高平乡九原里，有至人兰公。家族百余口，精专证了贞白先生的预言。

贞白先生在梁武帝大同二年丙辰岁三月壬寅朔十二日癸丑去世，享年八十一岁，去世时他面色如常，四肢柔软能屈能伸，室中弥漫芳香，经日不散。当月十四日，贞白先生葬于雷平山，仿照黄帝建了衣冠冢，仿照子乔陪葬了剑与鞋，希望在埋葬他的时候，可以看到天上仙人带着符节来接他成仙而去。梁武帝下诏追赐贞白先生为中散大夫，谥号“贞白先生”，亲自派人监办丧礼。马枢《得道传》有云：“贞白先生被授任蓬莱都水监，门下弟子数百人。弟子中先一步得道之人，唯有王远知、陆逸冲、桓清远继承贞白先生的道义。唐朝天宝元年，唐玄宗追赐贞白先生为金紫光禄大夫、太保，梁郡陵王萧纶为贞白先生撰写了墓志铭。（出《神仙感遇传》）

桓闿

桓闿，不知是哪里人，在华阳陶先生手下，任杂役，辛勤劳作十余年，性情谨慎沉稳，除当差外，不做其他事。一日，两位青童驾白鹤，从天而降，落到陶先生院中。陶先生欣喜地上前迎接，青童说：“太上老君命我们来见桓先生。”陶先生沉默不语，暗自想门人中并无姓桓的人，命人查找，寻到杂役桓闿，问他修的什么道达到如此境界，桓闿说：“我修习默朝（无为）之道多年，亲自朝见太帝九年，所以今日才会被召见。”桓闿临行前，陶先生想拜桓闿为师，桓闿谦逊，拒绝了陶先生，陶先生说：“我修行道法，勤恳至极，是否曾经犯了错，为何一直留在人世？请您代我查访此事，他日告知我结果。”于是桓闿穿上天衣，驾白鹤，飞天升仙离去。三日后，桓闿秘密降临陶先生家中对他说：“您已积累了深厚的阴功，但炼制的本草药方中，将虻虫、水蛭等昆虫做药材，药效虽显著，但残害生灵。十二年后，您将脱离肉身去世，任蓬莱都水监。”说罢离去，陶先生寻到代替生灵的草药，又编撰了本草三卷赎罪。（出《神仙感遇传》）

兰公

兖州曲阜县高平乡九原里，有位至人（道家指超凡脱俗，达无孝行，感动乾坤，忽有斗中真人，下降兰公之舍，自称孝悌王。云："居日中为仙王，月中为明王，斗中为孝悌王。夫孝至于天，日月为之明；孝至于地，万物为之生；孝至于民，王道为之成。且其三才肇分，始于三气，三气者，玉清三天也。玉清境是元始太圣真王治化也；太清者，玄道流行，虚无自然，玉皇所治也。吾于上清已下，托化人间，示陈孝悌之教。后晋代尝有真仙许逊，传吾孝道之宗，是为众仙之长。"因付兰公至道秘旨。于是兰公获斯妙诀，颖悟真机，默辨往由，顾知前事。

因与里人共出郊野，忽睹古冢三所，乃云："此是吾三仙解化之坟，请民报官，令移冢旁之路，勿令人物践蹋。"吏乃讯于兰公，此言以何验实。公曰："第一冢者，昔有真人骸骨，今乃已得复形，是为地仙，长生久视。第二冢见有仙衣一对，道经一函，复有一人，方如醉卧，发之良久，乃能话谈，此以太阴炼形，绵养真气耳。第三冢有玉液丹，服之，白日便当冲翥。"于时官吏与兰公对开三冢，其所明验，一一并同。兰公乃诣冢间，躬取仙衣挂体，又取金丹服之，招邀卧冢二真人，同共耸身而轻举。官吏悔谢，虔恳拜陈，启问兰公，何时下降。公曰："我自此，每十日一至于斯，更逾数年，百日一降，施行孝道，宜准玄科，接济樊笼，符臻至道。"自尔，吴都十五童子，丹阳三岁灵孩，洎于兰公，并是仙之化现也。所传孝道之秘法，别有宝经一帙，金丹一合，铜符铁券，得之者唯高明大使许真君焉。（出《十二真君传》）

我之境的人）名兰公，家中族人上百，但兰公孝心精纯专一，感动天地，忽然有位斗（星名，二十八宿之一，亦泛指星）中真人降临兰公家，自称“孝悌王”。他说：“居于太阳中的称‘仙王’，居于月亮中的称‘明王’，居于斗中的称‘孝悌王’。孝道在天界，可感召日月绽放光明；孝道在大地，可感召万物生生不息；孝道在民间，可使王道得以施行。且三才（天才、人才、地才）始分，源于三气（天、地、人之气），三气就是玉清三天（元始天尊住的清微天玉清境，灵宝天尊住的禹余天上清境，道德天尊住的大赤天太清境）。玉清境，是元始太圣真王治理天界、教化仙官的地方。太清境，道的本源流行于此，有而若无顺应自然，隶属玉皇大帝。我从上清境降临人间，托生为人，是为了陈述传扬孝悌之道。后来晋朝真仙许逊，传扬孝悌之道，成为众仙首座。”随后斗中真人传授兰公道术秘诀，兰公掌握其间奥义，悟得天机，明辨往事，预知未来。

一日兰公与同乡到野外游玩，忽然看见三座古冢，兰公说：“这是三仙舍弃肉身，修行成道之所，请诸位报官，把坟迁往其他地方，以免被人践踏。”官差询问兰公，何以验证他刚才所言。兰公说：“第一冢，其中曾有真人的尸骨，如今已恢复原貌，逝者已修成地仙，长生不老。第二冢，其中有两件仙衣，一部道经，还有一人状如醉酒，开棺后等待许久，可与此人交谈，这是太阴炼形（修炼自身形体）、绵养真气之术。第三冢，其中有玉液丹，服下后，即刻可升天成仙。”于是官差当场开棺检验，与兰公所言尽数吻合。兰公行至坟前，亲手取出仙衣披在身上，又取玉液丹服下，招呼坟中两位真人，一同耸身入云升天。官差悔不当初，诚恳道歉，并问兰公，何时再降临人间。兰公说：“此后，我每十日降临一次，数年后，百日降临一次，以施行孝道、指导修行、扶危济困、发扬道学。”那时才知道，吴都十五岁孩童、丹阳三岁灵童，常成为兰公的化身，都是仙人现身于世。兰公所传授的孝道秘法，另有一卷宝经、一盒金丹，铜符、铁券等物件，唯有高明大使许真君得到了这些宝器。（出《十二真君传》）

阮基

阮基者，河内人也。以周武帝建德七年，因射熊入王屋山东北，见一道士坐松树下，神状奇异。基遂舍弓矢，稽首起居已。师命基曰："可暂往观中眺望。"岩间忽有一童子，引基到观门。台殿严丽，皆饰以金玉；土地清净，皆绀碧琉璃；行树端直，绿叶朱实，清风时起，锵然有声。基于门下观览，心神惶怖。载拜请退，即至师所，师笑曰："汝不敢进邪？"基曰："凡夫肉人，不识大道，忽于今日，得睹天堂，情诚喜悦，不能自胜。愿师弘慈，济基沉溺。"师曰："汝积罪人也，先身微缘，今得遇我。汝命将尽，其奈之何？"基闻，不胜惶竦，叩头千百，求乞生津。师遂令基舍恶从善，誓弃弓矢，乃授基《智惠上品十戒》，兼为设蔬食。食讫令去。基载拜奉辞，师曰："汝命绝之时，吾将度汝。"

其年冬，基得暴病而卒，唯左手一指尚暖。家人不即葬之，三日而活，久能言。言云：初见黄衣使者二人，执文书，引基去，忽至一处，状如台府，至屏门，使者引入。见大厅上有官人隐隐，阶前小吏数十人，皆执簿书，或青或黑。有一吏执黑簿，谓基曰："汝积罪深厚，应入地狱。"基闻，仓卒惶怖，莫知何言。良久思之，忽忆圣师，心中作念："初别之时，言'临命绝时，必来度汝'，今日危困，幸垂救济。"须臾，天西北瑞云忽起，云车冉冉，自空而下，直至阶前，去地丈余而止。乃见圣师在车中坐，冥官见之，皆稽首作礼。圣师曰："我有弟子在此，故来度之。"乃取经一卷付基，基载拜跪受，题云《太上救苦经》。令基读之一遍，冥官皆稽首受命听讫。谓基曰："可去，勿住此，深勤精进，后更与汝相见。"言讫，失师所在，唯觉香气氛氲，久之，乃见一黄衣使者，引基至家，唯闻家号泣之声，基乃还活。凝坐良久，追忆梦中经，不遗一字。

阮基

阮基，河内人。周武帝建德七年，阮基因捕熊进入王屋山东北处，看见一道士坐在松树下，样貌神态不同寻常。阮基扔掉弓箭，向道士跪拜问候。道士对阮基说："你可先行前往道观中眺望远处。"山岩中忽然出现一童子，带阮基前往观门，阮基看道观里亭台殿堂庄严华丽，都点缀着金玉；地面整洁，上也铺着深蓝的琉璃；成行的树木整齐端正，绿叶红果，清风不时吹拂，树木摇曳声音铿锵。阮基在门前看着，心神惶恐不安，他行礼后就告退了，回到道士所在的地方，道士笑着说："你不敢进入观中？"阮基说："我肉体凡胎，不懂道术真谛，今日有幸看到天堂，喜难自胜。望圣师慈悲，救我出凡俗。"道士说："您罪孽深重，但前世与我有缘，今生得以相遇。您命数将尽，又能怎么办呢？"阮基听后，惶恐不已，不断磕头求救。道士让他改过自新，弃暗投明，不再杀生，传授他《智惠上品十戒》，为他备下素菜。阮基吃完后，道士让他离开。阮基再三拜别，道士说："您死后，我将度您。"

这年冬季，阮基突然得病死亡，唯独左手一手指留有余温，家人并未立即下葬，三日后阮基复活，许久后能说话。他说，刚死时看见两位黄衣使者，手执文书，引着他前行，忽然到了一处看着像官府的地方，行至屏门（遮隔内外院的门）前，使者带他进门，隐约看到大厅中有位官吏，阶前还有数十小官，都手执文书簿册，册子有的是青色，有的是黑色。官员对阮基说："你罪孽深重，应入地狱。"阮基听后惶恐，不知该说什么，沉思良久，忽然想起圣师，心中暗想："当初分别时，圣师曾说'你将死之时，我会来度你'，如今我身陷困境，望圣师前来搭救。"很快，天空西北方瑞云翻涌，云车缓缓从天而降，悬空在阶前距地面丈余处，圣师坐在车中，冥官见到圣师，都跪拜行礼，圣师说："我有位弟子在此处，我来度他离去。"随即拿出一卷经文交与阮基，阮基拜谢接受，经上题写着《太上救苦经》。圣师让阮基诵读一遍，冥官俯首至地恭敬听阮基诵完，仙师对阮基说："你可离去，切勿停留。日后你需刻苦修行，你我还会再见。"说罢，圣师消失不见，独留香气经久不散。随后一黄衣使者，带阮基回

乃慎持念，遂抄录传于世。复辞亲友，入王屋山，莫知所在。（出《神仙感遇传》）

家，到家后只听家中一片悲泣。阮基复生后，静坐良久，回忆梦中经文，一字不差地记起。此后阮基克己修行，持斋诵经，抄录经文流传于世。再后来他辞别亲友，隐入王屋山，不知去向。（出《神仙感遇传》）

卷第十六　神仙十六

杜子春　张 老

杜子春

杜子春者，盖周隋间人。少落拓，不事家产，然以志气闲旷，纵酒闲游。资产荡尽，投于亲故，皆以不事事见弃。方冬，衣破腹空，徒行长安中，日晚未食，彷徨不知所往。于东市西门，饥寒之色可掬，仰天长吁。有一老人策杖于前，问曰："君子何叹？"春言其心，且愤其亲戚之疏薄也，感激之气，发于颜色。老人曰："几缗则丰用？"子春曰："三五万则可以活矣。"老人曰："未也。"更言之："十万。"曰："未也。"乃言："百万"。亦曰："未也。"曰："三百万。"乃曰："可矣。"于是袖出一缗曰："给子今夕，明日午时，候子于西市波斯邸，慎无后期。"及时子春往，老人果与钱三百万，不告姓名而去。子春既富，荡心复炽，自以为终身不复羁旅也。乘肥衣轻，会酒徒，征丝管，歌舞于倡楼，不复以治生为意。一二年间，稍稍而尽，衣服车马，易贵从贱，去马而驴，去驴而徒，倏忽如初。既而复无计，自叹于市门。发声而老人到，握其手曰："君复如此，奇哉。吾将复济子。几缗方可？"子春惭不应。老人因逼之，子春愧谢而已。老人曰："明日午时，来前期处。"子春忍愧而往，得钱一千万。未受之初，愤发，以为从此谋身治生，石季伦、猗顿小竖耳。钱既入手，心又翻然，纵适之情，又却如故。不一二年间，贫过旧日。复遇老人于故处，子春不胜其愧，掩面而走。老人牵裾止之，又曰："嗟乎拙谋也。"因与三千万，曰："此而不痊，则子贫在膏肓矣。"子春曰："吾落拓邪游，生涯罄尽，亲戚豪族，无相顾者，独此叟三给我，我何以当之？"因谓老人曰："吾得此，人间之事可以立，孤孀可以衣食，于名教复圆矣。感叟深

杜子春

杜子春，大概是南北朝时北周至隋朝间人。他少年时豪放不羁，无心家业，但心志悠闲放达，将一切看得很淡，每日纵酒闲游。他把家产全部挥霍光后，只得去投奔亲友，但亲友们认为他整日无所事事，不肯收留他。当时正值严冬，他衣衫破烂腹中空空，徒步在长安城中游荡，当时天色已晚，还没吃上一点儿东西，在街上徘徊不知去往何处。他来到东市西门，看到自己浑身上下显露出饥寒交迫之色，不禁仰天长叹。这时有位老人拄着拐杖来到他面前，问道："君子因何叹息？"杜子春就向老人讲述了自己的处境和心事，怨恨亲友们对他如此疏远淡薄，越说越气愤，不满之情都表现在脸上。老人问他："需要多少钱才够用啊？"杜子春说："三五万钱就可以维持生活了。"老人说："恐怕不够吧，你再多说些！"杜子春改口说："十万。"老人说："这还不够吧！"杜子春于是就说了一百万。老人还是说："不够。"杜子春最后说："那就三百万。"老人说："这应该差不多了。"老人从袖中拿出一串钱说："今晚先给你这些，明日午时我在西市的波斯府邸等你，你可千万别迟到。"第二天午时杜子春如约前往，老人果然给了他三百万钱，没告知姓名就离开了。杜子春有了这些钱，浪荡的性子就又死灰复燃了，认为自己有这么多钱一生都不会再穷困潦倒无处栖身了。从此他乘骏马穿轻裘，每天和酒友狂饮，听着音乐，在花街柳巷观看歌舞，不再有经营以后生计的打算了。一两年间，就把老人给他的钱慢慢挥霍尽了，只好把衣服车马从昂贵的换成便宜的，之后又把马换成驴子，最后驴子也没有了只好徒步而行，转眼间又恢复到他刚来长安时的样子。杜子春已到了无计可施的地步，只得又在东市西门仰天长叹起来。杜子春的长叹声刚发出来，那位老人就又出现在他面前，握着他的手说："你又弄到如惠，立事之后，唯叟所使。”老人曰：“吾心也！子治生毕，来岁中元，见我于老君双桧下。”子春以孤孀多寓淮南，遂转资扬州，买良田百顷，郭中起甲第，要路置邸百余间，悉召孤孀，分居第中。婚嫁甥侄，迁祔族亲，恩者煦之，仇者复之。既毕事，及期而往。老人者方啸于二桧之阴。遂与登华山云台峰。入四十里余，见一处，室屋严洁，非常人居。彩云遥覆，惊鹤飞翔其上。有正堂，中有药炉，高九尺余，紫焰光发，灼焕窗户。玉女九人，环炉而立；青龙白虎，分据前后。其时日将暮，老人者，不复俗衣，乃黄冠缝帔士也。持白石三丸，酒一卮，遗子春，令速食之讫。取一虎皮，铺于内西壁，东向而坐，戒曰：“慎勿语。虽尊神恶鬼夜叉，猛兽地狱；及君之亲属，为所困缚万苦，皆非真实。但当不动不语，宜安心莫惧，终无所苦。当一心念吾所言。”言讫而去。子春视庭，唯一巨瓮，满中贮水而已。

此地步了？真是让人奇怪了。不过没关系，我还会再接济你，这回多少钱才够用啊？”杜子春羞愧难当，不好意思回答老人。在老人的再三逼问下，杜子春也只是对老人的帮助表示惭愧及感谢罢了。老人说：“明日午时，你还到之前我们约见的地方。”第二天杜子春忍着羞愧前往，老人又给了他一千万钱。杜子春还没拿到钱时，决定奋发图强，打算从此好好谋身立业，今后成为富豪，让石崇、猗顿这些古时有名的富豪与他比起来，都变成小角色。然而钱一到手，他的心又突然改变了，放纵浪荡的性子依然如故，又开始回到最初的挥霍无度了。不到一两年时间，就比过去更穷了。他又在长安街的老地方遇到了老人，因为太过羞愧，就手捂着脸躲着老人走。老人却一把扯住他的衣襟，让他停了下来，说：“唉，你也太不会谋生了。”然后又给了他三千万钱，说：“这次你若还不改过自新，那你的贫穷病就真的进入膏肓了！”杜子春心想：自己放荡闲逛，最后弄得声名狼藉，亲戚和家族都没人理睬，唯独这位老人三次接济我，我该怎样做才能报答他呢？于是对老人说：“我有了这三次教训，人世上的任何事都应该能成功了。我一定要让天下的孤儿寡母有吃有穿，以挽回我失去的名声和威仪。我感激您老人家的深恩，将来我做成一番事业后，任凭您驱遣。”老人说：“你这话正合我心啊。等你有了成就后，明年七月十五中元节时，你到老君庙前那两棵桧树下见我。”杜子春知道孤儿寡母大多寓居淮南，就将资产转移到扬州，买了一百顷良田，在城中盖了豪宅，在重要路口购置了一百多间房子，遍召孤儿寡母分住其中。对于他的外甥侄子，都帮助他们谈婚论嫁，成家立业。对于家族里死去的亲人，都按规矩迁坟合葬。对于家族里的亲戚，过去对他有恩者一一报答，有仇的也都报复了。办完自己的事情后，杜子春就按约定日期去见老人。来到老君庙，见那老人正在两株桧树下吹口哨唱歌。于是老人就带杜子春登上华山云台峰。进山走了四十多里后，看见一处地方，屋舍严整洁净，看样子不是凡人所居。彩云在远山上缭绕，仙鹤在云中飞翔。屋子正堂中间竖立着一个九尺多高的药炉，炉内紫焰闪耀，映亮了门窗。有九位仙女环药炉侍立；药炉前后有青龙、白虎分别看守着。这时天快黑了，再看老人，穿的已不再是凡间道士适去，旌旗戈甲，千乘万骑，遍满崖谷，呵叱之声，震动天地。有一人称大将军，身长丈余，人马皆着金甲，光芒射人。亲卫数百人，皆杖剑张弓，直入堂前，呵曰：“汝是何人？敢不避大将军。”左右竦剑而前，逼问姓名，又问作何物，皆不对。问者大怒，摧斩争射之声如雷，竟不应。将军者极怒而去。俄而猛虎毒龙，狻猊狮子，蝮蝎万计，哮吼拏攫而争前欲搏噬，或跳过其上，子春神色不动。有顷而散。既而大雨滂澍，雷电晦暝，火轮走其左右，电光掣其前后，目不得开。须臾，庭际水深丈余，流电吼雷，势若山川开破，不可制止。瞬息之间，波及坐下，子春端坐不顾。未顷而将军者复来，引牛头狱卒，奇貌鬼神，将大镬汤而置子春前，长枪两叉，四面周匝，传命曰：“肯言姓名即放，不肯言，即当心取叉置之镬中。”又不应。因执其妻来，捽于阶下，指曰：“言姓名免之。”又不应。及鞭捶流血，或射或斫，或煮或烧，苦不可忍。其妻号哭曰：“诚为陋拙，有辱君子，然幸得执巾栉，奉事十余年矣。今为尊鬼所执，不胜其苦！不敢望君匍匐拜乞，但得公一言，即全性命矣。人谁无情，君乃忍惜一言？”雨泪庭中，且咒且骂，春终不顾。将军且曰：“吾不能毒汝妻耶！”令取锉碓，从脚寸寸锉之。妻叫哭愈急，竟不顾之。将军曰：“此贼妖术已成，不可使久在世间。”敕左右斩之。斩讫，魂魄被领见阎罗王。曰：“此乃云台峰妖民乎？捉付狱中。”于是镕铜铁杖、碓捣硙磨、火坑镬汤、刀山的衣服，而是身着黄道袍头戴黄道冠的道士了。老人拿了三丸白石和一杯酒给杜子春，让他赶快服下。又取来一张虎皮铺在内屋西墙下，面朝东坐下，告诫杜子春道："千万不要出声。这里出现的尊神、恶鬼、夜叉、猛兽和地狱，以及你的亲属们被捆绑着受刑万般遭罪，这一切都不是真实的。你无论看到什么，都不要动也不要说话，安下心来不要害怕，那就绝不会对你造成什么伤害，要一心记着我的这些嘱咐啊！"说完就走了。杜子春向院中看去，只有一个装满水的大瓮罢了。

道士刚走，杜子春就看见旌旗飘飘，铠甲闪闪，千乘万骑蜂拥而来，漫山遍野都是士兵。只听外面人喊马嘶，呵斥之声震天动地。有一个人自称大将军，身高一丈多，人马都身披金铠甲，光芒照人。大将军的亲卫有几百人，都拿着剑张着弓，径直来到堂前，大声呵斥杜子春道："你是什么人？大将军到了竟敢不回避！"左右卫士仗剑向前，逼问杜子春的姓名，又问他在做什么，他都不回答。问话的卫士大怒，争相要砍他、射他，喊声如雷般轰响，杜子春仍是不回答，那个大将军只得怒气冲冲地带兵离开了。过了片刻，又有成群的猛虎毒龙、狻猊狮子，以及数以万计的蝮蛇毒蝎到来，它们不断发出咆哮怒吼，争先恐后地扑向杜子春，要撕咬吞噬他，有的还从他的头上跳过，杜子春依然不动声色。过了一会儿，这些毒蛇猛兽便自行散去了。接着便大雨滂沱，雷电交加，一片晦暗，又有火轮在他左右滚动，闪电在他身体前后闪耀，亮得他眼睛都睁不开。片刻之间，院子里的水便深达一丈了，电闪雷鸣，有如山体崩塌河水倒流，势不可挡。眨眼间滚滚浪涛便涌到杜子春座前，他仍是端坐不动，根本不去看眼前的景象。没过多久，那位大将军又回来了，领着一群地狱里的牛头马面等狱卒，还有一些相貌狰狞怪异的鬼神，将一口盛满开水的大锅放在杜子春面前，鬼怪们手执两支长枪叉住杜子春，四面都是铁叉将他团团围住，命令道："只要肯说出你的姓名马上就放了你，如果不肯说，那就要当心钢叉把你挑到锅里了！"杜子春仍不回答。这时鬼怪们便把杜子春的妻子拽到台阶下，指着妻子对他说："说出你的姓名，就可以放了她。"杜子春还是不说话。于是鬼怪们便将他的剑树之苦，无不备尝。然心念道士之言，亦似可忍，竟不呻吟。狱卒告受罪毕。王曰：“此人阴贼，不合得作男，宜令作女人。”配生宋州单父县丞王劝家。生而多病，针灸药医，略无停日。亦尝坠火堕床，痛苦不齐，终不失声。俄而长大，容色绝代，而口无声，其家目为哑女。亲戚狎者，侮之万端，终不能对。

同乡有进士卢珪者，闻其容而慕之，因媒氏求焉。其家以哑辞之。卢曰：“苟为妻而贤，何用言矣？亦足以戒长舌之妇。”乃许之。卢生备六礼，亲迎为妻。数年，恩情甚笃，生一男，仅二岁，聪慧无敌。卢抱儿与之言，不应，多方引之，终无辞。卢大怒曰：“昔贾大夫之妻鄙其夫，才不笑，然观其射雉，尚释其憾。今吾陋不及贾，而文艺非徒射雉也，而竟不言！大丈夫为妻所鄙，安用其妻子鞭打得满身是血，有的用箭射她，有的用刀砍她，一会儿煮，一会儿烧，百般折磨苦不堪忍。妻子哭号道："我确实丑陋笨拙，配不上你，但我毕竟有幸照顾了你十几年。现在我被鬼抓来受尽折磨，不敢指望你跪在地上匍匐着向他们求情，只要你说一句话，我就能活命了。人哪有无情的，你就忍心吝惜这一句话吗？"妻子在堂前泪如雨下，又咒又骂，杜子春还是不理不睬。大将军又说："我难道不能用更毒辣的手段对付你妻子吗？"说着便命人取来锉碓，从他妻子的脚往上开始一寸寸地锉。妻子的哭叫声越来越急迫，杜子春还是连看都没看。大将军说："这个贼人已经练成妖术，不能让他在人间久待！"于是命令左右侍卫把杜子春斩了，斩后魂魄被带着去见阎罗王。阎罗王对杜子春说："这就是云台峰那个妖民吗？把他给我押到地狱里去！"于是杜子春遭受了熔化铜水的煎熬、铁杖的鞭打、碓臼的杵舂、磑磨的研磨、火坑里烧、沸水中煮、刀山上滚、剑树上爬等所有地狱酷刑，这些他都尝了一遍。然而因为一心记着那位老人的叮嘱，也就觉得这些酷刑似乎可以忍耐，竟没有呻吟一声。后来，地狱的鬼卒向阎罗王报告，说所有酷刑都让杜子春受了一遍。阎王说："这人个实在阴狠，不该让他当男人，下辈子应该让他做女人去！"于是让杜子春投胎转世到宋州单父县县丞王劝家。杜子春转世后，一生下来就体弱多病，针灸吃药一天都没断过，还曾掉到火里摔到床下，吃了无数的苦头，但他始终没因忍受不了而出声。转眼间杜子春就长大了，容貌绝世无双，但就是不开口说话，王家都以为她是个哑女。亲戚中有爱戏弄人的，便对她百般戏侮，杜子春终是一言不发。

县丞的同乡有个中了进士的叫卢珪，听说县丞的女儿容貌绝美，很是倾慕，于是请媒人到县丞家提亲。县丞家以女儿是哑女为借口，把媒人推辞了。卢珪说："作为妻子只要贤惠就好，为什么一定要会说话呢？这也正好让那些长舌妇引以为戒。"县丞便答应了这门婚事。卢珪按照规矩行完六礼，亲自把妻子迎娶回家。婚后几年，夫妻恩爱，还生了一个男孩儿，男孩儿才两岁，就聪慧无比。卢珪抱着孩子和她说话，她还是不吭声；想尽办法逗她说话，她也不答。卢珪大子。”乃持两足，以头扑于石上，应手而碎，血溅数步。子春爱生于心，忽忘其约，不觉失声云：“噫……”噫声未息，身坐故处，道士者亦在其前。初五更矣，见其紫焰穿屋上，大火起四合，屋室俱焚。道士叹曰：“错大误余乃如是。”因提其发，投水瓮中，未顷火息。道士前曰：“吾子之心，喜怒哀惧恶欲皆忘矣，所未臻者爱而已。向使子无噫声，吾之药成，子亦上仙矣。嗟乎，仙才之难得也！吾药可重炼，而子之身犹为世界所容矣，勉之哉。”遥指路使归。子春强登基观焉，其炉已坏，中有铁柱，大如臂，长数尺，道士脱衣，以刀子削之。子春既归，愧其忘誓，复自效以谢其过。行至云台峰，绝无人迹，叹恨而归。（出《续玄怪录》）

张老

张老者，扬州六合县园叟也。其邻有韦恕者，梁天监中，自扬州曹掾秩满而来。有长女既笄，召里中媒媪，令访良婿。张老闻之喜，而候媒于韦门。媪出，张老固延入，且备酒食。酒阑，谓媪曰：“闻韦氏有女将适人，求良才于媪，有之乎？”曰：“然。”曰：“某诚衰迈，灌园之业，亦可衣食。幸为求之，事成厚谢。”媪大骂而去。他日又邀媪，媪曰：“叟何不自度，岂有衣冠子女，肯嫁怒道："古时贾大夫的妻子瞧不起他，始终不肯笑，然而后来妻子见贾大夫箭法好还射中了山鸡，也就不再对他不满。我相貌不如贾大夫丑陋，我的才学也不只会射山鸡，而你竟然还是不肯跟我说话！大丈夫被妻子鄙视，还要她的儿子做什么！"说着就抓起孩子的两脚，把孩子的头摔到石头上，小儿顿时头破血流，鲜血溅到好几步远。杜子春爱子心切，忽然间忘了老人的嘱咐，不觉失声喊道："噫！"噫声还没落下，便发现自己坐在云台峰的道观中了，那位道士也在面前。这时已是五更黎明时分了，忽见炼丹炉内的紫色火焰蹿上了屋顶，转眼间四面便烈火熊熊，把屋子都烧毁了。老道士叹道："这个穷小子，竟坏我的事到如此地步！"说完就提着杜子春的头发把他扔到水瓮中，没过一会儿，火就熄灭了。道士上前说："你的心，已把喜、怒、哀、惧、恶、欲都忘掉了，之所以没有达到圆满，是因为你还没忘记爱。卢珪摔儿子时你若是不出声，我的仙药就炼成了，而你也能成为上仙了。真是可叹啊，仙才真是太难得了！我的仙丹还可重炼，但你的身体却还要回到人世，以后继续努力勤勉修道吧！"说完就给他远远地指了路让他回去。杜子春强行登上烧毁的房基，看见那炼丹炉已经坏了，中间有个如手臂般粗的铁柱，有几尺长，老道士正脱了衣服，用刀子削那铁柱。杜子春回到家中，对自己当初忘了誓言而感到愧疚，想回去找老人为他效力，以弥补自己的过错。当他再次来到云台峰时，发现那里已经荒无人迹了，只好又嗟叹惋惜地回来了。（出《续玄怪录》）

张老

张老，是江苏扬州六合县一个种园子的老头儿。他有个邻居叫韦恕，梁武帝天监年间在扬州任曹掾，任满后来到六合县。韦恕的大女儿已经十五岁了，便召集乡里的媒婆，请她们为女儿找个好夫婿。种园子的张老听说后大喜，就到韦恕家门口去等媒婆。媒婆从韦恕家出来，张老就执意把她请到自己家里，备了好酒好菜盛情招待。酒快喝完时，张老对媒婆说："听说韦恕家有个女儿要嫁人，请你为她寻找良婿，有这回事吗？"媒婆说："确有此事。"张老说："我园叟耶？此家诚贫，士大夫家之敌者不少，顾叟非匹。吾安能为叟一杯酒，乃取辱于韦氏？”叟固曰：“强为吾一言之，言不从，即吾命也。”媪不得已，冒责而入言之。韦氏大怒曰：“媪以我贫，轻我乃如是？且韦家焉有此事。况园叟何人，敢发此议！叟固不足责，媪何无别之甚耶？”媪曰：“诚非所宜言，为叟所逼，不得不达其意。”韦怒曰：“为吾报之，令日内得五百缗则可。”媪出，以告张老。乃曰：“诺。”未几，车载纳于韦氏。诸韦大惊曰：“前言戏之耳，且此翁为园，何以致此？吾度其必无而言之。今不移时而钱到，当如之何？”乃使人潜候其女，女亦不恨，乃曰：“此固命乎。”遂许焉。

张老既取韦氏，园业不废，负秽镬地，鬻蔬不辍。其妻躬执爨濯，了无怍色，亲戚恶之，亦不能止。数年，中外之有识者责恕曰：“君家诚贫，乡里岂无贫子弟，奈何以女妻园叟？既弃之，何不令远去也？”他日恕致酒，召女及张老。酒酣，微露其意。张老起曰：“所以不即去者，恐有留念。今既相厌，去亦何难。某王屋山下有一小庄，明旦且归耳。”天将曙，来别韦氏：“他岁相思，可令大兄往天坛山南相访。”遂令妻骑驴戴笠，张老策杖相随而去。

确实年老体衰了，但我坚持种园子也能保证衣食无忧。我想请您替我到韦家做媒，如果此事能办成，定当重谢。”媒婆听后，把张老大骂了一顿就走了。过了几天，张老又邀请媒婆，媒婆说：“你这老头儿为何不想想？哪有出身官宦之家的女儿肯嫁给一个种园子的老头儿的？韦家现在是穷了些，但做官人家上门求婚的也不在少数，哪个你都比不上。我怎会为你的一杯酒就到韦家去受辱，而自讨没趣呢？”张老仍一再坚持，恳求媒婆说：“求您勉强替我去韦家说句话吧，若是他们不同意，我也就认命了。”媒婆不得已答应了张老，冒着被责骂的风险去韦家提了此事。韦恕一听果然勃然大怒道：“你这媒婆，因为我家穷就如此轻视我吗？况且我们韦家还从没有过这种事呢！再说那种园子的老头儿是什么人，竟敢有这想法！那老头儿固然不值得我去责骂他，可你这媒婆怎么这么不晓事呢！”媒婆赶忙说：“这确实是不该说的话，但我实在被那张老苦苦相求逼得没办法，才不得不来传达他的意思。”韦恕怒气冲冲地说：“替我转告那老头儿，他若能在一天之内给我送来五百缗钱，我就把女儿嫁给他！”媒婆出来后如实转告张老。张老回答说：“行。”不一会儿，张老就用车拉着钱给韦家送来了。韦恕的族人都大惊道：“之前说的五百缗钱不过是玩笑话，况且这老头只是个种菜的，到哪儿找来这么多钱？我们以为他一定拿不出这些钱才如此说的。现在他这么快就把钱送来了，这该如何是好呢？”韦恕就让人偷偷去问女儿，女儿竟也不恼，说道：“这大概就是上天为我安排好的命运吧。”韦恕只好把女儿嫁给了张老。

张老虽然娶了韦氏，但种菜园的事也没有荒废，挑粪锄草，每天卖菜，一刻不停。妻子每日做饭洗衣，没有一点儿羞愧之色，亲戚们虽然都厌恶她，但她仍然乐此不疲。几年后，家中和外面的一些有识之士责备韦恕说：“你们家固然贫穷，但乡里怎会没有贫家子弟，为何非把女儿嫁给一个种菜的老头子呢？既然你弃女儿于不顾，为何不干脆让她搬到远处呢？”过了几日，韦恕备了酒菜把女儿和张老叫到家中，酒酣之时，韦恕稍微透露出想让他们搬到远处去的想法。张老听后起身说：“我们之所以没有马上搬到远处，是因为怕你们有所留绝无消息。

后数年，恕念其女，以为蓬头垢面，不可识也，令其男义方访之。到天坛南，适遇一昆仑奴，驾黄牛耕田，问曰：“此有张老家庄否？”昆仑投杖拜曰：“大郎子何久不来？庄去此甚近，某当前引。”遂与俱东去。初上一山，山下有水，过水连绵凡十余处，景色渐异，不与人间同。忽下一山，其水北朱户甲第，楼阁参差，花木繁荣，烟云鲜媚，鸾鹤孔雀，徊翔其间，歌管廖亮耳目。昆仑指曰：“此张家庄也。”韦惊骇莫测。俄而及门，门有紫衣人吏，拜引入厅中。铺陈之华，目所未睹，异香氤氲，遍满崖谷。忽闻珠佩之声渐近，二青衣出曰：“阿郎来此。”次见十数青衣，容色绝代，相对而行，若有所引。俄见一人，戴远游冠，衣朱绡，曳朱履，徐出门。一青衣引韦前拜。仪状伟然，容色芳嫩，细视之，乃张老也。言曰：“人世劳苦，若在火中，身未清凉，愁焰又炽，而无斯须泰时。兄久客寄，何以自娱？贤妹略梳头，即当奉见。”因揖令坐。未几，一青衣来曰：“娘子已梳头毕。”遂引入，见妹于堂前。其堂沉香为梁，玳瑁帖门，碧玉窗，珍珠箔，阶砌皆冷滑碧色，不辨其物。其妹服饰之盛，世间未见。略叙寒暄，问尊长而已，意甚卤莽。有顷进馔，精美芳馨，不可名状。

恋。如今既然讨厌我们，我们离开也不是什么难事。我在王屋山下有个小庄子，明日一早我们就回那儿去了。”第二天天要亮时，张老到韦恕家辞行，说：“日后若是想念女儿，可让大哥到天坛山南找我们。”然后便让韦氏骑上驴子戴上斗笠，张老也拄着拐杖一同走了。这一走，便再无消息。

几年后，韦恕十分想念女儿，以为她跟着张老在山里生活，一定是蓬头垢面的样子，见面恐怕会认不出了，就让儿子韦义方去看看他们。韦义方到了天坛山南，正好遇见一个昆仑奴在赶着黄牛耕田，便问道：“这里有张老家的庄子吗？”那昆仑奴扔下鞭子跪拜说：“大公子怎么这么久才来啊？庄子离这里很近，我来给您带路。”说完便与韦义方一同往东面走去。二人先是登上一座山，山下有水，渡水后又经过连绵不断的十几处庄园，景色渐渐变得奇异，与人间不同。然后又下了一座山，在山下水的北岸有一座大红门的豪华府宅，宅中楼阁参差林立，花木繁盛，彩云缭绕鲜明动人，有很多鸾鸟、仙鹤和孔雀在其间飞翔盘旋，从里面传出嘹亮的歌声和悦耳的音乐。昆仑奴指着府宅说：“这就是张家庄了。”韦义方无比惊骇，不知到底是怎么一回事。没过一会儿便来到府宅大门，门前有位身穿紫袍的官吏，拜见后便领着韦义方进了大厅。厅内陈设的华丽程度，是韦义方从未见过的，阵阵异香在空中弥漫，飘满了整个山谷。忽然听到珠玉珮饰摇动的声音，由远及近，两个穿青衣的女子走来说：“大公子到了！”接着又有十几个穿青衣的漂亮女子，一对对地走出来，好像在引导着什么贵人似的。过了一会儿，就见一人头戴远游冠，身穿大红绡衣，脚穿红靴，缓缓走出门来。一个青衣女子带韦义方上前拜见。韦义方见这人仪表堂堂，容貌年轻，再仔细一看，竟是张老。张老对韦义方说：“人世间辛苦劳累，就像生活在火中，身体还未变得清凉，愁绪又像火焰一样燃烧起来，简直没有一刻安稳。兄长长期客居人世，又以什么来自娱呢？贤妹还要稍微打扮一番，即刻就能出来拜见您。”张老作揖请韦义方稍坐片刻。没过一会儿，一个青衣女子来报说：“娘子已梳完头了。”便领韦义方进去，在堂前见到了妹妹。韦义方看到妹妹的屋子是以沉香木做的房梁，用玳瑁贴门，以碧玉为窗，珍食讫，馆韦于内厅。明日方曙，张老与韦生坐，忽有一青衣，附耳而语。张老笑曰："宅中有客，安得暮归？"因曰："小妹暂欲游蓬莱山，贤妹亦当去，然未暮即归。兄但憩此。"张老揖而入。俄而五云起于庭中，鸾凤飞翔，丝竹并作，张老及妹，各乘一凤，余从乘鹤者十数人，渐上空中，正东而去，望之已没，犹隐隐闻音乐之声。韦君在后，小青衣供侍甚谨。迨暮，稍闻笙篁之音，倏忽复到。及下于庭，张老与妻见韦曰："独居大寂寞，然此地神仙之府，非俗人得游。以兄宿命，合得到此，然亦不可久居，明日当奉别耳。"及时，妹复出别兄，殷勤传语父母而已。张老曰："人世遐远，不及作书，奉金二十镒。"并与一故席帽曰："兄若无钱，可于扬州北邸卖药王老家，取一千万，持此为信。"遂别，复令昆仑奴送出。却到天坛，昆仑奴拜别而去。

韦自荷金而归，其家惊讶。问之，或以为神仙，或以为妖妄，不知所谓。五六年间金尽，欲取王老钱，复疑其妄。或曰："取尔许钱，不持一字，此帽安足信？"既而困极，其家强逼之曰："必不得钱，亦何伤？"乃往扬州。入北邸，而王老者方当肆陈药。韦前曰："叟何姓？"曰："姓王。"韦曰："张老令取钱一千万，持此帽为信。"王曰："钱即实有，席帽是乎？"韦曰："叟可验之，岂不识珠做帘，门前台阶都由冰冷光滑的绿色石头铺成，不知是什么材质。再看妹妹服饰的华贵程度，竟是世上从未见过的。韦义方见到妹妹后，也只是略作寒暄，又问问家里长辈的情况罢了，觉得挺有隔膜。过了一会儿便摆上酒宴，美味佳肴香气馥郁，无法用语言来形容。

饭后，张老请韦义方到内厅歇息。第二天天刚亮时，张老正和韦义方共坐闲谈，忽然有个青衣女子走来，附在张老耳边说了几句话。张老笑道："我府里有客人，怎么能晚上才回来呢？"于是便对韦义方说："我的小妹忽然想去蓬莱仙山游玩，贤妹也会同去，不等天黑就会回来。兄长可在这里休息。"张老向韦义方作揖后就走到里面去了。过了一会儿，只见五彩祥云在庭院中冉冉升起，鸾凤齐飞，丝竹悦耳，张老和妻子韦氏各乘一只凤鸟，其余还有十几个骑仙鹤的随从，渐渐升空向正东飞去，待到望不见踪迹时，还隐隐听到音乐声。韦义方待在后厅，小青衣侍女们都恭谨奉侍。等到傍晚时分，隐约听到远处传来笙簧之音，转瞬间张老和妻子就来到前厅，二人一同见过韦义方，说："把兄长一个人留在府里，一定觉得很寂寞吧？然而这里是神仙居住的府第，俗人是不能到处游览的。虽然兄长命中注定要来此处一次，然而也不能久留，明日您就该辞别了。"到了第二天，张老的妻子韦氏又出来和兄长告别，再三请兄长回家后代她问候父母。张老对韦义方说："这里离人世十分遥远，来不及写信，奉上二十镒（二十两为一镒）金子，烦请兄长带回去。"又给了韦义方一顶旧草帽说："兄长今后要是缺钱用，可到扬州北城卖药的王老家里去取一千万钱，持此旧草帽作为凭证。"于是双方告别，张老又让昆仑奴送韦义方出去。送到天坛，昆仑奴便拜别回去了。

韦义方背着金子回到家里，家人看后都十分惊讶。别人问起此事，有人说张老是神仙，也有人说他是妖魔，不知究竟是怎么回事。五六年后，韦家就把带回的金子都用完了，便打算到卖药的王老那儿去取钱，但又怀疑当初张老是在哄骗韦义方。有人说："取那么多钱，却连个字据都不拿，只有一顶旧草帽怎么值得相信呢？"后来家里实在太困难了，家里人就逼着韦义方去王老那儿取钱，说："就算取不来钱咱们也没什么损失啊。"韦义方就去了扬州，到了北城的耶？”王老未语，有小女出青布帏中曰：“张老常过，令缝帽顶，其时无皂线，以红线缝之。线色手踪，皆可自验。”因取看之，果是也。遂得载钱而归，乃信真神仙也。

其家又思女，复遣义方往天坛南寻之。到即千山万水，不复有路。时逢樵人，亦无知张老庄者，悲思浩然而归。举家以为仙俗路殊，无相见期。又寻王老，亦去矣。后数年，义方偶游扬州，闲行北邸前，忽见张家昆仑奴前曰：“大郎家中何如？娘子虽不得归，如日侍左右，家中事无巨细，莫不知之。”因出怀金十斤以奉曰：“娘子令送与大郎君，阿郎与王老会饮于此酒家，大郎且坐，昆仑当入报。”义方坐于酒旗下，日暮不见出，乃入观之，饮者满坐，坐上并无二老，亦无昆仑。取金视之，乃真金也，惊叹而归。又以供数年之食，后不复知张老所在。（出《续玄怪录》）

馆舍，见王老正在店铺里面摆放药材。韦义方上前说："老人家您贵姓？"老人回答说："姓王。"韦义方说："张老让我来取一千万钱，他说拿这草帽作为凭证就行。"王老说："钱倒确实有，只是不知这草帽是真是假。"韦义方说："您老人家可以亲自验验，难道您还不认识它吗？"王老没说话。这时有位少女掀开青布帷帘走出来说："张老曾从这里路过，让我给他缝帽顶，当时没有黑线，就用红线缝的。线的颜色和缝的手法，我都能自己查验。"便把草帽拿过去看，果然是张老的那顶。韦义方用车载着钱回到家中，全家这才相信张老真的是神仙。

后来韦家又思念女儿，再次派韦义方到天坛山南寻找。韦义方到达那里，只见千山万水，再也找不到路了。正好碰到打柴的樵夫，便向他打听，樵夫也不知道张老的庄子，韦义方心里很是悲伤，又思念妹妹，无奈之下只好回家了。韦家人都认为仙界与俗世路途不同，恐怕与女儿后会无期了。韦义方又去找王老，王老也离开了。几年后，韦义方偶然到扬州游玩，闲逛到北城馆舍一带，忽然遇见张老家的昆仑奴。昆仑奴迎上前说道："大公子，这些年家中还好吗？我家娘子虽不能亲自回去，但她就像每日在娘家侍奉父母一样，家中无论大事小情，她没有不知道的。"说着从怀里掏出十斤金子交给韦义方说："娘子命我把这金子送给大公子。我家主人和王老现在正在这个酒馆里喝酒，大公子暂请坐下，容我进去禀报。"韦义方坐在酒店外的酒旗下，一直等到天黑也不见张老出来，就进到酒馆里寻找，只见酒客满座，但坐席上并没有张老和王老，也不见昆仑奴。韦义方拿出金子来看，金子倒是真的，最后只得又惊奇又感叹地回家了。昆仑奴送来的金子又供韦家用了好几年。后来，再也不知张老在什么地方了。（出《续玄怪录》）

卷第十七　神仙十七

裴谌　卢李二生　薛肇

裴谌

裴谌、王敬伯、梁芳，约为方外之友。隋大业中，相与入白鹿山学道。谓黄白可成，不死之药可致。云飞羽化，无非积学。辛勤采练，手足胼胝，十数年间。无何，梁芳死。敬伯谓谌曰："吾所以去国忘家，耳绝丝竹，口厌肥豢，目弃奇色，去华屋而乐茆斋，贱欢娱而贵寂寞者，岂非觊乘云驾鹤，游戏蓬壶。纵其不成，亦望长生，寿毕天地耳。今仙海无涯，长生未致，辛勤于云山之外，不免就死。敬伯所乐，将下山乘肥衣轻，听歌玩色，游于京洛。意足然后求达，建功立事，以荣耀人寰。纵不能憩三山，饮瑶池，骖龙衣霞，歌鸾舞凤，与仙官为侣，且腰金拖紫，图形凌烟，厕卿大夫之间，何如哉！子盍归乎？无空死深山。"谌曰："吾乃梦醒者，不复低迷。"敬伯遂归，谌留之不得。

时唐贞观初，以旧籍调授左武卫骑曹参军。大将军赵朏妻之以女，数年间，迁大理廷评，衣绯。奉使淮南，舟行过高邮，制使之行，呵叱风生，舟船不敢动。时天微雨，忽有一渔舟突过，中有

裴谌

裴谌、王敬伯、梁芳三人相约要结为超脱世俗的好友。隋炀帝大业年间，三人一同进到白鹿山中学道。他们认为定会得到以铜汞炼制金银的方术，也定会求得长生不老的仙药。至于腾云驾雾、羽化成仙的能力，只要勤修苦练，早晚都能成功。他们每日辛勤修炼内功，采集仙药，手、脚都磨出了茧子，就这样过了十几年，却什么都没得到。后来梁芳死了，王敬伯对裴谌说："我们背井离乡，耳不听美妙的音乐，口不吃美味的食物，眼不看绝色的美女。离开华美的豪宅而住进破旧的茅屋，轻视欢欣的娱乐而过着寂寞的生活。难道不是为了有朝一日能像神仙一样骑鹤驾云，在蓬莱仙宫任意游乐？纵使成不了神仙，也希望能够长生不老，与天地同寿。然而如今仙海无边不知能否到达彼岸，长生不老也没有求得，我们如果继续辛苦地在这云山之外苦熬，免不得会死在山中。我如今所向往的生活，是下山后乘骏马穿轻裘，聆赏音乐亲近美女，游遍京城各处胜地。直到心满意足再去追求仕途，建功立业，以求在世间荣耀加身。纵然不能在方丈、蓬莱、瀛洲这三座海上仙山休憩，不能在天宫瑶池宴饮，不能乘着神龙身穿霞衣，不能听鸾鸟歌唱看凤鸟飞舞，不能与仙官为伴，却能在人世居于高位，身穿紫袍腰系金带，让自己的画像挂在天子为功臣专门建造的'凌烟阁'上，每天和高官显贵形影不离，你看这样如何？你为何不回去呢？何必白白死在这深山之中！"裴谌答道："对于人间的荣华富贵我早已看破，大梦初醒的人怎么可能再回到梦中？"王敬伯就这样回去了，任凭裴谌怎么挽留也不听。

当时正是唐太宗贞观初年，王敬伯因旧职被调任左武卫骑曹参军。大将军赵朏把自己的女儿嫁给了他，没过几年，他就升为大理寺廷评，穿上了红色的官服。一次他奉皇帝之命出使淮南，船行到高老人，衣蓑戴笠，鼓棹而去，其疾如风。敬伯以为吾乃制使，威振远近，此渔父敢突过。试视之，乃谌也，遂令追之。因请维舟，延之坐内，握手慰之曰：“兄久居深山，抛掷名宦，而无成到此极也。夫风不可系，影不可捕。古人倦夜长，尚秉烛游，况少年白昼而掷之乎？敬伯自出山数年，今廷尉评事矣。昨者推狱平允，乃天锡命服。淮南疑狱，今谳于有司，上择详明吏覆讯之，敬伯预其选，故有是行。虽未可言宦达，比之山叟，自谓差胜。兄甘劳苦，竟如曩日，奇哉奇哉。今何所须，当以奉给。”谌曰：“吾侪野人，心近云鹤，未可以腐鼠吓也。吾沉子浮，鱼鸟各适，何必矜炫也？夫人世之所须者，吾当给尔，子何以赠我？吾与山中之友，市药于广陵，亦有息肩之地。青园桥东，有数里樱桃园，园北车门，即吾宅也。子公事少隙，当寻我于此。”遂翛然而去。

敬伯到广陵十余日，事少闲，思谌言，因出寻之。果有车门，试问之，乃裴宅也。人引以入，初尚荒凉，移步愈佳。行数百步，方及大门，楼阁重复，花木鲜秀，似非人境。烟翠葱笼，景色妍媚，邮，他率领的官船仪仗森严，无比威风，江上其他舟船都躲着不敢走。这时正下着小雨，忽然有只小渔船出现在官船前面，船中有位身披蓑衣头戴斗笠的老渔夫，划着桨如疾风般驶过船队。王敬伯心想我是朝廷派出的制使，威名远震，人们都对我敬畏回避，这个渔夫怎么敢超过我的船？仔细一看，那渔夫竟是当年与他一起在山中修道的裴谌。于是命令官船追上去。追上小船后，王敬伯请裴谌系好渔船，邀请裴谌上了自己的大船，进舱坐下，握着裴谌的手说："兄长久居深山，抛弃了世上的功名利禄，一心修道，可事到如今你竟一无所成到如此地步。俗话说得好，风是系不住的，影是抓不住的。古人尚且懂得白昼短暂嫌弃夜晚太长，甚至点着蜡烛不让夜晚虚度，何况现在正是青春年少的大好时光，为何要虚度光阴呢？我出山后才过了几年就已是廷尉评事了，前些日子我因办案公允，天子特赐我红袍金带加身。最近淮南发生了一桩疑案，案情上报给主管官吏，想要审判定罪，皇上下令定要选择一位能够明察的官员到淮南复审此案，我有幸被选中，所以才有了这次淮南之行。我现在虽未达到官运亨通，但比起山中的老翁来，自认为还是要强一些的。裴兄你却仍像以前那样甘心在山中劳苦度日，真让人感到震惊！不知裴兄现在需要些什么，我定会满足您的需求。"裴谌说："我只是个山中野人，心中向往的是闲云野鹤般的自由自在，你不要以为我觊觎你拥有的'腐鼠'，而想吓退我这个潜在竞争对手。我们二人，一个像鱼一样在江里畅游，一个像鸟一样在天上飞翔，鱼和鸟各有各的乐趣，又何必在我面前炫耀你那些人世间的浮名微利呢？对于人世间所需要的东西，我都能给你，可你又能拿什么回赠给我呢？我和山里的朋友到广陵卖药，也有歇脚之处。在青园桥的东面，有一个长达几里的樱桃园，园北有个行车的门，那里就是我的居所了。你在公事之余如果稍有空闲，可到那里找我。"裴谌说完，便潇洒离开了。

王敬伯到广陵十几天后，公事稍有空闲，便想起裴谌说的话，就去寻找裴谌所说的宅子。果然找到了樱桃园北面的车门，一打听，就是裴家了。门人领着王敬伯往里走，起初看着还有些荒凉，越往前走景色越好。走了几百步后，才看到一个大门，门内楼阁重叠，花草树木不可形状。香风飒来，神清气爽，飘飘然有凌云之意，不复以使车为重，视其身若腐鼠，视其徒若蝼蚁。既而稍闻剑佩之声，二青衣出曰："裴郎来。"俄有一人，衣冠伟然，仪貌奇丽。敬伯前拜，视之乃谌也。裴慰之曰："尘界仕宦，久食腥膻，愁欲之火，焰于心中，负之而行，固甚劳困。"遂揖以入，坐于中堂。窗户栋梁，饰以异宝，屏帐皆画云鹤。有顷，四青衣捧碧玉台盘而至，器物珍异，皆非人世所有；香醪嘉馔，目所未窥。

既而日将暮，命其促席，燃九光之灯，光华满坐。女乐二十人，皆绝代之色，列坐其前。裴顾小黄头曰："王评事者，吾山中之友，道情不固，弃吾下山，别近十年，才为廷尉。属今俗心已就，须俗妓以乐之。顾伶家女无足召者，当召士大夫之女已适人者。如近无姝丽，五千里内，皆可择之。"小黄头唯唯而去。诸妓调碧玉筝，调未谐，而黄头已复命，引一妓自西阶登，拜裴席前。裴指曰："参评事。"敬伯答拜。细视之，乃敬伯妻赵氏。而敬伯惊讶不敢言，妻亦甚骇，目之不已。遂令坐玉阶下，一青衣捧玳瑁筝授之。赵素所善也，因令与坐妓合曲以送酒。敬伯坐间，取一般色朱李投之，赵顾敬伯，潜系于衣带。妓奏之曲，赵皆不能逐，裴乃令随赵所奏，时时停之，以呈其曲。其歌虽非云韶九奏之乐，而清亮宛转，酬献极欢。天将曙，裴召前黄头曰："送赵夫人。"且谓曰："此堂乃九天画堂，常人不到。吾昔与王为方外之交，怜其为俗所迷，自投汤火，以智自烧，以明自贼，将沉浮于生死海中，求岸不鲜艳秀丽，好像不是凡人所居之所。园里的杨柳青翠茂盛，景色无比秀丽，无法用言语形容。阵阵香风拂来，令人神清气爽，飘飘然好似在空中乘云高飞。这时王敬伯的心境也开始转变了，不再看重这皇帝使官的身份，看自己的身体就像只腐烂的老鼠一样卑贱，看那些官场同僚也如蝼蚁般卑微了。过了一会儿，听见轻微的宝剑和佩玉撞击的声音，两个青衣女子走出来说："裴郎来了。"又过了一会儿，只见一人走到王敬伯面前，衣冠卓异超群，仪态优雅俊美，王敬伯赶忙上前拜见，仔细一看，竟是裴谌。裴谌安慰王敬伯说："凡在人间做官的人，长期食用腥膻的肉食，忧愁和贪欲的火苗在心中燃烧，背负着这些沉重的包袱前行，必然使人感到疲劳困苦。"随后裴谌作揖行礼，把王敬伯请到屋内，到中堂坐下。只见窗户房梁都装饰着奇珍异宝，屏风帐幕都画着云鹤等吉祥图案。过了一会儿，四个青衣女子捧着碧玉台盘进来，各种器物珍稀奇异，都不是人间所有的；桌上摆放的美酒佳肴，也是人间所未见过的。

没过多久，天就要黑了，裴谌请王敬伯赶快入席，点燃发出各色光芒的灯盏，绚烂的光华映得满座生辉。又来了二十位奏乐的女子，都是绝代佳丽，在王敬伯面前依次而坐。裴谌回头对童仆说："王评事是我在山中的朋友，由于修道之心不坚，便扔下我下了山，我们一别已近十年了，他的官职才做到廷尉。如今他的心已完全流于凡俗了，所以就叫世间的乐妓来给他弹奏乐曲吧。我看那些伶人家的女儿不够条件召来，你就在官宦人家给他找一个已经嫁人的女子过来吧。如果附近没有美貌的女子，就在五千里范围内为他选一个。"童仆答应着出去了。那些奏乐的女子开始调碧玉筝的弦，弦还没调好，那童仆就回来复命了，只见他领着一位女子从西边的台阶拾级而上，向裴谌下拜行礼。裴谌指着王敬伯说："快来拜过王评事。"王敬伯也向那女子还礼。他仔细一看，竟是自己的妻子赵氏。王敬伯十分惊讶，但也不敢言语，他的妻子也是大惊，不停看向王敬伯。裴谌让赵氏坐在玉石台阶下，一名青衣女子捧来一架镶嵌着玳瑁的筝交给她。赵氏平时就很擅长弹筝，裴谌便让她与那些女子一起合奏为他们助酒兴。王敬伯坐在席间，趁人不注意时从盘中拿了一枚深红色得。故命于此，一以醒之。今日之会，诚再难得。亦夫人宿命，乃得暂游。云山万重，复往劳苦，无辞也。”赵拜而去。裴谓敬伯曰：“评公使车留此一宿，得无惊郡将乎，宜且就馆。未赴阙闲时，访我可也。尘路遐远，万愁攻人，努力自爱。”敬伯拜谢而去。

复五日将还，潜诣取别。其门不复有宅，乃荒凉之地，烟草极目，惆怅而返。及京奏事毕，将归私第，诸赵竟怒曰：“女子诚陋，不足以奉事君子，然已辱厚礼，亦宜敬之，夫上以承先祖，下以继后事，岂苟而已哉。奈何以妖术致之万里，而娱人之视听乎？朱李尚在，其言足征，何讳乎！”敬伯尽言之，且曰：“当此之时，敬伯亦自不测。此盖裴之道成矣，以此相炫也。”其妻亦记得裴言，遂不复责。吁，神仙之变化，诚如此乎？将幻者鬻术以致惑乎？固非常智之所及。且夫雀为蛤，雉为蜃，人为虎，腐草为萤，蜣螂为蝉，鲲为鹏，万物之变化，书传之记者，不可以智达，况耳目之外乎？（出《续玄怪录》）

的李子扔给妻子赵氏，赵氏看了看王敬伯，偷偷把李子放在衣带里。女子们所奏的曲子，赵氏都跟不上，裴谌就叫她们随着赵氏演奏，并不时让其他女子停下来，以显出赵氏独奏的效果。赵氏所奏之曲虽不似《云门》《大韶》等古代名曲，但乐音清亮婉转动听，宾主敬酒酬答尽情欢乐。天快亮时，裴谌召来先前的童仆吩咐道："送赵夫人回去。"又对赵氏说："这个厅堂是九天画堂，凡人是来不了的。我过去与王敬伯是一起修道的朋友，可怜他被俗世的荣华所迷，自己心甘情愿跳到热汤和烈火之中，用自己的智慧灼烧自己，用自己的聪明伤害自己，在生死的苦海中沉浮，却无法到达彼岸。所以才特意安排他来到这里，想借此让他醒悟。今日会面后，将来很难再重逢了。夫人你也是命中注定，有缘到这里短暂一游。你来时经过了万重云山，回去时还要再辛苦一次，我就不再多说了。"赵氏便拜别而去。裴谌又对王敬伯说："你有公务在身却在这里留了一宿，恐怕会惊动了你的下属和郡里的官员，你还是先回驿馆去吧。在你未回京复命前，若有空闲还可以再来看我。尘世上的路漫长又遥远，在俗世之中常会有千愁万绪来打击你，望你自行珍重吧。"王敬伯也拜谢而去。

五日后，王敬伯办完公务准备回京城了，就又偷偷去拜访裴谌，向他辞行。但行到了樱桃园，车门内却再也没有什么宅子，只余一片荒凉之地，一眼望去，满目的野草，王敬伯只得满怀惆怅地回去了。王敬伯到京城向皇帝禀报完公事后，回到自己家中，妻子赵氏全家都怒气冲冲地对他说："我家女儿虽然丑陋，不配侍奉你，但既然行了迎娶大礼，就该敬重她，这样才能上承祖业，下传后代。这件事上决不能有一点儿敷衍。可你为何要用妖术把她弄到万里之外，让她弹筝来取悦外人呢？那颗红色的李子还在，她说的话足以得到证明，你还有什么可隐瞒的吗？"王敬伯只好把事情的来龙去脉都道了出来，并说："在当时那种情况下，我也没有办法预测会发生什么样的事情。看来那裴谌已得道成仙，这是故意显示道术向我炫耀呢。"妻子赵氏也还记得裴谌当时说的话，就没再责备王敬伯。唉，神仙的法术变化，真能达到如此程度吗？难道就是为了制造幻境来迷惑人

卢李二生

昔有卢李二生，隐居太白山读书，兼习吐纳道引之术。一旦，李生告归曰：“某不能甘此寒苦，且浪迹江湖。”诀别而去。后李生知橘子园，人吏隐欺，欠折官钱数万贯，羁縻不得东归，贫甚。偶过扬州阿使桥，逢一人，草蹻布衫，视之乃卢生。生昔号二舅，李生与语，哀其褴缕。卢生大骂曰：“我贫贱何畏？公不作好，弃身凡弊之所，又有欠负，且被囚拘，尚有面目以相见乎？”李生厚谢，二舅笑曰：“居处不远，明日即将奉迎。”至旦，果有一仆者，驰骏足来云：“二舅遣迎郎君。”既去，马疾如风，过城南数十里，路侧朱门斜开，二舅出迎。星冠霞帔，容貌光泽，侍婢数十人，与桥下仪状全别。邀李生中堂宴馔，名花异木，若在云霄。又累呈药物，皆殊美。既夜，引李生入北亭命酌，曰：“兼与公求得佐酒者，颇善箜篌。”须臾，红烛引一女子至，容色极艳，新声甚嘉。李生视箜篌上，有朱字一行云：“天际识归舟，云间辨江树。”罢酒，二舅曰：“莫愿作婚姻否？此人名家，质貌若此。”李生曰：“某安敢？”二舅许为成之，又曰：“公所欠官钱多少？”曰：“二万贯。”乃与一拄杖曰：“将此于波斯店取钱，可从此学道，无自秽身陷盐铁也。”才晓，前马至，二舅令李生去。送出门（“门”字下有脱文“洎归，颇疑讶为神仙矣。即以拄杖诣波斯店”十七字），波斯见拄杖，惊曰：“此卢二舅拄杖，何以得之？”依言付钱，遂得无事。

吗？这当然不是一般智慧的普通人所能理解的。再说雀变成蛤、野鸡变成蚌、人变成虎、腐草变成萤火虫、屎壳螂变成蝉、鲲变成鹏，万物之间的变化，这些书上所记载的，都不是常人的智慧可以理解的，更何况那些见所未见、闻所未闻的更为玄妙的事情呢？（出《续玄怪录》）

卢李二生

从前有两个书生，一个姓李一个姓卢，隐居在太白山中读书，兼学吐纳道引之术。一天早上，李生向卢生告辞说："我实在不甘心再过这样清苦的修道生活了，准备出山到四处游历一番。"然后就辞别离开了。后来李生到了扬州，受命替官府管理橘子园，由于当地百姓和吏胥都暗中欺负他，李生亏欠官府好几万贯钱，因欠债被官府扣留，以致不能回到故乡，生活十分贫困。一天，李生偶尔路过扬州的阿使桥，遇见一个脚穿草鞋身着布衫的人，一看竟是卢生。卢生过去曾被称为二舅，李生就叫住他攀谈起来，看到他衣衫破旧就表现出怜悯同情的样子。卢生听了却大骂道："我穷有什么好怕的？可不像你那般不往好道上走，不顾自己的名声在这糟糕的地方与那些凡夫俗子为伍，又欠了人家的债，被官府限制不许离开，你还有什么脸面来见我！"李生感到惭愧，再三向卢生谢罪，卢生这才笑着说："我的住处离此不远，明天我会派人来恭迎你。"到了第二天早上，果然有个仆人骑着骏马来说："我家老爷派我来接您。"李生二人便一起前往，骏马奔跑起来快如疾风，经过城南又跑了数十里，路旁有座宅子的红门斜开着，卢生正站在门口迎接李生。只见他头戴镶嵌星饰的高冠，身穿绣着彩云的袍子，容光焕发，身边几十个婢女侍奉着，与在阿使桥上遇见时的仪容完全不同。卢生邀请李生到中堂宴饮，只见房屋周围种满了奇花异草，有如仙境一般。卢生又让他服下很多药物，味道竟甘美至极。到了晚上，又带着李生到北面的亭中饮酒，说："我给你找个助酒兴的女子吧，她十分擅长弹箜篌。"没过一会儿，便有人举着红烛领来一位女子，容貌极其美艳，弹的新曲子十分好听。李生看箜篌上写着一行红字："天际识归舟，云间辨江树。"

其年，往汴州，行军陆长源以女嫁之。既婚，颇类卢二舅北亭子所睹者。复解箜篌，果有朱书字，视之，“天际”之诗两句也。李生具说扬州城南卢二舅亭中筵宴之事。妻曰：“少年兄弟戏书此。昨梦见使者云‘仙官追’，一如公所言也。”李生叹讶，却寻二舅之居，唯见荒草，不复睹亭台也。（出《逸史》）

薛 肇

薛肇，不知何许人也，与进士崔宇，于庐山读书。同志四人，二人业未成而去。崔宇勤苦，寻已擢第。唯肇独以修道为务，不知师匠何人。数年之间，已得神仙之道。

庐山下有患风劳者，积年医药不效，尸居候时而已。肇过其门，憩树阴下，因语及疾者，肇欲视之。既见曰：“此甚易耳，可以喝完酒，卢生说："你是否愿意与那弹箜篌的女子成婚？她是大家闺秀，资质容貌又这般出色。"李生说："我怎敢有这个心思呢？"卢生答应为他促成此事，又问："你欠官家多少钱？"李生答道："两万贯。"卢生就给李生一根拄杖说："你拿上这个到城里一家波斯商店去取钱还债吧，还望你今后能继续学道，不要再让自己变得污秽不堪，陷入盐铁经营之中了。"天刚亮，仆人就牵着之前那匹马来了，卢生让李生骑马回家，送他出了大门。李生到家后，回忆起昨天发生的事实在不敢相信，十分惊讶卢生竟真的修成神仙了。想到此，便立即拿起那根拄杖去了波斯商店，店主一见拄杖就惊奇地说："这不是卢二舅的拄杖吗？你是从哪儿得来的？"李生把昨晚发生的事跟他讲述了一遍，波斯人就依照约定付了钱，李生拿钱去还了债，这才获得了自由之身。

这一年，李生去到汴州，在当地做行军的陆长源把女儿嫁给了他。成婚后李生一看，妻子长得很像当初在北亭中卢生叫来弹箜篌的那位女子，而且竟也弹得一手好箜篌。再看妻子的箜篌上果然也有一行红字，仔细一看正是那两句诗。李生就对妻子详细讲述了那晚在扬州卢生家酒宴上的事情。妻子说："这箜篌上的诗是我的小弟弟随便刻着玩儿的。昨晚梦见天上的仙使对我说：'仙官让你到扬州赴宴弹琴。'之后发生的事情和你说的完全一样。"李生很是惊叹，再去寻访卢生的住处时，只见满地荒草，那些亭台楼阁早已不见了。（出《逸史》）

薛肇

薛肇，不知道是什么地方的人，与进士崔宇一同在庐山读书。一起读书的原本有四人，其中二人学业尚未完成便中途离开了，崔宇读书很是勤勉，没过多久便科举及第了。只有薛肇一心修炼道术，但不知哪位老师在教导他。他苦修了几年时间，已经学到了神仙的道术。

当时庐山下有个中了邪风的病人，医治多年喝了不少药也没有效果，只是在等死罢了。薛肇从他家门前路过，在树阴下小憩，听他家愈也。”留丹一粒，小于粒米，谓疾者所亲曰：“明晨掐半粒，水吞之，自当有应。未愈，三日外更服半粒也。”其家自以久疾求医，所费巨万，尚未致愈，疾者柴立，仅存余喘，岂此半粟而能救耶。明日试服之，疾者已起，洎午能饮食，策杖而行。如此三日，充盛康壮。又服半粒，即神气迈逸，肌肤如玉，髭发青鬒，状可二十岁许人。月余，肇复来曰：“子有骨箓，值吾此药，不唯愈疾，兼可得道矣。”乃授其所修之要，此人遂登五老峰，访洞府而去。

崔宇既及第，寻授东畿尉，赴任，过三乡驿，忽逢薛肇。下马叙旧，见肇颜貌风尘，颇有哀嗟之色。宇自以擢第拜官，扬扬矜负。会话久之，日已晡矣，薛谓崔曰：“贫居不远，难于相逢，过所居宵话，可乎？”崔许之。随薛而行，仆乘皆留店中。初入一小径，甚荒梗，行一二里间，田畴花木，皆异凡境。良久已及，高楼大门，殿阁森沉，若王者所理。崔心惊异之。薛先入，有数十人拥接升殿。然后召崔升阶，与坐款话。久之，谓崔曰：“子有好官，未可此住，但一宵话旧可尔。”促令召乐开筵。顷刻，即于别殿宴乐。更无诸客，唯崔薛二人。女乐四十余辈，拜坐奏乐。选女妓十辈同饮。有一箜篌妓，最为姝颖，崔与并坐。崔见箜篌上有十字云：“天际识归舟，云间辨江树。”崔默记之。席散，薛问崔坐中所悦，以箜篌者对。薛曰：“他日与君，今且未可。”及明，与崔送别，遗金三十斤，送至官路，惨别而去。

人说起这患者，就请求进去探视一下。薛肇见到病人后说："这病治起来很容易，完全可以治愈。"然后留下一粒丹药，看起来比米粒儿还小，对病人的亲属说："明早掐下半粒，用水吞服，就能见效。如果还未痊愈，三天后再服下那半粒。"他们家人认为给病人治疗沉疴已求遍了各处名医，花费了上万银钱，尚且未能治愈，如今患者已病得骨瘦如柴，只剩下一口气了，就凭这半颗米粒大小的丹药就能救他的命吗？第二天家人试着给病人服下半粒丹药，病人立刻就能起床了，到了中午，就可以喝水吃饭了，还能拄着拐杖走路了。就这样过了三天，病人已经精力旺盛健康强壮了。病人又服下剩余的半粒丹药，马上变得神清气爽超脱飘逸了，肌肤如白玉一般光洁，须发又黑又亮，看起来就像二十多岁的人。过了一个多月，薛肇又回到这里，对那人说："你的骨相自带仙气，已被载在可以成仙的名录中了，经过我这仙丹的洗练，你不但能治好了沉疴，还可从此得道呢。"于是薛肇就把自己修道的要诀传授给他，那人便登上五老峰，寻访神仙洞府去了。

崔宇考中进士没多久，就被任命为东畿尉，赴任途中经过三乡驿，忽然遇到薛肇，下马叙旧。崔宇见薛肇满面风尘面容憔悴，言谈中颇有些哀伤嗟叹之色。崔宇觉得自己中了进士还当了官，就一副骄矜自负扬扬自得的样子。二人聊了很久，时间不觉已是傍晚了，薛肇对崔宇说："我那个破陋的居所离此不远，咱们好不容易相逢，到我家去畅谈一宿如何？"崔宇同意了，就跟随薛肇向他家走去，将车马仆从都留在了客店中。他们先走进一条小路，很是荒凉闭塞，走出一二里后，完全变了样子，路边的田地和花木都与人间不同。又走了很久才来到一座高大宏伟的宅第，院内草木繁茂幽深，殿阁林立，就像是王侯的府邸，看得崔宇心里十分惊异。薛肇先行进入，有几十个人来迎接他，簇拥着他上了一个大殿。然后薛肇就招呼崔宇登上台阶，和他一同坐着谈话。二人谈了很久，薛肇对崔宇说："你还有公务在身不可在我这里久住，我们聊上一宿就可以了。"然后便催促着开筵。顷刻间，筵席便备好了，薛肇就请崔宇来到另一个殿堂饮酒作乐。席上没有其他宾客，只有薛、崔二人。四十多位女子下拜后列坐于殿上崔至官月余，求婚得柳氏。常疑曾识而不记其处。暇日，命取箜篌理曲，崔见十字书在焉，问其故，云："某时患热疾，梦中见使人追云：'西城大仙陈溪薛君有客，五百里内解音声处女尽追。'可四十余人，因随去。与薛及客崔少府同饮一夕，觉来疾已愈。薛君即神仙也，崔少府风貌，与君无异。"各话其事，大为惊骇，方知薛已得道尔。（出《仙传拾遗》）

奏乐，薛肇从中选了十个女子陪同饮酒。其中有位弹箜篌的乐伎姿容最为俊美，崔宇的坐席与她挨着，看见她的箜篌上刻着十个字："天际识归舟，云间辨江树。"崔宇就默默记在了心里。筵席散后，薛肇问崔宇喜欢刚才坐中的哪位女子，崔宇说喜欢弹箜篌的那位。薛肇说："待他日可把她嫁与你，但现在还不行。"黎明时分，薛肇送别崔宇，赠给他三十斤金子，一直把他送到官道上，悲伤着告别而去。

崔宇回到自己当差的地方，过了一个多月，便与一位姓柳的女子成了婚。崔宇总觉得柳氏似曾相识，却又不记得具体在哪儿见过。一日闲暇时，崔宇让柳氏取来箜篌为他弹上一曲。崔宇看见箜篌上有十个字，正是那两句诗，问柳氏究竟是怎么一回事。柳氏答道："我有一次患上热疾，梦见有位使者找到我说：'西城的大仙陈溪人薛君家中有客人，令五百里内通晓音乐尚未出阁的姑娘都去。'一共有四十多人，我就跟随使者去了。我与薛大仙和一位姓崔的少府同饮了一夜，等我醒来时，病已经好了。薛君就是那位神仙，而崔少府的神采样貌，竟与夫君你一模一样。"于是崔宇也说了那天晚上的事情，夫妻二人大为惊奇，这才知道薛肇已经得道成仙了。（出《仙传拾遗》）

卷第十八　神仙十八

柳归舜　元藏幾　文广通　杨伯丑　刘法师

柳归舜

吴兴柳归舜，隋开皇二十年，自江南抵巴陵，大风吹至君山下，因维舟登岸。寻小径，不觉行四五里，兴酣，逾越溪涧，不由径路。忽道傍有一大石，表里洞彻，圆而砥平，周匝六七亩。其外尽生翠竹，圆大如盎，高百余尺。叶曳白云，森罗映天。清风徐吹，戛为丝竹音。石中央又生一树，高百尺，条干偃阴为五色，翠叶如盘，花径尺余，色深碧，蕊深红，异香成烟，著物霏霏。有鹦鹉数千，丹嘴翠衣，尾长二三尺，翱翔其间。相呼姓字，音旨清越，有名武游郎者，有名阿苏儿者，有名武仙郎者，有名自在先生者，有名踏莲露者，有名凤花台者，有名戴蝉儿者，有名多花子者。或有唱歌者曰："吾此曲是汉武钩弋夫人常所唱，词曰：'戴蝉儿，分明传与君王语。建章殿里未得归，朱箔金缸双凤舞。'"名阿苏儿者曰："我忆阿娇深宫下泪，唱曰：'昔请司马相如为作《长门赋》，徒使费百金，君王终不顾。'"又有诵司马相如《大人赋》者曰："吾初学赋时，为赵昭仪抽七宝钗横鞭，余痛不彻，今日诵得，还是终身一艺。"名武游郎者言："余昔见汉武帝，乘郁金楫，泛积翠池，自吹紫玉笛，音韵朗畅。帝意欢适，李夫人歌以随，歌曰：'顾鄙贱，奉恩私。愿吾君，万岁期。'"又名武仙郎者问归舜曰："君何姓氏行第？"归舜曰："姓柳，第十二。"曰："柳十二自何处来？"归舜曰："吾将至巴陵，遭风泊舟，兴酣至此耳。"武仙郎曰："柳十二官，偶因遭风，得臻异境，此所谓因病致妍耳。然下官禽鸟，不能致力生人，为足下转达桂家三十娘子。"因遥呼曰："阿春，此间有客。"即有紫云数片，自西南飞来，去地丈余，

柳归舜

柳归舜，是吴兴人。隋文帝开皇二十年，柳归舜从江南乘船抵达巴陵，这时江上刮起大风，把他的船吹到君山下面，他便拴船登岸。找到一条小路，顺着小路不知不觉走了四五里，一路兴致高涨，便跨过山谷溪涧随意而行，不再顺着原来的路走了。忽见道旁有一块大石，石头里外都明亮通透，浑圆平坦，竟占了六七亩地。石头外围长满了翠竹，又圆又粗有如盆口一般，高达百尺，顶端的叶子都触到白云了，郁郁葱葱的竹林映着蓝天。一阵清风徐徐吹过，竹林发出美妙的乐音。巨石的中央长着一棵树，高达百尺，枝干的背阴面是彩色的，翠绿的叶子有盘子那样大，花径竟达一尺多，花瓣是浓郁的深绿色，花蕊是深红色。花朵散发出奇异的香气，如烟似雾，花粉落到其他东西上就像烟云一样散开。树上有几千只鹦鹉，个个红嘴绿毛，尾巴长二三尺，在树间翱翔。鹦鹉们互相叫着彼此的姓名，声音清脆悠扬，有名叫“武游郎”的，有名叫“阿苏儿”的，有名叫“武仙郎”的，有名叫“自在先生”的，有名叫“踏莲露”的，有名叫“凤花台”的，有名叫“戴蝉儿”的，还有名叫“多花子”的。有的鹦鹉唱着歌，还说：“我这个歌儿是汉武帝的后宫妃子钩弋夫人经常唱的，歌词是：‘戴蝉儿，分明传与君王语。建章殿里未得归，朱箔金缸（“缸”同“釭”，油灯）双凤舞。’”名叫阿苏儿的鹦鹉说：“我记得汉武帝的皇后陈阿娇在深宫里落下泪来，唱道：‘昔请司马相如为作《长门赋》，徒使费百金，君王终不顾。’”这时又有鹦鹉开始背诵司马相如的《大人赋》，背完后说：“我当初学赋时，赵昭仪抽下头上的七宝钗鞭打了我一顿，当时还疼了好几天，不过我到底还是背下来了，成了我终身的一项才艺。”名叫武游郎的鹦鹉说：“我当年见过汉武帝，他乘着雕有郁金花纹的大船，在积翠池里泛舟游览，汉武帝自己云气渐散，遂见珠楼翠幕，重槛飞楹，周匝石际。一青衣自户出，年始十三四，身衣珠翠，颜甚姝美，谓归舜曰："三十娘子使阿春传语郎君，贫居僻远，劳此检校，不知朝来食否？请垂略坐，以具蔬馔。"即有捧水精床出者，归舜再让而坐。阿春因教凤花台鸟："何不看客？三十娘子以黄郎不在，不敢接对郎君。汝若等闲，似前度受捶。"有一鹦鹉即飞至曰："吾乃凤花台也。近有一篇，君能听乎？"归舜曰："平生所好，实契所愿。"凤花台乃曰："吾昨过蓬莱玉楼，因有一章诗曰：'露接朝阳生，海波翻水晶。玉楼瞰寥廓，天地相照明。此时下栖止，投迹依旧楹。顾余复何忝，日侍群仙行。'"归舜曰："丽则丽矣，足下师乃谁人？"凤花台曰："仆在王丹左右，一千余岁，杜兰香教我真箓，东方朔授我秘诀。汉武帝求太中大夫，遂在石渠署见扬雄、王褒等赋颂，始晓箴论。王莽之乱，方得还吴。后为朱然所得，转遗陆逊，复见机、云制作，方学缀篇什。机、云被戮，便至于此，殊不知近日谁为宗匠。"归舜曰："薛道衡、江总也。"因诵数篇示之。凤花台曰："近代非不靡丽，殊少骨气。"俄而阿春捧赤玉盘，珍羞万品，目所不识，甘香裂鼻。

吹起了紫玉笛，声音响亮流畅，皇帝感到欢乐惬意，李夫人就伴着笛声唱起了歌，歌词是：‘顾鄙贱，奉恩私。愿吾君，万岁期。’”这时名叫武仙郎的鹦鹉就问柳归舜：“先生您贵姓？在家中排行第几？”柳归舜答道：“我姓柳，排行十二。”鹦鹉说：“柳十二郎从哪里来？”柳归舜说：“我要到巴陵去，船遇到大风被迫靠岸停了下来，一时兴起就走到了这里。”武仙郎说：“柳十二先生偶然遭遇大风，有幸来到这仙境，这就是所谓的因病成妍了，然而下官我只是一只禽鸟，不能为您效力。不过我可以为您把此事转达给桂家三十娘子。”于是就向远处喊道：“阿春，这里有客人！”这时空中有几朵紫色的云从西南方飞来。离地面还有一丈多高时，云气渐渐散去，露出垂着绿色帘幕的华丽楼阁，上面重重轩窗别致典雅，精美游廊回旋盘绕，整座楼阁都落到那块巨石之上。这时一个青衣女子从楼中走出，看年纪也就十三四岁，身上穿着缀有珠翠的衣服，容貌十分美丽，女子对柳归舜说：“三十娘子让阿春转告郎君，寒舍偏僻荒远，有劳您到这里来看望我们。不知郎君早晨出发时吃饭了吗？请郎君稍坐片刻，立刻为您准备饭菜。”接着就有仆人捧着水晶坐榻出来，柳归舜推辞了两次才坐下。这时阿春姑娘因“凤花台”没能好好接待客人，便训斥道：“三十娘子因为夫君黄郎不在家，不便出来接待客人。你们若是怠慢了贵客，看我不像上次那样捶你们！”有只鹦鹉立刻飞到柳归舜面前说：“我就是凤花台。最近作了一首诗，不知柳先生可愿听听？”柳归舜说：“我平生最喜欢的就是诗词，你要读诗正合我意啊。”凤花台就说：“我昨天飞过蓬莱仙山上的玉楼，作了一首诗：‘露接朝阳生，海波翻水晶。玉楼瞰寥廓，天地相照明。此时下栖止，投迹依旧楹。顾余复何忝，日侍群仙行。’”柳归舜说：“这诗真是太美了，教足下作诗的老师是谁呢？”凤花台说：“我曾在仙人王丹身边待了一千多年。杜兰香教我修道的真箓，东方朔传我修道的秘诀。当时汉武帝想要选拔一名太中大夫，便在石渠署召见扬雄、王褒等人，让他们作赋和颂，我这才开始懂得了箴论。直到王莽之乱时，我才得以回到江南吴地。后来我又被吴国朱然得到，他把我转赠给都督陆逊，在那儿我又阅读了陆机、陆云的文章，这才开始学着写诗，后来饮食讫，忽有二道士自空飞下，顾见归舜曰：“大难得，与鹦鹉相对。君非柳十二乎？君船以风便，索君甚急，何不促回？”因投一尺绮曰：“以此掩眼，即去矣。”归舜从之，忽如身飞，却坠巴陵，达舟所。舟人欲发，问之，失归舜已三日矣。后却至此，泊舟寻访，不复再见也。（出《续玄怪录》）

元藏幾

处士元藏幾，自言后魏清河孝王之孙也。隋炀帝时，官任奉信郎。大业元年，为过海使判官。无何，风浪坏船，黑雾四合，同济者皆不免，而藏幾独为破木所载，殆经半月，忽达于洲岛间。洲人问其从来，则瞀然具以事告。洲人曰：“此沧洲，去中国已数万里。”乃出菖蒲花桃花酒饮之，而神气清爽。其洲方千里，花木常如二月，地土宜五谷，人多不死。出凤凰、孔雀、灵牛、神马之属；更产分蒂瓜，长二尺，其色如椹，一颗二蒂；有碧枣丹栗，皆大如梨。其洲人多衣缝掖衣，戴远游冠，与之话中国事，则历历如在目前。所居或金阙银台，玉楼紫阁，奏箫韶之乐，饮香露之醑。洲上有久视之山，山下出澄水泉，其泉阔一百步，亦谓之流渠，虽投之金石，终不沉没，故洲人以瓦铁为船舫。更有金池，方十数里，水石泥沙，皆如金色。其中有四足鱼，今刑部卢员外寻云：“金义岭有池如盆，其中有鱼皆四足。”又有金莲花，洲人研之如泥，以陆机、陆云被杀，我便来到此地。不知近来可在文章上称宗师的是哪一位呢？”柳归舜说：“当代文章要数薛道衡和江总写得最好。”接着就背诵了几篇给凤花台听。凤花台说：“近代的文章并非不够华丽，只是少了些骨气。”不一会儿，阿春捧着一只红玉盘，里面装着各种珍馐美味，都是柳归舜从未见过的，甘香扑鼻。

柳归舜吃完后，忽然有两名道士从空中飞下来，看见柳归舜说：“这可真是太难得了，您竟能与这些鹦鹉对读文章。先生莫非就是柳十二郎？您的船已经顺风，马上就要开走了，船上人正着急到处找您呢，何不赶快回去！”随即扔给他一块一尺长的绸子说：“用这块绸子蒙上眼睛，就可以离开了！”柳归舜按照他说的蒙上眼，忽觉身体好像飞了起来，转眼间就落到巴陵自己的船上了。船夫正要开船，柳归舜一问，才知自己已经失踪三天了。后来柳归舜又回到这个地方，停舟登岸去寻访，却再也没见到这仙境了。（出《续玄怪录》）

元藏幾

元藏幾是一位很有才能却隐居不去做官的人，自称是北朝后魏清河孝王的孙子。隋炀帝时，官拜奉信郎。隋炀帝大业元年，朝廷任命他为过海使判官率船出海。出海没多久便遇到海难，大风卷起巨浪打坏了船只，上空黑色的云雾从四面围拢过来，船上同行的人都落水淹死了，只有元藏幾一人被碎木板载着在海上漂流，历经半个月，忽然漂到一片洲岛之间。岛上的人问他从哪儿来，他在昏昏沉沉的状态下把自己在海上遇难的经过和自己的来历告诉给洲民。洲民说：“这里是北海中的仙岛沧洲，离中国已有几万里了。”他们就拿出用菖蒲花和桃花酿成的酒请元藏幾喝，元藏幾喝后立刻感到神清气爽。这沧洲方圆上千里，岛上花草树木总像阳春二月时那样茂盛，土地肥沃适宜种植五谷，岛上的人大多长生不死。岛上还有凤凰、孔雀、灵牛、神马等珍奇动物；还出产一种分蒂瓜，长二尺，颜色有如桑椹，一只瓜上有两个瓜蒂；这里还出产绿枣红栗，都像梨子那般大。岛上人大都身穿大袖单衣，头戴远游冠，与他们谈起远在几万里外的中国的事，他们都说得很清楚，一幕幕好似发生在他们眼间彩绘，光辉焕烂，与真无异，但不能拒火而已。更有金茎花，如蝶，每微风至，则摇荡如飞，妇人竞采之以为首饰，且有语曰："不戴金茎花，不得在仙家。"更以强木造船，其上多饰珠玉，以为游戏。强木，不沉木也。方一尺，重八百斤，巨石縋之，终不没。

藏幾淹留既久，忽念中国，洲人遂制凌风舸以送焉。激水如箭，不旬即达于东莱。问其国，乃皇唐也；询其年号，即贞元也。访其乡里，榛芜也；追其子孙，疏属也。有隋大业元年至贞元年末，已二百年矣。有二鸟，大类黄鹂，每翔翥空中，藏幾呼之即至，或令衔珠，或令受人语。乃谓之转言鸟，出沧州也。

藏幾工诗好酒，混俗无拘检，十数年间，遍游江表，人莫之知。而赵归真常与藏幾弟子九华道士叶通微相遇，求得其实，归真以藏幾之异备奏上。上令谒者赍手诏急征。及至中路，忽然亡去。谒者惶恐，即上疏具言其故，上览疏咨嗟曰："朕不如明皇帝，以降异人。"后有人见藏幾泛小舟于海上。至今江表道流，大传其前一样。岛上人所居之处大都是金银装饰的宫阙亭台、美玉紫檀做的楼阁，他们奏着舜作的《箫韶》之乐，喝着用香露酿造的美酒。洲上有座“久视山”，山下流出一泓澄水泉，泉宽一百步，人们也称它流渠，就算把金子、玉石扔进泉水里也不会沉没，所以这里的人用瓦铁来造船。还有一个金池，方圆十几里，里面的水石泥沙都呈金色。池中生有一种四脚鱼，正如当今刑部卢员外说的：“金义岭有池如盆，其中有鱼皆四足。”洲上还有一种金莲花，岛上人将这种花研磨成泥，用作彩绘原料，画出的东西光辉灿烂，与真的没有区别，只是不能被火烧罢了。还有一种金茎花，外形像蝴蝶一样，每当微风吹来，花儿摇曳，好似蝴蝶上下翻飞，妇人们争相采摘这种花做首饰，岛上还有句俗语说：“不戴金茎花，不得在仙家。”岛上人还用强木造船，在船上装饰了很多珍珠美玉，这些船主要用来游乐。所谓“强木”就是不会沉没的木头。这种木头一尺见方，重八百斤，就算把巨石坠在它上面，也不会沉没。

元藏幾在这沧洲岛上滞留了很久，忽然想念中国了，岛上人就为他造了一艘叫“凌风”的船，送他回中国。船的速度很快，激起的水流如箭一般，不到十天就到了东莱郡。元藏幾问现在这里是什么国，回答说是大唐；再问现在的年号，回答说是唐德宗贞元年。他回到故乡，见自己的家已变成一片杂草丛生的荒地了；又去寻访子孙，也只有一些远亲尚存了。从隋朝大业元年他遭遇海难到了沧洲仙岛，到唐贞元年末回到中国，已过去二百年了！元藏幾回来后，常有两只外形像黄鹂的鸟在天上盘旋，元藏幾只要呼唤它们，这两只鸟就马上来到他面前，有时让它们口衔珠子，有时让它们代为传话。这种鸟就是出在沧洲的“转言鸟”。

元藏幾擅长作诗，喜好饮酒，无拘无束地混迹于世俗之中，十几年间游遍了江南地区，人们都不知道他究竟是什么人。后来，有个叫赵归真的人曾与元藏幾的弟子、九华山道士叶通微相遇，赵归真从叶通微那儿得知元藏幾并非世俗之辈，便向皇帝奏报了元藏幾异于常人的事。皇帝便命赵归真带着他亲手写的诏书紧急征召元藏幾进宫。元藏幾跟随赵归真返回京城，半路上忽然不见了。赵归真很是

事焉。（出《杜阳杂编》）

文广通

文广通者，辰溪县滕村人也。县属辰州。溯州一百里，北岸次有滕村，广通居焉，本汉辰陵县。《武陵记》云：广通以宋元嘉二十六年，见有野猪食其稼，因举弩射中之。流血而走，寻血踪，越十余里，入一穴中。行三百许步，豁然明晓，忽见数百家居止，莫测其由来，视所射猪，已归村人圈中。俄有一叟出门云：“汝非射吾猪者乎？”文曰：“猪来犯仆，非仆犯猪。”翁曰：“牵牛蹊人之田，信有罪矣。而夺之牛者，罪又重矣。”文因稽首谢过。翁云：“过而知改，是无过矣。此猪前缘，应有其报，君无谢焉。”翁呼广通至厅上，见十数书生，皆冠章甫之冠，服缝掖之衣，有博士，独一榻面南谈《老子》。又见西斋有十人相对，弹一弦琴，而五声自韵。有童子酌酒，呼令设客。文饮半酣，四体怡然，因尔辞退。观其墟陌人事，不异外间，觉其清虚独远，自是胜地，徘徊欲住。翁乃遣小儿送之，令坚关门，勿复令外人来也。文与小儿行，问其始末，答曰：“彼诸贤避夏桀难来此，因学道得仙。独榻座谈《老子》者，昔河上公也。仆汉时山阳王辅嗣，至此请问《老子》滞义。仆自扫门已来，于兹十纪，始蒙召进，得预门人，犹未深受要诀，只令守门。”至洞口，分别殷勤，自言相见未期。广通自所入处，见所用弩皆已朽断。初谓少顷，已十二年矣。广通家已成丧讫，闻其归，乃举村惊疑。明日，与村人寻其穴口，唯见巨石塞之，烧凿不可为攻焉。（出《神仙感遇传》）

惶恐，立即把这情况奏报给皇上，皇上看了奏章后感叹道：“朕不如明皇帝（指唐玄宗李隆基）啊，所以特殊的人才都不肯留下帮我。”后来有人见到元藏幾驾着小舟在海上漫游。至今江南一带的修道人中还流传着元藏幾的事迹。（出《杜阳杂编》）

文广通

文广通，辰溪县滕村人。当时辰溪县归辰州管辖。从辰州乘船逆流而上一百里，北岸第二个村子就是滕村，文广通就住在那里。辰溪县在汉朝时叫辰陵县。《武陵记》中记载：南朝宋文帝元嘉二十六年，文广通看见有只野猪正在吃他的庄稼，就用箭射中了野猪。那野猪流着血逃跑了，文广通顺着血迹一路追踪，走了十几里，进入一个山洞中，在洞里又走了三百来步，四周顿时豁然开朗，忽然眼前出现了几百家房舍，不知道是个什么地方，再看他射伤的野猪，已经跑回村民的猪圈中了。过了一会儿，有个老翁走出门说：“莫非你就是射伤我家猪的人？”文广通说：“这猪来吃我的庄稼，可不是我无缘无故射它。”老翁说：“牵着牛践踏别人的庄稼，确实不对，但因为这就把人家的牛抢走，那就更不对了。”文广通赶忙跪拜道歉。老翁说：“知过能改，就不算有过了。事出有因，这头猪命中该得这样的报应，你就不必道歉赔罪了。”老翁把文广通请到屋里，只见里面有十几个书生，都戴着章甫冠，身穿大袖单衣，有位博士单独占据一张榻面朝南讲授《老子》。又见西面的书斋里有十个人相对而坐，弹着一弦琴，音律都很好听。这时有位童子上来斟酒，老翁拉着文广通共饮。文广通喝得半醉，身体感觉很是舒坦，就推辞不再喝了。他观察外面的房屋和路上的行人，与外界没什么不同，只是觉得这里环境清幽，真是人间难寻的好地方，就打算留在这里不走了。老翁派了个小童送他出去，并让小童关好大门，不要再让外人进来。文广通与小童同行，问他这里的来龙去脉，小童答道：“屋里的诸位贤者当初都是为躲避夏桀的残暴统治才来到这里的，因修道而成了神仙。那位独自坐在榻上讲授《老子》的博士，就是昔日的河上公。我是汉代山阳人王辅嗣（王弼字辅嗣），来这里是为了向河上公请教《老子》

杨伯丑

杨伯丑，冯翊武乡人。好读《易》，隐于华山。隋开皇初，文帝搜访逸隐，闻其有道，征至京师。见公卿不为礼，人无贵贱，皆汝之，人不能测。帝赐衣，着至朝堂，舍之而去。常被发徉狂，游行市里，形体垢秽，未尝栉沐。亦开肆卖卜，卦无不中。有人失马，诣伯丑卜之，伯丑方为太子所召，在途遇之，立为作卦，曰："可于西市东壁南第三店，为我买鱼作鲙。"如其言，诣所指店中，果有人牵所失马而至，遂擒之。何妥尝与论《易》，闻妥之言，笑曰："何用郑玄、王弼之言乎？"于是别理辨答，思理玄妙，大异先儒之旨。论者谓其有玄机，因问其所学，曰："太华之下，金天洞中，我曾受羲皇所教之《易》，与大道玄同，理穷众妙，岂可与世儒常谈，而测神仙之旨乎？"数年复归华山上，后世世有人见之。（出《仙传拾遗》）

中的一些疑难问题。我为他扫地已经十纪(十二年为一纪)了，现在承蒙河上公抬爱我才得以进门，还未成为老师的正式弟子，至今还没得到修道的要诀，只是让我当个守门人而已。”文广通到了来时的洞口，与那小童依依惜别，说着今后再见无期的话。文广通到了入口，看到射野猪的弓箭都已腐烂断掉了。他起初以为只在洞中待了一会儿，没想到世上已经过了十二年了。他的家人早为他办了丧事，听说他回来了，全村人都感到无比惊疑。第二天，他和村里人一起去找那个洞口，只见洞口已被巨石堵住，无论火烧还是斧凿都打不开了。（出《神仙感遇传》）

杨伯丑

杨伯丑，冯翊郡武乡人，喜好研读《易经》，隐居在华山。隋文帝开皇初年，文帝寻访避世隐居的贤人，听闻杨伯丑懂得道术，就把他征召到京城。杨伯丑看见王公大臣从不行礼，他对人无贵贱之分，对谁都称呼“你”，人们觉得他高深莫测。皇帝赐给杨伯丑一件华服，他穿到金殿外的百官议政处后，就脱下离开了。杨伯丑经常披头散发佯装疯癫在街市上闲逛，满身污垢，从不洗澡。他还摆了个卜卦的摊子，他卜的卦都很灵验。有人丢了马，来找伯丑卜卦，伯丑刚被太子召见，在路上遇到丢马人，立刻给他算了一卦，说：“你可到西市东墙南边的第三家店铺去找找，要是我算准了你要给我买鱼做生鱼片吃。”丢马人按照伯丑的话，来到那家店中，果然有人牵着他丢的马过来，当场被擒。何妥曾与杨伯丑谈论《易经》，听了何妥的言论后，伯丑笑着说：“你为什么要读郑玄和王弼的那套理论呢？”于是就用自己的独到见解来讲解辨析《易经》中的疑难问题，讲解得很是玄妙深刻，所言与之前那些儒者大不相同。一些道学家都认为伯丑真正领悟了道学中的玄机，便问他在哪里学的道，伯丑说：“我曾在太华山下的金天洞中蒙受三皇之一的伏羲教授我《易经》，还有天地合一的玄同大道，其中深妙玄奥的道理，怎么可以和你们这些世俗的学者经常谈论，好让你们去妄自揣测神仙的意旨呢？”几年后，杨伯丑又回到华山上，后来，世代都曾有人见过他。（出《仙传

刘法师

唐贞观中，华阴云台观有刘法师者，炼气绝粒，迨二十年。每三元设斋，则见一人，衣缝掖，面黧瘦，来居末坐，斋毕而去。如此者十余年，而衣服颜色不改。法师异而问之，对曰："余姓张，名公弼，住莲花峰东隅。"法师意此处无人之境，请同往。公弼怡然许之曰："此中甚乐，师能便住，亦当无闷。"法师遂随公弼行。三二十里，扳萝攀葛，才有鸟径。其崖谷崄绝，虽猿狖不能过也，而公弼履之若夷途。法师从行，亦无难。遂至一石壁，削成，高直千余仞，下临无底之谷。一径阔数寸，法师与公弼，侧足而立。公弼乃以指扣石壁，中有人问曰："为谁？"对曰："某。"遂划然开一门，门中有天地日月。公弼将入，法师随公弼亦入。其人乃怒谓公弼曰："何故引外人来？"其人因阖门，则又成石壁矣。公弼曰："此非他人，乃云台刘法师也，与余久故，故请此来。何见拒之深也？"又开门，纳公弼及法师。公弼曰："法师此来甚饥，君可丰食遗之。"其人遂问法师便住否，法师请以后期。其人遂取一盂水，以肘后青囊中刀圭粉和之以饮法师，其味甚甘香，饮毕而饥渴之想顿除矣。公弼曰："余昨云山中甚乐，君盍为戏，令法师观之？"其人乃以水噀东谷中，俄有苍龙白象各一，对舞，舞甚妙；威凤彩鸾各一，对歌，歌甚清。顷之，公弼送法师回。师却顾，唯见青崖丹壑，向之歌舞，一无所睹矣。及去观将近，公弼乃辞。法师至观，处置事毕，却寻公弼。则步步险阻，杳不可阶。法师痛恨前者不住，号天叫地，遂成腰疾。公弼更不复至矣。（出《续玄怪录》）

拾遗》)

刘法师

唐太宗贞观年间，华阴县的云台观有位姓刘的法师，修习道家的吐纳导引之法，断绝饮食，已经二十年了。他每到正月十五上元节、七月十五中元节、十月十五下元节这三元节设素斋时，就会见到一个身穿大袖单衣，面容黑里带黄身材瘦小的人，每次来到他这里，都坐在末位，吃完斋就马上离开。这样已有十多年了，而他的衣服容貌却没有丝毫改变。刘法师感到很奇怪，就问那人的来历。那人说："我姓张，名公弼，住在莲花峰东边。"刘法师心想那里肯定是个人迹罕至的地方，就请求张公弼带他一同去看看。张公弼愉快地答应了，说："那里很好玩，法师若能住上几天，定不会感到烦闷的。"刘法师就跟随张公弼一同前往。大约走了二三十里地，二人拽着藤萝攀着野葛勉强行走，才找到一条只有飞鸟才能穿过的山间小径。这里的悬崖峭壁十分险峻，即使猿猴也难以过去，但张公弼却如履平地，走起来很是轻松。刘法师跟着张公弼竟也毫不费力。后来二人来到一面石壁前，那石壁仿佛用刀削成一般，异常陡峭，高达一千多仞，下面是无底深谷。石壁前只有几寸宽的一条小路，刘法师与张公弼踮着脚才能站下。这时张公弼用手指轻叩石壁，只听石壁中有人问道："是谁？"回答说："张公弼。"接着壁上突然开了一扇门，门里竟能看到天地日月。张公弼向门内走去，刘法师紧随其后也往里走。里面的人突然大怒，问张公弼："为何随便领外人来？"说着就把门关上，入口又变成一面石壁了。张公弼说："这不是外人，他是云台观的刘法师，与我交往很久了，所以才请他来的。为何拒绝得这么干脆呢？"于是门又打开了，让他二人进去。张公弼说："刘法师一路奔波已经很饿了，请给他准备一些丰盛的食物吧。"那人就问刘法师要住下来吗。刘法师说下次来时再住。那人就取来一盂水，用刀圭（量药的器具）从肘后的青色口袋里舀出一点儿药粉和在水里，让刘法师喝下去。刘法师只觉那水特别甘甜，喝完后饥渴之感立刻消失了。张公弼对那人说："我昨天对刘法师说山中非常好玩，你何不给他变个

戏法，让法师也看看呢？”那人就把口中含着的水喷到东面山谷中，片刻间就有一条苍龙和一只白象出现在空中，二者相对起舞，舞姿十分美妙；接着又有一只威凤和一只彩鸾出现在空中，二鸟相对歌唱，歌声清亮动人。又过了一会儿，张公弼便送刘法师回去。刘法师回头再看，只见仍是青山红壑，刚才的歌舞都看不到了。到了离云台观很近的地方，张公弼就告辞了。刘法师回到云台观，把各种琐事处理完后，又去寻找张公弼。然而山高路险处处都是阻碍，眼前一片杳渺，再也找不到通往石壁的路了。刘法师万分悔恨自己当初没在石壁中住下，每次想起来都呼天喊地，为此竟得了腰病。张公弼此后再没来过云台观。（出《续玄怪录》）

卷第十九　神仙十九

马 周　李林甫　郭子仪　韩 滉

马 周

马周者，华山素灵宫仙官也。唐氏将受命，太上敕之下佐于国。而沉缅于酒，汨没风尘间二十年，栖旅困馁，所向拘碍，几为磕仆。闻袁天纲自蜀入秦，善于相术，因诣之，以决休咎。天纲目之良久曰："五神奔散，尸居旦夕耳，何相之有邪！"周大惊，问以禳制之术，天纲曰："可自此东直而行，当有老叟骑牛者。不得迫而与语，但随其行，此灾可除矣。"周如言而行，未出都门，果有老叟，骑牛出城，默随其后。缭绕村径，登一大山。周随至山顶，叟顾见之，下牛，坐于树下，与语曰："太上命汝辅佐圣孙，创业拯世，何为昏沉于酒，自掇困饿，五神已散，正气凋沦，旦夕将死，而不修省邪？"周亦懵然未晓。叟曰："汝本素灵宫仙官，今太华仙王，使人召汝。"即引入宫阙，经历宫门数重，至大殿之前，羽卫森肃，若帝王所居。趋至帘前，有宣言责之者，以其受命不恭，堕废所委，使还其旧署，自责省愆。

叟与所使数人，送于东庑之外别院中。室宇宏丽，视其门，

马周

马周，是华山素灵宫的仙官。唐朝受命于天要取代隋朝时，天帝敕令马周下凡到人世辅佐唐朝皇帝治理国家。马周到了人间却整日沉缅于饮酒，混迹凡尘长达二十年，一直默默无闻，完全忘了来人间的使命。后来竟四处漂泊，困顿饥饿，无论去哪里都因贫穷而受到阻碍，几乎落魄到跌倒在地都没人帮忙的地步。马周听闻袁天纲从四川到陕西来了，据说他擅长看相，就决定去见见他，求他看看自己将来的吉凶祸福。袁天纲看了马周很久才说："你的五神已经四处逃散远离你了，你就像一具死尸一样，生命已经危在旦夕了，哪里还有什么可看的面相呢！"马周听后大惊失色，问有什么办法可以消除灾殃免于一死。袁天纲说："你可从这里出发一直向东走，会看见一位骑牛的老者。你不要靠近和他说话，只需跟着他走，这样你的灾祸就可免除了。"马周按照袁天纲的话前行，还没出城门，果然看见一位骑牛的老者出城，就默默跟在后面。出城后顺着环绕的村路行走，之后登上一座大山。马周跟随老者爬到山顶，老者回头看见马周，就从牛背上下来坐到树下，对马周说："天帝命你下凡辅佐皇室，开创功业拯救世间万民，你为何神志不清沉迷于酒，导致自己落到饥寒交迫的地步？如今你的五神已经散离，正气衰败，马上就要死了，还不好好反省改过吗？"马周仍然懵懵懂懂，不知老者所说何意。老者接着说："你本是素灵宫的仙官，现在华山上的仙王派人召你回去。"说罢就领他进了一座宫城，穿过几道宫门，来到大殿前，只见侍卫森严整肃，仿佛是帝王的居所。老者领他走到帘前，有位官员宣读责备马周的王命，因马周受命未能完成，有违天帝对他的信任，让他返回原来的官署，反省自己的错误。

老者与其他几名使者把马周送到王宫东面另外一处宅院中。屋则姓名存焉。启钥而入，炉火鼎器，床榻茵席，宛如近所栖止，沉吟思之，未能了悟。忽有五人，服五方之衣，长大奇伟，立于前曰："我皆先生五脏之神也。先生酣酒流荡，浊辱于身，我等久归此矣。但闭目，将复于神室也。"周瞑目顷之，忽觉心智明悟，并忆前事，二十余年，若旬日之间耳。复扃鐍所居，出仙王之庭，稽首谢过，再禀其命。来诣长安，明日复谒天纲。天纲惊曰："子何所遇邪？已有瘳矣。六十日当一日九迁，百日位至丞相，勉自爱也！"如是，贞观中，敕文武官各贡理国之策，周之所贡，意出人表，是日拜拾遗、监察御史里行。自此累居大任，入相中书令数年。一旦群仙降其室曰："佐国功成，可以退矣，太乙征命，无复留也。"翌日无疾而终。谥曰忠公。其所著功业，匡赞国政，扬历品秩，国史有传，此不备书。（出《神仙拾遗》）

李林甫

唐右丞相李林甫，年二十，尚未读书。在东都，好游猎打毬，驰逐鹰狗，每于城下槐坛下，骑驴击毬，略无休日。既惫舍驴，以两手返据地歇。一日，有道士甚丑陋，见李公踞地，徐言曰："此有何乐，郎君如此爱也？"李怒顾曰："关足下何事？"道士去，明日又复言之。李公幼聪悟，意其异人，乃摄衣起谢。道士曰："郎君虽善此，然忽有颠坠之苦，则悔不可及。"李公请自此修谨，不宇宏伟壮丽，马周见门上写着自己的名字。马周用钥匙开门进入屋子，只见屋内鼎中炉火和床榻枕席都像是自己最近用过的，沉思半天，仍想不明白究竟是怎么一回事。这时忽然来了五个人，身上穿着写有东、西、南、北、中五个方位的衣服，个个身材高大，雄伟不凡。他们站在马周面前说："我们就是先生的'五脏之神'。先生在人世沉迷饮酒四处闲荡，身子已沾染了世间的浊气，所以我等早就回到此处了。请先生闭上眼睛，我们就可以再次回到你的神室之中了。"马周闭目等了一会儿，忽然觉得神思清明，并记起了很多前尘往事。这二十多年，就像过了十天一样。于是他又锁上了自己的屋子，来到仙王殿上，叩头行礼谢罪，并再次向仙王领受自己原来的使命。马周又下凡来到长安，第二天再次拜见袁天纲。袁天纲惊奇地说："你有什么奇遇了吗？你的病已经痊愈了！六十天内你会在一天之中晋升多次，一百天后将位居丞相，望你能好好自爱啊！"果然，贞观年间，唐太宗下诏命文武百官各自献上治国良策，马周所献的国策居于所有大臣之首，当天皇上就任命他为拾遗、监察御史里行等重要官职。从此马周多次身居要职，任中书令（宰相）好多年。一天早上，一群神仙降临到马周家，对他说："你辅佐大唐有功，已完成了天帝给你的使命，现在可以退隐了，太乙天尊命你立刻返回天宫，不要再留在人间了。"第二天，马周没有任何病却突然死了。皇帝追谥他为"忠公"。马周在人世所立下的丰功伟业，辅佐皇帝治理朝政，为官的卓越政绩，这些国史中都有记载，这里就不详细述说了。（出《神仙拾遗》）

李林甫

唐玄宗时的右丞相李林甫，二十岁了还没读书。他在东都洛阳时，特别喜欢游猎、打马球、臂鹰牵犬（古人多指外出狩猎或嬉游）。他常在城里的槐坛下，骑着驴打球，几乎没有一天不去。有时骑驴打球感到疲惫了，就把驴丢在一边，双手反枕在地上歇息。一天，有位相貌丑陋的道士看到李林甫坐在地上，就慢悠悠地说："每天骑驴打球有什么意思，值得你如此沉迷？"李林甫回头看了道士一眼，怒气冲冲地说："关你什么事？"道士听后就离开了。第二天道士又来复为也。道士笑曰：“与郎君后三日五更，会于此。”曰：“诺。”及往，道士已先至，曰：“为约何后？”李乃谢之。曰：“更三日复来。”李公夜半往，良久道士至。甚喜，谈笑极洽，且曰：“某行世间五百年，见郎君一人，已列仙籍，合白日升天。如不欲，则二十年宰相，重权在己。郎君且归，熟思之，后三日五更，复会于此。”李公回计之曰：“我是宗室，少豪侠，二十年宰相，重权在己，安可以白日升天易之乎？”计已决矣，及期往白。道士嗟叹咄叱，如不自持，曰：“五百始见一人，可惜可惜。”李公悔，欲复之。道士曰：“不可也，神明知矣。”与之叙别曰：“二十年宰相，生杀权在己，威振天下。然慎勿行阴贼，当为阴德，广救拔人，无枉杀人。如此则三百年后，白日上升矣。官禄已至，可使入京。”李公匍匐泣拜，道士握手与别。

时李公堂叔为库部郎中，在京，遂诣。叔父以其纵荡，不甚记录之，颇惊曰：“汝何得至此？”曰：“某知向前之过，今故候觐，请改节读书，愿受鞭棰。”库部甚异之，亦未令就学，每有宾客，了，对李林甫还是重复那两句话。李林甫自幼聪明，领悟力很强，立刻意识到这道士不是寻常人，就整理好衣服从地上起来，向道士恭敬地行礼道歉。道士说："郎君你虽然很擅长骑驴打球，但若是有一天忽然从驴背上跌下来，把自己摔坏了，那时就后悔莫及了！"李林甫听后表示自己从今日起为人处世定会谨慎小心，不再骑驴打球了。道士听后笑着说："我与郎君约好，三天后的五更时分，我在这里等你。"李林甫说："好。"到了约定的时间，李林甫赶到槐坛时道士已经在那里了。道士说："为何来晚了？"李林甫赶忙赔罪。道士又对李林甫说："三天后五更时再来。"到了那天，李林甫半夜就赶到槐坛，过了很久道士才来。这次道士心情极好，与李林甫有说有笑很是融洽，并说："我在人世已经五百年了，看到只有你一人名列仙籍，你会白日升天成仙。若你不愿如此，也可当二十年宰相，国家大权都会掌握在你手里。你今天先回去，好好考虑考虑，三日后五更时，你我再到这里相见。"李林甫回去后心中暗想："我本是宗室贵族，从小就豪放勇敢又有义气，若能当上二十年宰相，大权在握，那可不错，怎可用白日升仙来换宰相之位呢？我决定了要当宰相！"到了约定时间，再见到道士，李林甫说自己想当宰相，不想飞升成仙。道士听后，连感叹带呵斥，好似不能控制自己的情绪，说："我历经五百年才遇到你这样一个可以成仙的人，你却如此不珍惜，可惜，真是太可惜了！"李林甫听到这话便有些后悔，想要收回刚才所说的。道士说："不可以更改了，神灵已经知道你要当宰相的想法了。"道士与李林甫话别时说："当宰相这二十年间，你掌握着生杀大权，威振天下。然而你千万要慎重行事，不可阴狠残忍地谋害忠良，要多积些阴德，多救人于危难之中，不要枉杀好人。这样，三百年后你就能白日升天成仙了。现在你命中的官运已经来了，可以入京为官了。"李林甫伏在地上哭着叩拜，道士与他握手告别。

当时，李林甫的堂叔正在京城任库部郎中，李林甫进京后就去拜见他。堂叔因李林甫一向放荡惯了，也不怎么和他来往，就很惊奇地问道："你怎么来京城了？"李林甫说："侄儿已经知道以前错了，这次来拜见叔父，就是决心从此痛改前非好好读书，侄儿愿意接受叔遣监杯盘之饰，无不修洁。或谓曰：“汝为吾著某事。”虽雪深没踝，亦不去也。库部益亲怜之，言于班行，知者甚众。自后以荫叙，累官至赞善大夫，不十年，遂为相矣。权巧深密，能伺上旨，恩顾隆洽，独当衡轴，人情所畏，非臣下矣。数年后，自固益切，大起大狱，诛杀异己，冤死相继，都忘道士槐坛之言戒也。时李公之门，将有趋谒者，必望之而步，不敢乘马。忽一日方午，有人扣门，吏惊候之，见一道士甚枯瘦，曰：“愿报相公。”阍者呵而逐之外，吏又鞭缚送于府，道士微笑而去。明日日中复至，门者乘间而白。李公曰：“吾不记识，汝试为通。”及道士入，李公见之，醒然而悟，乃槐坛所睹也。惭悸之极，若无所措。却思二十年之事，今已至矣，所承教戒，曾不暂行。中心如疾，乃拜。道士迎笑曰：“相公安否？当时之请，并不见从，遣相公行阴德，今枉杀人，上天甚明，谴谪可畏，如何？”李公但搕额而已。道士留宿，李公尽除仆使，处于中堂，各居一榻。道士唯少食茶果，余无所进。

父的鞭策监督。”堂叔对此仍然感到惊异，还是没让他读书，每次宴请宾客时就让他负责杯盘餐具的摆放及整理。在李林甫的监管下，所用餐具总是整齐洁净。一次堂叔对李林甫说：“你帮我做某事。”那时雪深得没过脚踝，而李林甫不辞劳苦地办成了。堂叔越来越喜欢这个侄子了，上朝时常向同朝的大臣们提起他。渐渐地，知道他的人也就越来越多了。后来李林甫因为先祖的功勋而做了官，经过几次升迁后，官至赞善大夫，不到十年时间，便当上了宰相。李林甫心机深沉，能暗中领会皇帝的意图，所以深得皇帝恩宠，这使他在朝中独揽大权担任中枢要职，宫廷内外不论官民都惧怕他的威势，他的所作所为早已僭越了大臣的本分。几年后，李林甫更加迫切地想要巩固自己在朝中的地位，大肆制造重大案件把很多人抓进监狱，和他意见相左的都被杀害了，含冤枉死的一个接着一个，此时的他早把那位丑道士在槐坛的告诫忘在脑后了。当时，无论什么人，只要想上门拜见李林甫，必须在看到他府邸时就下马步行，不敢骑马上门。一日正当午时，忽然有人敲李林甫家的门，门官吃惊地打开门，只见一位干瘦的道士站在门外，说：“希望你们通报一下，我要见李相公。”门官听后大声呵斥着把道士赶出门外，又把他鞭打了一顿捆绑起来送到官府，后来那道士便微笑着离开了。第二天中午，那道士又来了，门官只好趁李林甫空闲时向他报告。李林甫说：“我不记得曾认识这样一位道士，你把他带来让我见见吧。”等道士进来，李林甫一看，顿时恍然大悟。这道士正是当年在槐坛见过的那位，不禁又愧又怕，不知所措。进而又想，当初道士说自己能当二十年宰相，现在已到二十年了，但道士当初对自己的告诫劝导，自己却不曾遵行。想到这里，心中愈加恐慌，就像生了大病一样。李林甫连忙向道士行礼，道士迎上去笑着说：“相公这段日子可安好？当初我告诫过你，你却没有遵从，让你多积些阴德，如今却枉杀了那么多人。上天对你的罪行都了如指掌，若是给你降下可怕的惩罚，你该如何是好？”李林甫听后不敢言语，只是不断磕头罢了。道士留在李林甫家过夜，李林甫把仆人全都打发走了，与道士一起住在堂屋，他和道士各睡一床。道士只吃了少许茶点，其余什么也没吃。

至夜深，李公曰："昔奉教言，尚有升天之挈，今复遂否？"道士曰："缘相公所行，不合其道，有所窜责，又三百年。更六百年，乃如约矣。"李公曰："某人间之数将满，既有罪谴，后当如何？"道士曰："莫要知否？亦可一行。"李公降榻拜谢。曰："相公安神静虑，万想俱遣，兀如枯株，即可俱也。"良久，李公曰："某都无念虑矣。"乃下招曰："可同往。"李公不觉，便随道士去。大门及春明门到辄自开，李公援道士衣而过。渐行十数里，李公素贵，尤不善行，困苦颇甚。道士亦自知之，曰："莫思歇否？"乃相与坐于路隅。逡巡，以数节竹授李公曰："可乘此，至地方止，慎不得开眼。"李公遂跨之，腾空而上，觉身泛大海，但闻风水之声。食顷止，见大郭邑。介士数百，罗列城门，道士至，皆迎拜，兼拜李公。约一里，到一府署。又入门，复有甲士，升阶至大殿。帐榻华侈，李公困，欲就帐卧。道士惊，牵起曰："未可，恐不可回耳，此是相公身后之所处也。"曰："审如是，某亦不恨。"道士笑曰："兹介癣之属，其间苦事亦不少。"遂却与李公出大门，复以竹杖授之，一如来时之状。入其宅，登堂，见身瞑坐于床上。道士乃呼曰："相公相公。"李公遂觉。涕泗交流，稽首陈谢。明日别去，李公厚以金帛赠之，俱无所受，但挥手而已，曰："勉旃，六百年后，方复见相公。"遂出门而逝，不知所在。先是安禄山常养道术士，每语之曰："我对天子，亦不恐惧，唯见李相公，若无地自容，何也？"术士曰："公有阴兵五百，皆有铜头铁额，常在左右，何以如此？某安得见之。"禄山乃奏请宰相宴于己宅，密遣术士于帘间窥伺。退曰："奇也，某初见李相公，有一青衣童子，捧香炉而入，仆射侍卫，铜头铁额之类，皆穿屋逾墙，奔逆而走。某亦不知其故也，当是仙官暂谪在人间耳。"（出《逸史》）

到了夜深，李林甫问道士："当年您教导我时还提过我有上天成仙的机会，现在还有实现的可能吗？"道士说："因为你在人间所犯的罪行，不符合上天的好生之道，必将受到上天的谴责，所以还要增加三百年。经过六百年后，你才能成仙。"李林甫说："我在人间的寿数快满了，既然我犯下这么深的罪孽，还要受到惩罚，那之后会怎么样呢？"道士说："你要知道吗？随我走上一趟就知道了。"李林甫马上下床拜谢道士。道士说："相公你要安定心神，摒除所有杂念，就像一株没有知觉已经枯死的树一样。到了那个境界，你就可以和我同去了。"过了很久，李林甫说："我现在已经什么杂念都没有了。"道士就下床招呼道："我们可以一同前往了。"李林甫不知不觉就跟着道士走了出去，他家的大门和长安城东的春明门等他们走近时都自动开启，李林甫拽着道士的衣服走了过去。二人走了十几里后，李林甫因为长期养尊处优，尤其没走过这么远的路，一路上走得都很辛苦。道士也知道李林甫的情况，就问他："是不是想歇会儿啊？"于是二人就坐在路边。休息了一会儿后，道士给了李林甫一根竹竿说："你可以骑上它，到了地方自然会停下来，但谨记路上千万不要睁眼！"李林甫就跨上竹竿，腾空而起，感觉自己正在飞越大海，只听见耳边的风声和浪涛声。大约过了一顿饭工夫便停了下来。李林甫睁眼一看，见他们来到一个很大的城邑前。几百名士兵排列在城门前，看见道士到来，都行礼迎接，也顺便向李林甫行礼。进城走了约有一里，便来到一座官署门前。又进了大门，见两边还有士兵守卫，二人拾阶而上来到大殿。只见殿内的床帐甚是华丽，李林甫忽然感到一阵困乏，想在这帐内睡上一觉，道士大惊，忙把他拉起来说："不可。你要是在这床上睡下，恐怕就回不到人间了，这是你死后才来的地方。"李林甫说："如果这里确实是我死后的归宿，那我也死而无憾了。"道士笑着说："这里也会有些小病小灾，其间痛苦的事儿也不少，并不是你想的那般完美。"道士就与李林甫出了官署大门，又把竹竿交给他，就像来时那样。不一会儿，二人就回到人间，进了宅院，来到堂屋，只见李林甫的肉身正闭着双眼坐在床上。这时道士呼唤道："李相公，李相公！"李林甫这才还魂醒了过

郭子仪

郭子仪，华州人也。初从军沙塞间，因入京催军食，回至银州十数里，日暮，忽风砂陡暗，行李不得，遂入道傍空屋中，籍地将宿。既夜，忽见左右皆有赤光，仰视空中，见軿辎车绣屋中，有一美女，坐床垂足，自天而下，俯视。子仪拜祝云："今七月七日，必是织女降临，愿赐长寿富贵。"女笑曰："大富贵，亦寿考。"言讫，冉冉升天，犹正视子仪。良久而隐。子仪后立功贵盛，威望烜赫。大历初，镇河中，疾甚，三军忧惧。子仪请御医及幕宾王延昌、孙宿、赵惠伯、严郢等曰："吾此疾自知未到衰殒。"因话所遇之事，众称贺忻悦。其后拜太尉、尚书令、尚父，年九十而薨。（出《神仙感遇传》）

来，痛哭流涕，向道士拜谢。第二天道士告别离开时，李林甫送给他很多金帛，道士一律不收，只是挥挥手说："你要多加努力啊，六百年后，我还能再见到相公。"说完走出门就消失不见了，不知去了哪里。此前，安禄山曾供养过几个修道的方士，他问道士们："我面对天子时，也不曾害怕，只是一看见李相公，就有种无地自容的感觉，这是怎么一回事呢？"道士说："您有五百个阴间的鬼卒，这些鬼卒个个铜头铁额，常在您身边保护，怎会这样呢？能否想办法让我们见见李林甫？"安禄山就故意邀请李林甫到宅中赴宴，暗中让道士在帘后偷偷观察。李林甫走后，道士对安禄山说："真是奇事，我初次见到李相公时，见他身边有个穿青衣的童子，捧着香炉走进府中，您的那些仆射侍卫、铜头铁额的鬼卒都吓得穿屋跳墙，四散而逃。我也不知是何缘故。大概李林甫是暂时被贬谪到人间的神仙吧！"（出《逸史》）

郭子仪

郭子仪，华州人。起初在沙漠边塞从军，后来因到京城催要军饷，走到离银州还有十几里的地方。到了晚上，忽然来了风暴，飞沙走石天昏地暗，行人不能够赶路。于是他便躲到路旁一间空屋中，打地铺住下。这天夜里，忽见房子左右都现出红光，抬头看天空，只见空中有一辆带有帷盖的华丽车子，车内坐着一位美丽的女子。那女子坐在床上双足垂下，慢慢自天而降，俯瞰地面。郭子仪急忙跪拜行礼许愿说："今天是七月初七，定是天上的织女降临了，愿您赐给我长寿和富贵吧！"女子笑着说："你命中定能得到大富大贵，也能长寿。"说罢，女子和车子又缓缓升上天空，那女子还一直看着郭子仪。过了很久才消失不见。郭子仪后来因为战功卓著而官居高位大富大贵，威名显赫。唐代宗大历初年，郭子仪镇守河中，得了重症，三军部下十分忧虑恐惧，郭子仪就请来御医和他的幕僚王延昌、孙宿、赵惠伯、严郢等人，对他们说："我这病虽然严重，但我自己知道还不至于因此殒命。"接着就把曾在银州遇到织女的事和他们说了，大家这才开心起来，向他祝贺。后来郭子仪官至太尉（最高军事

韩 滉

唐宰相韩滉，廉问浙西，颇强悍自负，常有不轨之志。一旦有商客李顺，泊船于京口堰下，夜深碇断，漂船不知所止。及明，泊一山下。风波稍定，上岸寻求。微有鸟径，行五六里，见一人乌巾，岸帻古服，与常有异。相引登山，诣一宫阙，台阁华丽，迨非人间。入门数重，庭除甚广。望殿遥拜，有人自帘中出，语之曰："欲寓金陵韩公一书，无讶相劳也。"则出书一函，拜而受之。赞者引出门，送至舟所。因问赞者曰："此为何处也？恐韩公诘问，又是何人致书？"答曰："此东海广桑山也，是鲁国宣父仲尼，得道为真官，理于此山。韩公即仲由也，性强自恃。夫子恐其掇刑网，致书以谕之。"言讫别去。李顺却还舟中，有一使者戒舟中人曰："安坐，勿惊惧，不得顾船外，逡巡则达旧所。若违此戒，必致倾覆。"舟中人皆如其言，不敢顾视。舟行如飞，顷之，复在京口堰下。不知所行几千万里也，既而诣衙，投所得之书。韩公发函视之，古文九字，皆科斗之书，了不可识。诘问其由，深以为异，拘縶李顺，以为妖妄，欲加严刑。复博访能篆籀之人数辈，皆不能辨。有一客庞眉古服，自诣宾位，言善识古文。韩公见，以书示之。客捧书于顶，再拜贺曰："此孔宣父之书，乃夏禹科斗文也，文曰：'告韩滉，谨臣节，勿妄动。'"公异礼加敬，客出门，不知所止。韩惨然默坐，良久了然，自忆广桑之事，以为非远，厚礼遣谢李顺。自是恭默谦谨，克保终始焉。（出《神仙感遇传》）

统帅)、尚书令(宰相),被皇帝尊称为“尚父”,活到九十岁才去世。(出《神仙感遇传》)

韩滉

唐德宗时担任宰相的韩滉,到浙西查访。韩滉为人强横自负,常有图谋不轨之心。一次,一个叫李顺的客商把船停靠在京口的堤坝下,半夜时,一阵大风把码头上拴在石墩上的船缆给刮断了,船在江上漂流,不知漂向何方。天亮后,李顺走出船舱一看,只见船停在一座山下。这时水上风波稍微减弱,李顺就上岸看看这里是什么地方。他沿着一条狭窄难行的小路走了五六里地,遇见一位系着黑头巾的人。那人把头巾戴得很高,露出额头,身穿古代人的服饰,穿着与常人不同。那人带领李顺登山,到了一座宫殿前,只见楼台殿阁都十分华丽,不像是人间所有。二人进了好几道宫门,里面的庭院十分宽敞。那人望着大殿远远地行礼朝拜后,有人掀开帘子从大殿中走了出来,对李顺说:“想请您给金陵的韩滉先生捎封信,还请您不要见怪,劳烦了!”说罢拿出一封信,李顺行礼后收下。领他来的人又把他领了出去,将他送回到船只停泊的地方。李顺就问那个带路人:“这是什么地方?我怕韩滉先生会追问,又是谁给他写的信呢?”带路人答道:“这里是东海的广桑山,当年鲁国的宣父仲尼(即孔子,名丘,字仲尼,唐贞观十一年下诏尊孔子为宣父)得道成了有官职的仙人,就由他管理这广桑山。韩滉,就是他的弟子仲由(即子路)转世到人间的。韩滉性情刚烈,颇为自负,孔夫子怕他在人间犯错而落入法网,所以写了这封信来晓谕他。”说罢领路人就告辞离开了。李顺回到自己船上,这时有位仙界使者告诫船里的人说:“大家都好好坐着,不要害怕,千万不要向船外看,很快就会回到你们来的地方。若有人违反规定,必会招来翻船的祸患!”船里人都谨记那使者说的话,不敢向船外看,只觉得船速很快,像在空中飞行一般。过了片刻,就回到了京口堤坝下,也不知这船究竟走了几千几万里。随后李顺来到韩滉的府衙,把信呈给韩滉。韩滉打开信一看,上面只有九个古文,都是古代使用的蝌蚪文,根本不认识写的什么。韩滉追

问李顺到底是怎么回事，李顺就说了去广桑仙山的经过。韩滉深感此事怪异，就把李顺羁押起来，认为他在妖言惑众，打算严刑拷问。后来韩滉拜访了很多懂得篆体字、籀体字的人，都不能认出那几个字。这时有一位黑白杂色眉毛，身穿古代服饰的人自己来到韩滉门客中，说自己识得古文。韩滉接见了他，把那封信拿给他看。那人看完信后，立刻把信捧过头顶，再次向韩滉叩拜，祝贺道："这是宣父孔夫子的信，所书文字乃是夏禹时期的蝌蚪文，这九个字写的是：'告韩滉，谨臣节，勿妄动（大意是：告诫韩滉，要谨慎遵守臣子的本分，不可轻举妄动）。'"韩滉格外郑重地向那客人行了礼，对他更加尊敬了，客人出门后，便不知去了哪里。韩滉闷闷不乐地静坐着，过了很久才恍然大悟，想起自己在广桑山上当神仙的事，时间并不久远。于是准备丰厚的礼物重谢了李顺。从此韩滉变得谦虚恭谨，恪尽职守，始终保持着自己的初心。（出《神仙感遇传》）

卷第二十　神仙二十

阴隐客　谭　宜　王可交　杨通幽

阴隐客

唐神龙元年，房州竹山县百姓阴隐客，家富。庄后穿井二年，已浚一千余尺而无水，隐客穿凿之志不辍。二年外一月余，工人忽闻地中鸡犬鸟雀声，更凿数尺，傍通一石穴，工人乃入穴探之。初数十步无所见，但扪壁傍行。俄转有如日月之光，遂下，其穴下连一山峰，工人乃下山，正立而视，则别一天地日月世界。其山傍向万仞，千岩万壑，莫非灵景。石尽碧琉璃色，每岩壑中，皆有金银宫阙。有大树，身如竹有节，叶如芭蕉，又有紫花如盘。五色蛱蝶，翅大如扇，翔舞花间。五色鸟大如鹤，翱翔树杪。每岩中有清泉一眼，色如镜；白泉一眼，白如乳。工人渐下至宫阙所，欲入询问。行至阙前，见牌上署曰：天桂山宫。以银字书之。门两阁内，各有一人惊出。各长五尺余，童颜如玉，衣服轻细，如白雾绿烟，绛唇皓齿，须发如青丝，首冠金冠而跣足。顾谓工人曰："汝胡为至此？"工人具陈本末。言未毕，门中有数十人出云："怪有昏浊气。"令责守门者。二人惶惧而言曰："有外界工人，不意而到，询问途次，所以未奏。"须臾，有绯衣一人传敕曰："敕门吏礼而遣之。"工人拜谢未毕，门人曰："汝已至此，何不求游览毕而返？"工人曰："向者未敢，傥赐从容，乞乘便言之。"门人遂通一玉简入，旋而玉简却出，门人执之。引工人行至清泉眼，令洗浴及浣衣服，又至白泉眼，令盥漱之。味如乳，甘美甚，连饮数掬，似醉而饱。遂为门人引下山。每至宫阙，只得于门外，而不许入。

阴隐客

唐中宗神龙元年，房州竹山县有个百姓名叫阴隐客，家里很富有。他在自家田庄的后面打井，打了两年挖地一千多尺仍然没有水，但他想要打井的想法却一直没放弃。又过了一个多月，打井工人忽然听到地下有鸡狗和鸟雀的叫声，再往下凿了几尺，井壁与一个石洞连通上了，工人就进到石洞内探索。起初走了几十步什么也没看见，只是摸着石壁侧身通过。过了一会儿，工人在石洞转弯处忽然看见如日月般的亮光，接着往下走，石洞下连着一座山峰，工人就从洞口下了山，身子站直了一看，竟来到另一个有天地日月的世界。山峰一侧高达万仞，其中千山万谷，全是仙界模样。山中的岩石都是碧绿的琉璃色，每道山谷中都有用金银筑成的宫殿。山中还有大树，树干就像竹子一样有节，树叶有如芭蕉叶，还盛开着盘子一样大的紫花。又有很多五色蛱蝶，翅膀都像扇子一样大，在花间上下飞舞。还有像仙鹤一样大的五色鸟，在树梢间自由翱翔。每条岩缝中都有一眼清泉，清澈如镜，还有一眼白泉，泉水纯白像乳。工人渐渐下山来到一座宫殿前，想进入打听一下这是什么地方。等走到宫门前的两侧楼前，见门上挂着一块匾，上写“天桂山宫”四个银字。这时，宫门两侧的楼阁中各跑出来一个人，神色很惊讶。这两个人都身高五尺多，面容像孩童一样光洁如玉，身上所穿衣服轻巧纤细，像一股白雾绿烟一样环绕身边，红唇白齿，头发胡子都还是黑色的，头上戴着金冠，但却光着脚。他俩看着工人问道：“你怎么到了这里？”工人就详细说了他来这儿的经过，还没说完，宫门中又涌出来好几十人，说道：“难怪这里有一股昏浊的气息。”并责备那两个守宫门的人。两个守门人惶恐地辩解说：“有外界的工人，无意之中闯入这里，向我们询问道路，所以才没有奏报。”不一会儿，有个穿红衣的人来传帝王的命如是经行半日，至山趾，有一国城。皆是金银珉玉为宫室城楼，以玉字题云：梯仙国。工人询于门人曰："此国何如？"门人曰："此皆诸仙初得仙者，关送此国，修行七十万日，然后得至诸天，或玉京蓬莱、昆阆姑射。然方得仙宫职位，主箓主印，飞行自在。"工人曰："既是仙国，何在吾国之下界？"门人曰："吾此国是下界之上仙国也，汝国之上，还有仙国如吾国，亦曰'梯仙国'，一无所异。"言毕，谓工人曰："卿可归矣。"遂却上山，寻旧路，又令饮白泉数掬。临至山顶求穴，门人曰："汝来此虽顷刻，人间已数十年矣，却出旧穴，应不可矣。待吾奏请通天关钥匙送卿归。"工人拜谢。须臾，门人携金印及玉简，又引工人别路而上。至一大门，势侔楼阁，门有数人，俯伏而候。门人示金印，读玉简，划然开门。门人引工人上，才入门，为风云拥而去，因无所睹，唯闻门人云："好去，为吾致意于赤城贞伯。"须臾云开，已在房州北三十里孤星山顶洞中。出后，询阴隐客家，时人云："已三四世矣。"开井之由，皆不能知。工人自寻其路，唯见一巨坑，乃崩井之所为也。时贞元七年矣。工人寻觅家人，了不知处。自后不乐人间，遂不食五谷，信足而行。数年后，有人于剑阁鸡冠山侧近逢之，后莫知所在。（出《博异志》）

令，说道："命令门官对工人要以礼相待，然后把他遣送回去吧。"工人还未行完礼拜谢，这时门官说："你既然已经到这里来了，为什么不请求在这里游览一番之后再回去呢？"工人说："我刚才没敢提出这个想法。如果您方便的话，就恳求您替我多说几句好话吧。"门官就往宫门里递进去一支玉简，不久玉简就传了出来，门官拿到玉简后，就带领工人到一口清泉前，让他洗澡以及洗衣服，然后又带领他到一口白泉前，让他洗脸漱口。工人漱口时，觉得那白泉水味道像牛奶一样，十分甘甜，就用手捧起泉水喝了好几捧，感到又像喝醉了又像喝饱了。于是门官就领他下山，每到一处宫殿，都只准在门口，而不允许进去。

就这样走了半天，来到山脚下，看见有一个都城，都城中的宫殿城楼都是用金银或美玉建造的，城门上用美玉镶嵌着三个大字"梯仙国"。工人询问门官道："'梯仙国'是怎么一回事？"门官说："凡是刚成仙的仙人，就送来这'梯仙国'中，然后在这里修行七十万天，才能飞升到诸天之上，有的到三十二位天帝所住的玉京，有的到蓬莱仙洲，有的到神仙聚居的昆仑阆苑，有的到神女们居住的姑射山。这样才能得到仙界的官位，被授予符命和官印，就能够自由自在地在天宫飞翔了。"工人又问道："既然这里是仙国，为什么会在我们人世所建立的国家的下面呢？"门官说："我这里只是下界的上仙国，在你们国家的上面，还有一个仙国和这里一模一样，也叫'梯仙国'，和这里没有一点不同。"门官说完后，就对工人说道："你可以结束游览回家了。"然后又领着他上山，找到下山时走过的路，又让他喝了几捧白泉水。等到了山顶，工人寻找他来时的洞穴，门官说："你虽然来到这里只有不大一会儿，但人间已经过去好几十年了，再从你来时的旧洞穴出去，应该已经走不通了。等我向上面奏请为你要来通天关的钥匙，然后再送你回去。"工人连忙行礼拜谢。不一会儿，门官拿着金印和玉简回来，又领着工人从另外一条路上山，来到一扇大门前，门和楼阁一样高广，门内有几个人都跪在地上等候他们，门官出示了金印，宣读了玉简上写的命令，忽然门就自动打开了。门官领着工人向上走去，才刚一进门，工人就感觉身子像腾云驾雾

谭宜

谭宜者，陵州民叔皮子也，开元末年生。生而有异，堕地能言。数岁之中，身逾六尺，髭鬓风骨，不与常儿同。不饮不食，行及奔马。二十余岁，忽失所在，远近异之，以为神人也。至是父母思念，乡里追立庙以祀之。大历元年丙午，忽然到家，即霞冠羽衣，真仙流也。白父母曰："儿为仙官，不当久有人世。虽父母忆念，又不宜作此祠庙，恐物所凭，妄作威福，以害于人，请为毁之。庙基之下，昔藏黄金甚多，撤庙之后，凿地取金，可以分济贫民，散遗乡里矣。"言讫，腾空而去。如其言，毁庙掘地，皆得金焉。所掘之处，灵泉涌出，澄澈异常，积雨不加，至旱不减。郡邑祷祝，必有灵应，因名"谭子池"，亦谓之"天池"。进士周郭籓，为诗以记其事曰："澄水一百步，世名谭子池。余诘陵阳叟，此池当因谁？父老谓余说，本郡谭叔皮。开元末年中，生子字阿宜。坠地便能语，九岁多须眉。不饮亦不食，未尝言渴饥。十五能行走，快马不能追。二十入山林，一去无还期。父母忆念深，乡闾为立祠。大历元年春，此儿忽来归。头冠簪凤凰，身着霓裳衣。普遍拯疲俗，丁宁告一般飞起来，一时间什么也看不见了，只听见门官在身后喊：“祝你一路平安，替我问候赤城的贞伯！”不一会儿云开雾散，工人发现自己已经在房州北面三十里外的孤星山山顶中的一个山洞中。他走出山洞以后，就去询问阴隐客家的位置，人们告诉他：“现在已经过去三四代人了。”工人向别人讲述他为阴隐客家打井的事，当时的人谁都不知道这件事了。工人就自己寻找到阴隐客家的路，只见一处很大的深坑，原来是之前深井崩塌造成的。这时已经是唐德宗贞元七年了。工人想要寻找自己的家人也不知道在什么地方。从此以后，工人再也不愿在人世享乐，就不吃五谷绝食修行，悠闲地随意旅行。几年后，有人在四川峨嵋山剑阁旁边的鸡冠山附近遇见过他，后来就不知道他去哪里了。（出《博异志》）

谭宜

谭宜是陵州人谭叔皮的儿子，唐玄宗开元末年出生。他一出生就和别的孩子不一样，出生后就会说话。几年之内，身高就长到了六尺，鬓角胡须都透露出他坚强不屈的风骨，和一般的孩子不一样。他不吃饭不喝水，走起路来能追上奔跑的马。等到谭宜二十多岁时，忽然就失踪了，远近的人们听说了都十分惊奇，认为他是个神仙。因为他的父母十分想念他，乡亲们为了追思他建了庙宇，用来祭祀供奉他。唐代宗大历元年丙午月时，谭宜突然回到家里，身上穿着羽毛做的道服，头上戴着绣有云霞图案的道冠，一看真是一位神仙啊。他对父母说：“儿子身为一名仙官，不能在人世久留。虽然父母想念儿子是可以理解的，但乡亲们不该为我建造祠庙，我担心这庙宇被妖魔鬼怪所窃据，恣肆妄为作威作福，用来祸害乡亲们，所以请乡亲们把庙拆毁了吧。在庙宇的地基之下，我过去埋藏着不少黄金，拆了庙后，凿开地面挖出金子，可以救济穷苦的人们，请把它们散给乡里乡亲吧。”说罢，谭宜就腾空飞走了。于是乡亲们按照他所说的话拆毁了庙宇挖开地基，果然挖出了金子，大家都分到了。所挖金子的地方涌出一汪灵泉，泉水非常清澈，下雨后泉水不涨，大旱时泉水也不干涸。郡邑的乡亲们到这口灵泉前祷告祝愿，都一定会灵验，于是就把亲知。余为神仙官，下界不可祈。恐为妖魅假，不如早平夷。此有黄金藏，镇在兹庙基。发掘散生聚，可以救贫羸。金出继灵泉，湛若清琉璃。泓澄表符瑞，水旱无竭时。言讫辞冲虚，杳霭上玄微。凡情留不得，攀望众号悲。寻禀神仙诫，彻庙劚开窥。果获无穷宝，均融沾困危。巨源出岭顶，喷涌世间稀。异境流千古，终年福四维。”（出《仙传拾遗》）

王可交

王可交，苏州昆山人也，以耕钓自业，居于松江南赵屯村。年三十余，莫知有真道。常取大鱼，自喜以槌击杀，煮之，捣蒜韭以食，常谓乐无以及。一旦棹渔舟，方击楫高歌入江，行数里间，忽见一彩画花舫，漾于中流。有道士七人，皆年少，玉冠霞帔，服色各异，侍从十余人，总角云鬟。又四人黄衣，乘舫。一人呼可交以姓名，方惊异，不觉渔舟已近舫侧。一道士令总角引可交上舫，见七人面前，各有青玉盘酒器果子，皆莹彻有光，可交莫识。又有女妓十余人，悉持乐器。可交远立于筵末，遍拜。七人共视可交，一人曰：“好骨相，合仙，生于凡贱，眉间已灸破矣。”一人曰：“与酒吃。”侍者泻酒，而樽中酒再三泻之不出，侍者具以告。道士曰：“酒是灵物，必得入口，当换其骨。泻之不出，亦乃命也。”一人又曰：“与栗吃。”俄一人于筵上取二栗，付侍者与可交，令便吃。视之，其栗青赤，光如枣，长二寸许，啮之有皮，非人间之栗，肉脆而甘如饴，久之食方尽。一人曰：“王可交已见之矣，可令去。”命一这口灵泉叫“谭子池”，也被叫作“天池”。当时，有位进士叫周郭籓，写了一首诗来记述这件事：“澄水一百步，世名谭子池。余诘陵阳叟，此池当因谁？父老谓余说，本郡谭叔皮。开元末年中，生子字阿宜。坠地便能语，九岁多须眉。不饮亦不食，未尝言渴饥。十五能行走，快马不能追。二十入山林，一去无还期。父母忆念深，乡间为立祠。大历元年春，此儿忽来归。头冠簪凤凰，身着霓裳衣。普遍拯疲俗，丁宁告亲知。余为神仙官，下界不可祈。恐为妖魅假，不如早平夷。此有黄金藏，镇在兹庙基。发掘散生聚，可以救贫羸。金出继灵泉，湛若清琉璃。泓澄表符瑞，水旱无竭时。言讫辞冲虚，杳霭上玄微。凡情留不得，攀望众号悲。寻禀神仙诫，彻庙斸（音zhú，挖掘）开窥。果获无穷宝，均融沾困危。巨源出岭顶，喷涌世间稀。异境流千古，终年福四维。”（出《仙传拾遗》）

王可交

王可交是苏州府昆山县人，靠耕地、打鱼来养活自己，他住在松江南岸的赵屯村，已经三十多岁了，还不知道有修道成仙的事。他常常能钓到大鱼，内心非常高兴，用木槌把大鱼打死，炖熟然后蘸上舂碎的蒜泥韭酱吃，并对别人说世上再也没有比吃炖鱼更快乐的事了。有一天，他划着渔船，拍着船桨唱着歌在江里捕鱼。他走了几里，忽然看见江中有一艘用彩画装饰的华丽画舫，漂在水流的中央，船里坐着七位道士，看起来都非常年轻，头戴镶嵌着宝玉的道冠，身披绣有云霞图案的道袍，每个人衣服的款式颜色都不相同。他们周围有十几个侍从，都是童男童女，男孩的头发梳成两个抓髻，女孩的头发梳成云鬟样式。还有四个穿黄衣的人，也都乘着船。这时，船上有个道士大喊王可交的名字，王可交正在惊讶中，不知不觉自己的船已经自动靠在了道士的画舫旁了。另一个道士让小僮领着王可交上了画舫，只见七位道士的面前都摆着青玉盘，上面有各种酒器、果子，各种器具都晶莹剔透闪着光，王可交都不知道这些器具是用什么制成的。还有十几个乐妓，全部都拿着乐器。王可交远远站在筵席的末端向每个道士一一下拜行礼。七位道士都看向他，仔细打黄衣送上岸。于船边觅所乘渔舟不见，黄衣曰：“不必渔舟，但合眼自到。”于是合眼，若风水林木浩浩之声。令开眼，已到，失黄衣所在，但见峰峦重叠，松柏参天，坐于草中石上。及望见有门楼，人出入。俄顷采樵者并僧十余人到，问可交何人，可交具以前事对。又问何日离家，可交曰：“今日早离家。”又问今日是何日，对是三月三日。樵者与僧惊：“今日是九月九，去三月三日已半年余。”可交问地是何所，僧曰：“此是天台山瀑布寺前也。”又问此去华亭多少地，僧曰：“水陆千余里。”可交自讶不已。乃为僧邀归寺，设食，可交但言饱，不喜闻食气，唯饮水耳。众僧审问，极异之，乃以状白唐兴县，以达台州，以闻。越州廉使王沨素奉道，召之见，极以为非常之事，神仙变化不可测也。可交身长七尺余，仪貌殊异，言语清爽。沨叹曰：“此诚真仙人也。”又以同姓，益敬之，饰以道服。而遣人至苏州，以诘其实。具言三月三日，可交乘渔舟入江不归，家人寻得渔舫，谓堕江死，漉之无迹，妻子以招魂葬讫。王沨具以表闻，诏甚称异。

量着，一位道士说："此人骨相很好，合该成仙，只是他生在平凡卑贱的人世，由于生病针灸，眉间印堂已经被刺破了。"另一个道士说："赐给他些酒喝吧。"一名侍者就为王可交倒酒，然而酒壶中的酒倒了好几次都倒不出来，侍者就详细报告给道士。道士说："这酒是仙酒，也是有灵气的，他应当把凡人的骨头换掉才能喝得了这酒。酒倒不出来，这也因为他命中不该喝这仙酒。"又一个道士说："赐给他些栗子吃吧。"马上一位道士就从酒席上拿了两个栗子递给侍者，侍者又把栗子递给王可交让他吃。王可交看那栗子，颜色是黑红色，外表像枣子那样光滑，长二寸多，咬上去有皮，不像是人间的栗子，栗肉吃起来十分脆爽，味道像糖一样甜，过了好半天才把两个栗子吃完。这时一个道士说："我们已经和王可交见过面了，可以让他回去了。"说罢就让一个穿黄衣的侍者把王可交送回岸上。王可交在画舫边到处找自己的渔船却没找到，黄衣侍者说："不必乘坐渔船，只要你一闭上眼就到了。"王可交就闭上眼睛，觉得耳边响起了风声、水声和树林呼呼作响声。黄衣侍者让他睁开眼睛，他发现自己已经回来了，那黄衣侍者也不见了。只见四周是连绵的山峰重重叠叠和参天的松树柏树，他坐在草丛中的一块石头上，看到不远处有一个门楼，还有人进进出出。不一会儿，打柴的樵夫和僧人约十几个人来到王可交面前，问他是什么人，他就把之前的事情详细说了。那些人又问他是什么时候离开家的，他回答说："是今天早上离开的。"那些人又追问王可交今天是几月几日，王可交回答说是三月初三。樵夫和僧人都大吃一惊，说："今天是九月初九，离三月初三已经过去半年多了！"王可交问这里是什么地方，一位僧人说："这里是天台山的瀑布寺门前啊。"王可交又问这里离华亭有多少里，僧人说："水路陆路加起来有一千多里。"王可交内心十分惊讶。于是那僧人邀请他一起回庙里休息，并给他准备饭菜，王可交却说一点都不饿，不喜闻到食物味，只是喝了点水。僧人们都围着他仔细询问，都感到十分惊奇，就把这事报告给了唐兴县衙门并上报到了台州。越州的廉使王沨一向尊奉修道的人，就召见了王可交。听王可交讲述完以后，觉得这是很不寻常的事，认为神仙的变化是常人不可预测的。王可交身高七后可交却归乡里，备话历历，及与乡人到江上，指所逢花船之处依然。可交食栗后，已绝谷，动静若有神助。不复耕钓，乃挈妻子往四明山。二十余年，复出明州卖药，使人沽酒，得钱但施于人。时言药则壶公所授，酒则余杭阿母。相传药极去疾，酒甚醉人。明州里巷，皆言王仙人药酒，世间不及。道俗多图其形像，有患痁及邪魅者，图于其侧即愈。后三十余年，却入四明山，不复出，今人时有见之者。（出《续神仙传》）

杨通幽

杨通幽，本名什伍，广汉什邡人。幼遇道士，教以檄召之术，受三皇天文，役命鬼神，无不立应。驱毒厉，剪氛邪，禳水旱，致风雨，是皆能之，而木讷疏傲，不拘于俗。其术数变异，远近称之。

玄宗幸蜀，自马嵬之后，属念贵妃，往往辍食忘寐。近侍之臣，密令求访方士，冀少安圣虑。或云："杨什伍有考召之法。"征尺多，仪表和寻常人很不同，言语谈吐也很清雅豪爽。王沨感叹说："王可交真是位神仙啊！"王沨又因为王可交和自己同姓，便对他更加敬重，并给他穿上道士的衣裳。后来王沨就派人到苏州去，核实王可交所说的事，人们都说在三月初三，王可交乘坐着渔船到江中打鱼再也没回来，他的家人只找到了他的渔船，都认为他一定是落入江中淹死了，想要打捞他的尸体却找不到踪迹，他的妻儿只好为他办了招魂的仪式和丧礼。王沨证实了一切属实后就向皇帝禀报这件事，皇帝也表示确实惊奇。

后来王可交回到他的故乡，把事情经过都对乡亲们详细说了，并领着乡亲们到江上，指出他遇见画舫和仙人的地方。王可交自从吃了神仙给他的栗子后，就绝谷再也不吃饭了，一举一动都仿佛有神灵在佑护帮助。他不再耕种打鱼，于是带着妻儿进入了四明山。二十多年后，王可交再次出现到明州卖药，让人帮着卖酒，把所得到的钱全都施舍给穷人。当时人们都说王可交卖的药是壶公所传授的仙药，酒则是余杭阿母所传授的。人们都互相传说这药能治好所有疾病，这酒一喝就醉。在明州的胡同小巷里，人们都说王仙人的药和酒，世间无人能及。不管是修道的人还是世俗的人都画有他的画像。有时人们患了疾病或家里有邪祟害人，就画一张王可交的画像贴身边，立刻就能痊愈。三十多年后，王可交又进入了四明山，再也没出现，现在人们还能时不时见到他。（出《续神仙传》）

杨通幽

杨通幽，本名杨什伍，是广汉郡什邡县人。他小时候遇到过一个道士，教给他用檄文召鬼神的法术，授予他三皇（指伏羲、神农、黄帝）的天书，用这天书可以役使和命令鬼神，没有一个鬼神不立刻回应。他驱散毒瘴瘟疫，祛除妖氛邪气，消除水灾旱灾，招致狂风暴雨无所不能。杨什伍为人质朴，不善辞令，粗疏傲慢，不拘泥于世间凡俗，他的道术能够造成奇怪的自然现象，远近闻名。

唐玄宗李隆基由于安史之乱逃出长安临幸四川，自从杨贵妃死在马嵬坡后，就时刻挂念着贵妃，常常苦闷得吃不下饭睡不着觉。于是至行朝。上问其事，对曰："虽天上地下，冥寞之中，鬼神之内，皆可历而求之。"上大悦，于内置场，以行其术。是夕奏曰："已于九地之下，鬼神之中，遍加搜访，不知其所。"上曰："妃子当不坠于鬼神之伍矣。"二日夜，又奏曰："九天之上，星辰日月之间，虚空杳冥之际，亦遍寻访而不知其处。"上悄然不怿曰："未归天，复何之矣？"炷香冥烛，弥加恳至。三日夜，又奏曰："于人寰之中，山川岳渎祠庙之内，十洲三岛江海之间，亦遍求访，莫知其所。后于东海之上，蓬莱之顶，南宫西庑。有群仙所居，上元女仙太真者，即贵妃也。谓什伍曰：'我太上侍女，隶上元宫。圣上太阳朱宫真人，偶以宿缘世念，其愿颇重，圣上降居于世，我谪于人间，以为侍卫耳。此后一纪，自当相见，愿善保圣体，无复意念也。'乃取开元中所赐金钗钿合各半，玉龟子一，寄以为信，曰：'圣上见此，自当醒忆矣。'言讫流涕而别。"什伍以此物进之，上潸然良久。乃曰："师升天入地，通幽达冥，真得道神仙之士也。"手笔赐名"通幽"，赐物千段，金银各千两，良田五千亩，紫霞帔、白玉简，特加礼异。

暇日问其所受之道，曰："臣师乃西城王君青城真人，昔于唐明皇身边的近侍大臣就秘密求访道术高明的方士，希望能够稍微解除一点皇上内心的痛苦忧伤。有人告诉唐玄宗说："杨什伍学有召唤役使鬼神的法术。"于是就把他召到唐明皇的四川行宫中。唐明皇问杨什伍会什么道术，是否确有其事，杨什伍回答说："不管是天上的仙界、地下的地府，死亡之后不论去了哪里，哪怕是鬼神之中，我都能遍加寻找，最后找到她的下落！"唐明皇听了非常高兴，命令在行宫内设了道场神坛，供杨什伍施展道术寻找杨贵妃。当天晚上，杨什伍就向唐明皇禀报说："我已经在九地之下，阴曹地府的鬼神之中，到处搜索寻访，那里没有贵妃的踪迹。"唐明皇说："爱妃应当不会坠入到阴曹与鬼神为伍的。"第二天夜里，杨什伍又禀报说："我去了九重天界之上，在日月星辰之间，虚空幽暗之中，还是到处搜索寻访，仍然没找到贵妃的踪迹。"唐明皇独自忧愁，不悦地说："她也不在天上，能够去哪里了呢？"然后点燃了香火和灯烛，更加恳切地寻求杨贵妃的下落。第三天夜里，杨什伍又禀报说："我又在人间之中，在山川河流、五岳四渎、寺庙道观之中，十洲三岛江海之间，仍然到处搜索寻访，没有找到贵妃的踪迹。后来，我在东海之上的蓬莱之顶，南面仙宫的西廊屋之中有所发现。这里是群仙居住的地方，里面有一位上元女仙名叫太真，这位太真女仙就是贵妃。贵妃对我说：'我原本是天帝的侍女，隶属于上元宫。圣上本来是太阳朱宫真人，由于他有了很重的凡念，天帝才让他下凡到人世，我也被贬到人间，被命令随行侍奉护卫他。再过十二年，我们自会相见，希望陛下多多妥善保重圣体，不要再过分思念我了。'说罢，贵妃娘娘就取出陛下在开元年间赐给她的金钗和钿盒各取一半，还有一只玉龟子，托我把它们当作信物，她说：'陛下见了这几件信物，就应当能醒悟过来。'说完后，她就流着泪和我告别了。"杨什伍禀报后就把杨贵妃给他的那几样信物呈给唐明皇，明皇睹物思情，潸然泪下，过了很久。唐明皇对杨什伍说："道长你能够升天入地，通达仙界冥府，真是一位得道的神仙啊！"唐玄宗就提笔赐名"通幽"，赐给他锦缎千匹，金银各一千两，良田五千亩，还赐给他紫霞样式的披肩和白玉笏板，对他特别礼遇。

后来唐明皇在闲暇时问杨什伍所学的道术的事，杨什伍回答说：

后城山中，教以召命之术曰：‘可以辅赞太平之君，然后方得飞升之道。’戒以护气希言，目不妄视，绝声利，远嚣尘，则可以凌三界，登太清矣。”又问升天入地，何门而往，何所为碍。曰：“得道之人，入火不爇，入水不濡，蹑虚如履实，触实如蹈虚。虽九地之厚，巨海之广，八极之远，万方之大，应念倏忽，何所拘滞乎。其所以然者，形与道合。道无不在，毫芒之细，万物之众，道皆居之。”上善其对。居数载，乃登后城山，葺静室于其顶，时还其家。门人言天真累降于静室。一旦与群真俱去。（出《仙传拾遗》）

“臣的老师是西城王君青城真人。当年在后城山中，教给我召唤命令鬼神的法术，并对我说：‘可以辅佐太平盛世的皇帝，然后才能得到飞升成仙的方法。’老师告诫我要养护真气，沉默少言，目不乱视，断绝对名利的追求，远离纷扰的人世，这样就可以凌驾于天、地、人三界之上，升入太清仙界了。”唐明皇又问他有关升天入地的情况，有什么途径能够做到，有什么东西阻碍修炼。杨什伍说：“修炼得道的人，进入火中不怕烧，进入水中不湿衣，脚踏虚空像踩在实地上，接触实地又像踩在虚空中。哪怕像九地那么厚的土地，像大海那么宽广的间隔，像八方那样遥远的距离，像万国那样巨大的范围，这些我一念之间就可以到达，哪有什么可以阻挡我的呢？我之所以能这样，是因为我的形和道完全合二为一了。道无所不在，从毫毛麦芒的细尖之上，到世间万物之中，全都有道在其中。”唐明皇非常赞赏他的回答。杨什伍宫里住了几年后，就登上后城山，在山顶上盖了一间专门修炼道术的静室，有时也会回家看看。他的弟子说天上的仙人常常降临到他的静室。有一天早上，杨什伍和一群神仙一同飞升离去了。（出《仙传拾遗》）

卷第二十一　神仙二十一

孙思邈　司马承祯　尹　君

孙思邈

孙思邈，雍州华原人也。七岁就学，日诵千余言。弱冠，善谈庄老及百家之说，亦好释典。洛阳总管独孤信，见而叹曰："此圣童也，但恨其器大识小，难为用也。"后周宣帝时，思邈以王室多故，遂隐居太白山。隋文帝辅政，征为国子博士，称疾不起。常谓所亲曰："过是五十年，当有圣人出，吾方助之以济人。"及唐太宗即位，召诣京师，嗟其容色甚少。谓曰："故知有道者诚可尊重，羡门、广成，岂虚言哉。"将授以爵位，固辞不受。唐显庆四年，高宗召见，拜谏议大夫，又固辞不受。上元元年，辞疾请归，特赐良马及鄱阳公主邑司以居焉。当时名士，如宋之问、孟诜、卢照邻等，皆执师弟之礼以事焉。

思邈尝从幸九成宫。照邻病，留在其宅，时庭前有大梨树，照邻为之赋。其序曰："癸酉之岁，余卧疾长安光德坊之官舍，户老云，是鄱阳公主邑司，昔公主未嫁而卒，故其邑废。时有处士孙思邈，道洽古今，学殚数术，高谈正一，则古之蒙庄子。深入不二，则今之维摩诘。至于推步甲乙，度量乾坤，则洛下闳、安期先生之俦也。自云开皇辛酉岁生，年九十三矣。察之乡里，咸云数百岁。又共话周齐间事，历历如目见。以此参之，不啻百岁人矣。然犹视听不衰，神彩甚茂，可谓古之聪明博达不死者也。"时照邻有盛名，

孙思邈

孙思邈是雍州华原县人。他七岁上学，每天能背诵一千多字。他到了成年之后，喜欢谈论《庄子》《老子》以及百家的学说，也喜欢谈论佛经。洛阳总管独孤信，见了他之后感叹地说："这是一个神童啊，但遗憾的是他器量大见识小，难以任用。"后周（又称北周）宣帝的时候，孙思邈因为王室常发生许多变故，就隐居在太白山里。到了隋文帝辅佐北周时期，征召他做国子博士，他称病不起没去当官。他常常对亲近的人说："再过五十年，应当有一名圣人出世，到那时候我才能帮他救济世人。"到了唐太宗即位后，他被召到京城，唐太宗慨叹他的容貌很年轻，对他说："所以我才知道有道术的人确实应当受到尊重，羡门、广成等仙人，怎么会是虚传呢？"皇上要授予他爵位，孙思邈坚决推辞不肯接受。到了唐高宗显庆四年，高宗召见他，准备请他做谏议大夫，他又坚决推辞不肯接受。到了唐高宗上元元年，他推说有病请求回乡，皇上特意赐给他骏马，以及把管理鄱阳公主事务的官府赐给他居住。当时的名士，像宋之问、孟诜、卢照邻等人，都用老师和弟子之间的礼节来服侍他。

孙思邈曾经跟随皇帝到过九成宫。卢照邻病了，就留在他的宅子里，当时院子前有一棵大梨树，卢照邻就为这梨树作了一篇辞赋，赋的序言写道："癸酉这年，我卧病休息在长安光德坊的官府里，这里的老人说，这是管理鄱阳公主事务的官府。昔日鄱阳公主尚未出嫁就去世了，所以她的官府一直荒废着。当时有一位有才能却隐居不出仕的隐士叫孙思邈，他通晓古今知识，学尽各种数术。他畅快又无拘束地谈论起道家的理论来，就像古代宋国蒙县的庄子；他研究学问深入专一，就像当今佛经中的维摩诘；至于推算天文历法的甲乙顺序，量度天地，则可以与洛下闳、安期先生相提并论。他自称生于而染恶疾，嗟禀受之不同，昧遐夭之殊致。因问思邈曰："名医愈疾，其道如何？"对曰："吾闻善言天者，必质于人；善言人者，必本于天。天有四时五行，寒暑迭代。其转运也，和而为雨，怒而为风，凝而为霜雪，张而为虹霓。此天地之常数也。人有四肢五脏，一觉一寐，呼吸吐纳，循而为往来，流而为荣卫，彰而为气色，发而为音声。此人之常数也。阳用其精，阴用其形，天人之所同也。及其失也，蒸则生热，否则生寒，结而为疣赘，陷而为痈疽，奔而为喘乏，竭而为焦枯，诊发乎面，变动乎形。推此以及天地，则亦如之。故五纬盈缩，星辰失度，日月错行，彗孛流飞，此天地之危疹也；寒暑不时，此天地之蒸否也；石立土踊，此天地之疣赘也；山崩地陷，此天地之痈疽也；奔风暴雨，此天地之喘乏也；雨泽不时，川源涸竭，此天地之焦枯也。良医导之以药石，救之以针剂；圣人和之以道德，辅之以政事。故体有可愈之疾，天地有可消之灾。"又曰："胆欲大而心欲小，智欲圆而行欲方。《诗》曰'如临深渊，如履薄冰'，谓小心也。'赳赳武夫，公侯干城'，谓大胆也。'不为利回，不为义疚'，行之方也。'见机而作，不俟终日'，智之圆也。"其文学也，颖出如是；其道术也，不可胜纪焉。

隋文帝开皇辛酉年，已经九十三岁了。到他的故乡打听他，人们都说他已经几百岁了。又和他一起谈论起北朝时期周、齐之间的事，都历历在目，好像亲眼见过一样。以此参考，他是不止一百岁的人了。然而他的眼不花，耳不聋，神采奕奕，可以说是古代的聪明博达长寿之人了。”当时卢照邻很有名气，然而他却得了重病，他嗟叹每个人的体质不同，不明白人长寿短命为什么如此悬殊。于是他问孙思邈道：“名医治病，它的道理是什么呢？”孙思邈回答说：“我听说善于谈论天道的人，一定要先了解人；善于谈论人的人，一定要以天道为依据。天道有四时变化，五行运转，寒暑交替。它的运转过程中，平静就是下雨，发怒就是刮风，凝结就是霜雪，张扬就是虹霓。这就是天地间的规律。而人有四肢和五脏，一醒一睡之间，呼吸吐纳，循环就形成往复交替，流动就形成阴阳运行，彰显就形成精神气色，表达就形成人的声音。这是人体内的规律。阳气，用它的精神；阴气，用它的形体。这是天道和人体相同的地方。等到失去这种正常的规律，热气上升则生热，反之就生寒，凝结就成为瘊子，凹陷就成为毒疮，奔走就成为气喘困乏，竭尽就成为干燥枯萎。病情诊断时呈现在脸上，病变却表现在形体内。把这种道理推及天地之间，也是这样的规律。所以，金、木、水、火、土，五大行星屈伸进退，星辰之间失去了常度，日月的运行错乱失常，彗星和孛星流动飞行，这是天地之间的大病。寒暑交替不符时序，这是天地间热气上升与否的体现。岩石泥土耸起，这是天地间的瘊子。山体崩塌地表塌陷，这是天地间的毒疮。刮起狂风下起暴雨，这是天地间的气喘困乏。雨露润泽不及时，江河的源头干涸，这是天地间的干燥枯萎。良医治病，用药石疏导，用针剂救助；圣人济世，用道德调和，用政事辅助。所以，人体上有可以治愈的疾病，天地间有可以消除的灾祸。”他又说：“胆子要大，而心要细；心智要圆融，而行为要方正。《诗经》里说：‘如临深渊，如履薄冰。’说的是要小心。‘赳赳武夫，公侯干城。’说的是要大胆。‘不为利回，不为义疚。’这是行为要方正。‘见机而作，不俟终日。’这是心智要圆融。”他的文学，如此才能突出；他的道术，多到不能逐一记述。

初魏徵等受诏修齐梁周隋等五代史，恐有遗漏，屡访于思邈，口以传授，有如目睹。东台侍郎孙处约，尝将其五子侹、儆、俊、侑、佺，以谒思邈。思邈曰：“俊当先贵，侑当晚达，佺最居重位，祸在执兵。”后皆如其言。太子詹事卢齐卿，自幼时请问人伦之事，思邈曰：“汝后五十年，位登方伯，吾孙当为属吏，可自保也。”齐卿后为徐州刺史，思邈孙溥，果为徐州萧县丞。邈初谓齐卿言时，溥犹未生，而预知其事。凡诸异迹，多如此焉。永淳元年卒。遗令薄葬，不藏冥器，不奠生牢，经月余，颜貌不改。举尸就木，空衣而已，时人异之。自注《老子》《庄子》，撰《千金方》三十卷、《福禄论》三十卷，《摄生真箓》《枕中素书》《会三教论》，各一卷。开元中，复有人见隐于终南山，与宣律师相接，每来往参请宗旨。

时大旱，西域僧请于昆明池结坛祈雨，诏有司备香灯，凡七日，缩水数尺，忽有老人夜诣宣律师求救曰：“弟子昆明池龙也。无雨时久，匪由弟子，胡僧利弟子脑将为药，欺天子言祈雨，命在旦夕。乞和尚法力救护。”宣公辞曰：“贫道持律而已，可求孙先生。”老人因至，思邈谓曰：“我知昆明龙宫有仙方三十首，若能示予，予将救汝。”老人曰：“此方上帝不许妄传，今急矣，固无所吝。”有顷，捧方而至。思邈曰：“尔但还，无虑胡僧也。”自是池水忽涨，数日溢岸，胡僧羞恚而死。

当初魏徵等人奉皇帝诏命编修齐、梁、周、隋等五代史，恐怕有所遗漏，多次拜访孙思邈。他用口述的方法传授给他们，就像他亲眼所见一样。东台侍郎孙处约，曾经带着他的五个儿子孙侹、孙儆、孙俊、孙佑、孙佺去拜见孙思邈。孙思邈说："孙俊应当能先显贵起来；孙佑应当能在晚年做官；孙佺所能达到的地位最高，但灾祸出在他执掌兵权上。"后来果然都像他说的一样。太子詹事卢齐卿，从小时候就向孙思邈请教人伦之间的事情，孙思邈说："你今后五十年，地位可达到统治一方的长官，我的孙子都应当是你的下属官吏，你应当自己保重才是。"卢齐卿后来果然做了徐州刺史，而孙思邈的孙子孙溥，果然担任徐州萧县的县丞。孙思邈当初对卢齐卿说这些话的时候，他的孙子孙溥还没有出生，而他预先知道了将要发生的事情。凡是奇异的事情，大多是如此。唐高宗永淳元年，孙思邈去世了。他临终前嘱咐要节俭薄葬，不在墓中埋藏任何殉葬品，不用活着的牛羊祭奠。经过了一个多月，他的面貌丝毫没变。人们举起他的尸体往棺材里放的时候，发现他只剩下空空的衣服而已，当时的人都感到惊异。他亲自注释了《老子》《庄子》，撰写了《千金方》共三十卷，《福禄论》共三十卷、《摄生真箓》《枕中素书》《会三教论》各一卷。唐玄宗开元年间，又有人看见他隐居在终南山，与高僧释道宣律师相来往，每次来往都向释道宣律师拜见请益佛教宗旨。

当时气候大旱，有一名西域的僧侣请求在昆明池筑坛求雨，皇上下诏让负责此事的官府准备香灯。一共七天，昆明池中的水缩下去几尺。忽然有一位老人夜里拜访释道宣律师向他求救，说："弟子我是昆明池里的龙，很长时间没下雨，实在不是因为我。一个西域胡僧想要用我的脑子炼药，欺骗天子说筑坛求雨，实则我的命已危在旦夕，乞求大师您用法力救助保护我。"释道宣律师推辞说："贫僧只遵循戒律罢了，你可以去求一求孙思邈先生。"老人于是就到孙思邈那里。孙思邈对老人说："我知道昆明池龙宫里有神丹药方三十首，如果能给我看看，我就救你一命。"老人说："这些药方天帝不准胡乱外传，现在事情紧急，我也将丝毫不吝啬！"过了一会儿，老人捧着药方来了。孙思邈说："你只管回去，不用担心那西域胡僧。"之又尝有神仙降，谓思邈曰："尔所著《千金方》，济人之功，亦已广矣。而以物命为药，害物亦多，必为尸解之仙，不得白日轻举矣。昔真人桓闿谓陶贞白："事亦如之，固吾子所知也。"其后思邈取草木之药，以代虻虫水蛭之命，作《千金方翼》三十篇。每篇有龙宫仙方一首，行之于世。及玄宗避羯胡之乱，西幸蜀。既至蜀，梦一叟须鬓尽白，衣黄襦，再拜于前，已而奏曰："臣孙思邈也，庐于峨眉山有年矣。今闻銮驾幸成都，臣故候谒。"玄宗曰："我熟识先生名久矣。今先生不远而至，亦将有所求乎？"思邈对曰："臣隐居云泉，好饵金石药，闻此地出雄黄，愿以八十两为赐。脱遂臣请，幸降使赍至峨眉山。"玄宗诺之，悸然而寤。即诏寺臣陈忠盛，挈雄黄八十两，往峨眉宣赐思邈。忠盛既奉诏，入峨眉，至屏风岭，见一叟貌甚俊古，衣黄襦，立于岭下。谓忠盛曰："汝非天子使乎？我即孙思邈也。"忠盛曰："上命以雄黄赐先生。"其叟偻而受。既而曰："吾蒙天子赐雄黄，今有表谢，属山居无翰墨，天使命笔札传写以进也。"忠盛即召吏执牍染翰。叟指一石曰："表本在石上，君可录焉。"忠盛目其石，果有朱字百余，实表本也。遂誊写其字，写毕。视其叟与石，俱亡见矣。于是具以其事闻于玄宗，玄宗因问忠盛，叟之貌与梦者果同，由是益奇之。自是或隐或见。

后昆明池水忽然暴涨，几天就已经漫上岸来，那西域胡僧羞愧含恨而死。

又曾经有一名神仙从天而降，对孙思邈说：“你所著的《千金方》，济世救人的功劳，也已经传播很广了。然而用动物做药，残害的生灵也有很多，你只能成为一个尸解的神仙，不能白日升天成仙了。昔日有一位真人桓闿告诉陶贞白（陶弘景），事情也是这样，所以你是知道的。”此后孙思邈就采用草木做药材，用来代替虻虫、水蛭等的性命，作《千金方翼》三十篇。每篇都有龙宫仙方一首，流传于世间。唐玄宗为了躲避安史之乱，向西前往蜀地。到达蜀地之后，唐玄宗梦见一名老人须发皆白，穿黄色的短衣，在皇帝面前拜了两拜，行完拜礼后上奏道：“臣名叫孙思邈，在峨嵋山结庐居住已经多年了。现今听闻皇上的銮驾来到成都，所以臣在这里等候拜谒皇上。”唐玄宗说：“我听闻先生的名声很久了，现在先生不怕道路遥远来到我这里，也是有想要我满足的请求吗？”孙思邈回答说：“我隐居在山间，喜欢服用金石之药，听说这个地方出产雄黄，希望赐给我八十两雄黄。如果您能答应我的请求，就请派使者到峨嵋山来。”唐玄宗答应了他的请求，因为惊讶心跳加速而醒来。唐玄宗立即就召见侍臣陈忠盛，带着八十两雄黄，到峨嵋山去赏给孙思邈。陈忠盛奉诏命进入峨嵋山，来到屏风岭处，遇见一名老人容貌俊逸古朴，穿黄色短衣，站在屏风岭下。老人对陈忠盛说：“你就是天子的使者吧？我就是孙思邈。”陈忠盛说：“皇上命我把雄黄赐给先生您。”那老人躬身接受，然后说：“我承蒙天子赐予我雄黄，现在用一篇上表谢恩，但这里是山野中的居所，没有准备笔墨，请天子的使者您亲自执笔转抄送进宫中。”陈忠盛立即召来随行官吏手持木牍，用笔蘸墨水。老人指着一块石头说：“表章就在那石头上，您可以抄录下来。”陈忠盛看向石头，上面果然有一百多个朱红色的字，确实是表章。于是就把那些字誊写抄录下来。抄写完之后，陈忠盛再看老人和石头，全都不见了。陈忠盛把这事详细地上奏给唐玄宗。唐玄宗就问陈忠盛详情，老人的样貌与梦中的果然一样，因此更加感到惊奇。从此，孙思邈有时候隐居，有时候出现。

咸通末，山下民家，有儿十余岁，不食荤血，父母以其好善，使于白水僧院为童子。忽有游客称孙处士，周游院中讫，袖中出汤末以授童子，曰："为我如茶法煎来。"处士呷少许，以余汤与之，觉汤极美，愿赐一碗。处士曰："此汤为汝来耳。"即以末方寸匕，更令煎吃，因与同侣话之，出门，处士已去矣。童子亦乘空而飞，众方惊异。顾视煎汤铫子，已成金矣。其后亦时有人见思邈者。（出《仙传拾遗》及《宣室志》）

司马承祯

司马承祯，字子微。博学能文，攻篆迴为一体，号曰金剪刀书。隐于天台山玉霄峰，自号白云子。有服饵之术，则天累征之不起。睿宗雅尚道教，屡加尊异，承祯方赴召。睿宗问阴阳术数之事，承祯对曰："《老子》经云：'损之又损，以至于无为。'且心目所见知，每损之尚未能已，岂复攻乎异端而增智虑哉？"睿宗曰："理身无为，则清高矣；理国无为，如之何？"对曰："国犹身也。老子曰：'留心于淡，合气于漠，顺物自然，乃无私焉，而天下理。'《易》曰：'圣人者与天地合其德。'是知天不言而信，无为而成。无为之旨，理国之要。"睿宗深赏异，留之欲加宠位。固辞。无何告归山。乃赐宝琴花帔以遣之。公卿多赋诗以送。常侍徐彦伯，撮其美者三十余篇，为制序，名曰《白云记》，见传于世。时卢藏用早隐终南山，后登朝，居要官，见承祯将还天台，藏用指终南谓之曰："此中大有佳处，何必在天台。"承祯徐对曰："以仆所观，乃仕途之捷径耳。"藏用有惭色。

唐懿宗咸通末年，山下的一户百姓，家中有一个十几岁的男孩，不吃荤腥，父母认为他心地善良喜欢善行，就让他到白水僧院做童子。忽然有一位云游的客人自称孙处士，在白水僧院中走了一圈之后，从袖中拿出一包汤药碎末交给童子说："请为我像煎茶那样煎好。"之后，处士饮了一小口，把剩下的药汤给了童子。童子觉得这药汤的味道极美，希望能赐给他一整碗。处士说："这药汤就是专门为你送来的！"就给他方寸这样大的一匙药末，再让他像煎茶那样吃。于是他就向同伴们说了。人们都出门去看，处士已经离去了。童子也腾空飞起来。众人正感觉惊异，回头看那煎药的小锅，已经变成金的了。在这之后也时常有人见到孙思邈。（出《仙传拾遗》及《宣室志》）

司马承祯

司马承祯，字子微，博学多才，擅长文学。他钻研篆书，他写的与别人的风格都不相同，自成一体，号称"金剪刀书"。他隐居在浙江天台山玉霄峰，自号"白云子"，习有服用丹药养生延年的道术。武则天曾多次征召他，他都不肯出任官职。唐睿宗极为崇尚道教，对他屡屡给予特别的礼遇。他才应召赶赴京城，睿宗就向他问起阴阳五行推断吉凶的事。他回答说："《老子》上说：'减少欲望，再减少欲望，最后就达到顺应自然的无为境界。'而且心中所想到的，眼里所看到的事物，每次减少欲望尚且不能做到不想不看，难道还要再钻研异端而增加智慧和思虑吗？"睿宗说："治理自身的'无为'境界，就是清高；治理国家的'无为'境界，是如何呢？"他回答说："治理国家就像治理自身一样。《老子》上说：'我们要放宽心做到淡泊处之，心念达到无边无际的世界，顺应事物的自然规律，就能做到没有私欲，那么天下也就得到治理了。'《易经》上说：'圣人应当符合天地间的规律去修养自己的道德。'这是知道天虽然不说话但它的运转没有一丝偏差，不作任何干涉却使万物循环生成。无为就是治理国家的关键。"睿宗听完后十分赞赏他的独到见解，想要把他留下来，封给他显赫的官位，他坚决推辞再三拒绝。不久他就告别回山。皇玄宗有天下，深好道术，累征承祯到京，留于内殿，颇加礼敬，问以延年度世之事，承祯隐而微言。玄宗亦传而秘之，故人莫得知也。由是玄宗理国四十余年，虽禄山犯关，銮舆幸蜀，及为上皇，回，又七年，方始晏驾，诚由天数，岂非道力之助延长耶！初玄宗登封太岳回，问承祯："五岳何神主之？"对曰："岳者山之巨，能出云雨，潜储神仙，国之望者为之；然山林之神也，亦有仙官主之。"于是诏五岳于山顶列置仙官庙，自承祯始也。又蜀女真谢自然泛海，将诣蓬莱求师，船为风飘，到一山，见道人指言："天台山司马承祯，名在丹台，身居赤城，此真良师也。"蓬莱隔弱水三十万里，非舟楫可行，非飞仙无以到。自然乃回求承祯受度。后白日上升而去。承祯居山，修行勤苦，年一百余岁，童颜轻健，若三十许人。有弟子七十余人，一旦告弟子曰："吾自居玉霄峰，东望蓬莱，常有真灵降驾。今为东海青童君、东华君所召，必须去人间。"俄顷气绝，若蝉蜕然解化矣。弟子葬其衣冠尔。（原未注出处，查出《大唐新语》）

上就赐给他宝琴和花披肩送他回去。三公九卿很多人都作诗送他。有一个常侍名叫徐彦伯的，摘取了其中三十首写得最好的，整理成一本诗集，还自己为诗集写了序言，名为《白云记》，流传于世。当时有一个叫卢藏用的人，他早年间隐居终南山，后来出仕做官，身居显要官职。他见司马承祯将要回天台山，就用手指着终南山的方向对司马承祯说："这终南山中有许多优美的胜景，何必非要在天台山不可呢？"司马承祯不慌不忙地说："依我所见，终南山乃是当官的捷径而已。"卢藏用脸上露出惭愧的神色。

唐玄宗拥有了天下当了皇帝后，也深深喜欢道术，多次征召司马承祯到京城。司马承祯到了京城皇宫后，就被留在内殿中，唐玄宗对他礼貌敬重有加，向他请教益寿延年超脱成仙的事。司马承祯隐晦而又含蓄地回答了。唐玄宗秘密地记录下来，又秘密地收藏起来，所以世人都无法得知他们谈话的内容。从此以后，唐玄宗治理国家四十多年，虽然中间有安禄山侵犯潼关，皇帝的车驾避难去蜀地，一直到做太上皇，回到京城之后又过了七年才去世。他长寿确实由天命决定，但难道不也是道力的帮助才让他延长寿命的吗？当初，唐玄宗泰山封禅（"封"为祭天，"禅"为祭地）回来，问司马承祯道："五岳是哪个神主管的？"司马承祯说："岳是群山中最巨大的，山间能生出云雨，内中潜藏着各种神仙，国中有声望的人管理它。然而即使是山林之神，也有专门仙官主管。"于是皇帝下诏在五岳山顶上修建列位仙官祠庙。这种仙官庙，是从司马承祯这时开始的。另外，有一位蜀地的女道士谢自然，她乘船渡海，将要到蓬莱去求师学道。船被风刮着，漂到一座山前，见到一位道士，指点她说："天台山的司马承祯，名声在丹台很显赫，身居赤城之中，他是你真正的良师。"蓬莱和弱水隔着三十万里，不是坐船就可以去的，不是能够飞天的神仙是没办法到达的。谢自然就回去求司马承祯传授道术，得到点化，后来她就得道成仙，白日飞升而去。司马承祯久居深山之中，勤奋努力地修行，活到一百多岁，虽然年老但面色像孩童那样红润，步履像年轻人那样轻捷强健，看起来像三十多岁的人。他还有弟子七十多人，一天早晨，他告诉弟子们说："我自从居住在玉霄峰，向东眺望蓬莱，

尹君

唐故尚书李公诜，镇北门时，有道士尹君者，隐晋山，不食粟，常饵柏叶，虽发尽白，而容状若童子，往往独游城市。里中有老父年八十余者，顾谓人曰："吾孩提时，尝见李翁言，李翁吾外祖也。且曰：'我年七岁，已识尹君矣，迨今七十余年，而尹君容状如旧，得非神仙乎？吾且老，自度能几何为人间人；汝方壮，当志尹君之容状。'自是及今，七十余岁矣，而尹君曾无老色，岂非以千百岁为瞬息耶。"北门从事冯翊严公绶，好奇者，慕尹之得道，每旬休，即驱驾而诣焉。其后严公自军司马为北门帅，遂迎尹君至府庭，馆于公署，终日与同席，常有异香自肌中发，公益重之。公有女弟学浮图氏，尝曰："佛氏与黄老固殊致。"且怒其兄与道士游。后一日，密以堇斟致汤中，命尹君饮之。尹君既饮，惊而起曰："吾其死乎！"俄吐出一物甚坚，有异香发其中。公命剖而视之，真麝脐也。自是尹君貌衰齿堕，其夕卒于馆中。严公既知女弟之所为也，怒且甚，即命部将治其丧。后二日，葬尹君于汾水西二十里。明年秋，有照圣观道士朱太虚，因投龙至晋山，忽遇尹君在山中，太虚惊而问曰："师何为至此耶？"尹君笑曰："吾去岁在北门，有人以堇斟饮我者，我故示之以死，然则堇斟安能败吾真耶！"言讫，忽亡所见。太虚窃异其事，及归，具白严公。曰："吾闻仙人不死，脱有死者，乃尸解也，不然何变异之如是耶。"将命发其墓以验之，然虑惑于人，遂止其事。（出《宣室志》）

常常有真正的仙人降临人间。现在我受到东海青童君、东华帝君的召唤，必须离开人间了。”不一会儿他就气绝身亡了，肉身像蝉蜕那样分解消散了，弟子们只能埋葬了他的衣服帽子。（原未注出处，查出《大唐新语》）

尹君

在唐朝，前任尚书李公诜镇守北门时，有一位道士名叫尹君，他隐居在晋山中，不吃粮食，经常服用柏树叶。虽然他的头发全都白了，但是容貌和孩童一样，他常常独自一人到城中游逛。乡里中有一位八十多岁的老翁，对周围的人们说：“在我还是孩提的时候，曾听我的外祖父李老翁说过关于尹君的事。他说：‘在我七岁那年，就已经认识尹君了。到现在过了七十多年了，而尹君的容貌还和过去一样，他大概就是神仙吧？我老了，自己推测又能在人世上再活几年呢？而你正年轻，应当记住尹君的容貌。’从那时到现在，又过了七十多年了，而尹君竟没有衰老的迹象，难道不是把千百年都当作瞬息之间吗？”北门从事来自冯翊郡的严公绶是个好奇的人，他仰慕尹君是修炼得道的人，每到休假时候，就驾车到尹君那里拜访他。后来，严公绶从军司马升迁为北门帅，就把尹君接到他的府上，住在官府中，整天与他坐在同一张席子上。严公绶发现尹君常常有一种异香从他的肌肉中散发出来，严公绶就更加敬重他。严公绶有一个妹妹信奉佛教，她曾说：“佛教与道教原本就不相同！”而且她对于哥哥和道士交往很生气。之后有一天，她偷偷把堇汁（堇，药名，即乌头，有毒）放在汤里，让尹君喝下去。尹君喝完后，吃惊地站起来说：“我大概就要死了！”过了一会儿，他吐出一块很硬的物品，并有奇异的香味从中散发出来。严公绶让人剖开一看，原来是一块麝香。从此尹君容貌衰老，牙齿脱落，当天晚上便死在严公绶的官府中。严公绶得知是妹妹干的之后，内心非常生气，立即让部下为尹君办理丧葬事宜。两天后，严公绶把尹君葬在汾水西二十里的地方。第二年秋天，有一位照圣观的道士名叫朱太虚，他到晋山去放生一条龙，忽然在山上遇见了尹君。朱太虚吃惊地问道：“师父您为什么来到这里

呢？”尹君笑着说：“我去年在北门，有人把堇汁放在汤里让我喝下，我故意装死给他们看。然而，堇汁怎么能败坏我的真功呢？”说完，忽然就不见了。朱太虚心里认为这件事很奇异，等回到北门后，就详细汇报给了严公绶。严公绶说：“我听闻仙人是不死的，如果死了，也只不过是尸解罢了，不然怎么会发生这种意外的变化呢？”他想要让人发掘开坟墓检验一下，但是担心会让人们迷惑，就停止了这件事。（出《宣室志》）

卷第二十二 神仙二十二

罗公远 仆仆先生 蓝采和

罗公远

罗公远，本鄂州人也。刺史春设，观者倾郡。有一白衣人长丈余，貌甚异，随群众而至，门卫者皆怪之。俄有小童傍过，叱曰："汝何故离本处，惊怖官司耶？不速去！"其人遂摄衣而走。吏乃擒小童至宴所，具白于刺史。刺史问其姓名。云："姓罗，名公远，自幼好道术，适见守江龙上岸看，某趣令回。"刺史不信曰："须令我见本形。"曰："请俟后日。"至期，于水滨作一小坑，深才一尺，去岸丈余，引水入。刺史与郡人并看。逡巡，有鱼白色，长五六寸，随流而至，腾跃渐大，青烟如线，起自坎中。少顷，黑气满空，咫尺不辨。公远曰："可以上津亭矣。"未至，电光注雨如泻，须臾即定。见一大白龙于江心，头与云连，食顷方灭。时玄宗酷好仙术，刺史具表其事以进。时玄宗与张果、叶法善棋。二人见之大笑曰："村童事亦何解。"乃各握棋子十数枚，问曰："此有何物？"曰："空手。"及开果无，并在公远处，方大骇异。令与张、叶等齿坐。剑南有果初进，名为日熟子，张与叶以术取，每过午必至。其日，暨夜都不到，相顾而语曰："莫是罗君否？"时天寒围炉，公远笑，于火中素树一箸，及此除之，遂至。叶诘使者。云欲到京，焰火亘天，无路可过；适火歇，方得度。从此众皆敬伏。

罗公远

罗公远原本是鄂州人。鄂州刺史举办迎春仪式，全郡的人都过来观看。有一名身穿白衣的人，身高一丈多，相貌异于常人，随着人群走来观看。守门的人都觉得他很奇怪。不一会儿有一个小孩从旁边经过，大声呵斥道："你为什么离开你原来的地方，不怕惊扰到官府吗？还不快快离去！"那白衣人提起衣服就跑了。官吏就把那小孩捉住，押送到举行宴会的地方，把刚才的事情详细地向刺史报告。刺史问起小孩的姓名。小孩回答说："我姓罗，名公远，从小就喜好道术。刚才发现守江的龙也上岸来看热闹，我急忙赶来催促他回去。"刺史不相信他说的，道："必须让我看到他的原形我才能相信。"罗公远说："请您等到后天。"到了那天，他在水边挖了一个小坑，深才一尺，离岸边有一丈多远。他把江水引到坑里来。刺史和郡中的人都来看热闹。过了不长时间，有一条白色的鱼，长五六寸，随着水流游到坑中，上冲跳跃越变越大。有一缕青烟像线一样，从坑中冉冉升起。一会儿，黑气弥漫遮蔽天空，咫尺之间也分辨不清东西。罗公远说："大家快到渡口旁的亭子上去。"大家还没到达亭子，雷电大作，暴雨如泻。霎时便又安定下来，只见有一条大白龙出现在江心，头和天上云彩相连接，过了一顿饭的工夫才消失不见。那时唐玄宗非常喜欢修仙道术，刺史把这事详细写明禀报给唐玄宗并把罗公远送到京城。当时唐玄宗正在与张果、叶法善下棋。张、叶二人见到罗公远大笑道："小小村童，他怎么能解释龙的事！"于是二人各握了十几枚棋子，问道："这手里有什么东西？"罗公远说："你们都空着双手！"二人张开手一看，果然什么也没有。棋子都到了罗公远那里，二人这才感到很惊骇讶异。皇帝让罗公远与张、叶二人按照年龄排列坐好。剑南道有一种果子，刚刚进贡给皇帝，名叫"日熟子"。张果与叶开元中，中秋望夜，时玄宗于宫中玩月。公远奏曰："陛下莫要至月中看否？"乃取拄杖，向空掷之，化为大桥，其色如银，请玄宗同登。约行数十里，精光夺目，寒色侵人，遂至大城阙。公远曰："此月宫也。"见仙女数百，皆素练宽衣，舞于广庭。玄宗问曰："此何曲也？"曰："《霓裳羽衣》也。"玄宗密记其声调，遂回，却顾其桥，随步而灭。且召伶官，依其声调作《霓裳羽衣曲》。时武惠妃尤信金刚三藏，玄宗幸功德院，忽苦背痒。公远折竹枝，化七宝如意以进。玄宗大悦，顾谓三藏曰："上人能致此乎？"曰："此幻化耳。臣为陛下取真物。"乃袖中出七宝如意以进。公远所进者，即时化为竹枝耳。

及玄宗幸东洛，武妃同行，在上阳宫麟趾殿，方将修殿，其庭有大方梁数丈，径六七尺，时公远、叶尊师、金刚三藏，皆侍从焉。玄宗谓叶尊师曰："吾方闲闷，可试小法以为乐也。师试为朕举此方木。"叶受诏作法，方木一头揭数尺，而一头不起。玄宗曰："师之神力，何其失耶！"叶曰："三藏使金刚善神，众压一头，故不举。"时玄宗奉道，武妃宗释，武妃颇有悦色，三藏亦阴心自欢，惟公远低头微哂。玄宗谓三藏曰："师神咒有功，叶不能及，法善用道术运取，每天一过午时必然送到。那一天，天都黑了果子还没送到。张、叶二人互相看着说："莫不是罗公远干的？"当时天气寒冷，大家围着火炉坐，罗公远笑了一下。之前在火中立着一根筷子，到这时才拔掉它，这时日熟子才送来了。叶法善追问送果子的使者。使者说，快要到京城的时候，火苗连天，无路可走，刚才火苗熄灭，方才能送过来。从此，众人才敬重信服他。

唐玄宗开元年间，八月十五中秋节的晚上，唐玄宗在宫中赏月。罗公远上奏道："陛下想不想到月亮上看一看呢？"于是拿起自己的手杖，向空中抛去。只见手杖变化为大桥，桥的颜色就像银一样。罗公远邀请玄宗一起登上大桥。二人大约走了几十里，感到光辉明亮耀眼，清寒的景色袭人而来，于是就走到一座大城阙下。罗公远说："这里就是月宫。"只见有几百位仙女，都身穿白绢宽袖衣服，在广阔的庭院中跳舞。玄宗问道："这是什么乐曲？"罗公远回答说："这是《霓裳羽衣曲》。"玄宗暗中记下那乐曲的曲调，之后就回来了。回头再看那座桥，只见随着脚步逐渐消逝。玄宗又召来乐官，按照他记下来的曲调谱成了《霓裳羽衣曲》。当时武惠妃信仰佛教，尤其相信金刚三藏。玄宗来到功德院，忽然因为后背发痒感到难受。罗公远折了一截竹枝，变化成一个七宝如意进献给玄宗，玄宗内心很高兴，看着金刚三藏说："上人你能做到这种程度吗？"金刚三藏说："这只是幻化的如意而已，等臣给陛下取来真的。"于是他就从袖子里取出一个七宝如意进献给皇帝。罗公远进献的那个如意，马上就恢复成了竹枝。

后来玄宗游幸到东都洛阳，武惠妃与玄宗同行，一行人住在上阳宫麟趾殿。当时正准备修建其他殿，庭院中有一根大方梁长几丈，粗六七尺。当时罗公远、叶法善、金刚三藏，都跟随在左右侍候皇帝。玄宗对叶法善说："我现在正感觉闲闷，可以试着作一些小法术来增添乐趣，尊师你试着为我举起这根方木。"叶法善奉皇帝诏命作法，方木一头抬起来几尺，而另一头却抬不起来。玄宗说："尊师你的神力，为什么不灵了呢？"叶法善说："金刚三藏法师让金刚善神们都压在那一头，所以那一头抬不起来。"当时玄宗信奉道教，可为朕咒法善入澡瓶乎？”三藏受诏置瓶，使法善敷座而坐，遂咒法大佛顶真言，未终遍，叶身欻欻就瓶；不三二遍，叶举至瓶嘴；遍讫，拂然而入瓶。玄宗不悦，良久谓三藏曰：“师之功力，当得自在，既使其入，能为出乎？”三藏曰：“是僧之本法也。”即咒之。诵佛顶真言数遍，叶都不出。玄宗曰：“朕之法师，今为三藏所咒而没，不得见矣。”武妃失色，三藏大惧。玄宗谓公远曰：“将若之何？得法善旋矣。”公远笑曰：“法善不远。”良久，高力士奏曰：“叶尊师入。”玄宗大惊曰：“铜瓶在此，自何所来！”引入问之。对曰：“宁王邀臣吃饭，面奏的不放，臣适宁王家食讫而来，不因一咒，何以去也？”玄宗大笑，武妃、三藏皆贺。

已而使叶设法箓。于是取三藏金襕袈裟摺之，以盆覆之。叶禹步叩齿，绕三匝曰：“太上老君摄去。”盆下袈裟之缕，随色皆摄，各为一聚。三藏曰：“惜哉金襕，至毁如此！”玄宗曰：“可正乎？”叶曰：“可。”又覆之，咒曰：“太上老君正之。”启之，袈裟如故。叶又取三藏钵，烧之烘赤，手捧以合三藏头，失声而走。玄宗大笑。公远曰：“陛下以为乐，乃道之末法也，叶师何用逞之？”玄宗曰：“师不能为朕作一术，以欢朕耶？”公远曰：“请更问三藏法术何如？”三藏曰：“贫道请收固袈裟，试令罗公取，取不得则罗公输，取得则僧输。”于是令就道场院为之。三藏结坛焚香，自于坛上跏趺作法，取袈裟贮之银合，又安数重木函，皆而武惠妃信仰佛教，武惠妃看到这，脸上表现出喜悦的神色。金刚三藏内心也暗自高兴。只有罗公远低着头微微讥笑。玄宗对金刚三藏说："上师你的真言确实法力高强，叶法善比不上你，你能为我用真言把叶法善弄到澡瓶里去吗？"三藏奉皇帝的诏命，放好澡瓶，让叶法善敷座而坐，就开始念起"大佛顶"真言，还没有念完一遍，叶法善的身体就"欻"地一声靠近瓶子。不到两三遍，叶法善的身体就被举到了瓶口处。念完真言后，叶法善轻飘飘地进入瓶中。玄宗内心很不高兴，过了许久才对金刚三藏说："上师你的功力，应该能自由自在地操纵。既然你能让他进去，那能让他出来吗？"金刚三藏说："这是贫僧我最基本的法术。"于是就又开始念真言，念了"大佛顶"真言好几遍，叶法善都没有出来。唐玄宗说："朕的法术尊师，现在被金刚三藏的真言给念得消失了，不见了！"武惠妃吓得脸色惨白，金刚三藏也惊恐万分。唐玄宗对罗公远说："该怎么做才能让叶法善回来呢？"罗公远笑着说："叶法善离咱们并不远。"过了一会儿，高力士进来上奏道："叶尊师从外进来了！"唐玄宗大惊道："澡瓶还在这里，他是从哪里进来的？"高力士把叶法善领进来后一问。叶法善回答说："宁王邀请臣吃饭，如果我当面奏请，陛下一定不肯放我离去。臣刚在宁王家吃完饭而来，如果不是因为他的真言，我又怎么能去呢？"玄宗听了大笑，武惠妃和金刚三藏也都来表示祝贺。

然后让叶法善设道家法箓。于是叶法善取来三藏的金襕袈裟折叠起来，用一个盆扣在它上面。叶法善步踏星罡，叩牙齿鸣法鼓，绕盆三圈，说："太上老君摄去！"只见盆下袈裟的丝线，按照不同的颜色，被拽成各种线堆。三藏说："可惜这金襕袈裟，被毁坏到这种程度！"玄宗说："可以恢复到正常吗？"叶法善说："可以。"他又用盆扣上线堆，念咒道："太上老君正之！"打开盆子一看，袈裟还像原来一样。叶法善又取来三藏的钵盂，把它烧到通红，用双手捧着要往三藏头上扣去，三藏吓得失声而逃。玄宗看完大笑。罗公远说："陛下以此为乐趣，其实这是道家末流的法术，叶尊师何必炫耀它！"玄宗说："仙师你不能为我作一个法术，好让我高兴高兴吗？"罗公远说："再请问三藏的法术怎么样？"三藏说："贫僧我把袈裟有封锁，置于坛上。玄宗与武妃、叶公，皆见中有一重菩萨，外有一重金甲神人，外以一重金刚围之，贤圣比肩，环绕甚严，三藏观守，目不暂舍。公远坐绳床，言笑自若。玄宗与叶公皆视之。

数食顷，玄宗曰："何太迟迟，得无劳乎！"公远曰："臣斗力，安敢自炫其能！但在陛下使三藏启观耳。"令开函取袈裟，虽封镤依然，中已空矣。玄宗大笑。公远奏曰："请令人于臣院内，敕弟子开柜取来。"即令中使取之，须臾袈裟至。玄宗问之，公远曰："菩萨力士，圣之中者，甲兵诸神，道之小者，皆可功参上界；至于太上至真之妙，非术士所知。适使玉清神女取之，则菩萨金刚不见其形，取若坦途，何碍之有。"玄宗大悦，赏赉无数。而叶公、三藏然后伏焉。

时玄宗欲学隐遁之术。对曰："陛下玉书金格，以简于九清矣。真人降化，保国安人，诚宜习唐、虞之无为，继文、景之俭约，却宝剑而不御，弃名马而不乘，岂可以万乘之尊，四海之贵，宗庙之重，社稷之大，而轻狥小术，为戏玩之事乎？若尽臣术，必怀玺入人家，困于鱼服矣。"玄宗怒，骂之。遂走入殿柱中，数玄宗之过。玄宗愈怒，易柱破之，复入玉磶中。又易磶，破之为数十片，悉有公远之形。玄宗谢之，乃如故。玄宗后又坚学隐形之术，强之不已，因而教焉。然托身隐，常有不尽，或露裾带，或见影迹，玄宗怒斩之。

收藏牢靠，试着让罗公来取，若是不能取走那就是罗公输了；若是罗公取走，则是贫僧我输了。”于是皇帝命令他们道场就安排在院中。三藏结坛烧香，自己一个人在坛上跏趺坐着作法，他取来袈裟收藏在银盒子里，又在外安装了几层木匣子，每层都上了锁，放置在法坛上。玄宗、武惠妃和叶法善三人，都看到内中有一重菩萨，中间有一重金甲神人，最外面有一重金刚力士包围。道德才智极高的贤圣摩肩接踵，环绕包围得很严密。三藏看守在法坛之上，眼睛一刻也不敢离开。罗公远坐在绳床上，谈笑自若。玄宗和叶法善都看着他。

过了几顿饭的时间，玄宗说：“为什么迟迟没有动作呢？难道是累了吗？”罗公远说：“臣在法坛上斗力，怎么敢炫耀自己能耐呢？陛下只管让三藏打开盒子看看就知道了。”玄宗命令三藏打开匣子取出袈裟。虽然一层一层的木匣仍旧锁着，但是银匣里已经空了。玄宗大笑。罗公远奏道：“请派人到我的院子里，命弟子开柜子拿来三藏法师的袈裟。”玄宗立即派中使去取，过了不一会儿袈裟就取回来了。玄宗问这是怎么做到的，罗公远说：“菩萨、力士，是圣贤中能力中等的；甲兵、诸神，是得道之人中能力较小的，都有能够为上界效力的功力，至于天界至真的奥妙，不是凡间术士所能知道的。刚才我请玉清神女去取袈裟，那么菩萨和金刚也看不到她的形迹，取的过程中就像走在坦途上，能有什么阻碍呢？”玄宗内心非常高兴，赏赐罗公远无数财物。而叶法善、三藏在这之后都更佩服罗公远。

当时玄宗想学隐遁之术，罗公远回答说：“陛下的玉书金格已经记录在九天的天庭之中了，您是真人下凡，目的是叫您保卫国家安定人民。实在应该学习唐尧虞舜的无为而治，继承文帝景帝的俭朴节约，丢掉宝剑不使用，放弃名马不乘坐。怎么可以任由集万乘的尊位、四海的富贵、宗庙的重责、社稷的重大于一身的天子之躯，而轻率地去学习这些微末小术，用来做游戏玩耍的事呢？如果您学尽我的道术，必定会揣着皇帝的玉玺微服走进别人家，被困在险境之中。”玄宗听了大怒，骂他。于是罗公远就跑进大殿的柱子里，历数玄宗的过错。玄宗听了更加生气，就把那根殿柱换下来打破了，罗公远又进入柱脚础石中。玄宗又下令换下柱脚础石，把那柱脚础石打碎其后数岁，中使辅仙玉，奉使入蜀，见公远于黑水道中，披云霞衲帔，策杖徐行。仙玉策马追之，常去十余步，竟莫能及。仙玉呼曰："天师云水适意，岂不念内殿相识耶！"公远方伫立顾之。仙玉下马拜谒讫，从行数里。官道侧俯临长溪，旁有巨石，相与渡溪据石而坐。谓仙玉曰："吾栖息林泉，以修真为务。自晋咸和年入蜀，访师诸山，久晦名迹，闻天子好道崇玄，乃舍烟霞放旷之乐，冒尘世腥膻之路，混迹鸡鹜之群，窥阅蜉蝣之境，不以为倦者，盖欲以至道之贵，俯教于人主耳。圣上延我于别殿，遽以灵药为索，我告以人间之腑脏，荤血充积，三田未虚，六气未洁，请俟他日以授之，以十年为限。不能守此诫约，加我以丹颈之戮，一何遑遽哉！然得道之人，与道气混合，岂可以世俗兵刃水火，害于我哉！但念主上列丹华之籍，有玉京交契之旧，躬欲度之，眷眷之情，不能已已。"因袖中出书一缄，谓仙玉曰："可以此上闻，云我姓维，名厶退，静真先生弟子也，上必寤焉。"言罢而去，仍以蜀当归为寄，遂失所在。

仙玉还京师，以事及所寄之缄奏焉。玄宗览书，惘然不怿。仙玉出，公远已至，因即引谒。玄宗曰："先生何改名姓耶？"对曰：

成几十片，每片上全都有罗公远的形迹。玄宗向他道歉后，一切才恢复正常。玄宗后来又坚持要学隐形的法术，态度强硬劝阻不了，罗公远就只好教给玄宗。然而玄宗隐藏，常有藏不尽的地方，有时露出裙带来，有时露出踪迹来。玄宗为此十分生气，就把罗公远杀了。

之后过了几年，中使辅仙玉奉命出使进入蜀地，见到罗公远在黑水道上。他穿着云霞制作成的衲衣和披肩，拄着手杖慢慢行走。辅仙玉策马想要追上他，罗公远常常只离他十几步远，竟然怎么也追不上。辅仙玉喊道："罗天师周游四方，自在适意，难道不记得我们在宫中内殿相识了吗？"罗公远这才停下回头看着辅仙玉。辅仙玉下马拜谒完，二人同行走了几里，官道旁边挨着一条长长的溪流，溪流旁有一块巨石，二人一起渡过溪流，倚着巨石坐下。罗公远对辅仙玉说："我栖息隐居在林木泉石之中，把修行学道当作第一要务。我自晋朝咸和年间进入蜀地，访师求教于各个仙山之中，长久以来隐藏姓名和踪迹。听闻皇上喜好道教崇尚玄学，于是我就舍弃了山间胜景和放逸旷达的乐趣，踏上尘世间又腥又膻的道路，将行迹混杂在鸡鸭群中，窥看小虫子短暂的人生处境。我之所以成为从不懈怠的人，是因为想要用至道的珍贵，俯下身教导皇帝罢了。皇上延请我到别殿，急忙向我索要仙丹灵药。我告诉皇上久居人间之人的脏腑，充满荤血，'三田'尚未空虚，'六气'尚未洁净，请等到日后再授予他，以十年为期限。但是皇上却不遵守这条告诫约束，加上他还对我实行斩首的刑罚，多么让人惊惧不安呀！然而得道成仙的人，身体与道气相混合，哪能用世俗间的兵刃水火加害于我呢？但想到他毕竟名列成仙的名册之中，又在天界仙都与我有一段旧交，想亲自引度他成仙。这十分留恋难以割舍的情感，一直不能了却。"因而罗公远从袖子中取出一封书信，对辅仙玉说："可以把这信呈交给皇上，就说我姓维，名厶遝，是静真先生的弟子，皇上一定能够明白的。"他说完就离去了。他仍把蜀地的当归让辅仙玉送给皇帝。之后他就不见了。

辅仙玉回到京城中，把这件事情以及他所寄的信和东西全都上奏给皇帝。玄宗看了这封信，神态迷茫，一副很不高兴的样子。辅仙玉刚退出去，罗公远已经来到皇宫，于是就马上领他去谒见皇上。玄

“陛下尝去臣头，固改之耳。罗（羅）字去头，维字也；公字去头，厶字也；远（遠）字去头，逯字也。”玄宗稽首陈过，愿舍其尤。公远欣然曰：“盖戏之耳。夫得神仙之道者，劫运之灾，阳九之数，天地沦毁，尚不能害，况兵刃之属，那能为害也？”异日，玄宗复以长生为请。对曰：“经有之焉，我命在我，匪由于他。当先内求而外得也。刳心灭智，草衣木食，非至尊所能。”因以三峰歌八首以进焉，其大旨乃玄素黄赤之使，还婴溯流之事。玄宗行之逾年，而神逸气旺，春秋愈高，而精力不惫。岁余，公远去，不知所之。天宝末，玄宗幸蜀，又于剑门奉迎銮辂，卫至成都，拂衣而去。及玄宗自蜀还京，方悟蜀当归之寄矣。（出《神仙感遇传》及《仙传拾遗》《逸史》等书）

仆仆先生

仆仆先生，不知何许人也，自云姓仆名仆，莫知其所由来，家于光州乐安县黄土山。凡三十余年，精思饵杏丹，衣服饮食如常人，卖药为业。开元三年，前无棣县令王滔寓居黄土山下，先生过之。滔命男弁为主，善待之。先生因授以杏丹术。时弁舅吴明珪为光州别驾，弁在珪舍。顷之，先生乘云而度，人吏数万皆睹之。弁乃仰告曰：“先生教弁丹术未成，奈何舍我而去？”时先生乘云而度，已十五过矣，人莫测，及弁与言，观者皆愕，或以告刺史李休光。休光召明珪而诘之曰：“子之甥乃与妖者友，子当执。”其舅宗说："先生为什么要改换名姓呢？"罗公远回答说："陛下曾经砍去臣的头，所以就改了。罗（羅）字去了头，就是維字；公字去了头，就是厶字；远（遠）字去了头，是逺字。"玄宗行稽首礼承认了自己以前的过错，希望罗公远原谅他的罪过。罗公远高兴地说："这只是开个玩笑而已！那些得道成仙的人，劫运灾害、阳九天厄、天塌地陷等灾难尚且不能侵害，何况寻常兵刃之类，怎么能伤害我呢？"有一天，玄宗又向罗公远请求赐予长生不老之药。罗公远回答说："经书里这样说过，我的命运在自己的掌握之中，而不为其他的人左右。应当先在自己的内心中寻求，而外在这些就会得到，摒弃内心的杂念消除内心的烦恼，结草为衣，摘果为食，不是身处至尊地位的人所能做到的。"于是他把八首《三峰歌》进献给唐玄宗。其大意是"玄女和素女传授黄赤之道（"玄素之方""黄赤之道"，是古代道家和神仙家研究房事和祛病延年的卫生术）返老还童追溯源流"这些方面的事。唐玄宗按照要求做了一年多以后，神情超逸，精气旺盛，年龄越来越高了，而他的精力却不减退。过了一年多，罗公远离去，不知道去了什么地方。到了天宝末年，玄宗到蜀地避难，罗公远又在剑门迎接皇帝的车驾，一直护送到成都，然后拂衣而去。等到玄宗从蜀地返回京城，才明白当初他给自己送来蜀地当归的含义。（出《神仙感遇传》及《仙传拾遗》《逸史》等书）

仆仆先生

仆仆先生，不知道他是什么地方的人。他说自己姓仆名仆，没人知道他从哪里来。他的家在光州乐安县黄土山。他用了三十多年的时间，精心思考研制服用一种以杏仁为主叫作"杏丹"的药。他穿衣吃饭和平常人一样，平日以卖药为业。唐玄宗开元三年，前任无棣县的县令王滔寄居在黄土山下。仆仆先生从王家门前路过，王滔命他儿子王弁做东，好好款待了仆仆先生。于是仆仆先生就把杏丹术授予王弁。当时王弁的舅舅吴明珪担任光州别驾，王弁住在吴明珪的家里。不一会儿，仆仆先生乘着云朵飞过。百姓和官吏数万人都亲眼看到了。王弁抬起头对仆仆先生说："先生教我的杏丹术还没有因令弁往召之，弁至舍而先生至，具以状白。先生曰："余道者，不欲与官人相遇。"弁曰："彼致礼，便当化之，如妄动失节，当威之，使心伏于道。不亦可乎！"先生曰："善。"乃诣休光府。休光踞见，且诟曰："若仙当遂往矣，今去而复来，妖也。"先生曰："麻姑、蔡经、王方平、孔申、二茅之属，问道于余，余说之未毕，故止，非他也。"休光愈怒，叱左右执之。龙虎见于侧，先生乘之而去，去地丈余，玄云四合，斯须雷电大至，碎庭槐十余株，府舍皆震坏。观者无不奔溃，休光惧而走，失头巾。直吏收头巾。引妻子跳出府，因徙宅焉。休光以状闻。玄宗乃诏改乐安县为仙居县，就先生所居舍置仙堂观，以黄土村为仙堂村，县尉严正诲护营筑焉，度王弁为观主，兼谏议大夫，号通真先生。弁因饵杏丹却老，至大历十四年，凡六十六岁，而状可四十余，筋力称是。

其后果州女子谢自然，白日上升。当自然学道时，神仙频降，有姓崔者，亦云名崔，有姓杜者，亦云名杜，其诸姓亦尔，则与仆仆先生姓名相类矣。无乃神仙降于人间，不欲以姓名行于时俗乎。后有人于义阳郊行者，日暮不达前村，忽见道旁草舍，因往投炼成，为什么要弃我而去呢？”那时仆仆先生乘着云朵，已经飞过十五次了，人们都不知道是怎么回事。等到王弁与他说话时，在周围观看的人都很惊愕，有人就把这件事报告给刺史李休光。李休光把吴明珪叫来问罪道：“你的外甥居然和妖人交朋友，你应该把他逮起来。”吴明珪于是就命令王弁去把仆仆先生找来。王弁到了仆仆先生家中时，仆仆先生也正好回到家中。王弁详细地向先生说明了事情的原委。仆仆先生说：“我只是学道的人，不想和当官的人有所接触。”王弁说：“他们对你以礼相待，你就应当感化他们，他们如果对你轻举妄动失去礼节，你就应当威吓他们，使他们对道家衷心信服，不也可以吗？”仆仆先生说：“好。”于是仆仆先生就来到李休光府上。李休光只是坐着接见他，还辱骂他说：“你如果是神仙的话就应当立即离去了，现在去而复返，一定是妖人！”仆仆先生说：“麻姑、蔡经、王方平、孔申、二茅等人，都在向我请教道术，我还没有讲完，就留下了，不是因为别的事情。”李休光更加生气，呵斥左右衙役把他拿下。这时有龙虎出现在仆仆先生身边，他骑上龙虎腾空而去。离地面一丈多高的时候，乌云四起，片刻间雷电大作，击碎庭院里的十几棵槐树，官邸全都震坏，围观的人没有不奔逃溃散的。李休光也吓得逃走了，头巾都丢了。他让一个当值小吏为他收起头巾，他自己则领着妻子儿女光着脚跑出官府。因为此事他搬家到别处去住了。李休光把这件事写成奏章呈报给皇上，唐玄宗就下诏命令改乐安县为仙居县，在仆仆先生居住的房子处建造仙堂观，改黄土村为仙堂村，由县尉严正诲看护营地施工建造，让王弁做仙堂观观主兼任谏议大夫，名号为通真先生。王弁因为服用杏丹，减缓衰老，到了唐代宗大历十四年，他已经六十六岁，而容貌还像四十多岁，体力也和四十多岁的人相当。

这以后有一名果州女子叫谢自然，她白日里飞升成仙。当年谢自然学习道术的时候，众神仙频频降临。有一名姓崔的神仙，也说自己名崔；有一名姓杜的神仙，也说自己名杜。其他各种姓氏的神仙也这样说，这就和仆仆先生的姓名相类似了。莫非是神仙下凡降临到人间，不想用真实姓名行走于世俗间？后来有一个在义阳郊外出行宿。室中惟一老人，问客所以。答曰："天阴日短，至此昏黑，欲求一宿。"老人云："宿即不妨，但无食耳。"久之，客苦饥甚。老人与药数丸，食之便饱。既明辞去，及其还也，忽见老人乘五色云，去地数十丈。客便遽礼，望之渐远。客至安陆，多为人说之，县官以为惑众，系而诘之。客云："实见神仙。"然无以自免，乃向空祝曰："仙公何事见，今受不测之罪。"言讫，有五色云自北方来，老人在云中坐，客方见释，县官再拜。问其姓氏，老人曰："仆仆野人也，有何名姓。"州司画图奏闻。敕令于草屋之所，立仆仆先生庙，今见在。（出《异闻集》及《广异记》）

蓝采和

蓝采和，不知何许人也。常衣破蓝衫，六銙黑木腰带，阔三寸余。一脚着靴，一脚跣行。夏则衫内加絮，冬则卧于雪中，气出如蒸。每行歌于城市乞索，持大拍板，长三尺余，常醉踏歌。老少皆随看之。机捷谐谑，人问，应声答之，笑皆绝倒。似狂非狂，行则振靴唱踏歌："踏歌蓝采和，世界能几何。红颜一春树，流年一掷梭。古人混混去不返，今人纷纷来更多。朝骑鸾凤到碧落，暮见苍田生白波。长景明晖在空际，金银宫阙高嵯峨。"歌词极多，率皆仙意，人莫之测。但以钱与之，以长绳穿，拖地行。或散失，亦不回顾。或见贫人，即与之，及与酒家。周游天下，人有为儿童时至及斑白见之，颜状如故。后踏歌于濠梁间酒楼，乘醉，有云鹤笙箫声，忽然轻举于云中，掷下靴衫腰带拍板，冉冉而去。（出《续神仙传》）

的人，天色晚了还没走到前面的村子，忽然见道路旁有一所草屋，就前去投宿。屋中只有一位老人。老人询问他来这儿的原因，他回答说：“天色阴沉，白天时间又短，走到这儿天色就黑了，想要借住一宿。”老人说：“借宿倒是没关系，只是没有吃的食物。”过了很长时间，这个投宿的客人饿得难受，老人就送给他几丸药丹，吃下后就饱了。天亮后行人辞别而去。等到他回来时，忽然看到老人驾着五色云朵，离地高几十丈，他便急忙下拜行礼，望着老人渐渐飞远。他来到安陆县，多次向人们说起这事，县官以为他是妖言惑众，把他捉去问罪。他说：“我确实见过神仙。”但是他没有办法证明脱身，就向空中祷告说：“老神仙因为什么事才让我看见了您，如今却让我受这料想不到的罪名！”说完，有五色云朵从北方飞来，老人就坐在那云朵中，他这才被释放。县官向老人拜了两拜，问老人的姓名。老人说：“我只是仆仆野人，哪有什么姓名！”州中有关官府画图记录下这件事禀报到皇帝那里，皇帝下令在那草屋处，建立一座仆仆先生庙。这庙至今还在。（出《异闻集》及《广异记》）

蓝采和

蓝采和，不知他是什么地方的人。他经常穿着一件破旧的蓝色长衫，腰带上装饰有六块黑木，腰带宽三寸多。他一只脚穿着靴子，另一只脚却光着走路。夏天，他就在长衫里加上棉絮；冬天，他就直接卧在雪地上，呼出的气像蒸汽一样热气腾腾。他经常在城市里唱歌乞讨，拿着一副大拍板，足有三尺多长。他常常喝醉了，一边用脚踏地打着节奏，一边唱歌。街市上的老老少少都跟在他身后看他表演，他为人机智敏捷，诙谐逗趣。别人问他什么，他就应声回答，逗得人们前仰后合地捧腹大笑。他似狂非狂，走路时踢踏着靴子唱踏歌道：“踏歌蓝采和，世界能几何？红颜一春树，流年一掷梭。古人混混去不返，今人纷纷来更多。朝骑鸾凤到碧落，暮见苍田生白波。长景明晖在空际，金银宫阙高嵯峨。”所唱的歌词极多，所言都是神仙的思想，凡人不能明白他的意思。只要有人给他钱，他就用长绳穿起来，拖在地上走。有时在路上拖丢了，他也不回头看；有时看到

穷人，他就把钱送给穷人，要是没碰上就送给酒家换酒喝。他周游天下，有的人从孩童到年老时都见过他，而他面貌始终都是一个样。后来他踏歌到了濠梁间的一家酒楼上，趁着醉意，有仙鹤的叫声和仙乐的声音传来，他忽然飞升登仙到云端中，把靴子、衣衫、腰带、拍板全扔下来，冉冉飞起离开了。（出《续神仙传》）

卷第二十三　神仙二十三

王远知　益州老父　崔 生　冯 俊　吕 生　张李二公

王远知

道士王远知，本琅琊人也。父昙选，除扬州刺史。远知母，驾部郎中丁超女也。常梦彩云灵凤集其身上，因而有娠。又闻腹中声。沙门宝志谓昙选曰："生子当为神仙宗伯。"远知少聪敏，博综群书。初入茅山，师事陶弘景，传其道法。及隋炀帝为晋王，镇扬州，起玉清玄坛，邀远知主之，使王子相、柳顾言相次召之。远知遂来谒见，斯须而须发变白。晋王惧而遣之，少选又复其旧。唐高祖之龙潜，远知尝密陈符命。武德中，秦王世民与幕属房玄龄微服以谒远知，远知迎谓曰："此中有圣人，得非秦王乎？"太宗因以实告。远知曰："方作太平天子，愿自爱也。"太宗登极，将加重位，固请归山。贞观九年，润州茅山置太平观，并度二七人，降玺书慰勉之。后谓弟子潘师正曰："见仙格，以吾小时误损一童子吻，不得白日升天。今见召为少室山伯，将行在即。"翌日，沐浴加冠衣，焚香而卒，年一百二十六岁。谥曰升玄先生云。（出《谈宾录》）

王远知

道士王远知，原本是琅琊人。他的父亲王昙选，任扬州刺史。他的母亲，是驾部郎中丁超的女儿。他母亲曾经梦见彩云灵凤都聚集在她的身上，接着就有了身孕。她还听到自己肚子里婴儿发出的声音。佛门宝志对王昙选说："你的儿子出生之后，将成为受人推崇的神仙。"王远知从小就聪慧机敏，博览群书。他初入茅山学道，从师陶弘景，继承了陶弘景的道法。等到隋文帝的儿子杨广被封为晋王的时候，镇守扬州，建起一座玉清玄坛，想要邀请王远知担任坛主，先后派王子相、柳顾言去邀请他。于是王远知就来拜见晋王。过了片刻他的头发胡须全都变白了，晋王感到害怕，就把他打发回去了。不一会他便又和从前一样了。在唐高祖还未称帝时，王远知曾经秘密上书说明，上天预示了他该当皇帝的祥瑞征兆。唐高祖武德年中，秦王李世民与自己的幕僚房玄龄隐藏身份装扮成普通人来拜见王远知。王远知迎接的时候对他们说："你们二人当中有一位圣人，大概是秦王驾到吧？"于是唐太宗就把实情告诉了他。王远知说："您正要做太平天子，希望你能够自己爱护自己。"唐太宗登基以后，想要他担任重要的官职，他坚决地请求回山。唐太宗贞观九年，他在润州茅山建立一座太平观，并且度化十四名弟子，唐太宗写了诏书慰劳勉励他。后来他对弟子潘师正说："我见过仙人的品级名册，因为我小时候误伤了一个孩童的嘴唇，所以不能白日升天成仙，现在被征召为少室山的山神，马上就要出发。"第二天，他沐浴洁净，穿上正式的衣冠，焚香之后就去世了，享年一百二十六岁，谥号"升玄先生"。（出《谈宾录》）

益州老父

唐则天末年，益州有一老父，携一药壶于城中卖药，得钱即转济贫乏。自常不食，时即饮净水，如此经岁余，百姓赖之。有疾得药者，无不愈。时或自游江岸，凝眸永日；又或登高引领，不语竟日。每遇有识者，必告之曰："夫人一身，便如一国也。人之心即帝王也，傍列脏腑，即内辅也。外张九窍，则外臣也。故心有病则内外不可救之，又何异君乱于上，臣下不可正之哉！但凡欲身之无病，必须先正其心，不使乱求，不使狂思，不使嗜欲，不使迷惑，则心先无病。心先无病，则内辅之脏腑，虽有病不难疗也；外之九窍，亦无由受病矣。况药亦有君臣，有佐有使，苟或攻其病，君先臣次，然后用佐用使，自然合其宜。如以佐之药用之以使，使之药用之以佐，小不当其用，必自乱也，又何能攻人之病哉！此又象国家治人也。老夫用药，常以此为念。每遇人一身，君不君，臣不臣，使九窍之邪，悉纳其病，以至于良医自逃，名药不效，犹不知治身之病后时矣。悲夫！士君子记之。"忽一日独诣锦川，解衣净浴，探壶中，惟选一丸药，自吞之，谓众人曰："老夫罪已满矣，今却归岛上。"俄化一白鹤飞去。衣与药壶，并没于水，永寻不见。（出《潇湘录》）

益州老父

唐朝武则天在位末年，益州有一个老头，带着一把药壶在城中卖药，赚了钱就转头用来救济贫困的人。自己平常不吃食物，有时只喝一点清水。如此过了一年多，百姓们都很依赖他，凡是患者买到他的药，没有治不好的。有时他独自在江边游逛，能够凝神远望一整个白天；又有时登高远眺，一整天都不说一句话。每当遇到认识他的人，他一定告诉人家说："人的整个身体，就像一整个国家。人的心脏就是帝王；心脏旁边排列的其他脏腑，就是朝内辅佐帝王的大臣；身体表面张开的九窍，就是朝外各地的大臣。所以，心脏有了病，则内外都不能救助它，这又和君王在上胡作非为，而大臣在下却不能让他改正有什么两样呢？但凡想要让身体没有病，必须先归正他的心，不使他心中有胡乱的追求，不使他心中有狂妄的思想，不使他心中有贪求的欲望，不使他心中迷乱糊涂，那么，心就会首先没有病。心首先没有病，那么，作为朝内辅佐帝王的大臣的其他脏腑，虽然有了病但也不难医治，体外的九窍，也就没有得病的缘由了。况且药材也有君臣之分，有'佐'有'使'。假如要治病，先使用'君'，后使用'臣'，然后再使用'佐'和'使'，自然是合适恰当的。如果把'佐'作用的药当作'使'去使用，把'使'作用的药当作'佐'去使用，用了一点点不妥当的药材，必然会扰乱药性，又怎么能治好人的病呢？这又像国家治理人民。老夫我用药，常常这样考量。常常遇到有些人的身体，心脏起不到帝王的作用，其他脏腑起不到内臣的作用，致使九窍全都没有归正，全都藏纳病症，以至于好医生见了都被吓跑，好药服用也起不了作用，还不知道医治自身的疾病为时已晚了。多么可悲啊！士人君子们一定要记住！"忽然有一天，他独自到锦川去，脱下衣服洗净身子，伸手到药壶中只挑选了一丸药丹，自己服下了。他对众人说："老夫我的赎罪期限已经结束了，现在要回到岛上去了。"顷刻间他变化成一只白鹤飞走了，衣服和药壶全都沉没到水里，永远也找寻不到了。（出《潇湘录》）

崔 生

进士崔伟，尝游青城山。乘驴歇鞍，收放无仆使。驴走，趁不及。约行二十余里，至一洞口，已昏黑，驴复走入。崔生畏惧兼困，遂寝。及晓，觉洞中微明，遂入去。又十里，出洞门，望见草树岩壑，悉非人间所有。金城绛阙，披甲者数百，见生呵问。答曰："尘俗贱士，愿谒仙翁。"守吏趋报，良久召见。一人居玉殿，披羽衣，身可长丈余，鬓发皓素，侍女满侧，皆有所执。延生上殿，与语甚喜。留宿，酒馔备极珍丰。明日谓生曰："此非人世，乃仙府也。驴走益远，予之奉邀。某惟一女，愿事君子。此亦冥数前定，不可免也。"生拜谢，顾左右，令将青合来，取药两丸，与生服讫。觉腑脏清莹，逡巡摩搔，皮若蝉蜕，视镜，如婴孩之貌。至夕，有霓旌羽盖，仙乐步虚，与妻相见。真人空际，皆以崔郎为戏。每朔望，仙伯乘鹤，上朝蕊宫，云："某阶品尚以卑末，得在天真之列。"必与崔生别，翩翻于云汉之内。

岁余，嬉游佚乐无所比，因问曰："某血属要与一诀，非有恋著也，请略暂回。"仙翁曰："不得淹留，谴罪极大。"与符一道，云："恐遭祸患，此可隐形，然慎不得游宫禁中。"临别，更与符一道云："甚急即开。"却令取所乘驴付之。到京都，试往人家，皆不

崔生

进士崔伟，曾经到青城山游历。一路上他赶路就骑着驴，休息就卸下鞍，这收放之间都没有仆人照顾。有一天他的驴跑了，他去追赶却没追上。大约走了二十多里，来到一个洞口前，天色已经昏暗，驴又逃进洞中，他看着洞口感到畏惧，追了一天有些困乏，就睡下了。等到第二天天亮，他觉得洞中略微明亮一些了，于是走了进去。进入后又走了十里，走出一个洞门，望见草、树、岩石和沟壑，全都不是人间所有的。有一座坚固的城池，上有红色的城门，城门前有好几百身穿铠甲的士兵，见了崔生责问他是谁。他回答说："我是尘世间一名微不足道的百姓，想拜谒这里的仙翁。"守门的官吏跑进去禀报，过了很久才传话召见他。有一个人居住在玉殿之上，身披羽毛织成的衣服，身高有一丈多，鬓发雪白。两侧站满了侍女，侍女们手中都拿着东西。那人延请崔生到殿上，和他交谈得很高兴，留他在此过夜，准备的饭菜美酒相当珍贵丰盛。第二天，那人对崔生说："这里并不是人间，而是神仙洞府。你的驴跑得更远，是我特意用这来邀请你。我只有一个女儿，愿意嫁给你为妻，服侍你。这也是冥冥之中的安排，不能避免。"崔生立即下拜表示感谢。那人看了看左右，命人拿来一个青盒子，从中取出两丸药丹来，让崔生服下。崔生觉得腑脏清洁。顷刻之间摩擦挠痒，发现自己的皮肤像蝉蜕一样脱落下来，一照镜子，自己的容貌就像婴孩一般。到了晚上，在云霞旗帜、羽毛车盖的簇拥下，在优美的仙乐和仙人诵经礼赞声中，崔生与妻子相见。仙人们飞在半空中，都在和崔郎开玩笑。每到初一、十五，仙伯都骑着仙鹤，到天上去朝拜药宫。仙伯对崔生说："我的阶级品位虽卑微，但还排在天仙的行列中。"必定与崔生告别后，再翩翩翻飞在云汉之中。

一年多以后，崔生在仙府之中嬉戏游乐，悠闲安乐无与伦比，于是他问："我有些亲属需要同他们告别，并不是对人世有什么留恋的，请您允许我暂时回去几天。"仙翁说："你不能在人间久留。不然，问罪下来将受到重罚。"仙翁给他一道符，说："担心你遇上祸患，这道符可以隐形，但是千万不要到皇宫中闲逛。"临别的时候，见，便入苑囿大内。会剑南进太真妃生日锦绣，乃窃其尤者以玩。上曰："昼日贼无计至此。"乃召罗公远作法讫，持朱书照之寝殿户外，后果得，具本末。上不信，令笞死。忽记仙翁临行之符，遽发，公远与捉者皆僵仆。良久能起，即启玄宗曰："此已居上界，杀之必不得；假使得之，臣辈便受祸，亦非国家之福。"玄宗乃释之，亲召与语曰："汝莫妄居。"遂令百人具兵仗，同卫士同送，且觇其故。却至洞口，复见金城绛阙。仙伯严侍卫，出门呼曰："崔郎不记吾言，几至颠踬。"崔生拜讫将前，送者亦欲随至。仙翁以杖画成涧，深阔各数丈。令召崔生妻至，掷一领巾过，作五色彩桥，遣生登，随步即灭。既度，崔生回首曰："即如此可以归矣。"须臾云雾四起，咫尺不见，唯闻鸾鹤笙歌之声，半日方散。遥望，惟空山而已，不复有物也。（出《逸史》）

冯俊

唐贞元初，广陵人冯俊，以佣工资生，多力而愚直，故易售。常遇一道士，于市买药，置一囊，重百余斤，募能独负者，当倍酬其直。俊乃请行，至六合，约酬一千文，至彼取资。俊乃归告其妻而后从之。道士云："从我行，不必直至六合，今欲从水路往彼，得舟且随我舟行，亦不减汝直。"俊从之。遂入小舟，舟人与俊并道仙翁又给他一道符，说："到了特别危急的时候就打开它。"再命人把崔生所骑的驴交还给他。崔生回到京城，试着走进别人家，果然谁也看不见他。于是他就进入皇宫花园之中。正遇上剑南道给杨贵妃进贡庆祝生日的锦绣，就偷了其中最好的玩赏。皇上说："大白天贼是没法进来皇宫花园的！"于是就召见罗公远让他作法后，拿着朱笔写的符咒到寝殿门外照了一番，果然把崔生捉住了，他详细地陈述了事情的原委。皇上不信他说的，下令用鞭打死他。他忽然想起仙翁临行前给他的那道符，急忙把它打开。罗公远和捉他的人都一下子身体僵硬倒在地上。过了良久他们才起来，罗公远对唐玄宗说："此人已经是居住在上界的仙人，杀他不得；假如杀了他，我们就要遭受灾祸，而且这也不是国家的福气。"唐玄宗于是就把崔生放了，亲自召见他，对他说："你不要胡乱居住。"于是就命令上百人拿着兵器，同卫士一起去送他，而且暗中观察他究竟要回什么地方去。他回到洞口，又见到那坚固的城池和那红色的城门。仙伯整肃着侍卫，在城门外叫道："崔郎没有谨记我的话，几乎陷入困境之中！"崔生下拜行礼之后，要走上前去，送他回来的人们也想跟着他过去。仙翁用手杖在地上一画，立即形成一道深涧，不论宽深都有几丈，又召崔生的妻子到这里，把一条领巾抛过来，化作一座五色彩桥，让崔生上桥。之后，桥随着他的脚步逐渐消失。跨过深涧后，崔生回头说："就是这样，大家可以回去了。"片刻之间，云雾四起，咫尺之间都看不清东西了，只能听到鸾鹤笙歌的声音，过了半天云雾才散。远远望去，只剩一座空山罢了，不再有什么东西了。（出《逸史》）

冯俊

唐德宗贞元初年，广陵人冯俊，受雇替人做工，以此为生。他本身力气很大，而且性情憨厚耿直，所以很容易找到工作。他曾经遇到一位道士，在市场上买药，已经买了一口袋，有一百多斤重。道士要雇一个人，只要能独自背动这口袋，就会成倍地给工钱。冯俊就主动要求前去。道士让他背到六合县，约好工钱为一千文，到那以后再给钱。冯俊回家告诉了妻子，然后就跟道士走了。道士说："你跟着士共载。出江口数里，道士曰："无风，上水不可至，吾施小术。"令二人皆伏舟中。道士独在船上，引帆持楫。二人在舟中，闻风浪声，度其船如在空中，惧不敢动。数食顷，遂令开船。召出，至一处，平湖渺然，前对山岭重叠。舟人久之方悟，乃是南湖庐山下星子湾也。道土上岸，令俊负药。船人即付船价，舟人敬惧不受。道士曰："知汝是浔阳人，要当时至，以此便相假，岂为辞耶。"舟人遂拜受之而去，实江州人也。遂引俊负药，于乱石间行五六里，将至山下，有一大石方数丈，道士以小石扣之数十下，大石分为二，有一童出于石间，喜曰："尊师归也。"道士遂引俊入石穴，初甚峻；下十丈余，旁行渐宽平；入数十步，其中洞明，有大石堂，道士数十，弈棋戏笑。见道士皆曰："何晚也？"敕俊舍药，命左右速遣来人归。前道士命左右曰："担人甚饥，与之饭食。"遂于瓷瓯盛胡麻饭与之食，又与一碗浆，甘滑如乳，不知何物也。道士遂送俊出，谓曰："劳汝远来，少有遗汝。"授与钱一千文，令系腰下。"至家解观之，自当有异耳。"又问家有几口，云："妻儿五口。"授以丹药可百余粒，曰："日食一粒，可百日不食。"俊辞曰："此归路远，何由可知？"道士曰："与汝图之。"遂引行乱石间，见一石卧如虎状，令俊骑上，以物蒙石头，俊执其末，如执辔焉。诫令闭目，候足著地即开。俊如言骑石，道士以鞭鞭石，遂觉此石举在空中而飞。时已向晚，如炊久，觉足蹑地，开目，已在广陵郭门矣。人家方始举烛，比至舍，妻儿犹惊其速。遂解腰下，皆金钱也。

我走，不必直接到六合县。现在想从水路到那儿去，咱们雇一艘船，你就跟我坐船前去，也不会减少你的工钱。”冯俊听从了道士的话，二人就登上一只小船。小船载着冯俊和道士，驶出江口几里后，道士说：“没有风推动船帆，上游就不能到达，等我略施一点小法术。”道士让冯俊和船家两个人都趴在船舱中，自己独自在船上扯帆持桨。二人趴在船舱中，听到外面的风浪声，感觉他们的船如同在空中飞行，都吓得不敢乱动。几顿饭的工夫之后，道士就让他们打开船舱。道士召唤他们出来，来到一个地方，出现一片浩渺的湖面，面前对着一片层层叠叠的山岭。船家看了很长时间才恍然大悟，原来这里是南湖庐山下星子湾。道士上了岸，让冯俊背着药袋，自己则给船家付船钱，船家又敬又怕，不肯接受。道士说：“我知道你是浔阳人，要按时到达，就借助了你的船，哪能推辞呢？”船家于是就接受了道士的船钱，然后离去了，他确实是江州人。道士就领着背药袋的冯俊，在乱石之间走了五六里。快要走到山下时，看见有一块几丈见方的大石头。道士用一块小石头敲击了几十下，之后大石头一分为二，有一个道童从石间走出来，高兴地说：“尊师回来啦！”道士就领着冯俊进入石洞，刚进去的时候道路很险峻。往下走了十丈多，旁边逐渐变得宽敞平坦。再深入几十步，其中有一个洞内传出光亮，内有一个大石堂，堂中有几十名道士，正下着棋说笑。他们见道士回来，都说：“为什么回来得晚了？”他们让冯俊放下药袋，并让左右赶快打发来人回去。先前那个道士却对左右说：“背药的人饿得厉害，给他弄点饭吃！”于是有人从一个小瓷盆里盛胡麻饭给冯俊吃，又给他一碗浆汁，甘甜润滑像乳汁一样，但不知是什么东西。道士之后就送冯俊出来，对他说：“有劳你大老远给我把药袋背来，给你的东西却不多。”交给他一千文钱，叫他系在腰上。“到家后再解下来看看，自然会出现奇异的事。”道士又问冯俊家中有几口人，冯俊回答说：“妻子儿女共有五口。”道士授予他一百多粒丹药，说：“一天吃一粒，就可以一百天不吃饭。”冯俊告辞说：“这次回去路途很远，我怎么能知道路呢？”道士说：“我给你想办法。”于是道士就领着他走在乱石间。见到一块石头倒在那里像一只老虎一样，道士让冯俊骑上去，自此不复为人佣工，广置田园，为富民焉。里人皆疑为盗也。后他处有盗发，里人意俊同之，遂絷以诣府。时节使杜公亚，重药术，好奇说。闻俊言，遂命取其金丹。丹至亚手，如坠地焉而失之，兼言郭外所乘之石犹在，遂舍之。亚由是精意于道，颇好烧炼，竟无所成。俊后寿终，子孙至富焉。（出《原仙记》）

吕 生

虞乡永乐等县连接，其中道者往往而遇。有吕生者，居二邑间，为童儿时，不欲闻食气，因上山自劚黄精煮服之。十年之后，并饵生者，俗馔并不进。日觉轻健，耐风寒，行若飘风，见文字及人语更不忘。母令读书，遂欲应明经。日念数卷，实非用功也，自不忘耳。后母逼令飧饭，不肯。与诸妹旦夕劝解，悉不从。因于酒中置猪脂，自捧以饮之曰："我老矣。况酒道家不禁。"吕曰："某自小不知味，实进不得。"乃逼于口鼻，嘘吸之际，一物自口中落，长二寸余。众共视之，乃黄金人子也。吕生乃僵卧不起，惟言困惫。其妹以香汤洗之，结于吕衣带中，移时方起。先是吕生年虽近六十，须发漆黑，及是皓首。母始悔之，却取金人，结处如旧，已用东西把那石头老虎蒙上，让冯俊抓住它的末端，就像抓着马缰绳那样。道士告诫他把眼闭上，等到脚着地后再睁开。冯俊像道士说的那样骑到石头上去，道士用鞭子鞭打那块石头，冯俊就觉得那石头升到空中飞了起来。时间已经到了傍晚，冯俊觉得像做了一顿饭的工夫，脚踩到地上了。他睁开眼，发现自己已经回到广陵的城门口了。家家户户刚刚点起蜡烛。等回到了家，他的妻子儿女还惊讶他这次出门如此迅速。于是他解下腰上系着的一千文钱，仔细一看，全都变成金钱了。

从此他不再受雇替别人做工了，大量购置田园，成为了富有的人。乡里的人都怀疑他是靠偷盗发家的，后来别的地方发生了盗窃事件，乡里的人都认为冯俊是强盗的同伙，就把他绑起来押送到官府。当时的节度使是杜公亚，他很重视炼药和道术，喜欢奇异的传说，听了冯俊的解释之后，就让他把金丹拿出来。金丹拿到杜公亚手中时，就像掉到地里似的消失不见了。冯俊还告诉杜公亚，他回来时骑的那块石头还在城外，于是就被释放了。杜公亚从此开始精心钻研道术，很喜欢烧丹炼药，最终却没有什么成就。冯俊后来寿终正寝，他的子孙都特别富有。（出《原仙记》）

吕　生

虞乡、永乐等县互相连接，在这一带常常可以遇见修道的人。有一个叫吕生的人，住在两个县之间，在他小的时候，不想闻到食物的气味，于是就上山自己挖一些黄精煮着服下。十年之后，他同时还吃生黄精，世俗的饭菜全都吃不下去。他一天天觉得自己身体轻捷强健，不惧怕风寒，走起路来像一阵旋风一样，他看见文字以及听别人讲过的话更不会忘记。母亲叫他读书，就想让他去参加明经科的考试。他一天能念几卷书，实在不是因为用功，而是因为看了就不忘而已。后来，他的母亲逼他吃饭，不论怎么逼他都不肯吃。母亲就和他的妹妹们从早到晚地劝导排解，他全都不听从。于是他母亲就在酒中放了猪油，自己捧着想让他喝，说："我已经老了，何况道家也不禁止喝酒！"吕生说："我从小就不吃饭，不知道饭的味道，我实

不见之矣。吕生恨惋垂泣，再拜母出门去，云往茅山，更无其踪。（出《逸史》）

张李二公

唐开元中，有张李二公，同志相与，于泰山学道。久之，李以皇枝，思仕宦，辞而归。张曰：“人各有志，为官其君志也，何怍焉？”天宝末，李仕至大理丞。属安禄山之乱，携其家累，自武关出而归襄阳寓居。寻奉使至扬州，途觏张子，衣服滓弊，佯若自失。李氏有哀恤之意，求与同宿。张曰：“我主人颇有生计。”邀李同去，既至，门庭宏壮，傧从璀璨，状若贵人。李甚愕之曰：“焉得如此！”张戒无言，且为所笑。既而极备珍膳。食毕，命诸杂伎女乐五人，悉持本乐。中有持筝者，酷似李之妻。李视之尤切，饮中而凝睇者数四。张问其故。李指筝者：“是似吾室，能不眷眷？”张笑曰：“天下有相似人。”及将散，张呼持筝妇，以林檎系裙带上，然后使回去，谓李曰：“君欲几多钱而遂其愿。”李云：“得三百千，当办己事。”张有故席帽，谓李曰：“可持此诣药铺，问王老家：‘张三令持此取三百千贯钱。’彼当与君也。”遂各散去。明日，李至其门，亭馆荒秽，扃钥久闭，至复无有人行踪。乃询傍舍求张三。邻人曰：“此刘道玄宅也，十余年无居者。”李叹讶良久，遂持帽诣王家求钱。王老令送帽问家人，审是张老帽否。其女云：

在吃不下去。”于是母亲就硬把放了猪油的酒送到他的口鼻之下，他在呼吸的时候，有一个物品从他嘴中掉落出来，长二寸多。众人好奇一看，原来是一个黄金的小人儿。这时吕生全身僵硬躺着不动，在那里起不来了，只说自己感到困乏疲惫。他妹妹用加了香料的热水把那黄金小人儿清洗了一番，系在他的衣带中。过了一会，他才能起来。原先，这吕生虽然年近六十岁，胡须和头发却是漆黑的。到现在却变成白头了。母亲这才开始后悔。她想再来取那黄金小人儿，打结的地方依旧，黄金小人儿却不见了。吕生感到痛恨惋惜，在那里无声地哭泣。他又拜别母亲，出门离去，说是去茅山，之后再也没有他的踪迹了。（出《逸史》）

张李二公

唐玄宗开元年间，有张公、李公两位求道的人，志趣相同就结伴一起，二人同在泰山学道。过了很久，李公因为是皇室宗族，想凭此当官，就辞别张公想要回去。张公说：“人各有志，当官是你的志向，为什么要感到惭愧呢！”天宝末年，李公官至大理寺丞。正赶上安禄山之乱，他携带着家眷，从武关出来，到襄阳寄居。不久他奉命出使来到扬州，在路上遇见张公。张公的衣服满是污黑，破旧不堪，又假装出一副失意的样子，李公有怜悯抚慰他的想法，请他和自己一同居住。张公说：“我的主人很有赚钱谋生的办法。”他邀请李公和他一同回去。到了之后，见门庭宏大雄伟，仆从穿戴得光彩夺目，样子看起来像是富贵之人。李公感到非常惊讶，说：“怎么能这样呢？”张公告诫他不要说话，不然会被人家笑话。然后准备了极为丰盛珍贵的饭食来款待他。吃完饭后，又让五位杂伎乐工，全都拿出乐器奏乐。其中有一个拿着古筝演奏的，酷似李公的妻子，李公看得尤为真切。在宴饮的过程中，他多次凝望着她。张公问他为什么一直看她。李公指着弹筝的女人说：“这个人好像是我的妻子，哪能不顾念她呢！”张公笑道：“天下长得相似的人有的是。”宴席要解散的时候，张公喊来那抱筝的女人，把一枚林檎果系在她的裙带上，然后就让她回去了。张公对李公说：“你要有多少钱才能满足愿

"前所缀绿线犹在。"李问张是何人，王云："是五十年前来茯苓主顾，今有二千余贯钱在药行中。"李领钱而回，重求，终不见矣。寻还襄阳，试索其妻裙带上，果得林檎，问其故。云："昨夕梦见五六人追，云是张仙唤挡筝。临别，以林檎系裙带上。"方知张已得仙矣。（出《广异记》）

望呢？”李公说：“如果能得到三百千贯钱，我就能把我自己的事情办好。”张公有一顶旧席帽，他对李公说：“你可以拿着这顶旧帽子到药铺去，对王老家里说：‘张三让我拿这顶旧帽子来取三百千贯钱。’他们就会给你。”于是二人各自散去。第二天，李公又到了昨晚张公邀他去的那家门前。亭馆荒芜，门户久闭，甚至再也没有人的行踪。他就到旁边的邻居家去打听张三。邻居说：“这是刘道玄的住宅，已经有十多年没人居住了。”李公惊讶了好久。于是他又拿着帽子到王家去求取钱。王老让人把帽子送回家中去问问家人，仔细察看这是不是张老的帽子。王老的女儿说：“之前我在帽子上缝的绿线还在帽子上面。”李公问张公是什么人，王老说：“张公是五十年前来买茯苓的老主顾，现在还有两千多贯钱存放在药铺中。”李公领到钱回去，重新寻觅张公，却始终没有找到他。不久，李公返回襄阳，试着在妻子的裙带上寻找，果然找到一枚林檎果。他问妻子这是怎么回事，妻子回答说：“昨晚梦见五六个人找我，对我说是一位姓张的神仙叫我去弹筝。临别的时候，他把一枚林檎果系在我的裙带上。”李公这才知道张公已经得道成仙了。（出《广异记》）

卷第二十四　神仙二十四

许宣平　刘清真　张　殖　萧静之　朱孺子

许宣平

许宣平，新安歙人也。唐睿宗景云中，隐于城阳山南坞，结庵以居。不知其服饵，但见不食。颜色若四十许人，行如奔马。时或负薪以卖，担常挂一花瓠及曲竹杖，每醉腾腾拄之以归。独吟曰："负薪朝出卖，沽酒日西归。路人莫问归何处，穿入白云行翠微。"尔来三十余年，或拯人悬危，或救人疾苦。城市人多访之，不见，但览庵壁题诗云："隐居三十载，石室南山巅。静夜玩明月，闲朝饮碧泉。樵人歌垅上，谷鸟戏岩前。乐矣不知老，都忘甲子年。"好事者多咏其诗。有时行长安，于驿路洛阳同华间传舍是处题之。天宝中，李白自翰林出，东游经传舍，览诗吟之，嗟叹曰："此仙诗也。"乃诘之于人，得宣平之实。白于是游及新安，涉溪登山，累访之不得。乃题其庵壁曰："我吟传舍诗，来访真人居。烟岭迷高迹，云林隔太虚。窥庭但萧索，倚柱空踌躇。应化辽天鹤，归当千岁余。"是冬野火燎其庵，莫知宣平踪迹。百余年后，咸通七年。郡人许明奴家有妪。常逐伴入山采樵，独于南山中见一人坐石上，方食桃，甚大。问妪曰："汝许明奴家人也？我明奴之祖宣平。"妪言"常闻已得仙矣"，曰："汝归，为我语明奴，言我在此山中。与汝一桃食之，不可将出。山虎狼甚多，山神惜此桃。"妪乃食桃，甚美，顷之而尽。宣平遣妪随樵人归家言之，明奴之族甚异之，传闻于郡人。其后妪却食，日渐童颜，轻健愈常。中和年已后，兵荒相继，居人不安，明奴徙家避难，妪入山不归。今人采樵，或有见其妪，身衣藤叶，行疾如飞。逐之，升林木而去。（出《续仙传》）

许宣平

许宣平是新安郡歙县人。唐睿宗景云年间，他隐居在城阳山的南坞，盖了一座小草屋居住。不知道他服食丹药，只知他不吃食物。他的容貌像四十多岁的人，走起路来像奔跑的马。他有时候背着木柴去卖，柴担上常常挂着一只花瓦壶和一根弯曲的竹杖，常常喝醉后酒气腾腾地拄着竹杖回来，独自吟唱道："负薪朝出卖，沽酒日西归。路人莫问归何处，穿入白云行翠微。"三十多年来，有时候他把人从高悬欲坠的危难中拯救出来，有时候把人从疾病的痛苦中救治出来，很多城里的人都来拜访他。但他却避而不见，人们只能见到小草屋的墙壁上的题诗，写道："隐居三十载，石室南山巅。静夜玩明月，闲朝饮碧泉。樵人歌垄上，谷鸟戏岩前。乐矣不知老，都忘甲子年。"许多好事者都吟咏着他的诗，有时这些好事者在去长安的驿道上，从洛阳到华州之间的传舍里，到处都题着他的诗。唐玄宗天宝年间，李白从翰林院出来，向东游历途经传舍，看了他的诗并吟咏之后，感叹地说："这是神仙的诗啊！"于是李白就向别人追问这是谁写的诗，得知了许宣平的情况。李白于是就游历到新安郡，渡过溪流，翻山越岭，多次寻访也没有找到许宣平，就在他的小草屋的墙壁上题诗道："我吟传舍诗，来访真人居。烟岭迷高迹，云林隔太虚。窥庭但萧索，倚柱空踌躇。应化辽天鹤，归当千岁余。"这年冬天，野火烧毁了这所小草屋。人们更加不知道许宣平的踪迹。一百多年以后，唐懿宗咸通七年，新安郡人许明奴家中有一位老妇人，曾经和同伴进山打柴，独自在南山中见到一个人坐在石头上，正在吃桃子，这桃子很大。那人问老妇人说："你是许明奴家的人。我是许明奴的祖先许宣平。"老妇人说自己曾经听闻他已经得道成仙了。他说："你回去之后，替我对许明奴说，我在这山中。我给你一个桃吃，千万不

刘清真

唐天宝中，有刘清真者，与其徒二十人于寿州作茶，人致一驮为货。至陈留遇贼，或有人导之令去魏郡，清真等复往。又遇一老僧，导往五台。清真等畏其劳苦，五台寺尚远，因邀清真等还兰若宿。清真等私议，疑老僧是文殊师利菩萨，乃随僧还。行数里，方至兰若。殿宇严净，悉怀敬肃，僧为说法，大启方便。清真等并发心出家，随其住持。积二十余年，僧忽谓清真等曰："有大魔起，汝辈必罹其患，宜先为之防；不尔，则当败人法事。"因令清真等长跪，僧乃含水遍喷，口诵密法。清真等悉变成石，心甚了悟，而不移动。须臾之间，代州吏卒数十人，诣台有所收捕，至清真所居，但见荒草及石，乃各罢去。日晚，老僧又来，以水噀清真等成人，清真等悟其神灵，知遇菩萨，悉兢精进。后一月余，僧云："今复将魔起，必大索汝，其如之何？吾欲远送汝，汝俱往否？"清真等受教，僧悉令闭目，戒云："第一无窃视，败若大事。但觉至地，即当开目。若至山中，见大树，宜共庇之。树有药出，亦宜哺之。"遂各与药一丸云："食此便不复饥，但当思惟圣道，为出世津梁也。"言讫作礼，礼毕闭目，冉冉上升，身在虚空。可半日许，足遂至地。开目，见大山林。

能拿出这山里。这山里有很多虎狼，而且山神也很珍惜这桃子。”老妇人就把那桃子吃了。味道很甜美，不一会儿就吃完了。许宣平打发老妇人跟着打柴的人们一起回家去讲述此事。许明奴家族之人感到非常惊异，逐渐流传到全郡的人都知道此事。在这之后老妇人就不吃饭了，面色一天天变得年轻红润，身体变得轻捷强健。唐僖宗中和年以后，连年兵荒马乱，百姓不安。许明奴搬家躲避战乱，老妇人则进入山中再没回来。现在的人打柴，还有见到那位老妇人的。她身穿藤叶衣服，行走如飞。如果追赶她，她就升到林木之上离去。（出《续仙传》）

刘清真

唐玄宗天宝年间，有一个叫刘清真的人，与他的徒弟们共二十人在寿州制作茶叶，每人赶着一匹马驮着茶叶到外地去卖，走到陈留时遇到贼寇，有人指引他们，让他们去魏郡。刘清真等人又准备到魏郡去。他们在路上又遇到一位老和尚，指引他们到五台山去。刘清真等人害怕路途中劳累辛苦，因为此地离五台山还很远。于是老和尚请他们先回到清净的庙里休息一晚。刘清真等人在私下议论，怀疑老和尚是文殊师利菩萨，就跟着老和尚返回，走了几里，才来到老和尚所说的清净庙宇中。庙里的殿宇清净庄严，他们都肃然起敬。老和尚为他们讲授佛法，为了让他们理解佛法，又旁征博引了许多说辞、比喻。刘清真等人听后都许下向善的心愿然后出家了，跟着老和尚护持佛法。就这样过了二十多年，老和尚忽然对刘清真等人说：“有一个强大的魔罗将要出现，你们一定会受到它的祸害，应该先让你们有所防范。不然，到时候就会破坏别人诵经、斋戒等法事。”于是老和尚让刘清真等人庄重地跪下，他口中含着水全都喷到他们身上，口中还念着秘法。刘清真等人全都变成了石头。他们内心依然保持清醒，身体却不能移动。不一会，代州的几十名官兵，要到五台山的寺庙中拘捕犯人，走到刘清真等人居住的地方，只见都是荒草和石头，就各自作罢离去。到了傍晚，老和尚又回来了，含上水喷向刘清真等人，把他们恢复成人。刘清真等人这才明白他就是神或遇樵者，问其地号，乃庐山也。行十余里，见大藤树，周回可五六围，翠阴蔽日。清真等喜云："大师所言奇树，必是此也。"各薙草而坐。数日后，树出白菌，鲜丽光泽，恒飘飘而动。众相谓曰："此即大师所云灵药。"采共分食之。中有一人，绐而先食尽。徒侣莫不愠怒，诟责云："违我大师之教。"然业已如是，不能殴击。久之，忽失所在，仰视在树杪安坐。清真等复云："君以吞药故能升高。"其人竟不下。经七日，通身生绿毛。忽有鹤翱翔其上。因谓十九人云："我诚负汝，然今已得道，将舍汝，谒帝于九天之上。宜各自勉，以成至真耳。"清真等邀其下树执别。仙者不顾，遂乘云上升，久久方灭。清真等失药，因各散还人间。中山张伦，亲闻清真等说云然耳。（出《广异记》）

灵，知道自己遇上了菩萨。他们全都争先恐后地专心修行，不敢有一丝懈怠。一个多月以后，老和尚说：“现在那个强大的魔罗又要出现，一定会大肆搜索你们，那你们该怎么办呢？我想把你们送到一个很远的地方，你们都愿意去吗？”刘清真等人都愿意接受老和尚的指引。老和尚让他们全都闭上眼睛，告诫道：“最重要的是过程中不要偷看，坏了你等大事。只要觉得到了地面，就可以睁开眼睛了。如果你们到了山中，看见一棵大树，应该一起躲在树下避难。树上长有灵药，也应该一起吃掉它。”于是分给他们每人一丸丹药，说：“吃了这丹药就不会再感到饥饿，应该思考只有出离生死烦恼之道，才是超脱尘世的渡口和桥梁。”听老和尚说完后，他们就行礼拜别，行完礼后闭上眼睛。他们觉得自己冉冉上升，身体飘在天空之中。过了半天左右，脚就碰到地面。他们睁开眼，见到一片大山林。

有时遇到砍柴的樵夫，问这个地方叫什么，得知原来是庐山。就这样走了十几里，看见一棵大藤树，足足有五六人合围这么粗，绿荫遮蔽太阳。刘清真等人高兴地说：“大师所说的那棵奇树，一定就是这棵！”各自拔除杂草坐到树下。几天后，大树上长出白菌。白菌光鲜亮丽，润泽光亮，风吹上去总是轻飘飘地动。大家都说：“这就是大师所说的灵药。”采下来准备一起分着吃了。他们其中有一个人，欺骗了大家，自己先把那灵药吃光了。其他同伴没有一个不生气的，斥骂道：“你违背了大师对我们的教导！”但是事情已经如此了，也不能打他出气。过了很长时间，那人忽然消失不见了。抬头寻找他时，发现他在树梢上安安稳稳地坐着。刘清真等又说：“你因为吞了灵药，所以才能升高。”那人最终也不肯下来。过了七天，那人全身长出绿毛，忽然有一只仙鹤翱翔在他的头上。于是他对其他十九个人说：“我真是对不起大家，但是我现在已经得道成仙，将要离开大家。到九天上去谒见天帝。各位也应该勤勉努力，这样才能得道成仙。”刘清真等人请他下来与大家握手告别，仙人也不回头看看，就乘着云朵飞升上天，好长时间才消失不见。刘清真等人因为失去灵药，各自分散回到人间。中山的张伦，亲耳听到刘清真等人说起这件事。（出《广异记》）

张殖

张殖，彭州导江人也。遇道士姜玄辨，以六丁驱役之术授之。大历中，西川节度使崔宁，尝有密切之事差人走马入奏。发已三日，忽于案上文籍之中，见所奏表净本犹在；其函中所封，乃表草耳。计人马之力，不可复追，忧惶不已，莫知其计。知殖术，召而语之。殖曰："此易耳，不足忧也。"乃炷香一炉，以所写净表置香烟上，忽然飞去。食顷，得所封表草坠于殖前。及使回问之，并不觉。进表之时，封题印署如故。崔公深异之，礼敬殊常。问其所受道之由。云："某师姜玄辨，至德中，于九龙观舍力焚香数岁，因拾得残缺经四五纸，是太上役使六丁法，咒术备足，乃选深山幽谷无人迹处，依法作坛持咒，昼夜精勤。本经云，一十四日，玄辨为九日而应。忽有黑风暴雨，惊骇于人，视之雨下，而坛场不湿。又有雷电霹雳，亦不为惊惧。良久，见奇形异状鬼神绕之，亦不为畏。须臾，有铁甲兵士数千，金甲兵士数千，瞰噪而下，亦不惊怖。久之，神兵行列，如有所候。即有天女，著绣履绣衣，大冠佩剑立，问玄辨曰：'既有呼召，有何所求？'玄辨以术数为请。六丁兵仗，一时隐去。自此每日有一丁侍之。凡所征求，无不立应，以术授殖。谓曰：'术之与道，相须而行。道非术无以自致，术非道无以延长。若得术而不得道，亦如欲适万里而足不行也。术者虽万端隐见，未除死箓。固当栖心妙域，注念丹华，立功以助其外，炼魄以存其内，内外齐一，然后可适道，可以长存也。峨眉山中，神仙万余人，自皇人统领，置宫府，分曹属，以度于人。吾与汝观道之纤芥，未造其玄微。龙蛇之交，与汝入洞府，朝真师，庶可以讲长生之旨也。'师玄辨隐去二十余岁。此年龙蛇之交，当随师登峨眉，入洞天，不久往矣。"是年大历十二年丁巳，殖与玄辨隐去，不复见。（出《仙传拾遗》）

张 殖

张殖是彭州导江人。他曾经遇到道士姜玄辨，姜玄辨就把“六丁驱役”的法术传授给他。唐代宗大历年间，西川节度使崔宁，曾经有秘密紧急的事情，派人骑马奔赴京中奏报。使者出发三天后，忽然崔宁在桌案上的书籍当中，看见所奏报的奏章誊写定本还在桌案上；那信封中封装的是奏章的草稿而已。心中估计了一下人马的速度，觉得不可能再追上了。崔宁整日又愁又怕，不知道该怎么办。他知道张殖会法术，就把他召来并告诉他事情的经过。张殖说：“这件事很容易，不值得为此发愁。”于是他点燃一炉香，把誊写清楚的奏章定本放在焚香的烟雾上，奏章忽然腾空飞起自行离去了。过了一顿饭的时间，那封装好的奏章草稿就落到张殖面前。等到使者返回后一问，途中并没发觉，向皇帝递上奏章的时候，封函上的印信署名和原来一样。崔宁深感惊异，对张殖异常地礼遇敬重。他问张殖学习道术的缘由。张殖回答说：“我的老师是姜玄辨。唐肃宗至德年间，尊师姜玄辨在九龙观虔诚地烧了几年香，因而拾到四五页残缺的经书碎片，上面写的是‘太上役使六丁’法，咒语法术都很完整。于是他就选在深山幽谷中一个没有人迹的地方，依照那上面记录的方法建造法坛，手持咒语，不分昼夜地精心研究，勤奋练习。本来经文上说十四天才能大成，而尊师姜玄辨练了九天就有所应验。忽然天空出现了黑风暴雨，令人害怕。再一看，暴雨倾盆而下，但是法坛却没被浇湿。又有雷电霹雳，他也不感到惊慌。过了好一会，只见有奇形怪状的鬼神围绕着他，他也不害怕。片刻之间，有几千名铁甲士兵，还有几千名金甲士兵，从高处俯瞰着，吵嚷着降落下来。他还是不怕。过了许久，神兵整齐站好，好像在等候什么人。立刻有一位天女，穿着绣花鞋绣花衣，戴着高大的头冠，佩带着宝剑，站在那里。她问姜玄辨说：‘既然你召唤我们下凡，是有什么需求吗？’姜玄辨提出教他道术。鬼神和天兵，一时间全都隐去不见了。从此之后，每天都有一名士兵侍候他，凡是提出什么要求，没有不马上答应的。后来他又把道术传授给我。他还对我说：‘术和道，是互相配合才能进步的。道没有术的配合不能修炼成功；术没有道的配合不能维持长久；如果只得

萧静之

兰陵萧静之，举进士不第。性颇好道，委书策，绝粒炼气，结庐漳水之上，十余年而颜貌枯悴，齿发凋落。一旦引镜而怒，因迁居邺下，逐市人求什一之利。数年而资用丰足，乃置地葺居。掘得一物，类人手，肥而且润，其色微红。叹曰："岂非太岁之神，将为祟耶？"即烹而食之，美，既食尽。逾月而齿发再生，力壮貌少，而莫知其由也。偶游邺都，值一道士，顾静之骇而言曰："子神气若是，必尝饵仙药也。"求诊其脉焉，乃曰："子所食者肉芝也，生于地，类人手，肥润而红。得食者寿同龟鹤矣。然当深隐山林，更期至道，不可自混于臭浊之间。"静之如其言，舍家云水，竟不知所之。（出《神仙感遇传》）

术而不得道，就像想要到达万里之外而不迈开脚一样。术，尽管它有千种万种，时隐时现，只要自己的名字还没从生死簿上除去，当然应该寄心修行到妙境中，一心想着炼制仙丹，建立功绩作为身外的辅助，修炼心神作为内因的保障，内外之间整齐一致，然后就可以归从道统，可以长生不老了。峨眉山中，有一万多名神仙，自有天帝统领，设置宫府，分立官署，用来度化人们。我和你只修炼了道术的皮毛，尚未到达那玄妙精微的境地。在龙（辰）年和蛇（巳）年交替的时候，我和你一起进入仙山洞府，去朝拜一位真正的仙师，请他给咱们讲一讲长生的要领！'老师姜玄辨已经隐去二十多年了。今年正是龙蛇交会的时候，我应当会跟着老师登上峨眉山，进入洞天福地。不久就要离开了。"这一年是唐代宗大历十二年，丁巳岁，张殖和姜玄辨都隐匿起来了，不再出现在人间。（出《仙传拾遗》）

萧静之

兰陵县的萧静之，参加进士考试没有考中。他生性很喜欢修道，就舍弃了书本，绝食以专心炼气。他在漳水之上盖了房子。修炼了十几年之后，他的容貌变得干枯憔悴，牙齿和头发全都衰败掉落。有一天早晨，他照镜子时看见自己衰老的样子而感到生气。于是他搬到邺下居住，跟着商人们去赚取那十分之一的利润，几年之后就财货丰富充足了。于是他就购置土地，建造房子。他在盖房子的时候，从地里挖出来一个东西。那东西外表看起来像人手，肥壮而且润泽，颜色微微发红。他惊叹道："难道这是太岁神？将要作祟吗？"他马上就把那东西煮着吃了，味道很鲜美，就把它全吃完了。过了一个月，他的牙齿和头发都重新生长出来了，身体也变得强壮，相貌也变得年轻了，但他却不知道这是什么原因。他偶然游历到邺都，遇上一位道士。道士看着他吃惊地说："你的精神气色这样好，一定是曾经吃过仙药吧！"道士请为他摸脉，说："你所吃的是肉芝。肉芝这东西生长在地下，长得像人手，肥壮润泽而且发红。能够吃到肉芝的人，他就能和龟、鹤一样长寿了。然而你应当隐居于深山老林之中，改去修炼更高深的道术，不能把自己混杂在世俗的腥臭浑浊之间。"

朱孺子

朱孺子，永嘉安国人也。幼而事道士王玄真，居大箬岩。深慕仙道，常登山岭，采黄精服饵。一日，就溪濯蔬，忽见岸侧有二小花犬相趁。孺子异之，乃寻逐入枸杞丛下。归语玄真，讶之。遂与孺子俱往伺之，复见二犬戏跃，逼之，又入枸杞下。玄真与孺子共寻掘，乃得二枸杞根，形状如花犬，坚若石。洗挈归以煮之。而孺子益薪看火，三日昼夜，不离灶侧。试尝汁味，取吃不已。及见根烂，告玄真来共取，始食之。俄顷而孺子忽飞升在前峰上。玄真惊异久之。孺子谢别玄真，升云而去。到今俗呼其峰为童子峰。玄真后饵其根尽，不知年寿，亦隐于岩之西陶山。有采捕者，时或见之。（出《续神仙传》）

萧静之就像道士说的那样去做，放弃家业四处云游去了，后来就不知他去哪儿了。（出《神仙感遇传》）

朱孺子

朱孺子是永嘉郡安固县人。他从小就服侍道士王玄真，住在大箬岩。他很羡慕那些成仙得道的人，经常登上山岭，采集黄精服用。有一天，他在溪边洗菜，忽然看见岸边有两只小花狗互相追逐。朱孺子感到很惊奇，就去追寻它们，进入一丛枸杞下就不见了。他回来后告诉王玄真。王玄真也感到惊讶，就和朱孺子一起去观察，到了岸边又看见两只小花狗嬉戏跳跃。他们慢慢逼近小狗。小狗又跑进枸杞丛下不见了。王玄真和朱孺子一起挖掘寻找那两只小花狗，结果挖到了两根枸杞根。外表看起来像花狗一样，坚硬如石头。他们把枸杞根洗净后拿回来煮。朱孺子负责添柴看火，整整过了三个昼夜，他都没离开灶边。他试着尝那汤汁的味道，尝得停不下来。当看到两条根都煮烂时，就告诉王玄真一起来取，然后开始吃这枸杞根。顷刻之间朱孺子忽然飞升到前面的山峰上。王玄真对此惊奇了很久。朱孺子拜谢辞别了王玄真，升空腾云离去。到现在当地人都俗称那山峰为童子峰。王玄真后来把那枸杞根全都吃了，不知他活了多大岁数，又隐居于大箬岩西面的陶山。有些采药打猎的人，有时还能见到他。（出《续神仙传》）

卷第二十五　神仙二十五

采药民　元柳二公

采药民

唐高宗显庆中，有蜀郡青城民，不得姓名。尝采药于青城山下，遇一大薯药，劚之深数丈，其根渐大如瓮。此人劚之不已，渐深五六丈，而地陷不止，至十丈余，此人堕中，无由而出。仰视穴口，大如星焉。分必死矣。忽旁见一穴，既入，稍大，渐渐匍匐，可数十步，前视，如有明状。寻之而行，一里余，此穴渐高。绕穴行可一里许，乃出一洞口。洞上有水，阔数十步。岸上见有数十人家村落，桑柘花物草木，如二三月中。有人，男女衣服，不似今人。耕夫钓童，往往相遇。一人惊问得来之由，遂告所以。乃将小舠子渡之。民告之曰："不食已经三日矣。"遂食以胡麻饭柏子汤诸菹。止可数日，此民觉身渐轻。问其主人，此是何所，兼求还蜀之路。其人相与笑曰："汝世人，不知此仙境。汝得至此，当是合有仙分。可且留此，吾当引汝谒玉皇。"又其中相呼云："明日上巳也，可往朝谒。"遂将此人往。其民或乘云气，或驾龙鹤。此人亦在云中徒步。须臾，至一城，皆金玉为饰。其中宫阙，皆是金宝。诸人皆以次入谒，独留此人于宫门外。门侧有一大牛，赤色，形状甚异，闭目吐涎沫。主人令此民礼拜其牛，求乞仙道。如牛吐宝物，即便吞之。此民如言拜乞。少顷，此牛吐一赤珠，大逾径寸。民方欲捧接，忽有一赤衣童子拾之而去。民再求，得青珠，又为青衣童子所取。又有黄者白者，皆有童子夺之。民遂急以手捧牛口，须臾得黑珠，遽自吞之。黑衣童子至，无所见而空去。

采药民

唐高宗显庆年间，蜀郡青城有一个人，不知道他叫什么名字。他曾经在青城山下采草药，遇到一棵大薯药，就往下挖了几丈深，发现这薯药的根茎渐渐粗大，最粗的部分像瓮那么粗。这个人不停地往下挖，渐渐地挖到五六丈深时，土已经不停地往下陷。挖到十丈多的时候，这个人掉到深坑中，没有办法爬出来。他仰视洞口，天空只有星星那么大。按理说他必死无疑了。忽然他发现旁边有一个洞穴，进去之后，见洞中稍微宽敞，渐渐地能够匍匐前进，爬了几十步，看向前方，好像有亮光。他顺着那亮光往前行，继续爬行了一里多，这个洞穴逐渐变高。又在洞中绕着走了一里多，就从一个洞口处出来了。洞的上边有一条河，有几十步宽。岸上有一处几十户人家生活的村落。村落里有桑树柘树和其他花草树木，景色就像二三月的样子似的。村里有人居住，男女老少穿的衣服，不像是现在的人穿的。耕地的农夫和钓鱼的孩童，常常相遇。有一个人吃惊地问他是怎么来这里的，于是他就把来这儿的原委告诉了那人。那人就用一条小船把他载过河去。采药人告诉那人："我已经三天没吃东西了。"那人就准备了胡麻饭、柏子汤以及各种腌菜给他吃。住了几天，采药人觉得自己的身体渐渐变得轻盈，就问那人，这是什么地方，还顺带打听回蜀郡的道路。那里的人都对他笑笑说："你是世俗间的人，不知道这里是仙境。你能够到这个地方来，应当是与成仙有缘分。可以暂时留在这里，我会带你去拜见玉皇。"村中又有人喊道："明天是三月三上巳节，可以前去拜谒玉皇。"于是他们就带着采药人前往。这里的居民有人驾着云气，有人乘着龙鹤。采药人也在云中徒步行走。过了片刻，他们来到一座城市，全都是用金玉来装饰的。其中的宫殿楼阁，全都是用黄金珠宝做的。人们都按照次序进入拜谒，唯独把他主人遂引谒玉皇。玉皇居殿，如王者之像，侍者七人，冠剑列左右，玉女数百，侍卫殿庭。奇异花果，馨香非世所有。玉皇遂问民。具以实对，而民贪顾左右玉女。玉皇曰："汝既悦此侍卫之美乎？"民俯伏请罪。玉皇曰："汝但勤心妙道，自有此等；但汝修行未到，须有功用，不可轻致。"敕左右，以玉盘盛仙果，其果绀赤，绝大如拳，状若世之林檎而芳香无比，以示民曰："恣汝以手捧之，所得之数，即侍女之数也。"自度尽拱可得十余。遂以手捧之，唯得三枚而已。玉皇曰："此汝分也。"初至未有位次。且令前主人领往彼处。敕令三女充侍，别给一屋居之。令诸道侣，导以修行。此人遂却至前处，诸道流传授真经，服药引气，洗涤尘念。而三侍女亦授以道术。

后数朝谒，每见玉皇，必勉其至意。其地草木，常如三月中，无荣落寒暑之变。度如人间，可一岁余。民自谓仙道已成，忽中夜而叹。左右问，曰："吾今虽得道，本偶来此耳。来时妻产一女，留在宫门外。宫门的一侧有一头赤红色的大牛，外表很是奇特，正闭着眼睛口吐涎沫。主人让他对着这牛行礼叩拜，乞求成仙之道，如果牛吐出宝物，要立即把它吞下。采药人就按照所说的去礼拜这头牛。不一会儿，这牛吐出一颗赤色珠子，直径超过一寸。他刚要伸手去捧接，忽然有一个穿着红衣的童子拾起宝珠离开了。他再次乞求，得到一颗青色珠子，又被一个穿着青色衣服的童子取走了。他又乞求到了黄色珠子、白色珠子，也都被黄衣童子、白衣童子抢走了。于是他急忙用手捧住牛嘴，不一会儿得到一颗黑色珠子，他急忙吞了下去。黑衣童子来到，什么都没见到就空着手回去了。

主人于是就领他去拜见玉皇。玉皇坐在大殿上，像君临天下的王者一样。七个侍卫戴冠佩剑分列在玉皇的两侧。还有几百名玉女，守卫在大殿前的庭院里。庭院里到处都是奇花异果，散发的香气不是在人间所能闻到的。玉皇就问采药人，他都如实地回答。他贪恋玉皇左右玉女的美色，玉皇说："你很喜欢这些侍卫的美色吗？"他连忙趴在地上请罪。玉皇说："只要你勤奋地修炼精妙的道法，自然会有这些。但是现在你的修行还不到家。你必须有所成就，不可能轻易就得到这些。"玉皇让左右侍从用玉盘端来仙果。那仙果青中带红，有拳头那么大，样子像人世间的林檎果，气味芳香无比。玉皇把仙果拿给他看，说道："让你随便用手捧仙果，能捧走几个仙果，就赐给你几个侍女。"他估计自己双手合围最多能捧起十几个，就伸手去捧，却只捧起三颗而已。玉皇说："这也就是你的缘分了。"因为他刚刚到来，仙境中没有他的职位，暂时就让他跟随曾招待他的主人回到他那里。敕令那三名侍女侍奉他，另外还给他一所房子居住。又让一起修炼的同伴们指导他修行。于是采药人就跟着那主人回到原来的地方，各位道友们也向他传授真经，帮他服用仙药，修炼吐纳，洗涤尘俗之念。而那三名侍女也传授给他道术。

后来采药人又多次谒见玉皇，每次见到玉皇，玉皇一定会勉励他全心全意地修行。这地方生长的草木，总像俗世的三月间，没有荣枯寒暑的变化。估计人间大约过了一年多，他自己认为已修成仙道，忽然在半夜里唉声叹气。左右侍从问他为什么叹气，他说："我现在虽才经数日，家贫，不知复如何，思往一省之。”玉女曰：“君离世已久，妻子等已当亡，岂可复寻？盖为尘念未祛，至此误想。”民曰：“今可一岁矣，妻亦当无恙，要明其事耳。”玉女遂以告诸邻，诸邻共嗟叹之，复白玉皇，玉皇命遣归。诸仙等于水上作歌乐饮馔以送之。其三玉女又与之别，各遗以黄金一铤，曰：“恐至人世，归求无得，以此为费耳。”中女曰：“君至彼，倘无所见，思归，吾有药在金铤中，取而吞之，可以归矣。”小女谓曰：“恐君为尘念侵，不复有仙，金中有药，恐有失耳。吾知君家已无处寻，唯舍东一捣练石尚在，吾已将药置石下。如金中无，但取此服可矣。”言讫，见一群鸿鹄，天际飞过。众谓民曰：“汝见此否，但从之而去。”众捧民举之，民亦腾身而上，便至鹄群，鹄亦不相惊扰，与飞空。回顾，犹见岸上人挥手相送，可百来人。

乃至一城中，人物甚众。问其地，乃临海县也，去蜀已甚远矣。遂鬻其金为资粮，经岁乃至蜀。时开元末年，问其家，无人知者。有一人年九十余，云：“吾祖父往年因采药，不知所之，至今九十年矣。”乃民之孙也，相持而泣，云：“姑叔父皆已亡矣，时所生女适人身死，其孙已年五十余矣。”相寻故居，皆为瓦砾荒榛，唯故砧尚在。民乃毁金求药，将吞之，忽失药所在。遂举石，得一玉合，有金丹在焉。即吞之，而心中明了，却记去路。此民虽仙洞得道，而本庸人，都不能详问其事。时罗天师在蜀，见民说其去处，乃云：“是第五洞宝仙九室之天，玉皇即天皇也，大牛乃驮龙然得道成仙，但我本来只是偶然到了这里，来的时候妻子刚生下一个女孩，才过了几天我就离开了。我家里穷，又不知道现在过得怎样了。我想回去看看。”玉女说：“你离开人世已经过了很久了，妻子儿女等应该已经去世了，怎么能再找到他们呢！大概因为你世俗的欲念尚未了却，所以你到现在还胡思乱想。”他说：“现在只过了一年，妻子应该还平安健在，我只是想了解一下他们生活的情况罢了。”玉女于是告诉了各位邻居，邻居们都一起感叹。又禀报给了玉皇，玉皇让大家送他回去。诸位神仙们在水上唱歌奏乐畅饮，举办宴会为他送行。那三名玉女也和他告别，每人送给他一锭黄金，大玉女说：“恐怕你到了人世间，想要回来却不被允许，用这些黄金当作花费吧！”中玉女说：“你到了人世，如果什么人也没见到，想要回来仙境，我有仙药放在金锭中，你取出来服用下去，就可以回来了！”小玉女说：“恐怕你被世俗之念侵害，身上不再有仙气，我就在金锭中预备了仙药。又怕金锭中的药难以取出，我知道你家已经无处可寻，只有房子东面的一块捣衣石还在，我已经把仙药放在那块石头下边。如果没从金锭中取出药，只要取出石下的仙药服下就可以了。”说完，有一群鸿鹄，从天际飞过，众人对他说：“你看到这些鸿鹄了吧？只要跟着它们就可以回去了。”众人就把他托起来，他也自己腾身往上一跃，就来到鸿鹄群中。鸿鹄们也不惊怕，带着他一起飞在空中。他回头看去，还看见岸上的仙人们挥手送别，有一百多人。

接着他飞到一座城中。城里人很多。他就打听这里是什么地方，被告知这地方是临海县，离蜀郡非常远。于是就卖掉那金锭作为盘缠，经过一年才回到蜀地。这时已经是唐玄宗开元末年。采药人就打听他的家的位置，没有一个人知道。之后遇到一个九十多岁的老人，他说：“我祖父往年因为采药，不知所终，到现在已经九十年了。”原来这是他的孙子。相认后祖孙抱头痛哭，孙子说：“姑姑、叔父、父亲全都已经去世了。”他离家时出生的那个女儿嫁人后也死了，她的孙子都已经五十多岁了。祖孙俩一同去寻找故居，见故居已经是一片瓦砾和荒草，只有旧时的捣衣石还在。于是采药人砸碎金锭取出仙药。将要吞下的时候，药忽然不见了。于是把捣衣石抬起也。所吐珠，赤者吞之，寿与天地齐；青者五万岁；黄者三万岁；白者一万岁；黑者五千岁；此民吞黑者，虽不能学道，但于人世上亦得五千岁耳。玉皇前立七人，北斗七星也。”民得药，服却入山，不知所之，盖去归洞天矣。（出《原仙记》）

元柳二公

元和初，有元彻、柳实者，居于衡山，二公俱有从父为官浙右。李庶人连累，各窜于驩、爱州。二公共结行李而往省焉。至于廉州合浦县，登舟而欲越海，将抵交趾，舣舟于合浦岸。夜有村人飨神，箫鼓喧哗。舟人与二公仆吏齐往看焉。夜将午，俄飓风欻起，断缆漂舟，入于大海，莫知所适。罥长鲸之鬐，抢巨鳌之背，浪浮雪峤，日涌火轮。触蛟室而梭停，撞蜃楼而瓦解。摆簸数四，几欲倾沉，然后抵孤岛而风止。二公愁闷而陟焉，见天王尊像，莹然于岭所，有金炉香烬，而别无一物。二公周览之次，忽睹海面上有巨兽，出首四顾，若有察听，牙森剑戟，目闪电光，良久而没。逡巡，复有紫云自海面涌出，漫衍数百步，中有五色大芙蓉，高百余尺，叶叶而绽，内有帐幄，若绣绮错杂，耀夺人眼。又见虹桥忽展，直抵于岛上。

来，从石下取出一个玉盒，盒中有粒金丹，他就把它吞下，他心里突然明朗，记起回仙境的路。采药人虽然在仙洞中得道成仙，但他本是一个平凡的人，人们都不能详细询问他成仙这件事。当时天师罗公远在蜀地，见了采药人，听他说的那个去处，便说："这是第五洞宝仙九室的天地。玉帝就是天帝。大牛就是驮龙。驮龙所吐的珠子，吞下红色的，寿命与天地一样长久；青色的五万岁；黄色的三万岁；白色的一万岁；黑色的五千岁。采药人吞下黑色的，虽然不能学习道术，但是在人世上也能活五千年了。玉皇前站着七个人，就是北斗七星。"采药人找到仙药服下之后，就进入了山中，不知所终。大概是回到那洞天福地去了。（出《原仙记》）

元柳二公

唐宪宗元和初年，有两个人名叫元彻、柳实，居住在衡山上。二人都有叔伯父在浙西做官。叔伯父都受到李庶人（李琦）的连累，各自流窜到安南都护府的驩州和爱州。元柳二人便相约一起收拾行李，到驩州、爱州去省亲。走到廉州合浦县，坐上船想要过海，将要抵达交趾。船停在合浦县的岸边，夜里听到村中有人祭神，箫声鼓声吵闹纷乱，船夫和元柳二人的其他仆人一齐去看热闹。将近午夜的时候，不一会儿大风忽起，狂风刮断了缆绳，船顺着风漂进大海，不知道漂到了什么地方。只见船一会被挂到大鲸鱼脊背的鱼鳍上；一会又被撞到大乌龟的背壳上。海浪起伏不断，像波动的雪山；红日涌动不停，像跃动的火球。触碰到了居住在海底的蛟人房屋，屋里织布的鲛人织梭都停了；碰撞到了海市蜃楼，海市蜃楼都瓦解消散了。大船晃动颠簸了多次，差一点儿就要倾覆沉没了，然后抵达了一座孤岛，狂风也停了。元柳二人愁闷地登上岛去，见有一座天王尊像，光洁闪亮地立在山岭之上，像前有金铸香炉和燃烧后留下的香灰，再没有摆设其他东西。二人向周围巡视了几次，忽然望见海面上出现一头巨兽，探出头来向四处张望，好像在察看探听什么。那巨兽的牙齿森然像林立的剑戟，眼睛闪烁着电光。过了许久，那巨兽才沉入水中。不多时，又有紫云从海面上涌现出来，弥漫了有几百步的大小。其俄有双鬟侍女，捧玉合，持金炉，自莲叶而来天尊所，易其残烬，炷以异香。二公见之，前告叩头，辞理哀酸，求返人世。双鬟不答。二公请益良久，女曰："子是何人，而遽至此。"二公具以实白之。女曰："少顷有玉虚尊师当降此岛，与南溟夫人会约。子但坚请之，将有所遂。"言讫，有道士乘白鹿，驭彩霞，直降于岛上。二公并拜而泣告，尊师悯之曰："子可随此女而谒南溟夫人，当有归期，可无碍矣。"尊师语双鬟曰："余暂修真毕，当诣彼。"二子受教，至帐前行拜谒之礼。见一女未笄，衣五色文彩，皓玉凝肌，红流腻艳，神澄沆瀣，气肃沧溟。二子告以姓字，夫人哂之曰："昔时天台有刘晨，今有柳实；昔有阮肇，今有元彻；昔时有刘阮，今有元柳。莫非天也？"设二榻而坐。

俄顷尊师至，夫人迎拜，遂还坐。有仙娥数辈，奏笙簧箫笛。旁列鸾凤之歌舞，雅合节奏。二子恍惚，若梦于钧天，即人世罕闻见矣。遂命飞觞。忽有玄鹤，衔彩笺自空而至曰："安期生知尊师赴南溟会，暂请枉驾。"尊师读之，谓玄鹤曰："寻当至彼。"尊师语夫人曰："与安期生间阔千年，不值南游，无因访话。"夫人遂促侍女进馔，玉器光洁。夫人对食，而二子不得饷。尊师曰："二子虽未合饷，然为求人间之食而饷之。"夫人曰："然。"即别进馔，中有一朵五色大芙蓉，高一百多尺，每片花瓣整齐舒展，内有帐幔，像绣锦那样交错，耀人眼目。又见到有一座彩虹拱桥忽然伸展而来，直接抵达岛上。

不一会儿，有一位扎着双鬟的侍女，捧着玉盒，拿着金炉，从莲叶上来到天尊像所在的地方，换掉金炉里的那些香灰，点燃异香。元柳二人见了，上前去叩头求助，言辞很是哀痛心酸，请求神仙帮他们返回人世间。双鬟侍女没有说话。二人又乞求了好久。侍女说："你们是什么人？为什么突然来到这里？"二人详细地把过程告诉了侍女。侍女说："过一会儿有一位玉虚尊师会降临到这个岛上，他是遵守与南溟夫人的约定而来相会的，你们只要坚定地请求他帮忙，他就会实现你们的心愿。"侍女刚说完，有一位道士乘着一只白鹿，驾着彩霞，直接降落到岛上。二人共同上前参拜，哭着把事情讲述完，尊师悲悯地说："你二人可以跟着这位侍女去谒见南溟夫人，应当就能确定回去的日期了，不会有什么阻碍。"尊师对扎双鬟的侍女说："我暂且先在这修炼，结束之后，也当去拜见南溟夫人。"元柳二人受到指引，来到帐前行拜谒之礼。只见一位尚未及笄的女子，这女子穿着五色华彩的衣服，肌肤洁白如玉，面色红润细腻艳丽。她的神情冷得让天地间凝结露气，气魄能够整肃大海苍天。二人把姓名表字都告诉了她。她取笑说："昔日天台山有一个叫刘晨的，现在有一个叫柳实的；以前有一个叫阮肇的，如今有一个叫元彻的；以前有'刘阮'二生，如今有'元柳'二生。莫非这就是天意？"南溟夫人安排侍从放了两个坐榻让二人坐下。

不一会儿玉虚尊师也到了，夫人起身上前迎拜。然后就回到座位。其间有几名仙女，演奏起了笙、簧、箫、笛等乐器，旁边列队跳着鸾凤的歌舞，正合旁边乐器的节奏。二人恍恍惚惚间，就像做梦飞到钧天之上，这是人世间很罕见的音乐和歌舞。于是南溟夫人令众人举杯敬酒。忽然有一只黑色的仙鹤，口衔着一封彩色的书信从空中降下，开口说道："安期先生知道玉虚尊师到南溟夫人处赴约，暂请您屈尊相访。"尊师读后，对黑鹤说："我过一会儿就到他那去！"尊师对夫人说："我和安期先生阔别一千多年了，如果不是遇上南游乃人间味也。尊师食毕，怀中出丹篆一卷而授夫人。夫人拜而受之，遂告去。回顾二子曰："子有道骨，归乃不难。然邂逅相遇，合有灵药相贶。子但宿分自有师，吾不当为子师耳。"二子拜。尊师遂去。

俄海上有武夫，长数丈，衣金甲，仗剑而进曰："奉使天真清道不谨，法当显戮，今已行刑。"遂趋而没。夫人命侍女紫衣凤冠者曰："可送客去。而所乘者何？"侍女曰："有百花桥可驭二子。"二子感谢拜别。夫人赠以玉壶一枚，高尺余。夫人命笔题玉壶诗赠曰："来从一叶舟中来，去向百花桥上去。若到人间扣玉壶，鸳鸯自解分明语。"俄有桥长数百步，栏槛之上，皆有异花。二子于花间潜窥，见千龙万蛇，遽相交绕为桥之柱。又见昔海上兽，已身首异处，浮于波上。二子因诘使者，使者曰："此兽为不知二君故也。"使者曰："我不当为使而送子，盖有深意欲奉托，强为此行。"遂襟带间解一琥珀合子，中有物隐隐若蜘蛛形状，谓二子曰："吾辈水仙也。水仙阴也，而无男子。吾昔遇番禺少年，情之至而有子，未三岁，合弃之。夫人命与南岳神为子，其来久矣。闻南岳回雁峰使者，有事于水府。返日，凭寄吾子所弄玉环往，而使者隐之，吾颇为恨。望二君子为持此合子至回雁峰下，访使者庙而投之，当有异变。倘得玉环，为送吾子。吾子亦自当有报效耳。慎勿启之。"二子受之，谓使者曰："夫人诗云：'若到人间扣玉壶，鸳鸯自解分明语。'何也？"曰："子归有事，但扣玉壶，当有鸳鸯至此，也没有机会去拜访他，还和他交谈。”于是夫人就催促侍女快把吃的食物端上来。端上来的美食都盛在光洁的玉器上。夫人与尊师一起用餐。而元柳二人却没有可以吃的食物。尊师说：“这两个人虽然不应让他们和我们一起吃东西，但是也应该找些人间的食物来给他们吃。”夫人说：“说的是！”于是就另外给元柳二人端来了食物，都是人间的味道。尊师吃完饭，从怀中取出一卷用朱砂书写的篆书授予夫人。夫人行礼后接了过来。于是尊师告辞要离开。他回头看看元柳二人说：“你们二人有修道者的气质，回去也没什么困难的，不过咱们不期而遇，应该有灵药相赠的。你们由于有前缘在身，自然会有老师教导，我就不便做你们的老师了。”元柳二人一同下拜。于是尊师就离去了。

不一会儿，海上出现一名武夫。这武夫身高几丈，身穿金甲，佩带宝剑进入后说道：“奉使天真巡海时没有看见元柳二人，犯了‘清道不谨’之罪，依法应该处决示众，现在已经处决了。”说完后就快速沉入水中。夫人对一个身穿紫衣头戴凤冠的侍女说：“可以送两位客人回去了，让他们乘坐什么东西回去好呢？”侍女回答说：“有一座百花桥可以让他们两个乘坐。”元柳二人表示感谢，行礼告别。夫人把一只玉壶赠给他们。壶高一尺多。夫人拿起笔来在玉壶上题诗相赠，写道：“来从一叶舟中来，去向百花桥上去。若到人间扣玉壶，鸳鸯自解分明语。”顷刻间，有一座长几百步的桥出现在他们面前，桥的栏杆上，全都缠绕着奇花异草。元柳二人从花草间窥视，见有千万条龙蛇，迅速地互相缠绕在一起成为桥的柱子。又看见来时的那头海上巨兽，已经身首异处，漂浮在水面上。元柳二人就追问使者这是怎么回事。使者说：“这巨兽是因为没察觉你们二人到来才被杀的。”使者又说：“我本不应该作为使者来送你们，因为有一份深藏的心意要拜托给你们，就强行来为你们送行了。”于是使者从襟带之间解下一个琥珀盒子，盒子里隐隐约约有一个像蜘蛛形状的东西，使者对二人说：“我们都是水中的神仙。水仙都是属阴的，其中没有男子。我以前遇见一位番禺县的少年，我们情到深处生下一个孩子。孩子还未长到三岁，我就被迫离开抛弃他了，夫人下令应之，事无不从矣。”又曰：“玉虚尊师云，吾辈自有师，师复是谁？”曰：“南岳太极先生耳。当自遇之。”遂与使者告别。

桥之尽所，即昔日合浦之维舟处，回视已无桥矣。二子询之，时已一十二年。骦、爱二州亲属，已殒谢矣。问道将归衡山，中途因馁而扣壶，遂有鸳鸯语曰：“若欲饮食，前行自遇耳。”俄而道左有盘馔丰备，二子食之。而数日不思他味。寻即达家。昔日童稚，已弱冠矣。然二子妻各谢世已三昼。家人辈悲喜不胜，曰：“人云郎君亡没大海，服阕已九秋矣。”二子厌人世，体以清虚，睹妻子丧，不甚悲感，遂相与直抵回雁峰，访使者庙，以合子投之。倏有黑龙长数丈，激风喷电，折树揭屋，霹雳一声而庙立碎。二子战栗，不敢熟视。空中乃有掷玉环者。二子取之而送南岳庙。及归，有黄衣少年，持二金合子，各到二子家曰：“郎君令持此药，曰还魂膏，而报二君子。家有毙者，虽一甲子，犹能涂顶而活。”受之而使者不见。二子遂以活妻室，后共寻云水，访太极先生，而曾无影响，闷却归。因大雪，见大叟负樵而鬻，二子哀其衰迈，饮之以酒。睹樵担上有“太极”字，遂礼之为师，以玉壶告之。叟曰：“吾贮玉液者，亡来数十甲子。甚喜再见。”二子因随诣祝融峰，自此把他送给南岳神当儿子。已经过了很久了。有一次，听闻南岳回雁峰的一个使者，有事来到水府。返回时，我托他把我儿子以前常玩的一个玉环捎回去，而他竟然把玉环私自藏起来了。我内心感到很怨恨。希望你们二位能替我拿着这个盒子到回雁峰下，打听到使者庙的位置，然后把这个盒子扔进去。在这之后，环境应该会有所异变。倘若找到了那个玉环，请代我转交给我儿子。我儿子自然也会报答你们的恩情。千万不可中途打开这盒子！”元柳二人接过盒子，问使者说：“夫人所题的诗说‘若到人间扣玉壶，鸳鸯自解分明语’是什么意思？”使者回答说：“你们回去之后，如果遇到事情，只要敲一下玉壶，就会有鸳鸯回应你们，叫它们干什么就会干什么，没有不顺从的。”又问道：“玉虚尊师说过，我们自然会有老师，我们的老师又是谁呢？”使者回答说：“你们的老师就是南岳的太极先生，你们日后自会遇上的。”于是元柳二人与使者告别。

桥的尽头，就是昔日在合浦县海岸边停船的地方。回头一看，身后已经没有桥了。二人一打听，才知道时间已经过去十二年了。驩州、爱州的亲属，早就已经去世了。他们打听道路，想要回到衡山去，半路上因为饥饿就敲了敲玉壶。于是就有鸳鸯说：“如果你们想要饮食，往前走自然会遇上的。”一会儿，道边有一桌丰盛的酒食菜肴，二人便饱餐一顿。之后几天里，他们都不想再吃任何东西。不久两人便回到家中。以前的孩童，如今都已经长成大人了。然而二人的妻子，都已经死去三天了，家人们不胜悲喜，说：“人家都说郎君们已经死在大海里，守丧三年期满之后，又过了九年了。”元柳二人对人世已经厌倦，因为体内早已清静虚无，目睹了妻子的丧事，也并不怎么悲伤。于是他们一起前往回雁峰，四处寻访打听到使者庙，就把盒子扔了进去。倏地有一条几丈长的黑龙，激起大风，口吐电光，摧折树木，揭毁房屋，一声霹雳之后，庙宇应声碎裂。二人吓得浑身战栗，不敢睁眼看这天地间的异象。这时空中果然有人将一只玉环扔了下来。二人拾起玉环，送到南岳庙中。等到二人都回到家里的时候，有一名身穿黄衣的少年人，拿着两只金盒子，分别到二人的家里说：“我家主人让我拿着的药，叫作还魂膏，是用来报答二位君子

而得道，不重见耳。（出《续仙传》）

的。如果家里有去世的人，即使已经过了六十年，只要把药膏涂在头顶就能把他救活。”二人从使者手中接下药膏之后，使者就不见了。二人于是分别用这药膏救活了自己的妻子。后来二人又一起四处云游，去寻访太极先生，始终都没有找到太极先生的踪影，就闷闷不乐地回来了。有一天下大雪，二人见一位老人担着木柴叫卖，他们很可怜衰弱和年迈的老人，就和老人一起喝酒。二人看到扁担上有“太极”的字样，二人便行礼拜他为老师。又把南溟夫人送给他们的玉壶拿给老人看。老人说：“这是我以前用来装酒的壶，已经丢失了数十个甲子，再见到它我也很高兴。”元柳二人于是就跟随老汉到祝融峰去了。从此元、柳二人得道成仙，再也不出现在人世间了。（出《续仙传》）

卷第二十六　神仙二十六

叶法善　邢和璞

叶法善

叶法善字道元，本出南阳叶邑，今居处州松阳县。四代修道，皆以阴功密行及劾召之术救物济人。母刘，因昼寐，梦流星入口，吞之乃孕，十五月而生。年七岁，溺于江中，三年不还。父母问其故，曰："青童引我，饮以云浆，故少留耳。"亦言青童引朝太上，太上颔而留之。弱冠身长九尺，额有二午。性淳和洁白，不茹荤辛。常独处幽室，或游林泽，或访云泉。自仙府归还，已有役使之术矣，遂入居卯酉山。其门近山，巨石当路，每环回为径以避之。师投符起石，须臾飞去，路乃平坦。众共惊异。常游括苍白马山，石室内遇三神人，皆锦衣宝冠，谓师曰："我奉太上命，以密旨告子。子本太极紫微左仙卿，以校录不勤，谪于人世，速宜立功济人，佐国功满，当复旧任。以正一三五之法，令授于子，又勤行助化。宜勉之焉。"言讫而去。自是诛荡精怪，扫馘凶祆，所在经行，以救人为志。

叔祖靖能，颇有神术，高宗时，入直翰林，为国子祭酒。武后监国，南迁而终。初高宗征师至京，拜上卿，不就，请度为道士，

叶法善

叶法善，字道元，原本出生在南阳的叶邑，现在住在处州松阳县。叶家四代修炼道术，都凭着暗中做好事积攒阴德以及使用弹劾、召唤的法术寻找物品救助他人。他母亲姓刘，因为在白天睡觉时，梦到流星飞入口中，吞下之后就怀了孕，一直怀了十五个月才生下他。他七岁那年，沉没在江中，三年之后才回来。父母问他为什么去了这么久，他说："一个青衣仙童领着我，喝了些云浆仙酒，所以我就在那儿逗留了一会儿。"又说青衣仙童领他去朝见天帝，天帝点点头允许他留下。他到了二十岁左右的时候身高九尺，额头上有两道纵横相交的纹路。他的性情淳朴温和，清白纯正，不吃荤腥辛辣的食物。他常常独自待在幽室之中，有时云游于森林水泽之中，有时寻访瀑布山泉之处。从仙府回来之后，他已经学会役使鬼神的道术了。于是他隐居在卯酉山中。他的家门离山很近，路中间有一块巨石挡着，路过常常要绕着走一大圈才能避开它。他画出一道符扔向那巨石，巨石顷刻间就飞走了。路也变得平坦通畅了。众人为此都感到惊奇。他曾经到括苍白马山去游历，在一间石室内遇见三位神人。三位神人都身穿锦衣，头戴宝冠。神人们对叶法善说："我们奉天帝的命令，把这秘密的旨令告诉你。你本来是天上太极宫紫微殿左仙卿，因为校录仙书不够勤劳，被贬谪到人世来。你应该尽快立功，济世救人，辅佐国家，功德圆满之后，就会恢复天上的旧职。天帝还让我把'正一''三五'的法术，传授给你。你还要努力履行辅助教化的职责，希望你好好地勉励自己。"神人们说完便离去了。从此之后，叶法善诛杀扫荡山精野怪，杀尽凶妖。他所到之处，都是以救人为目的。

他的叔祖父叶靖能，颇擅长神仙道术，唐高宗的时期，在翰林院做官，担任国子祭酒。武则天代理国政时期，把他贬到南方，最终出入禁内。及欲告成中岳，扈从者多疾，凡噀咒，病皆愈。二京受道箓者，文武中外男女子弟千余人。所得金帛，并修宫观，恤孤贫，无爱惜。久之，辞归松阳，经过之地，救人无数。蜀川张尉之妻，死而再生，复为夫妇。师识之曰："尸媚之疾也，不速除之，张死矣。"师投符而化为黑气焉。相国姚崇已终之女，钟念弥深，投符起之。钱塘江常有巨蜃，时为人害，沦溺舟楫，行旅苦之。投符江中，使神人斩之。除害殄凶，玄功遐被，各具本传。于四海六合，名山洞天，咸所周历。师年十五，中毒殆死，见青童曰："天台茁君，飞印相救。"于是获苏。又师青城山赵元阳，受遁甲。与嵩阳韦善俊传八史，东入蒙山，神人授书。诣嵩山，神仙授剑。常行涉大水，忽沉波中，谓已溺死，七日复出，衣履不濡，云："暂与河伯游蓬莱。"则天征至神都，请于诸名岳投奠龙璧。中宗复位，武三思尚秉国权。师以频察袄祥，保护中宗相王及玄宗，为三思所忌，窜于南海。广州人庶，夙仰其名，北向候之。师乘白鹿，自海上而至，止于龙兴新观。远近礼敬，舍施丰多，尽修观宇焉。岁余，入洪州西山，养神修道。

死在那里。当初高宗把叶法善征召到京城，想要拜他为上卿，他坚持推辞不去，请求引度他为道士。他出入在禁宫之内。等到高宗要去中岳嵩山封禅祭天的时候，随行的侍从们大多数都病了。经过他喷水祷告治疗，患病的人都痊愈了。东西二京之中接受道家符箓图诀的文武百官、宫城内外不论男女，有弟子一千多人。他得到赏赐的金银丝帛，全都用来修建宫观，救济孤苦贫寒的人，从来不吝惜钱财。过了很长时间，他辞别皇帝回到松阳县。他所经过的地方，有许多人得到救助。蜀川张尉的妻子，死而复生，复活后又结为夫妻。叶法善识破了这件事的真相，说："这是一种尸媚病，如果不赶快除掉它，张尉很快也会死了。"他投出一道符，张尉的妻子就化成了一股黑烟。相国姚崇的女儿已经去世了，但是相国钟爱、思念女儿的心情却日益强烈，叶法善就投下一道符让他们父女相见。钱塘江中有一只大蛤蜊，时常害人性命，倾覆船只，淹没行人，往来行人都为此感到苦恼。叶法善把写好的符投到江中，命水中神人斩杀了大蛤蜊。他清除祸患尽灭凶兽，修道的功夫远近闻名。他的各种事迹都记载在他本人的传记里。在四海六合之中的名山洞天他都游历过。叶法善十五岁那年，曾经中毒几乎就要死了。他见到一位青衣仙童，对他说："天台山上的仙人苗君，已用神仙印信飞来救你。"于是他就痊愈了。他又拜青城山的赵元阳为师，学习了奇门遁甲的法术。他向嵩阳的韦善俊学习八卦的精髓。他往东入蒙山，得到了神人送给他的天书。他又到嵩山去，得到了神仙送给他的宝剑。他曾经在水面上徒步行走，忽然间沉到水下去，人们都说他已经淹死了，过了七天他又从水底出现了，衣服鞋子都没湿。他说："我只是暂时和河伯同游了一趟蓬莱。"武则天征召他到神都洛阳，请求他在各大名岳上用龙璧祭奠。中宗复位以后，武三思还继续执掌朝政大权。叶法善多次观察天地间的吉凶，保护了中宗、睿宗和玄宗，武三思因此十分忌恨他，他就逃跑到了南海。广州的百姓，一向仰慕叶法善的名声，得知他将要到来，都面向着北方等候着他。他骑着白鹿，从海上而来，止步于龙兴新观。远近的人们都慕名来礼敬他，施舍的钱物也极多。他把这些钱物全都用来修缮观宇了。一年多后，他进入洪州的西山里养神景龙四年辛亥三月九日，括苍三神人又降，传太上之命："汝当辅我睿宗及开元圣帝，未可隐迹山岩，以旷委任。"言讫而去。时二帝未立，而庙号年号，皆以先知。其年八月，果有诏征入京。迨后平韦后，立相王睿宗，玄宗承祚继统，师于上京，佐佑圣主。凡吉凶动静，必预奏闻。会吐蕃遣使进宝函封，曰："请陛下自开，无令他人知机密。"朝廷默然，唯法善曰："此是凶函，请陛下勿开，宜令蕃使自开。"玄宗从之。及令蕃使自开，函中弩发，中番使死，果如法善言。俄授银青光禄大夫鸿胪卿越国公景龙观主。祖重，精于术数，明于考召，有功于江湖间，谥有道先生，自有传。父慧明，赠歙州刺史。师请以松阳宅为观，赐号淳和，御制碑书额，以荣乡里。明年正月二十七日，忽有云鹤数百，行列北来，翔集故山，徘徊三日，瑞云五色，覆其所居。是岁庚申六月三日甲申，告化于上都景龙观。弟子既齐物、尹愔，睹真仙下降之事，秘而不言。二十一日，诏赠金紫光禄大夫、越州都督。春秋百有七岁。所居院异香芬郁，仙乐缤纷，有青烟直上烛天，竟日方灭。师请归葬故乡。敕度其侄润州司马仲容为道士，与中使监护，葬于松阳。诏衢、婺、括三州助葬，供给所须。发引日，敕官缟衣祖送于国门之外。

修道。

唐中宗景龙四年辛亥三月九日，曾在括苍山见过的三位神人又降临人间，传达天帝的命令道："你应当辅佐我们的睿宗皇帝和开元圣帝，尚不可隐居在山中，从而耽误荒废了上天对你的委任。"说完就离去了。当时这两位皇帝都还没有登基，而他们的庙号年号，叶法善全都事先知道了。同年八月，果然有诏书征召他入京。等到后来李隆基平定了把持朝政的韦皇后，扶持相王李旦成为睿宗皇帝。接着，玄宗继承了帝位。叶法善在京城长安，辅佐护佑圣主。凡是有吉凶动静，他必然预先向皇上奏明。一次正赶上吐蕃国派使者来进献宝物，宝物被封在匣子里。使者说："请陛下亲自打开，千万不要让其他人知道其中的机密。"朝廷上下一片默然，只有叶法善说："这是个凶物，请陛下千万不要开。应该让吐蕃的使者亲自打开。"玄宗听从了他的话。等到蕃使自己打开时，匣子里的暗箭突然射了出来，正好射中蕃使，当场就死了。果然就像叶法善说的那样。不久，皇帝封他为银青光禄大夫、鸿胪寺卿、越国公、景龙观主。叶法善的祖父叶重，精通阴阳五行变化，用来推测吉凶，明了召唤鬼神考校功过的法术，在江湖之间很有功绩，谥号"有道先生"，正史里有他的传记。叶法善的父亲叶慧明，皇帝曾经赠他歙州刺史的官职。叶法善请求把松阳县老家的宅子改为道观，皇帝赠名为"淳和观"，观上有唐玄宗亲自写的碑书匾额，使他在乡里之间获得崇高的荣誉。第二年正月二十七日，天上忽然有几百只云鹤，排成行列从北边飞来，飞翔聚集在叶法善的故居上。仙鹤整整徘徊了三天，天上五色的祥云覆盖了他的住处。唐玄宗开元八年六月初三甲申时，他在京城长安景龙观坐化。他的弟子既齐物、尹愔，亲眼见到了神仙下凡降临的事，但是他们都保守秘密，不往外讲。二十一日，皇帝下诏书，追赠他金紫光禄大夫、越州都督的称号。他活了一百零七岁。他生前居住过的那个院子里，异香浓郁，仙乐纷纷，有一股青烟直上天空，整整一天才消散。叶法善死前曾请求归葬故乡。皇上下令让他的侄子——润州司马叶仲容受箓为道士，和皇帝的使者一块监护着他的灵柩，葬到松阳县。并且诏令衢、婺、括三州出钱协助操办葬礼，供给葬礼所开元初，正月望夜，玄宗移仗于上阳宫以观灯。尚方匠毛顺心，结构彩楼三十余间，金翠珠玉，间厕其内。楼高百五十尺，微风所触，锵然成韵。以灯为龙、凤、螭、豹腾踯之状，似非人力。玄宗见大悦，促召师观于楼下，人莫知之。师曰："灯影之盛，固无比矣；然西凉府今夕之灯，不亚于此。"玄宗曰："师顷尝游乎？"曰："适自彼来，便蒙急召。"玄宗异其言，曰："今欲一往，得乎？"曰："此易耳。"于是令玄宗闭目，约曰："必不得妄视，若误有所视，必有非常惊骇。"如其言，闭目距跃，已在霄汉。俄而足已及地。曰："可以观矣。"既睹影灯，连亘数十里，车马骈阗，士女纷委。玄宗称其盛者久之，乃请回。复闭目腾空而上，顷之已在楼下，而歌舞之曲未终。玄宗于凉州，以镂铁如意质酒，翌日命中使，托以他事，使于凉州，因求如意以还，验之非谬。又尝因八月望夜，师与玄宗游月宫，聆月中天乐。问其曲名，曰："《紫云曲》。"玄宗素晓音律，默记其声，归传其音。名之曰《霓裳羽衣》。自月宫还，过潞州城上，俯视城郭悄然，而月光如昼。师因请玄宗以玉笛奏曲。时玉笛在寝殿中，师命人取，顷之而至。奏曲既，投金钱于城中而还。旬日，潞州奏八月望夜，有天乐临城，兼获金钱以进。玄宗累与近臣试师道术，不可殚尽，而所验显然，皆非幻妄，故特加礼敬。其余追岳神，致风雨，烹龙肉，祛妖伪，灵效之事，具在本传，此不备录。

需要的钱物。出殡那天，皇上又敕令百官们穿上白色丧服在城门外送灵。

唐玄宗开元年初，正月十五夜里，玄宗把车驾仪仗移到上阳宫来观灯。尚方署的工匠毛顺心，建造了三十多间彩楼，金翠珠玉等都镶嵌其中，楼高一百五十尺。微风拂过，楼上的金玉装饰互相碰撞，锵然作响，颇有韵律。用彩灯做成龙、凤、螭、豹腾空跳跃的样子，好像不是人力所能完成的。唐玄宗看了非常高兴，赶快派人把叶法善请来楼下一起欣赏，别人都不知道。叶法善说："长安灯会的盛况，固然是其他地方无法比拟的，但是西凉府今夜的灯会，不输于京城。"玄宗说："法师您是刚才曾去过西凉府吗？"叶法善说："我刚从那里回来，就受到陛下的紧急召见。"玄宗对他说的话感到惊奇，说道："现在我也想去一趟，能行吗？"叶法善说："有何不可呢？很容易就能办到。"于是他让玄宗闭上眼睛，约定说："您一定不要随便乱看，如果过程中误看了什么，一定会让您受到极大的惊吓。"玄宗照他说的那样做，闭着眼睛腾跃而起，已经身处云霄天河之中。不一会儿就觉得脚已接触到地面。叶法善说："可以睁眼看了！"只见灯会连绵几十里，其间车马接连不断，男女游人纷然众多。玄宗称赞这里的盛况，一连赞叹了好久。后来唐玄宗请求回去，又闭上眼睛腾空而起，一会儿便回到宫中灯会彩楼之下了。离开时歌舞的曲子还没有结束。玄宗到凉州的时候，曾用身上带着的镂铁如意换了酒喝。第二天他派出一位使者，假借办别的事儿的名义派往凉州去，找到了镂铁如意后带回京城，证明叶法善晚上带他去的确实是凉州。另外，又曾经在八月十五夜里，叶法善和唐玄宗一块游览月宫。玄宗听了月宫中的天乐，打听这曲子叫什么名，回答说："这是《紫云曲》。"玄宗一向通晓音乐，暗中记下它的曲调，回来后写出曲谱，起名《霓裳羽衣曲》。从月宫回来的时候，路过潞州城上空，俯瞰城中一片寂静，而月光亮如白昼，叶法善就请玄宗用玉笛演奏一支曲子。当时玉笛放在长安的寝殿里，叶法善就派人去取，顷刻间就取回来了。玄宗奏完曲子，又把金钱扔到城里才回到长安。十天之后，潞州呈上奏章报告说，在八月十五夜里，有天乐降临潞州城，而且还在城中又燕国公张说，尝诣观谒，师命酒。说曰："既无他客。"师曰："此有麴处士者，久隐山林，性谨而讷，颇耽于酒，钟石可也。"说请召之，斯须而至。其形不及三尺，而腰带数围，使坐于下，拜揖之礼，颇亦鲁朴。酒至，杯盂皆尽，而神色不动。燕公将去。师忽奋剑叱麴生曰："曾无高谈广论，唯沉湎于酒，亦何用哉！"因斩之，乃巨榼而已。尝谓门人曰："百六十年后，当有术过我者，来居卯酉山矣。"初，师居四明之下，在天台之东，数年。忽于五月一日，有老叟诣门，号泣求救。门人谓其有疾也。师引而问之，曰："某东海龙也。天帝所敕，主八海之宝，一千年一更其任，无过者超证仙品。某已九百七十年矣，微绩垂成，有婆罗门逞其幻法，住于海峰，昼夜禁咒，积三十年矣。其法将成，海水如云，卷在天半，五月五日，海将竭矣。统天镇海之宝，上帝制灵之物，必为幻僧所取。五日午时，乞赐丹符垂救。"至期，师敕丹符，飞往救之，海水复旧。其僧愧恨，赴海而死。明日，龙辇宝货珍奇以来报。师拒曰："林野之中，栖神之所，不以珠玑宝货为用。"一无所受，因谓龙曰："此崖石之上，去水且远，但致一清泉，即为惠也。"是夕，闻风雨之声，及明，绕山麓四面，成一道石渠，泉水流注，经冬不竭。至今谓之天师渠。

拾获金钱，现在把这枚金钱呈献给皇上。唐玄宗多次与近臣们试验叶法善的道术，发现他的道术无穷无尽，而且所试验的法术都是真实的，都不是虚幻的障眼法，所以对他特别礼遇和尊敬。其余诸如追赶岳神、呼风唤雨、烹煮龙肉、驱逐妖伪等灵验之事，全都记载在他的本传里，这里不做详细记录。

另外，燕国公张说，曾经到观中拜谒叶法善。叶法善摆酒款待他，他说："既然没有别的客人……"叶法善说："这地方有一位姓麹的处士，长期隐居在山林中，性格谨慎，不善言谈，颇喜欢喝酒，不论是一钟或是一石都能喝完。"张说请叶法善把麹处士也叫来。很快麹处士就来了。麹处士的身高不足三尺，而腰带却有几围长。叶法善让麹处士坐在下首处。曲处士行揖拜之礼，也显得很粗鲁。酒端上来之后，麹处士把杯里的和盂里的全喝光了，神色却仍然如故，不为所动。燕国公将要离开的时候，叶法善忽然提着剑大声呵斥麹处士说："你陪伴客人喝酒却没有任何高谈阔论，只是沉湎于喝酒，又有什么用呢？"于是就杀了他，原来这位麹处士是一个盛酒的巨榼变的。叶法善曾经对门人说："一百六十年以后，会有一个道术比我强的人，来到卯酉山居住。"当初，叶法善住在四明山下。四明山在天台山东面。住了几年后，忽然在五月一日这一天，有一位老人来到门前，哭号着求救。门人以为这老人患有疾病。叶法善拉着老人问他怎么了，老人说："我是东海的一条龙，奉天帝敕令，主管八海中的宝物。此职位一千年更换一次。在任期中没有过错的，就能超越自身现在的品阶了。我担任此职位已经九百七十年了，我这点微小功德眼看就要圆满了。可是，有一位和尚施展他的法术，居住在海边山峰上，昼夜念咒，至今已有三十年了。他的法术将要大成。大成之后，海水将像云一样被卷到半空中，到了五月五日，海将被他抽干，那么，海中的统天镇海的宝物，天帝号令生灵的神物，一定会被这惑乱世间的僧人得去。五月五日的午时，乞求您能赐一道丹符救救我。"到了五月五日，叶法善敕令一道丹符飞到东海边去救助那条龙，令海水恢复原样。那和尚羞愧愤恨难当，跳进大海自杀了。第二天，那条龙用车拉着珍珠宝贝等稀奇的宝物来报答叶法善。叶法善却拒绝接又一说云，显庆中，法善奉命修黄箓斋于天台山，道由广陵，明晨将济瓜州。是日，江干渡人，舣舟而候，时方春暮，浦溆晴暖，忽有黄白二叟相谓曰："乘间可以围棋为适乎？"即向空召冥儿。俄有丱童擘波而出，衣无沾湿。一叟曰："挈棋局与席偕来。"须臾，丱童如命，设席沙上。对坐约曰："赌胜者食明日北来道士。"因大笑而下子。良久，白衣叟曰："卿北矣！幸无以味美见侵也。"旷望逡巡，徐步凌波，远远而没。舟人知其将害法善也，惶惑不宁。及旦，则有内官驰马前至，督备舟楫。舟人则以昨日之所见具列焉。内官惊骇不悦。法善寻续而来，内官复以舟人之辞以启法善。法善微哂曰："有是乎？幸无挂意。"时法善符术神验，贤愚共知，然内官洎舟人从行之辈，忧轸靡遑。法善知之而促解缆，发岸咫尺，而暴风狂浪，天日昏晦。舟中之人，相顾失色。法善徐谓侍者曰："取我黑符，投之鹢首。"既投而波流静谧，有顷既济。法善顾舟人曰："尔可广召宗侣，沿流十里之间，或芦洲葭渚，有巨鳞在焉，尔可取之，当大获其资矣。"舟人承教，不数里，果有白鱼长百尺许，周三十余围，僵暴沙上。就而视，脑有穴嵌然流膏。舟人因脔割载归，左近村闾，食鱼累月。（出《集异记》及《仙传拾遗》）

受，说道："山林旷野，是神仙的住所，珠玑宝货在这里没有什么大用。"他什么也没接受。他对龙说："这里的山崖之上，离水源很远，只要你在这上面引来一眼清泉，就算是对我的报答了。"这天晚上，只听到屋外响起风雨之声。等到第二天天明，发现围绕着山麓的周围，出现了一道石渠，泉水流淌不息，到了冬天也不干涸。到现在这渠还被称为"天师渠"。

还有一个传说，唐高宗显庆年间，叶法善奉命去天台山上主持黄箓斋，途中经过广陵，第二天早晨将渡过瓜洲。这一天，江岸边的船夫，正把船停在岸边等着要渡江的人。当时正是暮春，水边晴朗暖和。忽然有穿黄衣、白衣的两位老人互相交谈说："可以趁此机会下一盘棋，怎么样？"于是他们向着空中呼唤冥儿。不一会儿，有一个束发如两角的儿童分开碧波，从江里出来，衣服都没有沾湿。一个老头对儿童说："把棋局和坐席也一块拿来！"片刻间，儿童按照命令取来这些，把坐席放到沙地上。两位老人相对而坐，约定说："谁下棋赢了，谁就吃掉明天从北边来的那个道士。"于是二人大笑着开始下棋。过了很长时间，白衣老人说："你输了，希望你不要因为那道士味道鲜美就来抢我的！"两个老头向远处眺望了一会儿，缓缓行走在起伏的水面上，远远地消失了。摆船人听到他们要害叶法善，心中惶惑不安。等到第二天早晨，就有宫中的官吏骑着马提前来到，督促准备船只，摆渡人就把昨天见到的情形详细地向官吏说了。那官吏惊骇不已，不大高兴。不多时叶法善也赶到了。那官吏又把摆渡人说的话向叶法善复述了一遍。叶法善微微一笑道："有这样的事吗？还请不要在意！"当时叶法善的符术神奇而灵验，无论贤者愚者全都知道。但是宫内的官吏、摆渡人，以及其他随行人员，还是感到忧虑不安。叶法善知道了大家的心情，就催促快些解缆开船。刚离岸开出几尺，突然暴风四起，狂浪大作，天日昏暗。船里的人都面面相觑，大惊失色。叶法善慢吞吞地对侍者说："取出我的黑符，扔到船头上。"扔到船头之后，江水立即变得风平浪静。过了一会到了对岸，叶法善看着摆渡人说："你可以多找一些家人族人来帮忙，沿江流十里之内，也许是在长有芦苇荻草的小岛上，有大鱼在那里，你可以拿回

邢和璞

邢先生名和璞，善方术，常携竹算数计，算长六寸。人有请者，到则布算为卦，纵横布列，动用算数百，布之满床。布数已，乃告家之休咎，言其人年命长短及官禄，如神。先生貌清羸，服气，时饵少药。人亦不详所生。唐开元二十年至都，朝贵候之，其门如市。能增人算寿，又能活其死者。先生尝至白马坂下，过友人。友人已死信宿，其母哭而求之。和璞乃出亡人置于床，引其衾，解衣同寝。令闭户，眠熟。良久起，具汤，而友人犹死。和璞长叹曰："大人与我约而妄，何也？"复令闭户。又寝。俄而起曰："活矣！"母入视之，其子已苏矣。母问之，其子曰："被篆在牢禁系，栲讯正苦，忽闻外曰：'王唤其人。'官不肯，曰：'讯未毕，不使去。'少顷，又惊走至者曰：'邢仙人自来唤其人。'官吏出迎，再拜恐惧。遂令从仙人归，故生。"又有纳少妾，妾善歌舞而暴死者，请和璞活之。和璞墨书一符，使置妾卧处。俄而言曰："墨符无益。"又朱书一符，复命置于床。俄而又曰："此山神取之，可令追之。"又书一大符焚之，俄而妾活。言曰："为一山神领从者数百人拘去，闭宫门，作乐酣饮。忽有排户者曰：'五道大使呼歌者。'神不应。顷又曰：'罗大王使召歌者。'方骇。仍曰：'且留少时。'须臾，数百骑驰入宫中，大呼曰：'天帝诏，何敢辄取歌人。'令曳神下，杖一百，仍放歌人还。于是遂生。"和璞此事至多，后不知所适。（出《纪闻》）

家去。这样就能发一笔小财了！”摆渡人按照叶法善的指点去寻找，找了几里，果然有一条白色大鱼长百尺左右，粗三十多围，僵硬暴死在沙滩上。走近一看，鱼头上有一个洞往外流着脑浆。摆渡人于是把大鱼分割成一块一块的肉运回村去。附近的村庄，全都吃了一个多月的鱼肉。（出《集异记》及《仙传拾遗》）

邢和璞

邢先生的名字叫作和璞。他擅长方术，身边常常带有竹制的算筹。算筹长六寸。如果有人请他算命，他到了之后就布筹，开始卜卦推算，纵横排列，一共要动用一百多根算筹，直到摆满一床。摆完推算之后，就告诉人家吉凶祸福，说出那人的寿命长短以及官禄大小，算得极准，像神一样。邢先生外貌清瘦羸弱。他经常呼吸吐纳锻炼，有时候稍微服用一点丹药。也不知他是在什么地方出生的。唐玄宗开元二十年他来到京城长安。朝中的权贵都去拜访他，门庭若市。他能算出人的寿命，助人增寿。又能复活死人，起死回生。有一次邢先生到白马坂去看望一名朋友，谁知那朋友已经死去两夜了，朋友的母亲哭着求他帮忙。他便把死者抬出来放在床上，拽过朋友盖过的被子，脱了衣服和尸体睡到一起。又让人把门关上，就这样熟睡了。过了好久他才起床，发现早已有人准备好了热水，但是友人还是一具死尸。邢和璞长叹一声说：“大人和我约好了，现在却又胡乱失约，为什么呢？”他又让人关上房门，又睡在一起，不一会儿起床说：“复活了！”朋友母亲进去一看，她儿子已经苏醒了。母亲问儿子这是怎么回事，儿子回答说：“我被关在阴间的牢房里，拷问得正苦的时候，忽听外面喊道：‘大王叫这个人过去！’负责拷问的官吏不肯放我离去，说：‘审讯还没完，不能走！’过了一会儿，又有一个惊慌的人跑到那官吏面前说：‘邢仙人亲自来叫这个人回去！’那官吏出去迎接，拜了两拜，很害怕的样子。于是就让我跟着邢仙人回来了。所以我复活了。”又有一个人娶了一个年轻的妾，小妾能歌善舞却突然暴毙了，这个人就请邢和璞救活他的小妾。邢和璞就用墨写了一道符，让他放置在小妾躺着的地方。过了片刻他说：“墨符已经没有

用处了。”又用朱砂写了一道符。又让那人放置在床上。过了片刻又说：“她被山神带走了，可以写一道符追上她！”于是又写了一道大符烧了。不一会儿小妾复活了。她说道：“我被一个山神领着几百名随从扣押了，关着宫门不让我离去，又让我唱歌陪他畅饮美酒。忽然有人推门而入说：‘五道大使叫唱歌的女子回去！’起初山神不答应。过了片刻那人又说：‘罗大王派人来叫唱歌的女子回去！’山神这才感到害怕，但他仍然说：‘再待一会儿！’不一会儿，几百名骑兵闯入宫中，大声喊道：‘天帝下诏，你怎么敢擅自把这唱歌女子扣押在此处？’下令把他拉下座来，杖责一百下，并命令放唱歌的女子回去。于是我就复活了。”邢和璞这类事情极多。后来不知道他到哪儿去了。（出《纪闻》）

卷第二十七　神仙二十七

唐若山　司命君　玄真子　刘白云

唐若山

唐若山，鲁郡人也。唐先天中，历官尚书郎，连典剧郡。开元中，出为润州，颇有惠政，远近称之。若山尝好长生之道。弟若水，为衡岳道士，得胎元谷神之要。尝征入内殿，寻恳求归山。诏许之。若山素好方术，所至之处，必会炉鼎之客，虽术用无取者，皆礼而接之。家财迨尽，俸禄所入，未尝有余。金石所费，不知纪极。晚岁尤笃志焉。润之府库官钱，亦以市药。宾佐骨肉，每加切谏，若山俱不听纳。

一日，有老叟，形容羸瘠，状貌枯槁，诣款谒。自言有长生之道，见者皆笑其衰迈。若山见之，尽礼加敬，留止月余。所论皆非丹石之要。若山博采方诀，歌诵图记，无不研究。问叟所长，皆蔑如也。复好肥鲜美酒，珍馔品膳。虽瘦削老叟，而所食敌三四人。若山敬奉承事，曾无倦色。一夕，从容谓若山曰："君家百口，所给常若不足。贵为方伯，力尚多阙；一旦居闲，何以为赡？况帑藏钱帛，颇有侵用。诚为君忧之。"若山惊曰："某理此且久，将有交代，亦常为忧，而计无所出。若缘此受谴，固所甘心；但虑一家有冻馁之苦耳。"叟曰："无多虑也。"促命酒，连举数杯。若山饮酒素少，是日亦挹三四爵，殊不觉醉，心甚异之。是夜月甚明朗，徐步庭下，良久谓若山曰："可命一仆，运铛釜铁器辈数事于药室间，使仆布席垒炉。"曰："鼎铛之属为二聚，炽炭加之，烘然如

唐若山

唐若山是鲁郡人。唐玄宗先天年间，他做过尚书郎，连续治理过几个政务繁忙的州郡。开元年间，他出任润州刺史，施行了许多仁德的政事，远近的人民都称颂他。唐若山喜好长生不老之道。他的弟弟唐若水是在衡山修炼的道士，懂得道家修炼胎元、谷神的要领。他曾经应召进入皇宫，不久又恳求回到衡山里修炼，皇帝下诏允许他回去。唐若山平时就喜好道教的方术。他每到一处地方，一定要拜见一下当地炼丹的道士。即使是道术上没有可取之处的人，他也全都以礼相待。他的家财几乎散尽，他的俸禄收入，不曾有过剩余。在炼丹上花费的金钱，不计其数。到了晚年，他对求取长生之道更加笃定。润州府库里的公款，也被他用来买药炼丹。宾客幕僚和骨肉亲人，常常恳切地劝诫他，他全都不听从采纳。

一天，有一个老人，面容瘦弱憔悴，外貌好似枯槁，前来谒见唐若山。老人自称有长生不老之道。见到的人都笑这老头年迈体衰。唐若山见了他后，却极尽礼遇倍加尊敬，挽留他住了一个多月。所谈论的，全都不是炼丹方面的精要。唐若山广泛搜集药方秘诀，对于歌诀和图册，也都有所研究。他问老头擅长什么，老人对这些炼丹方术之类的全都瞧不起，又喜欢肥美鱼肉和饮用美酒，还喜欢品尝珍贵美食。虽然是一个很瘦削的老人，而他一个人的饭量能赶上三四个人。唐若山恭敬地为他做事，丝毫没有懈怠厌倦的神色。一天晚上，老头从容地对唐若山说：“你家有一百来口人，日常开支常常不够用。你贵为一方的长官，钱财却还差这么多，一旦你赋闲在家，用什么来养活家人呢？何况公库里的银两钱帛，你也侵占了许多，我实在是为你担忧。”唐若山吃惊地说：“我治理这个州已经很久了，离任时必将有个交代。我也常常为此发愁，但却想不出来好办法。如果真窑，不可向视。”叟于腰间解小瓠，出二丹丸，各投其一，阖扉而出。谓若山曰：“子有道骨，法当度世，加以笃尚正直，性无忿恚，仙家尤重此行。吾太上真人也，游观人间，以度有心之士。悯子勤志，故来相度耳。吾所化黄白之物，一以留遗子孙，旁济贫乏；一以支纳帑藏，无贻后忧。便可命棹游江，为去世之计。翌日相待于中流也。”言讫，失其所在。若山凌晨开阅，所化之物，烂然照屋。复扃闭之，即与宾客三五人，整棹浮江，将游金山寺。既及中流，江雾晦冥，咫尺不辨。若山独见老叟，棹渔舟，直抵舫侧，揖若山入渔舟中，超然而去。久之，风波稍定，昏雾开霁。已失若山矣。

郡中几案间，得若山诀别之书指挥家事，又得遗表，因以奏闻。其大旨：“以世禄暂荣，浮生难保，惟登真脱屣，可以后天为期。昔范丞相泛舟五湖，是知其主不堪同乐也；张留侯去师四皓，是畏其主不可久存也。二子之去，与臣不同。臣运属休明，累叨荣的因此受到惩罚，我是自作自受心甘情愿的，只是担心一家人跟着我要受挨饿冷冻之苦了。”老人说：“你不必多虑。”老人催促他快些上酒，二人连饮了几杯。唐若山素来很少喝酒，这一天也连喝了三四杯，竟然没有一点醉意，内心很是惊奇。这天夜里月光极其明亮，两个人慢慢走在院子里。许久，老人对唐若山说：“你可派一个仆人，把各种锅子和铁器等东西搬到炼丹房里去。再让他在炼丹房里布置坐席，砌起炉灶。”老头又说：“鼎铛之类的丹炉分为两处，都在锅底放上燃烧的火炭，把丹炉烘烤得就像砖窑一样，让人不能直视它。”这时老头从腰间解下一个小葫芦，从葫芦里取出两丸丹药，往两口丹炉内各扔了一丸。然后关门出来，老头对唐若山说：“你有修道人的气质，理应引导你超脱人世，加上你淳厚高尚，品行正直，生性不爱发怒，仙家特别重视这样的品行。我是太上真人，到人间来游玩观赏，来引导一些有心修道之人。我同情你为了自己的志向又勤奋又努力，所以就来引导你。我所变化的黄金白银，一部分用来留给你的子孙，其他的用来救济别的穷人；一部分用来偿还你侵用的公库里的银两，不要留下日后的祸患。这样你就可以驾船游江，这是让你三魂摆脱尘世的计策。明天我在江心等着你。”说完，老人就消失不见了。第二天早晨，唐若山打开炼丹房一看，昨天所炼化的东西，光灿灿地把屋子都照得明亮。他又关上门，马上和三五位宾客一起登船渡江，要到金山寺去游览。到了江心的位置之后，突然江上大雾弥漫，天色昏沉，咫尺之间也分辨不清东西。只有唐若山一个人见到了那位老人。老人驾着一条小渔船，直接来到唐若山的大船旁，拱手请唐若山下到渔船上去。于是唐若山超脱世俗而去。过了很久，风波稍微平静下来，大雾散去，阴天放晴，人们这才发现唐若山不见了。

在郡中的书案之上，人们找到了唐若山诀别的书信，那上面写的是如何处理家事。又找到了一份他留下的奏章，人们就把奏章上报给皇上。奏章的大意是：“我家因为世代享受朝廷的俸禄而获得暂时的荣华，然而短暂虚幻的人生是难以保全自己的，只有脱离世俗，成为神仙，才能无忧无虑，道术是可以后天修炼达到预期。昔爵，早悟升沉之理，深知止足之规，栖心玄关，偶得丹诀。黄金可作，信淮王之昔言；白日可延，察真经之妙用。既得之矣，余复何求。是用挥手红尘，腾神碧海。扶桑在望，蓬岛非遥。遐瞻帝阍，不胜犬马恋主之至。”唐玄宗省表异之，遽命优恤其家。促召唐若水，与内臣赍诏，于江表海滨寻访，杳无音尘矣。

其后二十年，有若山旧吏自浙西奉使淮南，于鱼市中见若山鬻鱼于肆，混同常人。睨其吏而延之入陋巷中，萦回数百步，乃及华第。止吏与食，哀其久贫，命市铁二十梃，明日复与相遇，已化金矣，尽以遗之。吏姓刘，今刘子孙世居金陵，亦有修道者。又相国李绅，字公垂，常习业于华山，山斋粮尽，徒步出谷，求粮于远方。迨暮方还，忽暴雨至，避于巨岩之下，雨之所沾若浼焉。既及岩下，见一道士，舣舟于石上，一村童拥楫而立，与之揖。道士笑曰：“公垂在此耶！”言语若深交，而素未相识。因问绅曰：“颇知唐若山乎？”对曰：“常览国史，见若山得道之事，每景仰焉。”道士曰：“余即若山也。将游蓬莱，偶值江雾，维舟于此，与公垂曩昔之分，得暂相遇。讵忘之耶？”乃携绅登舟。江雾已霁，山峰如昼，月光皎然。其舟凌空泛泛而行，俄顷已达蓬岛。金楼玉堂，森列天表。神仙数人，皆旧友也。将留连之。中有一人曰：“公垂方欲佐国理务，数毕乃还耳。”绅亦务经济之志，未欲栖止。众仙复命若山送归华山。后果入相，连秉旌钺。去世之后，亦将复登仙品矣。（出日丞相范蠡驾船泛游在五湖之间，是知道他的君主不能和他同乐；留侯张良拜‘商山四皓’为师而隐去，是畏惧他的君主不敢长久待在他身边。这二人的离去，和臣不一样。我的运气很好，赶上了明君盛世，多次得到皇上恩赐的爵位。我早就领悟到了官场进退得失的道理，深深懂得不该贪得无厌的规矩。所以我潜心于研究得道成仙的方法，偶然得到了炼丹的秘诀，黄金也是可以做出来的，我这才相信了淮南王以前说过的话。时间也是可以延长的，这也是察看真经后的妙用。既然明白了这种道理，其余的还追求什么呢？因此我挥手告别红尘，元神在大海里遨游，可望见扶桑，离蓬莱仙岛也并不遥远。我遥望天帝的宫门，心中不禁像犬马留恋主人那样想念皇上您啊。”唐玄宗看了奏章感到惊异，急忙下令优厚地抚恤唐若山的家属，急忙召见唐若水，让唐若水和内臣们一起，拿着皇帝的诏令，在江南海滨到处寻访。但却杳无音信。

二十年后，有一个唐若山的旧部下从浙西奉命出使到淮南去，在鱼市上见到唐若山在鱼摊里卖鱼，混在普通人当中。唐若山看见了他曾经的属下，他把属下请到了一条陋巷之中，拐弯抹角，走了几百步，来到一座华丽的府邸。他与属下一起吃了一顿饭。他可怜属下长期贫困，让属下在市场上买了二十根铁棒。第二天，属下又遇到他，铁棒就全都变成金子了。他把这些金子全都送给了属下。他的这个属下姓刘。到现在，刘氏子孙世代居住在金陵，也有修道的人。又有相国李绅，字公垂，经常在华山钻研学业，有一天，山中居所的粮食用尽了，就徒步走出山谷，到远方寻求粮食。天色将黑的时候才回来，忽然间下起了暴风雨。他就在一块巨石下避雨。被雨打湿的地方就像污泥一样。到了巨石之下，他看见一位道士。那道士的船停靠在石头上，一位村童抱着桨站在身旁。李绅向道士拱手作揖，道士笑道：“公垂也在这里吗？”说话交谈间就像老朋友似的。但是他们从来都不曾相识。于是接着道士问李绅：“你很熟悉唐若山吧？”李绅回答说：“我经常阅读本朝的史料，见过他得道成仙之事，每次读到都很景仰他。”道士说：“我就是唐若山。我要到蓬莱去游玩，偶然遇上江雾，就把船停在这里。我和你李公垂曾有过一段缘分，所以

《仙传拾遗》）

司命君

司命君者，常生于民间。幼小之时，与唐元瓌同学。元瓌云：君家世奉道。晨夕香烛，持《高上消灾经》《老君枕中经》，累有祥异，奇香瑞云，生于庭宇。母因梦天人满空，皆长丈余，麾旆旌盖，荫其居宅。有黄光照其身，若金色，因孕之而生。生即张目开口，若笑之容。幼而颖悟，诵习诗书，元瓌所不及。十五六岁，忽不知所之，盖游天下寻师访道矣。不知师何人，得神仙之诀。宝应二年，元瓌为御史，充河南道采访使，至郑州郊外，忽与君相见。君衣服蓝缕，容貌憔悴。元瓌深悯之，与语叙旧，问其所学，曰："相别之后，但修真而已。"邀元瓌过其家，留骑从于旅次相候。君与元瓌同往，引入市侧，门巷低小，从者一两人。才入，外门便闭，从者不得入。第二门稍宽广。又入一门，屋宇甚大。揖元瓌于门下，先入为席，良久出迎。元瓌见其容状伟烁，可年二十许，云冠霞衣，左右玉童侍女三五十辈，皆非世所有。元瓌莫之测。相引升堂，所设馔食珍美，器皿瑰异，虽王者宴赐，亦所不及。彻馔命酒，君与妻同坐。乃曰："不可令侍御独坐。"即召一人，坐于元瓌之侧。元瓌视之，乃其妻也。奏乐酣饮，既醉各散，终不及相问言才能在这里短暂相遇，难道你忘了吗？”于是道士带着李绅上船。这时候江雾已散去，天气已经放晴，山峰像白天一样，月光皎洁明亮。那艘船在空中上下浮动行驶着，不一会儿就到达了蓬莱仙岛。黄金做的楼宇，美玉做的殿堂，排列整齐，高耸入云。过来几位神仙，都是唐若山的老朋友，想要留住他们。其中有一个神仙说：“李公垂正要出任相国辅佐国家处理政事，命中注定要做完这些事才能回到这里。”李绅也确有经国济民的远大志向，还没有留在这里的想法。众神仙又让唐若山把他再送回华山。后来李绅果然入朝做了宰相，连续多年执掌军、政大权。他去世之后，也将重新恢复在仙界的品级。（出《仙传拾遗》）

司命君

司命君，常常生活在民间。在他小的时候，与唐元瓌是同学。唐元瓌说，司命君家世世代代信奉道教，早上晚上都要点燃熏香和蜡烛，念《高上消灾经》和《老君枕中经》，经常有代表祥瑞的奇异景象出现，奇异的香气和祥瑞的云霞，在他家的庭院殿宇之间生出。他的母亲梦见天空中站满了仙人，全都身高一丈多，旌旗车盖的影子遮蔽了他们家的院子。空中有一道黄色的光照在她身上，那光的颜色像金子一样，于是她就怀孕生下了司命君。司命君刚生下来就睁着眼睛张着嘴巴，像是笑的样子。他从小就聪慧过人，诵读学习诗书，元瑰从来都比不上他。他十五六岁的时候，忽然间不知道哪儿去了，大概是云游天下寻师学道去了。不知道他的老师是谁。却得到了成仙得道的秘诀。唐代宗宝应二年，元瑰担任御史，充当河南道的采访使，元瑰来到郑州的郊外，忽然与司命君相遇。司命君衣衫褴褛，容貌憔悴。唐元瓌很可怜他，和他聊天叙旧，问他学到什么。他说：“咱们相别之后，我只是学道修行而已。”他邀请元瑰到他家里去坐坐，元瑰就把马匹和随从留在客栈里等他回来。司命君陪元瑰一起前往。他把元瑰领到市场的一侧，有一扇低矮的门。门前随从只有一两个人。二人刚走进门，外边的门就关上了，身后的随从不得进入。第二道门稍微宽广些。又进了一门，是一间非常大的房子。司命君拱手请情。迟明告别，君赠元瓌金尺玉鞭。出门行数里，因使人访其处，无复踪迹矣。及还京，问其妻："曾有异事乎？"具言："某日昏然思睡，有黑衣人来，称司命君召，某便随去。既至司命宫中，见与君同饮。"所见历然皆同，不谬。

后十年，元瓌奉使江岭，又于江西泊舟，见君在岸上。邀入一草堂，又到仙境。留连饮馔，但音乐侍卫，稍多于前，皆非旧人矣。及散，赠元瓌一饮器，如玉非玉，不言其名。自此叙别，不复再见。亦不知司命所主何事，所修何道，品位仙秩，定何高卑，复何姓字耳。一日，有胡商诣东都所居，谓元瓌曰："宅中有奇宝之气，愿得一见。"元瓌以家物示之，皆非也。乃出司命所赠饮器与商。起敬而后跪接之，捧而顿首曰："此天帝流华宝爵耳。致于日中，则白气连天；承以玉盘，则红光照室。"即与元瓌就日试之，白气如云，郁勃径上，与天相接。日夜更试之，此不谬也。"此宝太上西北库中镇中华二十四宝也，顷年已旋降。今此第二十二宝，亦不久留于人间，即当飞去。得此宝者，受福七世，敬之哉。"元瓌以玉盘承之，夜视红光满室。（出《仙传拾遗》）

元瑰先在门下稍候，自己先进去安排宴席，过了很久才出来迎接元瑰。元瑰发现司命君的容貌变得伟岸光亮，才二十来岁的样子，头顶云冠身披霞衣，左右两侧的玉童侍女有三五十名，都不是人世间所能拥有的。元瑰不知这是怎么回事。司命君领元瑰登上正堂，所摆设的都是山珍海味，所盛放器皿也都瑰丽奇异，即使是帝王家的宴席也是比不上这里的。饭饱之后开始饮酒。司命君与自己的妻子坐在一起，就说："不能让侍御你一个人独自坐着。"就叫来一个人坐在元瑰的身边。元瑰一看，竟然是自己的妻子。接着奏乐畅饮，喝醉之后众人各自散去，到底没来得及问他这到底是怎么回事。快要天亮的时候互相告别，司命君送给元瑰一把金尺和一把玉鞭。出门走了几里，元瑰就让人寻访他昨夜去的那个地方，那地方再也没有踪迹了。等到元瑰回到京城，他问妻子是否曾经发生过奇异的事。妻子详细说明道："有一天我昏昏沉沉想要睡觉，突然来了一个身穿黑衣的人，说司命君召我前去，我就跟着他过去了。到了司命君宫中以后，见他和你在一块喝酒。"她所见到的，和元瑰见到的一样，没有半点谬误。

十年之后，元瑰奉命出使江岭，又在江西停船，看到司命君在岸上。司命君邀请他进入一所草堂，再次来到了仙境，留在仙境中饮酒吃饭，只是音师、侍卫的人数，略多于上一次，全都不是上一次见到的那些人。等到散了席，司命君赠给唐元瓌一件饮酒的杯子。杯子的质地像玉却又不是玉。他也不说这酒杯叫什么名字。从此别过后，再没能相见，也不知司命君管的是什么事，修的是什么道。也不知他在仙界的官职品级和俸禄都有多少，更不知他姓什么字什么。有一天，一位胡商来到元瑰在东都洛阳的住所，对元瑰说："您家中有珍奇宝物的气息，希望您能让我见识见识。"元瑰把自己家里的东西拿出来给胡商看，全都不是宝物。于是他把司命君赠他的酒杯拿出来给胡商看。突然胡商肃然起敬，跪下之后才把酒杯接过去，捧着酒杯磕头拜道："这是天帝的流华宝爵呀！放到日光下，就能生成白气连接天空；放到玉盘里，就能散发红光照亮房屋。"胡商立即就和元瑰就着日光试验效果。生成的白气像云那样蒸蒸而上，与天连到

玄真子

玄真子姓张，名志和，会稽山阴人也。博学能文，擢进士第。善书，饮酒三斗不醉。守真养气，卧雪不寒，入水不濡。天下山水，皆所游览。鲁国公颜真卿与之友善。真卿为湖州刺史，与门客会饮，乃唱和为《渔父词》，其首唱即志和之词，曰："西塞山边白鸟飞，桃花流水鳜鱼肥。青箬笠，绿蓑衣，斜风细雨不须归。"真卿与陆鸿渐、徐士衡、李成矩，共和二十五首，递相夸赏，而志和命丹青剪素，写景夹词，须臾五本。花木禽鱼，山水景像，奇绝踪迹，今古无伦。而真卿与诸客传玩，叹服不已。其后真卿东游平望驿，志和酒酣，为水戏，铺席于水上独坐，饮酌笑咏。其席来去迟速，如刺舟声。复有云鹤随覆其上。真卿亲宾参佐观者，莫不惊异。寻于水上挥手，以谢真卿，上升而去。今犹有宝传其画在人间。（出《续仙传》）

刘白云

刘白云者，扬州江都人也。家富好义，有财帛，多以济人，亦不知有阴功修行之事。忽在江都，遇一道士，自称为乐子长，家寓海陵。曰："子有仙箓天骨，而流浪尘土中，何也？"因出袖中两卷书与之。白云捧书，开视篇目。方欲致谢，子长叹曰："子先得一起。日夜交替轮着试验，说得没有一点错误。“这件宝物是太上西北库中镇守中华二十四宝之一，近年来已降临到人间。现在这个流华宝爵是第二十二宝，也不会久留在人间的，很快将会飞走了。得到这个宝贝的人，世世代代都会受到福佑。一定要敬重它啊！”元瑰把它盛在玉盘里，夜里一看，果然满室都是红光。（出《仙传拾遗》）

玄真子

玄真子姓张，名志和，是会稽山阴人。他博学多才，擅长写文章，还考中了进士。善于书画，喝三斗酒也不醉。他保持本性培养真气，躺在雪地上不觉得冷，跳到水里去不沾湿衣裳。天下间的山水，他全都游览过。鲁国公颜真卿和他是好朋友。颜真卿在湖州担任刺史时，他和门客们一起喝酒，就一唱一和地作出《渔父词》，那第一首就是张志和的词。词是：“西塞山边白鸟飞，桃花流水鳜鱼肥。青箬笠，绿蓑衣，斜风细雨不须归。”颜真卿与陆鸿渐、徐士衡、李成矩，一共唱和了二十五首，互相传递着夸赞欣赏。张志和让人拿出颜料画图并剪裁白绢，把景色画在白绢上，又题上词，不一会儿就画出来五幅画。花木禽鱼，山水景象，笔法奇绝，今古无比。颜真卿和客人们传着玩赏，都赞不绝口。后来颜真卿东游平望驿，张志和喝酒喝到尽兴时，在水上嬉戏，把坐席铺在水面上，独自坐在上面饮酒笑吟。那坐席的来去快慢，就像划船的声音。接着又有云鹤跟随在他的头顶之上。颜真卿和亲眷、宾客、幕僚等观看的人，没有一个不惊异的。不久后，张志和在水上挥手，向颜真卿表示谢意，然后便腾空飞升而去。至今民间还流传着他的画，被人们视为珍宝。（出《续仙传》）

刘白云

刘白云是扬州江都人。他家庭富足，为人重视义气。他的钱财，大多用来救济穷人。其实他并不知道有积攒阴德修行这回事。忽然有一天他在江都遇见一位道士。道士自称“乐子长”，家住在海陵。道士对他说：“你名列仙册，身有奇骨，却流落在尘世之中，这是为变化，而后受道。此前定也。”乃指摘次第教之。良久，失子长所在。依而行之，能役致风雨，变化万物。乃于襄州隔江一小山上化兵士数千人，于其中结紫云帐幄，天人侍卫，连月不散。节度使于顿疑其妖幻，使兵马使李西华引兵攻之。帐幄侍卫渐高，弓矢不能及。判官窦处约曰：“此幻术也，秽之即散。”乃取尸秽焚于其下，果然兵卫散去。白云乘马与从者四十余人，走于汉水之上，蹙波起尘，如履平地，追之不得。谓追者曰：“我刘白云也。”后于江西湖南，人多见之，弥更少年洁白。时湖南刺史王逊好道，白云时来郡中。忽一日别去，谓逊曰：“将往洪州，即于钟陵相见。”一揖而行。初不晓其旨。辰发灵川，午时已在湘潭。人多识者，验其所行，顷刻七百里矣。旬日，王逊果除洪州。到任后，白云亦来相访，复于江都值乐真人。曰：“尔周游人间，固有年矣。金液九丹之经，太上所敕，令授于尔，可选名岳福地炼而服之，千日之外，可以登云天矣。”乾符中，犹在长安市卖药，人有识之者，但不可亲炙，无由师匠耳。（出《仙传拾遗》）

什么呢？”接着道士从袖子中取出两卷书交给他。他捧着书，翻开看目录，刚要致谢，乐子长叹息道：“你先学会变化之术，然后才能接受道术，这是提前注定的。”于是乐子长就依次指着书从头到尾教授他。过了很长时间，乐子长忽然不见了。他按照乐子长所教的办法去做，就能役使风雨，变化万物。于是他在襄州隔江的一座小山上变化出几千名士兵，在那里设置了紫云色的帷帐，由神仙侍卫，连续数月不散。节度使于頔怀疑他这是妖邪幻术，就派兵马使李西华领兵攻打他，帷帐和侍卫渐渐升高，超出了弓箭的射程。判官窦处约说：“这就是幻术，用污秽的东西可以把它驱散。”于是取来尸体等秽物在帷帐下边燃烧。果然士兵们都散去了。刘白云骑着马和四十多名随从，奔跑在汉水之上，踏过水波泛起水雾像烟尘一样，仿佛奔跑在平地上，官兵追也追不上了。他对追兵说：“我是刘白云。”后来在江西、湖南等地，很多人都见过他，他更加年轻白净了。当时湖南刺史王逊喜好道术，刘白云时常到郡中来见王逊。忽然有一天他告别离去，对王逊说：“我将要去洪州，咱们就在钟陵再见。”说完他拱手行了一礼便走了。起初王逊不明白他说的意思。他辰时从灵川出发，午时已经到了湘潭。很多人都认识他，验证一下他走过的路，发现他顷刻之间已经走了七百里了。十天之后，王逊果然改任洪州刺史。到任后，刘白云又来拜访。刘白云又在江都遇到乐子长。乐真人说：“你周游人间，本来已经有些年头了。金液九丹的经书，是天帝所下令赐予的，让我传授给你，你可以选一处名岳福地炼制仙丹然后吃下去，一千天之后就可以登上云天做神仙了。”唐僖宗乾符年间，刘白云还在长安街市上卖药。有人认出了他，但他不可亲近，就没有机会向他学习。（出《仙传拾遗》）

卷第二十八　神仙二十八

郗 鉴　僧契虚

郗鉴

荥阳郑曙，著作郎郑虔之弟也。博学多能，好奇任侠。尝因会客，言及人间奇事。曙曰：“诸公颇读《晋书》乎？见太尉郗鉴事迹否？《晋书》虽言其人死，今则存。”坐客惊曰：“愿闻其说。”曙曰：“某所善武威段勰，为定襄令。勰有子曰衵，少好清虚慕道，不食酒肉。年十六，请于父曰：‘愿寻名山，访异人求道。’勰许之，赐钱十万，从其志。段子天宝五载，行过魏郡，舍于逆旅，逆旅有客焉，自驾一驴，市药数十斤，皆养生辟谷之物也。而其药有难求未备者，日日于市邸谒胡商觅之。衵视此客，七十余矣，雪眉霜须，而貌如桃花，亦不食谷。衵知是道者，大喜，伺其休暇，市珍果美膳，药食醇醪，荐之。客甚惊，谓衵曰：‘吾山叟，市药来此，不愿世人知，子何得觉吾而致此耶？’衵曰：‘某虽幼龄，性好虚静，见翁所为，必是道者，故愿欢会。’客悦为饮。至夕，因同宿。数日事毕将去，谓衵曰：‘吾姓孟，名期思，居在恒山，于行唐县西北九十里。子欲知吾名氏如此。’衵又为祖饯，叩头诚祈，愿至山中，咨受道要。叟曰：‘若然者，观子志坚，可与居矣。然山中居甚苦，须忍饥寒，故学道之人，多生退志。又山中有耆宿，当须启白。子熟计之。’衵又固请。叟知其有志，乃谓之曰：‘前至八月二十日，当赴行唐，可于西北行三十里，有一孤姥庄，庄内孤姥，甚是奇人，汝当谒之。因言行意，坐以须我。’衵再拜受约。

郗鉴

荥阳的郑曙，是著作郎郑虔的弟弟。他博学多能，追求新奇，锄强扶弱。曾经有一次，他与客人聊天，谈到了人间的种种奇事。郑曙说："各位都读过《晋书》吧？听过太尉郗鉴的事迹没有？《晋书》上虽然说他人已经死了，但是他直到现在还好好活着呢。"席上的几位客人惊奇地说："请您讲讲他的故事好吗？"郑曙说："我有个好朋友，是武威县的段勰，他在定襄县做县令。段勰有个儿子叫段碧，从小就喜欢清静虚无，向往修道，不吃酒肉。十六岁那年，他向父亲请求说：'我想游历名山大川，寻访世外高人求教道术。'段勰同意了他的要求，给了他十万钱，顺了他的心愿。天宝五年的时候，段碧路过魏郡，住在一家客栈之中。客栈里有一位客人，自己骑了一头毛驴，买了几十斤的药，全是一些保养身体辟谷不食的药材。其中那些稀有难找、还没买齐的药，他就天天都到街市上向胡商寻觅。段碧看这位客人已经七十多岁了，眉毛似白雪，胡须似银霜，但是他的脸色却像桃花一样红润，也不吃五谷。段碧知道这是一位得道的高人，内心非常高兴，等到那个客人闲暇时，就买了些珍贵的果品和美味的食物，以及药品美酒什么的都送给他。那个客人很吃惊，对段碧说：'我只是山里的一个普通老头，买药来到这里，不想让世人知道我的行踪，你是怎么发现我而且还送这些东西的呢？'段碧说：'我虽然年纪小，但是我生来喜欢清虚恬静，看见您的所作所为，知道您一定是个得道的人，所以愿意和您交往欢聚。'那个老人很高兴，就和他一起喝酒。喝到晚上，二人又住到一起。几天后，老人事情办完要离开了，就对段碧说：'我姓孟，名叫期思，家住在恒山，在行唐县西北九十里的地方。你不是想要知道我的名姓吗？这就告诉你。'段碧为他送行，又叩头又虔诚地祈祷，说自己愿意跟着老人回

“至期而往，果得此孤庄。老姥出问之，玿具以告姥。姥抚背言曰：‘小子年幼若此，而能好道，美哉！’因纳其囊装于柜中，坐玿于堂前阁内。姥家甚富，给玿所须甚厚。居二十日而孟先生至，顾玿言曰：‘本谓率语耳，宁期果来。然吾有事到恒州，汝且居此，数日当返。’如言却到，又谓玿曰：‘吾更启白耆宿，当与君俱往，数日复来。’令姥尽收掌玿资装，而使玿持随身衣衾往。玿于是从先生入。

“初行三十里，大艰险，犹能践履；又三十里，即手扪藤葛，足履嵌岩，魂竦汗出，而仅能至。其所居也，则东向南向，尽崇山巨石，林木森翠。北面差平，即诸陵岭。西面悬下，层溪千仞，而有良田，山人颇种植。其中有瓦屋六间，前后数架。在其北，诸先生居之。东厢有厨灶，飞泉檐间落地，以代汲井。其北户内，西二间为一室，闭其门。东西间为二室，有先生六人居之。其室前庑下，有数架书，三二千卷。谷千石，药物至多，醇酒常有数石。玿既谒诸先生。先生告曰：‘夫居山异于人间，亦大辛苦，须忍饥馁，食药饵。能甘此，乃可居。子能之乎？’玿曰：‘能。’于是留止。凡到山中，向他请教道术。老头说：'如果是这样的话，我见你志向坚定，可以和我住在山中。但是住在山里可是很苦的，还必须忍受饥寒交迫。所以学道的人，大多都会半途而废了。另外山中还有比我更有名望更有学问的老人，我也得向他禀报才行，你再好好想想。'段砉又坚决地表示想跟着回去。老人知道他有志向，就对他说：'等到八月二十日，你到行唐县来。可向西北走三十里，有一个孤姥庄，庄里的孤姥，是一位很了不起的奇人。你该去拜见她，向她说明此行来意，留在那里等着我来。'段砉拜了又拜，接受约定。

"到了八月二十日这一约定好的日期，段砉依约前往，果然找到了这个孤庄。一位老太太出来问他。他把此行来意详细地告诉了她。老太太抚摸着他的后背欣慰地说：'你这小子这么年轻，却能喜欢道术，真是太好了！'于是把他的行李都收拾到柜子里，让他先坐在堂前的阁子里。老太太家里很富有，供给段砉使用的物品很丰厚。他在此住了二十天，孟先生也到了。孟先生看着段砉说道：'我本来是随便说说而已，不承想你真的如期来了。但是我还有事要到恒州去，你暂且住在这里，我几天之内就能回来。'果然，孟先生像他说的那样，几天就回来了。他又对段砉说：'我还要去向山中的仙人说明情况，然后再带你一块回去。'过几天孟先生果然回来了。让老太太把段砉的行李全都收拾保存好，让段砉只带着随身的衣服和被子前往。于是段砉就跟着孟先生一起进山了。

"最开始的三十里路，虽然很艰险，但是还可以勉强行走。接下来的三十里路，就要用手攀着藤蔓，用脚蹬着险峻的山崖，吓得段砉心生恐惧，出了一身冷汗，好不容易走到了目的地。这里就是孟先生住的地方，在东面和南面，全是崇山巨石，林木森然苍翠。北面比较平坦，是几条小山脉。西面是陡峭的悬崖，层层山谷足有千仞深，而在谷中有一片良田，山民们正在耕种。其中有六间瓦房，排成前后几架。北面的屋子，是诸位先生的住所。东厢是厨房，飞泉从檐间落下，用来代替井水。在那北面的房屋之内，西面的两间为一个屋子，关着门。东西间共两个屋子，有六位先生在这里住着。那房前的走廊里，有几书架的书，共有两三千卷。还有上千石的谷物，多到数不清的药五日。孟先生曰：‘今日盍谒老先生。’于是启西室，室中有石堂。堂北开，直下临眺川谷。而老先生据绳床，北面而斋心焉。晳敬谒拜老先生，先生良久开目，谓孟叟曰：‘是尔所言者耶？此儿佳矣。便与汝充弟子。’于是辞出，又闭户。其庭前临西涧，有松树十株，皆长数仞。其下磐石，可坐百人，则于石中镌局，诸先生休暇，常对棋而饮酒焉。晳为侍者，睹先生棋，皆不工也，因教其形势。诸先生曰：‘汝亦晓棋，可坐。’因与诸叟对，叟皆不敌。于是老先生命开户出，植杖临崖而立。西望移时，因顾谓叟：‘可对棋。’孟期思曰：‘诸人皆不敌此小子。’老先生笑，因坐召晳：‘与尔对之。’既而先生棋少劣于晳。又微笑谓晳曰：‘欲习何艺乎？’晳幼年，不识求方术，而但言愿且受《周易》。老先生诏孟叟受之。老先生又归室，闭其门。晳习《易》逾年而日晓。占候布卦，言事若神。晳在山四年，前后见老先生出户，不过五六度。但于室内端坐绳床，正心禅观，动则三百二百日不出。老先生常不多开目，貌有童颜，体至肥充，都不复食。每出禅时，或饮少药汁，亦不识其药名。后老先生忽云：‘吾与南岳诸葛仙家为期，今到矣，须去。’晳在山久，忽思家，因请还家省觐，即却还。孟先生怒曰：‘归即归矣，何却还之有！’因白老先生。先生让孟叟曰：‘知此人不终，何与来也？’于是使归。归后一岁，又却寻诸先生，至则室屋如故，门户封闭，遂无一人。下山问孤庄老姥。姥曰：‘诸先生不来，尚一年矣。’晳因悔恨殆死。晳在山间，常问孟叟：‘老先生何姓名？’叟取《晋书·郗鉴传》令读之，谓曰：‘欲识老先生，即郗太尉也。’”（出《记闻》）

材，还常有几石醇香美酒。段碧拜见诸位先生之后，先生们告诫他说：‘住在这深山老林不同于住在人世间，是很辛苦的，必须忍受饥饿，服用药材。你甘心如此，才可以住在这里，你能做到吗？’段碧说：‘我能做到！’于是他就留下了。五天后，孟先生说：‘今天为什么不拜见拜见老先生呢？’于是打开了西屋的门。屋里有一个石堂，堂门朝北开，可以直接眺望下面的山谷河川。老先生坐在绳床上，面朝北方，正在去除杂念，修养心神。段碧恭敬地拜谒老先生，老先生过了许久才睁开双眼。老先生对孟先生说：‘这就是你所说的那个人吗？这小伙子不错，就让他给你当弟子吧！’于是二人告辞出来，又关上了门。那庭院前面挨着山涧，有十棵松树，都有几仞高。树下有一块磐石，能坐下一百人，这块石头上刻出了棋盘，诸位先生们闲暇的时候，常在这上边下棋、饮酒。段碧担任他们的侍者，站在那里看先生们下棋。发现先生们的棋艺都不算高明，段碧就在一边指点棋盘上的形势。先生们说：‘你也懂得下棋？可以坐下一起下。’于是他就坐下来和几位先生下棋，先生们全都下不过他。于是老先生让人把屋门打开，他出来后，拄着手杖临崖而立。向西面望了许久，回头看着先生们说可以和他下一盘。孟期思说：‘大家都下不过这小子！’老先生笑了笑，接着坐下又叫段碧过来下棋。老先生的棋势比段碧的稍差一些，老先生又笑着对段碧说：‘你想要学习什么技艺呢？’段碧年幼，不懂得求教方术，而只说愿意学《周易》。老先生便让孟先生传授他《周易》。老先生又回到屋里，关上屋门。段碧学习《周易》过了一年多，越来越了解其中奥秘，观察天象预言凶吉，排列卦象进行占卜，说话如神。他在山上待了四年，前前后后看见老先生出门，只不过五六次。老先生只在屋里端坐绳床上，正心参禅，经常二百天三百天都不出屋。老先生平常都闭着眼睛，容貌像孩童那样，身体肥胖肌肉充实，却不吃东西。每次出定时，偶尔会喝一点药汁，也不知道那药的名字。后来老先生忽然说：‘我和南岳的诸葛仙家约定好期限，现在时间到了，我必须要赴约了。’段碧在山上住了很久，忽然很想家，就请求回家看看父母长辈，看完就马上回来。孟先生听了生气地说：‘想回去就直说想回去了，还和我说什么马上回来！’于是就向老先

僧契虚

有僧契虚者，本姑臧李氏子。其父为御史于玄宗时。契虚自孩提好浮图氏法。年二十，髡发衣褐，居长安佛寺中。及禄山破潼关，玄宗西幸蜀门，契虚遁入太白山，采柏叶而食之，自是绝粒。尝一日，有道士乔君，貌清瘦，须鬓尽白，来诣契虚，谓契虚曰："师神骨甚孤秀，后当遨游仙都中矣。"契虚曰："吾尘俗之人，安能诣仙都乎？"乔君曰："仙都甚近，师可力去也。"契虚因请乔君导其径。乔君曰："师可备食于商山逆旅中，遇捀子，音奉，即荷竹橐而贩也。即犒于商山而馈焉。或有问师所诣者，但言愿游稚川，当有捀子导师而去矣。"契虚闻其言，喜且甚。

及禄山败，上自蜀门还长安，天下无事。契虚即往商山，舍逆旅中。备甘洁，以伺捀子而馈焉。仅数月，遇捀子百余，俱食毕而去。契虚意稍怠，且谓乔君见欺，将归长安，既治装。是夕，一捀子年甚少，谓契虚曰："吾师安所诣乎？"契虚曰："吾愿游稚川有年矣。"捀子惊曰："稚川仙府也，吾师安得而至乎？"契虚对曰："吾始自孩提好神仙，常遇至人，劝我游稚川，路几何耳？"捀子生报告。老先生对孟先生说：'早知道这个人修道不能坚持到底，又何必让他来呢！'于是就让段碧回去了。回家一年之后，段恕又回去找诸位先生。到了那里之后，见屋室如旧，门窗紧闭，一个人都不见了。段碧就下山去问孤庄的老太太，老太太说：'先生们已经有一年没来了。'段碧听了悔恨得要死。段碧在山上的时候，曾经问过孟先生：'老先生的姓名如何称呼？'孟先生取出一本《晋书·郗鉴传》让他读，并对他说：'想要知道老先生是谁，他就是郗太尉啊！'"（出《记闻》）

僧契虚

唐朝有一个叫契虚的和尚，本是姑臧李家的儿子。他父亲是唐玄宗时期的御史。契虚从孩提时代就喜好佛法。二十岁的时候，他剃光了头发，穿上和尚的粗布衣服，住在长安城的佛寺中。等到安禄山叛乱攻破潼关时，唐玄宗向西去往蜀地，契虚藏进太白山中，采集柏叶当饭吃，从此就不再吃五谷了。有一天，一位名叫乔君的道士，他面相清瘦，须发皆白，来到契虚这里，对契虚说："你的神韵风骨很是优异突出，以后应当能遨游在仙都之中。"契虚说："我只是尘世俗人，怎么能到仙都去呢？"乔君说："仙都离此很近，你可以努力争取。"契虚就请乔君教给他去仙都的方法。乔君说："你可以在商山的客栈里准备好饭食，遇见商贩，捀音奉，就是卖东西，就在商山里请他吃饭作为馈赠。如果有人问你要到哪去，你只要说想到稚川去游历，就会有商贩带着你去仙都了。"契虚听了乔君的话，心中非常高兴。

等到安禄山叛乱失败，唐玄宗从蜀地回到长安，天下间太平无事，契虚就前往商山，住在当地的客栈里，备好了甘甜洁净的饭食，等待着商贩的到来好请他吃。仅仅几个月，他就遇见商贩一百多名，全都是吃完了饭就离开了。契虚心中难免有些懈怠了，以为是乔君欺骗了他，就准备回到长安去，都已经准备好了行装。这天晚上，来了一个很年轻的商贩，他吃完饭后对契虚说："您要到哪儿去呢？"契虚说："我想到稚川去游历已经好多年了。"商贩吃惊地说："稚川可曰："稚川甚近。师真能偕我而去乎？"契虚曰："诚能游稚川，死不悔。"于是捀子与契虚俱至蓝田上，治具。其夕即登玉山。涉危险，逾岩巘，且八十里，至一洞，水出洞中。捀子与契虚共挈石填洞口，以壅其流。三日，洞水方绝。二人俱入洞中，昏晦不可辨。见一门在数十里外，遂望门而去。既出洞外，风日恬煦，山水清丽，真神仙都也。又行百余里，登一高山。其山攒峰迥拔，石径危峻。契虚眩惑不敢登。捀子曰："仙都且近，何为彷徨耶。"即挈手而去。既至山顶，其上坦平。下视川原，邈然不可见矣。又行百余里，入一洞中。及出，见积水无穷，水中有石径，横尺余，纵且百里余。捀子引契虚蹑石径而去。至山下，前有巨木，烟影繁茂，高数千寻。捀子登木长啸久之，忽有秋风起于林杪。俄见巨绳系一行橐，自山顶而缒。

捀子命契虚瞑目坐橐中，仅半日。捀子曰："师可寤而视矣。"契虚既望，已在山顶，见有城邑宫阙，玑玉交映，在云物之外。捀子指语："此稚川也。"于是相与诣其所。见仙童百辈，罗列前后。有一仙人谓捀子曰："此僧何为者？岂非人间人乎？"捀子曰："此僧常愿游稚川，故挈而至此。"已而至一殿上，有具簪冕者，貌甚伟，凭玉几而坐。侍卫环列，呵禁极严。捀子命契虚谒拜，且曰："此稚川真君也。"契虚拜，真君召契虚上，讯曰："尔绝三彭之仇乎？"不能对。真君曰："真不可留于此。"因命捀子登是仙府啊，您怎么能到达呢？”契虚回答说：“我从孩童时期就喜好神仙之道，曾经遇到一位道德修养达到超凡脱俗的至人，他劝我到稚川去游历。路有多远呢？”商贩说：“稚川离这里非常近，您真能和我一块去吗？”契虚说：“如果我的确能到稚川去，即使死了也不后悔。”于是商贩和契虚一起到了蓝田县，做好了前往稚川的准备，那天晚上二人就登上玉山。他们涉足危险之中，越过陡峭山峰，走了将近八十里的路程，来到一个山洞前。水从洞中流出来。商贩和契虚一起搬起石头填补洞口，堵住水流。二人忙活了三天之后，才把洞中水流堵住。二人一起进入洞中。洞中光线昏暗看不清东西。远远望见几十里外有一扇门，二人便朝着门的方向走去。走到洞外之后，风和日丽，山青水秀，果真是传说中的仙都。又走了一百多里，登上一座高山。这座山上群峰密集挺拔，山间石路十分险峻。契虚感到头晕目眩不敢再往上爬了。商贩说：“仙都近在眼前，你怎么又犹豫不决了呢？”于是他拽着契虚的手登了上去。到了山顶之后，见那上面很平坦，从上往下俯瞰山川，远远地什么也看不清了。接着又走了一百多里，进入一个山洞中。等到从洞中出来时，只见一片无边无际的积水。水上有一条石头小路。小路一尺多宽，有一百多里长。商贩领着契虚顺着石径向前走。来到山下之后，二人面前有一棵大树，枝叶繁茂，淡淡的云雾环绕其上，有几千寻高。商贩爬到树上长声大叫了半天，忽然树梢上刮起了秋风，不一会儿只见一根粗绳子上系着一个行囊，从山顶上放下来。

商贩让契虚闭上眼睛坐在囊中，只过了半天，商贩说：“您可以睁眼看看啦！”契虚睁眼一看，已经来到山顶了。只见其中城邑宫阙，玑玉交映，耸立在云外。商贩用手指着对他说：“这就是稚川了。”于是二人一起到城中去，见到一百多位仙童，在前后列次站好。有一位仙人对商贩说：“这个和尚是干什么的？这不是人间的人吗？”商贩说：“这个和尚常常想到稚川来游历一番，所以我就把他领来了。”不久后他们来到一座殿上。内有一个头戴冠簪和礼帽的人，身形伟岸，靠着玉几而坐，侍卫们环列在四周，高声喝止失礼的行为。商贩让契虚上前拜见这位神仙，并说道：“这位就是稚川真君。”契虚下翠霞亭。其亭亘空，居槛云矗。见一人袒而瞬目，发长数十尺，凝腻黯黑，洞莹心目。捀子谓契虚曰："尔可谒而拜。"契虚既拜，且问："此人为谁？何瞬目乎？"捀子曰："此人杨外郎也。外郎隋氏宗室，为外郎于南宫。属隋末，天下分磔，兵甲大扰，因避地居山，今已得道。此非瞬目，乃彻视者。夫彻视者，寓目于人世耳。"契虚曰："请寤其目可乎？"捀子即面请外郎，忽寤而四视，其光益著，若日月之照。契虚悸然背汗，毛发尽劲。又见一人卧石壁之下。捀子曰："此人姓乙，支润其名，亦人间之人，得道而至此。"已而捀子引契虚归，其道途皆前时之涉历。契虚因问捀子曰："吾向者谒见真君，真君问我'三彭之仇'，我不能对。"曰："彭者三尸之姓，常居人中，伺察其罪。每至庚申日，籍于上帝。故学仙者当先绝其三尸，如是则神仙可得；不然，虽苦其心无补也。"契虚悟其事，自是而归，因庐于太白山，绝粒吸气，未尝以稚川之事语于人。

贞元中，徙居华山下，有荥阳郑绅，与吴兴沈聿，俱自长安东出关，行至华山下，会天暮大雨，二人遂止。契虚以绝粒故，不致庖爨。郑君异其不食，而骨状丰秀，因征其实。契虚乃以稚川之事告于郑。郑好奇者，既闻其事，且叹且惊。及自关东回，重至契虚舍，其契虚已遁去，竟不知所在。郑君常传其事，谓之《稚川记》。（出《宣室志》）

拜，稚川真君传他上殿去，问道："你断绝了三彭的扰乱了吗？"契虚答不出来。真君说："你真不能留在这里。"于是让商贩领着契虚登上翠霞亭。这亭子处在天空之中，檐槛矗立在云层之上。只见亭中有一个人，此人袒露着身体，而且还在眨着眼睛，头发有几十尺长，细腻黝黑，头发的光泽照亮了人的心和眼睛。商贩对契虚说："你可以上前拜见这个人。"契虚拜完了又问："这个人是谁？他为什么总眨着眼睛？"商贩说："此人是杨外郎。他是隋朝皇室的宗亲，在南宫担任外郎一职，正好遇上隋末天下分裂，兵荒马乱，于是他为了躲避灾祸隐居山中，现在已经得道成仙。他这不是在眨眼睛，而是在透彻地看东西。透彻地看，就是一直注视着人世间。"契虚说："可以请他睁开眼睛吗？"商贩当面请求杨外郎睁开眼睛。突然杨外郎睁开眼睛四处望去，那目光更明亮，就像日月的照射。契虚吓得心跳加速，后背出汗，毛发竖起。他们又看到一个人躺卧在石壁下。商贩说："这个人姓乙，名字叫作支润。他原来也是人间的人，得道成仙后才来到这里。"然后商贩领着契虚回去，走过的道路全是刚才所经历的，契虚于是问商贩道："我先前去谒见真君，真君问我的三彭扰乱，我答不出来。到底什么是三彭扰乱呢？"商贩说："彭是三尸神的姓。三尸神平常在人的身体中，监视人所犯下的罪行，每到了庚申日，就去向天帝述说人的罪过。所以想要学习道术修炼成仙的人应当先断绝他的三尸神。这样才可以得道成仙。不然，即使心志再坚定也于事无补。"契虚明白了其中道理，回去之后，就在太白山下上盖了个草屋，辟谷不食，只是呼吸吐纳，没有把稚川的事告诉过别人。

唐德宗贞元年间，他搬到华山下边隐居。有荥阳人郑绅和吴兴人沈聿，二人一块从长安向东出关，走到华山脚下，适逢天色昏暗又下了大雨，两个人便停了下来。契虚因为辟谷不吃粮食，家中没有准备厨房炉灶等物。郑绅对他不吃饭感到奇怪，看他身体骨骼清奇，肌肤丰满，眉清目秀的，就问他这是怎么回事。契虚就把稚川的事告诉了郑绅。郑绅喜好听闻一些奇事怪谈，听说了这事以后，又是嗟叹，又是惊奇。等到他从关东回来，再来到契虚的住处时。契虚已经隐去了，也不知他去了哪里。郑绅曾经把契虚的事写成传，就叫作《稚川记》。（出《宣室志》）

卷第二十九　神仙二十九

九天使者　十仙子　二十七仙　姚泓　李卫公

九天使者

唐开元中，玄宗梦神仙羽卫，千乘万骑，集于空中。有一人朱衣金冠，乘车而下，谒帝曰："我九天采访，巡纠人间，欲于庐山西北，置一下宫，自有木石基址，但须工力而已。"帝即遣中使，诣山西北，果有基迹宛然。信宿有巨木数千段，自然而至，非人所运。堂殿廊宇，随类致木，皆得足用。或云，此木昔九江王所采，拟作宫殿，沉在江州湓浦，至是神人运来，以供所用。庙西长廊，柱础架虚，在巨涧之上。其下汨流奔响，泓窅不测，久历年岁，曾无危垫。初作庙时，材木并至，一夕巨万，皆有水痕。门殿廊宇之基，自然化出，非人版筑。常有五色神光，照烛庙所，常如昼日。挥斤运工，略无余暇，人力忘倦，旬日告成。毕工之际，中使梦神人曰："赭垩丹绿，庙北地中，寻之自得，勿须远求。"于是访之，采以充用，略无所阙。既而建昌渡有灵官五百余人，若衣道士服者，皆言诣使者庙。今图像存焉。初玄宗梦神人日，因召天台道士司马承祯，以访其事。承祯奏曰："今名山岳渎血食之神，以主祭祠，太上虑其妄作威福，以害蒸黎，分命上真，监莅川岳，有五岳真君焉。又青城丈人为五岳之长，潜山九天司命主九天生籍，庐山九天使者执三天之符，弹劾万神，皆为五岳上司，盍各置庙，以斋食为飨。"玄宗从之。是岁五岳三山，各置庙焉。（出《录异记》）

九天使者

唐玄宗开元年间，玄宗梦到了神仙的卫队和仪仗队，千乘万骑聚集在空中。其中有一个人身穿红色衣服，头戴金色头冠，从车上下来，拜见唐玄宗说："我是九天之上的采访使，到人间来巡视探访，想要在庐山的西北方盖一所下宫，所需的木石材料和地基地址已经有了，只是需要人力去建造罢了。"唐玄宗就派宫内中使到庐山西北去察看，果然有选好的基址在那里。过了两夜，又有几千根大木头自然地到来，并非是人力所运来的。按照殿、堂、廊、宇的不同需要，分别运来不同的木料，都准备充足以供使用。有人说，这些木头是昔日九江王采伐的，本打算建造宫殿，后来沉没在江州湓水中，现在神仙运来建造下宫。庙西的长廊，柱子的础石架在空中，建在巨大山涧的上面，下面是奔流咆哮的河水，深不可测，经历了很长的岁月，从来没有沉没危险发生。当初建造庙的时候，木材运输源源不断，一夜之间就运来了上万根，每根上都有水痕。门殿廊宇的地基，都是自然变化出来的，并非人工版筑出来的。经常有五色的神光，照着盖庙的工地，常常如同白天一样。盖庙的时候，人们发挥高超的技艺，几乎没有休息的时间，却谁也不觉得疲倦，十天就大功告成了。完工的时候，中使梦见一个神仙对他说："赭、白、红、绿各种颜料，已在庙北的地下备好，找一找就能找到，不必再到很远的地方去购买。"于是中使派人去寻找，挖出来以供使用，什么都不缺。后来建昌渡有五百多名灵官，穿着类似道士服，都说要来参拜九天使者庙。现在那记录的图像还在。当初，玄宗梦见神仙的那天，就召来了天台山的道士司马承祯，向他询问这事。司马承祯奏道："现在天下间名山大川所供奉的神仙，都是把他们当作一方之主来祭祀的。天帝担心他们在人间作威作福，为害黎民百姓，分别派来上界的仙人，到五岳四

十仙子

唐玄宗尝梦仙子十余辈，御卿云而下列于庭，各执乐器而奏之，其度曲清越，真仙府之音也。及乐阕，有一仙人前而言曰："陛下知此乐乎？此神仙《紫云曲》也。今愿传授陛下，为圣唐正始音。与夫《咸池》《大夏》，固不同矣。"玄宗喜甚，即传受焉。俄而寤，其余响犹若在听。玄宗遽命玉笛吹而习之，尽得其节奏，然嘿不泄。及晓，听政于紫宸殿，宰臣姚崇、宋璟入，奏事于御前，玄宗俯若不闻。二相惧，又奏之。玄宗即起，卒不顾二相。二相益恐，趋出。时高力士侍于玄宗，即奏曰："宰相请事，陛下宜面决可否。向者崇、璟所言，皆军国大政，而陛下卒不顾，岂二相有罪乎？"玄宗笑曰："我昨夕梦仙人奏乐曰《紫云曲》，因以授我，我失其节奏，由是嘿而习之，故不暇听二相奏事。"即于衣中出玉笛，以示力士。是日力士至中书，以事语于二相，二相惧少解。曲后传于乐府。（出《神仙感遇传》）

渎亲临监督他们。就委任他们为五岳真君，又任命青城丈人为五岳之长。潜山的九天司命真君主管九天的生死簿籍；庐山九天使者执掌清微天、禹余天、大赤天这三天的令符，可弹劾天上万神。他们都是五岳真君的上司。为什么不各为他们建立一所祠庙，用斋食供奉他们呢？”唐玄宗听了他的话。这一年在五岳三山都盖起了祠庙。（出《录异记》）

十仙子

唐玄宗曾经梦见十多位仙子，驾着彩色祥云降到庭院里站成一排，各自拿着乐器演奏。那乐曲清脆悠扬，真正是仙府里才有的美妙音乐。等到音乐奏完，有一位仙人上前说道：“陛下知道这首是什么音乐吗？这是神仙的《紫云曲》，今天愿意传授给陛下，作为圣唐的纯正的音乐，和那些古代的《咸池》《大夏》等乐曲自然有所不同。”唐玄宗特别高兴，立即接受了仙人的教授。不一会儿，玄宗醒了，那音乐的余响仿佛还在耳中回荡。他立即命人拿出玉笛吹奏演习，完全掌握了那乐曲的节奏，但是他默默地记在心里，没有向别人透露这件事。等到天亮，他在紫宸殿上朝听政，宰相姚崇、宋璟进殿，在御前奏报国家大事，玄宗好像根本没听见一样。二位宰相害怕起来，又重新奏报一遍。玄宗就站了起来，但他还是没理睬二位宰相。二相内心更加害怕，急忙走出殿去。当时高力士在玄宗身旁服侍，立即上奏道：“宰相来请示国家大事，陛下应该当面决定是否可行。方才姚崇和宋璟说的，都是统军治国的大事，而陛下却始终不理不睬，难道是二位宰相犯了什么过错吗？”玄宗笑道：“我昨天夜里梦见仙人们演奏名叫《紫云曲》的曲子，他们传授给了我。我忘记了它的几处节奏，正在心里默默地练习，所以无暇分心听二位宰相奏事。”于是他从衣服里取出玉笛，给高力士看。这一天高力士来到中书省，把事情告诉了二相，二相内心的畏惧才稍微缓解了。这支曲子后来流传于乐府之中。（出《神仙感遇传》）

二十七仙

唐开元中，玄宗皇帝昼景宴居，昏然思寐，梦二十七仙人云："我等二十八宿也，一人寓直，在天不下。我等寄罗底间三年矣，与陛下镇护国界，不令戎虏侵边。众仙每易形混迹游处耳。"既寤，敕天下山川郡县，有"罗底"字处访之，竟不能得。他夕又梦云："有音乐处是也。"再诏访焉。于宁州东南五里，有地名罗川，川上有县，县以川名。有罗州山，相传有洞穴，而翳荟不通。樵牧者闻音乐之声，诏使寻之，久而不见。忽有白兔出于林中，径入崖下。寻所入而得嵌窦焉，石室宽博，中有石像二十七真，得之以进。乃于内殿设位，晨夕焚香，躬自瞻谒。命夹纻工作二十七像，送于本洞。于其处置通圣观，改县为真宁以旌之。赐宝香及炉，炉今犹在。乡里之人言：昔年有底老者，不知所来，庞眉皓发，异于他叟。或出或处，乡俗咸敬之。于山下卖酒，常有异人来饮。或药童樵父，来往其家。一旦众异人谓底老曰："加其酝，更一饮，不复来矣。"如其言，加酿以待焉。酿熟，群仙果至，饮酣，居下者一人，与坐云："我请刻众仙之形，以留于世。"乃取石二十七片，刻成二十七人。俄顷之间，备得众仙真容，置于洞中，依饮时列坐。皆志仙之名氏于其背，安讫而散去。底老亦不复知所之，时人咸谓仙举也。底老者，疑其氏宿耳。后著作郎东门诰，为赞序以纪之。

（出《神仙感遇传》）

二十七仙

唐玄宗开元年间，玄宗皇帝在白天无事闲居，昏昏欲睡，梦中有二十七位仙人对他说："我们是天上的二十八宿，还有一个人正在当值，在天上不能下凡。我们寄居在罗底间已经三年了，一直在给陛下镇护国界，不让外族侵扰边疆。众神仙常常改换形貌混迹在人间到处游玩。"玄宗醒了之后，就下令全国各地山川郡县，到处寻找名字中带有"罗底"二字的地方，但是怎么都找不到。之后的夜里又梦见二十八宿对他说："罗底是一个有音乐的地方。"于是他就再次下令寻找。在宁州东南五里的地方，有个地方叫作罗川，川中有县，县名是用川名来命名的。还有个罗州山，相传山中有个洞穴，而且草木苍翠遮蔽道路，路过的樵夫和牧民听到里边传出音乐的声音。唐玄宗下令派人寻找这个地方，找了很久都没找到。忽然有一只白兔从树林中跑出来，径直跑进一座山崖下，追寻着兔子跑入的地方找到了一个山洞。进入洞中一看，内中是一个宽敞的石室，里边有二十七尊石像。于是就把这二十七尊石像运到宫中，并在内殿为它们设置神龛，早晚都焚香。玄宗还亲自来瞻仰拜谒。皇帝又让塑像工人仿制了二十七尊脱空的神像，送回到原来的山洞里，在那山洞所在的地方盖起了通圣观，改罗川县为真宁县，用来嘉奖这个地方。又赐了神佛专用的宝香和香炉，香炉至今还在那里。本地的人说，前几年有一位自称"底老"的老人，不知他是从什么地方来的。他眉毛斑白，头发雪白，外貌与其他老人不同。他有时外出，有时静处，乡里人都很敬重他。他在山下卖酒，常常有些异于常人的人前来喝酒。有时药童和樵夫，也来往于他家。一天早晨众异人对底老说："再酿一坛酒，再喝一回，之后就不再来了！"正如他们说的那样，他酿了酒等他们。等酒酿好之后，群仙果然来了。酒喝到酣畅的时候，原本坐在下边的一个人，上坐到他们中间说："我请求刻下众仙人的形象，以留传后世。"接着他取出二十七块石头，刻出了二十七个人的形象，顷刻之间，完全刻出了众仙人的真实容貌，放在山洞中，按照喝酒时的座次排列，都在背面记上神仙们的名字，安放完就散去了。底老也不知道去了哪里，当时人们都认为他成仙飞升了。底老，人们怀疑他就

姚泓

唐太宗年，有禅师行道精高，居于南岳。忽一日，见一物人行而来，直至僧前，绿毛覆体。禅师惧，谓为枭之属也，细视面目，即如人也。僧乃问曰："檀越为山神耶？野兽耶？复乃何事而特至此？贫道禅居此地，不扰生灵，神有知，无相恼也。"良久，其物合掌而言曰："今是何代？"僧曰："大唐也。"又曰："和尚知晋宋乎？自尔至是复几载？"僧曰："从晋至今，向四百年矣。"其物乃曰："和尚博古知今，宁自不知有姚泓乎？"僧曰："知之。"物曰："我即泓也。"僧曰："吾览晋史，言姚泓为刘裕所执，迁姚宗于江南，而斩泓于建康市。据其所记，泓则死矣，何至今日？子复称为姚泓耶！"泓曰："当尔之时，我国实为裕所灭，送我于建康市，以徇天下。奈何未及肆刑，我乃脱身逃匿。裕既求我不得，遂假一人貌类我者，斩之，以立威声，示其后耳。我则实泓之本身也。"僧因留坐，语之曰："史之说岂虚言哉？"泓笑曰："和尚岂不闻汉有淮南王刘安乎？其实升仙，而迁、固状以叛逆伏诛。汉史之妄，岂复逾于后史耶？斯则史氏妄言之证也。我自逃窜山野，肆意游行，福地静庐，无不探讨。既绝火食，远陟此峰，乐道逍遥，唯餐松柏之叶。年深代久，遍身生此绿毛，已得长生不死之道矣。"僧又曰："食松柏之叶，何至生毛若是乎？"泓曰："昔秦宫人遭乱避世，入太华之峰，饵其松柏，岁祀浸久，体生碧毛尺余。或逢世人，人自惊异，至今谓之毛女峰。且上人颇信古，岂不详信之乎？"僧因问请须所食。泓言："吾不食世间之味久矣，唯饮茶一瓯。"仍为僧陈晋宋历代之事，如指诸掌，更有史氏阙而不书者，泓悉备言之。既而辞僧告去，竟不复见耳。（出《逸史》）

是二十八宿中的氐宿，后来著作郎东门诰，写下一篇赞序来记载这件事。（出《神仙感遇传》）

姚泓

唐太宗的时候，有一位禅师道术精明高超。他隐居在南岳。忽然有一天，见有一个东西像人那样行走过来，直接走到他的身前。那东西一身绿毛覆盖着身体。禅师心中有些害怕，以为是枭那一类动物。仔细看了看面目，发现那东西像人一样。于是禅师就问道："施主究竟是山神呢，还是野兽呢？你又是为了什么事特地来到这里？贫僧在此地禅居，并未打扰生灵，如果山神有知，肯定也不会怨恨我。"过了许久，那东西合掌并说道："现在是什么朝代？"和尚说："现在是唐朝了。"那人又说："和尚您知道晋朝和南北朝的宋吗？从那时候到现在过了多少年了？"和尚说："从晋朝到现在，过了将近四百年了。"那人就说："和尚您博古通今，难道不知道十六国后秦有个叫姚泓的人吗？"和尚说："当然知道。"那人说："我就是姚泓。"和尚说："我看《晋史》上面记载，刘裕把后秦末代皇帝姚泓捉住后，把姚氏宗族迁移到江南，而在建康市把姚泓处斩了。根据书中记载，姚泓早已经死了，为什么到了今天，你还说自己就是姚泓呢？"姚泓说："在那个时候，我国确实被刘裕所灭，他要把我送到建康市，昭告天下。他们还没来得及施行极刑，我就抽身逃跑藏起来了。刘裕既然找不到我本人，就找一个相貌与我相似的人杀掉，用来树立自己的威名，给以后的人看罢了。我确实是姚泓本人。"于是禅师就留他坐下，对他说："那史书上说的，难道是不符合实际的假话吗？"姚泓笑道："和尚您难道不知道汉朝有个淮南王刘安吗？他其实已经飞升成仙，而司马迁和班固却记载他因叛逆而被杀。汉史的荒谬之处，难道还能超过后来的史书吗？这就是史官说谎话的证据。我自从逃进山野之后，肆意地游玩，名山胜地，神仙居所，没有不去探索的。我不烧火做饭之后，不远万里登上这座山峰，乐于修道，日日逍遥，平时只吃松柏树的叶子。日久天长，我浑身长出了这种绿毛，已经达到了长生不死的境界了。"和尚又说："只吃松柏的

李卫公

苏州常熟县元阳观单尊师，法名以清。大历中，常往嘉兴。入船中，闻香气颇甚，疑有异人，遍目舟中客，皆贾贩之徒，唯船头一人，颜色颇殊，旨趣恬静。单君至中路，告船人，令易席座船头，就与言也。既并席之后，香气亦甚。单君因从容问之，答曰："某本此地人也，少染大风，眉发皆落，自恶不已，遂私逃于深山，意任虎豹所食。数日山路转深，都无人迹，忽遇一老人问曰：'子何人也？远入山谷。'某具述本意。老人哀之，视曰：'汝疾得吾，今能差矣。可随吾行。'因随老人行，入山十余里，至一涧，过水十余步，豁然广阔，有草堂数间。老人曰：'汝未可便入，且于此堂中待一月日，后吾自来看汝。'因遗丸药一裹，令服之。又云：'此堂中有黄精、百合、茯苓、薯蓣、枣栗、苏蜜之类，恣汝所食。'某入堂居，老人遂行，更入深去。某服药后，亦不饥渴，但觉身轻。如是凡经两月日，老人方至。见其人笑曰：'尔尚在焉，不亦有心哉！汝疾已差，知乎？'曰：'不知。'老人曰：'于水照之。'鬓眉皆生矣，色倍少好。老人曰：'汝未合久居此。既服吾药，不但祛疾，可长生人间矣。且修行道术，与汝二十年后为期。'因令却归人间。临别，某拜辞曰：'不审仙圣复何姓名，愿垂告示。'老人曰：'子不叶子，怎么至于长出这样多的绿毛呢？”姚泓说：“以前秦朝宫中的一个宫女遭遇战乱，为了避世逃进了太华山，只吃山中的松柏叶子，时间渐久，她身上就长出了一尺多长的绿毛。有时候她遇上普通人进山，人们自然感到惊奇。那地方直至现在还被称为毛女峰。况且上人您很相信古人，难道不相信这件事吗？”和尚接着问姚泓想要吃什么。姚泓说：“我不吃人世间的食物已经很久了。只要喝一杯茶就行。”他仍然给和尚讲晋朝和南朝宋的故事，就像说着自己的手掌纹那样熟悉清楚。还有一些史官缺漏没记载的，他全都讲得很详细。然后他向和尚告别而去，以后就再没有见过他。（出《逸史》）

李卫公

苏州常熟县元阳观里有一位姓单的尊师，法号叫作以清。唐代宗大历年间，曾有一次他要到嘉兴去，进入船中，就闻到一股浓郁的香气，怀疑船中有异于常人的人。他把船中人逐个打量一番，见他们全都是普通商贩之类的人，只有船头上的一个人，模样很是与众不同，性格恬适安静。单尊师等船走到中途，就告诉船家，把他的坐席换到船头附近，想靠近那个人说话。等二人的坐席靠近之后，单尊师闻到更浓郁的香气。单尊师于是从容地问那人。那人回答说：“我本来就是本地人，小时候不幸染上了麻风，眉毛头发全掉光了，我自己也很厌恶自己，就乘家人不备逃进深山，原本打算让虎豹吃掉算了。走了几天，山路渐渐转深，杳无人迹，忽然遇上一位老人问我：‘你是什么人？为什么大老远跑到这山谷里来？’我详细地说明了心中想法。老人可怜我的遭遇，看着我说：‘幸亏遇上了我，你的病现在就能痊愈了。你可以跟着我去治病。’于是我就跟着老人离开了。进山走了十几里，来到一处山涧。渡过涧水十几步，山谷豁然广阔开朗，其中有几间草屋。老人说：‘你还不能马上就进去，暂且先在这间草房中待一个月，之后我自会来看你。’接着老人又送给我一包丸药，让我服下。他又说：‘这草屋里有黄精、百合、茯苓、薯蓣、枣子、栗子、苏子、蜂蜜等吃的，你可以随便吃。’我进屋住下后，老人就走了，向更深处的山中走去。我吃了丹药之后，也不觉得饥渴，闻唐初卫公李靖否！即吾身是也。’乃辞出山。今以所修恐未合圣旨，年限将及，再入山寻师耳。”单君因记其事，为人说之。（出《原仙记》）

只觉得身体变轻。就这样过了两个来月，老人才回来。他见了我便笑道：'你还在这儿呢？这不也很有恒心吗？你的病已经好了，你知道吗？'我说：'还不知道。'老人说：'到水边上照照看！'我过去一照，只见头发眉毛全都长出来了，气色比小时候更好。老人说：'你不应该在这里长住下去。吃了我的丹药之后，不但能治好病，还能长生不老呢！你要好好修炼道术，约好二十年之后再和你相见。'于是他就让我回到人间。临别的时候，我道别说：'还不知道老神仙您的姓名，希望老神仙告诉我。'老人说：'你没听说过唐朝初期的卫公李靖吗？那就是我呀！'于是我就辞别出山。现在因为我所修行的恐怕不符合老神仙的旨意，约定的年限要到了，想要再进山寻找老师罢了。"单尊师于是便记录下此事，常对人提起这件事。（出《原仙记》）

卷第三十　神仙三十

张　果　翟乾祐　凡八兄

张　果

张果者，隐于恒州条山，常往来汾晋间。时人传有长年秘术。耆老云："为儿童时见之，自言数百岁矣。"唐太宗、高宗累征之不起。则天召之出山，佯死于妒女庙前。时方盛热，须臾臭烂生虫。闻于则天，信其死矣。后有人于恒州山中复见之。果常乘一白驴，日行数万里，休则重叠之，其厚如纸，置于巾箱中；乘则以水噀之，还成驴矣。

开元二十三年，玄宗遣通事舍人裴晤，驰驿于恒州迎之。果对晤气绝而死。晤乃焚香启请，宣天子求道之意。俄顷渐苏。晤不敢逼，驰还奏之。乃命中书舍人徐峤，赍玺书迎之。果随峤到东都，于集贤院安置。肩舆入宫，备加礼敬。玄宗因从容谓曰："先生得道者也，何齿发之衰耶？"果曰："衰朽之岁，无道术可凭，故使之然，良足耻也，今若尽除，不犹愈乎。"因于御前拔去鬓发，击落牙齿，流血溢口。玄宗甚惊，谓曰："先生休舍，少选晤语。"俄顷召之。青鬓皓齿，愈于壮年。一日，秘书监王迥质、太常少卿萧华尝同造焉。时玄宗欲令尚主，果未之知也，忽笑谓二人曰："娶妇得公主，甚可畏也。"迥质与华，相顾未谕其言。俄顷有中使至，谓果曰："上以玉真公主早岁好道，欲降于先生。"果大笑，竟不承诏。二人方悟向来之言。是时公卿多往候谒，或问以方外之事，皆诡对之。每云："余是尧时丙子年人。"时莫能测也。又云："尧时为侍中。"善于胎息，累日不食，食时但进美酒及三黄丸。

张果

张果，隐居在恒州条山，经常往来于汾、晋之间。当时的人传说他会长寿的秘术。六七十岁的老人讲："我还是小孩的时候就见过他，自称已经几百岁了。"唐太宗、唐高宗曾多次征召他，他都不答应。武则天征召他出山，他假死于妒女庙前。当时正是盛夏炎热的时候，尸体不一会儿便发烂发臭生蛆。武则天听说之后，相信他确实死了。后来有人在恒州山中又见到了他。张果经常骑着一头白驴，一天能走几万里路。休息的时候就把白驴叠起来，就像纸那么厚，放到随身携带的小箱子中。要骑的时候就用水喷在上面，它就又还原成驴了。

唐玄宗开元二十三年，玄宗派通事舍人裴晤骑着驿马到恒州迎接张果，结果张果在裴晤面前气绝而死。裴晤就烧香恳切地请他起来，向他述说天子想要求道的诚意。不一会儿，张果渐渐苏醒过来。裴晤不敢强迫他，驰马飞奔回来向皇帝报告。皇帝就让中书舍人徐峤带着皇帝亲自盖有玉玺的信去迎接他。张果跟着徐峤来到东都洛阳。皇帝把他安置在集贤院中，用轿子把他抬进宫中，对他倍加尊敬。于是唐玄宗从容地对他说："先生是得道成仙的人，为什么牙齿头发却如此衰老呢？"张果说："老朽正处于年迈无用的年纪，没什么道术可以依靠，所以才这样。实在是羞愧。现在如果把它们全数去掉，不是更好看了吗？"于是他就在皇帝面前拔掉鬓发，打落牙齿，血从嘴中流出来。唐玄宗十分吃惊，对他说："先生先回屋休息休息，过一会儿咱们再谈。"过了一会儿再召见他，他居然鬓发全黑，牙齿洁白，比壮年人还要健壮。有一天，秘书监王迥质、太常少卿萧华，一起去拜访他。当时唐玄宗想让他迎娶公主，他还不知道。他在和二人的交谈中，忽然笑着说："娶媳妇却得公主，这可太可怕玄宗留之内殿，赐之酒。辞以山臣饮不过二升。有一弟子，饮可一斗。玄宗闻之喜，令召之。俄一小道士，自殿檐飞下，年可十六七，美姿容，旨趣雅淡。谒见上，言词清爽，礼貌臻备。玄宗命坐。果曰："弟子常侍立于侧，未宜赐坐。"玄宗目之愈喜，遂赐之酒，饮及一斗，不辞。果辞曰："不可更赐，过度必有所失，致龙颜一笑耳。"玄宗又逼赐之。酒忽从顶涌出，冠子落地，化为一榼。玄宗及嫔御皆惊笑，视之，已失道士矣。但见一金榼在地，覆之，榼盛一斗。验之，乃集贤院中榼也。累试仙术，不可穷纪。

有师夜光者善视鬼，玄宗常召果坐于前，而敕夜光视之。夜光至御前奏曰："不知张果安在乎，愿视察也。"而果在御前久矣，夜光卒不能见。又有邢和璞者，有算术。每视人，则布筹于前。未几，已能详其名氏穷达、善恶夭寿。前后所算计千数，未常不析其苛细。玄宗奇之久矣，及命算果，则运筹移时，意竭神沮，终不能定其甲子。玄宗谓中贵人高力士曰："我闻神仙之人，寒燠不能瘵其体，外物不能浼其中。今张果善算者莫得究其年，视鬼了！”王迥质和萧华你看看我，我看看你，都不明白他说这话是什么意思。不一会儿，有一位宫中的中使来到，对张果说：“皇上因为玉真公主从小喜欢修道，想要把她嫁给先生。”张果听后大笑，没有承接诏令。王迥质和萧华二人才明白刚才他那话的意思。当时许多王侯公卿都来拜访他，有的人向他问起关于世外仙境的事情，他总是敷衍地回答，常常说：“我是尧帝时期丙子年生人。”当时的人都无法推测是真是假。他又说：“尧帝时我曾担任侍中。”张果擅长不用口鼻呼吸的胎息术，可以数日不吃东西。吃饭的时候只喝美酒，服用三黄丸。唐玄宗把他留在内殿中，赐给他美酒，他推辞说自己是山野之臣，喝酒不超过二升，他有一个弟子，能喝一斗酒。唐玄宗听说之后很高兴，下令把这个弟子叫来。不一会儿，一个小道士从大殿的屋檐上飞下来，年纪大约有十六七岁，长相英俊，情致雅淡，走上前来拜谒皇上。小道士言词干净利落，礼节完备。唐玄宗让他坐下，张果说：“我这弟子常常站在我的身边服侍我，不适合赐他坐位。”唐玄宗看后，更加喜欢这位小道士，就赐酒给他。小道士已经喝够一斗酒，还不推辞。张果推辞说：“陛下不能再赐酒给他了，喝多了一定会有所过失，要让皇上见笑了。”唐玄宗又硬要赐酒逼小道士喝，忽然酒从小道士的头顶上涌了出来，帽子掉到地上，变成了一个酒盒的盖子。唐玄宗和嫔妃侍者们都先是一惊，然后哈哈大笑起来。一看，那小道士已经不见了，只有一个金色酒盒在地上，把内中的酒倒出来，正好是盛满一斗。大家上前检验这只酒盒，发现原来是集贤院中的东西。唐玄宗多次试验张果的仙术，多到不能全部记录下来。

有一位名叫夜光的法师善于查看鬼神。唐玄宗曾经把张果召来，让张果坐在自己身前交谈，而下令让夜光法师暗中观察张果。夜光看后来到唐玄宗面前奏道：“臣不知张果现在在哪，我愿意去视察他一番。”其实张果已经坐在皇帝面前很长时间了，夜光却始终看不见他。还有一个叫邢和璞的人，他擅长算术占卜。他每次给人算命，就把算筹摆放在面前，不一会儿，就能详细说出那人的姓名是什么，将来是穷困还是显达，为人是好还是坏，是短命还是长寿，等等。他前后给一千多人算过命，每次都能分析得很详细，唐玄宗很久者莫得见其状，神仙倏忽，岂非真者耶？然常闻堇斟饮之者死，若非仙人，必败其质，可试以饮之。”会天大雪，寒甚，玄宗命进堇斟赐果。果遂举饮，尽三卮，醺然有醉色，顾谓左右曰：“此酒非佳味也。”即偃而寝，食顷方寤。忽览镜视其齿，皆斑然焦黑，遽命侍童取铁如意，击其齿尽，随收于衣带中，徐解衣，出药一贴，色微红光莹，果以傅诸齿穴中，已而又寝，久之忽寤，再引镜自视，其齿已生矣，其坚然光白，愈于前也。玄宗方信其灵异，谓力士曰：“得非真仙乎。”遂下诏曰：“恒州张果先生，游方之外者也，迹先高尚，心入窅冥。久混光尘，应召赴阙。莫知甲子之数，且谓羲皇上人。问以道枢，尽会宗极。今则将行朝礼，爰申宠命，可授银青光禄大夫，仍赐号通玄先生。”

未几，玄宗狩于咸阳，获一大鹿，稍异常者。庖人方馔，果见之曰：“此仙鹿也，已满千岁。昔汉武元狩五年，臣曾侍从，畋于上林。时生获此鹿，既而放之。”玄宗曰：“鹿多矣，时迁代变，岂不为猎者所获乎？”果曰：“武帝舍鹿之时，以铜牌志于左角下。”遂命验之，果获铜牌二寸许，但文字凋暗耳。玄宗又谓果曰：“元狩之前就对此感到神奇。等到唐玄宗让他给张果算命时，每次移动算筹都要花费很长时间，意志枯竭，神色沮丧，到最后都不能确定张果的年龄。唐玄宗对宠幸的宦官高力士说："我听说成了神仙的人，寒暑都不能使他的身体生病，外物都不能污染他的内心。现在的张果，善于算术占卜的人算不出他的年龄，善于观察鬼神的人看不到他的形貌。神仙们都是虚无缥缈的，莫非他就是真正的神仙？然而我听说喝了堇汁的人就会死。如果他不是神仙，那么喝了这酒就一定会损坏他的身体。可以让他试着喝下这堇汁。"正值天降大雪，天气冷得厉害，唐玄宗就让人把堇汁拿过来赐给张果。张果举杯就喝。一连喝了三杯后，醺醺然地面露醉色，他看着左右人说："这酒的味道算不上好酒！"接着他就倒在地上睡觉。过了一顿饭的时间他才醒来，忽然他拿起镜子看自己的牙齿。他的牙齿全变得斑驳焦黑。于是就让侍童取来铁如意，把他的牙齿全数打掉，随后收到衣袋里。他慢慢地解开衣服，取出一帖药。只见这药颜色微红，光亮晶莹。张果把这药敷到牙床上，又接着再睡。睡了很久忽然醒来，再拿镜子自己照看，他的牙齿已经重新长出来了。新生牙齿坚硬光洁，比以前的牙还好。唐玄宗这才相信他道术很灵验，对高力士说："他大概就是真正的神仙吧！"于是唐玄宗下诏书说："恒州的张果先生，是位云游世外的仙人。他的形迹先进高尚，他的心进入深邃的冥冥之中，长久地把光荣和尘浊同样看待，应召进宫来。不知道他到底有多大岁数，而他自己说是伏羲时期的人。向他请教修炼道术的重点，他的道术完全可以达到至高无上的'道'之根源。现在就要带着随从举行朝礼，于是申明这加恩特赐的任命官职，授他'银青光禄大夫'之职。还赐号为'通玄先生'。"

不久之后，唐玄宗到咸阳打猎，捕到一头大鹿。这头鹿与平常的鹿有些不同。厨师正要杀鹿做菜的时候，张果看见了，便说："这是一头仙鹿，它已经有一千多岁了。汉武帝元狩五年的时候，我曾经跟随汉武帝在上林苑打猎，当时活捉了这头鹿。然后又把它放生了。"唐玄宗说："世间的鹿多了，时代也已经变迁，难道那头鹿能够不被猎人所捕获？"张果说："汉武帝放生鹿的时候，把一块铜牌系是何甲子？至此凡几年矣？”果曰：“是岁癸亥，武帝始开昆明池，今甲戌岁，八百五十二年矣。”玄宗命太史氏校其长历，略无差焉。玄宗愈奇之。时又有道士叶法善，亦多术。玄宗问曰：“果何人耶？”答曰：“臣知之，然臣言讫即死，故不敢言。若陛下免冠跣足救，臣即得活。”玄宗许之。法善曰：“此混沌初分白蝙蝠精。”言讫，七窍流血，僵仆于地。玄宗遽诣果所，免冠跣足，自称其罪。果徐曰：“此儿多口过，不谪之，恐败天地间事耳。”玄宗复哀请久之。果以水噀其面，法善即时复生。其后累陈老病，乞归恒州。诏给驿送到恒州。天宝初，玄宗又遣征召。果闻之，忽卒，弟子葬之。后发棺，空棺而已。（出《明皇杂录》《宣室志》《续神仙传》）

翟乾祐

翟乾祐，云安人也。庞眉广颡，巨目方颐，身长六尺，手大尺余，每揖人，手过胸前。常于黄鹤山师事来天师，尽得其道。能行气丹篆，陆制虎豹，水伏蛟龙，卧常虚枕。往往言将来之事，言无不验。因入夔州市，谓人曰：“今夜有八人过此，宜善待之。”是夕火烧百余家。晓之者云：“八人乃火字也。”每入山，群虎随之。曾于江上，与十许人玩月。或问曰：“月中竟何所有？”乾祐笑曰：“可随我手看之。”乃见月规半天，琼楼金阙满焉，良久乃隐。云安井自大江溯别派，凡三十里。近井十五里，澄清如镜，舟楫无在鹿的左角下当作日后识别的记号。”于是唐玄宗命人查验那鹿，果然在左角下找到一块长约二寸的铜牌，但文字已经残损不堪了。唐玄宗又对张果说：“元狩五年是什么年？到现在有多少年了？”张果说：“那一年是癸亥年，汉武帝开始修建昆明池。今年是甲戌年，已经八百五十二年了。”唐玄宗让史官去核对历书，结果一点差错都没有。唐玄宗越发感觉神奇。当时还有一个叫叶法善的道士，也精通许多道术。唐玄宗问他道：“张果到底是什么人？”他回答说：“臣知道，然而我说完马上就会死，所以不敢说。如果陛下愿意脱去帽子，光着脚走路去张果那里救我，我就能复活了。”唐玄宗答应了他。叶法善说：“张果是混沌初分时期的一只白蝙蝠精。”刚说完，他就七窍流血，身体僵硬地倒在地上。唐玄宗急忙跑到张果的住所，脱去帽子，赤脚走进来，还自己说自己有罪。张果慢慢地说：“这小子多次失言，如果不惩罚他，恐怕他会坏了天地间的大事！”唐玄宗又哀求请罪了很久，张果含水喷在了叶法善的脸上，叶法善立即就活了过来。这以后，张果多次上奏说自己老弱多病，乞求回到恒州去。唐玄宗下令用公家的驿马把他送回恒州。天宝年初，唐玄宗又派人去征召张果，张果听了之后，忽然去世了。弟子们把他安葬了。后来打开棺材一看，发现只是一口空棺罢了。（出《明皇杂录》《宣室志》《续神仙传》）

翟乾祐

翟乾祐是云安人。他眉毛斑白额头宽阔，眼睛很大脸颊方正，身高六尺，手有一尺多长，每次向人作揖行礼手都超过胸前。他曾经在黄鹤山拜来天师为师，完全学会了来天师的道术。他会呼吸吐纳之法，能用朱砂书写箓符，在陆地上能制服虎豹；在水里能降服蛟龙。他躺卧的时候，常常头枕在半空中。他常常谈论将来要发生的事情，说的话没有不应验的。他来到夔州市时，对人说：“今天夜里有八人经过这里，应该要好好对待他们。”当天夜里发生火灾烧毁了一百多家。有明白的人说：“‘八人’合起来就是个‘火’字。”他每次入山隐居，都有一群老虎跟着他。他曾经在江上和十几个人一起赏月，有虞。近江十五里，皆滩石险恶，难于沿溯。乾祐念商旅之劳，于汉城山上，结坛考召，追命群龙，凡一十四处，皆化为老人，应召而至。乾祐谕以滩波之险，害物劳人，使皆平之。一夕之间，风雷震击，一十四里，尽为平潭矣。唯一滩仍旧，龙亦不至。乾祐复严敕神吏追之。又三日，有一女子至焉。因责其不伏应召之意，女子曰："某所以不来者，欲助天师广济物之功耳。且富商大贾，力皆有余，而佣力负运者，力皆不足。云安之贫民，自江口负财货至近井潭，以给衣食者众矣。今若轻舟利涉，平江无虞，即邑之贫民，无佣负之所，绝衣食之路，所困者多矣。余宁险滩波以赡佣负，不可利舟楫以安富商。所不至者，理在此也。"乾祐善其言，因使诸龙各复其故。风雷顷刻，而长滩如旧。

唐天宝中，诏赴上京，恩遇隆厚。岁余还故山，寻得道而去。先是，蜀有道士佯狂，俗号为"灰袋"，即乾祐晚年弟子也。乾祐每戒其徒曰："勿欺此人，吾所不及。"常大雪中，衣布裙，入青城山，暮投兰若求僧寄宿。僧曰："贫僧一衲而已，天寒，此恐不能相活。"道者但云："容一床足矣。"至夜半，雪深风起。僧虑道者已死，就视之，去床数尺，气蒸如炉，流汗袒寝，僧始知其异人。

人问道："月亮中究竟有什么呢？"翟乾祐笑道："可以随着我的手去看看！"于是人们随着他的手看去，只见月亮有半个天那么大，月亮上面全是琼楼玉宇，很久才消散隐去。云安井是个邑镇，坐落在长江的一条支流需逆流而上三十里的地方。靠近井这十五里的水路，江水像镜子一样清澈，行船的人不必担心触到水底暗礁。但是靠近长江这十五里的水路，全都是险恶的滩石，很难逆着这段水流而上。翟乾祐考虑到来往商旅的辛劳，就在汉城山上，筑了一个法坛，作法召唤鬼神，命令群龙前来。一共来了十四处地方的龙，都变成老人，响应号召来到这里。翟乾祐告诉他们因为滩石艰险，导致物品损坏，过往行人感到劳累，所以让他们把此处全弄平坦。一夜之间，风雷大作，过后这十四里的水路全都变成平静的潭水，只剩一个险滩依旧那样，召唤这里的龙也不出现。翟乾祐又严厉地命令神吏去追查此事。又过了三天，来了一位女子。翟乾祐就责备她不服应召。女子说："我之所以不来，是因为想要帮助天师您，使您救助人民的功劳更大些而已。那些大富商，个个都财力有余。而那些靠出卖劳力搬运东西的平民，财力都不足。云安的贫民，从江口背着钱财货物运到靠近井的水潭，以此谋生的人有很多。现在如果轻舟小船能够轻易渡过，平江之上没有任何危险，那么这里的贫民就没有地方受雇搬运东西了，这就断绝了他们的衣食之路，为生活所困的人就会变多了。我宁肯让险滩险浪养活受雇搬运货物的穷人，也不让它轻易通过船只而保护富商。我之所以不应召而来，就是因为这个道理。"翟乾祐认为她说得好，因此让其他的龙各自回去把平潭又恢复成险滩的原样。顷刻间风起雷鸣，之后长滩恢复如旧了。

唐玄宗天宝年间，皇帝下诏让他到京城去。他受到皇上隆重的接待，特别的礼遇。一年多以后，他又回到了家乡，不久后，他便得道成仙飞升离去。在此以前，蜀地有一个佯装疯癫的道士，俗号叫"灰袋"，他就是翟乾祐晚年所收的弟子。翟乾祐常常告诫其他弟子们说："不要欺骗这个人，他的本事是我都不及的。"疯道士曾经在一个大雪天，穿单薄的布裙冒着风雪走进青城山中，天黑的时候到一所寺庙中求和尚让他寄住一宿。和尚说："贫僧只有一件僧衣，天寒地未明，不辞而去。多住村落，每住人愈信之。曾病口疮，不食数月，状若将死。村人素神之，因为设道斋，斋散，忽起就枕，谓众人曰："试窥吾口中，有何物也？"乃张口如箕，五脏悉露。同类惊异，作礼问之。唯曰："此足恶！此足恶！"后不知所终。（出《酉阳杂俎》《仙传拾遗》）

凡八兄

凡八兄者，不知仙籍之中何品位也。隋太子勇之孙，名德祖，仕唐为尚辇奉御。性颇好道，以金丹延生为务，炉鼎所费，家无余财，官散俸薄，往往阙于饘粥。稍有百金，即输于炭药之直矣。凡八兄忽诣其家，谈玄虚，论方术。以为金丹之制，不足为劳，黄白变化，咳唾可致，德祖愈加尊敬。而凡之刚躁喧杂，嗜酒贪饕，殊不可耐；昼出夜还，不畏街禁；肥鲜醇酎，非时即须。德祖了谙其性，委曲预备，必副所求。由是淹留数月。一日，令德祖取鼎釜铊鏊辈陈于药房中，凡自击碎之，垒铁加炭，烈火以煅焉。投散药寸匕于其上，反扃其室，背灯壁隅。乃与德祖庭中步月，中夜谓德祖曰："我太极仙人也，以子栖心至道，抗节不回，故来相教耳。明月良夜，能远游乎？"德祖诺。遂相与出门，及反顾，扃钥如旧。徐行若三二十里，路颇平，憩一山顶，德祖觉倦。八兄曰："此去长安千里矣，当甚劳乎！"德祖惊其且远，亦以行倦为对。八兄长笑一声，逡巡，有白兽至焉，命德祖乘之，其行迅疾，渐觉弥远。

冻，这恐怕不能保你活命。”疯道士只说：“给我一张床就足够啦！”到了半夜，积雪已深大风刮起，和尚担心疯道士已经冻死了，过去一看，离床还有几尺的距离，就觉得蒸汽如炉，疯道士在床上袒露着身子睡觉还在流汗。和尚这才知道这疯道士是一位异于常人的人。天还没亮他就不辞而别。他多居住在村落里，每次居住村民们就更加相信他。他曾经口中生疮，几个月都没吃饭，看样子就像快要死了似的。村民们一向认为他是神仙，于是就为他设了道家的斋供。斋供散了之后，他忽然起来枕到枕头上，对众人说：“你们试着看看我嘴里有什么东西。”接着他就张开嘴像簸箕一般，五脏全都露了出来。人们大吃一惊，行礼后问他这到底是怎么回事，他只是说：“这东西实在是可恶！这东西实在是可恶！”后来也不知道他到底去了哪里。（出《酉阳杂俎》《仙传拾遗》）

凡八兄

凡八兄，不知在仙人的名籍之中他是什么官阶。隋太子杨勇的孙子叫杨德祖，在唐朝做官，担任尚辇奉御。他生性喜好道教，把炼丹延寿作为平生追求。炼丹所需的费用很高，导致他家里没有多余的资财。他的官职闲散，俸禄很少，他常常连稠点的粥都吃不上。稍微有一点钱，他就用在买药材买木炭上了。有一天，凡八兄忽然来到他家，谈论玄妙虚无的“道”和医学卜筮星象等方术。凡八兄认为炼制金丹，无需辛苦；黄金白银之间的变化，就像咳嗽一声或吐口水那么容易就能做到。杨德祖就更加尊敬他。但是凡八兄性格刚烈急躁，说话喧嚷嘈杂，又嗜酒贪吃，相处起来实在是让人难以忍受。他白天出去，夜里才回来，不怕夜间宵禁。鲜肥的鱼肉，味醇的美酒，他经常在不恰当的时候需要。杨德祖十分了解他的性情，颇费周折地为他预备好了各种东西，一定满足他的要求。因此，他就逗留了几个月。有一天，他让杨德祖把鼎、锅、铃、鏊（烙饼用的平底铁锅）等铁器摆放在药房里，他亲自把这些东西都打碎，把碎铁片垒起来加上木炭，用烈火煅烧冶炼。用寸匕（量药的匙子）撒了药粉在上面，然后反关上门，把灯放在墙壁角落里。接着他就和杨德祖在院子的因问长安里数。八兄曰："此八万里矣。"德祖悄然。忽念未别家小，白兽屹然不行。八兄笑曰："果有尘俗之念，去世未得如术。"遽命白兽送德祖诣云宫，谒解空法师。俄顷已至。法师延坐，使青童以金丹饲之。德祖捧接，但见毒螫之物，不可取食；又以玉液饮之，复闻其臭，亦不可饮。法师令白兽送德祖还其家。凡八兄不复见矣。至其家，灯烛宛然，夜未央矣。明晨视其所化，黄白灿然。虽资货有余，而八兄仙仪，杳不可睹。一日，忽见凡八兄之仆，携筐筥而过其门，问凡君所止。"在仙府矣，使我暂至人寰。若见奉御，亦令同来可也。"自是德祖随凡君仙仆而去，不复还矣。（出《仙传拾遗》）

月光下散步。等半夜的时候，他对杨德祖说：“我是太极仙人，因为你寄心于学道，坚守节操而永不回头，所以我来教你道术。现在正是明月良夜，你能跟我到远处游玩一番吗？”杨德祖答应了。于是二人一块出门。等到再回头看时，门上的锁仍然锁着。二人慢慢走了大约二三十里，路还算平坦。他们在一个山顶上休息。杨德祖觉得困倦。凡八兄说：“这里离长安已经有一千里了，确实应该感觉劳累。”杨德祖吃惊于已经离得这么远，也告诉了他自己走得很疲倦。他大笑一声。不一会儿，有一头白兽来到他们身边，他让杨德祖骑上去。白兽的行动十分敏捷，渐渐觉得走得更远了，就问离长安已有多远。凡八兄说：“现在已经走了八万里啦！”杨德祖听后默然不语，忽然想起还没有和家中老小告别。白兽忽然站在那里不动了。凡八兄笑着说：“你果然还有尘俗杂念，我也不能用现在的法术带你成仙。”他就让白兽把杨德祖送到云宫去，拜谒解空法师。片刻就到了。解空法师请他们进屋坐下，让一位青衣童子把一粒金丹拿给杨德祖吃。杨德祖捧着接过来一看，只见这是一个用毒虫做成的药丸，是不能吃下去的。又给他倒上美酒，又闻到它散发的臭味，还是不能喝下去。解空法师看到这种情形就让白兽送杨德祖回家。凡八兄再也见不着了。回到家后，灯烛还在燃烧，天也还没有亮。第二天早晨看那些变化出的东西，黄金白银灿然发光。虽然有钱财了富裕了，但是凡八兄的仙人仪表却杳然不可见了。有一天他忽然看见了凡八兄的仆人。那仆人带着竹筐从他门前经过。他向仆人问起凡八兄现在的住址，仆人说：“他已经在仙府居住了，让我暂时到人间，还说如果遇到奉御你，也可以带你一同回去。”从此，杨德祖就跟着凡八兄的仙仆离去，再也不回来了。（出《仙传拾遗》）

卷第三十一　神仙三十一

李遐周　许老翁　李　珏　章全素

李遐周

李遐周者，颇有道术。唐开元中，尝召入禁中。后求出住玄都观。唐宰相李林甫，尝往谒之。遐周谓曰："公存则家泰，殁则家亡。"林甫拜泣，求其救解。笑而不答，曰："戏之耳。"天宝末，禄山豪横跋扈，远近忧之，而上意未寤。一旦遐周隐去，不知所之。但于其所居壁上，题诗数章，言禄山僭窃及幸蜀之事。时人莫晓，后方验之。其末篇曰："燕市人皆去，函关马不归。若逢山下鬼，环上系罗衣。""燕市人皆去"，禄山悉幽蓟之众而起也；"函关马不归"者，哥舒翰潼关之败，匹马不还也；"若逢山下鬼"者，马嵬蜀中驿名也；"环上系罗衣"者，贵妃小字玉环，马嵬时，高力士以罗巾缢之也。其所先见，皆此类矣。（出《明皇杂录》）

许老翁

许老翁者，不知何许人也。隐于峨嵋山，不知年代。唐天宝中，益州士曹柳某妻李氏，容色绝代。时节度使章仇兼琼，新得吐番安戎城，差柳送物至城所，三岁不复命。李在官舍，重门未启，忽有裴兵曹诣门，云是李之中表丈人。李云："无裴家亲。"门不令启，裴因言李小名，兼说其中外氏族。李方令开门致拜，因欲餐。裴人质甚雅，因问柳郎去几时。答云："已三载矣！"裴云：

李遐周

李遐周很擅长道术。唐玄宗开元年间，他曾被皇帝召入宫中。后来他请求离开皇宫，住进玄都观中。宰相李林甫曾经前去拜访他。他对李林甫说："只要你还活着，你家就会康泰安宁；但如果你不幸去世，你家也会随之破败。"李林甫叩拜哭泣，求他帮忙化解。李遐周笑而不答，只是说："我不过是和你开玩笑罢了。"唐玄宗天宝末年，安禄山豪横跋扈，远近都十分担忧，然而只有皇上还没有醒悟。有一天李遐周隐去，不知道他去哪里。但他在自己住处的墙上题了几首诗，说的是安禄山想要僭越窃国和唐玄宗将要到蜀地避难的事。当时的人都看不明白内容，后来才得知所写预言都一一应验了。其中最后一首是："燕市人皆去，函关马不归。若逢山下鬼，环上系罗衣。""燕市人皆去"说的是安禄山煽动幽州、蓟州的众将士造反；"函关马不归"说的是哥舒翰潼关兵败，全军覆没，匹马不还；"若逢山下鬼"说的是蜀地境内马嵬驿这个地方；"环上系罗衣"说的是杨贵妃小字玉环，唐玄宗到蜀地避难时，走到马嵬坡，高力士用罗巾把杨贵妃勒死。李遐周的先见之明，都和这件事相类似。（出《明皇杂录》）

许老翁

许老翁，不知道是什么地方的人。也不知从什么年代起，他就隐居在峨眉山。唐玄宗天宝年间，益州士曹柳某的妻子李氏，容貌冠绝当代。当时的节度使名叫章仇兼琼，刚刚攻下了吐蕃的安戎城，派柳某到安戎城去送东西，去了三年还没有回来复命。李氏住在官舍中，平常门户紧闭，足不出户。忽然有一个姓裴的兵曹登门拜访她家，他自称是李氏的表叔。李氏说："我家没有姓裴的亲戚。"她下令不

“三载义绝。古人所言，今欲如何？且丈人与子，业因合为伉俪，愿无拒此。”而竟为裴丈所迷，似不由人可否也。裴兵曹者，亦既娶矣。而章仇公闻李姿美，欲窥觇之。乃令夫人特设筵会，屈府县之妻，罔不毕集。唯李以夫婿在远辞焉。章仇妻以须必见，乃云：“但来，无苦推辞。”李惧责遂行。着黄罗银泥裙，五晕罗银泥衫子，单丝罗红地银泥帔子，盖益都之盛服也。裴顾衣而叹曰：“世间之服，华丽止此耳。”回谓小仆：“可归开箱，取第三衣来。”李云：“不与第一而与第三，何也？”裴曰：“第三已非人世所有矣。”须臾衣至，异香满室。裴再视，笑谓小仆曰：“衣服当须尔耶！若章仇何知，但恐许老翁知耳。”乃登车诣节度家，既入，夫人并座客，悉皆降阶致礼。李既服天衣，貌更殊异，观者爱之。坐定，夫人令白章仇曰：“士曹之妻，容饰绝代。”章仇径来入院，戒众勿起。见李服色，叹息数四，乃借帔观之，则知非人间物。试之水火，亦不焚污。因留诘之。李具陈本末，使人至裴居处，则不见矣。兼琼乃易其衣而进，并奏许老翁之事，敕令以计须求许老。章仇意疑仙者往来，必在药肆。因令药师候其出处，居四日得之。

让给姓裴的打开门。于是裴兵曹就叫出了李氏的小名，同时说出她家内外氏族的姓名，李氏这才让开门，并向裴兵曹行礼拜见。接着裴兵曹又表示想要留下吃饭。裴兵曹为人很是文雅，就问柳郎离家多久了。李氏回答说："已经三年了。"裴兵曹说："三年了，你们夫妻之间的情义已经断绝，这是古人所说的。现在你打算怎么办呢？况且我和你，命中注定应该成为夫妻。希望你不要抗拒这件事。"李氏到底被裴兵曹迷住了，不由自主地同意了。这位裴兵曹，就这样娶了李氏。章仇兼琼听说李氏姿容美丽，想要偷偷地看一看她，就让他的夫人特意安排了一场宴会，所有府县官员的妻子，全都赶来赴宴了，只有李氏因为丈夫远在外地而推辞了。章仇兼琼的妻子知道必须请李氏来见一见，便对李氏说："你只管来，不要苦苦地推辞了。"李氏害怕受到责备，就答应会去赴宴。她穿着黄罗银泥裙、五晕罗银泥衫子、单丝罗红地银泥披肩，可说是益都最华丽的盛装了。裴兵曹看了她的衣服叹道："人世间的衣服，最华丽的也不过如此而已。"他回头对仆人说："你回去打开我的衣箱，把第三套衣服取来。"李氏说："不是取第一套，而是取第三套，这是为什么呢？"裴兵曹说："这第三套也已经不是人间所能有的了。"不一会儿衣服取来了，满屋充斥着异香。裴兵曹又看了看，笑着对仆人说："衣服只有这样才能被称作华美。像章仇兼琼这种人是不可能知道什么的，只是担心许老翁知道而已。"于是李氏就登车前去节度使家。李氏进门之后，章仇夫人以及所有座中的客人，全都走下台阶来向她行礼。李氏穿上仙衣之后，容貌更加美丽出众，见到她的人都心生爱慕。坐定之后，章仇夫人就让人禀报章仇兼琼说："士曹的妻子已经来了，她的容貌服饰都是天下少有的。"章仇兼琼直接走进院中，告诉大家不用站起来行礼。他见到李氏的衣服和姿色后，叹息数声，就把李氏的披肩借来观赏，一看就知道这不是人间能见到的东西。把衣服放到水火之中试验，不会被点燃也不会被沾湿。于是散席之后就把李氏留下追问。李氏详细地叙述了事情的始末。章仇兼琼派人赶到裴兵曹的住处，裴兵曹却已经不见了。章仇兼琼就让李氏把衣服换下来，送到皇宫里，并且向皇上奏报了有关许老翁的事。皇上下令让他设法求见许老翁。

初有小童诣肆市药，药师意是其徒，乃以恶药与之。小童往而复来，且嘱云：“大人怒药不佳，欲见捶挞。”因问大人为谁，童子云：“许老翁也。”药师甚喜，引童白府。章仇令劲健百人，卒吏五十人，随童诣山，且申敕令。山峰巉绝，众莫能上。童乃自下大呼。须臾老翁出石壁上，问何故领尔许人来，童具白其事。老翁问：“童曷不来，童曷不来？”童遂冉冉蹑虚而上。诸吏叩头求哀云：“大夫之暴，翁所知也。”老翁乃许行，谓诸吏曰：“君但返府，我随至。”及吏卒至府未久，而翁亦至焉。章仇见之，再拜俯伏。翁无敬色，因问娶李者是谁，翁曰：“此是上元夫人衣库之官，俗情未尽耳。”章仇求老翁诣帝。许云：“往亦不难。”乃与奏事者克期至长安。先期而至，有诏引见。玄宗致礼甚恭。既坐，问云：“库官有罪，天上知否？”翁云：“已被流作人间一国主矣。”又问：“衣竟何如？”许云：“设席施衣于清净之所，当有人来取。”上敕人如其言。初不见人，但有旋风卷衣入云，顾盼之间，亦失许翁所在矣。（出《仙传拾遗》）

又一说云：天宝中，有士人崔姓者，尉于巴蜀，才至成都而卒。时连帅章仇兼琼，哀其妻少而无所投止，因于青城山下置一章仇兼琼怀疑仙人往来，一定会在药店，于是他就让药师等着许老翁的出现。等了四天就有所收获。

一开始有一位小童到药店买药，药师认为这就是许老翁的徒弟，就把一些劣质的药卖给他。小童走后又折返回来，而且说："我家大人因为药材不好，非常生气，还想要打我。"于是又问他家大人是谁，童子说："是许老翁。"药师听了非常高兴，领着小童来到章仇兼琼府上。章仇兼琼立刻派出一百名强健有力的人，还有五十名吏卒，跟着小童进山，并且要去传达皇帝的诏令。山峰陡峭险峻，众人没有能爬上去的。小童就在山下大声呼喊。片刻间，有一名老翁出现在石壁上，问小童为什么领来这么多人。小童就详细地说明了事情的始末。老翁问："孩子你为什么还不上来？孩子你为什么还不上来？"小童这才冉冉地踩在空中直飞上去。卒吏们叩头哀求道："我们大人脾气暴躁，老翁您是知道的。"老翁这才答应走这一趟，对卒吏们说："你们只管先回府去，我随后就到！"等到吏卒们回到府中没多久，老翁也到了。章仇兼琼见了老翁，对着老翁拜了又拜，俯身恭伏。老翁脸上没有敬色。于是章仇兼琼问老翁，那个迎娶李氏的人是谁。老翁说："那人是上元夫人的衣库官，因为俗情未了罢了。"章仇兼琼请求老翁去见皇帝一趟，许老翁说："去也不难。"于是他就和派往京城禀报此事的使者约定到达长安的日期。结果约好的日期还没到，他就提前到了长安。皇上下令让人领他来相见。唐玄宗对他的礼节很是恭敬。二人坐下之后，唐玄宗问："库官有罪，天上知道不知道？"许老翁说："他已被流放到人间做了一国之主了。"唐玄宗又问："那仙衣究竟该怎样处置呢？"许老翁说："在一处清静的地方铺好坐席，把那仙衣放到坐席上，自然就会有人来取。"皇上下令按许老翁说的去办。安排好后，起初不见有人来，后来只见有一阵旋风把衣服卷入云中。大家看着这件奇事时，许老翁也不见了。（出《仙传拾遗》）

另一种说法是，唐玄宗天宝年间，有一位姓崔的读书人，要到巴蜀去做县尉，刚走到成都时就死了。当时担任观察使的章仇兼琼可怜他的妻子年纪轻轻的无人依靠没地方可去，就在青城山下为她别墅。又以其色美，有聘纳之意。计无所出，因谓其夫人曰："贵为诸侯妻，何不盛陈盘筵，邀召女客？五百里内，尽可迎致。"夫人甚悦。兼琼因命衙官，遍报五百里内女郎，克日会成都，意欲因会便留亡尉妻也，不谓已为族舅卢生纳之矣。卢舅密知兼琼意，令尉妻辞疾不行。兼琼大怒，促左右百骑往收捕。卢舅时方食，兵骑绕宅已合。卢谈笑自若，殊不介怀。食讫，谓妻曰："兼琼意可知矣，夫人不可不行。少顷，即当送素色衣来，便可服之而往。"言讫，乘骡出门。兵骑前揽不得，徐徐而去，追不能及。俄使一小童捧箱，内有故青裙、白衫子、绿帔子、绯罗縠绢素，皆非世人所有。尉妻服之至成都。诸女郎皆先期而至。兼琼觇于帷下，及尉妻入，光彩绕身，美色傍射，不可正视。坐者皆摄气，不觉起拜。会讫归，三日而卒。兼琼大骇，具状奏闻。玄宗问张果，果云："知之，不敢言。请问青城王老。"玄宗即诏兼琼，求访王老进之。兼琼搜索青城山前后，并无此人。唯草市药肆云："常有二人，日来卖药，称王老所使。"二人至，兼琼即令衙官随之，入山数里，至一草堂。王老皤然鬓发，隐几危坐。衙官随入，遂宣诏，兼致兼琼意。王老曰："此必多言小儿张果也。"因与兼琼克期到京师。令先发表，不肯乘传，兼琼从之。使才至银台，王老亦到。玄宗即召问之。时张果犹在玄宗侧，见王老，惶恐再拜。王老叱果曰："小子何不言之，又遣远取吾来。"果言："小仙不敢，专候仙伯言耳。"王老乃奏曰："卢二舅即太元夫人库子。因假下游，以亡尉妻微有仙骨，故纳为媵。无何，盗太元夫人衣服与着，已受谪至重。今为郁单天子矣。亡尉妻以衣太元夫人衣服，堕无间狱矣。"奏讫，苦不愿留。玄宗命放还，后不知所在。（出《玄怪录》）

建了一所别墅。又因为她的姿色很美，章仇兼琼有纳她做妾的意思，但是他想不出来好办法，于是就对自己的夫人说："你贵为一方大员的妻子，为什么不操办一场盛大的宴席，邀请女客来吃喝玩乐？五百里之内的女客，全都可以请来。"夫人听了非常高兴。章仇兼琼于是就命衙门里的官吏，通知了所有五百里内的年轻女子，在限定的日期内到成都赴宴，意思是想要趁宴会就把亡故崔县尉的妻子留下。没想到这女子已被她族舅卢生迎娶了。卢生暗中得知章仇兼琼的真实意图，就让县尉的遗孀假借生病不去。章仇兼琼听了非常生气，派出大约一百名骑兵去拘捕他。当时卢生正在吃饭，骑兵已环绕了他的住宅，将他团团围住。卢生却谈笑自如，根本不在乎。吃完饭，他对妻子说："章仇兼琼的用意已经很清楚了。夫人不能不去赴宴。过一会儿，就会有人给你送来素色衣服，你就可以穿上那素色衣服前去。"说完，他就骑上骡子出了门。兵骑们都上前捉他也没捉住。卢生慢慢地离开了，后面的追兵却始终追不上他。不多时他让一个小童捧来一个箱子，箱内有一件旧青裙，一件白衫子，一件绿披肩，其中不论是红色的薄纱还是白色的素绢，都不是人世间所能拥有的。县尉的遗孀就穿上这套衣服来到成都。其他女客都已经提前到了。章仇兼琼在帷下偷偷地看女客们。等到县尉的遗孀进来时，只见她光彩绕身，美色焕然，让人不能正视她。在座的人都屏声静气，不知不觉地起立参拜。等到宴会结束回家，三天后她就去世了。章仇兼琼听后大吃一惊，写奏章将此事详细报告给了皇帝。唐玄宗问张果这是怎么回事，张果说："臣知道，但是臣不敢说。请陛下去问青城山的王老。"唐玄宗就下诏让章仇兼琼寻觅探访王老并护送到宫里来。章仇兼琼搜索了青城山的前后山，都说没有王老这个人，只有乡村集市上的药店里有人说："曾经有两个人，有一天前来卖药，自称是王老所派来的。"之后这两个人又来了，章仇兼琼马上就让衙中的官吏跟在他们身后去找王老。进山几里后，来到一所草堂前。只见王老鬓发雪白，靠着案桌端坐在那里。官吏们跟着走了进去，接着就宣读了皇帝的诏书，还传达了章仇兼琼的心意。王老说："这一定是那个多嘴多舌的小子张果说的！"于是他和章仇兼琼约好日期到京城去。他让章仇

李珏

李珏，广陵江阳人也。世居城市，贩籴自业。而珏性端谨，异于常辈。年十五时，父适他行，以珏专贩事。人有籴者，与籴。珏即授以升斗，俾令自量。不计时之贵贱，一斗只求两文利，以资父母。岁月既深，衣食甚丰。父怪而问之，具以实对。父曰："吾之所业，同流中无不用出入升斗，出轻入重，以规厚利。虽官司以春秋较推，终莫断其弊。吾但以升斗出入皆用之，自以为无偏久矣。汝今更出入任之自量，吾不可及也。然衣食丰给，岂非神明之助耶！"后父母殁，及珏年八十余，不改其业。

适李珏出相，节制淮南。珏以新节度使同姓名，极用自惊，乃改名宽。李珏下车后数月，修道斋次。夜梦入洞府中，见景色兼琼先去呈上奏章，而他自己不肯乘坐驿站的马车。章仇兼琼听从了他的话。使者刚到银台门，王老也到了。唐玄宗就立刻召见了他，向他请教问题。当时张果还在唐玄宗身边，他见了王老惶恐地拜了又拜。王老呵斥张果说："你小子为什么不直接说出来，还打发人大老远把我请来！"张果说："小仙不敢说，专等着仙伯您来说呢！"王老于是就上奏说："卢二舅就是太元夫人府上专门管库的人，趁着假期来下界游玩，因为死去崔县尉的妻子有几分仙骨，所以纳她为妾。不久，他偷了太元夫人的衣服给她穿，已经受到极重的贬谪，现在是郁单的天子了。死去崔县尉的妻子因为擅自穿了太元夫人的衣服，现在已被堕入无间地狱了。"说完，他极力请求离去，不愿意留在皇宫。唐玄宗就下令放他回青城山，后来不知道他去什么地方了。（出《玄怪录》）

李珏

李珏是广陵江阳人。他家世代居住在城里，以贩卖粮食为业。李珏的性情端庄谨慎，和一般人不一样。他十五岁的时候，他的父亲到外地去了，让李珏专管家中贩卖粮食的事。有人来买粮食，李珏就把称量的升和斗交给顾客，让顾客自己称量，从不按当时粮食的贵贱计价，卖一斗粮只赚两文钱的利润，用来供养父母。时间长了，他家的衣食却很富足。他的父亲对此感到奇怪，就问他这是怎么回事。李珏全都如实告诉了父亲。父亲说："我们做粮食生意的，同行中没有一家不是用进出两种升斗的，出的时候用小斗，进的时候用大斗，用来赚取这二者之间相差的厚利。虽然官府年年春秋两季都要检查校正商家升斗的准确性，但是始终不能杜绝这项弊病。我只是用同一个升和斗出入粮食，自认为很公正没有什么偏颇，这样已经很长时间了。你现在改为出入都由顾客自己称量，这我就不如你了。然而这样家中还能丰衣足食，难道是有神明相助吗？"后来，他的父母亲都亡故了，他直到八十多岁，也没有改变他的职业和做法。

恰巧还有一名也叫李珏的宰相出京做淮南节度使，李珏因为与新节度使同名同姓，自己也非常吃惊，于是改名为李宽。李珏到任几正春，烟花烂熳，翔鸾舞鹤，彩云瑞霞，楼阁连延。珏独步其下，见石壁光莹，填金书字，列人姓名。似有李珏，字长二尺余。珏视之极喜，自谓生于明代，久历显官，又升宰辅，能无功德及于天下。今洞府有名，我必仙人也。再三为喜。方喜之际，有二仙童自石壁左右出。珏问："此何所也？"曰："华阳洞天。此姓名非相公也。"珏惊，复问非珏何人也，仙童曰："此相公江阳部民也。"珏及晓，历记前事，益自惊叹，问于道士，无有知者。复思试召江阳官属诘之，亦莫知也。乃令府城内求访同姓名者。数日，军营里巷相推，乃得李宽旧名珏，遂闻于珏。乃以车舆迎之，置于静室，斋沐拜谒，谓为道兄，一家敬事，朝夕参礼。李情景恬憺，道貌秀异，须长尺余，皓然可爱。年六十时，曾有道士教其胎息，亦久不食。珏愈敬之。及月余，乃问曰："道兄平生得何道术？服炼何药？珏曾梦入洞府，见石壁姓名，仙童所指，是以迎请师事，愿以相授。"宽辞以不知道术服炼之事。珏复虔拜，因问宽所修何术。宽辞以愚民不知所修，遂具贩籴以对。珏再三审问，咨嗟曰："此常人之难事，阴功不可及也。"复曰："乃知世之动静食息，莫不有报。苟积德，虽在贫贱，神明护祐，名书仙籍，以警尘俗。"又问胎息不食之由，具以对。珏师其胎息，亦不食。宽年百余岁，轻健异常。忽告子孙曰："吾寄世多年，虽自养气，亦无益汝辈。"一夕而卒。三日棺裂声，视之，衣带不解，如蝉蜕，已尸解矣。（出《续仙传》）

个月后，修道吃斋，做了不少善事。一天夜里，他梦见自己进入一个洞府中，看见内中景色正是春天，烟花烂漫，鸾翔鹤舞，云霞祥瑞，楼阁连延。李珏独自停留在楼阁之下，见一块石壁光润晶莹，上面雕刻着金字，石上列着许多人名，其中隐约有“李珏”二字，字长二尺多。李珏看了非常高兴，自以为生在一个圣明的时代，长时间做着显赫高官，后又升为宰相，怎么可能对天下没有功德呢？现在洞府中又有自己的名字，将来肯定会成为神仙。他心中再三地为此感到高兴。正高兴的时候，有两位仙童从石壁左右两侧走出来。李珏向他们打听这是什么地方，两位童子回答说：“这里叫作华阳洞天。石壁上的‘李珏’并不是你。”李珏一惊，又问：“既然不是我，那说的是谁呢？”仙童说：“这个人是江阳县的一名百姓。”李珏待到快要天亮，清楚地记得梦中的事，更加暗自惊叹。他又向道士打听，道士们也没有知道的。又想着召见江阳县的官吏们追问此事，也没有知道的。于是他让人在府城内寻找同姓同名的人。几天之后，军营街巷中到处寻找，终于得知李宽的旧名叫作李珏，于是下属就向李珏报告。李珏就派车把李宽接来，安置在一间专门修行的屋子里，吃斋沐浴，然后再拜谒，称李宽为道兄，李珏的全家都恭敬侍奉李宽，早晨晚上都参拜行礼。李宽的性情恬淡，道貌出众，胡须有一尺多长，洁白可爱。他六十岁的时候，曾经有一个道士教给他不用口鼻呼吸的胎息之术，也很久不吃粮食了。李珏见此更加敬重他。相处一个月以后，李珏就问他：“道兄平生学得了什么道术？服用什么仙药？我曾经在梦中进入一个洞府，看见石壁上有道兄的旧名，经由仙童的指引，所以这才把您请来做我的老师，希望您能把道术传授给我。”李宽推辞说自己不知道什么道术和服食仙丹的事。李珏又虔诚地跪拜。接着追问李宽修习的是什么道术。李宽仍然推辞说自己是个愚民，不懂得修习什么道术。于是他就把自己如何做粮食生意的事详细告诉了李珏。李珏仔细地询问了多次，慨叹道：“这是一般人难以做到的事。您积累的功德别人是比不上的啊！”又说：“我这才知道，人世间的动、静、饮食、呼吸各个方面，全都有报应。一个人如果行善积德，尽管是贫贱之身，也能够得到神明的保护，名列仙籍，这是警告尘世间的人们

章全素

吴郡蒋生，好神仙。弱岁弃家，隐四明山下，尝从道士学炼丹。遂葺炉鼎，爨薪鼓鞴，积十年，而炼丹卒不成。其后寓游荆门，见有行乞于市者，肤甚悴，裸然而病，且寒噤不能语。生怜其穷困，解裘衣之，因命执侍左右。征其家。对曰："楚人章氏子，全素其名，家于南昌，有沃田数百亩。属年饥，流徙荆江间，且十年矣。田归于官，身病不能自振，幸君子怜而容焉。"于是与蒋生同归四明山下。而全素甚惰，常旦寐自逸。蒋生恶骂而捶者不可计。生有石砚在几上，忽一日，全素白蒋生曰："先生好神仙者，学炼丹且久矣。夫仙丹食之，则骨化为金，如是安有不长生耶？今先生神丹，能化石砚为金乎？若然者，吾谓先生有道术士。"生自度不果，心甚惭，而以他词拒之曰："汝佣者，岂能知神仙事乎！若妄言，自速笞骂之辱。"全素笑而去。后月余，全素于衣中出一瓢甚小，顾谓蒋生曰："此瓢中有仙丹，能化石为金。愿得先生石砚，以一刀圭傅其上，可乎？"蒋生性轻果，且以为诞妄，诟骂曰："吾学炼丹十年矣，尚未能穷其妙，佣者何敢与吾喋喋议语耶！"全素佯惧不对。明日，蒋生独行山水间，命全素守舍，于是键其门而去。至晚归，则见全素已卒矣。生乃以箦蔽其尸，将命棺而瘗于野。及彻其箦，而全素尸已亡去，徒有冠带衣履存焉。生大异，且以为神仙得道者，即于几上视石砚，亦亡矣。生益异之。后一日，要行善积德啊。”他还向李宽询问能够胎息不吃饭的原因，李宽详细地告诉了他。他就向李宽学习胎息之法，也能够辟谷不食了。李宽活到一百多岁，身体还非常轻健。有一天，他忽然告诉子孙后辈们说：“我活在世上多年，虽然我自己修养真气，但是这对你们也没有什么好处。”有一天晚上他突然就去世了，子孙们就把他安葬了。三天之后，他的棺材发出裂开的声音。人们一看，只见他的衣带还没解开，像蝉蜕一样，已经脱离肉体尸解飞升成仙了。（出《续仙传》）

章全素

吴郡的蒋生，生性喜好神仙。二十岁的时候离开了家，隐居在四明山下。他曾经跟道士学习炼丹。他修炉鼎，烧柴薪，拉风箱，一炼就是十年。但是他却一直没有炼出丹药来。后来他游历到荆门，在街市上看到一个要饭的乞丐。乞丐脸色很憔悴，赤裸着身子，还身患病症，而且打着寒战说不出话。蒋生可怜他穷困，脱下自己的皮衣给他穿上，还让他跟随服侍自己。他打听这个乞丐的家里情况。要饭的回答说：“我是楚人，章氏人家的儿子，名为全素，家住南昌，家中有几百亩肥沃的田地，遇到年收成不好，流离失所于荆江之间，已经十年了。家中田产早已归了官府，不幸身体患病不能自救，多亏您可怜我还收留我。”于是章全素就和蒋生一起回到四明山下。然而章全素平日很懒惰，常常早晨睡懒觉，贪图安逸。因为这件事，蒋生恶语唾骂，动手敲打了不知多少次。蒋生有一块石砚平时就放在几案上。忽然有一天，章全素对蒋生说：“先生您是喜好神仙的人，学习炼丹也已经很长时间了。只要吃了仙丹，就可以把骨头化为金子，这样哪有不长生的呢？现在先生您炼的神丹，能把这块石砚变成金子吗？如果能做到，我才会认为先生您确实是一位得道的方士。”蒋生自己思量难以办到，心里很惭愧，而用其他借口拒绝他说：“你只是我的一介仆人，怎么能知道神仙的事呢？你要是再胡说八道，可是你自己讨来的打骂和侮辱！”章全素笑着离开了。一个多月以后，章全素从衣服里取出一个很小的葫芦来，看着对蒋生说：“这个葫芦里装有仙丹，能把石头变成金子。我愿得先生的石砚，量取一刀圭的仙丹涂抹在蒋生见药鼎下有光。生曰:“岂非吾仙丹乎?”即于烬中探之,得石砚,其上寸余,化为紫金,光甚莹彻,盖全素仙丹之所化也。生始悟全素果仙人,独恨不能识,益自惭恚。其后蒋生学炼丹卒不成,竟死于四明山。(出《宣室志》)

上面，您看可以吗？”蒋生生性轻率，并且以为章全素所说是荒诞不实的，就骂道：“我学炼丹已经十年了，尚且不能穷尽炼丹的奥妙，你区区一介仆人怎敢和我喋喋不休地议论炼丹呢？”章全素假装害怕没有回答。第二天，蒋生独自到山水间游玩，命章全素看家，于是就锁上门离开了。到了晚上回来时，就看到章全素已经死了。蒋生就用竹席遮盖他的尸体，要用棺材把他葬到野外。等到撤掉竹席，蒋生发现章全素的尸体已经不见了，只剩下头冠、腰带、衣服和鞋子留在那里。蒋生心中大感惊异，以为他是得道的神仙，立即在几案上寻找石砚，也消失不见了。蒋生更加惊异。一天之后，蒋生发现药鼎的下边散发出光亮，便说：“这难道是我的仙丹吗？”他立即就到灰烬里寻找仙丹，但只找到了石砚，石砚上有一寸多的大小，变成了紫金材质，散发的光亮晶莹透明。大概是章全素的那一刀圭仙丹所化。蒋生这才醒悟，章全素果然是位得道仙人，只恨当初没有早点识破他的真身。蒋生更加羞愧怨恨。这以后蒋生学炼丹最终也没能成功，最后死在了四明山。（出《宣室志》）

卷第三十二　神仙三十二

王 贾　颜真卿

王 贾

婺州参军王贾，本太原人，移家覃怀，而先人之茔，在于临汝。贾少而聪颖，未尝有过，沉静少言。年十四，忽谓诸兄曰："不出三日，家中当恐，且有大丧。"居二日，宅中火，延烧堂室，祖母年老震惊，自投于床而卒。兄以贾言闻诸父，诸父讯贾。贾曰："卜筮而知。"后又白诸父曰："太行南，泌河湾澳内，有两龙居之。欲识真龙，请同观之。"诸父怒曰："小子好诡言骇物，当笞之。"贾跪曰："实有。"故请观之。诸父怒曰："小子好诡。"与同行。贾请具雨衣。于是至泌河浦深处。贾入水，以鞭画之，水为之分。下有大石，二龙盘绕之，一白一黑，各长数丈，见人冲天。诸父大惊，良久瞻视。贾曰："既见矣，将复还。"因以鞭挥之，水合如旧。则云雾昼昏，雷电且至。贾曰："诸父驶去。"因驰，未里余，飞雨大注。方知非常人也。

贾年十七，诣京举孝廉，既擢第，乃娶清河崔氏。后选授婺州参军，还过东都。贾母之表妹，死已经年，常于灵帐发言，处置家事。儿女僮妾，不敢为非。每索饮食衣服，有不应求，即加笞

王贾

婺州参军王贾，原本是太原人，后来搬家到了覃怀，而他祖先的坟墓在临汝。王贾小时候聪明敏锐，不曾犯过什么过错，沉静寡言。王贾十四岁的时候，他忽然对哥哥们说："不出三天，家里会发生一件让人恐慌的事，而且还要办亲人的丧事。"过了两天，家里果然起了火，蔓延到了堂屋，他的祖母年纪老迈，惊恐万分，自己跳到床下死了。他哥哥就把王贾说的话告诉了他的父亲和叔伯们，父亲和叔伯们便问他是怎么知道的。他说："我是靠占卜知道的。"后来他又对父亲和叔伯们说："太行山南面，泌河的湾里，有两条龙住在那里，如果想要认识真龙，可以和我一块去看看。"父亲和叔伯们生气地说："你小子就喜欢说些怪诞不实的吓人东西，我看是该揍你了！"他忙跪下说："真的有！"他坚决请求父亲和叔伯们去看。父亲和叔伯们生气地说："这小子就喜欢说些荒诞不实的东西！如果所说非真，可别怪我们不留情面。"于是就和他一块去。王贾让大家都带好雨衣。一行人到了泌河岸边深处，王贾走进水里，用鞭子一画，河水就分开了。河底有一块大石头，两条龙盘绕在巨石上面，一条白的，一条黑的，每条都有几丈长，见了人后便冲天飞去。父亲及叔伯们都很惊讶，看了很久。王贾说："既然已经看见龙了，咱们也该回去了。"接着用鞭子一挥，河水合拢恢复成原来的样子。这时候云雾翻涌，白昼昏暗，雷电交加。王贾说："父亲和叔伯们赶快骑马离开吧！"于是大家就骑马飞奔。跑出不到半里，大雨倾盆而下，这才知道王贾不是普通人。

王贾十七岁的时候，进京参加科举考试，考中进士之后，他娶了清河的崔氏为妻。后来他被选授为婺州参军，回来的时候路过东都洛阳。王贾母亲的表妹去世已经一年多了，却常常在灵堂的帐幕骂。亲戚咸怪之。贾曰："此必妖异。"因造姨宅，唁姨诸子。先是姨谓诸子曰："明日王家外甥来，必莫令进，此小子大罪过人。"贾既至门，不得进。贾令召老苍头谓曰："宅内言者，非汝主母，乃妖魅耳。汝但私语汝主，令引我入，当为除去之。"家人素病之，乃潜言于诸郎。诸郎亦悟，邀贾入。贾拜吊已，因向灵言曰："闻姨亡来大有神，言语如旧，今故谒姨，何不与贾言也？"不应。贾又邀之曰："今故来谒，姨若不言，终不去矣，当止于此。"魅知不免，乃帐中言曰："甥比佳乎？何期别后，生死遂隔。汝不忘吾，犹能相访，愧不可言。"因涕泣言语，皆姨平生声也。诸子闻之号泣。姨令具馔，坐贾于前，命酒相对，殷勤不已。醉后，贾因请曰："姨既神异，何不令贾见形！"姨曰："幽明道殊，何要相见？"贾曰："姨不能全出，请露半面。不然，呈一手一足，令贾见之。如不相示，亦终不去。"魅既被邀苦至，因见手于前，手指宛然又姨之手也。诸子又号泣。贾因前执其手，姨惊呼诸子曰："外甥无礼，何不举手。"诸子未进，贾遂引其手，扑之于地，尚犹哀叫，扑之数四，即死，乃老狐也。形既见，体裸无毛。命火焚之，灵语遂绝。

里讲话，处理指挥家务事。她的儿女和家中的仆人们，不敢不按她说的去做。她常常索要饮食和衣服，如果不响应她的要求，马上就鞭笞责骂。亲戚朋友们对此都感到奇怪。王贾说："这一定是妖怪作祟！"于是他准备造访姨妈家，向姨妈的儿子们表示慰问。在这之前姨妈对儿子们说："明天王家外甥要到咱们家来，千万不要让他进来，这小子是个犯过大罪行的人。"王贾到了姨妈门前，不能进屋。王贾就召来一位老仆人，对他说："在灵堂帐幕里说话的那个人，并不是你家女主人，而是个妖怪罢了。你只要偷偷地告诉你家主人，把我带进去，我就能把这妖怪除掉。"家人们平常就被她摆弄得很难受，老仆人就偷偷告诉了王贾姨妈的各位儿子，儿子们也都醒悟了，就邀请王贾进入屋中。王贾拜祭吊唁之后，就对着灵堂帐幕说："听说姨妈死了之后很有精神，说话也和以前一样，现在我特意来拜谒姨妈，姨妈为什么不和我说话呢？"帐幕里没人回应。王贾又请求说："我今日是特意来拜谒的，姨妈要是不说话，那我就不走了，就在这里住下了！"妖怪知道不能回避，就在帐幕中说道："外甥你近来好吗？不承想上次分别之后，咱们便阴阳两隔。你没有忘记我，还能专门来看望我，我感谢的心情真是没法言说啊。"于是她一边哭泣流泪一边述说缘由，那声音全都是姨妈生前的声音。儿子们听了也都号啕大哭起来。姨妈让人准备饮食，让王贾坐在对面，摆上酒与他相对而饮，十分殷勤。喝醉之后，王贾又请求说："姨妈既然经历了如此神奇的事情，为什么不让我见您一面呢？"姨妈说："阴阳两界道路殊异，为什么非要见我一面呢？"王贾说："姨妈如果不能露出全身，就请露出半边脸来；不然，就露出一只手一只脚也行。如果不让我看看您，我坚决不会离开。"那妖怪既然被逼到如此境地，就索性伸出了手。手指真真切切，还是姨妈生前的手。儿子们又是一阵号啕大哭。王贾就上前抓住那只手。姨母惊呼儿子们道："外甥如此无礼，你们为什么还不动手阻止？"还未等儿子们上前，王贾就用力一拽那只手，她便跌倒在地，这时她还哀叫着。王贾又打了她几下，便把她打死了，原来这是一只老狐狸。它已经现出原形，浑身赤裸没有毛发。王贾命人用火把它的尸体烧了，灵堂帐幕中再也没有传出说话的贾至婺州，以事到东阳。令有女，病魅数年，医不能愈。令邀贾到宅，置茗馔而不敢有言。贾知之，谓令曰："闻君有女病魅，当为去之。"因为桃符，令置所卧床前。女见符泣而骂，须臾眠熟。有大狸腰斩，死于床下，疾乃止。时杜暹为婺州参军，与贾同列，相得甚欢。与暹同部领，使于洛阳。过钱塘江，登罗刹山，观浙江潮。谓暹曰："大禹真圣者，当理水时，所有金柜玉符，以镇川渎。若此杭州城不镇压，寻当陷矣。"暹曰："何以知之？"贾曰："此石下是，相与观焉。"因令暹闭目，执其手，令暹跳下。暹忽闭目，已至水底。其空处如堂，有大石柜，高丈余，鏁之。贾手开其鏁，去其盖，引暹手登之，因同入柜中。又有金柜，可高三尺，金鏁锁之。贾曰："玉符在中，然世人不合见。"暹观之既已，又接其手，令腾出。暹距跃则至岸矣。既与暹交熟，乃告暹曰："君有宰相禄，当自保爱。"因示其拜官历任，及于年寿，周细语之。暹后迁拜，一如其说。

既而至吴郡停船，而女子夭死，生五年矣。母抚之哀恸，而贾不哭。暹重贾，各见妻子，如一家。于是对其妻谓暹曰："吾第三天人也，有罪，谪为世人二十五年，今已满矣，后日当行。此女亦非吾子也，所以早夭。妻崔氏亦非吾妻，即吉州别驾李乙妻也，缘声音了。

王贾到了婺州后，又因为有事来到东阳县。县令家中有个女儿，她因为妖怪作祟病了多年，寻医问药多年却怎么治也治不好。县令就把王贾邀请到家中，摆上茶水和点心招待他，但是却不敢明说。王贾知道县令的意思，对县令说：“我听说你家有个女儿因妖怪作祟病了多年，我应当为你除掉它。”于是王贾就做了桃符，让他们把桃符放到女儿所躺的床前。女儿见了桃符后又哭又骂，不一会儿就睡熟了。有一只大狸猫被拦腰斩断，死在床下，接着县令女儿的病就好了。当时杜暹也是婺州参军，和王贾的职位相同，二人相处得很愉快。王贾和杜暹一起到洛阳去出差，路过钱塘江时，一起登上罗刹山，观看浙江的钱塘江大潮。王贾对杜暹说：“大禹是真正的圣人，当年他治理水患的时候，把他所有的金柜玉符都用来镇压河流了。如果不镇压杭州城的河流水患，不久就得全陷下去。”杜暹说：“你是怎么知道这些的？”王贾说：“这块石头下就是，咱们一块下去看看。”于是他让杜暹闭上眼睛，拉着杜暹的手，让杜暹从石上跳下。杜暹刚刚闭上眼睛，顷刻就已经来到水底。那空旷处就像一间高大的堂屋，内中有一个大石柜，高一丈多，上着锁。王贾用手打开那道锁，去掉盖子，拉着杜暹的手游上去，又一同进到石柜里。石柜里还有一个金柜，高有三尺，用金锁锁着。王贾说：“玉符就在这里边，然而世上的凡人不能见到它。”杜暹看完金柜之后，王贾又拉住他的手，让他向上跃起。杜暹纵身一跳便回到了岸上。王贾既然与杜暹交情渐深，就告知杜暹：“你命中有拿宰相俸禄的福气，应当保重自珍。”接着王贾就把杜暹将来都能担任什么官职，以及杜暹的寿命，都详细地告诉了杜暹。杜暹后来升迁的情况，完全和王贾以前讲的一样。

后来王贾来到吴郡停船靠岸，然而王贾的女儿却夭亡了。年仅五岁。作为母亲的崔氏抚摸着女儿，悲痛至极，但是王贾却没哭。杜暹很敬重王贾，二人的妻子子女也都互相见过，亲如一家人。于是王贾当着妻子的面对杜暹说：“我是三天中玉清境清微天的人，因为之前犯了罪，被罚谪贬为凡人二十五年。现在所历日期已满，后天就时岁未到，乙未合娶。以世人亦合有室，故司命权以妻吾。吾今期尽，妻即当过李氏。李氏三品禄数任，生五子，世人不知，何为妄哭？”妻久知其夫灵异，因辍哭请曰：“吾方年盛，君何忍见舍？且暑月在途，零丁如此，请送至洛，得遂栖息。行路之人，犹合矜愍，况室家之好，而忽遗弃耶？”贾笑而不答，因令造棺器，纳亡女其中，置之船下。又嘱暹以身后事曰：“吾卒后，为素棺，漆其缝，将至先茔，与女子皆祔于墓。殓后即发，使至宋州。崔氏伯任宋州别驾，当留其侄，听之。至冬初，李乙必充计入京，与崔氏伯相见，即伯之故人，因求婚。崔别驾以侄妻之，事已定矣。”暹然之。其妻日夜涕泣，请其少留。终不答。至日沐浴，衣新衣，暮时召暹，相对言谈。顷而卧，遂卒。暹哭之恸，为制朋友之服，如其言殓之。行及宋州，崔别驾果留其侄。暹至临汝，乃厚葬贾及其女。其冬，李乙至宋州，求婿其妻，崔别驾以妻之。暹后作相，历中外，皆如其语。（出《纪闻》）

颜真卿

颜真卿字清臣，琅琊临沂人也，北齐黄门侍郎之推五代孙。

应该离开了。这个女孩也并非我的孩子，所以她早早就夭折了。妻子崔氏也不是我的妻子。她应当是吉州别驾李乙的妻子。只是因为时候未到，李乙还不该娶她。因为世人都应该有妻室，所以司命星君暂且把她嫁给我做妻子。现在我在人间谪居的期限已经到了，妻子即应当归还李乙。李乙命中有做三品大官的福气，而且可以连做好几任，还将有五个儿子。当然，世人是不知道这些情况的。你都知道了为什么还要胡乱地一直哭呢？”妻子崔氏早就知道丈夫很神奇，就停下哭声请求道：“我现在正年轻，你怎么忍心丢下我一个人呢？况且夏天正热的时候走在路上，如此孤单！请你把我送到洛阳，这样也能有地方住下歇息。赶路的人还应该互相怜悯帮助，何况是感情很好的夫妻呢？你为什么忽然就要抛弃我呢？”王贾笑而不答。于是他命人做了棺材，把死去的女儿装到里面，放到船舱中，他又嘱咐杜暹安排自己的身后事，说：“在我死后，准备不刷漆的棺材，漆好中间的缝隙，再送到祖先的坟地，和我那死去的女儿一起埋到祖坟里。装入棺材后就马上出发。赶到宋州，崔氏的伯父在宋州担任别驾，应当会留下他的侄女，一定要听他的话。到了初冬，李乙一定会因为考核官吏到京城去，途径宋州，和崔氏的伯父相见。他是崔氏伯父的老朋友，于是就会请求伯父赐婚。崔别驾就会把侄女崔氏嫁给李乙为妻，这事命中已经注定了。”杜暹点点头答应了。王贾的妻子崔氏日夜不停地哭泣，请求他再多留些日子。他始终没有答应。到了那一天，他沐浴身体，更换新衣。在天将黑的时候王贾找来杜暹，面对面地交谈。过了一会儿他就躺下，很快就死了。杜暹悲痛地大哭，为他穿上代表朋友的孝服，按照他之前说的装殓了他。走到宋州时，崔别驾果然留下他的侄女。杜暹来到临汝，就厚葬了王贾和他的女儿。那年冬天，李乙果然来到宋州，向崔别驾请求赐婚，崔别驾就把侄女嫁给了他。杜暹后来果真做了宰相，经历了京中京外的各种官职，全都像王贾预言的那样准确。（出《纪闻》）

颜真卿

颜真卿字清臣，是琅琊临沂人。他是南北朝时期北齐黄门侍郎幼而勤学，举进士，累登甲科。真卿年十八九时，卧疾百余日，医不能愈。有道士过其家，自称北山君，出丹砂粟许救之，顷刻即愈，谓之曰："子有清简之名，已志金台，可以度世，上补仙官，不宜自沉于名宦之海；若不能摆脱尘网，去世之日，可以尔之形炼神阴景，然后得道也。"复以丹一粒授之，戒之曰："抗节辅主，勤俭致身，百年外，吾期尔于伊洛之间矣。"真卿亦自负才器，将俟大用，而吟阅之暇，常留心仙道。既中科第，四命为监察御史，充河西陇左军城覆屯交兵使。五原有冤狱，久不决。真卿至，辨之。天时方旱，狱决乃雨，郡人呼为御史雨。河东有郑延祚者，母卒二十九年，殡于僧舍堧垣地。真卿劾奏之。兄弟三十年不齿，天下耸动。迁殿中侍御史武部员外。杨国忠怒其不附己，出为平原太守。安禄山逆节颇著，真卿托以霖雨，修城浚壕，阴料丁壮，实储廪。佯命文士泛舟，饮酒赋诗。禄山密侦之，以为书生，不足虞也。

无几，禄山反，河朔尽陷，唯平原城有备焉，乃使司兵参军驰奏。玄宗喜曰："河北二十四郡，唯真卿一人而已，朕恨未识其形状耳。"禄山既陷洛阳，杀留守李憕，以其首招降河北。真卿恐摇人心，杀其使者，乃谓诸将曰："我识李憕，此首非真也。"久之为冠饰，以草续支体，棺而葬之。禄山以兵守土门。真卿兄杲卿，为常山太守，共破土门。十七郡同日归顺，推真卿为帅，得兵二十万，横绝燕赵。诏加户部侍郎、平原太守。时清河郡客李萼，谒于军颜之推的第五代孙。他年幼的时候就勤奋好学。他参加进士考试，多次考得第一名。他十八九岁的时候，卧病一百多天，医生也治不好他。有一个道士从他家门前经过，自称“北山君”。北山君拿出几颗米粒大小的丹砂救他，顷刻之间他就痊愈了。道士对他说：“你素来有清正简朴的美名，已经记载于有神仙居住的金台上，可以超脱尘世成仙，到天上补任仙官的空缺，不应该自甘沉沦在宦海官场之中。如果你不能摆脱尘世罗网的束缚，去世的那天，可以用你的形骸修炼元神进入酆都（冥府所在）阴景天宫，然后就能得道成仙了。”道士又交给他一粒仙丹，告诫他说：“你要坚守节操辅佐君主，勤劳俭朴，出仕献身。百年之后，我在伊水和洛水之间等着你。”颜真卿也自负才气格局不凡，等待着自己被重用。他学习之余的闲暇时间，常常留意仙道。考中进士之后，多次被任命为监察御史，充当河西陇左军城覆屯交兵使。五原县有一起冤案，许久不能判决。颜真卿来到五原后，明察案情。当时天气正值大旱，冤案昭雪之后，天上就下起了雨，郡中人都称这雨为“御史雨”。河东有一个叫郑延祚的人，他的母亲已经去世二十九年了，仍把灵柩停放在寺庙外的墙下，颜真卿向皇帝上奏罪状，检举了郑延祚。郑家兄弟三十年不和睦所以不安葬母亲，天下人都对此表示震惊。后来他升迁为殿中侍御史武部员外，杨国忠恼怒他不依附自己，把他贬出京城做了平原太守。那时安禄山背叛大唐的野心很明显，颜真卿就以大雨连绵为借口，修缮城墙，疏通沟壕，暗中招兵买马，储备粮草。假意命令文士泛舟于水上，饮酒赋诗。安禄山暗中侦察他，认为他只是一介书生，不足为虑。

不久后，安禄山果然反叛，黄河以北地区全部沦陷，只有平原城对此有所准备，就派司兵参军骑马到京城禀报。唐玄宗高兴地说：“黄河以北二十四郡里，只有颜真卿一人识破安禄山的狼子野心！我真恨自己之前不了解这个人啊。”安禄山攻占洛阳之后，杀了留守李憕，用李憕的首级在黄河以北招降其他将领。颜真卿害怕人心动摇，就杀了安禄山派来的使者，并对其他将领说：“我认识李憕，这个首级并不是真的。”过些时候他为李憕弄来头冠、衣饰，用稻草做了一个假身体，一起装到棺材里安葬了。安禄山派兵驻守土门。颜前。真卿与之经略，共破禄山党二万余人于堂邑。肃宗幸灵武，诏授工部尚书、御史大夫。真卿间道朝于凤翔，拜宪部尚书，寻加御史大夫。弹奏黜陟，朝纲大举。连典蒲州、同州，皆有遗爱。为御史唐实所构，宰臣所忌，贬饶州刺史。复拜昇州浙西节度使，征为刑部尚书。又为李辅国所谮，贬蓬州长史。代宗嗣位，拜利州刺史，入为户部侍郎、荆南节度使，寻除右丞，封鲁郡公。宰相元载，私树朋党，惧朝臣言其长短，奏令百官凡欲论事，皆先白长官，长官白宰相，然后上闻。真卿奏疏极言之，乃止。后因摄祭太庙，以祭器不修言于朝。元载以为诽谤时政，贬硖州别驾，复为抚州、湖州刺史。元载伏诛，拜刑部尚书。代宗崩，为礼仪使。又以高祖已下七圣，谥号繁多，上议请取初谥为定，为宰相杨炎所忌，不行。改太子少傅，潜夺其权。又改太子太师。

时李希烈陷汝州，宰相卢杞，素忌其刚正，将中害之。奏以真卿重德，四方所瞻。使往谕希烈，可不血刃而平大寇矣，上从之。事行，朝野失色。李勉闻之，以为失一国老，贻朝廷羞，密表请留。又遣人逆之于路，不及。既见希烈，方宣诏旨，希烈养子千余人，雪刃争前欲杀之。从绕诟骂，神色不动。希烈以身蔽之，乃就馆舍。希烈因宴其党，召真卿坐观之。使倡优讟朝政以为戏。真真卿的哥哥颜杲卿担任常山太守，他和颜真卿共同带兵攻破了土门，十七个郡同一天内都归顺了大唐，人们推举颜真卿为元帅，得到大军二十万人，纵横于燕赵一带。皇帝下诏书加封他为户部侍郎、平原太守。当时清河郡的李萼，拜谒于大军前，颜真卿与他共同谋划治理，一起在堂邑打败了安禄山的两万多叛军。唐肃宗在灵武时，下诏书封他为工部尚书、御史大夫。颜真卿走偏僻的小路到凤翔去朝见天子，天子又封他为刑部尚书，不久又加封他为御史大夫。他每每弹劾、奏闻，使不称职的官员被贬，使有才干的官员升职，之后朝纲大振。他连年治理蒲州和同州，都有德惠遗留于后世。颜真卿被御史唐实所陷害，又受到当时宰相的忌惮，被贬为饶州刺史，后来又被任命为升州浙西节度使，征召为刑部尚书。再后来又被李辅国诬陷，被贬为蓬州长史。唐代宗继位后，他又官拜利州刺史，回京后做了户部侍郎、荆南节度使，不久又授任右丞相，封为鲁郡公。宰相元载，暗中培植朋党，他怕朝臣们暗中谈论他的是非，就向皇帝奏请，文武百官凡是想要谈论事情的，都要先告诉自己的上级，上级再告诉宰相，然后才能奏明皇上。颜真卿上疏坚决反对元载的主张，这项政策最终才得以停止。后来颜真卿主持祭祀太庙，在朝廷中上奏太庙祭器无人整理，元载认为他这是诽谤朝政，就贬他为硖州别驾。后来又做了抚州湖州刺史。元载伏法身死之后，颜真卿又被封为刑部尚书。代宗驾崩的时候，颜真卿担任礼仪使。又因为唐高祖以下的七位皇帝，谥号繁多，他上奏议请以各自取的初谥为准，被宰相杨炎所忌惮，这建议没被采纳。又改任他为太子少傅，暗中夺了他的权。后来又改任他为太子太师。

当时李希烈攻陷了汝州，宰相卢杞平素就忌恨颜真卿的刚正，要趁机中伤他，就上奏说颜真卿德高望重，四方景仰，让他前去说服李希烈，可以兵不血刃地平定一方强寇。皇上听从了卢杞的话，下令此事即刻去办，朝野上下全部大惊失色。李勉听说后，认为这将导致国家失去一位栋梁之才，会使朝廷蒙受羞辱，秘密地上奏请求皇上留住颜真卿。又派人到路上去拦住颜真卿，却没有来得及。颜真卿见到李希烈之后，正在宣读皇帝的诏书，李希烈的养子等一千多人卿怒曰："相公人臣也，奈何使小辈如此。"遂起。希烈使人问仪制于真卿，答曰："老夫耄矣，曾掌国礼，所记者诸侯朝觐礼耳。"其后希烈使积薪庭中，以油沃之。令人谓曰："不能屈节，当须自烧。"真卿投身赴火。其逆党救之。真卿乃自作遗表、墓志、祭文，示以必死。贼党使缢之，兴元元年八月三日也。年七十七。朝廷闻之，辍朝五日，谥文忠公。

真卿四朝重德，正直敢言，老而弥壮。为卢杞所排，身殁于贼，天下冤之。《别传》云，真卿将缢，解金带以遗使者曰："吾尝修道，以形全为先。吾死之后，但割吾支节血，为吾吭血，以给之，则吾死无所恨矣。"缢者如其言。既死，复收瘗之。贼平，真卿家迁丧上京。启殡视之，棺朽败而尸形俨然，肌肉如生，手足柔软，髭发青黑，握拳不开，爪透手背。远近惊异焉。行及中路，旅榇渐轻，后达葬所，空棺而已。《开天传信记》详而载焉。《别传》又云，真卿将往蔡州，谓其子曰："吾与元载俱服上药，彼为酒色所败，故不及吾。此去蔡州，必为逆贼所害，尔后可迎吾丧于华阴，开棺视之，必异于众。"及是开棺，果睹其异。道士邢和璞曰："此谓形仙者也。虽藏于铁石之中，炼形数满，自当擘裂飞去矣。"

亮出兵刃争先恐后地想要杀他。围绕在四周辱骂他，颜真卿神色不动。李希烈用身体挡住他，把他安置到馆舍里。李希烈接着宴请朋党，召来颜真卿坐在那里观看。李希烈让歌舞演员讥讽朝政写成戏文演唱，颜真卿愤怒地说："相公你也为人臣子，怎么能让小辈们这样做！"于是他就站了起来。李希烈派人向颜真卿询问朝廷的礼仪制度，颜真卿回答说："老夫已经年迈，虽然曾经掌管过国礼，但是现在记得的只是诸侯朝觐的礼仪罢了。"后来，李希烈让人在院子堆积柴火，上面浇满油，派人对颜真卿说："如果你不屈节投降，我就要烧死你！"颜真卿就自己跳到火里去。那些叛党把他救了出来，颜真卿就自己写了和皇帝诀别的遗表、墓志铭和祭文，用来表示他必死的决心。叛贼就把他吊死了。那天是唐德宗兴元元年八月三日，颜真卿享年七十七岁。朝廷听闻这一消息之后，停止朝议五天，赐谥号"文忠公"。

颜真卿是四朝元老，德高望重，正直敢言，老当益壮。被卢杞所排挤，最终死在叛贼之手，这是天下间的奇冤。《别传》里记载，颜真卿快要被吊死的时候，解下身上的金带送给使者说："我曾经修炼过道术，死后以保全躯体为重。我死后，把我四肢骨节的血，当作我的喉咙血，用来欺骗李希烈。"来勒死他的人按照他的话做了，在他身死之后又埋葬了他。叛贼被平定之后，颜真卿家中要把他的坟迁往上京，出殡后打开一看，棺材早就腐朽破旧，但是他的尸体还像原来那样，肌肉栩栩如生，手脚柔软灵活，须发青里带黑，双拳紧握不松，指甲透过手背。不论远近的人都感到惊异。迁往上京的路上，就感到棺木越来越轻。后来到了要下葬的地方，发现只是一口空棺而已。《开天传信记》详细地记载了这件事。《别传》又记载，颜真卿有一次要到蔡州去，对他的儿子说："我和元载都服用了仙药，他的药效被美酒美色所败坏了，所以他不如我。我这回去蔡州，必定会被逆贼所杀害。你之后可以把客死异乡的我迎回华阴，那时打开棺材看看，肯定与平常不同。"等到打开棺材，他的儿子亲眼见到，果然发生了奇异的现象。道士邢和璞说："这就是所谓的修炼形骸的仙人啊！即使藏在铁石之中，但是修炼形骸的时日已满，自然就会裂开飞升离去了。"

其后十余年，颜氏之家，自雍遣家仆往郑州，征庄租，回及洛京，此仆偶到同德寺，见鲁公衣长白衫，张盖，在佛殿上坐。此仆遽欲近前拜之，公遂转身去。仰观佛壁，亦左右随之，终不令仆见其面。乃下佛殿，出寺去。仆亦步随之，径归城东北隅荒菜园中。有两间破屋，门上悬箔子。公便揭箔而入，仆遂隔箔子唱喏。公曰："何人？"仆对以名。公曰："入来。"仆既入拜，辄拟哭。公遽止之，遂略问一二儿侄了。公探怀中，出金十两付仆，以救家费，仍遣速去，"归勿与人说。后家内阙，即再来。"仆还雍，其家大惊。货其金，乃真金也。颜氏子便市鞍马，与向仆疾来省觐，复至前处，但满眼榛芜，一无所有。时人皆称鲁公尸解得道焉。（出《仙传拾遗》及《戎幕闲谭》《玉堂闲话》）

十几年之后，颜家从雍州派遣一名仆人前往郑州去收田租，回来的时候路过洛京，这名仆人偶然间来到同德寺，只见颜真卿身穿白色长衫，打开伞盖，坐在佛殿上。这名仆人急忙想要接近他，上前参拜。颜真卿却转过身去了。他仰着头看向佛寺的墙壁。仆人就在左右跟在他身边，但他始终不让仆人看到他的脸。接着他就走下佛殿，走出寺庙。仆人也一步一步地跟在他身后。他径直回到城东北角的荒芜菜园中。园中有两间破烂不堪的屋子，门上还悬挂着帘子。颜真卿便掀起帘子走了进去。仆人就隔着帘子一边作揖行礼，一边出声致敬。颜真卿问道："来的是谁？"仆人报上了自己的名字。颜真卿说："那进来吧！"仆人进去之后又行礼拜见，动辄就想哭，颜真卿急忙制止了他。于是颜真卿就大略问了问家中儿子侄儿们的情况。他还从怀中掏出十两黄金交给仆人，让仆人带回去补贴一下家用，并打发仆人赶快离开，嘱咐道："回去之后不要对别人说起这里的事，以后家里如果有困难，可以再来找我。"仆人回到雍州后，颜家众人都感到吃惊。拿去卖掉他给的那些黄金，竟然是真的黄金。颜氏子孙便买了鞍马，和那个仆人一同飞驰而去探望祖先。再次回到之前那个地方，却只剩下了满眼的杂草，其余什么也没有了。当时的人们都说鲁郡公颜真卿尸解得道成仙了。（出《仙传拾遗》及《戎幕闲谭》《玉堂闲话》）

卷第三十三　神仙三十三

韦弇　申元之　马自然　张巨君

韦弇

韦弇字景照。开元中，举进士下第，游蜀。时将春暮，胜景尚多，与其友寻花访异，日为游宴。忽一旦有请者曰："郡南十里许，有郑氏林亭，花卉方茂，有出尘之胜，愿偕游焉。"弇喜，遂与俱。果南十里，得郑氏亭焉。端室巍巍，横然四峙，山门花辟，曲径烟矗。眙而望之，不暇他视，真尘外景也。俄而延弇升巨亭之上。回廊环构，饰以珠玉，殆非人世所有。即引见仙子十数，左右侍卫，华裾靓妆，亦非常世所睹。中有一人与弇语，弇遍拜且诘之。美人曰："闻吾子西游蜀都，历访佳景，春煦将尽，花卉芳妍，愿聊奉一醉，无以延款为疑也。"既坐，即张乐饮酒。其陈设肴膳，奇味珍果，既非世之所尝；金石丝竹，雅音清唱，又非世之所闻。弇乘间问曰："某自上国历二京，至于帝宅尊严，侯家繁盛，莫不见之。今之所睹，固不可偕矣。然女郎何为若此之贵耶？"美人曰："余非人间人，此盖玉清仙府也。适欲奉召，假以郑氏之亭耳。余有新曲，名曰《紫云》，今天子奉尚神仙之道，余以此乐授于吾子，而贡于圣唐之君，以此相托，可乎？"弇曰："某一儒生耳，在长安中，区区于九陌，以干一名，望天子门不可见。又非知音者，若将贡新曲，固不可为也。"美人曰："君既不能，余当寓梦而授于天子。然子已至此，亦道分使然，愿以三宝为赠。子其售之，可毕世之富也。"饮毕，命侍者出一杯，谓之碧瑶杯，光莹洞彻。又出一枕，谓之红蕤枕，似玉而粟，其文微红，而光彩莹朗。又出一紫玉函，似布，光彩甚于玉。俱授于弇。拜而谢之，即别去。行未及一里，回顾失向亭台，但荒榛而已。遂挈宝入长安。

韦弇

韦弇，字景照。唐玄宗开元年间，他参加进士考试却没有考中，就在蜀地游玩。当时正值暮春的季节，美景还有很多。他和朋友们寻奇花访胜景，天天游乐饮宴。忽然一天早晨有人来请他，说："在郡城南方十里左右，有一座郑氏林亭，花草长得正茂盛，有超出尘世的美景，希望请您和我一块去游玩一番。"韦弇听了很高兴，就和他一块去了。果然，向南走了十多里，就看到了郑氏亭子。那亭子正屋高大巍峨，屋檐横在空中，向四面耸立。山门在盛开的花丛之中，曲折迂回的小路，直上天际的炊烟，韦弇直勾勾地看着，根本无暇看别处，果真是尘世之外的美景啊。不一会儿那人延请韦弇登上巨亭。一看，弯曲的走廊环绕建筑，用珠玉点缀装饰着，大概不是人世间能拥有的。那人就领着他见了十几位仙女，还有站立在左右的侍卫，衣着华丽，装扮靓丽，也不是人世间所能见到的。其中有一位仙女和韦弇说话，韦弇逐个行礼拜见她们，并向她追问。美人说："我听说你向西游览了蜀都，欣赏了许多美景，春天和煦天气即将结束，花卉都吐芳争妍，我们愿意陪你聊天一直到喝醉，希望你不要因为盛情款待而有什么疑虑。"宾客坐下之后，就开始奏乐，饮酒。那宴席上摆的佳肴美膳、奇味珍果，都不是人间所能尝到的；那金石丝竹所演奏的美妙的音乐，嘹亮嗓音所唱出高雅的歌曲，也不是人间所能够听到的。韦弇找了个机会问道："我从大唐游历东西二京，从皇家宫殿的尊贵严肃，到公侯之家的繁荣兴盛，没有什么是没见过的。但是和我现在亲眼所见的比起来，根本不能够相提并论，然而小姐为什么如此富贵呢？"美人说："我并非人间的凡人。这里是玉清仙府。刚才正想召你过来，假借这里是'郑氏之亭'罢了。我谱有一支新乐曲，名叫《紫云》。当今的天子供奉崇尚神仙之道，我把这支乐曲传授给你，明年复下第，东游广陵，胡商诣弇，以访其宝。出而示之。胡人拜而言曰："此玉清真人之宝，千万年人无见者，信天下之奇货矣。"以数十万金易而求之。弇以大富，因筑室江都，竟不求闻达，亦不知所终焉。后数年，玄宗梦神仙十余人，持乐器集于庭，奏曲以授，请为中原正始之音，曲名《紫云》。既晨兴，即以玉笛吹而习之，传于乐府。此乃符弇之所遇，欲使弇上奏之曲也。（出《神仙感遇传》）

申元之

申元之，不知何许人也。游历名山，博采方术，有修真度世之志。开元中，征至，止开元观，恩渥愈厚。时又有邢和璞、罗公远、你替我上贡进献给唐朝天子，我把这事托付给你，你可以完成吗？”韦弇说：“我只是一个普通书生罢了，在偌大的长安城中，我只是区区一名小人物，混在城中大道上都分辨不出来。以这样的条件只想求取一点功名，想要看看天子的门都不可能看见，又不是个懂音乐的人，如果想把这首新乐曲献到宫中去，根本是不可能做到的。”美人说：“你既然办不到，我将会托梦把这乐曲传授给天子。但是你既然到了这里，这也是你修道的缘分所造成的，我愿把三样宝物赠送给你。你回去后把这三样东西卖了，就可以享受一辈子的富裕生活。”喝完酒后，美人让侍者拿出一只杯子，名叫“碧瑶杯”。这杯子光润晶莹，玲珑剔透。又拿出来一个枕头，名叫“红蕤枕”。这枕头材质像是玉的，表面有粟状的颗粒，上面的花纹微微发红。它也晶莹明亮光彩照人。又拿出来一个“紫玉匣”，质地像布，散发的光彩比玉石还强烈。美人把三样宝贝全交给韦弇。韦弇下拜行礼表示谢意后，就离开了。走了不到一里地，回头望去，刚才所在的亭台全都不见了，只有遍地的荒草荆榛而已。于是韦弇就拿着三样宝贝回到长安。

第二年，他考试又落第了，就向东游历到广陵。一位胡商来到韦弇这里，是来寻访他的宝贝的。韦弇拿出来给胡商看，胡人下拜行礼并说道：“这是玉清真人的宝物，千百年来从未有人见过，这的确是天下间的奇货了！”胡人用几十万金买下宝物。韦弇因此成为巨富，于是他就在江都盖起房子，终身不求功名显达，也不知他最后如何了。几年后，唐玄宗梦到十几名仙女，拿着乐器聚集在庭院里，演奏了一支乐曲，并传授给他，仙女请求把这支曲子作为中原最正统的音乐，曲名为《紫云》。早晨醒来之后，唐玄宗立即用笛子吹奏练习，并传授给乐府。这就是韦弇曾经遇到的，仙人要让韦弇献给皇上的那支曲子。（出《神仙感遇传》）

申元之

申元之，不知道他是什么地方的人。他游历名山，广泛学习各种方术，有学道修行超脱尘世的志向。唐玄宗开元年间，皇帝把他征召到京城，让他先留在开元观中，给予他的恩泽越来越多。当时又有叶法善、吴筠、尹愔、何思达、史崇、尹崇、祕希言，佐佑玄风，翼戴圣主。清净无为之教，昭灼万宇。虽汉武、元魏之崇道，未足比方也。帝游温泉，幸东洛，元之常扈从焉。时善谭玄虚之旨，或留连论道，动移晷刻。惟贵妃与赵云容宫嫔三五人，同侍宸御，得聆其事。命赵云容侍茶药。元之愍其恭恪，乘间乞药，少希延生。元之曰："我无所惜，但尔不久处世耳。"恳拜乞之不已，曰："朝闻道，夕死可矣。况侍奉大仙，不得度世，如索手出于宝窟也。惟天师哀之。"元之念其志切，与绛雪丹一粒。曰："汝服此丹，死必不坏。可大其棺，广其穴，含以真玉，疏而有风，魂不荡散，魄不溃坏，百年后还得复生。此太阴炼形之道，即为地仙。复百年，迁居洞天矣。"云容从幸东都，病于兰昌宫，贵妃怜之，因以此事白于贵妃。及卒后，宦者徐玄造如其所请而瘗之。元和末百年矣，容果再生。元之尚来往人间，自号田先生。识者云："元之魏时人，已数百岁矣。"（出《仙传拾遗》）

马自然

马湘字自然，杭州盐官人也。世为县小吏，而湘独好经史，攻文学，治道术，遍游天下。后归江南，而尝醉于湖州，坠霅溪，经日方出，衣不沾湿，坐于水上而言曰："适为项羽相召饮酒，欲大醉，方返。"溪滨观者如堵。酒气犹冲人，状若风狂，路人多随邢和璞、罗公远、叶法善、吴筠、尹愔、何思达、史崇、尹崇、秘希言等人辅佐着天子清静无为的教化，保卫拥戴着圣明的皇帝。这一时期清静无为的教化，引导着天下万家，即使是汉武帝和北魏那样的推崇道教的时期，也不能与唐玄宗时期相比。皇帝到温泉游玩，或到东都洛阳去游玩，申元之常常随侍皇帝一块去。那时他善于谈论玄远虚无的“道”的要旨，有时候谈论起“道”来就停不下来，动不动就超过了时辰。只有杨贵妃、赵云容等三五个后宫嫔妃，同时侍奉在皇帝身边，能够听他讲这些玄妙的事。皇上让赵云容侍奉申元之端上茶和药，申元之怜惜她恭敬谨慎。她趁此机会向申元之求药，希望能够稍微延长寿命。申元之说：“我没有什么可吝惜的，只是你不能长久地活在这世上了。”赵云容诚恳地乞求化解，她说：“早晨明白了道理，晚上死了也不可惜！况且我侍奉你这位大仙，如果不能度世成仙，就像空着手从藏宝窟里走出来。希望天师可怜可怜我吧！”申元之念她志向真切，就赠予她一粒绛雪丸，对她说：“你服下这粒丹药，死后肉体一定不会腐烂。可以做一口大棺材，挖一个大墓穴，口中含有一块美玉，让墓穴中疏阔而通风，这样你的三魂就不会消失，七魄也不会溃散。百年之后你就能得以复活，这是太阴炼形的道术，也就是修炼地仙之法。再过一百年，你就可以迁居洞天福地了。”赵云容陪伴皇帝到东都洛阳去，病在兰昌宫。杨贵妃很怜惜她，于是她就把这事告诉了杨贵妃。等到她去世后，太监徐玄造按照她生前说的那样埋葬了她。到了唐宪宗元和末年满百年了，赵云容果然又复活了。而申元之仍往来于人间，自号田先生。认识他的人说：“申元之是魏时的人，到现在已经几百岁了。”（出《仙传拾遗》）

马自然

马湘，字自然，是杭州盐官人。他家世世代代都是县里的小官吏，只有他一人喜好经史，攻读文学，研究道术。他游遍天下，后来回到了江南。他曾经在湖州因为喝醉了，而坠入霅溪里，过了一天才出来，衣服却丝毫没湿。他坐在水面上说：“刚才我被项羽叫过去喝酒了，快要喝醉的时候才回来。”站在溪边看热闹的人围得像墙一样。

看之。又时复以拳入鼻，及出拳，鼻如故。又指溪水令逆流食顷，指柳树令随溪水来去，指桥令断复续。后游常州，会唐宰相马植谪官，量移常州刺史。素闻湘名，乃邀相见，延礼甚异之。植问曰："幸与道兄同姓，欲为兄弟，冀师道术可乎？"湘曰："相公何望？"植曰："扶风。"湘曰："相公扶风，马湘则风马牛。但且相知，无征同姓。"亦言与植风马牛不相及也。植留之郡斋，益敬之。或饮食次，植请见小术。乃于席上，以瓷器盛土种瓜，须臾引蔓，生花结实。取食众宾，皆称香美，异于常瓜。又于遍身及袜上摸钱，所出钱不知多少，掷之皆青铜钱，撒投井中，呼之一一飞出。人有收取，顷之复失。又植言此城中鼠极多。湘书一符，令人帖于南壁下，以箸击盘长啸。鼠成群而来，走就符下俯伏。湘乃呼鼠，有一大者近阶前。湘曰："汝毛虫微物，天与粒食，何得穿墙穴屋，昼夜扰于相公；且以慈悯为心，未能尽杀，汝宜便相率离此。"大鼠乃回，群鼠皆前，若叩搕谢罪。遂作队莫知其数，出城门去，自后城内更绝鼠。

后南游越州，经洞岩禅院。僧三百方斋，而湘与婺州永康县他身上的酒气还未消散依旧熏人，他的样子像疯子一样，路过的行人大多都跟着看他。他又时不时地把拳头伸进鼻孔里，过后又把拳头抽出来，鼻子还和原来一样。他又指着溪水，让溪水倒流了大约一顿饭的工夫。他还指着一棵柳树，让柳树随着溪水来回移动。他指着溪水上的桥，让桥断了再接上。后来他又到常州游玩，赶上唐朝宰相马植被贬官，却遇到恩赦就近升迁到常州做刺史。马植平素就听过马湘的名声，就邀请他相见。马植迎接他的礼仪异于接待其他人。马植问道："我有幸和道兄你同姓，想和道兄结为兄弟，希望和你学习道术，不知道可以吗？"马自然说："相公家里郡望是哪里？"马植说："我祖籍陕西扶风。"马自然说："相公是扶风，马湘我是风马牛（指"风马牛不相及"）。咱们只要互相了解，即使不是同姓也一样。"意思是说他和马植彼此原本是毫不相干的。马植就把马自然留在郡守的府中住下，对他更加敬重了。有时候在吃饭的中间，马植就请他施展一些小法术来看一看，他就在坐席上，用瓷器装上一些土用来种瓜。不一会儿，瓜就发芽长出藤蔓来，接着开花结果。成熟后就把这瓜拿来分给大家吃，大家都说这瓜味道香美，和平常见到的瓜不一样。他又在身上各处和鞋袜之中摸钱，摸出来的钱不知有多少。往地上一扔，发现全都是青铜钱。他又把这些钱扔到井中，呼唤一声，青铜钱就一枚一枚地飞出来。有的人捡到那些钱想要收起来，顷刻间就又消失了。又有一天，马植说这常州城里老鼠特别多，马自然就写了一道符，叫人贴在南墙下，用筷子敲着盘子大声呼喊，老鼠就成群结队地走来，走到符下就趴在那里表示屈服。马自然就又呼喊老鼠。有一只体形较大的走到台阶前面来，马自然说："你们不过是毛虫一类的卑微动物，上天赐予你们粮食吃，怎么还要穿墙打洞，日夜打扰马相公呢？我暂且以慈悲为怀，不想把你们全都杀掉，你们应该趁着我还没改主意赶快离开这里！"大老鼠就退回群鼠中。然后群鼠都走上前来，好像是来磕头谢罪的。接着，不计其数的老鼠排成队，都从城门出去了。从此之后，城里再也没有老鼠了。

后来马自然又向南到越州游玩，经过洞岩禅院，内中三百名和尚牧马岩道士王知微及弟子王延叟同行。僧见湘单侨，箕踞而食，略无揖者。但资以饭，湘不食。促知微、延叟急食而去。僧斋未毕，乃出门，又促速行。到诸暨县南店中，约去禅院七十余里。深夜，闻寻道士声。主人遽应，此有三人。外面极喜，请于主人，愿见道士。及入乃二僧，但礼拜哀鸣云："禅僧不识道者，昨失迎奉，致贻谴责，三百僧到今下床不得。某二僧主事不坐，所以得来。固乞舍之。"湘唯睡而不对。知微、延叟但笑之，僧愈哀乞，湘乃曰："此后无以轻慢为意。回去入门，坐僧当能下床。"僧回果如其言。湘翌日又南行。时方春，见一家好菘菜，求之不能得。仍闻恶言，命延叟取纸笔。知微遂言："求菜见阻，诚无讼理；况在道门，讵宜施之。"湘笑曰："我非讼者也，作小戏耳。"于是延叟授纸笔。湘画一白鹭，以水噀之，飞入菜畦中啄菜。其主赶起，又飞下再三。湘又画一猧子，走赶捉白鹭，共践其菜，一时碎尽止。其主见道士嘻笑，曾求菜致此。虑复为他术，遂来哀乞。湘曰："非求菜也，故相戏耳。"于是呼鹭及犬，皆飞走投入湘怀中。视菜如故，悉无所损。又南游霍桐山，入长溪县界，夜投旅舍宿。舍少而行旅已多。主人戏言"无宿处，道士能壁上睡，即相容。"已逼日暮，知微、延叟切于止宿。湘曰："尔但于俗旅中睡。"而湘跃身梁上，以一脚挂梁倒睡。适主人夜起，烛火照见，大惊异。湘曰："梁上犹能，壁上何难？"俄而入壁，久之不出。主人拜谢，移知微、延叟入家内净处安宿。及旦，主人留连，忽失所在。知微、延叟前行数里，寻求已在路傍。

正在吃饭。马自然和婺州永康县牧马岩道士王知微及弟子王延叟同行，和尚们见马自然独自一人，于是仍旧伸直腿坐着吃饭，没有一个起身行礼的，只给他白饭吃。马自然不吃，他还催促王知微和王延叟快点吃完好离开此地。这时候和尚们还没吃完。他就已经走出门来，又催促王知微和王延叟二人快点走。三人来到诸暨县南的客栈住下，大约距离禅院已经有七十多里。深夜，听到有人到处寻找道士的声音，主人急忙答应道："这里确实有三名道士。"外面的人听了很高兴，就请主人引荐，想要见一见三名道士。主人请他们进屋后一看，原来来的是两名和尚。两名和尚见到马自然他们马上行礼拜见，苦苦央求说："禅院的和尚们不认识道士，昨天没有好好迎接供奉，以致遭到了谴责，那三百名和尚到现在还下不了床。只因我们两人是禅院主事，当时没有同他们坐在一起吃饭，所以才能前来赔罪。我们乞求您放过那些和尚吧。"马自然只在睡觉并没有回答。王知微、王延叟也光顾着笑。和尚见此情形更加哀求。马自然说："以后不要再起轻视怠慢别人的区别心。你二人回去吧，一进门禅院的那些和尚就能下地了。"两名和尚回去后，果然像马自然所说的那样。马自然他们第二天又接着往南走，当时正是春天，看到一户人家种的菘菜长得很好，他就想向人家要一些，但是人家没给他，还对他恶语相向。马自然就让王延叟取来纸笔。王知微就劝阻说："即使跟人家讨要菘菜人家不给，也实在没有写讼书状告人家的道理。况且咱们身处道门修炼，怎能用这样的方法呢！"马自然笑着说："我并不是想要状告他们，只是和他们开个小玩笑罢了。"于是王延叟就交给他纸笔，他在纸上画了一只白鹭，嘴里含上水一喷，那白鹭就飞进菜畦里啄食菘菜。菜园主人急忙把白鹭赶走，它又多次飞落啄菜。马自然又画了一只小狗，小狗跑进菜畦中追赶捉拿那白鹭，一鸟一兽共同践踏那些菘菜，一时间把地里的菜全都踏碎了才停止。那菜地主人见道士们在旁嬉笑，又想到一定是之前来要菜自己不给所导致的，担心他们再施展别的道术，就走过来哀求饶恕。马自然说："并不是为了要菜，只是故意和你开个玩笑罢了。"于是他就呼唤那白鹭和小狗。白鹭和小狗一起飞起，投入他的怀中。再看那些菜，和原来完全一自霍桐回永康县东天宝观驻泊，观有大枯松，湘指之曰："此松已三千余年，即化为石。"自后松果化为石。忽大风雷震，石倒山侧，作数截。会杨发自广州节度，责授婺州，发性尚奇异，乃徙两截就郡斋，两截致之龙兴寺九松院。各高六七尺，径三尺余，其石松皮鳞皴，今犹存焉。或人有疾告者。湘无药，但以竹拄杖打痛处，腹内及身上百病，以竹杖指之，口吹杖头如雷鸣，便愈。有患腰脚驼曲，拄杖而来者，亦以竹拄杖打之，令放拄杖，应手便伸展。时有以财帛与湘者，推让不受；固与之，复散与贫人。所游行处，或宫观岩洞，多题诗句。其《登杭州秦望山诗》曰："太乙初分何处寻，空留历数变人心。九天日月移朝暮，万里山川换古今。风动水光吞远峤，雨添岚气没高林。秦皇谩作驱山计，沧海茫茫转更深。"复归故乡省兄。适兄出，嫂侄喜叔归。湘告曰："我与兄共此宅。归来要明此地，我唯爱东园耳。"嫂异之曰："小叔久离家。归来兄犹未相面，何言分地。骨肉之情，必不忍如此。"驻留三日，嫂侄讶不食，但饮酒而已。待兄不归，及夜遽卒。明日兄样，一片菜叶都没有损坏。后来他们又向南游玩到了霍桐山，进入长溪县界内，夜里到客栈里投宿。到了发现房间少而旅客多，店主人开玩笑地说没有空房间住了，如果道士能在墙上睡觉的话，就可以留他们在这住下。这时太阳已经快要落山，王知微、王延叟急切地想要停留住宿，马自然说："那好吧，你们只要能睡在这俗世的客房中就行了。"而马自然却纵身一跃，跳到房梁上了，他把一只脚挂在梁上，倒挂着睡觉。正巧店主人半夜里起来，举着烛火照见了他。店主人大吃一惊。马自然说："我在梁上都能睡，那在墙上睡又有什么难的呢！"说着，他就走进墙壁里，久久不出来。店主人立即态度恭敬地道歉，并把王知微和王延叟也请进来安置到家中安静干净的地方住下。等到天亮，店主人再三挽留他们。可马自然忽然间消失不见了，王知微、王延叟往前走了几里，正准备四处寻找的时候，发现他已经等在路边了。

他们从霍桐回到永康县，在县东面的天宝观住下。观中有一棵大枯松，马自然指着枯松说："这棵松树已经有三千多年了，很快就要变成石头了。"后来，这棵松树果然化为石头。忽然间狂风骤起，雷声大作，把这棵石松震倒在山侧，摔成了几截。正巧赶上杨发从广州节度使被贬谪到婺州，杨发生性喜欢奇异的事物，就运回两截放置在郡守府第里，还有两截放到了龙兴寺的九松院中，每一截都有六七尺高，粗三尺多。那石头表面就像松树皮那样布满裂痕，至今还存放在那里。有时候会有患者来求马自然治病，马自然不用药，只用竹拐杖击打疼痛的地方。有患腹内和身上的各种病的，马自然用竹拐杖的一头指着，用嘴吹拐杖的另一头，拐杖发出雷鸣一样的响声，患者的病便立即痊愈了。有患腰驼脚曲的，拄着拐杖来求他的人，他也是用竹拐杖击打。然后，叫人家放下拐杖，当时腰脚就能伸展开来。时常有患者送财物给马自然，他总是推辞，不肯接受。遇到硬塞给他的，他就收下这些财物再散发给穷人。马自然所游历过的地方，或是宫观，或是岩洞，他都题了许多诗句。他的《登杭州秦望山》诗就说："太乙初分何处寻，空留历数变人心。九天日月移朝暮，万里山川换古今。风动水光吞远峤，雨添岚气没高林。秦皇谩作驱山计，沧归，问其故。妻子具以实对，兄感恸，乃曰："弟学道多年，非归要分宅，是归托化于我，以绝思望耳。"乃棺敛。其夕棺䡇然有声，一家惊异，乃窀穸于园中。时大中十年也。明年，东川奏剑州梓桐县道士马自然，白日上升，湘于东川谓人曰："我盐官人也。"敕浙西道杭州覆视之，发冢视棺，乃一竹枝而已。（出《续仙传》）

张巨君

张巨君者，不知何许人也。时有许季山，得病不愈，清斋祭泰山请命，昼夜祈诉。忽有神人来问曰："汝是何人？何事苦告幽冥？天使我来问汝，可以实对。"季山曰："仆是东南平舆许季山，抱病三年，不知罪之所在，故到灵山，请决死生。"神人曰："我是仙人张巨君，吾有《易》道，可以知汝祸祟所从。"季山因再拜请曰："幸神仙迂降，愿垂告示。"巨君为筮卦，遇震之恒。初九、六二、六三，三爻有变。巨君曰："汝是无状之人，病安得愈？"季山曰："愿为发之。"巨君曰："汝曾将客行，为父报仇，于道杀客，纳空井中，大石盖其上。此人诉天府，以此病谪汝者。"季山曰："实有此罪。"巨君曰："何尔耶？"季山曰："父昔为人所挎，海茫茫转更深。”后来马自然又回到故乡探望他的哥哥，恰巧哥哥外出不在家，嫂子和侄儿见小叔回来很高兴。他说：“我和哥哥共有这所宅院，今天我回来就是要分家，我只喜欢这里的东园而已。”嫂子奇怪地说：“小叔你离家这么久，回来后还没见到你兄长的面，怎么就忙着说分家的事？要是还有骨肉之间的亲情，绝不会忍心这样做。”他在家中住了三天，嫂子和侄儿都惊讶他从不吃饭，只是喝酒而已。还没等到兄长回来，到了晚上他就突然去世了。第二天，兄长从外面回来了，问起此事的原委，嫂子便详细地告诉了丈夫。哥哥听后又感动又悲痛，就说：“小弟他学道多年，并不是回来要分宅院，而是回来假借死亡来开导我，来断绝我对他的思念啊！”于是就把马自然的尸体装入棺材中。那天晚上，棺材发出轰然一声巨响，全家人都感到惊异，就连夜在东园中挖了一个墓穴把他埋葬了。当时是唐宣宗大中十年。第二年，东川官府向皇帝奏报说，剑州梓桐县道士马自然，白日飞升成仙。马自然曾在东川对人说：“我是盐官人。”皇上下令让浙西道的杭州官府调查这件事情。杭州官府派人挖开马自然的坟墓，打开棺材一看，棺材里只有一根竹枝而已。（出《续仙传》）

张巨君

张巨君，不知道他是什么地方人。当时有一个叫许季山的人，得了重病，药石难愈，就洁身静心吃斋祭祀泰山府君请求饶恕己命，不分昼夜地向泰山府君祷告。忽然有一位神仙过来问道：“你是谁？为了什么事情这么努力地想求告幽冥地府？上天派我过来问你，你可以如实地回答问题。”许季山说：“我是东南平舆的许季山，病魔缠身三年了，喝了许多药也没治好，不知我犯了什么罪，所以来到灵验的泰山，请求泰山府君决定我的死活。”那神仙说：“我是仙人张巨君。我明白《易经》卦象中的道理，可以知道你身上鬼神作怪导致的病是从哪里得来的。”许季山于是拜了又拜，请求说：“所幸在此遇到神仙降临，希望您不吝告知。”张巨君就为许季山算卦，遇上“震”卦变成“恒”卦，“初九”“六二”“六三”三爻符号有所变化。张巨君说：“你是一个罪大恶极的人，病怎么能好呢！”许季山说：

耻蒙此以终身。时与客报之，未能，客欲告怨主，所以害之。”巨君曰：“冥理难欺，汝自勤修。吾还山请命。”季山渐愈。巨君传季山筮，季山遂善于《易》，但不知求巨君度世之方，惜哉！（出《洞仙传》）

“请您为我说明。”张巨君说：“你曾经和一位客人一同走在路上，你想要为父报仇，就在路中把那位客人杀了，抛尸在一口枯井里，还往井口盖上一块大石头。这个人死后上告天府，天府就用这病来惩罚你。”许季山说：“我确实犯下了这样的罪行。”张巨君说：“为什么会这样呢？”许季山说：“我父亲以前被人欺负过，耻于终身蒙受屈辱，不能报仇。当时我要和那客人一块为父报仇，谁知客人中途反悔，还要去告诉我的仇人，所以我就杀了他。”张巨君说：“幽冥间的天理是很难被欺骗的，你自己也要注意勤修苦练，我回去后会替你求情饶恕罪过。”在这之后，许季山的病渐渐好了。张巨君还把卜筮的精髓传授给许季山，许季山渐渐地也擅长《易经》了，只是他不知道求取张巨君度世成仙的方法，真是可惜啊！（出《洞仙传》）

卷第三十四　神仙三十四

裴氏子　崔炜

裴氏子

唐开元中，长安裴氏子，于延平门外庄居，兄弟三人未仕，以孝义闻，虽贫好施惠。常有一老父过之求浆，衣服颜色稍异。裴子待之甚谨，问其所事，云："以卖药为业。"问其族，曰："不必言也。"因是往来憩宿于裴舍，积数年而无倦色。一日谓裴曰："观君兄弟至窭，而常能恭己不倦于客，君实长者，积德如是，必有大福。吾亦厚君之惠，今为君致少财物，以备数年之储。"裴敬谢之。老父遂命求炭数斤，坎地为炉，炽火。少顷，命取小砖瓦如手指大者数枚，烧之，少顷皆赤，怀中取少药投之，乃生紫烟，食顷变为金矣，约重百两，以授裴子，谓裴曰："此价倍于常者，度君家事三年之蓄矣。吾自此去，候君家罄尽，当复来耳。"裴氏兄弟益敬老父，拜之。因问其居，曰："后当相示焉。"诀别而去。裴氏乃货其金而积粮。明年遇水旱，独免其灾。后三年，老父复至，又烧金以遗之。裴氏兄弟一人愿从学。老父遂将西去，数里至大白山西岩下，一大盘石，左有石壁。老父以杖叩之，须臾开，乃一洞天。有黄冠及小童迎接。老父引裴生入洞。初觉暗黑，渐即明朗，乃见城郭人物，内有宫阙堂殿，如世之寺观焉。道士玉童仙女无数，相迎入，盛歌乐。诸道士或琴棋讽诵言论。老父引裴氏礼谒，谓诸人曰："此城中主人也。"遂留一宿，食以胡麻饭、麟脯、仙酒。裴告归，相与诀别。老父复送出洞，遗以金宝遣之。谓裴曰："君今未合久住，且归。后二十年，天下当乱。此是太白左掩洞，君至此时，可还来此，吾当迎接。"裴子拜别。比至安史乱，裴氏全家而去，隐于洞中数年。居处仙境，咸受道术，乱定复出。兄弟

裴氏子

唐玄宗开元年间，长安有一户姓裴的人家，在延平门外居住。他家兄弟三人都没有做官，因为行孝重义而远近闻名。他家中虽然贫寒，但是却喜欢施舍他人。曾经有一位老人路过他家乞求些水喝。看这位老人的衣服、面色与常人略有不同，裴郎对他很是恭敬。裴郎问老人是干什么的，老人回答说："我以卖药为业。"他又问老人的亲戚呢，老人说："这就不必提了。"因此，这位老人来来往往经常休息借宿在裴家，这样好几年之后裴家也没有厌烦的神色。有一天，老人对裴郎说："我见你和两位兄弟都极其贫寒，而面对客人却经常能不知疲倦地恭敬待人，你实在是一位有德行的人。你如此行善积德，将来一定会有大福报的。我也承蒙你很多恩惠，现在给你带来一点财物，用来作为今后几年你们生活的储备。"裴郎恭敬地表示感谢。老人接着命人找来几斤炭，将地上低陷不平处当炉灶，燃起熊熊烈火。不一会儿，老人让人取来几块手指大小的砖瓦，放进火里烧。片刻之间全都烧得赤红，又从怀里取出少量的药来扔到火里，火焰冒出一股紫烟，只一顿饭的时间砖块就变成金子了。这些金子加起来大约重一百两，老人全赠给了裴郎。老人对他说："这些金子的价格，是市面上一般金子的两倍，我估计够你家花费三年的了。我现在就要离开这里了，等到你家这些金子都用光了，我还会再来。"裴氏兄弟更加敬重老人。他们行礼拜别老人，问他家住在哪里。老人说："以后我自会让你们知道的。"说完，老人就告别而去。裴郎就卖了黄金，买了许多粮食储存起来。第二年遇上水涝和干旱，只有裴家免受这些灾难。三年后，老人又来了，又用这方法烧了些金子送给他们。裴氏兄弟中有一人愿意跟着老人去学道，老人就领着他往西去了。走了几里后，就来到太白山的西岩下。这里有一大块坚

数人，皆至大官；一家良贱，亦蒙寿考焉。（出《原化记》）

崔炜

贞元中，有崔炜者，故监察向之子也。向有诗名于人间，终于南海从事。炜居南海，意豁然也，不事家产，多尚豪侠。不数年，财业殚尽，多栖止佛舍。时中元日，番禺人多陈设珍异于佛庙，集百戏于开元寺。炜因窥之，见乞食老妪，因蹶而覆人之酒瓮，当垆者殴之。计其直仅一缗耳，炜怜之，脱衣为偿其所直。妪不谢而去。异日又来告炜曰："谢子为脱吾难。吾善灸赘疣，今有越井冈艾少许奉子，每遇疣赘，只一炷耳，不独愈苦，兼获美艳。"炜笑而受之，妪倏亦不见。后数日，因游海光寺，遇老僧赘于耳。炜因出艾试灸之，而如其说。僧感之甚，谓炜曰："贫道无以奉酬，但转经以资郎君之福祐耳。此山下有一任翁者，藏镪巨万，亦有斯疾，君硬致密的磐石，左面有一面石壁，老人用手杖敲了敲。磐石立刻就移开了，原来这里是一处洞天，内中有道士和小童出来迎接。老人领着裴郎走进洞中，刚进入的时候觉得十分黑暗，往前走渐渐地变得明亮，就看到了洞里的城郭和人物。城里面有宫阙殿堂，和人世间的佛寺道观差不多。里面的道士、玉童、仙女不计其数，迎着裴郎进去，歌声乐声大作。道士们有的弹琴，有的下棋，有的诵读，有的谈论。老人领着裴郎行礼拜谒，对人们说："这是长安城中的主人。"于是就留裴郎在这住了一宿，拿出胡麻饭、麟脯、美酒来招待他。裴郎要告辞回家，众人与他告别。老人又把他送出了洞，送给他一些金银珠宝让他回去，对他说："你现在还不应该在此久住，先暂且回去，等到二十年后，天下将会大乱，这里是太白山左掩洞，你到了那个时候，还可以来这里，到时候我会亲自出来迎接你的。"裴郎拜谢告别。等到安史之乱的时候，裴氏全家都来到这里，隐居在洞中好几年。住在这仙境当中，裴家兄弟全都学会了道术。等到叛乱平定后，兄弟几人又入世都做了大官。裴氏一家老小，不管是主人还是仆人，全都很长寿。（出《原化记》）

崔炜

唐德宗贞元年间，有一个叫崔炜的人，是曾经担任过监察御史的崔向的儿子。崔向的诗在当时世间享有盛名，最终死在南海从事的任期内。崔炜从小就住在南海，性情豁达，从不管理经营家产，很崇尚那些豪士侠客。没几年，他家中财产全都花光了，他本人也经常住在寺庙里。当时正是七月十五中元节，番禺县人多喜欢在庙里陈设供奉珍贵奇异的物品，在开元寺中同时聚集了多种戏、乐表演。崔炜因为就住在寺庙里，于是就去看热闹。他看到一位要饭的老妇人，因为跌倒而碰翻了别人家的酒缸。卖酒的人就殴打老太太。计算一下总共的价钱，仅值一千钱而已。崔炜可怜那老妇人，脱下衣服用来做抵偿，替老太太赔了酒铺的东西。老妇人什么表示都没有就走了。之后的一天，老太太又来告诉崔炜说："感谢你那天助我摆脱困境。我善于灸治皮肤上的肉瘤。现在我有一些越井冈的艾叶送给你，如子能疗之，当有厚报。请为书导之。”炜曰：“然。”任翁一闻喜跃，礼请甚谨。炜因出艾，一爇而愈。任翁告炜曰：“谢君子痊我所苦，无以厚酬，有钱十万奉子。幸从容，无草草而去。”炜因留彼。

炜善丝竹之妙，闻主人堂前弹琴声，诘家童。对曰：“主人之爱女也。”因请其琴而弹之，女潜听而有意焉。时任翁家事鬼曰独脚神，每三岁必杀一人飨之。时已逼矣，求人不获。任翁俄负心，召其子计之曰：“门下客既不来，无血属，可以为飨。吾闻大恩尚不报，况愈小疾耳。”遂令具神馔。夜将半，拟杀炜，已潜扃炜所处之室，而炜莫觉。女密知之，潜持刃于窗隙间，告炜曰：“吾家事鬼，今夜当杀汝而祭之。汝可持此破窗遁去；不然者，少顷死矣。此刃亦望持去，无相累也。”炜恐悸汗流，挥刃携艾，断窗棂跃出，拔键而走。任翁俄觉，率家僮十余辈，持刃秉炬追之六七里，几及之。炜因迷道，失足坠于大枯井中，追者失踪而返。炜虽坠井，为槁叶所藉而无伤。及晓视之，乃一巨穴，深百余丈，无计可出。四旁嵌空宛转，可容千人。中有一白蛇盘屈，可长数丈。前有石臼，岩上有物滴下，如饴蜜，注臼中，蛇就饮之。炜察蛇有异，乃叩首祝之曰：“龙王，某不幸，坠于此，愿王悯之，幸不果遇上长肉瘤的人，只要用一截艾炷就行了。不光能够治好那人的肉瘤，还能使你娶得美女为妻。”崔炜笑着接了过来。一转眼，老妇人就不见了。几天后，崔炜因为到海光寺游览，遇见一位老和尚，他耳朵上长了一个肉瘤，崔炜就拿出艾炷来试着给他灸治。正如老妇人说的那样，只用了一截艾炷就治好了。老和尚非常感激他，对崔炜说：“贫僧没有什么可以酬谢你的东西，只能念经求神佛给予你幸福和保佑了。这山下住有一名姓任的老翁，家里藏有上万钱，他也有患有这种病。你要是能给他治好，一定能获得重赏，请让我为你写封信推荐一下。”崔炜说：“好。”任老翁一听说崔炜能够治好他的病，高兴得直接跳起来，用礼聘请崔炜，并对他非常恭敬谨慎。崔炜就拿出一截艾炷来，用火点燃后任老翁就痊愈了。任老翁对崔炜说：“感谢你治好了困扰我许久的病痛，我没有什么优厚的酬谢，只有把这十万钱送给你，请从从容容地多住些时候，不要急急忙忙地赶着回去。”崔炜于是就留在那里。

崔炜擅长丝竹等乐器，他听到主人的堂前传来弹琴的声音，就问家童这是谁在弹奏。家童回答说：“这是主人的爱女弹的。”于是崔炜就借来一张琴弹奏起来。那女子暗中听到了崔炜的琴声，就对他产生了爱慕之心。当时任老翁家里供奉着一个叫独脚神的鬼，每隔三年，必须杀一个人献祭给这个鬼。现在时间已经很紧迫了，却还没找到一个能够献祭的人。任老翁突然背弃恩义，叫来他的儿子合计道：“门下的客人既然没有别的人同行，也没有血缘关系上的亲属，可以杀了他献给鬼吃。我听说大恩都可以不报答，更何况他只是治好了我的一点小病呢。”于是任老翁下令准备好祭祀鬼的饭食。等到快到半夜的时候，打算杀掉崔炜，任老翁暗中锁上了崔炜那屋的门闩，而崔炜并没有发觉。任老翁的女儿暗中得知了此事，悄悄地拿了一把刀从窗缝递给崔炜，并告知他说：“我家供奉着一个鬼，名叫独脚神，今夜会杀掉你献给鬼的，你可以用这把刀破窗而逃。要不然，一会儿你难逃毒手。这把刀你也一并拿走，千万不要连累了我。”崔炜吓得冷汗直流，挥刀破窗，带着艾叶，砍断了窗棂跳了出去，拔开门闩逃跑了。任老翁很快就发觉了，率领着十几名仆人拿着刀枪举着灯相害。”因饮其余，亦不饥渴。细视蛇之唇吻，亦有疣焉。炜感蛇之见悯，欲为灸之，奈无从得火。既久，有遥火飘入于穴。炜乃燃艾，启蛇而灸之，是赘应手坠地。蛇之饮食久妨碍，及去，颇以为便，遂吐径寸珠酬炜。炜不受而启蛇曰：“龙王能施云雨，阴阳莫测，神变由心，行藏在己，必能有道，拯援沉沦，傥赐挈维，得还人世，则死生感激，铭在肌肤，但得一归，不愿怀宝。”蛇遂咽珠，蜿蜒将有所适。炜遂载拜，跨蛇而去，不由穴口，只于洞中行，可数十里。其中幽暗若漆，但蛇之光烛两壁。时见绘画古丈夫，咸有冠带。最后触一石门，门有金兽啮环，洞然明朗。蛇低首不进，而卸下炜，炜将谓已达人世矣。

入户，但见一室，空阔可百余步，穴之四壁，皆镌为房室，当中有锦绣帏帐数间，垂金泥紫，更饰以珠翠，炫晃如明星之连缀。帐前有金炉，炉上有蛟龙鸾凤、龟蛇鸾雀，皆张口喷出香烟，笼追出六七里，差一点就要追上的时候，崔炜因为迷路，一失足掉进一口大枯井中。在后追赶的人因为找不到崔炜的踪迹，只好返回家中。崔炜虽然掉入井里，但是因为干枯树叶垫在井底，所幸没有受伤。等到天亮后一看，原来这里是一个巨大的洞穴，深一百多丈，没有办法出去。洞穴四边凹陷曲折，大小能装下一千人。内中有一条几丈长的白蛇盘屈在那里。前边有一个石臼，岩石上不断有一种像饴糖和蜂蜜的东西滴落下来，流进石臼中。那蛇就过来把这些东西喝掉。崔炜观察发现那蛇与众不同，就对着它叩头祷告说："龙王啊，我不幸掉到这井里边来了，希望龙王能够可怜可怜我，不要加害于我。"于是他就喝掉白蛇剩下的那些，也就不觉得饥渴了。他仔细看那白蛇的嘴唇上，也长了一个肉瘤。崔炜感激白蛇的怜悯，想要为它艾灸医治，无奈这地方没处弄火。过了一会儿，远处有个火星飘到洞里来。崔炜就用这火星点燃了艾炷，开始给蛇灸治。那肉瘤应手掉到地上。长久以来白蛇的饮食一直受到这肉瘤的妨碍，等到去除后，白蛇的饮食就方便多了。于是白蛇就吐出一颗直径一寸的宝珠酬谢崔炜。崔炜没有接受，他请求白蛇说："龙王能够呼风唤雨，天空的阴晴凡人无法预测。神奇的变化随心所欲，动向踪迹全由自己做主。龙王一定能有办法援助我这沉沦落难的人，倘若龙王愿意护持我离开，能够回到人世，我一定永生难忘，刻骨铭心。只求您能带我回去，不愿意拥有您的宝物。"白蛇就把宝珠咽了回去，蠕动身子，想要去什么地方的样子。崔炜就下拜行礼，然后跨到蛇身上随它而去了。只见白蛇没有经过洞口，只在洞中游走，走了几十里后。洞里头昏暗不明漆黑一片，只有白蛇身上散发的光亮照亮两壁。当时能看清墙壁上画着一位古代男子，头冠和衣带全都穿戴整齐。最后触碰到一个石门，门上有金兽衔着的门环，打开门之后内中明亮。白蛇低着头不进去，把崔炜卸在门口。崔炜还以为要到达人世了，就走进门内。

他看到一间屋子，空阔无人，大约有一百多步宽。洞穴的四壁，都雕刻成一间一间屋子的样式，正中间有几间挂有锦绣的帷帐，垂挂着金色的吊坠，紫色染泥涂饰，还用珍珠翡翠装饰其中，闪闪烁烁的，就像天空中明亮的星星连结在一起。帐幕前有一个香炉，香炉上芳芬蓊郁。傍有小池，砌以金壁，贮以水银凫鹭之类，皆琢以琼瑶而泛之。四壁有床，咸饰以犀象，上有琴瑟笙篁、鼗鼓柷敔，不可胜记。炜细视，手泽尚新。炜乃恍然，莫测是何洞府也。良久，取琴试弹之，四壁户牖咸启，有小青衣出而笑曰："玉京子已送崔家郎君至矣。"遂却走入。须臾，有四女，皆古环髻，曳霓裳之衣。谓炜曰："何崔子擅入皇帝玄宫耶？"炜乃舍琴再拜。女亦酬拜。炜曰："既是皇帝玄宫，皇帝何在？"曰："暂赴祝融宴尔。"遂命炜就榻鼓琴。炜乃弹《胡笳》，女曰："何曲也？"曰："《胡笳》也。"曰："何为《胡笳》？吾不晓也。"炜曰："汉蔡文姬，即中郎邕之女也，没于胡中，及归，感胡中故事，因抚琴而成斯弄，像胡中吹笳哀咽之韵。"女皆怡然曰："大是新曲。"遂命酌醴传觞。炜乃叩首，求归之意颇切。女曰："崔子既来，皆是宿分，何必匆遽，幸且淹驻。羊城使者少倾当来，可以随往。"谓崔子曰："皇帝已许田夫人奉箕帚，便可相见。"崔子莫测端倪，不敢应答。遂命侍女召田夫人。夫人不肯至，曰："未奉皇帝诏，不敢见崔家郎也。"再命不至。谓炜曰："田夫人淑德美丽，世无俦匹。愿君子善奉之，亦宿业耳。夫人即齐王女也。"崔子曰："齐王何人也？"女曰："王讳横，昔汉初亡齐而居海岛者。"逡巡，有日影入照坐中。炜因举首，上见一穴，隐隐然睹人间天汉耳。四女曰："羊城使者至矣。"遂有一白羊，自空冉冉而下，须臾至座。背有一丈夫，衣冠俨然，执大笔，兼封一青竹简，上有篆字，进于香几上。四女命侍女读之曰："广州刺史徐绅死，安南都护赵昌充替。"女酌醴饮使者曰："崔子欲归番禺，愿为挈往。"使者唱喏，回谓炜曰："他日须与使者易服缉宇，以相酬劳。"炜但唯唯。四女曰："皇帝有敕，令与郎君国宝阳燧珠，将往至彼，当有胡人具十万缗而易之。"遂命侍女开玉函，取珠授炜。炜载拜捧受，谓四女曰："炜不曾朝谒皇帝，又非亲族，何遽贶遗如是？"女曰："郎君先人有诗于越台，雕有蛟龙、鸾凤、龟蛇、鸟雀等神兽形象，都张着嘴喷出香烟来，芬芳浓郁。旁边有一个小水池，池壁是用金子砌成的，池里装的是水银、野鸭鸥鸟之类的鸟类。野鸭鸥鸟都是用美玉雕刻成的，漂浮在水银上。四壁下有床，都装饰有犀角象牙。床上放有琴、瑟、笙、管、鼗鼓、柷敔等多到不胜枚举的乐器。崔炜仔细一看，乐器上的痕迹还是新的。崔炜这才恍然大悟，不知道这是哪位仙人的神仙洞府。过了很长一会儿，他拿过床上的琴来试着弹奏一曲，这时四壁的窗户全都打开了。有一位身穿青衣的小丫鬟走出来笑着说："玉京子已经把崔家郎君送来了！"说完后她就又跑了回去。过了一会儿，有四名女子走出来，全都梳着古时候的环髻，拖着用虹霓制成的衣服，来对崔炜说："为什么崔公子擅自进入皇帝的玄宫呢？"崔炜放下琴拜了又拜。四名女子也还礼下拜。崔炜说："既然说是皇帝的玄宫，那皇帝去哪了？"女子回答说："皇帝去参加祝融的宴会暂时离开了。"于是她们让崔炜坐在床上接着弹琴，崔炜就弹了一曲《胡笳十八拍》。女子问："这是首什么曲子？"崔炜说："这是《胡笳十八拍》。"女子说："什么是《胡笳十八拍》？我们从未听过此曲。"崔炜说："汉朝时，中郎将蔡邕的女儿蔡文姬因为战乱，流离失所，不幸被掳去胡地，在胡地十二年后，终被赎回大汉，她感慨自己在胡地所经历的故事，就抚琴谱出了这支曲子，就像是胡地吹笳那种哀怨幽咽的声音。"四位女子都高兴地说："这确实是一支我们没听过的新曲子。"于是就让人倒酒传觞取乐。崔炜就叩头，恳切地表示想要回家。女子说："崔公子既然已经来了，这都是命中注定的缘分，何必这么匆忙想要离去！请你暂且少住几天，羊城使者不久就会到来，到时候你可以跟着他回去。"又对崔炜说："皇帝已经许配田夫人作为你的妻子，你这就可以与她相见。"崔炜不知道她说的是怎么一回事，也不敢应答。于是女子就让侍女召来田夫人。田夫人不肯到来，说："还没有得到皇帝的诏令，我不敢去见崔家郎君。"又派人去请她，她还是不来，四位女子便对崔炜说："田夫人德行高尚，容貌美丽，举世无双，希望你能够好好待她。这也是前世注定的因缘。田夫人就是齐王的女儿。"崔炜说："所说的齐王又是什么人？"女子说："齐感悟徐绅，遂见修缉。皇帝愧之，亦有诗继和。赉珠之意，已露诗中，不假仆说，郎君岂不晓耶？”炜曰：“不识皇帝何诗？”女命侍女书题于羊城使者笔管上云：“千岁荒台隳路隅，一烦太守重椒涂。感君拂拭意何极，报尔美妇与明珠。”炜曰：“皇帝原何姓字？”女曰：“已后当自知耳。”女谓炜曰：“中元日，须具美酒丰馔于广州蒲涧寺静室，吾辈当送田夫人往。”炜遂再拜告去，欲蹑使者之羊背。女曰：“知有鲍姑艾，可留少许。”炜但留艾，即不知鲍姑是何人也，遂留之。瞬息而出穴，履于平地，遂失使者与羊所在。望星汉，时已五更矣。

俄闻蒲涧寺钟声，遂抵寺。僧人以早糜见饷，遂归广州。崔王的名讳叫作田横，汉朝初年重建后的齐国被灭，而他就逃亡到海岛上去了。”说话间的工夫，有日光落到座位中，崔炜抬头一看，只见顶上有一个窟窿，隐隐约约能看见和人间一样的银河。四名女子说：“这是羊城使者来了。”接着有一头白羊，从空中慢慢地降下，一会儿就来到座位间。羊背上坐着一位男子。这男子的衣服头冠穿戴整齐。他手里拿着一支大笔，还有一册封好的青色竹简，上面写着篆字。他把竹简放到香案上。四名女子让一位侍女读出竹简上所写文字：“广州刺史徐绅已死，安南都护赵昌接替。”女子斟酒请使者饮下，并说：“崔公子想要回番禺县，请你带着他回去。”使者一边行礼一边大声答应下来。女子又回头对崔炜说：“改日你要替使者更换衣服修缮房屋，用此来酬谢他。”崔炜恭敬地答应了。四女子说：“皇帝有诏令，让我们把国宝阳燧珠送给你。待你拿到那里之后，就会有一个胡人拿十万串钱来买它。”接着就让一位侍女打开玉匣，取出阳燧珠交给崔炜。崔炜拜谢之后双手捧接过来。他对四名女子说：“我还不曾拜见过皇帝，又不是皇帝的亲属，为什么要赠给我如此贵重的礼物呢？”女子说：“你的先父在越王台上题了一首诗，徐绅看完之后有所感悟，徐绅就修缮了越王台。皇帝对此感到羞愧，也写了首相和的诗。赠给你宝珠的意思，已经在诗里流露出来了。不需要假借我们来告知你，你哪能不知道呢？”崔炜说：“不知道皇帝写的是哪首诗？”女子让一位侍女在羊城使者的笔管上写道：“千岁荒台隳路隅，一烦太守重椒涂。感君拂拭意何极，报尔美妇与明珠。”崔炜说：“皇帝原来的姓名表字如何称呼？”女子说：“日后你自然会知道的。”女子对崔炜说：“记得七月十五中元节那天，你要在广州蒲涧寺清净的屋子里，准备好美酒和美食，我们将会把田夫人送过去。”崔炜就先后拜了两次才告别。他刚想要骑到使者的羊背上，女子说：“我知道你身上有鲍姑的艾叶，可以给这里留下一点。”崔炜就留下一些艾叶，却不知道她提到的鲍姑究竟是何人。崔炜骑上羊后，瞬息之间就出了洞穴，两脚刚踩到平地上，使者和羊就不见踪影了。抬头看着银河星汉，这时已经是五更天了。

不一会儿就听到了蒲涧寺的钟声，他就来到寺中，寺里的僧人就子先有舍税居，至日往舍询之，曰：“已三年矣。”主人谓崔炜曰：“子何所适，而三秋不返？”炜不实告。开其户，尘榻俨然，颇怀凄怆。问刺史，则徐绅果死而赵昌替矣。乃抵波斯邸，潜鬻是珠。有老胡人一见，遂匍匐礼手曰：“郎君的入南越王赵佗墓中来，不然者，不合得斯宝。”盖赵佗以珠为殉故也。崔子乃具实告，方知皇帝是赵佗，佗亦曾称南越武帝故耳。遂具十万缗易之。崔子诘胡人曰：“何以辨之？”曰：“我大食国宝阳燧珠也。昔汉初，赵佗使异人梯山航海，盗归番禺，今仅千载矣。我国有能玄象者，言来岁国宝当归。故我王召我，具大舶重资，抵番禺而搜索，今日果有所获矣。”遂出玉液而洗之，光鉴一室。胡人遽泛舶归大食去。

炜得金，遂具家产，然访羊城使者，竟无影响。后有事于城隍庙，忽见神像有类使者，又睹神笔上有细字，乃侍女所题也。方具酒脯而奠之，兼重粉缋，及广其宇。是知羊城即广州城。庙有五羊焉，又征任翁之室，则村老云：“南越尉任嚣之墓耳。”又登越王殿台，睹先人诗云：“越井冈头松柏老，越王台上生秋草。古墓多年无子孙，野人踏践成官道。”兼越王继和诗，踪迹颇异，乃询主者。主者曰：“徐大夫绅因登此台，感崔侍御诗，故重粉饰台殿，所以焕爀耳。”后将及中元日，遂丰洁香馔甘醴，留蒲涧寺僧室。夜将半，果四女伴田夫人至，容仪艳逸，言旨雅澹。四女与崔生进觞谐谑，将晓告去。崔子遂再拜讫，致书达于越王：“卑辞厚礼，敬荷而已。”遂与夫人归室。炜诘夫人曰：“既是齐王女，何以给了他一份早晨的白粥，接着他就回到了广州。崔炜以前租了一所房子居住，这天他就去这所房子处打听，人家告诉他："你已经离家三年了。"房屋主人对崔炜说："你到哪儿去了，以至于三年都不回来？"崔炜没有实话实说。打开门一看，积满灰尘的床榻还是走时候的样子。他心中感到凄惨悲伤。他问起刺史的情况，果然徐绅已经去世了，刺史之位由赵昌接替了。于是崔炜来到波斯人经营的店铺，想要偷偷地卖掉那颗阳燧珠。有一位老胡人见了这颗珠子，立刻就匍匐在地上行礼说："你一定是进过南越王赵佗的墓，又从中出来的，不然，你不会得到这一宝贝。"原来南越王赵佗把这颗宝珠作为自己的陪葬。崔炜就如实地告诉了他，这才知道皇帝名叫赵佗，赵佗也曾经自称为南越武帝。于是老胡人就用十万串钱把宝珠买了回去。崔炜追问胡人道："你是根据什么认出它的？"老胡人说："这是我大食国的国宝阳燧珠。在汉朝初年，赵佗派一个奇人异士登山渡海长途跋涉，把这阳燧珠偷回番禺县来，到现在已经有千年了。我国有一个懂得观测天象的人说，来年国宝应当就能回归，所以我国国王把我找去，准备好了大船和大量资金，抵达番禺后来搜索此宝。今天果然有所收获。"于是老胡人就拿出玉液来清洗宝珠，顿时光照满屋。胡人立即带上宝珠开船回大食国去了。

崔炜得到钱财，就置备了家产。然而他到处寻访羊城使者，却一直没有消息。后来他有事来到城隍庙，忽然看见有一尊神像很像羊城使者，又见那所持神笔上有几行小字，原来就是侍女题的那首诗，他这才准备了美酒肉脯来祭奠使者。他又重新粉饰了神像，以及扩建了庙宇。这才知道羊城就是指广州城，庙里有五羊石像。崔炜又寻找先前的任老翁家住哪里，村里的老人告诉他说："你所找的只不过是南越尉任嚣的坟墓罢了。"他又登上越王殿台，亲眼看见先父的题诗。诗是这样写的："越井冈头松柏老，越王台上生秋草。古墓多年无子孙，野人踏践成官道。"其后又有越王题的和诗，字迹很是怪异。他就向主管这里的人打听。主管的人说："徐绅大夫因为登上此台，读崔向崔侍御的诗后有感，所以下令重新粉饰了殿台，使越王台能够焕然一新。"后来快要到七月十五中元节了，崔炜就准备了丰富又配南越人？”夫人曰：“某国破家亡，遭越王所虏为嫔御。王崩，因以为殉。乃不知今是几时也。看烹郦生，如昨日耳。每忆故事，辄一潸然。”炜问曰：“四女何人？”曰：“其二瓯越王摇所献，其二闽越王无诸所进，俱为殉者。”又问曰：“昔四女云鲍姑何人也。”曰：“鲍靓女，葛洪妻也。多行灸于南海。”炜方叹骇昔日之妪耳。又曰：“呼蛇为玉京子何也？”曰：“昔安期生长跨斯龙而朝玉京，故号之玉京子。”炜因在穴饮龙余沫，肌肤少嫩，筋力轻健。后居南海十余载，遂散金破产，栖心道门，乃挈室往罗浮，访鲍姑。后竟不知所适。（出《传奇》）

干净的诱人美食和甘甜美酒，留宿在蒲涧寺的僧室里。快到半夜的时候，果然那四名女子陪着田夫人来了。田夫人容貌举止艳美飘逸，言谈高雅恬静。四名女子和崔炜饮酒说笑诙谐逗趣，天将亮时才告别离去。崔炜于是再次拜谢行礼之后，给越王写了封信，信中说："皇帝言辞谦虚，赐物丰厚，我无法回报，只是恭敬接受罢了。"于是崔炜就和田夫人一同回到屋里。崔炜追问田夫人说："你既然是齐王的女儿，为什么会嫁给南越人？"夫人说："因为我齐国国破家亡时，我被越王掳去做了地位低的嫔妃。越王死后，就用我为他陪葬了。我竟然不知道现在是何年何月。想当年田广烹杀郦食其的情景，就像发生在昨天。每次回忆起往事，总是忍不住泪流满面。"崔炜问道："那四名女子到底是什么人？"夫人说："其中两个是瓯越王摇进献来的，另外两人是闽越王无诸进献来的，都是陪葬的。"崔炜又问道："以前这四名女子所说的那位鲍姑是谁？"夫人说："乃是鲍靓女，也就是葛洪的妻子。她曾在南海做了许多灸治病人的事迹。"崔炜这才惊叹昔日那个老妇人竟有如此身份。他又问："为什么叫那条白蛇为玉京子？"夫人说："以前安期生经常骑着这条龙去仙都玉京朝见天帝，所以就叫它玉京子。"崔炜因为在洞中喝过龙的余沫，肌肤显得年轻细嫩，身体轻捷强健，后来他在南海住了十几年，就散尽金银家产，寄心于修道，之后就带着家室到罗浮山去寻访鲍姑。后来不知道他究竟去哪儿了。（出《传奇》）

卷第三十五　神仙三十五

成真人　柏叶仙人　齐　映　王四郎　韦　丹　冯大亮

成真人

成真人者，不知其名，亦不知所自。唐开元末，有中使自岭外回，谒金天庙，奠祝既毕，戏问巫曰："大王在否？"对曰："不在。"中使讶其所答，乃诘之曰："大王何往而云不在？"巫曰："关外三十里迎成真人耳。"中使遽令人于关候之。有一道士，弊衣负布囊，自关外来。问之姓成，延于传舍，问以所习，皆不对。以驿骑载之到京，馆于私第，密以其事奏焉。玄宗大异之，召入内殿，馆于蓬莱院，诏问道术及所修之事，皆拱默不能对，沉真朴略而已。半岁余，恳求归山。既无所访问，亦听其所适，自内殿挈布囊徐行而去，见者咸笑焉。所司扫洒其居，改张帏幕，见壁上题曰："蜀路南行，燕师北至。本拟白日升天，且看黑龙饮渭。"其字刮洗愈明。以事上闻，上默然良久，颇亦追思之。其后禄山起燕，圣驾幸蜀，皆如其谶。（出《仙传拾遗》）

成真人

在唐朝，有一位姓成的真人，不知道他的名叫什么，也不知道他是从哪里来的。唐玄宗开元年末，有一位中使从岭外回朝，到金天庙中拜谒华岳神，一切祭祀祝祷完毕之后，他和巫师开玩笑说："金大王（即西岳华山神，又称'金天王'）在不在庙里？"巫师回答说："不在。"中使对她的回答感到惊讶，就问："你说他不在，那金大王到哪里去了？"巫师说："金大王到关外三十里的地方去迎接成真人了。"中使立刻派人到关前等候。果然有一个道士，穿着破旧衣服，背着一个布口袋，从关外方向走来。问道人的姓名，回答姓成，就把他延请进官家的驿站之中。问他所修习的到底是什么道术，他全都不回答。就让他骑着驿站的快马来到京城，住进中使私人的宅第里。中使秘密地把这名道士的事上奏给了皇帝。唐玄宗感到非常惊奇，把道士召入内殿，让他住进蓬莱院中。唐玄宗问他道术以及修炼方面的事，他全都拱手沉默不做回答。他只是沉着纯真，质朴鄙野罢了。半年多后，他恳求回山。玄宗觉得既然不能从他那里问出什么答案，也就任由他想去哪里就去哪里吧。他从内殿提着自己的布袋慢慢地离开了，路上碰见他的人全都笑他。负责洒扫房间的人收拾他曾住过的屋子，更换帷幔的时候，见墙壁上题写道："皇帝会沿着蜀路往南走，叛军会起于燕地从北来。本打算白日成仙飞升去，且留下看看黑龙饮渭水。"那些字经过刮洗却变得更加清楚。大臣就把这件奇事奏明唐玄宗，唐玄宗听后沉默了好久，也很怀念成真人的往事，不解其含义。后来安禄山从燕地起兵叛唐，玄宗到了蜀地，全都和成真人所题的谶言一样。（出《仙传拾遗》）

柏叶仙人

柏叶仙人田鸾，家居长安。世有冠冕，至鸾家富。而兄弟五六人，皆年未至三十而夭。鸾年二十五，母忧甚，鸾亦自惧。常闻道者有长生术，遂入华山，求问真侣，心愿恳至。至山下数十里，见黄冠自山而出，鸾遂礼谒，祈问隐诀。黄冠举头指柏树示之曰："此即长生药也，何必深远，但问志何如尔。"鸾遂披寻仙方。云："侧柏服之久而不已，可以长生。"乃取柏叶曝干，为末服之，稍节荤味，心志专一，服可至六七十日，未有他益，但觉时时烦热，而服终不辍。至二年余，病热，头目如裂，举身生疮。其母泣曰："本为延年，今返为药所杀。"而鸾意终不舍，尚服之。至七八年，热疾益甚，其身如火，人不可近，皆闻柏叶气，诸疮溃烂，黄水遍身如胶。母亦意其死，忽自云："体今小可，须一沐浴。"遂命置一斛温水于室，数人舁卧斛中，自病来十余日不寝，忽若思寝，乃令左右掩户勿惊，遂于斛中寝。三日方悟，呼人起之，身上诸疮，皆已扫去，光彩明白，眉须绀绿，顿觉耳目鲜明。自云："初寝，梦黄冠数人，持旌节导引，谒上清，遍礼古来列仙，皆相谓曰：'柏叶仙人来此？'遂授以仙术，勒其名于玉牌金字，藏于上清。谓曰：'且止于人世修行，后有位次，当相召也。'复引而归。"鸾自此绝谷，并不思饮食，隐于嵩阳。至贞元中，已年百二十三岁矣，常有少容。忽告门人，无疾而终，颜色不改，盖尸解也。临终异香满室，空中闻音乐声，乃造青都，赴仙约耳。（出《原化记》）

柏叶仙人

柏叶仙人名叫田鸾，家住长安。他家中世代为官，到了田鸾这一代的时候，家中已经很富有了。而田鸾的兄弟有五六个，全都不到三十岁就夭折了。田鸾二十五岁的时候，他母亲十分担忧，他自己也很害怕。他曾经听闻修道的人练有长生不死的道术，于是他就进入华山。他到处打听探访得道之人，许愿十分诚恳。走到山下几十里的地方，正好遇见一位道士从山里走出，于是他就上前行礼拜见，向道士打听道家长生不死的秘诀。道士抬头指着柏树对他说："这就是你所寻求的长生药啊！何必浪费时间到更深更远的地方去！只需要问你自己意志如何就行了。"田鸾就追问仙药的配方。道士说："只要长期不间断地服用侧柏叶，就能长生不死。"于是田鸾就把柏叶收集起来晒干，加工成粉末后服用，逐渐节制鱼肉荤味，心志专一。田鸾服用了六七十天后，没有一点别的效果，只觉得时时烦闷燥热。但他还是坚持服用不间断。服用了两年多后，他就感到浑身发热，头目欲裂，全身生疮。他母亲哭泣着说："本来服用柏叶是为了延年益寿，现在反倒要被这药害死了。"然而田鸾意志坚定，决不放弃，还是坚持服用。服用了七八年后，发热的病更严重了，身上就像着火一般，普通人都不能接近他。人们都能闻到他身上散发出一股柏叶的气味。身上所有的疮都溃烂了，疮里流出的黄脓遍布全身，像胶一样。他母亲也认为他快要死了。忽然有一天他自己说："今天身体好像好一些了，必须要洗个澡。"于是让人在屋里放了一大盆温水，几个人把他抬到大盆里躺下。自从他患病以来，有时候十几天都因为病痛难以入睡。现在他忽然想睡觉了，于是就让在左右服侍的人把门掩上，千万不要惊扰他，他就泡在澡盆里睡着了。直到三天后他才睡醒，呼喊左右侍从把他扶起来。发现他身上的那些疮，一扫而光。容光焕发，皮肤白净，眉毛胡须也变为绀绿色。他顿时突然觉得耳目聪明。他自己说："在我刚睡着的时候，梦见几个道士，都拿着旌节领着我去拜谒上清，行礼见过古往今来的所有神仙，他们都对我说：'柏叶仙人到这儿来了！'于是就教授我仙术，把我的名字用金字雕刻在玉牌上，收藏在禹余天上清境。他们还对我说：'你暂且

齐映

齐相公映，应进士举，至省访消息。歇礼部南院，遇雨未食，傍徨不知所之，徐步墙下。有一老人，白衣策杖，二小奴从，揖齐公曰："日已高，公应未餐，某居处不远，能暂往否？"映愧谢，相随至门外。老人曰："某先去，留一奴引郎君。"跃上白驴如飞。齐公乃行至西市北，入一静坊新宅，门曲严洁。良久，老人复出。侍婢十余，皆有所执。至中堂坐，华洁侈盛。良久，因铺设于楼，酒馔丰异。逡巡，人报有送钱百千者。老人曰："此是酒肆所入。某以一丸药作一瓮酒。"及晚请去。老人曰："郎君有奇表，要作宰相耶？白日上升耶？"齐公思之良久，云："宰相。"老人笑曰："明年必及第，此官一定。"赠帛数十匹，云："慎不得言于人。有暇即一来。"齐公拜谢。自后数往，皆有恤赉。至春果及第。同年见其车服修整，乘醉诘之，不觉尽言。偕二十余人，期约俱诣就谒。老人闻之甚悔。至则以废疾托谢不见，各奉一缣，独召公入，责之曰："尔何乃轻泄也？比者升仙之事亦得，今不果矣。"公哀谢负罪，出门去。旬日复来，宅已货讫，不知所诣。（出《逸史》）

先在人世间修行，以后有了空缺位置就会叫你回来。’后来道士就又领我回来。”田鸾从此就不再吃粮食，并且不觉得饥渴。他隐居在嵩阳。到了唐德宗贞元年间，他已经一百二十三岁了，还总是一副很年轻的样子。忽然有一天他告诉门人他要走了，果然没有疾病就死了，脸容不变，大概是尸解了。他临终的时候异香遍布满屋，空中传来仙乐的声音。这是他造访禹余天上清境，去赴神仙们的约会去了。（出《原化记》）

齐 映

有一位叫齐映的读书人参加了进士考试，就到省里去打听消息，住在礼部的南院，因为遇上下雨还没吃饭，他心里恍惚难安，不知要到什么地方去，就慢慢沿着墙下行走。有一位老人，身穿白色衣服，手里拄着拐杖，在他身后跟着两名小仆人。老人向齐映作揖行礼说：“现在日头已经升高，郎君大概还没吃饭，我家离这并不太远，能请你到我家暂坐片刻吗？”齐映对老人的盛情表示惭愧，并对他表示感谢，他就跟着老人来到家门外。老人说：“我先行回去，留下一个小仆人在后面领着你。”说完后，老人跃上一头白驴，飞驰而去。齐映就被领着走到西市北侧，进入一所盖在僻静街坊的新宅子里。宅子的门庭曲折，整肃洁净。等了好长时间，老人才走出来，并且有十几位侍女跟随在后。每个侍女的手中都拿着东西。二人来到中堂落座，见中堂里的摆设华丽洁净，奢侈盛多。过了很久，在楼上铺设好了坐席，摆上丰盛奇异的美酒嘉肴。正在这时，仆人报告说，有人送来一百千钱。老人说：“这钱是酒肆送来的，我用一丸药给他们做了一坛酒。”到了晚上，齐映请求离去。老人说：“郎君你仪表非凡，你将来是准备做宰相呢，还是准备做神仙呢？”齐映思考良久说：“我想要做宰相。”老人笑着说：“明年你一定能够考中，这个宰相的官职定会属于你。”临走时老人赠给他几十匹布帛，嘱咐他说：“千万记着不要对别人说起这件事。有空闲时间就再来坐一坐。”齐映恭敬地行礼拜谢老人。自那之后他又来过几次，每次都有所馈赠。等到第二年春天，他果然考中了。同期考中的学生们见他车子衣

王四郎

洛阳尉王琚，有孽侄小名四郎。孩提之岁，其母他适，因随去。自后或十年五年至琚家，而王氏不复录矣。唐元和中，琚因常调，自郑入京，道出东都，方过天津桥。四郎忽于马前跪拜，布衣草履，形貌山野。琚不识。因自言其名。琚哀愍久之，乃曰："叔今赴选，费用固多，少物奉献，以助其费。"即于怀中出金，可五两许，色如鸡冠。因曰："此不可与常者等价也。到京，但于金市访张蓬子付之，当得二百千。"琚异之，即谓曰："尔顷在何处？今复何适？"对曰："向居王屋山下洞，今将往峨嵋山。知叔到此，故候拜觐。"琚又曰："尔今停泊在何处？"对曰："中桥逆旅席氏之家。"时方小雨，会琚不赍雨衣，遽去曰："吾即至尔居。"四郎又拜曰："行李有期，恐不获祗候。"琚径归，易服而往，则已行矣。因询之席氏，乃曰："妻妾四五人，皆有殊色；至于衣服鞍马，华侈非常。其王处士肩舆先行，云往剑南。"琚私奇之，然未信也。及至上都，时物翔贵，财用颇乏。因谓家奴吉儿曰："尔将四郎所留者一访之。"果有张蓬子。乃出金示之，蓬子惊喜，捧而叩颡曰："何从得此？所要几缗？"吉儿即曰："二百千耳。"蓬子遂置酒食，宴吉儿，即依请而付。又曰："若更有，可以再来。"吉儿以钱归。琚大异之，明日自诣蓬子。蓬子曰："此王四郎所货化金也。

服都修理得很整洁，趁他喝醉后追问他，他不知不觉中把这些全都讲了出来。后来他带着这二十多人一块儿，约好一起到老人家里去拜谒。老人听说此事非常后悔。齐映领着人到来后，老人则假借生病不能见他们，各赠给他们一匹双丝细绢，只把齐映单独叫了进来，责备他说："你为什么这么轻易就把此事泄露出去？最近你想要升天做神仙的事也已经办好了，但是现在无法实现了。"齐映哀痛地谢罪，无比愧疚地离开了。十天后他又来拜访，老人已经把房屋卖给了别人，不知道去哪里了。（出《逸史》）

王四郎

洛阳县尉王琚，有个妾生的侄子，小名叫四郎。王四郎还是孩童的时候，母亲改嫁他人，他就随着母亲一块去了。从此以后，王四郎五年或十年就会到王琚家来一趟，然而王氏家族却不再把他记载在家谱之中。唐宪宗元和年间，王琚因为担任常调官，从郑州到京城长安，从东都洛阳走出来，刚过了天津桥，王四郎忽然在马前跪拜，身穿布衣脚踩草鞋，一副山野之人的样子。王琚一时没认出他，于是他自己说出了他的名字叫王四郎。王琚这才认出他，哀叹怜悯了许久。王四郎便说："叔叔现在前去吏部听候分配，所需费用很多。现今献上少许物资，来做你路上的花费。"接着他就从怀里取出一块金子，大约有五两重，颜色像鸡冠。他对王琚说："这块金子的价值可不能拿一般的金子来衡量，到了京城后，只要在金市中拜访张蓬子并交给他，就能获得二百千钱。"王琚对此感到惊异，就对他说："你最近住在哪里？现在又准备到哪里去？"王四郎回答说："以前我住在王屋山下的一个山洞中，现在准备到峨眉山去。知道叔叔到了这里，所以专程在这里等候拜见。"王琚又问："那你现在住在哪里？"王四郎回答说："住在中桥席氏的客栈里。"当时正下着小雨，碰巧王琚没带雨衣，急忙离去，说道："我这就到你住的地方去等你。"王四郎又下拜行礼说："旅行途中的人，时间是有限的，恐怕不能单独恭候您。"王琚径直回去，换了身干衣服就来到席氏客栈，然而王四郎已经离开了。于是王琚就向席氏打听，席氏说："王处士身边妻妾西域商胡，专此伺买，且无定价，但四郎本约多少耳，逾则不必受也。”琚遂更不取焉。自后留心访问，冀一会遇。终不复见之。（出《集异记》）

韦丹

韦丹大夫及第后，历任西台御史。每常好道，未曾有遇。京国有道者，与丹交游岁久，忽一日谓丹曰：“子好道心坚，大抵骨格不成。某不能尽知其事，可自往徐州问黑老耳。”丹乃求假出，往徐州。经数日，问之，皆云无黑老。召一衙吏问之曰：“此州城有黑老，家在何处？”其吏曰：“此城郭内并无。去此五里瓜园中，有一人姓陈，黑瘦贫寒，为人佣作，赁半间茅屋而住。此州人见其黑瘦，众皆呼为黑老。”韦公曰：“可为某邀取来。”吏人至瓜园中唤之，黑老终不肯来，乃驱迫之至驿。韦公已具公服，在门首祗候。韦公一见，便再拜。黑老曰：“某佣作求食，不知有何罪，今被捉来，愿得生回。”又复怖畏惊恐，欲走出门，为吏人等遮拦不放。自辰及酉，韦公礼貌益恭，黑老惊惶转甚。略请上厅，终不能得。至二更来，方上阶，不肯正坐。韦公再拜谘请，叩问不已。至三更，有四五名，个个都颇有姿色，至于衣服车马嘛，更是华丽奢侈非常。那王处士坐着轿子先行离开了，说是要往剑南道去。”王琚心里暗自称奇，但是并没相信席氏所说。等到了上都，当时物价像鸟飞翔一样疯涨，钱财很缺乏，于是王琚就对家仆吉儿说：“你拿着四郎所留的那块金子去打听打听。”一打听，果然有个张蓬子，吉儿就拿出金子给他看。张蓬子又惊又喜，双手捧着金子磕头道：“你这是从哪里得来的？想要多少钱？”吉儿就说：“只要二百千钱而已。”张蓬子就置办酒食，宴请吉儿，还立即如数付了钱，又说：“如果还有这种金子，可以再拿来给我。”吉儿就带着钱回来了，王琚感到非常惊奇。第二天他亲自去见张蓬子。张蓬子说：“这是王四郎所卖的点化而成的金子。西域的胡商，专门等着购买此物，而且没有定价，王四郎原本约定好多少就是多少，多出的他就不会接受了。”王琚于是就不再要了。自此之后他就留心访问，希望再能遇见王四郎，但是终究他还是没有再见到。（出《集异记》）

韦丹

韦丹大夫进士及第后，担任过西台御史。他平常喜好道术，却不曾遇到过神仙。京城里有一位修道的道士，和韦丹交往很多年，忽然有一天对韦丹说：“你喜好道术并且意志坚定，大概是你的骨相不行。我不能完全了解是怎么一回事，你可以自己到徐州去问一问黑老。”韦丹就请假出城，前往徐州。到了几天，寻访许久问谁谁都说此地没有人叫黑老。他召来一位衙吏问道：“在这州城里有没有一个叫黑老的人，他家又住在哪里？”那个衙吏说：“在这徐州城中并没有。离这儿五里远的瓜园里，有一个人姓陈。这个人黝黑瘦弱，家境贫寒，给人做雇工，租了半间茅草屋居住。本地人见他又黑又瘦，大家就都叫他黑老了。”韦丹说：“你能替我把他请来吗？”衙吏到瓜园去叫黑老，但是黑老却始终不肯来，衙吏就硬逼迫他到驿站来。韦丹已经穿好官服，在门口专门恭候他。韦丹一见到黑老，就连连下拜。黑老说：“我受雇于人做工挣口饭吃，不知道犯了什么罪，今日被捉来此处，希望大人能让我活着回去。”黑老又表现得惊恐万分，想黑老忽然倒卧于床上，鼻息如雷。韦公兢兢床前而立，久因困极，不觉兼公服亦倒卧在床前地上睡。至五更，黑老起来，以手抚韦公背云：“汝起汝起。汝似好道，吾亦爱之。大抵骨格不成就，且须向人间富贵。待合得时，吾当来迎汝；不然，恐汝失路耳。初秋日，可再来此，当为汝尽话。”言讫，倏已不见。韦公却归。至立秋前一日晚，至徐州，黑老已辰时死矣。韦公惆怅，埋之而去。自后寂绝，二十年不知信息。韦公官江西观察使，到郡二年，忽一日，有一叟谓阍人曰：“尔报公，可道黑老来也。”公闻之，倒屣相迎。公明日无疾，忽然卒。皆言黑老迎韦公上仙矣。（出《会昌解颐录》）

冯大亮

冯大亮者，导江人也。家贫好道，亦无所修习。每道士方术之人过其门，必留连延接。唯一牛拽步磨以自给，一旦牛死，其妻对泣。叹曰：“衣食所给，在此牛尔。牛既死矣，何以资口食乎？”慈母山道士，每过其家，即憩歇累日。是时道士复来，夫妇以此语之。道士曰：“皮角在乎？”曰：“在。”即取皮挛缀如牛形，斫木为脚，以绳系其口，驱之遂起，肥健如常。曰：“此牛不复饮食，但昼夜使之可也，慎勿解其口。尔以此牛拽磨，力倍于常。”道士亦不复来。数年盛暑，牛喘甚急。牧童怜之，因解其口。遽成皮骨而已。然其家已渐富，改置酒肆。常以奉道祈感遇仙人，仍力行救要跑出门去，却被衙吏们阻挡不让放行。从辰时直到酉时，韦丹对黑老的态度更加恭敬。黑老表现得更加惊惶。韦丹又请黑老到官府中，却始终没能问出什么。到了二更天，黑老才走上堂前台阶。他一直不肯坐到正座上。韦丹再三下拜，不停地请教、询问。到了三更天，黑老忽然倒身卧在床上，熟睡中鼾声如雷。韦丹小心谨慎地站在黑老的床前，站了很久韦丹也觉得很困，不知不觉地就穿着官服也倒在床前的地上睡着了。到了五更天，黑老起床，用手抚摸着韦丹的后背说："你起来，起床了。你好像很喜好道术，我也喜好那些。大概是你的骨相无法成就你，而且你必须先面对人间的富贵，等到你合该得道的时候，我就会来接你。不然的话，恐怕你将会迷路。等到初秋的时候，你可以再到这里来，那时我就全部告诉你。"说完，黑老倏地就不见了。韦丹回来后，到了立秋前一天的晚上又来到徐州。黑老在辰时已经死了。韦丹很伤感，把他埋葬之后便离开了。从此以后此事再无下文，二十年来毫无音信。韦丹任江西观察使，到郡上任的第二年，忽然有一天，有一个老头对守门人说："你进去报告韦公，就说黑老来了。"韦丹听说之后，急急忙忙的竟然鞋都穿反了，赶紧跑出来迎接。第二天，韦丹本来没生病却忽然间死了，人们都说这是黑老接韦丹上天做神仙去了。（出《会昌解颐录》）

冯大亮

冯大亮是导江人。他家里贫穷，生性喜好道术，却也没有修习到什么。每当有道士或习有方术的人从他家门前经过，他一定会一再挽留从而迎接到自己家里。他家只有一头老牛拉磨赚钱维持全家的生活。有一天老牛死了，他的妻子对着他哭泣，叹道："全家人的衣食供给，全系于这头老牛身上，现在牛已经死了，靠什么才能维持家里的衣食呢？"慈母山上有一位道士，每次路过他家，都会在他家休息住上一段日子。这个时候道士又来做客，夫妻二人就把此事告诉了道士。道士说："牛皮和牛角还在吗？"夫妻回答说："还在。"道士就把牛皮绑成牛的形状，砍下四根木头作为牛脚，用绳子系住它的嘴，驱赶后老牛就马上站起来，肥实健壮得和以前一样。道士说：

物，好宾客。有樵叟三五人，诣其家饮酒，常不言钱，礼而接之，虽数益敬。忽一人曰："我辈八人，明日具来，共谋一醉，无以人多为讶。"至时，樵叟八人偕至，客于袖中出枬木一枝，才五六寸，栽于庭中，便饮酒尽欢而去。曰："劳置美酒，无以为报。此树径尺，则家财百万。此时可贡助天子，垂名国史。十年后，会于岷岭巨人宫，当授以飞仙之道。"言讫而去。旬日而树已凌空，高十余丈，大已径尺。其家金玉自至，宝货自积，殷富弥甚。虽王孙、糜竺之家，不能及也。五年，玄宗幸蜀，大亮贡钱三十万贯，以资国用。（出《仙传拾遗》）

“现在这头牛不再需要喝水吃草了，只管让它白天黑夜不停地干活就行了。切记千万不要解开它系在口上的绳子。你用这头牛拉磨，它的力气是普通牛的两倍。”道士之后就不再来做客了。几年之后的一个酷暑天里，老牛喘得很急，牧童可怜它如此劳累，就解开了它的口上的绳子，老牛立刻就变回了一堆牛皮和牛骨。然而冯大亮家已经渐渐富裕起来，把原来的磨房改为了酒馆。他常常在酒馆里尊信道教，祈祷，感激之前仙人的帮助。还努力去做些救人济物的善事，喜欢结交宾客。有三五名打柴的老人，到他家里来喝酒。他也常常不谈酒钱，反而以礼相待，虽然樵夫们来白喝了多次，他却更加尊敬他们。忽然有一天有个老人说：“我们有八个人，明天全都来喝酒，只想聚在一块喝个一醉方休。你不要因为我们人多而感到惊讶。”到了第二天，八名砍柴的老人一块来了。有一人从袖子里取出一棵楠木树苗，才五六寸高，栽在酒馆的院子里，然后就一起饮酒尽情欢乐去了。那人说：“有劳你为我们置办美酒，也没有什么可报答你的，就为你栽了这棵小树苗。等到这棵树长到直径有一尺粗的时候，你就会家财万贯了。这时候，你就可以进献物品以助天子，在国史上留下美名。十年后，咱们到岷岭巨人宫那里相会，到那时我将教给你成仙飞升的道术。”说完他们就走了。十天之后，那棵小树已经高耸入云，有十几丈高，粗已够一尺，他家里便吸引金玉自己飞来，宝物自动堆积，变得更加殷实富足，即使是卓王孙、糜竺这样古代的大富人家，也比不上他家。五年后，唐玄宗因安史之乱到蜀地避难，冯大亮献上三十万贯钱，用来资助国家。（出《仙传拾遗》）

卷第三十六　神仙三十六

徐佐卿　拓跋大郎　魏方进弟　李　清

徐佐卿

唐玄宗天宝十三载重阳日猎于沙苑。时云间有孤鹤徊翔，玄宗亲御弧矢中之。其鹤即带箭徐坠，将及地丈许，欻然矫翼，西南而逝。万众极目，良久乃灭。益州城西十五里，有道观焉。依山临水，松桂深寂，道流非修习精悫者莫得而居之。观之东廊第一院，尤为幽寂。有自称青城山道士徐佐卿者，清粹高古，一岁率三四至焉。观之耆旧，因虚其院之正堂，以俟其来。而佐卿至则栖焉，或三五日，或旬朔，言归青城。甚为道流所倾仰。一日忽自外至，神彩不怡，谓院中人曰："吾行山中，偶为飞矢所加，寻已无恙矣。然此箭非人间所有，吾留之于壁，后年箭主到此，即宜付之，慎无坠失。"仍援毫记壁云："留箭之时，则十三载九月九日也。"及玄宗避乱幸蜀，暇日命驾行游，偶至斯观，乐其嘉境，因遍幸道室。既入此堂，忽睹其箭，命侍臣取而玩之，盖御箭也。深异之，因询观之道士。具以实对。即视佐卿所题，乃前岁沙苑从田之箭也，佐卿盖中箭孤鹤耳。究其题，乃沙苑翻飞，当日而集于斯欤。玄宗大奇之，因收其箭而宝焉。自后蜀人亦无复有遇佐卿者。（出《广德神异录》）

徐佐卿

唐玄宗在天宝十三年重阳节那天到沙苑去打猎，当时云间有一只孤鹤在盘旋飞翔。唐玄宗亲自拉弓射箭射中了它，那鹤就带着箭慢慢地往下坠落，离地面还有一丈多高的时候，它突然一展翅膀，向西南方飞去了。皇帝随行的千万人都眺望着它，过了好久才消失不见。益州城西十五里的地方，有一座道观。这道观依山傍水修建，松树桂树成片，林深寂静。在道家之中，如果不是修炼精诚、质朴诚实的人是不能居住在这里的。这座道观的东廊第一个院子，尤为幽雅寂静。有一个自称是青城山道士名字叫作徐佐卿的人，清高纯正，高雅古朴，一年中大概能来三四趟。道观中年高望重的老人，因此总是空着那处院子的正堂，就等着徐佐卿到来。而徐佐卿一来就停留在这里，有时三五日，有时十天半月，他就说要回青城山了。修道中人都很仰慕他。有一天他忽然从外面进来，神色有些不愉快。他对院子里的人说：“我在山中赶路，偶然被天上的飞箭所射中，所幸不一会儿就没事儿了。然而这箭不是普通人所有的。我就把这支箭留在墙壁上，等到后年箭的主人就会到这里来，那时就把箭交给他。千万小心，一定不要弄丢了！”他还拿起笔在墙壁上写道：“留箭的日子，是天宝十三年九月九日。”等到唐玄宗避难来到蜀地，在闲暇之日坐着车游玩，偶然来到这个道观，很喜欢这里幽静的风景，就游遍所有修道的房间。走进这个院的正堂之后，忽然看到了墙上的那支箭，就让侍臣拿过来把玩一番。他一看这是一支御用的箭，感到非常惊奇，于是就询问观里的道士，道士如实回答了。唐玄宗就去看徐佐卿题在墙上的字，原来是前年在沙苑打猎时射出的那支箭。徐佐卿原来就是中箭的那只孤鹤。细究那题字，原来是它在沙苑中箭之后上下翻飞，当天就飞到这里了。唐玄宗感到非常惊奇，就收藏了

拓跋大郎

天宝中，有扶风令者，家本权贵，恃势轻物，宾客寒素者无因趋谒。由是谤议盈路。时主簿李、尉裴者，好宾客。裴颇好道，亦常隐于名山，又好施与，时亦补令之阙。常因暇日，会宴邑中，客皆通贵，裴尉疾不赴。宾客方集，忽有一客，广颡，长七尺余，策杖携帽，神色高古，谓谒者曰："拓拔大郎要见府君。"谒者曰："长官方食，不可通谒。请俟罢宴。"客怒曰："是何小子，辄尔拒客，吾将自入。"谒者惧，走以白令。令不得已，命邀之升阶。令意不悦，而客亦不平。既而宴会，率不谦让。及终宴，皆不乐。客不揖去，令亦长揖而已。客色怒甚，流言而出。时李主簿疑为异人。李归，召裴尉而告之云："宴不乐，为此客耳。观其状，恐是侠者，惧且为害。吾当召而谢之。"遂与裴共俟，命吏邀客，客亦不让而至。时已向夜，李见甚敬。裴尉见之，忽趋避他室。李揖客坐定，复起问裴。裴色兢惧甚，谓李曰："此果异人，是峨嵋山人，道术至高者。曾师事数年，中路舍之而逃。今惧不可见。"李子因先为裴请，裴即衣公服趋入，鞠躬载拜而谢罪。客顾之良久，李又为言，方命坐。言议皆不相及。裴益敬肃，而李益加敬焉，兼言令之过。李为辞谢再三，仍宿于李厅。李夙夜省问，已失所在，而门户扃闭如故，益以奇之。比旦，吏人奔走报云："令忽中恶，气将绝而心微暖。"诸寮相与省之，至食时而苏。令乃召李主簿入见，叩头谢之曰："赖君免死耳。"李问故。云："昨晚客，盖是神人。吾昨被录去，见拓拔据胡床坐，责吾之不接宾客。遂命折桑条鞭之，杖虽小而痛甚。吾无辞谢之，约鞭至数百。乃云：'赖主簿言之，不然死矣。'敕左右送归，方得苏耳。"举示杖痕犹在也。命驾往县

那支箭，当作一件宝物。以后蜀地人再也没有遇到过徐佐卿了。（出《广德神异录》）

拓跋大郎

唐玄宗天宝年间，扶风县有一个县令，他本来出身于权贵家庭，依仗着权势轻视他人，家境贫寒的宾客都没有机会去拜访他，因此到处都有人们对他的抨击和批评，快要盈满县中的道路。当时有一个姓李的主簿和一个姓裴的县尉，这两个人都喜好结交宾客。裴县尉还喜好道教，也曾经在名山里隐居过，为人还乐善好施，有时也能弥补县令的缺点。县令曾经趁着闲暇的时日，在城中举办宴会，前来赴宴的宾客都是达官显贵，裴县尉因病没有赴宴。宾客们刚刚到齐，忽然来了一位客人。这位客人额头宽阔，身高七尺有余，拄着拐杖，戴着帽子，神色清雅古朴。他对负责通报的官吏说："我是拓跋大郎，想要求见府君。"负责通报的官吏说："长官们正要吃饭，不能进去通报，请你等到宴会结束我再去通报。"来客生气地说："你小子是干什么的，竟敢这样拒绝客人？再不通报我就要自己闯进去了！"负责通报的官吏见来客态度如此强硬，心生恐惧，赶忙进去通报县令。县令听说此事后，不得已只好命人邀请他来到堂上。县令脸色十分不悦，而来客也愤愤不平。随后开始宴会，县令却不谦卑礼让来客。等到宴会结束后，大家全都闷闷不乐。那客人不行礼告辞就离开了，县令也只作了一个拱手高举的长揖而已，相当傲慢。客人十分愤怒，说出了一些毁谤的话。当时李主簿怀疑这个人是异于常人的人。李主簿回到家后，把裴县尉叫来告诉他说："今天的宴会不欢而散，就是因为这位客人。看他的样子，恐怕是个豪放讲义气的侠客。我担心他将成为一方危害，我觉得应该把他找来当面向他认错。"于是李主簿和裴县尉就一起等候，派人去邀请那客人。那客人也不谦让就来了。这时已是傍晚。李主簿见了他后，表现得非常尊敬。而裴县尉见了他后，急忙躲到别的屋去了。李主簿拱手作揖行了一个平等的礼后，就请客人坐定，又起身去问裴县尉。裴县尉非常恐惧，对李主簿说："这个人果然是神异之人。他是在峨眉山修北寻之，行三十里，果见大桑林，下有人马迹甚多，地有折桑条十余茎，血犹在地焉。令自是知惧，而拓拔从此不知所之。盖神仙也。（出《原化记》）

魏方进弟

唐御史大夫魏方进，有弟年十五余，不能言，涕沫满身。兄弟亲戚皆目为痴人，无为恤养者。唯一姊悯怜之，给与衣食，令仆者与洗沐，略无倦色。一旦于门外曝日搔痒，其邻里见朱衣使者，领数十骑至。问曰："仙师何在？"遂走到见搔痒者，鞠躬趋前，俯道的仙人，道术极为高超。我曾拜他为师学习多年，中途舍弃他逃走了，现在我内心惭愧害怕见到他。”于是李主簿就先替裴县尉向客人求情，裴县尉这才穿上官服走进屋去，鞠躬参拜行礼而谢罪。那客人盯着裴县尉看了许久。李主簿又为裴县尉出言求情，客人这才命裴县尉坐下。言谈议论的过程中，客人根本没提及裴县尉曾经逃跑的事，裴县尉对客人就更加肃然起敬。李主簿也更加敬重他。又谈到了县令今天犯的过错，李主簿再三替县令委婉地认错求情。客人当晚就住在李主簿的厅屋之中。李主簿天未亮就去探望客人。客人已经不知道到哪儿去了，但是门窗仍然紧闭就像之前那样。李主簿更加奇怪。到了早晨，有个官吏赶忙跑来报告说：“县令忽然间生了恶疾，气都要断了，但心口还有些许温度。”僚属们就一块去看望他。县令到了吃饭的时候才苏醒，他就叫李主簿进屋相见。李主簿进去后，县令向他叩头致谢说：“全靠你救了我，我才捡回一条命啊！”李主簿问其原因，县令说：“昨天的那位客人，真是一位神人啊。我昨晚被逮捕而去，只见拓跋大郎倚坐在一把胡床之上。他责备我不去迎接宾客，就命人折下一条桑树枝鞭打我，树枝虽小但打人却非常疼痛。我自知有错无话可说。大约打到几百下后，他才说：‘幸得李主簿为你说情，不然今日就要打死你！’接着就让左右侍从把我送回来，这样我才能醒来。”县令抬起身子给李主簿看，被抽打的伤痕还在背后。县令命人骑马到县北面去寻找痕迹，走了三十里，果然看见一大片桑林，林下有很多人马的脚印，地上还有十几根折断的桑树枝条，血迹仍然残留在地上。县令从此之后知道害怕了。而拓跋大郎从此不知道哪儿去了。拓跋大郎真是个神仙啊。（出《原化记》）

魏方进弟

唐朝御史大夫魏方进，有一个十五岁多一点的弟弟，不会说话，鼻涕口水满身，兄弟亲戚都把他视为傻子，没有人愿意抚养他，只有他的一个姐姐怜悯他，供给他吃穿，还让仆人给洗澡，整日这样照顾也没有一点厌倦的神色。一天早晨，他在门外晒太阳挠痒痒，他的邻居看见一名红衣使者，领着几十骑的人马到来，问道：“仙师伏称谢。良久，忽高声叱曰："来何迟！勾当事了未？"曰："有次第。"又曰："何不速了却？且去！"神彩洞彻，声韵朗畅，都无痴疾之状。朱衣辈既去，依前涕下至口，搔痒不已。其夜遂卒。魏公等虽惊其事，而不异其人，遂随事瘗埋。唯姊悲恸有加，潜具葬礼。至小殓之日，乃以一黄绣披袄子，平日所惜者，密置棺中。后魏公从驾至马嵬，其姊亦随去，禁兵乱，诛杨国忠，魏公亲也，与其族悉预祸焉。时其姊偶出在店外，闻难走，遗其男女三人，皆五六岁，已分为葅醢矣。及明早军发，试往店内寻之，僵尸相接，东北稍深一床上，若有衣服，就视之。儿女三人，悉在其中，所覆乃是葬痴弟黄绣袄子也，悲感恸哭。母子相与入山，俱免于难。（出《逸史》）

李清

李清，北海人也，代传染业。清少学道，多延齐鲁之术士道流，必诚敬接奉之，终无所遇，而勤求之意弥切。家富于财，素为州里之豪氓。子孙及内外姻族，近百数家，皆能游手射利于益都。每清生日，则争先馈遗，凡积百余万。清性仁俭，来则不拒，纳亦不散。如此相因，填累藏舍。年六十九，生日前一旬，忽召姻族，大陈酒食，已而谓曰："吾赖尔辈勤力无过，各能生活，以是吾获优赡。然吾布衣蔬食，逾三十年矣，宁复有意于华侈哉！尔辈以吾老长行，每馈吾生日衣装玩具，侈亦至矣。然吾自以久所得，缄之一在哪里？”接着红衣使者就走到正在挠痒痒的他面前，向前一步鞠躬行礼，趴在地上谢罪。许久，他忽然高声呵斥道：“为什么这么迟才来？事情都办完了吗？”红衣使者说：“还有一些尚未办完。”他又说：“为什么不赶快了却这些事？你快去吧！”他神采奕奕，明白透彻，声音响亮流畅，完全没有之前痴病的样子。红衣使者带领人马走后，他又变成先前那样，鼻涕流到嘴边，不停地挠痒痒了。当天夜里他就死了。魏方进等人虽然也对这件事感到吃惊，却始终不认为他有异于常人之处，就准备草草地装殓埋葬了。只有那位姐姐非常悲痛，偷偷地为他举行了葬礼，到了小殓的时候，就把他平常很爱惜的一件黄色绣花披风偷偷地放到棺材里。后来魏方进随着唐玄宗的车驾来到马嵬坡，他姐姐也跟着一块前去。途中禁兵叛乱，杀了杨国忠。魏方进是杨国忠的亲戚。魏氏一族全都遭受如此大祸。正好当时他的姐姐偶然外出，人在店外，听说发生了灾祸就逃跑躲避一旁，丢下了三个儿女，都只有五六岁，估计已经被砍成肉酱了。等到第二天早晨军队出发后，她才试着回到店里去寻找孩子，只见僵硬的死尸满地，在东北角稍远的一张床上，好像盖有衣服，走近一看，她的那三个儿女都在床上，盖的竟是埋葬痴弟时装进去的那件黄色绣花披风。她想起痴弟又是悲痛又是感动得放声恸哭。后来母子四人一块逃入深山中，全部幸免于难。（出《逸史》）

李清

李清是北海人。他家世代以染布为业。李清小的时候学习过道术，经常延请齐鲁一带的术士道士，而且一定会虔诚地迎接，恭敬地伺候。但他始终没有遇到过真正的仙人，然而他勤学求道的意志就更加坚定迫切。他的家里很富有，一向是州里知名的豪富之家。他的子孙以及内外姻亲，共有将近一百家，都能赤手空拳地往来益都谋求钱财。每当李清过生日时，亲戚们便争先恐后地前来送礼。他总共积累了一百多万的家当。李清性情仁厚俭朴，凡是来送礼的他全都不拒绝，收下的礼他也不轻易花费。如此只进不出积累起来的钱财把家中装得满满的。六十九岁生日的十天前，他忽然叫来所有亲属，室，曾未阅视，徒损尔之给用，资吾之粪土，竟何为哉！幸天未录吾魂气，行将又及吾之生辰，吾固知尔辈又营续寿之礼，吾所以先期而会，盖止尔之常态耳。”子孙皆曰：“续寿自远有之，非此将何以展卑下孝敬之心？愿无止绝，俾姻故之不安也。”清曰：“苟尔辈志不可夺，则从吾所欲而致之，可乎？”皆曰：“愿闻尊旨。”清曰：“各能遗吾洪纤麻縻百尺，总而计之，是吾获数千百丈矣，以此为绍续吾寿，岂不延长哉！”皆曰：“谨奉教。然尊旨必有所以，卑小敢问。”清笑谓曰：“终亦须令尔辈知之。吾下界俗人，妄意求道，精神心力，夙夜勤劳，于今六十载矣，而曾无影响。吾年已老耄，朽蠹殆尽，自期筋骸不过三二年耳，欲乘视听步履之尚能，将行早志。尔辈幸无吾阻。”先是，青州南十里有高山，俯压郡城，峰顶中裂，豁为关崖。州人家家坐对岚岫，归云过鸟，历历尽见。按《图经》云：“云门山。”俗亦谓之劈山，而清蓄意多时。及是谓姻族曰：“云门山神仙之窟宅也，吾将往焉。吾生日坐大竹篑，以辘轳自缒而下，以纤縻为媒焉；脱不可前，吾当急引其媒，尔则出吾于媒末。设有所遇而能肆吾志，亦当复来归。”子孙姻族泣谏曰：“冥寞深远，不测纪极；况山精木魅，蛇虺怪物，何类不储。忍以千金之身，自投于斯，岂久视永年之阶乎！”清曰：“吾志也。汝辈必阻，则吾私行矣。是不获竹篑洪縻之安也。”众知不可回，则共治其事。

大摆酒席，然后对大家说："我依靠你们勤奋努力而没有过失，各自都能生活自足，因此我得到了富足的赡养。然而我穿粗布衣，吃简陋菜食，这样清淡简朴的生活已经过三十多年了，难道我还能对豪华奢侈的生活感兴趣吗？你们因为我年纪大，是长辈，所以每当我过生日时都送给我一些衣服玩物，已经奢侈到极点了。但是我把长久以来得到的礼物，封存在一个屋子里，一直没有仔细察看，这不是白白损耗了你们的钱财吗，放在我这里就像粪土一样，这究竟是为了什么呢？所幸上天还没有把我的魂魄拘捕去，不久又要到我的生日了，我已经知道你们又要置办为我祝寿的贺礼。我提前把你们聚到一起，就是要制止你们像往常那样为我准备礼物而已。"子孙们都说："送礼为老人添寿的事自古就有，如果不这样的话，又怎么能展示儿孙们恭敬孝顺的心意？请您不要拒绝我们的礼物，让亲属故旧们感到不安。"李清说："如果你们想要送礼的心意不可改变，那就按照我的想法去准备礼物，可以吗？"儿孙们都说："愿意聆听您老人家的意旨。"李清说："你们各自送给我一百尺纤麻粗绳，加起来计算，这样我就可以得到几千几百丈长的绳子了，用此来延续我的寿命，岂不是能延长得更多吗？"儿孙们都说："我们一定照办。但是您的意旨一定有其深意，可容晚辈询问原因吗？"李清对儿孙们说："最终也是要让你们知道的，我本是下界的俗人，妄想追求道术，费尽精神心力，日夜不停地勤修，到现今已经六十年了，却几乎没有一点成就。我现在已经老迈，朽败得快要损耗殆尽，我自认为凭这一身筋骨不过再活二三年。我想趁着眼睛、耳朵、腿脚尚且好使，实现我早年间的志向。希望你们不要阻拦我。"在这之前，青州南十里处有一座高山。从高处俯压着郡城，峰顶从中间裂开，豁口成为关崖。青州城里家家面对着雾气笼罩的山峰、来往的行云和路过的飞鸟，全都看得清清楚楚。按照《图经》上所说，这种景观叫作"云门山"，又被俗称为"劈山"。而李清对此山早就留意多时，到这时他才对亲属故旧们讲："云门山是神仙居住的洞府，我想要到那儿去。等到我过生日那天，坐在一个大竹筐里，用辘轳把我自己放下山去，就用那根粗麻绳做媒介。如果我不能前进，我就赶快拉那绳子，你们就把我及期而姻族乡里，凡千百人，竞赍酒馔。迟明，大会于山椒。清乃挥手辞谢而入焉。良久及地，其中极暗，仰视天才如手掌。扪四壁，止容两席许。东南有穴，可俯偻而入，乃弃篑游焉。初甚狭细，前往则可伸腰。如此约行三十里，晃朗微明。俄及洞口，山川景象，云烟草树，宛非人世。旷望久之，惟东南十数里，隐映若有居人焉。因徐步诣之，至则陡绝一台，基级极峻，而南向可以登陟。遂虔诚而上，颇怀恐惧。及至，窥其堂宇甚严，中有道士四五人。清于是扣门，俄有青童应门问焉，答曰："青州染工李清。"青童如词以报。清闻中堂曰："李清伊来也？"乃令前。清惶怖趋拜。当轩一人遥语曰："未宜来，何即遽至。"因令遍拜诸贤。其时日已午，忽有白发翁自门而入，礼谒，启曰："蓬莱霞明观丁尊师新到，众圣令邀诸真登上清赴会。"于是列真偕行，谓清曰："汝且居此。"临出顾曰："慎无开北扉。"清巡视院宇，兼启东西门，情意飘飘然，自谓永栖真境。因至堂北，见北户斜掩，偶出顾望。下为青州，宛然在目，离思归心，良久方已。悔恨思返，诸真则已还矣。其中相谓曰："令其勿犯北门，竟尔自惑，信知仙界不可妄至也。"因与瓶中酒一瓯，其色浓白。既而谓曰："汝可且归。"清则叩头求哀，又云："无路却返。"众谓清曰："会当至此，但时限未耳。汝无苦无途，但闭目，足至地则到乡也。"清不得已，流涕辞行。或相谓曰："既遣其归，须令有以为生。"清心恃豪富，讶从下面拉上来。假设此去能遇上仙人，能够了却我的心愿，我也就会回来了。”子孙亲戚们哭着劝他说：“幽冥之下寂寞又深远，难以测度究竟有多深，况且山精木魅、毒蛇怪兽，什么种类没有？您怎么忍心把千金的身子投到那其中呢？这哪里是长生不老的方法呢？”李清说：“这是我长久以来的志向。如果你们一定要阻拦我，那我就偷着自己走。这就不如用竹筐和粗绳那样安全了。”众人知道他不可能回心转意，就一起筹办了这件事。

等到他生日的那天，亲属故旧邻居乡亲来了千百人，争先恐后地送来酒饭。天要亮的时候，大家全都汇聚在山顶上，李清就挥手告辞拜谢，而后走进竹筐。过了好久他才落到了地面上，那里面极为昏暗。仰视天空，只有手掌那么大。用手摸一下四周的墙壁，大约只能容下两张席子。东南方向有一个山洞，可以弯下腰走进去。于是李清就扔掉竹筐走了进去。刚进去的时候山洞十分狭窄，再往前走就能够直起腰来。就这样走了大约三十里，他看见前面传来了微弱的亮光。不久后来到洞口，其中山川景象，云烟草树，好像不是人世间存在的风景。他眺望了好久，只发现东南方向十几里的地方，隐隐约约好像有人在那居住。于是他就慢慢地走过去。到那儿一看，却发现是一个十分陡峭的台子，台阶都极为险峻。从南面可以登上此台，他就虔诚地拾级而上，内心非常害怕。等到达目的地，看见这里的殿堂屋宇十分整齐，其中还有四五名道士。于是李清就上前敲门。不一会儿有一个青衣童子在门里回应，问是谁在叫门，李清回答说：“我是青州的染工李清。”青衣童子就像他说的那样回去禀报。李清听到中堂处有人说：“李清来了？”于是就命令他上前。李清惶恐地急忙上前拜谒。当窗一人远远地对他说：“你还不该来这里，为什么现在就急急忙忙地赶来了？”于是让他逐个拜见贤人们。当时已经是正午，忽然有一个白发老人从门外走进来，行礼之后开口说道：“蓬莱霞明观的丁尊师新到这里，众上仙邀请诸位真人一起到禹余天上清境去赴会。”于是仙人们就一起出发。有人对李清说：“你暂且先住在这里。”临走的时候又回头嘱咐说：“切记，千万不要打开北门。”李清在院落当中来回巡视，又同时打开了东西两侧的门，心情很陶醉，自以为要永远住在仙境。接着来此语为不知己，一人顾清曰：“汝于堂内阁上，取一轴书去。”清既得。谓清曰：“脱归无倚，可以此书自给。”清遂闭目，觉身如飞鸟，但闻风水之声相激。

须臾履地，开目即青州之南门，其时才申末。城隍阡陌，彷佛如旧，至于屋室树木，人民服用，已尽变改。独行尽日，更无一人相识者。即诣故居，朝来之大宅宏门，改张新旧，曾无仿像。左侧有业染者，因投诣与之语。其人称姓李，自云：“我本北海富家。”因指前闾闬：“此皆我祖先之故业。曾闻先祖于隋开皇四年生日，自缒南山，不知所终，因是家道沦破。”清悒快久之。乃换姓氏，寓游城邑。因取所得书阅之，则疗小儿诸疾方也。其年青州小儿疠疫，清之所医，无不立愈。不旬月，财产复振。时高宗永徽元年，天下富庶，而北海往往有知清者，因是齐鲁人从而学道术者凡百千辈。至五年，乃谢门徒云：“吾往泰山观封禅。”自此莫知所往。（出《集异记》）

到堂北，见北门斜掩着，偶然出去一看，发现下面就是青州，好像就在他眼前。离家思归的心情，许久才平静下来。他悔恨自己不该有返回的念头。这时候众仙人已经回来了。其中有人说：“让他不要打开北门，最终他却被自己所惑！由此深知仙界是不能随便来的。”接着就把装在瓶子里的酒倒了一碗给他，酒的颜色很白。他喝完酒，人家对他说：“你可以暂且先回去了。”李清就叩头乞求可怜可怜他，又说：“没有回去的路。”众仙人对他说：“你之后还该回到这里来，只是时间没到而已。你不必担心没有路，你只要闭上眼睛，脚一落地就回到家乡了。”李清不得已，只好挥泪告辞。有仙人说：“既然遣送他回去，必须让他有谋生的办法。”李清心里觉得自己家里富有，惊讶于说这话的人不了解自己。有一位仙人看着李清说：“你到堂内书阁之上，取一轴书带回去吧。”李清拿到书之后，那仙人又对他说：“如果回去之后，生活上没有依靠，可以凭借这轴书来谋生。”李清于是闭上眼睛，觉得身子像飞鸟一样，只听到耳边风声水声互相激荡。

不一会儿就踩到了地面上。睁眼一看，已经到了青州的南门。当时只是申时末尾。城池街道，仿佛和以前一样。至于房屋树木、人们的服饰用品，已经全都改变了。他独自走了一整天，都没遇上一个之前认识的人。于是他就回到故居去。早晨出来时的豪宅大门，这时完全变了样子，看不出与之前有半分相似之处。故居左侧有做染布生意的人，他就过去和他聊天。那人自称姓李，说：“我家本来也是北海的一户富裕人家。”他指了指前后的街坊，“这些都是我祖先的旧业。听说我的祖先在隋朝开皇四年过生日那天，自己用绳子下降到南山下，不知最终到哪儿去了。家道由此衰败了。”李清闷闷不乐了好长时间。于是他就改换了姓名，在城邑之中游览。他拿出之前的那轴书来看，内容是治疗小孩疾病的药方。那一年在青州的小孩之间流传着瘟疫，经过李清医治，没有不立即痊愈的。还不到十天半月，他的家财又重新丰足起来。当时是唐高宗永徽元年，天下富足。而北海常常有认识李清的人，因此齐鲁一带跟着李清学习道术的有成百上千人。到了永徽五年，李清告诉门徒们：“我要到泰山去看封禅了。”从此之后就不知道他到哪儿去了。（出《集异记》）

卷第三十七　神仙三十七

韦仙翁　杨越公弟　阳平谪仙　卖药翁　严士则

韦仙翁

唐代宗皇帝大历中，因昼寝，常梦一人谓曰：“西岳太华山中，有皇帝坛，何不遣人求访，封而拜之，当获大福。”即日诏遣监察御史韦君，驰驿诣山寻访。至山下，州县陈设一店，具饭店中，所有行客，悉令移之。有一老翁谓店主曰：“韦侍御一餐即过，吾老病不能远去，但于房中坐，得否？”店主从之。少顷韦君到店，良久，忽闻房中嗽声。韦问有何人在此，遣人视之。乃曰：“有一老父。”韦君访老父何姓。答曰：“姓韦。”韦君曰：“相与宗盟，合有继叙。”邀与同席。老父因访韦公祖父官讳，又访高祖为谁。韦君曰：“曾祖讳某，任某官。高祖奉道不仕，隋朝入此山中，不知所在。”老父喟然叹曰：“吾即尔之高祖也。吾名集，有二子，尔即吾之小子曾孙也。岂知于此与尔相遇。”韦君涕泣载拜。老父止之，谓曰：“尔祖母见在。尔有二祖姑，亦在山中。今遇寒食，故入郭，与渠辈求少脂粉耳。有一布襆，襆内有茯苓粉片，欲货此市买。”问韦君：“尔今何之？”韦君曰：“奉敕于此山中求真坛。州县及山中人，莫有知者。不审翁能知此处否？”老父曰：“莲花中峰西南上，有一古坛，仿佛余址。此当是也，但不定耳。”遂与韦君同宿。老父绝粮不食，但饮少酒及人参茯苓汤。

韦仙翁

唐代宗大历年间，一日皇帝在午睡时，曾梦见一个人对他说：“西岳太华山中，有一座过去皇帝用来祭祀的坛，你为什么不派人过去寻访，封禅之后再祭拜它，这样就会获得极大的福荫。”代宗当天就下诏派监察御史韦君，骑着驿马疾行到太华山寻访。韦君来到山下后，州县官员把山下一间客店专门摆设齐整，又在店中准备了饭食，店内其他的客人全部被赶到别的地方。有一个老翁对店主说：“韦侍御只吃一顿饭就走了，我年老多病不能远去，我只待在屋里坐着不出去，您看可以吗？”店主答应了他。不久后韦君来到店中。过了很长时间，忽然听到屋里传出咳嗽的声音。韦君便问店主有什么人还在这里，并派人去查看。查看的人回来报告说：“内中有一名老翁。”韦君就问老翁的姓名。老翁回答说：“姓韦。”韦君说：“我们是同一宗姓，应该结交认识一下，合该请来叙一叙同宗辈分继承。”于是就请老翁和自己同席而坐。老翁就问起韦君的祖父叫什么名字；接着又问起他的高祖是谁。韦君说：“曾祖父名叫某，曾做过某官，高祖父信奉道教，未曾做官，隋朝时进入这座山里，不知道哪儿去了。”老翁感叹道：“我就是你的高祖。我名叫韦集，下有两个儿子，你就是我小儿子的曾孙。没想到竟然在这儿能与你相遇！”韦君泪流满面地跪拜行礼。老翁看到便制止了他，对他说：“你祖母也还健在，你还有两个祖姑也在此山中，今天正好遇上寒食节，所以我就准备进城，给她们弄少许脂粉。我这里有一个布包，包里有点茯苓粉片，想要到市场卖了这些茯苓片再买脂粉。”老翁又问韦君：“你现在是要到哪儿去？”韦君说：“我奉皇帝的诏令在这座山里寻找一个道家真坛，但州县和山里的人都没有知道的。高祖您是否知道这个地方呢？”老翁说：“莲花中峰西南上边，有一座古坛，好像是以前的遗址，这明日，韦君将入山。老父曰："吾与尔同去。"韦君乃以乘马让之。老父曰："尔自骑，吾当杖策先去。"韦君乘马奔驰，竟不能及，常在马前三十步。至山足，道路峻阻，马不能进。韦君遂下，随老父入谷。行不里许，到室，见三妪。老父曰："此乃尔之祖母及尔之二祖姑也。"韦君悲涕载拜。祖母年可七八十，姑各四十余，俱垂发，皆以木叶为衣。相见甚喜，谓曰："年代迁变，一朝遂见玄孙。"欣慰久之，遂与老父上山访坛，登攀崄峻。韦君始不可堪，老父行步若飞，回顾韦君而笑。直至中峰西南隅，果有一坛，韦君洒扫拜谒，立标记而回。却到老父石室，辞出谷。韦君曰："到京奏报毕，当请假却来请觐。"老父曰："努力，好事君主。"韦君遂下山，返到阙庭，具以事奏。代宗叹异，乃遣韦君赍手诏入山，令刺史以礼邀致。韦君到山中求觅，遂失旧路，数日寻访不获。访山下故老，皆云："自少年已来，三二年则见此老父一到城郭，颜状只如旧，不知其所居。"韦君望山恸哭而返。代宗怅恨，具以事迹宣付史馆。（出《异闻集》）

杨越公弟

唐建中初，楚州司马杨集，自京之任，至华阴宿。夜有老人，戴大帽，到店，就炉向火。杨君见其耆耄，因与酒食。问姓氏，曰："姓杨。"又诘其祖先，云："越公最近。"杨公乃越侄孙，复重应当就是你所说的坛了，但也说不定。”于是老翁就和韦君住在一起。老人平日里不吃粮食，只喝少许的酒和人参茯苓汤。

第二天，韦君就要进山了，老翁说：“我和你一块前去。”韦君就把马让给老翁骑。老翁说：“马你自己骑吧，我拄着手杖先走了。”韦君骑着马在后面奔跑，竟然追不上老翁，老翁总是领先在马前三十步的地方。到了山脚下，道路险阻，骑马不能再继续行进了，韦君就下了马，跟着老翁走进山谷。走了不到一里地，来到一间屋，看见三名老妇人。老翁说：“这就是你的祖母和你的两位祖姑。”韦君悲痛流泪跪拜。他的祖母看上去有七八十岁，祖姑看起来都四十多岁的样子，三人都披散着头发，穿着用树叶做成的衣服。她们见了韦君，对他说：“年代变迁了，没想到现在还能见到玄孙！”她们高兴了许久。接着韦君与老翁就上山寻访真坛。攀登崇山峻岭，韦君几乎快要支持不住了，老翁却健步如飞，老翁回头看着韦君微笑。二人一直爬到中峰西南角，果然有一座坛。韦君把坛洒扫后又拜祭了一番，立上标记就回来了。二人又回到老翁的石屋，后来告辞离开山谷，韦君说：“回到京城上奏完了此事，我就请假回来看看您。”老翁说：“你要努力，要好好辅佐皇帝。”韦君就下了山，回到宫中复命，详细地向皇帝奏报此事。代宗感叹惊异，就派韦君带着他的亲笔诏书再次入山，让当地刺史依照礼制把仙人请来。韦君就到山里寻找，结果却迷失了原来的道路，一连找了好几天也没有收获。询问山下的老人，老人们都说：“从我年轻的时候起，每隔二三年就看到这个老翁进一趟城，相貌总是不变，也不知道他家住在哪里。”韦君望着山谷恸哭一场就回来了。代宗惆怅悔恨，就把这件事详细地记录下来送往史馆处整理。（出《异闻集》）

杨越公弟

唐德宗建中初年，楚州司马杨集，从京城出发前往楚州上任，走到华阴县住宿一晚。夜晚有一个戴大帽子的老人来到店里，凑近到火炉处烤火。杨集见他年迈，就送给他酒饭，问起他的姓名。他回答说：“姓杨。”杨集就又追问他的祖先是谁。他回答说：“我和杨问，曰：“为君所迫，我乃尽言。我是越公季弟也，遭兄亡命，遂遇道真。”集闻姓氏，再拜复坐。曰：“吾亦知汝过此，故来相看。祖母与姑数人悉在，汝欲见否？吾先报去。”少顷复至。明旦，与杨君入山，约里余，有大涧，阔数丈。老父超然而越，回首谓杨君曰：“当止此。吾与汝唤阿婆去。”逡巡间，老母及女与六七人，绕岩而至。杨君望拜，隔水与语，皆嗟叹，亦有泣者。良久曰：“且去。妨汝行役。”杨君乃拜，回数十步却望，犹有挥袖者。明日复来，深水高峰，并不见矣。（出《逸史》）

阳平谪仙

阳平谪仙，不言姓氏。初，九陇人张守珪，仙君山有茶园。每岁召采茶人力百余人，男女佣功者杂处园中。有一少年，自言无亲族，赁为摘茶，甚勤愿了慧。守珪怜之，以为义儿。又一女子，年二十，亦云无亲族，愿为义儿之妻，孝义端恪，守珪甚善之。一旦山水泛溢，市井路隔，盐酪既阙，守珪甚忧之。新妇曰：“此可买耳。”取钱出门十数步，置钱于树下，以杖叩树，得盐酪而归。后或有所需，但令叩树取之，无不得者。其术夫亦能之。因与邻妇十数人，于堋口市相遇，为买酒一碗，与妇饮之，皆大醉，而碗中酒不减。远近传说，人皆异之。守珪问其术受于何人，少年曰：“我阳平洞中仙人耳。因有小过，谪于人间。不久当去。”守珪曰：“洞府大小与人间城阙相类否？”对曰：“二十四化，各有一大洞，或方千里、五百里、三百里，其中皆有日月飞精，谓之伏晨之根，下越公关系最近。”杨集是杨越公的侄孙，就又继续问。他说：“被你逼问得没办法，我就全告诉你吧！我是杨越公最小的弟弟，赶上哥哥遭难逃命，我就遇上了仙人。”杨集听说了姓名，忙站起来连连下拜，然后又坐了下来。老人说：“我也知晓你上任路过此处，所以专程来看看你。你的祖母和姑姑几个人也都在，你想要见她们吗？我先去通报她们。”不一会儿，他就又回来了。第二天白天，他和杨集一块进入山里。大约走了一里多，出现了一条大山涧，有几丈宽，老人超脱世俗很轻松地跨了过去，回头对杨集说：“你就停留在这儿，我给你喊祖母她们去。”不一会儿，一位老太太以及女儿总共六七个人，从岩石后绕过来。杨集远远望着她们就下拜，隔着山涧水和她们说话。大家都很感叹，也有哭泣的人。很久之后她们才说：“走吧，不要耽误了你上任赶路！”杨集就再拜行礼，往回走了几十步再回头望去，还看见有人在挥手道别。到了第二天他又来了，这里只有深潭高峰，别的什么都不见了。（出《逸史》）

阳平谪仙

阳平谪仙，从不说自己姓什么叫什么。起初，九陇人张守珪在仙君山上有一处茶园，每年都要雇用一百多名采茶人，男男女女的佣工杂处在茶园里。其中有一名年轻人，自称在此处没有亲族，受雇来采茶，很勤快也很聪明。张守珪可怜他的身世，就认他做了干儿子。又有一名女子，二十岁，也说自己没有亲族，愿意嫁给张守珪的干儿子为妻。这女子行孝重义，端正恭谨，张守珪十分称赞她。有一天山水泛滥，通往街市的道路被隔断，食盐、乳酪等吃的东西都已短缺。张守珪很是担心。新媳妇说：“此处还是能买到的。”她便拿着钱出门走了十几步，把钱放到树下，用木棍敲敲树干，得到食盐和乳酪等物就回来了。后来如果需要什么，就让她敲敲树干求取什么，没有什么是得不到的。她的这种道术，她丈夫也能施展。一次新妇和十几个邻家的妇女在塴口的市场上相遇，就买了一碗酒，和妇女们一起喝，都喝得酩酊大醉，而碗里的酒却并没有减少。这件事远近都在传说，人们对此都感到惊异。张守珪问干儿子他的道术是跟照洞中，与世间无异。其中皆有仙王仙官、卿相辅佐，如世之职司。有得道之人，及积功迁神返生之士，皆居其中，以为民庶。每年三元大节，诸天各有上真，下游洞天，以观其所为善恶。人世生死兴废，水旱风雨。预关于洞中焉。龙神祠庙，血食之司，皆为洞府所统。二十四化之外，青城、峨嵋、益登、慈母、繁阳、嶓冢，皆亦有洞，不在十大洞天三十六小洞天之数。洞中仙曹，如人间郡县聚落耳，不可一一详记也。”旬日之间，忽失其夫妇。（出《仙传拾遗》）

卖药翁

卖药翁，莫知其姓名。人或诘之，称只此是真姓名。有童稚见之，逮于暮齿，复见，其颜状不改。常提一大葫芦卖药，人告疾求药，得钱不得钱，皆与之无阻，药皆称有效。或无疾戏而求药者，得药，寻必失之。由是人不敢妄求，敬如神明。常醉于城市间，得钱亦与贫人。或戏问之：“有大还丹卖否？”曰：“有，一粒一千贯钱。”人皆笑之以为狂。多于城市笑骂人曰：“有钱不买药吃，尽作土馒头去！”人莫晓其意，益笑之。后于长安卖药，方买药者多，斗擞葫芦已空，内只有一丸出，极大光明，安于掌中，谓人曰：“百余年人间卖药，过却亿兆之人，无一人肯把钱买药吃，深可哀哉！今之自吃却。”药才入口，足下五色云生，风起飘飘，飞谁学的。年轻人说："我原本是阳平洞中的仙人，因为犯下一点小的过错，就被贬谪到人间来，不久之后就得回去。"张守珪说："仙界洞府的大小，和人间城郭的大小差不多吗？"年轻人回答说："洞府有二十四种，各有一个大山洞，有的方圆一千里，有的方圆五百里，有的方圆三百里。其中都有日月那样飞在空中的光华，这就叫作'伏晨之根'，向下照着洞中，和人世间没什么区别。洞中都有仙王仙官和辅佐的执政大臣，就像人世间的官署职位一样。得道成仙的人，以及累积功德升天复生的人，都居住在里面，是这里的平民。每年正月十五上元节、七月十五中元节、十月十五下元节三大节日，各天都有上界的真仙下来游览各处洞天，来观察他们的所作所为是善还是恶。人世间的生死兴废和水旱风雨，预先就在洞中确定。龙神祠庙，祭祀之司，都受洞府的统辖。二十四洞府之外，青城山、峨眉山、益登山、慈母山、繁阳山、嶓冢山，也都有洞天，不在十大洞天三十六小洞天之内。洞天中的神仙，像人间的郡县村落一样聚集，不能一一详细记述。"十天之内，忽然找不见了这夫妻二人了。（出《仙传拾遗》）

卖药翁

有一个卖药的老翁，不知道他的姓名。有人追问他的姓名叫什么，他就说"卖药翁"是他的真实姓名。有的人在幼年孩提时期就见过他，等到了老年齿落时期又见到他，他的模样还不曾改变。他经常提着一只大葫芦到处卖药。有人到他那儿诉说病情讨药治病，不管给钱不给钱他都一律给药，时人都说他的药很有效。有人没有病却开玩笑向他讨药，得到药过了一会儿肯定会消失。因此人们都不敢没病胡乱向他求药了，对他敬重如神明。他常常在城市之中喝醉了，得了钱也散给穷人。有人和他开玩笑，问道："你卖大还丹吗？"他说："有。一粒一千贯钱。"人们都笑话他，认为他说的是狂言。他常常在城市里笑骂别人说："有钱不买药吃，都做土馒头去！"人们都不理解他的意思，更加讥笑他。后来他在长安城中卖药，正赶上那天有许多买药的人，他摇了摇葫芦说已经空了，把里面剩的最后一丸

腾而去。（出《续仙传》）

严士则

唐文宗末，建州刺史严士则，本穆宗朝为尚衣奉御，颇好真道。因午日，于终南山采药迷路，徘徊岩嶂之间。数日，所赍粮糗既尽，四望无居人，计其道路，去京不啻五六百里，然而林岫深僻，风景明丽。忽有茅屋数间，出于松竹之下。烟萝四合，才通小径。士则连扣其门，良久竟无出者。因窥篱隙内，见有一人，于石榻偃卧看书。士则推户，直造其前，方乃摄衣而起。士则拜罢，自陈行止。因遣坐于盘石之上，亦问京华近事，复问天子嗣位几年，云："自安史犯阙居此，迄至今日。"士则具陈奔驰陟历，资粮已绝，迫于枵腹，请以饮馔救之。隐者曰："自居山谷，且无烟爨，有一物可以疗饥。念君远来相过，自起于栋梁间。"脱纸囊，开启，其中有百余颗，如褊豆之形。俾于药室取铛，拾薪汲水，以一粒煮之良久，微有香气，视之已如掌大。曰："可以食矣。渴即取铛中余水饮之。"士则方啖其半，自觉丰饱。复曰："汝得至此，当由宿分。自兹三十年间，无复饥渴。俗虑尘情，将澹泊也。他时位至方伯，当与罗浮相近。傥能脱去尘华，兼获长生之道。辞家日久，可以还矣。"士则将欲告归，且恐迷失道路。曰："勿忧，去此三二里，与采薪者相值，可随之而去。此至国门不远。"既出，果有人采薪路侧。因问隐者姓名，竟返山无所对。才经信宿，已及樊川村野。既还辇毂，不喜更尝滋味，日觉气壮神清，有骖鸾驭鹤之意。衣褐杖藜，多依岩岫。居□守卢仆射，耽味玄默，思睹异人。有道药倒了出来。这丸药个头极大，外表亮光。他把这丸药放在手上，对人说："我在人间卖药一百多年，见过了成亿成兆的路人，没有一个人肯花钱买这药吃，这真是太可悲了！现在我自己服下它吧！"药刚入口，他脚下立刻生出五色彩云，飘飘然飞腾升天而去。（出《续仙传》）

严士则

唐文宗末年，建州刺史严士则，本是唐穆宗时期的尚衣奉御。他非常喜好神仙道术。端午那天他在终南山采药迷了路，徘徊在直如屏障的高山之间。几天之后，随身携带的干粮都吃光了，向四周望去，没有人烟。他心中暗自盘算道路，要去京城的话路程不少于五六百里。这里的丛林群山幽深偏僻，风景明丽。忽然有几间茅屋出现在松竹之下，四周草树茂密，烟聚萝缠，曲径通幽。严士则上前连连敲门，敲了许久，竟然没人出来应门。于是他从篱笆的空隙暗中往院里查看，只见一个人正仰卧在石床上看书。严士则推开院门，直接走到他的面前。那人这才整理衣服站了起来。严士则下拜行礼后，自己讲述了到这里的过程。于是那人让他坐在一块磐石上，向他打听起近来京城里发生的事。又问当今天子继位几年了。那人说："我自安史之乱时就隐居在此，直到现在未曾出去。"严士则详细陈述自己因为迷路奔驰攀登的过程，现在干粮已经用尽，正在挨饿，希望对方能提供一些饮食来救助一下。那个隐士说："自从我住进这山谷，从来不曾生火煮饭，只有一种东西可以解饿。念你大老远路过这里不容易，你自己去屋中栋梁之间取吧。"取下一个纸袋后，打开，其中有一百多颗扁豆形状的东西。他让严士则从药室里取来一个锅，拾柴打水，取出一粒放在锅里煮了许久，略有香味散发，再一看，已经像手掌那样大了。那隐士说："现在可以吃了，渴了就喝点锅里剩下的汤。"严士则刚吃了一半，就觉得自己已经饱了。那隐士又说："你能到这里来，是你命中注定的缘分，从现在起的三十年内，你不会再觉得饥渴了。世俗的思虑和凡人的俗情，也将逐渐淡泊。以后你的官职将做到一方的长官，当差的地方离罗浮山不远。如果你能摆流具述其由，遂致之门下。及闻方伯之说，因以处士奏官。自梓州别驾，作牧建溪，时年已九十。到郡才周岁，即解印归罗浮。及韦宙相公出镇江南，使人访之，犹在山谷。大中十四年，之任建安，路由江表。时萧相公观风浙右，于桂楼开宴召之，唯饮酒数杯，他无所食矣。（出《剧谈录》）

脱尘世的浮华，就还能获得长生之道。你离开家已经很久了，现在可以回去了。”严士则想要告辞回家，却怕再迷失道路。那隐士说：“你不必担心，从这里走二三里，就能遇上打柴的樵夫，你可以跟着他们一同回去。从这里到京城不算远。”严士则出来之后，果然有樵夫在路边打柴，他向打柴的樵夫打听那个隐士的姓名，樵夫自返回路上，终究不回答。刚刚走了两夜，已经到达了樊川的村野。回到京城后，他就不喜欢凡间食物的滋味了，反而一天比一天觉得气壮神清，心中有了驾驭鸾鹤的念头。他穿着粗布短衣，拄着用藜木茎做成的手杖，经常依傍在岩崖山脉边。京城的留守卢仆射，向往神仙和修道，很想见到神异之人。有道士详细将严士则的奇遇告诉给卢仆射，于是卢仆射把严士则请到家里来。听到神仙预言严士则会做一方长官，就让严士则以处士的身份登上仕途。于是他就从梓州别驾，一直做到建州刺史，当时他已经九十岁了。他做郡守刚够一周年，就解印辞官回到罗浮山。等到韦宙相公出任江南太守，派人寻访他，他还隐居在山谷之中。唐宣宗大中十四年，严士则到建安（建安郡，郡治今福州西）赴任时，路过江南，当时萧相公正在浙西体察民间风俗，在桂楼设宴招待他，他也只是喝了几杯酒，其他的什么也没吃。（出《剧谈录》）

卷第三十八　神仙三十八

李　泌

李泌

李泌字长源，赵郡中山人也。六代祖弼，唐太师。父承休，唐吴房令。休娶汝南周氏。初，周氏尚幼，有异僧僧伽泗上来，见而奇之。且曰："此女后当归李氏，而生三子，其最小者，慎勿以紫衣衣之，当起家金紫，为帝王师。"及周氏既娠泌，凡三周年，方寤而生。泌生而发至于眉。先是周每产，必累日困惫，唯娩泌独无恙，由是小字为顺。泌幼而聪敏，书一览必能诵，六七岁学属文。开元十六年，玄宗御楼大酺，夜于楼下置高坐，召三教讲论。泌姑子员俶，年九岁，潜求姑备儒服，夜升高坐，词辨锋起，谭者皆屈。玄宗奇之，召入楼中，问姓名。乃曰："半千之孙，宜其若是。"因问外更有奇童如儿者乎，对曰："舅子顺，年七岁，能赋敏捷。"问其宅居所在，命中人潜伺于门，抱之以入，戒勿令其家知。玄宗方与张说观棋，中人抱泌至。俶与刘晏，偕在帝侧。及玄宗见泌，谓说曰："后来者与前儿绝殊，仪状真国器也。"说曰："诚然。"遂命说试为诗。即令咏方圆动静。泌曰："愿闻其状。"说应曰："方如棋局，圆如棋子，动如棋生，静如棋死。"说以其幼，仍教之曰："但可以意虚作，不得更实道棋字。"泌曰："随意即甚易耳。"玄宗笑曰："精神全大于身。"泌乃言曰："方如行义，圆如用智，动如逞才，静如遂意。"说因贺曰："圣代嘉瑞也。"玄宗大悦，抱于怀，抚其头，命果饵啖之，遂送忠王院，两月方归。仍赐衣物及彩数十，且谕其家曰："年小，恐于儿有损，未能与官。当善视之，乃国器也。"由是张说邀至其宅，命其子均、垍，相与若师友，情义甚狎。张九龄、贺知章、张庭珪、韦虚心，一见皆倾心爱重。贺知

李泌

李泌，字长源，赵郡中山人。他的六代祖名叫李弼，是唐朝的太师。他的父亲名叫李承休，是唐朝吴房县的县令。李承休迎娶汝南周氏为妻。起初，周氏还年幼的时候，有一位不同寻常的和尚名叫僧伽的从泗水来，见了她感到惊奇，并说：“这女孩儿以后会嫁给姓李的，会生三个儿子，其中那个最小的儿子千万不要让他穿紫色衣服。这个孩子会由金印紫绶起家，成为帝王的老师。”等到周氏怀上了李泌之后，怀胎三年，才把他生了下来。李泌生下来后头发就长到了眼眉。在这之前，周氏每次生完孩子，必定连着多日困乏疲惫，只有这次生产李泌时没有任何不适，因此给他的小名取作“顺”。李泌小的时候就很聪敏，书只要看过一遍就必定能够背下来。他六七岁时就开始学习写文章。开元十六年，唐玄宗在御楼之上大设酒宴，到了夜里又在御楼之下设置了高高的座位，召来三教九流登台讲谈议论。李泌姑母的儿子员俶，那年仅有九岁，偷偷请求母亲为他准备一身儒生的衣服，到了夜晚登上高座，能言善辩，言辞就像锋刃一样锐利，与他辩论的人都说不过他。唐玄宗对此感到十分惊奇，就把他召入御楼之中，问清他的姓名之后，便说：“原来是员半千的孙子，应当如此不凡。”接着唐玄宗就问他宫外还有没有像他这样的才能优异的小孩了，他回答说：“我舅舅的儿子小名叫‘顺’的，今年七岁，擅长赋诗，才思敏捷。”唐玄宗问清了他家的住处，就派宦官偷偷等候在门外，伺机把他抱进宫来，并告诫他千万不要让他家里人知道。唐玄宗正在和张说看别人下围棋。这时宦官抱着李泌来到，员俶和刘宴都在皇帝身边。唐玄宗见到李泌后，对张说说：“后面来的这个小孩比前面来的更加特殊突出，从他的仪容相貌看，这才真是国家的栋梁之才啊！”张说回答说：“确实如此。”于是唐玄宗就让张说章尝曰："此稚子目如秋水，必当拜卿相。"张说曰："昨者上欲官之，某言未可。盖惜之，待其成器耳。"

当其为儿童时，身轻，能于屏风上立，薰笼上行。道者云："年十五必白日升天。"父母保惜，亲族怜爱，闻之，皆若有甚厄也。一旦空中有异香之气及音乐之声，李公之血属，必迎骂之。至其年八月十五日，笙歌在室，时有彩云挂于庭树。李公之亲爱，乃多捣蒜齑，至数斛，伺其异音奇香至，潜令人登屋，以巨杓飏浓蒜泼之，香乐遂散，自此更不复至。后二年，赋《长歌行》曰："天覆吾，地载吾，天地生吾有意无。不然绝粒升天衢，不然鸣珂游帝都。焉能不贵复不去，空作昂藏一丈夫。一丈夫兮一丈夫，平生志气是良图。请君看取百年事，业就扁舟泛五湖。"诗成，传写之者莫不称赏。张九龄见，独诫之曰："早得美名，必有所折。宜自韬晦，斯尽善矣。藏器于身，古人所重，况童子耶！但当为诗以赏风景，咏测试一下他作诗的才能如何。张说就让他吟咏方、圆、动、静。李泌说："请为我形容一下分别是什么样子的。"张说应答说："方就像棋盘，圆就像棋子，动就像棋活了，静就像棋死了。"张说因为李泌年幼，又教他："只能根据意思虚作，不能说出'棋'这个实字来。"李泌说："随意去作那可就太容易了。"唐玄宗听了笑道："这孩子的思维和才智远大于他的实际年龄。"李泌就说道："方如行义，圆如用智，动如逞才，静如遂意。"张说就向唐玄宗祝贺说："这是太平盛世的祥瑞之兆啊！"唐玄宗非常高兴，把李泌抱在自己怀中，抚摸着他的头，让人拿来水果点心给他吃。接着就把他送到忠王院中，两个月之后才让他回家，还送给他衣物以及彩缎，并且告诉他家里说："孩子还太小，做得太多恐怕有害于孩子的成长，所以就没封他做官。你们应该好好培育他，这将来会是国家的栋梁之才。"从此之后，张说就把李泌请到自己家里，让他的儿子张均、张垍和他在一起学习，就像师友那样相处，孩子们的感情也非常亲近。张九龄、贺知章、张庭珪、韦虚心等人，一见了李泌也都竭尽心思地喜爱重视他。贺知章曾经说："这孩子目如秋水，将来一定会官拜卿相。"张说说："昨天皇上想封他做官，我说现在还不行。现在不做官是爱护他，等待他成器罢了。"

李泌还是孩童的时候，身体很轻盈，能在屏风上站立，能在薰笼上行走。一个修炼道术的人曾说："这孩子十五岁时一定会白日升天做神仙。"父母保护爱惜他，亲族怜惜疼爱他，听了道士这样说，都像灾难将要降临一样，一旦天空中出现奇异的香味，以及传来音乐的声音，李泌的亲人们一定迎着天空上去大骂一顿。到了李泌十五岁那年的八月十五日，果然听到有笙歌响彻室内，时时有彩云挂在庭院的树上。李泌的至亲好友们就聚在一起捣了许多蒜泥，一直捣了几大斛，等到异音和奇香到来的时候，暗中派人登上屋顶，用大勺子扬洒浓稠的蒜泥泼向来处，音乐和香味就此散去，从此以后就再也不出现了。两年以后，李泌写了《长歌行》一首："天覆吾，地载吾，天地生吾有意无？不然绝粒升天衢，不然鸣珂游帝都。焉能不贵复不去，空作昂藏一丈夫。一丈夫兮一丈夫，平生志气是良图。请君看取百年古贤，勿自扬己为妙。”泌泣谢之。尔后为文，不复自言。九龄尤喜其有心，言前途不可量也。又尝以直言规讽九龄，九龄感之，遂呼为小友。

九龄出荆州，邀至郡经年，就于东都肄业。遂游衡山、嵩山，因遇神仙桓真人、羡门子、安期先生降之。羽车幢节，流云神光，照灼山谷，将曙乃去，仍授以长生羽化服饵之道。且戒之曰：“太上有命，以国祚中危，朝廷多难，宜以文武之道，佐佑人主，功及生灵，然后可登真脱屣耳。”自是多绝粒咽气，修黄老谷神之要。及归京师，宁王延于第。玉真公主以弟呼之，特加敬异。常赋诗，必播于王公乐章。及丁父忧，绝食柴毁。服阕，复游嵩华终南，不顾名禄。天宝十载，玄宗访召入内，献《明堂九鼎议》，应制作《皇唐圣祚》文，多讲道谈经。肃宗为太子，敕与太子诸王为布衣交，为杨国忠所忌，以其所作《感遇诗》，谤议时政，构而陷之，诏于蕲春郡安置。天宝十二载，母周亡，归家，太子诸王皆使吊祭。寻禄山陷潼关，玄宗、肃宗分道巡狩，泌尝窃赋诗，有匡复意。虢王巨为河洛节度使，使人求泌于嵩少间。会肃宗手札至，虢王备车马送至灵武。肃宗延于卧内，动静顾问，规画大计，遂复两都。泌与上寝则对榻，出则联镳。代宗时为广平王，领天下兵马元帅，诏授侍谋军国天下兵马元帅府行军长史，判行军事，仍于禁中安置。崔圆、房琯自蜀至，册肃宗为皇帝，并赐泌手诏衣马枕被等。既立大功，而幸臣李辅国害其能，将不利之，因表乞游衡岳。优诏许之，给以三品禄俸。山居累年，夜为寇所害，投之深谷中。及明，事，业就扁舟泛五湖。”这首诗写成之后，传抄的人没有一个不称赞的。只有张九龄看了之后告诫他说：“过早地传出好名声，一定会带来一些折损，你年纪尚小应该韬光养晦，这才能使自己尽善尽美。把自己的本领隐藏起来，这是古人所看重的，何况你还是个小孩子呢！你现在应该作诗赞赏风景，吟咏古贤，千万不要自己表现自己才好。”李泌感动地流着泪表示感谢。之后再写的文章，不再言及表现自己。张九龄尤其喜欢李泌有心机智谋，说他前途不可限量。他还曾经直言规劝，讽喻张九龄。张九龄内心很感激他，于是就称呼他为“小友”。

张九龄出任荆州长史的时候，把他邀请到郡里居住了一年。他在东都洛阳学习的时候，就去游历了衡山和嵩山，遇到了神仙桓真人、羡门子、安期先生降临人间。他们都驾着神仙专用的车，车上旌旗符节飘摇，周身伴有流动的云朵和神奇的灵光，照耀着整个山谷，到了天将亮的时候才离去。神仙们还传授给他通过服用丹药从而长生不老，最终羽化成仙的道术，并且告诫他说：“天帝有命令，因为国家有倾覆的危险，朝廷之中也多灾多难，你应该用文武之道辅佐皇帝，让你的功德遍及天下生灵，然后就可以得道成仙把这世间万物看得很轻了。”从此之后，他经常绝食服气吐纳，修习黄老（黄帝与老子）、谷神（老子在《道德经》中提出的“谷神”，指的是产生天地万物的永恒根源）的要旨。等到他回到京城长安后，宁王把他延请到王府，玉真公主对他以弟弟相称，十分地敬重。他平常所赋的诗，一定会被王公们配上音乐广泛传播。之后李泌的父亲去世了，他回家为父亲守孝，因为过于哀痛不吃食物而骨瘦如柴。他守孝期满了之后，又去嵩山、华山、终南山游历，根本不在意自己的名声和利禄。天宝十年，唐玄宗寻访到他并把他召入宫中，他献上了《明堂九鼎》的奏议，奉皇帝的诏令作了《皇唐圣祚》的文章，经常在宫中讲道谈经。唐肃宗还是太子的时候，皇上诏令李泌和太子以及诸王以布衣论交，但遭到杨国忠的忌恨，借口他所作的《感遇》一诗是诽谤时政，设计陷害他，皇上下诏把他贬到蕲春郡安置。天宝十二年，他母亲周氏也去世了，他回到家里守孝，太子和诸王都派使者去吊祭。

乃攀缘他径而出。为槁叶所藉，略无所损。

初，肃宗之在灵武也，常忧诸将李、郭等，皆已为三公宰相，崇重既极，虑收复后无以复为赏也。泌对曰："前代爵以报功，官以任能。自尧舜以至三代，皆所不易。今收复后，若赏以茅土，不过二三百户一小州，岂难制乎？"肃宗曰："甚善。"因曰："若臣之所愿，则特与他人异。"肃宗曰："何也？"泌曰："臣绝粒无家，禄位与茅土，皆非所欲。为陛下帷幄运筹，收京师后，但枕天子膝睡一觉，使有司奏客星犯帝座，一动天文足矣。"肃宗大笑。及南幸扶风，每顿，必令泌领元帅兵先发，清行宫，收管钥，奏报，然后肃宗至。至保定郡，泌稍懈，先于本院寐。肃宗来入院，不令人惊之，登床，捧泌首置于膝。良久方觉。上曰："天子膝已枕矣，克复之期，当在何时？可促偿之。"泌遽起谢恩。肃宗持之不许。因对曰："是行也，以臣观之，假九庙之灵，乘一人之威，当如郡名，必保定矣。"既达扶风，旬日而西域河陇之师皆会，江淮庸调亦不久安禄山攻陷潼关，玄宗和太子李亨分道巡行，李泌曾经偷偷地作诗，有挽救危难复兴国家的意思。虢王李巨是河洛节度使，他派人在嵩山和少室山之间寻访李泌，正赶上太子李亨的手札送到，虢王就准备车马把李泌送到灵武。太子李亨把李泌请到自己的卧室内，处理事情，或闲暇时，都询问他的意见，和他共同商讨光复大计。终于，收复了东西二都。李泌与太子李亨，睡觉时则床对着床，出门时则马并着马。唐代宗李豫，当时是广平王，是统领天下兵马的元帅，唐肃宗下诏授予李泌侍谋军国天下兵马元帅府行军长史的头衔（以辅佐广平王）决定行军事宜，仍然把他安置在皇宫之中。崔圆、房琯从蜀地而来，传达玄宗旨意册立太子李亨为皇帝，并赐给李泌手诏、衣马、枕被等东西。李泌已经立了大功，却遭到了宠臣李辅国对他才能的忌妒，将要对李泌不利，他就上表乞求想到衡山游历。肃宗下了诏书褒美他，并批准了，给他三品官的俸禄。他在山里隐居了好几年。一天夜里，他被贼寇所加害，被扔入深谷之中。等到天亮后，他却攀缘着别的路径出来了。他被谷底的枯叶垫着，基本上没受一点伤。

起初，唐肃宗在灵武的时候，曾经担忧李光弼、郭子仪等将军们，他们都已经位列三公宰相，在朝中已经尊崇倚重到了极点，担心光复失地之后再没有什么高官可以用来奖赏他们了。李泌回答说："以前的朝代，用封爵来嘉奖有功的人，用封官来任用有能的人。从尧舜开始到夏商周三代，都是这样做的，不曾更改。现在收复失地后，如果赏给他们土地，也不过是二三百户的一个小州，难道这是很难控制的吗？"肃宗说："如此甚好。"接着李泌说："至于臣的愿望，就和别人的不一样。"肃宗说："是什么呢？"李泌说："臣辟谷绝食又没有家室，禄位和土地都不是我想要的。我为陛下运筹帷幄，等到收复京城以后，只要能枕在天子的膝盖上睡一觉，让钦天监来奏报有客星侵犯帝座，让我一动天上星宿就足够了。"肃宗听后哈哈大笑。等到皇帝向南要到扶风去时，每次停顿，皇帝一定让李泌率领天下兵马元帅部队先行出发。由李泌负责清理行宫，收管钥匙，等到他的奏报后，然后肃宗才到。走到保定郡时，李泌稍有懈怠，先行出发在院子里打点时睡着了，之后肃宗来到，走进院子后，下令不让别人相继而至，肃宗大悦。又肃宗尝夜坐，召颍王等三弟，同于地炉罽毯上食，以泌多绝粒，肃宗每自为烧二梨以赐泌。时颍王恃恩固求，肃宗不与，曰："汝饱食肉，先生绝粒，何乃争此耶！"颍王曰："臣等试大家心，何乃偏耶！不然，三弟共乞一颗。"肃宗亦不许，别命他果以赐之。王等又曰："臣等以大家自烧故乞，他果何用？"因曰："先生恩渥如此，臣等请联句，以为他年故事。"颍王曰："先生年几许，颜色似童儿。"其次信王曰："夜抱九仙骨，朝披一品衣。"其次益王曰："不食千钟粟，唯餐两颗梨。"既而三王请成之。肃宗因曰："天生此间气，助我化无为。"泌起谢。肃宗又不许曰："汝之居山也，栖遁幽林，不交人事；居内也，密谋匡救，动合玄机，社稷之镇也。"

泌恩渥隆异，故元载、辅国之辈，嫉之若仇。代宗即位，累有颁锡，中使旁午于道，别号天柱峰中岳先生，赐朝天玉简。已而征入翰林。元载奏以朝散大夫检校秘书少监，为江西观察判官。载伏诛，追复京师，又为常衮所嫉，除楚州刺史。未行，改丰、朗二州团练使，兼御史中丞，又改授杭州，所至称理。兴元初，征赴行在，迁左散骑常侍，寻除陕府长史，充陕虢防御使。陈许戍卒惊醒李泌。肃宗上床后，把李泌的头轻轻捧到自己膝上。过了许久李泌才醒来。肃宗说："天子的膝盖你也已经枕了，攻克敌营收复失地的日期是什么时候呢？你可以加快速度来报答我。"李泌急忙起身谢恩。肃宗用手拉着他，不让他起来。于是李泌回答说："这次行动，在臣看来，可以假借着宗庙的神灵，乘着陛下的威严，应当像这个郡的名称，一定能够'保定'了。"到达扶风之后，十天之内，西域河陇的军队都会合了，江淮一带的税收物资也都相继送到了，肃宗很高兴。曾经有一天夜晚，肃宗召来颍王等三个弟弟，一同在地炉毛毯上吃东西。因为李泌经常不吃粮食，肃宗常常亲自烤两个梨赐给他。当时颍王倚仗皇上对他的恩宠，硬要那个烤好的梨，肃宗不给，说："你已经吃了一肚子肉，明知李先生辟谷不吃粮食，为什么还要争这个梨呢？"颍王说："我们就是试一试皇上的心，为什么偏向他呢？要不然，我们兄弟三个共要一个梨也行。"肃宗还是不答应，另外让人拿来别的水果送给他们。三个弟弟又说："我们是因为那梨是皇上亲自烤的所以才讨要，拿别的水果来有什么用？"接着又说："李先生受到皇上如此恩宠，请皇上允许我们三人联句，作为将来的故事。"颍王首先说："先生年几许，颜色似童儿。"其次信王说："夜抱九仙骨，朝披一品衣。"再次益王说："不食千钟粟，唯餐两颗梨。"然后三王请皇上完成此诗。肃宗最后说："天生此间气，助我化无为。"李泌站起来想要致谢。肃宗又不让，说："你住在深山时，遁世隐居于幽林之中，不参与人间的事；你住在宫内时，秘密地谋划匡正挽救国家的大计，一举一动都把握住玄妙的天机，你真是镇守社稷的神人啊。"

李泌受到皇帝的恩宠异常优厚，所以元载、李辅国等人嫉妒他就像仇敌一样。唐代宗即位之后，也对李泌经常有所赏赐，宫中派出的宦官交错纷繁地往来于通向李泌家的道路上，另外还称他为"天柱峰中岳先生"，赐给他朝天玉简。不久后又把他征入翰林院。元载上奏，贬谪他为朝散大夫检校秘书少监，外放为江西观察判官。元载被处死之后，李泌又恢复官职被调回京城长安。后来他又受到常衮的嫉妒，拜为楚州刺史，还没有出发，就改任丰朗二州的团练三千，自京西逃归，至陕州界，泌潜师险隘，尽破之。又开三门陆运一十八里，漕米无砥柱之患，大济京师。二年六月，就拜中书侍郎平章事，加崇文馆大学士，修国史，封邺侯。时顺宗在春宫，妃萧氏母部国公主，交通于外，上疑其有他志，连坐贬黜者数人，皇储危惧，泌周旋陈奏，德宗意乃解，颇有谠正之风。五年春，德宗以二月一日为中和节，泌奏今有司上农书，献穜稑之种，王公戚里上春服，士庶乃各相问讯。泌又作中和酒，祭勾芒神，以祈年谷，至今行之。泌旷达敏辨，好大言。自出入中禁，累为权臣所挤，恒由智免，终以言论纵横，上悟圣主，以跻相位。是岁三月薨，赠太子太傅。是月中使林远，于蓝关逆旅遇泌，单骑常服，言暂往衡山，话四朝之重遇，惨然久之而别。远到长安，方闻其薨。德宗闻之，尤加怆异。曰："先生自言，当匡佐四圣而复脱屣也，斯言验矣。"泌自丁家艰，无复名宦之冀，服气修道，周游名山，诣南岳张先生受箓。德宗追谥张为玄和先生。又与明瓒禅师游，著《明心论》。明瓒释徒谓之嬾残，泌尝读书衡岳寺，异其所为，曰："非凡人也，听其中宵梵唱，响彻山林。"泌颇知音，能辨休戚，谓嬾残经音，先凄怆而后喜悦，必谪堕之人，时至将去矣。候中夜，潜往谒之。嬾残命坐，拨火出芋以啗之。谓泌曰："慎勿多言，领取十年宰相。"泌拜而退。

使，兼任御史中丞。后来他又改授为杭州刺史。他无论到哪里为官，都有教育感化的美名。唐德宗兴元初年，召他到天子所在之地，升任左散骑常侍，不久后又被任命为陕府长史，充任陕虢防御史。陈、许的三千名戍卒从京西逃回，逃到了陕州地界，李泌在地势险要处埋伏好军队，把逃兵们全都打败了。他又开凿了三门峡一共十八里的陆路运输路线，使征运官粮时不再有碰上砥柱山的忧患，极大地便利了京城。兴元二年六月，他就被任命为中书侍郎平章事，加封崇文馆大学士，负责编修国史，封为邺候。当时唐顺宗还是太子，住在春宫，太子的妃子萧氏的母亲郜国公主串通于外，德宗怀疑她有不轨的企图，受她牵连被罢官的有好几人。皇太子李诵也受到牵连，整日忧虑恐惧。经过李泌的一番周旋，上书向皇上陈述利害，德宗才打消废太子的念头。李泌在朝廷上很有正直的作风。兴元五年春天，德宗把二月一日定为中和节。李泌上奏说，现在有关官署献上一本农书，并且献上各种成熟时间不同的谷物种子。王公和外戚都换上了春服，士人和百姓则互相问候。李泌又制作了中和酒，用来祭祀勾芒神，祈求全年谷物的丰收。这种风俗至今还在流传。李泌心胸豁达机敏善辩，喜欢正大的言论。自从他出入于皇帝身边，就多次遭到权臣的排挤，他每次总是凭着自己的智慧免遭灾祸。他最终因为言谈议论古今纵横，感悟了圣主，登上了相位。兴元五年三月李泌去世了，皇上就追封他为太子太傅。同在这一月有个叫林远的宫中使者，在蓝关客栈中遇见了李泌。李泌独自骑着马，穿着平常的便服，说他暂时前往衡山。他向林远述说自己辅佐四代帝王所得到的特殊礼遇，哀戚忧伤地待了许久才分别离去。林远回到长安后，才听说他已经去世了。德宗听说之后，更加感到悲怆和惊奇。德宗说：“李泌先生自己曾说过，他得辅佐四位皇帝然后才会了无牵挂地登天成仙，这话也已经应验了。”李泌自从经历了父母相继亡故后，再也没有去求取功名利禄的想法了，所以他服气吐纳，修炼道术，周游名山大川。他到南岳张先生那里受箓成为道士。德宗也追封张先生为“玄和先生”。他又和明瓒禅师游玩交往并写了《明心论》。当时的佛教信徒都叫明瓒禅师为“嬾残”。李泌曾在衡岳寺中读书，对明瓒禅师又懒散又捡食残天宝八载，在表兄郑叔则家，已绝粒多岁，身轻，能自屏风上，引指使气，吹烛可灭。每导引，骨节皆珊然有声，时人谓之锁子骨。在郑家时，忽两日冥然，不知人事。既寤，见身自顶踊出三二寸，傍有灵仙，挥手动目，如相勉助者，如自足及顶。乃念言大事未毕，复有庭闱之恋，愿终家事。于是在傍者皆见一人，仪状甚巨，衣冠如帝王者，前有妇人，礼服而跪。如帝王者责曰："情之未得，因欲令来，使劳灵仙之重。"跪者对曰："不然，且教伊近天子。"于是遂寤。后二岁，为玄宗所召。后常有隐者八人，容服甚异，来过郑家，数自言仙法严备，事无不至。临去叹曰："俗缘竟未尽，可惜心与骨耳。"泌求随去。曰："不可！姑与他为却宰相耳。"出门不复见。因作《八公诗》叙之。复有隐者，携一男六七岁来过，云："有故，须南行，旬月当还。缘此男有痢疾，既同是道者，愿且寄之。"又留一函曰："若疾不起，望以此瘗之。"既许，乃问男曰："不骄留此得乎？"曰："可。"遂去。泌求药疗之，终不愈。八九日而殂，即以函盛，瘗庭中蔷薇架下。累月，其人竟不回，试发函视之。有一黑石，天然中方，上有字如锥画云："神真炼形年未足，化为我子功相续。丞相瘗之刻玄玉，仙路何长死何促。"

羹冷炙的行为感到奇怪，评价说："这不是一个普通人。听他半夜念经的声音，响彻山林之中。"李泌很懂音乐，能够辨别声音中的喜悦和悲哀。他说："明瓒禅师念经的声音是先悲怆而后喜悦，一定是个从天上被贬谪到下界的人，时候到了就会离去的。"李泌等到半夜，偷偷地去拜见明瓒禅师。"嬾残"让他坐下，从火中拨出烤好的芋头给他吃。"嬾残"对李泌说："千万谨慎，不要多说，你就能得到十年宰相。"李泌下拜行礼后就退了出来。

天宝八年，李泌在表哥郑叔则家里，他已经多年辟谷不吃粮食，身体轻盈，能登着屏风走上去，引导手指使用真气，可以吹灭蜡烛。他每次引导运气，全身骨节都发出玉佩碰撞的响声，当时人们都称他是"锁子骨"。他在郑家的时候，忽然有两天昏迷不醒，不省人事了。等他醒来后，他自己说，看见自己的身体从头顶跳出二三寸，旁边有一位神仙，挥着手，转动着眼睛使眼色，好像在帮助、鼓励他。等到脚也快从头顶出来时，忽然想起他还有大事未了，还有留恋着家中父母，希望侍奉到父母去世再说。这时在他身旁的人都看到一个人，他身材高大，衣服头冠穿戴得像帝王一样，前面有个妇人，身穿礼服向他跪拜行礼，像帝王的这个人责备说："李泌俗世情缘还未圆满，因为你的一己私欲就提前接引他到这里来，还白白劳烦灵仙至此！"跪着的妇人回答说："要是这样，暂且先让他接近天子为他效力吧。"然后他就醒转过来了。两年后，李泌果然被唐玄宗召入宫中。在此之后，李泌还经常看到八位隐士，容颜服饰都很奇特，还曾经来过郑家，几次都自称仙术齐备，还没有办不到的事。他们临走的时候感叹道："你的俗缘竟然还没了断，可惜了你的心志和骨相！"李泌请求和他们一块去，他们说："不行。姑且给皇帝当宰相去吧。"那八位隐士一出门再也找不见了。于是李泌就作了《八公诗》来记叙这件事。后来又有一位隐士，带着一个六七岁的男孩，对他说："我有要紧的事必须到南方去，大概十来天或者一个月就能回来。只因为这男孩患有痫疾，既然咱们同是修道之人，我希望把他先寄养在你这里。"隐士又留下一个匣子，说："如果这病治不好了，希望你能用这个匣子把他埋葬了。"李泌答应之后，隐士才问那个男孩："你可以留泌每访隐选异，采怪木蟠枝，持以隐居，号曰养和，人至今效而为之，乃作《养和篇》，以献肃宗。泌去三四载，二圣登遐，代宗践祚，乃诏追至阙，舍于蓬莱殿延喜阁。由给事以上及方镇除降，代宗必令商量。军国大事，亦皆泌参决。因语及建宁王灵武之功，请加赠太子。代宗感悼久之，云："吾弟之功，非先生则世人不知，岂止赠太子也！"即敕于彭原迎丧，赠承天皇帝，葬齐陵。引至城门，奏以龙輀不动，代宗自蓬莱院谓曰："吾弟似欲见先生。宜速往酹祝，兼宣朕意。且吾弟定策大功，追加大号。时人未知，可作一文，以传不朽，用慰玄魂。"泌曰："已发引矣。他文不及作，挽歌词可乎？"代宗曰："可。"即于御前制之，词甚凄怆。代宗览之而泣，命中人驰授挽者。泌至，宣代宗命祝酹，歌此二章。于是龙辅行疾如风，都人观之，莫不感涕。先是，建宁王倓，有艰难定策之功，于代宗为弟。人或谮于肃宗云："有图嗣害兄之心。"遂遇害。及肃宗追悟倓无罪，泌虑复及诸王，因事言曰："昔高宗有子八人，皇祖睿宗最幼。武后生者，自为行第，故皇祖第四。长曰孝敬皇帝，监国而仁明，为武后所忌而鸩之。次曰雍王贤，为太子，中宗、睿宗常所不安，晨夕忧惧，虽父母之前，无由敢言，乃作《黄台摘瓜词》，令乐人歌之，欲微悟父母之意，冀天皇天后闻之。歌曰：'种瓜黄台下，瓜熟子离离。一摘使瓜好，再摘令瓜稀。三摘犹尚可，四摘抱蔓归。'然太子竟亦流废，终于黔州。建宁之事，已一摘矣，慎无再摘。"肃宗曰："先生忠于宗社，忧朕在这里吗？”男孩说：“可以。”接着隐士就离开了。李泌就到处找药给男孩治病，却始终没痊愈，八九天之后男孩就去世了。于是他就把男孩的尸体装在那个匣子里，埋葬在院子里蔷薇花架之下。一个月过去了，那位隐士还没回来。李泌就把那匣子挖出来打开一看，里边只有一颗黑石，天然的方形，上面有像用锥子刻上去的字：“神真炼形年未足，化为我子功相续。丞相瘗之刻玄玉，仙路何长死何促。”

李泌常常寻访山间隐士，选拔奇异之人，采集一些形状奇怪的树木和蟠曲的枝条，带回自己的隐居之处，他管这叫“养和”。人们至今还在效仿他这样做。当时他还专门写了《养和篇》，献给唐肃宗。李泌离开朝堂三四年之后，二位皇帝先后崩逝，代宗即位，就又下诏把李泌追回到宫中，让他住在蓬莱殿迎喜阁内。凡是给事以上的官职，哪怕镇守一方官员的任免贬谪，代宗都一定要与他商量。军务和国政的大事，也都让李泌参谋决断。有一天说到建宁王在灵武立下的功劳，李泌请求为他加封为太子，代宗感伤悼念了许久，说：“我弟弟的功劳，如果不是先生你为他请功加封，那么世人是永远不会知道他的，岂能仅仅是加封为太子呢？”于是代宗下令在彭原把建宁王的灵柩迎回京城，追赐封号为“承天皇帝”，并把他葬在齐陵。灵柩行到城门的时候，有人来奏报，说拉灵柩的丧车无法前进了，代宗在蓬莱院对李泌说：“我弟弟好像想要见见先生你，先生应该赶快去祭奠祷告一番，并且向他说明朕的心意。而且，我弟弟因为立过大功死后被尊为天子，又追封了‘承天’的帝号，现在百姓们还不知道这是怎么回事，先生可以写一篇文章，以便于永远留传不朽，用来慰藉我弟弟的亡魂。”李泌说：“出殡的丧车已经发引，现在写别的文章已经来不及了，写一首哀悼他的挽歌可以吗？”代宗说：“可以。”于是他就在代宗面前写了一首挽歌，词意很是凄凉悲怆，代宗读完便不由地哭泣，立即派宫里的人骑马奔驰送到建宁王的灵柩前。李泌赶到灵柩前，宣布代宗让他来祭奠祷告的旨意，歌唱了他写的这两章挽歌，于是灵柩丧车疾行如风。京里百姓见了，没有一个不感动得落泪。之前，建宁王李倓，曾在国家艰难的时刻有制定决策的功劳。他是代宗的弟弟，有人在肃宗面前诬陷他说：“建宁王李倓有家事，言皆为国龟镜，岂可暂离朕耶？”时玄宗有诰，只要剑南一道自奉，未议北回。泌请肃宗奉表，请归东宫。次作功臣表，述马嵬灵武之事，请上皇还京。初肃宗表至，玄宗徘徊未决。及功臣表至，乃大喜曰：“吾方得为天子父。”下诰定行日，且曰：“必李泌也。”肃宗召泌，且泣且喜曰：“上皇已下诏还京，皆卿力也。”

又天宝末，员外郎窦庭芝分司洛邑，常敬事卜者葫芦生。每言吉凶，无不中者。一旦凌晨，生至窦门，颇甚嗟叹。庭芝请问，良久乃言：“君家大祸将成。”举家啼泣，请问求生之路。生曰：“若非遇中黄君，但见鬼谷子，亦可无患矣。”生乃具述形貌服饰，仍戒以浃旬求之。于是与昆弟群从奴仆，晓夕求访，殆遍洛下。时泌居于河清，因省亲友，策蹇入洛，至中桥，遇京尹避道。所乘骡忽惊轶而走，径入庭芝所居，与仆者共造其门。车马罗列将出，忽见泌，皆惊愕而退。俄有人云：“分司窦员外宅，所失骡图谋皇位杀害兄长的念头。”于是他就被害了。等到肃宗后来醒悟发现李倓无罪，李泌担心再发生殃及诸王的事，就进言说：“昔日高宗有八个儿子，皇祖睿宗最为年幼，因为是武后生的，自己排行次序，所以皇祖排为第四子。长子是孝敬皇帝，监理国事时期仁爱明察，后因武后猜忌而被毒死。次子是雍王李贤，他被立为太子，身为三子的中宗和四子的睿宗经常惴惴不安，从早到晚地担心害怕，尽管是在父母之前，也不敢直说，于是就写了《黄台摘瓜词》，让乐府的乐官歌唱，想要略微感动父母，使之回心转意，也希望高宗和武后能听到。歌词是：‘种瓜黄台下，瓜熟子离离。一摘使瓜好，再摘令瓜稀。三摘犹尚可，四摘抱蔓归。’然而太子终究也被流放贬谪，最终死于黔州。建宁王的事，已经属于‘一摘’了，千万不要发生‘再摘’的事。”肃宗说：“先生忠于宗庙和社稷，为朕的家事而操心，你所说的话都是治理国家时引以为戒的教训，你一时也不可离开朕啊！”当时太上皇唐玄宗有命令，他只待在剑南道，要剑南这一道来供养自己，从没谈过北回长安的事。李泌请求肃宗给玄宗上表，奏请恩准肃宗还回到东宫，然后再代表一众功臣，通奏表章，寄给玄宗，记述马嵬坡和灵武的事，请太上皇玄宗启程回京。起初，肃宗的表章送到，玄宗还在犹豫不决，等到《功臣表》送到后，玄宗就非常高兴地说：“我这才能作为天子的父亲回京去。”玄宗马上下令制定启程回京的日期，而且说：“这一定是李泌的主意。”之后肃宗把李泌召来，边哭泣边高兴地说：“太上皇已经下令回京，这全都是你的功劳啊！”

另外，天宝末年，员外郎窦庭芝分管洛邑。窦庭芝经常恭敬地侍奉一位能够占卜、名叫葫芦生的人。葫芦生每次谈论事情吉凶，没有说不准的。一天早晨，葫芦生来到窦庭芝家门前，一个劲地叹气。窦庭芝向他请教叹什么气，葫芦生过了许久才说：“你家将要有大祸来临！”窦家人听了全家都开始啼哭，问他有什么求生化解的办法。葫芦生说：“如果能遇到中黄君，或者能见到鬼谷子，也就可以化解祸患了。”葫芦生就详细地描述了二位仙人的样貌和服饰，还告诫他必须在十天内找到他们。于是窦庭芝和他的兄弟及家中奴仆们，不分昼夜地四处寻访，几乎找遍了整个洛邑。当时李泌住在河清，因为收在马厩，请客入座，主人当愿修谒。”泌不得已就其厅。庭芝既出，降阶载拜。延接殷勤，遂至信宿。至于妻子，咸备家人之礼。数日告去，赠遗殊厚。但云：“遭遇之辰，愿以一家奉托。”时泌居于河清，信使旁午于道。庭芝初与泌相值，葫芦生适在其家，云：“既遇斯人，无复忧矣。”及朱泚构逆，庭芝方廉察陕西，车驾出幸奉天，遂于贼庭归款。銮舆反正，德宗首令诛之。时泌自南岳征还行在，便为宰相。因第臣僚罪状，遂请庭芝减死。德宗意不解，云：“卿以为宁王姻懿耶？宁王以庭芝妹为妃，以此论之，尤为不可。然莫有他事，俾其全否？卿但言之。”于是具以前事闻。由是特原其罪。泌始奏，上密遣中使乘传，于陕问之，庭芝录奏其事。德宗曰：“言中黄君，盖指朕耶？未知呼卿为鬼谷子，何也？”或曰：“泌先茔在河清谷前鬼谷，恐以此言之也。”兴元四年二月，德宗谓泌曰：“朕即位以来，宰相皆须姑息，不得与其较量理道。自用卿以来，方豁朕意，是乃天授卿于朕耳。虽夷吾骐骥，傅说霖雨，何可以及兹！”其军谋相业，载如国史，事迹终始，具《邺侯传》。泌有集二十卷，行于世。（出《邺侯外传》）

要去看望亲友，骑着一头骡子到了洛邑，走到桥上时，遇到京城来的长官车马而回避，但他所骑的骡子忽然受惊跑了，直接跑进了窦庭芝的家里。李泌和仆人一起来到窦家门前，此时窦家车马罗列，准备出门，忽然看到李泌造访，都惊愕地退了几步。不一会儿有人上前说："这里是窦员外的宅院，你丢失的骡子已经拴在马棚里，请客人进府坐坐，我家主人很希望能见到您。"李泌不得已跟着来到厅中。窦庭芝出来之后，站在阶下降低身份参拜行礼，殷勤接待。于是李泌在这住了两宿。至于窦庭芝的妻子儿女，全都以家人的礼节拜见了李泌。李泌住了几天告辞离去，窦家赠送的礼物十分丰厚，只是说："在全家遭遇大祸的时候，我只希望把一家的安危都托付给您。"当时李泌住在河清，而窦庭芝家派来慰问的使者来来往往交错不断。窦庭芝初次和李泌相见，葫芦生正好也在他家。之后，葫芦生说："既然你遇到了这个人，就不用再担心灾祸的事了。"等到朱泚发动叛乱时，窦庭芝正在陕西考察。皇帝的车驾到了奉天，于是窦庭芝就降顺了朱泚。等到皇帝拨乱反正之后，德宗首先下令诛杀窦庭芝。当时李泌从南岳衡山调回皇帝所在的地方，就官拜宰相。李泌评定反叛官吏的罪状时，就请求德宗减免窦庭芝的死刑。德宗不理解他说这话的含义，说："你想以窦庭芝是宁王的姻亲的身份来替他求情吗？宁王迎娶窦庭芝的妹妹为王妃。如果为这个原因而替他求情，那更加不可以。莫非还有什么别的原因，让你保全他的性命？你只管放心说出来！"于是李泌把以前的事详细地讲给德宗听，因此，德宗特别原谅了窦庭芝犯的罪。李泌刚刚上奏的时候，德宗暗中派宫中使者骑驿站快马到陕西去询问，窦庭芝就把之前那件事写下来上报给德宗。德宗对李泌说："葫芦生所说的'中黄君'，大概指的是我吧？不知叫你'鬼谷子'的原因是什么？"有人说："李泌祖先的坟地位于河清谷前的鬼谷，恐怕就是因为这样才称呼他为'鬼谷子'吧。"兴元四年二月，德宗对李泌说："自朕即位以来，宰相都需要我无原则地迁就纵容，不能和他们计较治国的道理。自从我任用你以来，朕感到心情开朗，这是上天把你送给我的吧。即使把管夷吾比作千里马，把傅说比作及时雨，那也不能比得上你。"李泌的军事谋略

和宰相的功业，就像国史记载的那样。事迹的始终都记录在《邺侯传》中。李泌还写有《李泌集》，共二十卷，流传在世上。（出《邺侯外传》）

卷第三十九　神仙三十九

刘　晏　崔希真　韦老师　麻阳村人　慈心仙人

刘　晏

唐宰相刘晏，少好道术，精悬不倦，而无所遇。常闻异人多在市肆间，以其喧杂，可混迹也。后游长安，遂至一药铺，偶问，云："常有三四老人，纱帽拄杖来取酒，饮讫即去，或兼觅药看，亦不多买，其亦非凡俗者。"刘公曰："早晚当至？"曰："明日合来。"刘公平旦往，少顷果有道流三人到，引满饮酒，谈谑极欢，旁若无人。良久曰："世间还有得似我辈否？"一人曰："王十八。"遂去。自后每忆之，不可寻求。及作刺史，往南中，过衡山县，时春初，风景和暖，吃冷淘一盘，香菜茵陈之类，甚为芳洁。刘公异之，告邮史曰："侧近莫有衣冠居否？此菜何所得？"答曰："县有官园子王十八能种，所以馆中常有此蔬菜。"刘公忽惊记所遇道者之说，乃曰："园近远，行去得否？"曰："即馆后。"遂往。见王十八，衣犊鼻灌畦，状貌山野，望刘公趋拜战栗。渐与同坐，问其乡里家属。曰："蓬飘不省，亦无亲族。"刘公异疑之，命坐，索酒与饮，固不肯。却归，晏乃诣县，自请同往南中。县令都不喻，当时发遣。王十八亦不甚拒，破衣草履，登舟而行。刘公渐与之熟，令妻子见拜之，同坐茶饭。形容衣服，日益秽弊，家人并窃恶之。夫人曰："岂兹有异，何为如此？"刘公不懈。去所诣数百里，患痢，朝夕困极，舟船隘窄，不离刘公之所。左右掩鼻罢食，不胜其苦。刘公都无厌怠之色，但忧惨而已。劝就汤粥，数日遂毙。刘公嗟叹涕泣，送终之礼，无不精备，乃葬于路隅。

刘晏

唐朝宰相刘晏，年轻的时候喜好道术，专一诚恳，坚持不懈，但是从来没遇上仙人。他曾经听说神异之人大多出现在市场店铺之间，因为这种地方人群喧哗嘈杂，可以把行踪混杂其中，不易被人发现。后来他来到长安游历，走进一家药铺，偶然问起仙人的事。药铺中人说："经常有三四位老人，戴着纱帽，拄着拐杖，来这里买酒，喝完之后就离开了。有时候他们也会找寻几味药材看看，也不多买。看样子他们就不是凡俗之人。"刘晏说："他们什么时候还能再来？"回答说："明天应该还会再来。"第二天清晨的时候，刘晏就来到药铺，不多时果然有三名道士来到药铺，斟满酒杯就开始喝酒，谈笑戏谑，极其欢快，旁若无人。许久之后，其中一人说："世间上还有像我们这样的人吗？"另一个人说："还有一位名叫王十八的人。"喝完他们三人就离开了。从此之后，刘晏不时回想起这件事，却再不能找到那些人了。等到他做了刺史后，要前往南方，途中路过衡山县，当时正是初春，风景秀丽，天气温暖，便吃了一碗凉面。凉面里放有香菜、茵陈蒿等，特别芳香清洁。刘晏感到很奇怪，就对邮吏说："附近莫非有士绅居住吗？这些菜是从哪儿弄来的？"回答说："县里官园子的一个叫王十八的人能种这种蔬菜，所以旅馆里经常供有这种菜。"刘晏突然想起之前所遇到的道士们讲过的话，就说："这个菜园离这儿远不远？能走着去吗？"邮吏说："就在这处旅馆后边。"于是刘晏就前往菜园，见到了王十八。只见王十八围着围裙，穿着短裤正在灌溉菜地，样貌打扮好像山野村夫，并不文雅。他见了刘晏赶紧走上来参拜行礼，身上还不停地颤抖。刘晏渐渐与他坐到一起，问起他关于家乡和亲属的问题，他说："我一人漂泊不定，也没有什么亲人。"刘晏感到奇怪并怀疑他说的，让他坐下，要来酒和他一起后一年，官替归朝。至衡山县，令郊迎，既坐曰："使君所将园子，去寻却回，乃应是不堪驱使。"刘公惊问何时归，曰："后月余日即归。云：'奉处分放回。'"刘公大骇，当时步至园中，茅屋虽存，都无所睹。邻人云："王十八昨暮去矣。"怨恨加甚，向屋再拜，泣涕而返。审其到县之日，乃途中疾卒之辰也。遣人往发其墓，空存衣服而已。

数月至京城，官居朝列，偶得重疾，将至属纩。家人妻子，围视号叫。俄闻叩门甚急，阍者走呼曰："有人称王十八，令报。"一家皆欢跃迎拜。王十八微笑而入其卧所，疾已不知人久矣。乃尽令去帏蔽等及汤药，自于腰间取一葫芦开之，泻出药三丸，如小豆大，用苇筒引水半瓯，灌而摇之。少顷腹中如雷鸣，逡巡开眼，蹶然而起，都不似先有疾状。夫人曰："王十八在此。"晏乃喝，他却坚决不喝。等到回去后，刘晏就到县里去拜访县令，亲自请求让王十八和自己一同到南方去。县令都不明白他的用意，当时就打发王十八和他一同上路。王十八也没有拒绝，穿着破衣草鞋，登上船就离开了。刘晏渐渐和王十八熟络了，就让妻子儿女也来拜见他，和他坐到一起喝茶吃饭。而王十八的脸一天比一天脏，衣服一天比一天破，刘家人都暗中讨厌他。刘晏夫人说："这个人难道有什么神异之处？我们为什么要如此对他！"只有刘晏坚持不懈。距离要去的地方还有几百里，王十八不幸得了痢疾，从早到晚因为生病而感到极为困乏。船上的地方狭窄拥挤，他又不肯离开刘晏的身边，左右的人只能捂着鼻子放弃吃饭，不堪忍受这种苦楚。刘晏却丝毫没有厌倦的神色，只是在旁边忧愁悲痛而已。他亲自劝说王十八服药吃粥。没想到几天之后，王十八还是去世了。刘晏又是哀叹又是哭泣，为王十八送终时的礼仪，没有一项不是周密完备的。之后就把他葬在路边。

一年后，刘晏因为官职更替返回京城，又走到衡山县，县令在郊外迎接他。入座之后县令说："使君您带走园子中的那个园丁，跟您走了不久又自己回来了，应该是他不能胜任您交给他的工作吧？"刘晏吃惊地问他是什么时候回来的，县令说："跟您走后一个多月就回来了，他说是您吩咐他回来的。"刘晏听了感到非常惊骇，马上就走到菜园里。茅屋虽然还在那里，却没见到王十八。邻居说："王十八昨天晚上就走了。"刘晏更加埋怨愤恨自己，对着茅屋连连下拜，流着泪返回来。仔细推算王十八到衡山县的日期，正是王十八在船中病死的时候。刘晏派人去打开王十八的坟墓，发现里面空留有衣服罢了。

刘晏几个月后到了京城，在朝中做官，偶然身患重病，马上就要死了，全家仆役和妻子儿女都围在身边观察病情，痛哭喊叫。忽然听到一阵急促的敲门声，守门的人跑进来喊道："有一个自称王十八的人，让我进来通报！"全家人听了都高兴得跳起来迎接拜见王十八。王十八微笑着进入刘晏躺着的卧室。刘晏已经病到不省人事好长时间了。王十八就让人把所有能遮蔽的东西和汤药都拿走，从自己腰间取下一个葫芦，打开盖子，倒出三丸药来，都如小豆一般大小，用苇涕泗交下，牵衣再拜，若不胜情。妻女及仆使并泣。王十八凄然曰："奉酬旧情，故来相救。此药一丸，可延十岁。至期某却来自取。"啜茶一碗而去。刘公固请少淹留，不可。又欲与之金帛，复大笑。后刘公拜相，兼领盐铁，坐事贬忠州，三十年矣。一旦有疾，王十八复来曰："要见相公。"刘公感叹颇极，延入阁中，又恳求。王十八曰："所疾即愈，且还其药。"遂以盐一两，投水令饮。饮讫大吐，吐中有药三丸，颜色与三十年前服者无异。王十八索香汤洗之。刘公堂侄，侍疾在侧，遂攫其二丸吞之。王十八熟视笑曰："汝有道气，我固知为汝掠也。"趋出而去，不复言别。刘公寻痊复，数月有诏至，乃卒。（出《逸史》）

崔希真

大历初，钟陵客崔希真，家于郡西。善鼓琴，工绘事，好修养之术。二年十月初朔夜大雪，希真晨出门，见一老人，衣蓑戴笠，避雪门下。崔异之，请入。既去蓑笠，见神色毛骨，非常人也，益敬之。问曰："家有大麦面，聊以充饭，叟能是乎？"老父曰："大麦受四时气，谷之善者也。能沃以豉汁，则弥佳。"崔因命家人具之，间又献松花酒。老父曰："花涩无味。某野人也，能令其醇美。"乃于怀中取一丸药，色黄而坚。老人以石碎之，置于酒中，则顿甘美矣。复以数丸遗希真，希真请问，老父笑而不答。崔入宅，筒引来半杯水和药一起灌进刘晏的口中，并摇晃他的身体。过了一会儿刘晏肚子发出如雷鸣般的响声。立马他就睁开双眼，突然坐了起来，完全不像先前患病的模样。夫人说："王十八在这里！"刘晏便涕泗交流，牵拉起衣襟拜了又拜，不胜感激的样子。妻子儿女以及在场仆人也都哭了。王十八凄凉悲伤地说："这是为了报答你的旧情，所以来此救你。这一丸药可为你延寿十年，三十年的日期到了我将会自己来取。"王十八喝了一碗茶就要离开，刘晏坚决请求他再留一会儿，他没答应。又想要送给他金帛，他又大笑着不收。后来刘晏做了宰相，兼管盐铁事务，因为一件事受到牵连被贬到忠州。三十年的时间过去了，忽然一天刘晏又得了病。王十八又来到，说要见刘相公，刘晏感慨时间用尽了。他把王十八延请进屋，又恳求他。王十八说："你的病马上就好了，暂且把那三丸药还回来。"接着他把一两盐放到水里让刘晏喝下。刘晏刚喝下去就开始大吐，呕吐物中有三丸药，药的颜色和三十年前服下的时候没什么两样。王十八要来香汤把三丸药清洗干净。刘晏的一个堂侄，此时正站在刘晏身边照顾他，就抓了两丸吞下肚去。王十八仔细看了看他，笑着说："你身上有修道之人超凡脱俗的气质，我早就知道会被你抢去。"王十八说完快步走出屋去，并没有和刘晏告别。刘晏不久就康复了。几个月以后，皇帝下诏书又要重新起用刘晏，刘晏却去世了。（出《逸史》）

崔希真

唐代宗大历初年，钟陵郡有一个叫崔希真的人，家住郡西。他善于弹奏古琴，擅长绘画，又喜好修养的道术。大历二年十月初一夜里下起大雪。崔希真早晨出门，见到一位老人，身穿蓑衣，头戴斗笠，在他门下避雪。崔希真感到奇怪，就请老人进屋来躲躲。老人脱去蓑衣，摘下竹笠之后，看他的神态脸色和骨相容貌，都不像是个平常人。崔希真对老人更加敬重了。他问老人："我家中有大麦面，姑且把它当饭吃，老人家您能吃这种食物吗？"老人说："大麦受四时之气，是谷物之中比较好的，如果能浇上一点豉汁，那就更好了。"崔希真就让家人备饭。等候期间又献上松花酒。老人说："这于窗窥之，见老父于帏幄前所挂素上，如有所涂，瞬息而罢。崔少顷具馔献，受而不辞。崔后入内，出已去矣。遂践雪寻迹，数里至江，入芦洲中，见一大船，船中数人，状貌皆奇，而樵客在侧。其人顾笑曰："葛三乃见逼于伊人。"回谓崔曰："尊道严师之礼，不必然也。"崔拜而谢之。归视幄中，得图焉。有三人二树一白鹿一药笈，其二人盖方外之状，手执玄芝采药者，一仙；树似柏皆断；笈为风雨所败。枯槁之状，根相连属，皆非常意所及。后将图并丸药，诣茅山，问李涵光天师。天师曰："此真人葛洪第三子所画也。"李君又曰："写神人形状于朽木之下，意若得道者寿过松柏也。其药乃千岁松胶也。"（出《原化记》）

韦老师

嵩山道士韦老师者，性沉默少语，不知以何术得仙。常养一犬，多毛黄色，每以自随。或独坐山林，或宿雨雪中，或三日五日至岳寺，求斋余而食，人不能知也。唐开元末岁，牵犬至岳寺求食，僧徒争竞怒，问何故复来。老师云："求食以与犬耳。"僧发怒慢骂，令奴盛残食，与乞食老道士食，老师悉以与犬。僧之壮勇者，又慢骂，欲驱之。犬视僧色怒，老师抚其首。久之，众僧稍引去。老师乃出，于殿前池上洗犬。俄有五色云遍满溪谷。僧骇视种花酒涩而无味。我是个山野之人，能让这酒变得醇美。”接着老人就从怀里取出一丸药，颜色发黄质地坚硬。老人用石头把它捣碎，放到酒里，这酒立刻就变得甜美醇厚了。老人又拿出几丸药送给崔希真。崔希真请教这是什么药，老人笑着没回答。崔希真进入屋里，从窗子里偷偷地观察，只见老人在内室前挂着的白绢上像是涂抹着什么东西，很快就结束了。崔希真过了一会儿献上刚做好的饭食，老人没有推辞就吃了起来。崔希真后来又进到屋里，再出来的时候老人已经离开了。于是崔希真踏着雪寻找老人的踪迹。走了几里来到了江边，走进长满芦苇的江渚之中，只见一条大船，船上坐着几个人，样貌都很奇特。有名樵夫站在他们身边。那人回头笑着说：“葛三是被这个人追赶！”又回身对崔希真说：“那些尊道严师的礼节，没有必要做！”崔希真下拜行礼后表示感谢。他回去到内室中一看，得到一幅图。图上有三个人、两棵树、一只白鹿和一个药箱。其中两个人是世外异人的样子，手里拿着玄芝的采药人。一位是仙人。那两棵树像是柏树，树干全都折断了，树根连在一起。药箱也被风雨吹打得破旧不堪。画上的一切都不是平常能够想到的。后来他拿着画和药丸来到茅山，向李涵光天师请教其中含义。天师说：“这幅画是仙人葛洪的三儿子画的。”李天师又说：“在朽木之下画上神仙的形象，意思是：得道成仙的人，寿命比象征长寿的松柏还要长久。那药就是千年松树的松胶。”（出《原化记》）

韦老师

嵩山有位叫韦老师的道士，性情沉默寡言，不知他凭借着什么样的道术得道成仙。他养了一只狗，黄色多毛，常常让它跟随在自己身边。他有时候独自坐在山林中，有时候住宿在雨雪里，有时候每隔三天五天就到嵩山上的寺庙那里去，求取一些剩余的斋饭吃。人们都不知道他的行踪。唐玄宗开元末年，他又牵着狗到山上的寺庙里要饭吃，和尚们都很生气，和他争执起来，责问他为什么又来了。韦老师说：“我要饭来喂狗罢了。”和尚们都生气地谩骂他，让奴仆盛上剩饭，送给要饭的老道士吃。韦老师拿来全都喂了狗。有一个之，云悉飞集池上。顷刻之间，其犬长数丈，成一大龙。老师亦自洗濯，服绡衣，骑龙坐定，五色云捧足，冉冉升天而去。僧寺作礼忏悔，已无及矣。（出《惊听录》）

麻阳村人

辰州麻阳县村人，有猪食禾，人怒，持弓矢伺之。后一日复出，人射中猪，猪走数里，入大门。门中见室宇壮丽，有一老人，雪髯持杖，青衣童子随后，问人何得至此。人云：“猪食禾，因射中之，随逐而来。”老人云：“牵牛蹊人之田而夺之牛，不亦甚乎。”命一童子令与人酒饮。前行数十步，至大厅，见群仙，羽衣乌帻，或樗蒲，或奕棋，或饮酒。童子至饮所，传教云：“公令与此人一杯酒。”饮毕不饥。又至一所，有数十床，床上各坐一人，持书，状如听讲。久之却至公所。公责守门童子曰：“何以开门，令猪得出入而不能知。”乃谓人曰：“此非真猪，君宜出去。”因命向童子送出。人问老翁为谁，童子云：“此所谓河上公，上帝使为诸仙讲《易》耳。”又问君复是谁，童子云：“我王辅嗣也，受《易》已来，向五百岁，而未能通精义，故被罚守门。”人去后，童子蹴一大石遮门，遂不复见。（出《广异记》）

强健胆大的和尚又开始辱骂，想要赶走韦老师。那黄狗见了和尚的表现也发怒了，韦老师抚摸它的头安抚它，过了很久，和尚们逐渐散了，韦老师这才从寺里出来，在殿前的水池里洗那只黄狗。顷刻间有五色彩云布满溪谷。和尚们吃惊地看着这些彩云。彩云全都飞来聚集在水池之上。顷刻之间，那只狗长到几丈长，成为一条巨龙。韦老师自己也洗净身体，穿上丝制衣服，骑到龙背上坐好，五色云捧着他们的脚，慢慢地升到天上离开了。寺庙里的和尚举手施礼表示忏悔，但已经来不及了。（出《惊听录》）

麻阳村人

辰州麻阳县有一位村民，因为有一头猪吃了他家的庄稼，他很生气，就拿着弓箭在那里等着。第二天这头猪又来了，这位村民用箭射中了那头猪。猪受伤跑出几里，进入一扇大门之后。进了门里，只见屋宇雄伟华丽。有一位老人胡须雪白，手拄拐杖，青衣童子跟随在他身后。他问村民为什么能到这里来。村民说："因为你家的猪吃了我的庄稼，我用箭射中了猪，它一路逃到此处，我便追猪追到这里来了。"老人说："要是有人牵牛走路踩坏了地里的禾苗，就把人家的牛抢走，这不是太过分了吗？"老人让一名童子给村民倒酒喝。往前走了几十步，来到大厅，看到一群仙人。仙人们身穿羽毛衣服，头戴黑色头巾。有的在掷骰子，有的在下棋，有的在喝酒。童子走到正在喝酒的仙人那里，传令道："太公让给这个人倒一杯酒喝。"村民喝下一杯酒之后，就觉得自己不饿了。又跟着来到一个地方，有几十张坐榻，每张坐榻上都坐着一个人，手里拿着书，样子像是在听讲。过了很久，村民又回到老人那里。老人责备守门的童子说："怎么就打开门，让猪跑进跑出而你却不知道？"接着又对村民说："这其实不是真猪，你也应该出去了。"于是就让之前领村民的童子把村民送出门去。村民问那老人是谁，童子说："他就是河上公，天帝派他来给神仙们讲授《易经》。"村民又问童子是谁，童子说："我叫王辅嗣，学习《易经》已经五百年了，然而还不能理解它精要的义理，所以被罚在这里守门。"村民离开后，童子踢过一块巨石挡在门口，就再也

慈心仙人

唐广德二年，临海县贼袁晁，寇永嘉。其船遇风，东漂数千里，遥望一山，青翠森然，有城壁，五色照曜。回舵就泊，见精舍，琉璃为瓦，玳瑁为墙。既入房廊，寂不见人。房中唯有胡猻子二十余枚，器物悉是黄金，无诸杂类。又有衾茵，亦甚炳焕，多是异蜀重锦。又有金城一所，余碎金成堆，不可胜数。贼等观不见人，乃竞取物。忽见妇人从金城出，可长六尺，身衣锦绣上服紫绡裙，谓贼曰："汝非袁晁党耶？何得至此？此器物须尔何与，辄敢取之！向见猻子，汝谓此为狗乎？非也，是龙耳。汝等所将之物，吾诚不惜，但恐诸龙蓄怒，前引汝船，死在须臾耳！宜速还之。"贼等列拜，各送物归本处。因问此是何处，妇人曰："此是镜湖山慈心仙人修道处。汝等无故与袁晁作贼，不出十日，当有大祸。宜深慎之。"贼党因乞便风，还海岸。妇人回头处分。寻而风起，群贼拜别，因便扬帆，数日至临海。船上沙涂不得下，为官军格死，唯妇人六七人获存。浙东押衙谢诠之配得一婢，名曲叶，亲说其事。（出《广异记》）

没见过猪出去吃庄稼了。(出《广异记》)

慈心仙人

唐代宗广德二年，临海县有一个贼寇名叫袁晁，他带领手下去侵扰永嘉，他们的船在半路上遇到大风，向东漂流了几千里。在船上远远地望见有一座山。山上的树木茂密高耸，还有一座城池，城墙五色彩光闪耀。他们就掉转船头把船停在山下。上山后见到一所清静雅洁的房舍，用琉璃做瓦，用玳瑁砌墙。走进房廊，十分寂静，没有一个人，屋里只有二十多只胡地小狗。所用器物全都是黄金制成的，没有各种杂物。屋里还有被褥席子，也十分光彩耀眼，大多是蜀地出产的精美贵重织锦。他们又见到一座金子城，多余的散碎金子堆成小山一样，数不胜数。贼人们见到屋里没人，就开始争抢着拿东西。忽然发现一位妇人从金子城中走出来。她身高约有六尺，身上穿着锦绣上衣和紫色丝绸裙子。她对贼人们说："你们不是袁晁的党羽吗？是怎么到这里的？这些东西哪是你们能碰的，竟敢擅自抢走？方才看见的小狗，你们以为就是普通的狗吧？不是的，那其实是龙啊！你们刚才拿的东西，我真的不在乎，但恐怕那些龙早已暗藏怒火，要是它们在前方拉你们的船，你们就死到临头了。你们快把拿的东西都放回原处！"贼人们站成一排依次下拜，各自把东西送回原处。接着就问这里到底是什么地方。妇人说："这里是镜湖山慈心仙人修道的地方，你们无缘无故地就跟着袁晁做了贼寇，不出十天，必定有一场大祸，得特别慎重小心地对待。"贼人们于是乞求妇人为他们刮起一阵顺风，让他们回到海岸。妇人回头稍微布置一下，不一会儿就刮起了风。贼人们都下拜告别，接着就扬帆启程，几天后就回到了临海县。船只搁浅在泥沙沉积的浅滩之上无法脱逃，贼寇全都被官兵打死了，只剩下六七个妇人活了下来。浙东县押衙的谢诠之分到一个妇人做奴婢，名字叫作曲叶，这件事就是她亲口讲述的。(出《广异记》)

卷第四十　神仙四十

巴邛人

有巴邛人，不知姓。家有橘园，因霜后，诸橘尽收。余有二大橘，如三四斗盎。巴人异之，即令攀摘，轻重亦如常橘，剖开，每橘有二老叟，须眉皤然，肌体红润，皆相对象戏，身仅尺余，谈笑自若。剖开后，亦不惊怖，但与决赌。赌讫，叟曰："君输我海龙神第七女发十两，智琼额黄十二枚，紫绢帔一副，绛台山霞实散二庾，瀛洲玉尘九斛，阿母疗髓凝酒四钟，阿母女态盈娘子跻虚龙缟袜八緉，后日于王先生青城草堂还我耳。"又有一叟曰："王先生许来，竟待不得。橘中之乐，不减商山；但不得深根固蒂，为摘下耳。"又一叟曰："仆饥矣，须龙根脯食之。"即于袖中抽出一草根，方圆径寸，形状宛转如龙，毫厘罔不周悉，因削食之，随削随满。食讫，以水噀之，化为一龙，四叟共乘之，足下泄泄云起，须臾风雨晦冥，不知所在。巴人相传云："百五十年已来如此，似在隋唐之间，但不知指的年号耳。"（出《玄怪录》）

巴邛人

巴邛有一个人，不知道他姓什么。他家有一座橘子园。下了秋霜之后，许多橘子都采摘下来了。只剩下两个很大的橘子，像能容三四斗那样大的罐。巴邛人觉得这两个橘子很奇怪，就让人爬上去把它们摘下来。它们的重量也和平常的橘子一样。把橘子剖开，发现每个橘子里都有两个老翁，胡须眉毛都已经花白，全身肌肤色泽红润，都面对面下着象棋，身高只有一尺多。他们仍然像往常一样谈话说笑，态度自然，橘子剖开之后，他们也不惊慌害怕，照样和对方赌象棋的胜负。棋局结束赌局也有了结果，一个老翁说："你输给我海龙王七女儿的头发十两、智琼仙女的额黄十二枚、紫色丝绸披肩一副、绛台仙山的霞实散二庾（古代容量单位，一庾为十六斗）、瀛洲仙山的玉尘九斛（古代容量单位，十斗为一斛）、西王母的疗髓凝酒四盅、西王母的女儿态盈娘子跻虚龙白袜八双。后天在王先生的青城草堂偿还给我吧。"又有一个老翁说："王先生答应会前来，在这橘中终究是等不来他了。橘中的乐趣，与商山相比并不逊色，只是不能做到深根固蒂，还是让人家摘下来了。"又一个老翁说："我有点饿了，需要吃龙根脯了。"说完就从衣袖中抽出一截草根，粗一寸左右，形状宛转曲折像龙一样，头尾细节全都具备，与真龙丝毫不差。老头儿就削着吃龙根脯，一边削一边长，到最后依然完整如初。老翁吃完，口含清水喷向它，龙根脯就变成一条真龙。四名老翁一起骑在它身上，龙的爪下升起片片云雾，片刻之间风雨交加，天色昏暗，四名老翁和龙已经不知道去了哪里。巴州人相传道："这故事已经发生了一百五十多年。此事好像发生在隋唐之间，但是不知道具体年号。"（出《玄怪录》）

章仇兼琼

章仇兼琼尚书镇西川，常令左右搜访道术士。有一鬻酒者，酒胜其党，又不急于利，赊贷甚众。每有纱帽藜杖四人来饮酒，皆至数斗，积债十余石，即并还之。谈谐笑谑，酣畅而去。其话言爱说孙思邈。又云："此小儿有何所会。"或报章仇公。乃遣亲吏候其半醉，前拜言曰："尚书令传语：'某苦心修学，知仙官在此，欲候起居，不知俯赐许否？'"四人不顾，酣乐如旧。逡巡，问酒家曰："适饮酒几斗？"曰："一石。"皆拍掌笑："太多。"言讫，不离席上，已不见矣。使者具报章仇公，公遂专令探伺。自后月余不至。一日又来，章仇公遂潜驾往诣，从者三四人，公服至前，趺出载拜。公自称姓名，相顾徐起，唯柴烬四枚，在于坐前，不复见矣。时玄宗好道，章仇公遂奏其事，诏召孙公问之。公曰："此太白酒星耳，仙格绝高，每游人间饮酒，处处皆至，尤乐蜀中。"自后更令寻访，绝无踪迹。（出《逸史》）

石巨

石巨者，胡人也，居幽州，性好服食。大历中，遇疾百余日，形体羸瘦，而神气不衰。忽谓其子曰："河桥有卜人，可暂屈致问

章仇兼琼

章仇兼琼担任尚书镇守西川，经常派他的手下侍从寻访道家术士。听说有一个卖酒的人，他的酒胜过其他卖酒的同行。他又不急于挣钱，所以赊欠他酒钱的人有很多。经常有四个头戴纱帽手拄藜茎拐杖的人来饮酒。他们酒量很好，每人都能喝几斗酒，累积的酒债多达十多石，就一起付给酒家。他们总是谈笑戏谑诙谐风趣，饮至尽兴而去。他们谈论的话题喜欢提及孙思邈。又说："这个小子又会什么？"有人就把此事报告给章仇公。章仇公就派他的亲信官吏前去，等到他们四人都喝到半醉，才上前拜见行礼说："章仇尚书让我传他的话：'我苦心修行学习道术，现在知道仙官在这里喝酒，我想在你们的身边侍候起居，不知道肯不肯屈尊赐给我这个机会呢？'"那四人听后没有理会他，照样尽兴饮酒作乐。一会儿，他们问酒家说："刚才我们喝了几斗酒了？"酒家回答说："一石（十斗）了。"他们都拍掌大笑说："今天喝得太多了！"说完，没见他们离开座位，就已经消失不见了。章仇公派去的亲信把所见都详细报告给了章仇公。章仇公于是派专人负责去打探他们的消息。从这以后，他们有一个月没来。有一天他们又来了。章仇公听到消息后就暗中亲自前往查看，只带了三四人跟着。他穿着公服来到他们面前，跃出参拜。章仇公介绍了自己的姓名。那四人相互看了看后慢慢地站起，人已经不见了，只有四根木柴燃烧后的残迹立在座位前。从此以后，他们就再也没有出现了。当时玄宗皇帝喜好道术，章仇公就向玄宗皇帝上奏了这件事。唐玄宗下诏召见孙公来询问此事。孙公说："这是太白酒星，仙人的品级极高，经常漫游人间饮酒，各处地方都会去，尤其喜欢蜀中。"从此以后唐玄宗皇帝就加派更多的人四处寻访，但还是没有一点踪迹。（出《逸史》）

石　巨

石巨，是胡人，家住幽州，喜好服食丹药。唐代宗大历年间，他病了一百多天，身体虽然衰弱消瘦，但精神却丝毫不减。有一天，他忽然对他儿子说："河桥上有卜卦的人，可暂且委屈他召来问一之。”子还云：“初无卜人，但一老姥尔。”巨云：“正此可召。”子延之至舍。巨卧堂前纸槅中。姥径造巨所，言甚细密。巨子在外听之，不闻。良久姥去。后数日，旦有白鹤从空中下，穿巨纸槅，入巨所，和鸣食顷，俄升空中，化一白鹤飞去。巨子往视之，不复见巨。子便随鹤而去，至城东大墩上，见大白鹤数十，相随上天，冉冉而灭。长史李怀仙，召其子问其事，具答云然。怀仙不信，谓其子曰：“此是妖讹事，必汝父得仙，吾境内苦旱，当为致雨，不雨杀汝。”子归，焚香上陈。怀仙使金参军赍酒脯，至巨宅致祭。其日大雨，远近皆足。怀仙以所求灵验，乃于巨宅立庙，岁时享祀焉。（出《广异记》）

李山人

李中丞汶，在朝日，好术士。时李山人寓居门馆，汶敬之。汶有子数人，其长曰元允，先与襄阳韦氏结婚，乃自京之襄阳，远就嘉会。发后，山人白汶曰：“贤郎有厄，某能相救，只要少时不交人事，以图静处。”汶许之。山人别居，良久出曰：“贤郎厄已过，然所乘马死，从者毙其一。身少见血，余无大损。”汶疑信半之，乃使人至襄州，沿路侦候。使回得信云：“中道过大桥，桥坏，马死奴毙。身为横木决破颐颔间，少许出血，寻即平复。”公叹异之。后忽辞云：“某久此为客，将有没化之期。但益怅然。”

问。”他的儿子回来说：“那里并没有什么卜卦的人，只有一个年老的妇人而已。”石巨说：“说的正是这个人，可以呼唤她来。”石巨的儿子就延请老妇人到家里。石巨躺在正屋中，屋前用纸槅子遮挡，老妇人直接走进石巨的住处里。同石巨说话的声音很细小，谈论很周密。石巨的儿子在外面偷听他们说话，但什么也听不见。过了很长时间，老妇人才离开。过了几天，一天早晨有一只白鹤从空中降落下来，穿过石巨房间的纸槅，进入石巨的住所，相互应和叫了大约有一顿饭的工夫。片刻，那声音升到半空中，化成一只白鹤飞走了。石巨的儿子前去房间内看他，发现石巨不见了。石巨的儿子便沿着白鹤的方向去寻找。一直到了城东的大土堆上，看见上面有几十只大白鹤，一个接一个地飞上天，慢慢飞远消失不见了。长史李怀仙，召来石巨的儿子，询问这件事。石巨的儿子一五一十地回答了。但李怀仙还是不信，对石巨的儿子说：“这是怪诞虚妄的事，如果你父亲真的得道成仙了，我们幽州境内现逢大旱，就应该让你父亲给我们招致风雨，缓解旱情，如果召不来雨的话就杀掉你。”石巨的儿子回家后，焚香上告陈述此事。李怀仙派金参军拿着美酒佳肴，前来石巨的住宅进行祭祀。那天果然下了大雨，远近的降水都很充足。李怀仙因为所求的降雨应验了，就在石巨的住宅处建立了庙宇，每年都按照时节准备酒食进行祭祀。（出《广异记》）

李山人

中丞李汶，在朝为官的时候，就喜好结交术士。当时李山人寓居在李汶门客专用的门馆里，李汶很敬重他。李汶有好几个儿子，他的长子名叫元允，先前和襄阳韦氏定亲，于是从京城出发到襄阳，离家远行前去相会。出发以后，李山人对李汶说：“你的儿子在路途中会遭遇灾难，我有办法相救，只是需要暂时不与别人交际应酬，因此希望我能待在一个清静的环境中。”李汶答应了他，李山人就移居别处。过了很长时间，李山人出来对李汶说：“你儿子遭遇的灾难已经过去了，但是他所骑的马死了，跟随的仆人也死了一个，他身上只出了少许的血。其余没有大的损伤。”李汶对此半信半疑，就派人到汶曰："何忽若是？"曰："运数且尔，亦当委顺。"汶曰："然可少留乎？"曰："可。"汶固留之，月余又云："欲遂前期。"汶又留半月，曰："此须去矣。"乃晨起，与汶诀别。其后诸相识人家，皆云："同日见李山人来告别。"初别时曰："某有少事，欲言之于第三郎君。"问何事。乃云："十五年后，于昆明池边，见人家小儿颊有疵者，即某身也。"乃行。其后亦不知所之。（出《原化记》）

陶尹二君

唐大中初，有陶太白、尹子虚二老人，相契为友。多游嵩华二峰，采松脂茯苓为业。二人因携酿酝，陟芙蓉峰，寻异境，憩于大松林下，因倾壶饮，闻松梢有二人抚掌笑声。二公起而问曰："莫非神仙乎？岂不能下降而饮斯一爵！"笑者曰："吾二人非山精木魅，仆是秦之役夫，彼即秦宫女子。闻君酒馨，颇思一醉。但形体改易，毛发怪异，恐子悸栗，未能便降。子但安心徐待，吾当返穴易衣而至，幸无遽舍我去。"二公曰："敬闻命矣。"遂久伺之。

襄州去，使者沿路探听查访验证李山人说的。使者得到准确的消息回来说："大公子中途经过大桥，不巧桥坏了，公子骑的马死了，跟随的奴仆也死了一个，公子的面颊和下巴之间被桥的横木划破，只出了少量的血，不久就痊愈了。"李汶惊叹李山人的奇异。后来有一天，李山人忽然向李汶辞别说："我在这里做门客已经很长时间了，将要到我殁化的日期了。心里感到非常难过。"李汶说："为什么突然这样说啊！"李山人说："我的命运气数注定是如此，我也应当顺从自然。"李汶又说："然而，还可以稍微再留一段时间吗？"李山人说："可以。"李汶因此就又留下了他。过了一个多月，李山人又提起要实现前言。李汶又说再多留半个月。李山人说："这次必须要离开了。"于是他早晨起来，与李汶诀别。在这之后，许多与李山人相识的人家都说："我们都在同一天见到李山人来到家中向我们告别。"李山人最初在李汶家告别的时候说："我还有点小事，要告诉家中三公子。"问他是什么事。他说道："十五年之后，在昆明池边，看见别人家小孩面颊上有个小疤痕的，就是我的转世之身了。"李山人说完就走了，在这之后也不知道他到什么地方去了。（出《原化记》）

陶尹二君

唐宣宗大中初年，有陶大白、尹子虚两位老人，二人志趣相投，成为要好的朋友。他们大多是游览嵩山和华山，以采集山中松脂和茯苓为业。他们带着酿造的美酒，登上芙蓉峰，寻访奇异之境。他们累了就在一大片松树林下休息，顺便倒出酒壶中的酒开怀畅饮。忽然听到头顶松树树梢上有两个人在拍掌大笑。陶、尹二公站起身来问道："头顶之上的莫非是神仙？能不能请您下来饮一杯酒？"大笑的人说："我们二人并不是山精木怪。我是秦朝时的役夫，她是秦朝宫中的宫女。闻到你们美酒的芳香，很想一醉。只是因为我们的形体已经改变，毛发怪异，贸然出现唯恐你们害怕，所以不敢随便下去现身。你们只需安心地稍等片刻，我们回洞穴里换了衣服就回来，希望你们不要急忙舍弃我们离去。"陶、尹二公说："我们谨听仙人的命令。"于是就在那里等待了很长时间。

忽松下见一丈夫，古服俨雅；一女子，鬟髻彩衣。俱至。二公拜谒，忻然还坐。顷之，陶君启："神仙何代人，何以至此？既获拜侍，愿祛未悟。"古丈夫曰："余秦之役夫也，家本秦人，及稍成童，值始皇帝好神仙术，求不死药，因为徐福所惑，搜童男童女千人，将之海岛。余为童子，乃在其选，但见鲸涛蹙雪，蜃阁排空，石桥之柱欹危，蓬岫之烟杳渺，恐葬鱼腹，犹贪雀生。于难厄之中，遂出奇计，因脱斯祸。归而易姓业儒，不数年中，又遭始皇煨烬典坟，坑杀儒士，搢绅泣血，簪绂悲号。余当此时，复是其数。时于危惧之中，又出奇计，乃脱斯苦。又改姓氏为板筑夫，又遭秦皇欻信妖妄，遂筑长城，西起临洮，东之海曲。陇雁悲昼，塞云咽空。乡关之思魂飘，砂碛之劳力竭。堕趾伤骨，陷雪触冰。余为役夫，复在其数。遂于辛勤之中，又出奇计，得脱斯难。又改姓氏而业工，乃属秦皇帝崩，穿凿骊山，大修茔域，玉墀金砌，珠树琼枝，绮殿锦宫，云楼霞阁。工人匠石，尽闭幽隧。念为工匠，复在数中，又出奇谋，得脱斯苦。凡四设权奇之计，俱脱大祸。知不遇世，遂逃此山，食松脂木实，乃得延龄耳。此毛女者，乃秦之宫人，同为殉者。余乃同与脱骊山之祸，共匿于此。不知于今经几甲子耶？"二子曰："秦于今世，继正统者九代千余年。兴亡之事，不可历数。"二公遂俱稽颡曰："余二小子，幸遇大仙。多劫因依，使今谐遇。金丹大药，可得闻乎？朽骨腐肌，实翼庥荫。"古丈夫曰："余本凡人，但能绝其世虑，因食木实，乃得凌虚。岁久日深，毛发绀绿，不觉生之与死，俗之与仙。鸟兽为邻，猱狖同乐。飞腾自在，云气相随。亡形得形，无性无情。不知金丹大药，为何物也。"二公曰："大仙食木实之法，可得闻乎？"曰："余初饵柏子，后食松脂，遍体疮疡，肠中痛楚。不及旬朔，肌肤莹滑，毛发泽润。未经数年，凌虚若有梯，步险如履地。飘飘然顺风而翔，皓皓然随云而升。渐混合虚无，潜孚造化。彼之与我，视无二物。凝神而神忽然松树下出现一名男子，身穿古代服装，庄重雅致。还有一名女子，头梳古代环形发髻，身着彩衣，二人一起来了。陶、尹二公起身行礼参拜。四人愉快地围坐在一起。过了一会儿，陶公开口问："二位神仙是什么朝代的人，又是因为什么到了这里？既然我们能够获得拜见、侍候神仙的机会，请帮我们舍弃还未领悟的愚钝状态。"古代男子说："我本是秦朝的役夫，家本在秦地。等到年纪稍大时候，碰上始皇帝喜好神仙道术，寻求长生不死药。他因为被徐福所迷惑，就遍寻童男童女一千人，将要送到海岛上去。我是童男，正好在挑选之列。只见海上掀起滔天巨浪，聚集起来如同堆积的雪，海市蜃楼冲向空中，石桥的柱石也会倾倒，蓬莱仙岛的云雾也变得虚无缥缈。由于我害怕葬身鱼腹之中，并且贪恋我这微贱的人生，就在危难之中想出一条奇计，趁机逃脱了这场灾祸。回来之后就更名改姓，学习儒学。不过数年，又遇到秦始皇焚烧各种典籍，活埋杀害儒生。当时插笏的搢绅泣泪成血，插着冠簪，垂着丝质帽带的仕宦悲痛哭号。我当时正在从事儒业，又正好在那行列之中。在当时的忧虑恐惧之中，我又想出一条奇计，才逃脱了这场苦难。之后，我又更名改姓当起了建造土墙的苦工。又遇上秦始皇忽然听信怪异荒诞的学说，又开始修筑长城，西起临洮，东到海曲。陇中鸿雁白昼悲鸣，边塞愁云密布天空。思乡的情感使人神魂飘荡，沙漠的劳苦使人精疲力竭，毁坏脚趾，损伤骨骼，陷入雪地，触摸冰面。我当时身为役夫，又正好在这个行列之中，就在辛苦的劳役时，又想出一条奇计，才又摆脱了这场灾难。之后，我又改名换姓当起了工匠，紧跟着秦始皇帝死了，又要大兴土木，凿穿骊山，广修墓穴，玉铺石阶，金砌阶梯，珍珠做树，琼玉为枝，绮殿锦宫，奢华异常，云楼霞阁，高耸入云。而负责建造的工人石匠，修建好后全都被封闭在墓地下面幽冥般的隧道之中。我自己是个工匠，又在这个行列之中，就又想出一个奇妙的计谋，才摆脱了这场苦难。我总共设计了四次奇谲非凡的计谋，都逃脱了将要到来的大祸。我知道自己生不逢时，于是逃进这座山中，只吃松脂和树木果实，才得以延年益寿。这位毛发绀绿的女子，乃是秦朝的宫女。和我一样，是要被殉葬的人，于是我和她一起逃脱了骊山那场灾祸，共爽，养气而气清。保守胎根，含藏命带。天地尚能覆载，云气尚能郁蒸，日月尚能晦明，川岳尚能融结。即余之体，莫能败坏矣。”二公拜曰：“敬闻命矣。”

饮将尽，古丈夫折松枝，叩玉壶而吟曰：“饵柏身轻叠嶂间，是非无意到尘寰。冠裳暂备论浮世，一饷云游碧落间。”毛女继和曰：“谁知古是与今非，闲蹑青霞远翠微。箫管秦楼应寂寂，彩云空惹薜萝衣。”古丈夫曰：“吾与子邂逅相遇，那无恋恋耶？吾有万岁松脂，千秋柏子少许，汝可各分饵之，亦应出世。”二公捧授拜荷，以酒吞之。二仙曰：“吾当去矣！善自道养，无令漏泄伐性，使神气暴露于窟舍耳。”二公拜别，但觉超然，莫知其踪去矣。旋见所衣之衣，因风化为花片蝶翅，而扬空中。陶尹二公，今巢居莲花峰上，颜脸微红，毛发尽绿，言语而芳馨满口，履步而同隐匿在这里。不知道现在已经过了多少个甲子了。”陶、尹二人说：“从秦朝到现在，继承正统的共有九个朝代，时间长达一千多年，其中朝代兴亡的故事，数不胜数。”陶、尹二公于是都屈膝下拜，以额碰地虔诚地参拜说：“我们两个小子，今日有幸遇见大仙，经过这么多世代，才能有幸在今天遇到，那金丹大药的事，可以让我们了解一下吗？希望靠二位，使我们避免死亡。”古代男子说：“我本来也是凡人，只是能够断绝那些世上的俗念，因为吃的是树木的果实，才能够凌驾云霄。年深日久，毛发由黑转成红绿，不知道生和死、俗和仙。与鸟兽为邻，和猿猴同乐，飞起腾空自由自在，云气相随，把形体隐藏，所以保全了形体；没有俗人的欲望追求，所以无忧无虑，不知道你们说的金丹大药是什么东西。”陶、尹二公说：“大仙只吃树木果实的方法，可以讲给我们听吗？”古代男子说：“我最初吃柏树子，后来吃松脂，全身渐渐长满了疮疡，腹中疼痛难忍，不到一个月，皮肤变得晶莹光滑了，毛发油润有光泽。还没过几年，我凌驾云霄就像有梯子一样，经过险路就像走平地一样，飘飘然好像顺着风飞翔，皓皓然好像随着云上升。渐渐地混合虚无，和自然心有灵犀。自然和我，在我看来，并不是两个物体。集中精神就精神爽快，静心炼气就元气清爽。保守住胎根，含藏住命带，只要天地还能覆盖承载，云气还能干燥炎热，日月还能交替轮换，川岳还能融合凝聚，我本身就不会衰朽。”陶、尹二公拜谢说：“我们谨记仙人的教诲。”

美酒将要喝完的时候，古代男子折下一截松枝，敲打玉壶并吟诗道：“饵柏身轻叠嶂间，是非无意到尘寰。冠裳暂备论浮世，一饷云游碧落间。”毛发绀绿的女子接着和诗说：“谁知古是与今非，闲蹑青霞远翠微。箫管秦楼应寂寂，彩云空惹薜萝衣。”古代男子说：“今天我和你们邂逅，哪能不留恋呢？我这里有少许万年的松脂和千年的柏子，你们二人可以各分一半把它吃了，你们也就能超脱人世的束缚了。”陶、尹二公双手接过，再次行礼拜谢，用酒和着吞下了。二位仙人说：“我们应当离开了，你们要好好地摄生养性，不要漏泄元气危害身心，让神气暴露在窟舍之中。”陶、尹二公与二位仙人拜别，只觉得自己超脱世俗，不知道他们的踪迹现在到哪里了，不

尘埃去身。云台观道士，往往遇之，亦时细话得道之来由尔。（出《传奇》）

许 碏

许碏，自称高阳人也。少为进士，累举不第。晚学道于王屋山，周游五岳名山洞府。后从峨眉山经两京，复自襄汴，来抵江淮，茅山天台，四明仙都，委羽武夷，霍桐罗浮，无不遍历。到处皆于石厓峭壁，人不及处，题云："许碏自峨眉山寻偃月子到此。"睹笔踪者，莫不叹其神异，竟莫详偃月子也。后多游芦江间，常醉吟曰："阆苑花前是醉乡，踏翻王母九霞觞。群仙拍手嫌轻薄，谪向人间作酒狂。"好事者或诘之。曰："我天仙也。方在昆仑就宴，失仪见谪。"人皆笑之，以为风狂。后当春景，插花满头，把花作舞，上酒家楼醉歌，升云飞去。（出《续神仙传》）

杨云外

唐乾宁中，云安县汉城宫道士杨云外，常以酒自晦，而行止异常。前进士钱若愚甚敬之。一旦斋沐诣其山观，宿于道斋。翌日虔诚敛衽而白之曰："师丈，小子凡鄙，神仙之事，虽聆其说，果有之乎？"杨曰："有之，我即其人也。若示以飞空蹑虚，履水蹈火，即日有千万人就我，不亦烦亵乎！"因腾跃上升，冉冉在空中，良久而下。若愚稽颡，自是信有神仙矣。（出《北梦琐言》）

久看到他们所穿的衣服，被风一吹都变成了花瓣和蝶翅，飞扬在空中。陶、尹二公，现在隐居在莲花峰上，脸色微微发红，毛发全都变成了绿色，说话间口中喷出芬芳的香气，行走路上而尘土不沾身体。云台观的道士，经常能遇见他们，他们也时常细致地讲述得道的缘由。（出《传奇》）

许　碏

许碏，自称是高阳人。青年时期为考取进士做准备，但是屡次应举都落第不中。晚年在王屋山学道，周游过五岳的名山洞府。后来从峨眉山出发经过东西二京，又从襄汴出发来到江淮，茅山、天台山、四明山、仙都山、委羽山、武夷山、霍桐山、罗浮山，没有一处是他没游历过的。他所到之处，都是在悬崖峭壁、常人上不去的地方，题字道："许碏自峨眉山寻偃月子到此。"亲眼看见他笔迹的人，没有一个不赞叹他神奇特异的，但终究不知道他说的偃月子是谁。许碏后来多游历于芦江一带。他经常醉酒吟诗说："阆苑花前是醉乡，踏翻王母九霞觞。群仙拍手嫌轻薄，谪向人间作酒狂。"有好事的人追问他这首诗是什么意思。他说："我本是天仙，正当在昆仑山上参加神仙宴会，因为礼仪有失才被贬谪下凡。"人们都笑他，认为他是发疯才说的狂言。后来正值春天景色，他头上插满鲜花，手里拿着花束起舞，到酒家楼上去醉酒作歌，升入云间飞走了。（出《续神仙传》）

杨云外

唐昭宗乾宁年间，云安县汉城宫的道士杨云外，经常用喝酒来隐藏自己的才能，然而言行举止却仍是不同平常。前进士（及第而尚未授官的进士）钱若愚非常敬重他。一天早上，钱若愚斋戒沐浴后到杨云外的山观去，晚上就住在道士的居所里。第二天，整理好衣襟虔诚地对杨云外说："老师丈，小子平庸鄙陋，关于神仙的事，虽然我听说了其他人的一些传说，但还是想问，世间果真有这样的事情吗？"杨云外回答说："确实有这样的事情，我就是传说中的那些

杜悰

杜邠公悰，为小儿时，常至昭应观，与群儿戏于野。忽有一道士，独呼悰，以手摩挲曰："郎君勤读书，勿与诸儿戏。"指其观曰："吾居此，颇能相访否？"既去。悰即诣之。但见荒凉，他无所有。独一殿巍然存焉，内有老君像。初道士半面紫黑色，至是详视其像，颇类向所见道士。乃半面为漏雨所淋故也。（出《玉泉子》）

南岳真君

南岳道士秦保言，勤于焚修。曾白真君云："上仙何以须纸钱？有所未谕。"既而夜梦真君曰："纸钱即冥吏所藉，我又何须此。"由是岳中益信重之。（出《北梦琐言》）

人。如果我展现出腾空行走、履水蹈火的本领，那样每天都会有成千上万的人来拜访我，这不是让我厌烦还污染此地吗？”说完，杨云外就腾空而起上升到半空，慢慢地在空中行走，很长时间才降落下来。钱若愚屈膝下拜，以额碰地叩拜杨云外，从这以后就相信世间有神仙了。（出《北梦琐言》）

杜悰

邠国公杜悰，在他还是孩童的时候，经常到昭应观，和很多小孩在观外野地里嬉戏。忽然有一个道士，只招呼杜悰过来，用手抚摩着他说：“公子你应该勤奋读书，不要和那些小孩一起嬉戏。”道士又用手指着昭应观说：“我就住在这里，你能不能进来拜访拜访我？”道士说完就离开了。杜悰马上就到观内去拜访道士。进观之后，只见内中一片荒凉，别的什么都没有。只有一座殿宇巍然屹立在那里，内有一尊老君的塑像。刚才所见的那个道士半边脸是紫黑色的。到这里仔细察看那尊老君的塑像，很像刚才他看见的那个道士。道士的半边脸之所以呈现出紫黑色，是因为殿内漏雨，塑像的半边脸被淋湿了。（出《玉泉子》）

南岳真君

南岳衡山有一位道士名叫秦保言，他在焚香修行方面特别勤奋。他曾经问南岳真君说：“天上的神仙为什么需要纸钱呢？我对此有些不理解。”不久，秦保言夜里就梦见南岳真君说：“纸钱不过是冥府官吏要求人间所进贡的，我又哪里需要这个呢？”从此之后，南岳衡山中的人更加信任敬重南岳真君了。（出《北梦琐言》）

卷第四十一　神仙四十一

薛尊师　王 老　黑 叟　刘无名

薛尊师

薛尊师者，家世荣显。则天末，兄弟数人，皆至二千石。身为阳翟令。而数年间，兄弟沦丧都尽，遂精心归道，弃官入山，妻儿悉弃。召同志者，唯有邑小胥唐臣，愿从之。杖策负囊，往嵩山口。忽遇一人，自山而出。自云求道之人，姓陈。云知近有仙境。薛遂求问其路，陈曰："吾有小事诣都，约三日而回，回当奉导。君且于此相待。"薛与唐子止于路口。陈至期而至。陈曰："但止于此，吾当入山求之。知所诣，即来相报。"期以五日，既而过期，十日不至。薛曰："陈生岂相绐乎？吾当自往。"遂缘磴入谷三四十里。忽于路侧见一死人，虎食其半，乃陈山人也。唐子谓尊师曰："本入山为求长生，今反为虎狼之餐。陈山人尚如此，我独何人？不如归人世以终天年耳。"尊师曰："吾闻嵩岳本灵仙之地，岂为此害？盖陈山人所以激吾志也。汝归，吾当终至。必也不幸而死，终无恨焉。"言讫直往，唐亦决意从之。夜即宿于石岩之下，昼则缘磴而行。

数日，忽见一岩下，长松数百株，中有道士六人，如修药之

薛尊师

薛尊师，家世荣华显贵，武则天末年，他们兄弟几人，俸禄都达到了两千石。他则担任阳翟县令。但是短短几年之内，他的兄弟们都死亡殆尽了。于是他决定诚心皈依道教。他放弃官位隐居深山，妻子儿女也全都抛弃了。他还召集志趣相同的人，但只有县里的低级小吏唐臣，愿意跟随他。他们手拄拐杖背负行囊，一起前往嵩山山口。路上忽然遇到一个人，正好从嵩山里出来。这人自称是求道的人，姓陈，并说他知道附近有一处仙境。薛尊师就求问他去仙境的路。陈生说："我有点小事要到都城里去，大约三天就会回来了，等我回来后再给你们做向导，你们暂且在这里等我。"薛尊师和唐臣就停留在路口。陈生到了约定好的日子果真回来了。陈生说："你们先停留在这里，我先进山去寻找那个地方，要是知道了怎么前往，立刻回来告诉你们。"当时约定好以五天为期限，很快就超出了约好的期限，过了十天陈生还没回来。薛尊师说："难道陈生骗了我们？我亲自前往查探。"于是他就沿着山道台阶进入山谷，走了大约有三四十里，忽然在路旁看见一具尸体，已经被老虎吃了一半，仔细一看正是陈山人。唐臣对薛尊师说："本来入山就是为了寻求长生不死的，现在反倒成为山中虎狼的粮食了。陈山人尚且如此，我又算什么人呢？不如回到人世间而自然死亡。"薛尊师说："我听闻嵩山本就是神灵仙人居住的地方，怎么会出现这种猛虎伤人的事情呢？大概是陈山人用这个方式来激励我们的求道意志，你想回就回去吧，而我一定要坚持到底，倘若我也遭遇不幸死于山中，那就算死也不遗憾了。"说完就一直往前走去。唐臣也决定跟随他一起前去。他们夜晚就住宿在岩石下面，白天就沿着石阶向上攀登。

过了几天，忽然看见一块岩石下面，长有几百株松树，松林之中状。薛遂顶礼求诸，道士曰："吾虽至此，自服药耳。亦无术可以授君。"俄睹一禅室中，有一老僧。又礼拜求问，僧亦无言。忽于僧床下见藤蔓缘壁出户，僧指蔓视。薛遂寻蔓出户，其蔓傍岩壁不绝，经两日犹未尽，忽至流泉。石室中有道士数人，围棋饮酒，其陈山人亦在。笑谓薛曰："何忽而至？子之志可教也。"遂指授道要。亦见俗人于此伐薪采药不绝。问其所，云："终南山紫阁峰下，去长安城七十里。"尊师道成后入京，居于昊天观，玄风益振。时唐玄宗皇帝奉道，数召入内礼谒。开元末，时已百余岁，忽告门人曰："天帝召我为八威观主。"无病而坐亡，颜色不变。遂于本院中造塔，不塞塔户。每至夜，辄召弟子唐君，告以修行之术。后以俗人礼谒烦杂，遂敕塞其塔户。唐君后亦为国师焉。（出《原化记》）

王老

有王老者，常于西京卖药，累世见之。李司仓者，家在胜业里，知是术士，心恒敬异，待之有加。故王老往来依止李氏，且十余载。李后求随入山，王亦相招。遂仆御数人，骑马俱去。可行百余里，峰峦高峭，攀藤缘树，直上数里，非人迹所至。王云："与子偕行，犹恐不达神仙之境，非仆御所至，悉宜遣之。"李如其言，与王至峰顶。田畴平坦，药畦石泉，佳景差次。须臾，又至林口，道士数人，来问王老，知邀嘉宾，故复相候。李随至其居，茅屋竹有六名道士，像是在炼制药材的样子。薛尊师就顶礼叩拜请求各位道士。道士们说：“我们虽然到了这里，却不过是自己服药罢了，也没有什么道术可以传授给你们。”一会儿，看见一间禅室，内有一名年老的和尚。薛尊师又向这和尚叩拜求教。和尚也不说话。忽然他们在和尚床下发现一条藤蔓沿着墙壁出了门，和尚指了指藤蔓给他们看，薛尊师于是沿着藤蔓的去向也出了门。他们看见藤蔓沿着石壁长得连绵不断，走了两天还没到尽头。忽然走到了一眼流动的泉水处，旁边有一间石室，石室之中有几名道士，下棋饮酒。之前遇到的那个陈山人也在这里。他笑着对薛尊师说：“为什么忽然就到这里来了？你求道的志向坚定，我可以教你道术了。”于是陈山人就向薛尊师传授道术的要义。薛尊师也看见有世间俗人在这里砍柴采药，络绎不绝。薛尊师就问他们这里是什么地方，他们说：“这是终南山紫阁峰下，距离长安城有七十里。”薛尊师道术有成之后就来到京师长安，居住在昊天观中。从此长安城中学道的风气更加盛行了。当时玄宗皇帝信奉道教，几次召薛尊师入内宫，以礼谒见。唐玄宗开元末年，当时薛尊师已经一百多岁了。忽然他告诉门下弟子说：“天帝召我去做八威观主。”无病而端坐死去，脸上神色不变。弟子就在他所在的院内建造了一座塔，而不砌死塔门，每到夜里，他就召见弟子唐臣，传授他修行的道术。后来因为世俗之人都前来礼谒，纷繁杂乱，他就下令关闭了塔门。唐臣后来也成为了国师。（出《原化记》）

王老

有个名叫王老的人，经常在西京卖药，接连几代人都见过他。有位姓李的司仓（职官名，主管仓库），家住在胜业里。他知道王老是名术士，心里一直非常敬重推崇他，招待他更是周到。所以王老来来往往就借住在李家，有十多年了。李司仓后来请求跟随他入山学道，王老也正好相邀。于是李司仓就带了几个仆人，骑马一起前去了。大约走了一百多里，骑马便无法前进了，只见前面连绵的山峰高耸峭拔。他们只能攀藤爬树，垂直向上爬了几里，这都不是人的踪迹所能到达的地方。王老说：“和你一起走，尚且担心无法到达神仙住亭，潇洒可望。中有学生数十人，见李各来问其亲戚，或不言，或惆怅者，云：“先生不在，今宜少留。具厨饭蔬菜，不异人间也。”为李设食。经数日，有五色云霞覆地，有三白鹤随云而下。于是书生各出，如迎候状。有顷云：“先生至。”见一老人，须发鹤素，从云际来。王老携李迎拜道左，先生问王老：“何以将他人来此！”诸生拜谒讫，各就房，李亦入一室。时颇炎热，李出寻泉，将欲洗浴。行百余步，至一石泉，见白鹤数十，从岩岭下，来至石上，罗列成行。俄而奏乐，音响清亮，非人间所有。李卑伏听其妙音，乐毕飞去。李还说其事，先生问：“得无犯仙官否？”答云：“不敢。”先生谓李公曰：“君有官禄，未合住此，待仕宦毕，方可来耳。”因命王老送李出，曰：“山中要牛两头，君可送至藤下。”李买牛送讫，遂无复见路耳。（出《广异记》）

黑叟

唐宝应中，越州观察使皇甫政妻陆氏，有姿容而无子息。州有寺名宝林，中有魔母神堂，越中士女求男女者，必报验焉。政暇日，率妻孥入寺，至魔母堂，捻香祝曰：“祈一男，请以俸钱百万的仙境，更不是你带来的仆人们所能到达的了。应该把他们全部遣散。”李司仓按照他的话，遣散了所有跟随的仆人，和王老一起到了峰顶。峰顶上的田野平坦，有药畦和泉水，美景有序。不一会儿，就走到树林入口，有几个道士前来问候王老。他们知道王老邀请嘉宾做客，所以在此等候。李司仓跟随王老来到他的住处，这里茅屋竹亭，潇洒可望。内中有学生几十人，看见李司仓从外而来，就各自来问他们亲戚的近况，有的人听后什么也没说，有的人听后有些伤感，他们对李司仓说：“因为今天先生不在，现在可以多停留一会儿。这里的厨房和饭菜蔬果，和人间没有什么不同之处。”接着就给李司仓准备饭菜。过了几天，忽然有五色云霞覆盖大地，还有三只白鹤随云而下，于是书生们纷纷出来，像迎接贵客的样子。过了一会儿，有人说：“先生到了。”李司仓看见一位老人，须发皆白，从云海的边缘处走来。王老带着李司仓在道路旁边迎拜。先生问王老：“为什么要带别人来到这里？”众书生拜谒完毕，就各自回房了，李司仓也进入了一间房间。当时天气炎热，李司仓外出寻找泉水，想用泉水洗澡降温。走了一百多步，来到一眼石泉处，看见有几十只白鹤从山岭上飞了下来，落到石头上，排列成行。过了一会儿开始奏乐，乐声清脆响亮，并不是人间所能有的。李司仓低下身去趴在地上听那些美妙的声音。白鹤奏完乐就都飞走了。李司仓回来说起这件事。先生问他有没有冒犯仙官，李司仓回答说：“学生不敢。”先生对李司仓说：“你的命里还有官位和俸禄，现在还不应当住在这里。等到你的官宦生涯结束了，才可以来这里。”说完，就命令王老送李司仓出去，对李司仓说：“山中需要两头牛，你可以送到藤下。”李司仓买了牛送去后，就再也见不到他来时走过的路了。（出《广异记》）

黑叟

唐代宗宝应年间，越州观察使皇甫政的妻子陆氏，容貌美丽，但没有儿女。越州里有一座寺院，名叫宝林寺，内中有一座魔母神堂。越州城中的青年男女，凡是来这里许愿祈求生育儿女的，一定会应验回报。皇甫政在空闲的一天，带着妻子进入宝林寺，来到魔母神贯缔构堂宇。”陆氏又曰：“傥遂所愿，亦以脂粉钱百万，别绘神仙。”既而寺中游，薄暮方还。两月余，妻孕，果生男。政大喜，构堂三间，穷极华丽。陆氏于寺门外筑钱百万，募画工。自汴、滑、徐、泗、杨、润、潭、洪及天下画者，日有至焉。但以其偿过多，皆不敢措手。忽一人不说姓名，称剑南来，且言善画，泊寺中月余。一日视其堂壁，数点头。主事僧曰：“何不速成其事耶？”其人笑曰：“请备灯油，将夜缉其事。”僧从其言。至平明，灿烂光明，俨然一壁，画人已不见矣。

政大设斋，富商来集。政又择日，率军吏州民，大陈伎乐。至午时，有一人形容丑黑，身长八尺，荷笠莎衣，荷锄而至。阍者拒之，政令召入。直上魔母堂，举手锄以劚其面，壁乃颓。百万之众，鼎沸惊闹，左右武士欲擒杀之，叟无怖色。政问之曰：“尔颠痫耶？”叟曰：“无。”“尔善画耶？”叟曰：“无。”曰：“缘何事而劚此也？”叟曰：“恨画工之罔上也。夫人与上官舍二百万，图写神仙，今比生人，尚不逮矣。”政怒而叱之。叟抚掌笑曰：“如其不信，田舍老妻，足为验耳。”政问曰：“尔妻何在？”叟曰：“住处过湖南三二里。”政令十人随叟召之。叟自苇庵间，引一女子，年十五六，薄傅粉黛，服不甚奢，艳态媚人，光华动众。顷刻之间，到宝林寺。百万之众，引颈骇观，皆言所画神母，果不及耳。引至阶前，陆氏为之失色。政曰：“尔一贱夫，乃蓄此妇，当进于堂，持香行礼祝祷说：“我们向魔母祈求要一个男孩，我愿意用俸禄一百万贯来为魔母建造一座新的神堂。”陆氏又接着说：“倘若遂了我们的心愿，我也愿意用脂粉钱一百万贯，另绘一幅魔母的画像。”接着皇甫政夫妇就在寺院中四处游览，直到傍晚才回家。过了两个多月，皇甫政的妻子陆氏怀孕了，果然生下了一名男孩。皇甫政大喜，出钱建造了三间神堂，极其富丽堂皇。他的妻子陆氏在寺院门外堆了允诺的一百万贯钱，招募画工。从汴、滑、徐、泗、杨、润、潭、洪等地和全国各地赶来的画工，天天都有到来的。只是因为陆氏的赏钱太多，都不敢贸然着手处理。忽然有一个人没有报上自己的姓名，只自称是从剑南道来的，并且说自己善于绘画，想要接手绘制神仙画像一事。他在寺院里停留了一个多月，一天，他看着那神堂的墙壁，不住地点头。主事的和尚说：“你为什么不赶紧完成画像这件事呢？”那人笑着对主事的和尚说：“请你给我准备一些灯油，我将要在夜里赶快完成这件事。”主事的和尚按照他的话准备了。到了天亮的时候，灿烂光明，壁上整齐有序地画满了严肃庄重的神像。但是画画的人已经不见了。

皇甫政在寺庙里大设斋祭，很多富商聚集到这里。皇甫政又选了一个吉日，率领着军吏州民，大肆安排音乐舞蹈。到中午时，有一个容貌丑陋肤色黝黑的人，他身高八尺，头戴斗笠，身穿蓑衣，扛着锄头就进来了，看守大门的人不允许他进门，但是皇甫政却下令唤他进来。那人进入寺院后，径直走进了魔母堂，举起手中的锄头挖向那神像的脸部，力气大到墙壁都倒塌了。来参拜的百万香客都喧嚣嘈杂起来。左右维持秩序的军卒，想要擒下并杀了他，但是这个黝黑丑陋的老头面无惧色。皇甫政问他说：“你是疯了吗？”老头儿说：“不是。”皇甫政又问：“那你是善于绘画的人吗？”老头儿又说：“也不是。”皇甫政说：“那你为什么要来挖毁这幅画像呢？”老头回答说：“我只是恨恼这画工蒙蔽上官。夫人和上官施舍二百万贯钱，描画神仙。可是现在画上的和真人相比，根本比不上。”皇甫政听了大怒并且大声呵斥他。老头拍掌大笑说：“如果你不信我说的话，我在田野乡间的老妻，就足够验证此话的了。”皇甫政问他说：

天子。”叟曰：“待归与田舍亲诀别也。”政遣卒五十，侍女十人，同诣其家。至江欲渡，叟独在小游艇中，卫卒、侍女、叟妻同一大船，将过江，不觉叟妻于急流之处，忽然飞入游艇中。人皆惶怖，疾棹趋之。夫妻已出，携手而行。又追之，二人俱化为白鹤，冲天而去。（出《会昌解颐》及《河东记》）

刘无名

刘无名，成都人也，本蜀先主之后，居于蜀焉。生而聪悟。八九岁，道士过其家，见而叹曰：“此儿若学道，当长生神仙矣。”自是好道探玄，不乐名利。弱冠，阅道经，学咽气朝拜，存真内修之术。常以庚申日守三尸，存神默咒，服黄精、白术，志希延生。或见古方，言：“草木之药，但愈疾微效，见火辄为灰烬，自不能固，岂有延年之力哉？”乃涉历山川，访师求道。数年入雾中山，尝遇人教其服饵雄黄，三十余年。一旦有二人，赤巾朱服，径诣其室。刘问其何人也，何以及此。对曰：“我泰山直符，追摄子耳。不知子以何术，顶有黄光。至三日矣，冥期迫促，而无计近子，将恐阴符遣责，以稽延获罪，故见形相问耳。”刘曰：“余无他术，但

“那你的妻子现在在什么地方？”老头说：“我的住处就在过了湖南面二三里的地方。”皇甫政就派十个人跟着老头去召来老头的妻子。老头就从芦苇庵里领出一名女子，年纪大概是十五六岁的样子，脸上略微化了一点淡妆，衣着也并不奢华，却是艳态媚人，光彩华美，令众人动容。不一会儿工夫，他们就回到了宝林寺。百万香客都伸长了脖子吃惊地观看，都说所画的神仙魔母像，果然是不如她美貌。把她领到台阶前，陆氏在她面前也显得逊色。皇甫政对老头说：“你只是一个地位卑贱的人，家中却暗藏了一位这么美丽的妇人，实在是不应该，应当把她进献给天子。”老头说：“等我们回到乡下和亲戚们诀别之后再走吧。”皇甫政就派士卒五十人、侍女十人，同他们一起回家。到了江边想要过江，老头单独一人乘坐在小游艇中，士卒侍女和老头的妻子同乘一大船。快要过江的时候，想不到老头的妻子在急流之处，忽然飞入小游艇中。人们都惶恐惊怖，急忙划船去追赶他们，这时他们夫妻二人已经走出游艇，携手而行了。士卒侍女又在后面追赶他们，他们夫妻二人都化为白鹤，冲向天空高飞而去。（出《会昌解颐》及《河东记》）

刘无名

刘无名，是成都人。本是三国时期西蜀先主刘备的后代，居住在蜀地。他生来就聪明颖悟。在他八九岁的时候，有位道士经过他的家，见到他就感叹道：“这个小孩以后如果学习道术，定能长生不老成为神仙。”从此之后刘无名开始喜好道术，研究玄理，不以追求名利为乐。他在二十岁左右的时候，阅读道经，学习咽气朝拜、存真内修的道术，常在庚申日通宵静坐消灭体内三尸神，存养精神默念咒语，服用黄精白术，志向是希望延年益寿。有时看见古代药方，自言道：“草木之类的药材，只是治愈疾病有些微效，其本身遇见火就成了灰烬。连自己都不能稳固，怎么能有延年益寿的功效呢？”于是他游历名山大川，访师求道。几年后他进入雾中山，曾经遇到一个人，教他服食雄黄，时间长达三十多年。一天有两个头戴红色头巾身穿红色衣服的人，径直走进他的家里。刘无名问他们是什么人，为什么冥心至道，不视声利，静处幽山，志希度世而已。”二使曰：“子之黄光，照灼于顶，迢高数丈，得非雄黄之功？然吾闻一阴一阳之谓道，一金一石之谓丹，子但服其石，未饵其金，但得其阳，未知其阴，将何以超生死之难，期升腾之道乎？其次广施阴功，救人济物，柔和雅静，无欲无为，至孝至忠，内修密行，功满三千，然后黑籍落名，青华定箓。制御神鬼，驱驾云龙，而上补仙官，永除地简。九祖超炼，七玄生天。如此则不为冥官所追捕耳。今子虽三尸已去，而积功未著，大限既尽，将及死期，岂可苟免也？”刘闻其语，心魂丧越，忧迫震惧，不知所为。二使徐谓之曰：“岷峨青城，神仙之府，可以求诣真师，访寻道要。我闻铅汞朱髓，可致冲天，此非高真上仙，莫得修炼之旨。我为子求姓名同，年寿尽者，以代于子。子勉而勤修，无至中怠也。”刘致谢二使，二使乃隐。

刘如其言，入峨眉岷山，登陟峭险，探求洞穴，历年不遇。复入青城山，北崖之下得一洞。行数里，忽觉平博，殆非人世。遇神仙居其间，云青城真人。刘祈叩不已，具述所值鬼使追摄之由，愿示道要，以拯拔沉沦，赐度生死之苦。真人指一岩室，使栖止其到他这里来。那两个人回答说："我们是泰山的直符神官，来此处是为了追捕你，但不知你用的是什么法术，头顶上有黄光护体，我们到这里已经三天了，阴曹地府为你定的寿命期限快要迫近，然而我们却没有办法靠近你，恐怕又会被冥府阴符所怪罪谴责，因为延缓耽误期限而获罪，所以才现出形象向你询问。"刘无名说："我没有学过别的法术，只是泯灭俗念一心向道，不追求名声利禄，独自清净地置身于深山之中，志向是希望超脱尘世成仙罢了。"二位使者说："你的护体黄光，照耀在你的头顶上，高过几丈，莫非是雄黄的功劳？然而我听说'一阴一阳称之为道，一金一石称之为丹。'你只服用丹里的石，不曾吃下丹里的金，只能得到道里的阳，却不了解道里的阴，你将如何超脱生死的难关，达到升天飞腾的大道呢？其次，还要广泛布施积累阴德，挽救接济他人，温和雅静，淡泊欲望顺应自然，尽孝尽忠，于内修炼心志，于外做满三千功德，然后才能从阴间黑籍中除去名字，被选定在东极青华大帝的名册中。就能控制神鬼，驾驭云龙，进而补进天上仙官的空缺，在阴曹地府的名册中永远除去自己的名字。上至九祖超炼，下至七玄生天。这样就不会被地府冥官所追捕了。现在你虽然三尸已去，但积累的功德不显著，寿数也已经没有了，你的死期将至，怎么可以苟且求我们放过你呢？"刘无名听了他的话，失魂落魄，忧愁焦急，震惊恐惧，不知所措。二位使者慢慢对他说："岷山、峨眉山、青城山，都是神仙的洞府，你可以到那里去寻找拜见真师，寻访道术要领。我听说铅汞朱髓，可以助人成仙冲天而起。这些如果不是高真上仙，不能得到这方法的真义。我们去给你寻找一名和你姓名相同、寿数同样已尽的人，用他来代替你死亡。你可要努力勤勉修行，中途不要懈怠呀。"刘无名拜谢了二位使者。二位使者就隐去了身形不见了。

刘无名按照他们的话，进入峨眉山、岷山，攀登险崖峭壁，探索寻求洞穴，过了好几年也没遇到。他又进入青城山中，在青城山北崖的下面找到一个洞穴。进去后，走了几里，忽然觉得变平坦宽阔了，大概已经不是人世了，遇到神仙居住在其中，自称是青城真人。刘无名祈求叩拜不已，详细述说了被鬼使追摄的缘由，希望青城真人能中，复令斋心七日，乃示其阳垆阴鼎，柔金炼化水玉之方，伏汞炼铅朱髓之诀。谓之曰："胡刚子、阴长生，皆得此道。"亦名金液九丹之经。丹分三品，以铅为君，以汞为臣，八石为使，黄芽为苗。君臣相得，运火功全，七日为轻汞，二七日变紫锋，三七日五彩具，内赤外黄，状如窗尘，复运火二年，日周六百，再经四时，重履长至，初则十月离其胞胎，已成初品。即能乾汞成银，丸而服之，可以祛疾。三年之外，服者延年益算，发白反黑。三年之后，服之刀圭。游散名山，周游四海，初品地仙。服之半剂，变化万端，坐在立亡，驾驭飞龙，白日升天。大都此药，经十六节，已为中品。便能使人长生。药成之日，五金八石，黄芽诸物，与君臣二药，不相杂乱矣。千日功毕，名上品还丹。谨而藏之，勿示非人，世有其人，视彼形气，功行合道，依法传之。刘授丹诀，还于雾中山，筑室修炼，三年乃成。开成二年，犹驻于蜀，自述《无名传》，以示后人。入青城去，不知所终。（出《仙传拾遗》）

给他指示出道术要领，用它摆脱困境，拔出沉沦，赐给超脱生死之苦的方法。青城真人指着一间岩石屋子，让他暂且寄居在里面。又让他去除杂念，心神凝寂七天。之后，青城真人才告诉他阳垆阴鼎，柔金炼化水玉的方法，伏汞炼铅朱髓的诀窍，并对他说："胡刚子、阴长生，他们二人都学得了这种道术。这道术还有另一个名字，叫作'金液九丹之经'。所炼的丹药分为三品。用铅作为君主，用汞作为臣僚，八石作为使者，黄芽作为幼苗，君臣互相投合，运用火候冶炼，功效完全了，七天就成为轻汞，十四天就变成紫锋，二十一天则五彩兼备，里面红外面黄，模样像窗沿的积尘。再运用火冶炼二年，六百个日夜，再经过四季，再一次冬至的时候就可炼成。起初十月的时候离开孕育它的地方，已经成为初品丹药。马上能干汞成银，做成丸的形状服下它，可以祛除疾病。三年以前，服下的人可以延年益寿，白发可以变回黑发。三年之后，只要服下一刀圭的量，就可以游览名山，周游四海，初次晋升为地仙。服用它半剂，就可以变化万端，坐着还在站起就消失了，驾驭飞龙，白日飞升成仙。大多这种下品丹药，经过了十六个节气，已经成为中品的丹药，就能使人长生不老。药成的时候，五金八石，黄芽诸物，和君臣两种药材，不会杂乱无章了。经过一千天炼制的丹药，名字就叫作上品还丹。要把它谨慎地藏起来，不要给其他人看。如果世上有那样的人，看他精气和元气，功绩和德行全都合乎于道的话，就按照方法把炼丹术传授给他。"刘无名接受青城真人的炼丹诀窍，回到雾中山，修筑房屋开始炼丹，三年才完成。唐文宗开成二年，刘无名还居住在四川，自己讲述关于自己的《刘无名传》，用来告示后人。后来他进入青城山，不知道最后去了哪里。（出《仙传拾遗》）